西蒙·沙玛（Simon Schama）作品

历史与美术史

《爱国者与解放者：荷兰革命》
Patriots and Liberators: Revolution in the Netherlands

《两个罗斯柴尔德族人与以色列之地》
Two Rothschilds and the Land of Israel

《富庶的窘境：黄金时代荷兰文化解析》
The Embarrassment of Riches: An Interpretation of Dutch Culture in the Golden Age

《公民们：法国大革命编年史》
Citizens: A Chronicle of the French Revolution

《风景与记忆》
Landscape and Memory

《伦勃朗的眼睛》
Rembrandt's Eyes

《英国史Ⅰ：在世界的边缘？》
A History of Britain, Volume I: At the Edge of the World?

《英国史II: 不列颠的战争》
A History of Britain, Volume II: The British Wars

《英国史Ⅲ：帝国的命运》
A History of Britain, Volume III: The Fate of Empire

《风雨横渡：英国、奴隶和美国革命》
Rough Crossings: Britain, the Slaves and the American Revolution

《艺术的力量》
The Power of Art

《美国的未来：从建国者到奥巴马的历史》
The American Future: A History from the Founding Fathers to Barack Obama

《犹太人的故事：寻回失落的语言》
The Story of the Jews: Finding the Words

《英国面孔：从肖像画看历史》
The Face of Britain: A History of the Nation Through Its Portraits

《归属：犹太人的故事》
Belonging: The Story of the Jews

论文

《画作中的困扰：论绘画随笔集》
Hang-Ups: Essays on Painting (Mostly)

《涂涂写写：关于政治、冰淇淋、丘吉尔与我的母亲的随笔》
Scribble, Scribble, Scribble: Writing on Politics, Ice Cream, Churchill and My Mother

小说

《虚实莫辨：死亡与推测》
Dead Certainties: Unwarranted Speculations

Wordy
文明的碎片

*Sounding off on high art,
low appetite and the power of memory*

为纯艺术、低食欲
和记忆的力量高呼

SIMON SCHAMA
西蒙·沙玛

To my editors, colleagues and friends
At the FT who, for a decade, have indulged my
Wordiness and kept me in the pink

致我在《金融时报》的编辑、同事和朋友们，
这十年来，他们放任了我的喋喋不休，
让我得以保持良好的健康状态

目 录
CONTENTS

杂谈
WORDY 001

回想
REMEMBRANCE 023

有关饼面丸的回忆　026

奥托·多夫·库尔卡在奥斯维辛　036

《谎言之皇》　042

那一日的余灰　046

尼尔·麦格雷戈：《德国的记忆》　056

奥尔罕·帕慕克：《纯真博物馆》　068

艺术、艺术家和评论家
Art, Artists and Critics 097

色彩宫殿	101	辛蒂·雪曼 178
金	125	塔西塔·迪恩 191
蓝	130	瑞秋·怀特里德 202
赫拉克勒斯·塞格斯	136	野兽 216
葛饰北斋	141	昆丁·布雷克 224
蒙德里安与德斯蒂尔艺术运动	147	惠特尼·麦克维 233
罗伯特·休斯	153	蔡国强 238
莎莉·曼：赛·托姆布雷的照片痕迹	161	阿姆斯特丹国家博物馆：苏生 247
新惠特尼	166	文明……我们在想什么？ 256
美国印刷	170	

音乐、戏剧、电影和书籍
Music, Theatre, Film and Books 301

帕蒂·史密斯	305
莱昂纳德·科恩	317
汤姆·威兹	322
黛比·哈利	327
海伦·米伦：《暴风雨》	334
法尔斯塔夫	344
莎士比亚与历史	351
不列颠的邦德	360
邦德再现	368
保罗·比蒂	372
《战争与和平》：书籍和荧幕	377

政治、历史和公共世界
Politics, History and the Public World

自由主义、民粹主义与世界命运　401

中期选举时的特朗普　423

皇家婚礼　431

比尔·克林顿　437

阿里安娜·赫芬顿　449

亨利·基辛格　460

《贝尔福宣言》：百年之后　469

齐皮·利夫尼　479

食物
Food 509

与迈克尔·波伦共进午餐 514

羔羊肉配石榴 523

威尔特郡的野牛 527

大黄 532

终极香辣肉酱 538

两个大胃王 544

清单
Inventory 577

鸣谢
Acknowledgements 599

出处说明
Credits 600

杂谈

WORDY

在五岁左右的某个时候，我突然不再作声。这样的状态大概维持了一整个月，足够让我那对可怜的父母感到惊慌失措、焦头烂额——这个向来口若悬河的小男孩竟然莫名其妙地闭口不言了。当然，这也正是我做出如此顽皮行径的目的所在。我已经无法记起自己是在何时何地开始停止讲话的。那时的愤恨感却印象深刻，甚至可以说异常清晰——我讨厌被人炫耀成一个古怪又少年老成的话痨。我的父亲会说："西蒙，我的好孩子，带他们去花园转转吧。"然后，我就会蹒跚地向前挪步，后面跟着我的亲戚们。我不仅会告知他们花坛中各类花簇的品种名称，甚至还能说出各种花的拉丁名，这是我从那些刻有拉丁名的小木条上记住的，每株花被种下后，就会插上一根木条写上花的名称。我可以根据要求进行天气和航线播报，或是朗诵《柳林风声》的开篇，如果你好言相求，我兴许还能表演一出大卫王对他亡逝的背叛之子的悲戚之情："哦，押沙龙，我的押沙龙！"客人们会在惊讶过后开始捧腹大笑。虽然我也会在一旁紧张地咯咯笑着，但我不确定这究竟是不是件好事。我是个如此喋喋不休的小孩，可我的父母从来不认为这是个问题，也未曾感到不安，他们甚至谎报我的年龄，让我在四岁的时候入学，而不是法定的五岁。

或许在某时某刻，我已经受够了这样或是那样的要求，又或是突然醒悟到克制的力量，这让我彻底给自己的嘴巴上了"锁"，从此一言不发。我的姐姐比我大13岁，她常常被迫担任保姆的职位。她的视线会越过妈妈做的"伊甸园风味"汤，直勾勾地盯着我，像是已经看穿了我的小把戏。我被家长带去许多语言障碍科和精神科诊所就诊，还见到一位身材魁梧的女性演说家，她带着一双巫婆似的菠菜色绿眼睛和一头似乎已经蔓延到下巴的坚硬铁灰色头发，向沾沾自喜的我不断迫近，几乎把我吓得魂飞魄散。但不论外界向我传递的是善意还是恶意，我都会摇头不语，坚决保持沉默。直到某一天（我仍记得那是春天，因为悬崖上的黄色金雀花已经开始绽放了），我大发慈悲地重新打开金口。别问我为什么！我那饱受折磨的父母并没有把我胖揍一顿，而是大喜过望，纵情欢呼，笑着把我拥进怀里，还陪我去当地的糖果店买了些杏仁蛋白软糖。当发现自己逃过一劫后（实际上，正如我的父亲经常说的那样，他"从不动手打人"），我深深地松了一口气，并恢复到以前絮絮叨叨的状态，在形形色色的人面前欣然开始我的表演。

自那以后，我再也没有沉默过，而因此得到的奖赏或许是我现在才意识到的一份礼物：一部完全由我父亲创造的连环故事，他曾在每周六的清晨讲述它。在享用早餐和去往犹太教堂之前，我会爬到床上，听他再讲十分钟长篇史诗——《击倒金杰》(*Knockemdown Ginger*)。后来我发现，"Knock knock Ginger"（嘭！嘭！金杰！）是19世纪一个不起眼的恶作剧的名字，在这个恶作剧中，男孩们会随机敲打街边的大门，然后大喊着"Ginger"（金杰！）并跑掉。我的父亲把他对这个游戏的记忆转化成了一个角色，角色形象的雏形则源于理查玛尔·康普顿的《淘气小威廉》(*Just William*)系列故事中那位长着雀斑、爱捣蛋的男孩。但是，如果金杰和小威廉在一条泥泞的小巷里来一场"一对一"的决斗，那绝对不会是什么公平竞争。毕竟，金杰还有两个副手，分别是皮尔菲斯·拉隆和戈弗雷·麦克威金斯（一个胖点，一个瘦点），更不用说莫莉·奥布卢默了，她是一个狂野的假小子，也跟着来了。虽然那个脸上有疣的邻居——"老膏药"，会召唤"恐怖碎纸机"来逮捕这些践踏过他的牵牛花、追赶过宠物羊的未成年罪犯们，但"海棠小姐"总能让金杰和他的伙伴们摆脱困境。"他们的本意是好的，警官，他们真的这么想。"此外，拉比法尔费尔和"牧师"对那些流鼻涕的小淘气鬼很有好感，在极端情况下，比如商店窗户被砸碎，或者篝火失控时，可以依靠他们来获得帮助，减轻处罚。

我会尝试一切能让我继续保持聆听或侃侃而谈的方式。自那次嘴皮罢工大约五年后，我父亲怂恿我记忆和背诵最喜爱的书中的段落，其中很多是历史小说，比如《怀特公司》(The White Company)或《巴伦特雷少爷》(The Master of Ballantrae)。这类练习就仿佛是声音润滑剂，用于防止管道再次卡死。几年后，我们拿起了莎士比亚[1]的作品，亚瑟（我的父亲）和我开始背诵《全世界是个舞台》(All the world's a stage)，或是我最喜欢的，可以配上奥利维尔式的疯狂咆哮声的"吾等不满之冬！"（出自《理查德三世》），直到全家女性开始恳求我们的仁慈。

接下来还有修辞上的自卫手段。他会通过布雷迪男孩西塞罗俱乐部，指导我辩论的艺术。"别忘了结束语！开场白？别担心那个，但要记住，一切都取决于你的结束语！"在整个伦敦乃至其他更远的地方，都会看到我们这队犹太青少年小分队的身影，穿着威尔士亲王的格子服，打着白底白字的针织领带，大肆呼喊独立的核威慑力量或是"茅茅"[2]。

在学校的英语课上，发生了一些奇怪的事情，或者说，奇怪的事情竟然没有发生。毫无疑问，如同莎士比亚和巴尔扎克[3]的《人间喜剧》(La comédie humaine)，我的父亲还会把大量注意力集中在狄更斯的作品上。我孩童时的周日下午茶时间，便是"狄更斯时间"：我们会大声朗诵，无论是一家人共同阅读，或是由父亲来朗读大部分内容（这是常态）。不仅会出现那些可以预料到的作品，比如《匹克威克外传》(Pickwick Papers)、《雾都孤儿》(Oliver Twist)、《大卫·科波菲尔》(David Copperfield)、《远大前程》(Great Expectations),甚至还有一些晦涩的作品:《我们共同的朋友》(Our Mutual Friend)(它的开篇部分甚至比《远大前程》中的马格韦契更令我感到害怕),《罗那比·拉奇》(Barnaby Rudge),当然还有那部《双城记》(A Tale of Two Cities,亚瑟非常喜欢德法奇夫人使用断头台的剧情,画面内容涉及熟过头的西瓜和铡刀)。但是在学校里,根本没有狄更斯。学校里有莎士比亚的作品集,有爱伦·坡、乔治·艾略特和T. S. 艾略特,还有奥斯汀、勃朗特,甚至杰拉德·曼利·霍普金斯!学校里没有斯米克[4],没有艾斯黛拉[5],没有杰拉比[6],也没有班布尔[7]。一天,我感觉自己像崔斯特[8]那样不知满足,向老师询问为什么会这样。"哦,"这位英文老师扬起眉头回答说,"他(狄更斯)做得太过火了。"这位老师曾因为我不合时宜的"演讲"而连续14次让我留堂(这是学校的最高纪录)。如果我们真的想要拜读那类作品,我们可以一口气读完《艰难时世》(Hard Times),这是由新批评派"大祭司"F. R. 利维斯批准的唯一一部小说,它被视为一部勉强可以被接受的非"狄更斯式"的作品。

于是,狄更斯那醉人的辞藻自然而然成为一种隐秘的狂欢。那些挑剔的文学批评家越是对他的文字游戏不满地噘起嘴来,我就越会沉迷其中。我尤其喜爱那些卡通化的名字,完整的人物形象和命运往往被刻画于此:斯提福兹[9]和索贝里[10],

帕若迪哥[11]和泰特·巴娜科[12]，彭布尔乔克叔叔和赫伯特·波克[13]，本特利·德鲁姆尔[14]和文森特·克鲁姆莱[15]。在读者面前，这些有着浓厚个人色彩的角色们，就像是在黑暗中嘶吼，或是在聚光灯下挥舞着双臂的舞台演员。那些被利维斯派（即英国新左派）斥为庸俗的特质，恰恰是我不管看了多少遍都不会腻的内容：藐视重力的单词杂耍，翻筋斗一般的句法，放荡不羁的措辞，聚众狂欢的形容词，魔幻般交替上演的粗俗喜剧和凄凉恐惧；正如所看到的那样，这些文学作品中充斥着无拘无束的自在感，这显然是由一位沉溺于炫技表演，且终究会被这种过激的运用方式所吞噬的作家所著。

或者，换句话说，我一直都对"过盛"的文学情有独钟。

伊拉斯谟（Erasmus）[16]也是如此。1512年，他在巴黎出版了他的《论词语的丰富》（*De duplici copia verborum ac rerum*）一书。这本书是他留在剑桥的最初几个月里所写的，他曾在那里教导希腊语、研究整理他的《圣经·新约全书》，并曾多次抱怨当地那糟糕的麦芽酒，声称这种"令人无法满意的葡萄酒"对不断折磨他的胆结石没有任何帮助（他甚至请求一位朋友尽快送来最好的希腊葡萄酒），他还念叨过芬兰那令人痛苦的天气，以及当许多人逃离小镇以躲避瘟疫时，留给他的无边寂寞。数量锐减的各类资源开始供不应求，他因此为学生手写了书面修辞以及口语修辞手册，早在几年前他就开始起草这本书了。这也是他在书籍出版事业所取得的巨大成功之一，尤其是在英国。该手册曾被定期修订，仅在伊拉斯谟的一生中,该书便经历了33次修订。在这本书的开场白里,伊拉斯谟希望读者把文字视为"在金色浪潮中奔腾涌动,丰饶的辞藻与思想汹涌而出"。但是,不要将这种富有美感的丰饶与"徒劳而又无定形的冗长"相混淆,后者远远没有体现出想象力的丰富和论证的灵活性,与此相反,这种空洞只会让文字变成令人厌烦的反复语句。

关键在于多样性,"(多样性)所在的任何地方,都会显得如此璀璨,以至于任何没有被多样性照耀到的地方,都会变得暗淡无光"。大自然本身就会为了多样性而欢呼喝彩。一本书的开头章节,通常会以最通俗易懂的方式向他人展现作者的所思所想。正如身上的衣服不应该有污渍,不可以不合身,亦不能邋遢一样,文字的丰饶也应该得体而有针对性。多样性并不意味着如同一场将大蒜和蜜饯糖果一同端到桌上的不协调宴会(当然,除了对此感到十分正常的剑桥皇后学院)。文学修饰同样需要精挑细选,而不要像是一间堆满了柳树与无花果[17],又摆出萨米亚陶器[18]的房间。

会让伊拉斯谟感到由衷愉悦的,是文字内容的张力,是不断叠增的可能性,是巧言妙语的浑然天成。在《论词语的丰富》[也通常被称作 De Copia(《论富丽》)]的第33章中,他为学生提供了多种措辞方式,以表达"您的来信使我感到很高兴"这一寻常问候语,其中包括"从被您赋予了深情的信件中,我得到了难以置信的喜悦""从将您的信递给我的那人身上,我便得到了诸多喜乐""通过您的信,我额头上的皱纹都被擦净了""您的信为我带来了无比的欢笑与快乐,甚至让我不禁起舞""于我而言,您的信就如同醇厚甘甜的蜂蜜""这封来自我亲爱的'浮士德'的信,对我来说比西西里的盛宴更加奢华""您的信之于我,正如鲜花之于蜜蜂,芳草之于山羊,蜂蜜之于棕熊……(待续)""当我收到您的来信时,您会说伊拉斯谟已被喜悦灌醉"等,以及其他150余种版本。

在一个"伊拉斯谟式"的平行宇宙中,整个世界大概都是从同一段语句中猛烈迸发出来的,但是,他也会尽情享受各式各样的新变化。随着地图上那些未知的地区逐渐被探索,走入欧洲各国,步入中国境内,甚至跨入非洲大陆;随着古代文物的出土,以及通过阿拉伯语记载保存下来的古代文献被挖掘、解读,欧洲人的单一性便被抛在了脑后——至少对于伊拉斯谟,以及与他志同道合的柯利特和莫尔[19]这样充满冒险精神的人来说是如此。

接踵而来的是文艺复兴时期的奢华言语,它令人神魂颠倒、目不暇接。丰饶的文字无处不在,它们能够不费吹灰之力地把这个广阔世界所能提供的一切事物揽入怀中,这些珍宝会暂时以某种井然有序的方法错落排列开来。文字的摄入量至关重要。因此,"平凡"的书籍突然开始流行[20],在这些书中,任何被作者感知或感受到的内容都被记录于纸面上:口耳相传或文献中的谚语,自然世界的观察与发现,艳情与官能作品,一颗似乎描绘了天体景观的玛瑙[21],一株显现出救世主或亚历山大大帝音容笑貌的曼德拉草根[22],卡巴拉[23]的神秘符号,或是来自异域他乡的有关双头男人的新闻。

没过多久,对于"过盛"的渴望本身又塑造了新的文学,奢华的言语在文学界中的长期统治地位就此拉开帷幕。最初的多重语言大师便是弗朗索瓦·拉伯雷[24],他是多种职业和数种语言的集大成者:他短暂地当过本笃会修道士,也曾认为自己会成为律师,因此努力研究过律法;对于不同的药物,曾担任医师的他更是得心应手。从这方面来看,若拉伯雷从未读过伊拉斯谟的《论词语的丰富》,那将是极其不可思议的事。而且,尽管这本书充满了学究风范,而《巨人传》一书似乎和"学院派"风马牛不相及,两部作品在育人方式上有着相似的即视感:在勤勉教学的同时不忘滑稽与趣味,更对罗列和排比这样的手段喜爱到近乎贪得无厌的程度。他们试图使用辞藻的积聚,以歌颂这个世界的丰饶和人世间文字的富丽。拉伯雷憎恨无精打采的感觉,而它的对立面永远不会让他感到过剩。因此,当庞大固埃的朋友巴汝奇用神奇的药物将被斩首的爱皮斯特蒙从死亡中复活后,爱皮斯特蒙感觉自己有必要罗列出他在死后世界所遇到的各位名流闻人的命运。[25]如果真的有因果报应的话,这些名人的死后"生活",说实话可能会更加糟糕。不过,正如那份长度惊人的新职业列表所描述的那样,他们的新生活似乎没么糟糕:亚历山大正通过修补旧裤子来维持生计,薛西斯成为一位售卖芥末的小商贩,阿伽门农饿得在舔锅底,大流士变成了厕所清洁工,查士丁尼在售卖小摆件儿,尤里乌斯·恺撒在后厨做洗碗工,来自英国的亚瑟负责清洗肮脏的马首挽具,西克斯图斯专门为梅毒患者涂抹油膏。[26]"什么?"庞大固埃问道,"在另一个世界里也有梅毒吗?""那里的确有,"爱皮斯特蒙回答道,"我从未见过那么多梅毒病人,绝对超过了一亿人。你要知道,在我们的世界里没有患上梅毒的人,在阴间反而会患病。""天哪,"巴汝奇说道,"这样说来,对我可是种解脱。"

从拉伯雷到莱奥帕尔迪[27](曾创作篇幅达到数千页的《文学与哲学笔记》(*Zibaldone*)一书,又称《杂感》《骚动》),再从赫尔曼·梅尔维尔[28]到詹姆斯·乔伊斯[29]、萨尔曼·拉什迪[30]和大卫·福斯特·华莱士[31],所有这些无拘无束的"话痨"作者,拥有的共同之处便是胆气,以及对肉欲的共同本能——所谓的"肉欲",是指感官享受与嘴中肉感的联觉关系。他们那想象力的巢穴既像是消化道,又像是小脑。在你抵达充斥着浓香的美食帝国之前,你很难在阅读薄伽丘[32]、斯特恩[33]或哈兹里特[34]的作品时取得进展:你要感受文字的捕猎和吞食,琢磨它的消化与消化不良,把握它的凝结或排泄;你要体会这片土地上孕育而出的文字的肥沃,和它对这个世界的反哺。当莎士比亚笔下的哈尔亲王和拥有高康大形象缩影的法尔斯塔夫在《亨利四世》的第一部分中,互相进行侮辱性攻击(十分花哨,但也很尖锐)时,他们的表现就仿佛狂欢节对封斋节,脑满肠肥者遇上枯瘦贫民。不必多说,他们的攻击方式就是排比:

亲王：（你）这睡破床垫的人，坐断马背的家伙，无比庞大的肉山。

法尔斯塔夫：他妈的！你这饿鬼，你这小妖精的皮，你这脱水的牛舌，你这萎缩了的公牛鞭，你这干瘪的腌鱼！[35]

对于这些喜爱繁复语言的作家来说，成为美食家是件自然而然的事，甚至几乎是强制性的。而且，必须成为那种真正投身于烹饪事业，让烘烤的香气在书页里的厨房中四处弥漫的大厨。想想狄更斯笔下所有可食用的东西吧：玛吉的"小鸡"[36]，匹克威克式的圣诞节[37]，《双城记》中所描述的饥饿与暴食之间那符合摩尼教教义的交替[38]；甚至有整部小说都是围绕着对食欲的否定或满足而构建的：《雾都孤儿》的恐怖开篇，或是吝啬鬼斯克鲁奇[39]对自己住所的丰富幻想：

在地上的食物像是堆起了一个王座：烤火鸡、烧鹅、野味、家禽肉、野猪肉、大块的连骨肉、乳猪、长长的香肠圈、肉馅儿饼、李子布丁、好几桶牡蛎、烧热的栗子、樱桃色的苹果（二合一的水果）、汁水饱满的橘子、甜美的梨子、巨大的主显节糕饼，还有许多碗热腾腾的果酒，让房间里充满了美味的热气。[40]

这些词语本身就在进行着咀嚼、撕咬、吮吸、吞咽和打嗝。它们像是活灵活现地跃进我们的生活中。拉伯雷医生让他的巨人婴儿高康大通过耳道降生在世界上（他的母亲嘉佳美丽在临产期时吃了过多的大肠，因此堵住了大部分出口）。再加上一位鲁莽的接生婆（"一个肮脏的老太婆"）的介入，巨人婴儿从子宫的子叶静脉误闯入腔静脉，"并爬进了上腹部，拐向了左边的岔口，最终从她的左耳钻了出来"。婴儿没有像刚出生的宝宝那样号啕大哭，而是高喊着，用典型的拉伯雷式的言语宣布他的降临："来！喝，喝，喝！"[41]

对真正的"话痨"而言，生活必然充满了滋味（gusto）。威廉·哈兹里特是一位精通政治报道、体育新闻、艺术批评等多种文章体裁的大师，同时也是所有英国作家中最爱花言巧语的作家之一，他会把整篇文章都变得有滋有味，并且将这定义为"力量或激情"。在梳理艺术史的过程中，哈兹里特将他认为体现了重要品质的画家排列出来。毫无疑问，这个列表的开头就是刻画肉体肉欲的大师：提香和鲁本斯[42]，当然还少不了伦勃朗[43]，这位画家"无所不包，所画的每样东西都有一种有形的品质——他的皮草可以抵御俄罗斯的冬天"。不提米开朗琪罗[44]这位喜爱解剖学的狂热者，科雷乔[45]只能算是讨喜但有些柔弱无力的画家，因为在他的作品中，"我们既看不到骨头，也看不到肌肉"，只有抽离而出的"灵魂"。在文学方面，哈兹里特称赞莎士比亚和弥尔顿[46]作品中的丰盛滋味。当然，"gusto"（嗜好、爱好、有滋有味）一词的词源便是从表示味道的词语中派生出来的，显然，作为语言和味觉捕捉器官的"舌头"，其不可分割的双重功能被各自放大了。在那本令人垂涎的《美食词典》(*Dictionnaire de Cuisine*)[47]中,亚历山大·仲马[48](他自己便有点像个大胖子)明确地通过字母表顺序,把故事和烹饪用一种奇妙的方式结合在一起,例如,大仲马用那道"calape"——这是他在非洲和西西里岛之间的航行中烹饪并享用的一道炖甲鱼菜品,烹制时要巧妙地去除胆囊,倒入一点马德拉干白葡萄酒,搭配法式鸡肉丸、凤尾鱼和香葱——来作为一个引子,好让他开始讲述传奇大厨马力·安东尼·卡瑞蒙[49]的浪漫生平。马力·安东尼·卡瑞蒙出生在一个破旧木屋中,身为一个贫穷木匠的15个孩子之一,他在11岁时被自己的父亲抛弃在某条街道,从此开始自食其力。

所有热爱"过盛"风格的艺术爱好者,都具有这种拉伯雷式的文学语感,彼此之间会在无形中产生回响,有时甚至是振聋发聩的共鸣,枯燥的文字因此彻底超脱了固有的、被机械式分配得来的作用,不再只是用于承载描述词句或争论声音的空洞载体。在19世纪,"过盛"风格的实践者们让它拥有了歌剧那般宏大的声响,因此,若想阅读并理解托马斯·卡莱尔[50]的《法国革命》,或是约翰·拉斯金[51]的《现代画家》的华彩段落,唯一的方式便是将这些文字大声朗诵出来。在最为极端的时刻,维多利亚时代的宏伟创作风格与哥特复兴式建筑的铿锵产生了呼应,仿佛冲破了工业时期的昏暗雾霾,直达云霄的精美尖顶。但是,在"过盛"风格抵达顶峰的同时,又产生了一种强烈的、启迪心灵的诗意。拉斯金在锡耶纳附近的山丘上,用一段令人惊叹的挽歌终结了他的自传性作品《往昔》,完美诠释了伊拉斯谟所定义的"superlatio",即"最高级"语句——文字像歌曲一样富有节奏,词句的舞步韵律与萤火虫的闪烁光芒完美合拍:

> 那天傍晚,我们一同走上那座丘陵。在那清香四溢的花草灌木丛上方,有一只只萤火虫在这片未被夜幕遮盖的天空下闪闪发光。它们是那么闪耀!像细碎的星光穿透了紫色的叶片,它们是如此的璀璨!三天前,当我进入锡耶纳[52]时,夕阳正在渐渐隐去,夜色中传来阵阵磅礴的雷鸣声响。形如山峰的厚实云层被西边残留的光芒勾勒出了一圈白色的轮廓,在广阔的金色天幕下,还能看到锡耶纳心脏地带的城门和那上面铭刻着的文字:"COR MAGIS TIBI SENA PANDIT"[53]。放眼望去,夜色中四处都是起起落落的萤火虫和云彩,夹杂着闪电的光芒,远比天外的星光更加耀眼。

所有的这些作品和文字,一同构成了史诗般的远景,但接下来出现的主要是新闻业,是报纸和杂志,是一些和"史诗"毫不相关的行业。长篇幅的文字格式可不是说话啰唆的许可证。截稿日期和版面编排都是无情的铁规,如果我们这些文字工作者无视了这些责任,只能自己去承担苦果。但是,仍有许多优秀文章出现在了英国《金融时报》的周末版上,该报的内容是为了在进行争论和挑衅的同时,传递出经济行业的愉悦效果。无论如何,这是我所钦佩的散文大师的天职——蒙田[54]和哈兹里特,奥威尔[55]和埃尔文·布鲁克斯·怀特[56],亨特·汤普森[57]和大卫·福斯特·华莱士——这些人让每一句话都充满了意义,让每一段文字都值得被这个世界所珍惜。与此同时,这些人又是小品文的双重(实际上是矛盾的)意识的巧妙实践者:一方面,他们允许自己在不完全知晓内容走向的情况下肆意试探;另一方面,他们又要实验性的推导内容,对严谨性进行严格的测试。因此,在您清醒地认识到自己不过是个跟随巨人的脚步蹒跚前行的熟练工的同时,你该行动起来了:成千上万个单词在等着你拼凑成句子,近在咫尺的截稿日期,还有门外那位焦虑的编辑,一只手做出了祈祷手势,另一只手正在磨刀霍霍;你开始码字,你准备交稿,你陷入等待。你一直都知道,如果不是善良又敏锐的内心,或是背后夹杂着苦口良药的慷慨之情,你将永远不会成为一个热情洋溢的"过盛"语言大家,而只会是个话痨。

译注

1. 威廉·莎士比亚（William Shakespeare），文艺复兴时期英国戏剧家、诗人，世界最著名的戏剧大师，代表作有《罗密欧与朱丽叶》《哈姆雷特》《李尔王》《麦克白》《奥赛罗》《威尼斯商人》等，曾为自己笔下的人物创造了接近三万个新词汇。
2. Mau Mau，即茅茅运动，主要口号为夺回土地、废除种族歧视、争取生存和独立。"Mau Mau"是最初的茅茅运动者在街上游行时的呼喊声。
3. 奥诺雷·德·巴尔扎克（Honoré de Balzac），19世纪法国小说家，代表作有《朱安党人》《驴皮记》《人间喜剧》等，对现实主义文学的发展做出了极大贡献。
4. 斯米克（Smike），出自《尼古拉斯·尼克尔贝》。
5. 艾斯黛拉（Estella），出自《远大前程》。
6. 杰拉比（Jellabys），出自《荒凉的小屋》。
7. 班布尔（Bumbles），出自《雾都孤儿》。
8. 崔斯特（Twist），即奥利弗·崔斯特，《雾都孤儿》主人公。
9. 斯提福兹（Steerforth），出自《大卫·科波菲尔》。
10. 索贝里（Sowerberry），出自《雾都孤儿》。
11. 帕若迪哥（Pardiggles），出自《荒凉的小屋》。
12. 泰特·巴娜科（Tite Barnacles），出自《小杜丽》。
13. 彭布尔乔叔叔（Uncle Pumblechook），赫伯特·波克（Herbert Pocket），同出自《远大前程》。
14. 本特利·德鲁姆尔（Bentley Drummle），出自《远大前程》。
15. 文森特·克鲁姆莱（Vincent Crummle），出自《尼古拉斯·尼克尔贝》。
16. 德西德里乌斯·伊拉斯谟（Erasmus Desiderius von Rotterdam），荷兰中世纪哲学家，代表作品有《愚人颂》《基督教骑士手册》《论儿童的教养》以及《圣经·新约全书》新拉丁文版和希腊文版等。
17. "willow and fig"，在英国，柳树与无花果被视为永恒、富饶的象征，无花果更是频繁出现在古埃及典故、伊斯兰秘传，甚至《圣经》之中，是多重寓意的象征。
18. 萨米亚陶器（Samian pottery ware），古罗马赭色黏土陶器（Terra

sigillata）的一个分支，特指出产于高卢地区的红色陶器，装饰性的手工艺品。

19　1991 年，作者 J. B. 特拉普出版了一部名为《伊拉斯谟，柯利特和莫尔》（*Erasmus, Colet and More*），详细记载了早期铎王朝的人文主义学者所读所著的内容。约翰·柯利特（John Colet）和托马斯·莫尔（Thomas More）分别为英国教育家和政治家，后者为《乌托邦》的作者。

20　文艺复兴时期的作家、小说家、音乐家、画家等创作者开始注重"人"在社会发展中的现实作用，而非传统的精神重心——教会和宗教神学。因此，大量与"人"有关的作品开始涌现，是文化与思想的变革，民间的文学开始代替宗教与贵族文学，成为欧洲的主流文化。

21　最有艺术历史价值的玛瑙之一莫过于皮洛斯战争玛瑙（The Pylos Combat Agate），它出土于希腊南部的一座古墓，墓穴历史可追溯至公元前 1500 年。不到 4 厘米宽的玛瑙上清晰刻画着三位武士的动态图像，其形象和位置关系可与武仙座、蛇夫座、天蝎座和人马座遥相对应，刻画细节甚至需要借助显微镜相机观察。

22　曼德拉草根（Mandrake root），学名风茄，全身含致命毒素，主要遍布于欧洲，首次记载过曼德拉草的文献大约为《圣经·创世记》。由于其药效和外形，曾有许多围绕曼德拉草展开的传说或药方。据传亚历山大大帝远征东方和他的死亡都与曼德拉草根有关。

23　卡巴拉（Kabbalah），通常指犹太教的"希伯来神秘哲学"，也指一种文艺复兴时期的产物，即赫尔墨斯主义卡巴拉，双方略有区别，皆为玄学中较为特别的神秘主义学说。

24　弗朗索瓦·拉伯雷（François Rabelais），文艺复兴时期法国最杰出的人文主义作家之一，早年作为医生为人治病，而后开始文学创作，代表作品为长篇小说《巨人传》（原名《高康大和庞大固埃》）。他通晓医学、数学、地理、哲学、神学、天文、建筑、音乐等多种学科，知晓拉丁文、希腊文、希伯来文等多种文字，被称为"人文主义的巨人"。

25　此处人物与剧情均出自《巨人传》章节"爱比斯德蒙游历地府"。

26　此处提到的名人分别为：马其顿国王亚历山大大帝，波斯帝国皇帝薛西斯一世，古希腊迈锡尼国王阿伽门农，波斯帝国皇帝大流士一世，东罗马帝国皇帝查士丁尼大帝，罗马共和国统帅盖乌斯·尤里乌斯·恺撒大帝，古不列颠传说中的亚瑟·潘德拉贡国王，以及罗马教皇西克斯图斯。

27　贾科莫·莱奥帕尔迪（Giacomo Leopardi），19 世纪意大利浪漫主义诗人，代表作品有《致月亮》《暴风雨后的宁静》等。本书提到的《骚动》（*Zibaldone*），是莱奥帕尔迪在创作生涯中所记下的所有笔记，其中便包括他对宗教、哲学、语言、历史、人类学、天文学、文学、诗歌和爱情的评论，以及他的读后感等等。这本"笔记"的意大利文原版约有 4500 页。

28　赫尔曼·梅尔维尔（Herman Melville），19 世纪美国小说家、散文家、诗人，代表作有《白鲸》《水手比利·巴德》等。

29　詹姆斯·乔伊斯（James Joyce），20 世纪爱尔兰作家、诗人，代表作有《都柏林人》《尤利西斯》《芬尼根的守灵夜》等。

30　萨尔曼·拉什迪（Salman Rushdie），20 世纪印度裔英国作家，代表作有《午夜之子》《羞耻》等。

31　大卫·福斯特·华莱士（David Foster Wallace），20 世纪美国小说家，代表作有《无尽的玩笑》《弦理论》等。

32　乔万·薄伽丘（Giovanni Boccaccio），14 世纪意大利人文主义作家、诗人，代表作有《十日谈》《菲洛柯洛》《苔塞伊达》等

33　劳伦斯·斯特恩（Laurence Sterne），18 世纪英国小说家，代表作有《项狄传》（未完）、《感伤旅行》（未完）。

34　威廉·哈兹里特（William Hazlitt），19 世纪英国散文家、评论家、画家，代表作有《论青春的不朽之感》《席间闲谈》《英国戏剧概观》等。

35　出自莎士比亚作品《亨利四世》上篇第二幕第四场。

36　在《小杜丽》中，角色玛吉（Maggy）对于食物的执着成为非常鲜明的个人形象，她尤其对曾在医院吃到的小鸡（Chicking）情有独钟。

37　在创作《圣诞颂歌》前，狄更斯便开始在作品中对圣诞节进行详细的刻画与拓展。在《匹克威克外传》中，主人公匹克威克更是在圣诞节那天被大炮射到华德尔家去。狄更斯之所以被人称为"圣诞节之父"，是因为那本在一个多月的时间内写完的《圣诞颂歌》，这本书对于"圣诞节"的描述，奠定了后来人们对于圣诞节的一切想象：家庭团聚、交换礼物，以及圣诞大餐；就连如今的祝福语"Merry Christmas"，也是首次出现于这本书中。

38　在《双城记》里，原本受压迫的饥饿之人（农民）和统治阶级的暴食之

人（贵族），在剧情发展过程中，他们的地位和行为纷纷走向了另一个极端。因此，西蒙·沙玛用"摩尼教"来形容这种转变：摩尼教的根本教义为二宗三际，二宗指明暗、善恶，三际指初、中、后三际。初际时善恶有别，明暗相互对立。中际时善恶（光明）开始斗争，产生纠葛，并混合在一起，后际时两者重新分开。

39 斯克鲁奇即 Scrooge,《圣诞颂歌》的主人公，也正是因为这本书，"scrooge"拥有了"吝啬鬼""守财奴"的含义。

40 出自《圣诞颂歌》第三节"三个精灵中的第二个"。

41 在《巨人传》的第四章与第五章中，分别有嘉佳美丽和大家一起纵享美味牛肠、一群酒鬼觥筹交错的情节。因此，在第六章讲述高康大的离奇出生时，高康大发出了"喝呀！喝呀！喝呀！"的声音，仿佛在邀请大家继续喝酒。

42 提香即提香·韦切利奥（Tiziano Vecellio，英语系国家常称呼他为 Titian）和彼得·保罗·鲁本斯（Peter Paul Rubens），分别为 16 世纪和 17 世纪的伟大画家，拥有相似的作画特征：色彩丰富且鲜艳，气势恢宏，都在挑战构思的严谨与大胆之间的平衡。

43 伦勃朗·哈尔曼松·凡·莱因（Rembrandt Harmenszoon van Rijn），17 世纪的伟大荷兰画家，运用光线的手法十分独特，创造了对后世影响深远的、有别于文艺复兴时期的"明暗法"。

44 米开朗琪罗·博那罗蒂（Michelangelo Buonarroti），文艺复兴时期的伟大画家、雕塑家、建筑师和诗人，代表作品有《大卫》《摩西》《创世记》等，创作风格对后世艺术家影响十分深远。

45 安东尼奥·柯雷乔（Antonio Correggio），16 世纪著名意大利画家，由于受到过多种画派的影响，如达·芬奇、佛罗伦萨画派、威尼斯画派等等，他的作品风格难以归类，同时拥有多位画师的特点，既温柔细腻，又轻快流利，色彩丰富而又含蓄。

46 约翰·弥尔顿（John Milton），17 世纪英国诗人、政治家，一生都在为民主与自由奋斗，代表作品为《失乐园》《复乐园》《力士参孙》等。

47 全名为 Le Grand Dictionnaire de Cuisine，曾被译为《大仲马美食词典》，这是大仲马的旅行与美食札记，在编写书中词条时，他加入了许多名人逸事、神话故事、史实等内容，让这本"食评"拥有更多的趣味性。

48 此处指大仲马（Alexandre Dumas, père），19 世纪法国剧作家、小说家，代表作有《三个火枪手》《基度山伯爵》等。在所有作品中，最让大仲马满意的莫过于他的临终作品《美食词典》。

49 马力·安东尼·卡瑞蒙（Marie-Antoine Carême），18世纪出生于巴黎的传奇主厨、糕点师。法国的精品甜点文化与"haute cuisine"（高端餐点）皆由他创造并发扬光大，设计制作了许多如今仍在使用的工具，如奶油裱花袋、甜点模具等。服务对象包括英国乔治四世、俄国沙皇亚历山大一世、银行家詹姆斯·梅尔罗斯柴尔德、拿破仑，以及沉迷于奢侈甜品的玛丽皇后等。除饮食方面外，安东尼·卡瑞蒙还痴迷于建筑学、文学，文笔十分优雅，许多仍在出版的著作中的插图，也是他亲手设计绘画的。

50 托马斯·卡莱尔（Thomas Carlyle），苏格兰哲学家、评论家、讽刺作家、历史学家、教师，其作品在维多利亚时代极具影响力。代表作品有《法国革命》《过去与现在》《衣裳哲学》等。

51 约翰·拉斯金（John Ruskin），英国作家、艺术家、艺术评论家、哲学家、教师和业余地质学家，作为工业设计思想的奠基者，拉斯金对工艺美术运动产生了巨大的推动作用。代表作有《现代画家》《建筑学七灯》《时至今日》等，以及未能彻底完成的自传性作品《往昔》（Praeterita）。

52 锡耶纳（Siena），意大利托斯卡纳大区城市，建立于公元前29年，历史上曾是贸易、金融和艺术中心，保留了大量精美的中世纪建筑，其城市建筑结构对意大利乃至整个欧洲都有着深远影响。地标性建筑有被誉为"天堂之门"的锡耶纳大教堂、市中心的田野广场（Piazza del Campo）、位于城市街（Viadi Città）的音乐学院、古城门罗马门（Porta Romana）、于1604年建造的卡莫利亚城门（Porta Camollia）等等。

53 在过去的400多年来，每一位从北方进入锡耶纳的来访者，都要通过这座名为Porta Camollia的石门。在石门上刻有一行拉丁文，即"COR MAGIS TIBI SENA PANDIT"，意为"锡耶纳的心脏在此向您敞开（比您要穿过的这扇大门还要宽阔）"。这座大门实际上是为了纪念托斯卡纳大公斐迪南一世德·美第奇的到访而建造的。

54 米歇尔·德·蒙田（Michelde Montaigne），文艺复兴时期法国思想家、作家、怀疑论者。其散文对弗兰西斯·培根、莎士比亚等影响颇大。代表作有《随笔集》三卷、《旅游日志》等。

55 乔治·奥威尔（George Orwell），英国著名小说家、记者和社会评论家。

代表作有《1984》《动物庄园》《我为何而写作》等。
56　埃尔文·布鲁克斯·怀特（E. B. white），美国当代著名散文家、评论家，代表作有《夏洛的网》《精灵鼠小弟》《吹小号的天鹅》等。
57　亨特·斯托克顿·汤普森（Hunter Stockton Thompson ），美国当代小说家、新闻工作者、记者。代表作有《拉斯维加斯的恐惧与厌恶》《冈索新闻》等。

回想

REMEMBRANCE

历史与记忆的关系,应该是一个清醒的女儿对关于轻浮母亲的所有回忆增添具体形状和意义。看看这些肖像画吧,你便会看出端倪。但丁·加百利·罗塞蒂[1]的肖像油画作品《谟涅摩绪涅》(*Mnemosyne*)[2]中,展现了盖亚与乌拉诺斯之女——女泰坦神谟涅摩绪涅的健美身躯,但画中人物的原型实际上是这位艺术家的出轨对象、情人之一珍妮·莫里斯[3],他通过这种形式将她永远铭记于心。画中人仿佛不请自来,浓厚的眉毛透露着深沉的忧郁,手上的火炬似乎会萦绕在人们的心头。她(谟涅摩绪涅)的女儿克利俄(Clio)[4]——与宙斯同寝一周后所诞下的孩子,拥有着更为严肃的形象,因为她代表着指导后人的历史。因此,她的手边总有一本打开的书,这既是她的机遇,也是她的局限:她必须在这个框架内,按照一定目的编写出与伟人或名人有关的编年史。法国的国王们便喜欢这样做。那么，历史这个东西，是不是由肩负重任的严肃女学者，将她衣衫凌乱的母亲——记忆，经过加工而变成的经久不息的叙事诗呢？

不完全是这样。在过去那些最富有力量、最长盛不衰的书里，如希罗多德[5]、吉本[6]和米什莱[7]的作品中，两种回忆正流淌在一起。记忆的溪流承载着丰富的、以文字的形式所呈现的经验沉积——故事、文件，或者这片土地对于历史所制造的物理性谎言。没有历史的记忆只是随机的闪回，没有记忆的历史只是一场审问。

当历史顺应需求成为某种公众纪念行为时，尤其是当个体在集体思想中保持独立活性已成为令人警惕的极端行为时，我们应假设，理性将高于并支配自发性回忆。但这并不是它的运行原理。对万物漠不关心的冷漠后人，只有通过想象力进行再构造，才能激起悲情的同理心。为此，以个人角度为中心的叙述是有必要的——一支陷入战争恐慌的军队，一座城市中正在哀悼逝去爱人的寡妇们，一个被流行病压倒、脆弱的秩序即将分崩瓦解为无政府状态的城镇，一处被自然灾害肆虐得伤痕累累的地带，或是被扭曲为奥托·多夫·库尔卡[8]所描述的"死亡之都"的景观，等等。历史的雄辩离不开见证。"当时我就在那里，"总会有见证人如此说道，"现在，你一定正处在我曾经的位置上。让我带领你回到过去，而我则会在一段时间后，让你回归到现在的人生之中，而不是仅仅作为映射现实的一堆血肉。"

有关饼面丸[9]的回忆
Matzo Ball Memories

当我的朋友希德手握削笔刀走向烟熏三文鱼三明治时,我才意识到,作为一名身在伦敦的 14 岁犹太青年,远比我想象的要复杂得多。脸上有着青春期少年特有的红润与生气的希德,可以十分老练地仅使用一把削笔刀,就能把油亮的三文鱼切开,令人印象深刻。当我从震惊中反应过来时,这场针对科恩氏精品手工切片三文鱼的袭击已经进行了一半。我试图把它挪到我面前,刀锋划过我的右手掌心,在手指下方留下了一道七厘米长的伤口。我一边号叫着,一边把血洒到了香菜籽黑麦面包上。不过,当我的手被缝了许多针后,我又趾高气扬、昂首阔步地找到了他,向忏悔者希德给予宽宏大量的饶恕。

坦白说,我为此埋怨过我妈妈——每天的午餐都是烟熏三文鱼三明治,这样根本无法让我和那些"异邦人"平起平坐!

我会偶尔羡慕非犹太人吃的肉糜炖菜和长得像青蛙卵的西米，也会时而对不符合犹太教规的"黑暗"和"肮脏"的自由产生渴望。但可怕的事实是，在那场三文鱼三明治"大屠杀"发生之前，我从来没想过自己每天都在吃的烟熏三文鱼午餐——这样一道被我天天抱怨的食物，竟然会激怒那些男孩们——那些注定要吃席帕姆牌虾酱，或是吃某位大妈炖得像糨糊一样的筋头巴脑的"异邦人"。让他们在某一个瞬间和希德一样在脑中咒骂道：天啊！这该死的犹太人！当然，据我所知，他们之后没再这么想过。

这并不是说我们是那种挥金如土、穷奢极侈的一批人，因为我们既没有钱，又有很多生活上的重负。20世纪50年代初期，我们搬到了戈尔德斯格林（伦敦北三区），因为我的父亲亚瑟在那时有些穷困潦倒。他在服饰贸易[10]的营收中遭遇了断崖式暴跌，严重到让我们不得不匆忙地卖掉海边的都铎式别墅。

就这样，我们对那些艾塞克斯郡海滨的犹太式砖木结构建筑和周末用的敞篷车道了永别，对悬崖边上的金雀花灌木丛和厚着脸皮嗅着外邦猎犬的犹太腊肠犬说了再见。一并告别的还有那片地势较低的乡村花园，那里有迷人的丘比特石像和看起来偷吃了不少肥料的园丁比尔，他总叼着一根烟斗，牙齿早已被烟草丝熏成黄色，毛躁地照料着金鱼草。我们辞别了那位稳重的女佣人，她的围裙上总有一丝若有若无却又无法被鼻子忽略的熏肉味。同时，还远离了那些喧嚣的聚会，我的父亲会在无数从伦敦来访的叔叔阿姨面前,毫不羞耻地模仿杰克·布坎南的滑步舞,乐此不疲地讲述着早已过时的马克斯·米勒的笑话。如此,我与昨日种种平安道别,并向大伦敦地区的一处放眼望去皆是灰色小砾石的山岗问好。

我那对此感到震惊的母亲,对父亲在商业上的失败展开了一轮又一轮的责备,并引用了大量威尔金斯·米考伯[11]的话语。当他再也无法承受这些斥责时,会走出门去。晚饭前,他会拖着微醺的身躯回到家中,坐在餐桌旁心不在焉地拨弄着汤面。

但对我来说,戈尔德斯格林是个还不错的地方。60年前,它是一座属于世界主义群体的岛屿,位于高贵的汉普斯特德(北二区的高端住宅区)和粗犷的克里克尔伍德(位于伦敦西北部,横跨三个自治市镇)中间。在戈尔德斯山丘公园和西斯公园中,你可以看到20世纪30年代犹太移民潮的终点,来自柏林和维也纳的他们曾坐在这些长椅上阅读诗书。这个地方的犹太风情不仅于此:在普林节[12]时,你可以在附近的烘焙坊里买到闪闪发光的哈拉面包和满是罂粟籽馅儿的哈曼塔什面包。这里还有令人垂涎三尺的薄酥果馅卷饼,以及面团经过恰当水煮,嚼劲十足的扁平百吉饼,而不是那种正在入侵全球面包房的臃肿又膨胀的面包圈。在遵守犹太式屠宰法的肉店中,络绎不绝的顾客正为了牛胸肉讨价还价。当然还少不了科恩氏,那里简直是烟熏三文鱼和腌黄瓜的神殿。戈尔德斯格林大道上也有些历史的残留品,那是这片土地上长期存在的传统郊区风情,如花店、裁缝铺,以及那种古早杂货屋,店员仍会把零钱塞进管道里面。还有其他不穿粗花呢衣裳的群体也在北三区定居下来,包括亚洲人和意大利人。正是在这里,在这条大道上,我仿佛一名初出茅庐的少年,第一次闻到刚刚烘焙出炉的咖啡豆的香气。这正是我曾向往的地方。

因此,当一名公交车售票员大喊"戈尔德——斯格林站到了!掏出你的护照!"时,我会和其他乘客一同开怀大笑。我喜欢成为这里的一分子,这里有喧嚣热闹的人声,有小提琴的悠扬,有穿着利落西装的小商贩,有艺人和表演者。我根本不想与麦克米伦那样的拘谨英国人待在一起,端庄地坐在茶室里,或是在公交车外耐心地排着队,喃喃自语地抱怨天气情况。我很高兴能成为一个布鲁克利姆男孩(Brylcreem,英国的一款发蜡,发音与"布鲁克林"相似),一位来自戈尔德斯格林的蹦蹦跳跳的犹太小男孩,我的浑身上下都在诉说着这种快乐,从闪闪发光的风衣裤到白色的针织领带,再到头上那顶精美的爵士帽,这让我走路时都摆出了前往犹太教堂时的庄严姿态。请注意,我既不想成为那些保守的信仰者,也不想和那些极端正统、目空一切的人沆瀣一气;我不想变成那些穿着带有流苏装饰的披巾的家伙们,更不想成为那种用藏在帽檐下的目光窥视四周的人。

但是,在20世纪50年代,他们在戈尔德斯格林并不常见。从大富翁游戏中的城市地理规划来看,大部分保守犹太教徒都留守在伦敦东北部的斯坦福山附近的紫色区域内[13]。棕色区域则包含怀特查佩尔区和斯特普尼区,这是我的父母曾经生活的地方，他们的长辈们则分别来自土耳其巴尔干半岛、罗马尼亚和立陶宛。我父亲的12个兄弟姐妹中，较为年长的那些人仍然滞留在东区，当我们去探望他们的时候，仿佛是一场悲凉的古旧移民区之旅：他们可怕的、味如嚼蜡的海绵蛋糕，喝柠檬茶时使用的超高玻璃杯，甚至还要搭配一勺又一勺的李子酱来啜饮。

在犹太版大富翁版图的另一端是帕克巷，我母亲的一位堂兄便奇迹般地定居在那里——他在苏豪区经营过酒吧，也进口贩卖过粉红香槟酒；现在的他正过着令人难以想象的、属于高产阶级的奢华生活。单说他家里的沙发，那种柔软舒适感足以令人沦陷其中。在大富翁版图的中央，大致是红色与黄色方块那里，则是"舒适区"亨登和芬奇利（分别为伦敦北三区、北四区），那里仍然居住着我的多位叔叔阿姨，他们会在客厅中修建烟囱，即便如此，空气中仍会弥漫着昨晚的百得佳士雪茄[14]带来的烟气。

我最喜欢前去串门的家庭，莫过于那位英俊的领带制造商之家，他有三位很符合契诃夫文笔风格的女儿们：最大的那位十分健谈；小女儿仿佛小家碧玉一般动人，却对他人十分轻蔑；二女酷爱嬉戏作乐，是一位拥有一身小麦色皮肤的小魔女，她玉颈上那条熠熠闪光的金项链，足够让一名男孩立刻放弃自己的成年礼。

因此，我们所有人都处于不同程度的舒适或质朴生活之中，至少与我外祖母的一些留在维也纳的亲朋好友不同——我们还活着。当我们搬回伦敦时，战争（第二次世界大战）才结束了不到十年。在那时，"Holocaust（大屠杀）"一词甚至还没有被用来形容那场浩劫。我们很少谈论这件事，只在逾越节[15]和普林节时偶有提及，毕竟，这两个节日都是为了纪念曾经的希特勒类型角色的覆灭而出现的：法老、哈曼、人神共愤的杂种、暴君。直到纽伦堡审判中的一位律师，利物浦的罗素勋爵出版了他的《卐字旗下的灾祸》（Scourge of the Swastika）（1954年出版）一书之前，甚至没有什么与这个事件有关的文献可以阅读。在一处犹太教堂的图书馆楼梯上，我们颤抖着迅速翻阅了这部作品，被书里那些大屠杀遗留下的残骸，或是被咧嘴诡笑的防卫兵追赶的裸女而吓得惊魂失魄。我的母亲开始对一切与德国有关的东西倾泻古老而恐怖的意第绪诅咒，除了奥地利边境上的一个小镇。在1921年，九岁的她在那里错过了一趟前往维也纳的火车，没能探望舅舅的她被好心的镇长收留了。

我的父亲开始走上正轨，并把注意力集中在生而为英国人的福利上，那份自出生之日起便获得的无价之宝——坚不可摧的英语能力。就仿佛纳粹不是被蒙哥马利和他的军队打败的，而是被莎士比亚摧毁的。"一个犹太人最好的武器就是他的嘴巴，"他曾这样对我说，尽管他的"武器"曾被黑衫党[16]用重拳予以"礼貌"问候。但出于对口才大师温斯顿·斯宾塞·丘吉尔的憧憬与喜爱，他立志让我及时得到演讲术的教育——早在我尚未成为少年之前。在亚瑟那激情澎、手舞足蹈的舞台指导下，我表演了《亨利五世》中那段"克里斯宾节"战前演说，以及《皆大欢喜》中的"世界是一个舞台"等等,全部在客厅中进行,而我妈妈则在厨房里做着油炸鱼丸。

因此,在我的父母和他们的两个孩子来看,同时身为英国人与犹太人是再自然不过的事,哪怕将这种契合用"天命"来形容都不为过,这对父母甚至给我们起了非常英国化的名字,西蒙(Simon)和泰莎(Tessa)。在家里的书架上,除了狄更斯和莎士比亚的作品外,还有菲尔丁[17]、乔治·艾略特[18]、奥斯汀[19]、勃朗特三姐妹[20]、哈代[21]和威尔斯[22]的作品,以及所有萧伯纳[23]创作的作品。亚瑟对于萧伯纳有股独特的热忱,每当谈到他时,那熟络的语气就仿佛他们彼此之间互相认识一样。

议会仍然是个值得崇敬的机关。当所有英吉利海峡两岸的国家陷入致命的法西斯主义魔爪时,正是因为这个议会的坚守和不屈,绥靖者们才未能得逞。议会还乐于关注犹太议员的人数,他们中的大多数是工党:巴尼特·詹纳、曼尼·欣威尔,那位有些布尔什维克党做派的悉尼·西尔弗曼,以及据我父亲所说的本尼·德·以色列。即便是最为臭名昭著的英国贵族——那些把犹太人当作取乐对象又不愿和他们同处一室的家伙们,也在当时成为犹太人的支持者与同情者。

战争(第二次世界大战)时期,亚瑟和楚蒂逃到了赫特福德郡的内布沃斯[24],一方面是为了躲避硝烟和轰炸,另一方面则是为了离我母亲的工作地点更近一些,当时她在德·哈维兰飞机公司[25]上班,是一些猥琐试飞员的秘书,他们曾在当地酒吧喝着威士忌调戏过她。在村子里,会讲故事的楚蒂甚至能把树上的鸟儿吸引过来。当她和克内沃思家的莱顿夫人聊天时，谈话内容的复杂度不会超越一份购物清单或是家长里短，但她会使用一种浓厚的口音来呼唤莱顿夫人的名字，那是只有她在与上流社会的人们闲聊时才会使用的口音，仿佛是带着赞美的优雅吟诵。所谓的"上流社会"名单上，还会不时地出现伊丽莎白王太后的名字，她曾访问过斯特普尼犹太关怀中心，那是我的母亲曾经兼职的地方。名单上或许不会出现的名字，大概是王太后的朋友约翰·普罗富莫[26]，他曾在东区的汤恩比服务所长期当义工，以作为自己的赎罪。

被朗诵出的英语对他们而言便是耳边的悠扬音乐。我母亲对摇篮曲的想法正好反映了她对伦敦音乐厅和犹太教规的双重热情：昨晚是玛丽·劳埃德[27]的音乐厅，今晚是索菲·塔克（"最后的火辣妈咪"）[28]。结果，我成为埃塞克斯郡唯一一个能在幼儿园里淋漓尽致地演绎《我的父亲》和《总有一天》的六岁的小孩，不管你想不想听。

在阳光明媚的星期天，我父亲会穿上他那件俗气的条纹外套，开启自己的"杰罗姆·K. 杰罗姆[29]模式"，走到泰晤士河边，差不多是老温莎村和达切特村中间的位置。他会让我坐在一艘小艇的船舵旁，把自己的小船专门摆出一个角度，开始播放诺埃尔·考沃德[30]的混成曲。

在戈尔德斯格林，我们犹太教堂的橡木镶板和彩色玻璃散发着维多利亚时代晚期教会的宏伟气息：教堂管理员戴着隆重的礼帽，庄重严肃地站在会众长椅面前的特殊站台上。书桌并没有被放置在会堂中央，而是被移到了尽头，位于约柜[31]的旁边，更像是教堂中堂尽头的祭坛桌。在约柜上方的金属屏风后面，聚集着唱诗班，由我表弟布莱恩担任男高音，向下面的会众倾吐歌剧旋律。在赎罪日，还会有歌手弗兰基·沃根[32]前来献上歌喉，而我们这群小孩则会暗自期盼他在礼拜中途突然开唱《绿门》。

有时，来自祖先的记忆力量会冲破庄严的氛围向我袭来。在我十分年幼的时候，就学会了如何阅读希伯来语，甚至在当地的犹太教主日学校教授过这门语言。因此，每当到了安息日[33]，在我握住那柄圣手[34]（一种顶端是手指形的金属圣器，用以提醒我们，这是没有实体的上帝唯一为我们揭露的形象——根据《利未记》[35]所说，上帝曾用这根手指在西奈山上亲手刻画了石板[36]）时，我会仅仅因为吟诵《摩西五经》[37]这个简单而纯粹的行为，与埋藏在这些希伯来文中的恪守意志感到心灵相通。

我曾在这座小镇中四处游荡，招摇过市。成年礼结束后，我会花更多的时间在戈尔德斯格林的电话亭附近闲逛（还记得它们吗？），用目光钓起那些睫毛长长的姑娘们，而不是默默捧着犹太法典沉思。在我青少年的大部分时光里，身为一名犹太人，便意味着扮演犹太复国主义中的社会主义者[38]，并去往芬奇利路——那里的女孩们会不着浓妆地尽情跳舞；同时也意味着，自己要精通辩证唯物主义、核裁军辩论法、犹太拓荒者歌曲、前卫主义电影和长时间接吻技能。在当时，不管是愤世嫉俗的犹太复国主义还是随和恪守的犹太教，都和外邦世界没有任何冲突，达到了一定程度的共存；可现在看来，那些似乎已经成为半个世纪前便失去了纯真内核的遗骸。如今，这两者都在为了对抗顽强的分离主义者而采取激烈行动——不论这些分离主义者是来自外部，还是内部。

我对此并不感到高兴。可有时候，某个恍惚间我会抛下摄制组，或是离开一场会议，无意识或下意识地向着附近的犹太教堂徘徊，不论我身在何处：我会在罗马看看那坚不可摧的宏伟教堂大门，在科钦看看那独特的百叶窗板，在上海看看那锻铁修造的露台，在阿姆斯特丹看看那鳞茎般美丽的黄铜烛台，在马拉喀什看看那苍白的瓷砖。如果恰逢教堂集会，我会找个位置坐下来，翻开我的祈祷书，并立刻找到正在吟唱诵读的段落。若教堂内空无一人，就像平时那样，我会用记忆中的旋律填满这里。这些旋律最初是在索森德和伦敦学来的，如今，它们已经成为和呼吸一样的自然本能。"Etz chayim hee la'machazikim ba,"我的回忆开始咏唱，"这是为那些凭依者而存在的生命之树。"[39] 不知怎么的，现在的我仍会这样做。

奥托·多夫·库尔卡[40]在奥斯维辛
OTTO DOV KULKA IN AUSCHIWITZ

在"大屠杀"这件事上,我们常常会感到语塞。语言,尤其是文学作品中的语言,一直在争取将不可识别、难以名状的暴行,记录为有情感意识的人类行为。然而,无论这项任务是多么艰巨,作家们仍在竭力给予不可捉摸的硝烟以实体形状,使理性或感性的文字与纯粹的狂乱相匹配。有时,小说家难免会错误地用文学化的暴力行为来包庇极恶暴行,这或许情有可原。从血腥泥沼中传出的每一声惊悚尖叫,只会让披着"韵律"之名的怪兽们知晓,自己离原本的目的地到底偏离了多远。

但是,沉默是遗忘的女仆,对于后者而言,沉默总是多多益善的。与日俱增的否认者的谎言很快就会填补记忆的真空。因此,那些记录奥托·多夫·库尔卡所言的"大规模死亡"的编者们,只会继续在冗余和徒劳之间反复挣扎。这种两难的处境在数量越来越少的幸存者中尤为突出，他们的个人证词无法用二手资料来取代，他们却饱受大量不雅形容词句所造成的二次创伤。对他们而言，任何与那个事件有关的写作，不过是对深埋在自身噩梦中的榴弹碎片进行了一场人工模拟罢了。

耶路撒冷希伯来大学犹太历史专业名誉教授库尔卡就是这样的幸存者。在《死亡之都的风景》中，他回忆道，自己曾在相当不情愿的情况下，阅读了一部广受赞誉的关于种族灭绝的叙述，但这本读物对他而言没有丝毫价值——那只会让他不断回忆起自己在奥斯维辛集中营和灭绝营时的所见所感、切肤之痛。

人们不禁要问，这本书会是普里莫·莱维[41]的作品吗？他本人是否便是这场文字与记忆的争斗所创造的致命牺牲品？与莱维和汉斯·金特·阿德勒[42]一样，库尔卡长期以来一直在承受回忆的重负，有些记忆的片段，比如被关押进奥斯维辛集中营时的画面，总是像潮水般不断向他席卷而去。像阿德勒的纪实类文学作品一样，库尔卡也选择极力避免任何类似自传的内容，并使用历史学家的分析工具来面对那些惊骇的画面。可事实证明，那仍然无法为他带来平静。因此，在过去的许多年间，他不断向录音机倾诉着自己的梦境、噩梦与回忆。至今，这些梦境、噩梦与回忆仍未成为迷雾般不可捉摸的幻影，它们依然在毫不吝啬、一丝不苟地展现所有细节，不论好坏。

对所有人来说都很幸运的是，他的朋友和他自己那令人敬佩的正派作风说服了他，把这些口头的回忆和沉思变成了一本令人惊叹的书，那就是《死亡之都的风景》。从本质上讲，这本书与其说是一本关于奥斯维辛集中营的作品，不如说是一本关于如何面对生存冲击的书。就像11岁的库尔卡，他曾来到离火葬场不到几百米的地方，以为自己会死在那里。他用文字在焚化场周围徘徊，正如他在书中所说，"就像飞蛾扑火"。

这本书的诞生，源自库尔卡耐心但严格的自我审问，源自他与战后创伤的周旋与对抗，源自他与同样幸存下来的父亲到集中营的故地重游，源自为了把自己从不断循环的噩梦中解放出来——以上种种的最终结果，就是库尔卡那骨感而严肃的文风，在他那上百页的书中几乎没有一点"文艺"的做派或加工。他的散文总是断断续续、恰如其分地与主题相符；文中穿插着黑白照片像是由业余摄影师拍下的，并未尝试去勾勒出任何意境，未曾考究过大画幅的构图，似乎也没打算表达任何超脱画面的含义：火葬场的焚化残骸，那些曾缠绕着带刺铁丝网，并把囚犯们与世隔绝的"混凝土森林"。

W.G.泽巴尔德[43]是鼓励库尔卡进行写作和出版的人之一，他本人便是一位曾沉默地与炼狱相搏斗的人。卡夫卡也曾对深陷困境的库尔卡感到惺惺相惜。然而，抛开书中那零散而分离的表象，揭露给我们的却是一幅幅宛若实质的恐怖诗意画面：将镜头聚焦到"死亡行军"[44]中的黑色污点上，那是被德国人射杀的尸体，他们时不时地被随意扔在路边的雪堆中；将画面转到他的母亲身上，她身着"一条在风中荡漾的薄裙"向着劳改营走去，哪怕已化作视网膜上难以分辨的一个"小斑点"，她也未曾再回过头，向自己的儿子看去最后一眼；还有那边，一个囚犯试图通过一种"扭曲怪异的舞蹈"来避免党卫军对他的毒打。

归根结底，库尔卡的书之所以和其他关于集中营的一手资料不同，是因为它来自一位 11 岁男孩的真实视野。由于命运的反复无常（作者在书的末尾对此事有解释），奥托和他的母亲，曾自愿从臭名昭著的虚伪"新家园"[45]搬往奥斯维辛，在那里，他们没有像通常那样，被无情地划分为要迅速送往火葬场的人。火葬场中，"生者们进入了长长的通道……他们变成了火焰，变成了光和烟，然后消失了，消失在黑暗的天空中"。他们也不像那些适合被奴役的人，在六个月后，这些人纷纷缩成了覆盖着蜡黄皮肤的骨架，奥托每天都能看到这些"骷髅"被从集中营运往垃圾场。与这些人的命运截然不同，库尔卡和他的母亲，以及上千名其他囚徒，被神秘地安置在一个家庭营[46]里，在这个仿佛是专门为家庭准备的营地中，他们不需要被剃光头，也不必穿集中营的制服，仍是小男孩的奥托甚至可以睡在自己的母亲身旁。这几个营地甚至变成了一所真正的学校。这位未来的历史学家在这里首次学到了塞莫皮莱战役[47]和萨拉米斯海战[48]，小孩们在这里表演歌剧，他们带着对命运的极大蔑视去演绎席勒[49]所写的剧本，高声歌唱贝多芬的《欢乐颂》。

不过，奥斯维辛集中营内这种奇特的生存舱，显然是纳粹精心设计的蛊惑宣传方式之一，旨在说服特莱西恩施塔集中营的囚犯,让他们以为这是重新定居到东部后便能够拥有的生活;同时,也用来说服国际红十字会的核查人员,让他们以为有关酷刑和献祭的报告只是毫无根据的诽谤。当国际红十字会的人员相信了特莱西恩施塔的谎言后,这个位于奥斯维辛集中营的家庭营自然也没有任何继续存在的必要。与库尔卡同住这个营地的5000名母子被一口气带到了毒气室,这为下一批"家庭"留出了空间;六个月后,他们也将面临同样的处境。幸运的是,同时也被库尔卡当作命运的是,他和他的母亲因罹患白喉病而留在营地医院中;与此同时,其他的家庭营成员则被集体杀害了。

库尔卡也曾遇到过其他幸运时刻,它们最终让库尔卡认为,自己不过是被命运判处了缓刑,而不是被彻底排除在外。有次,他端着一碗汤,想要穿过高压电围栏的缝隙递给自己的父亲。或许是在好奇心的驱使下,他的双手碰触到了电围栏,并被吸附在了上面。小男孩以为自己已经死了。他惊讶地发现,哪怕已经来到了死后的世界,眼前依然是比克瑙的景象。接着,他必须确保自己的烧伤不会被发现,他必须掩盖住手上的撕裂伤口和脓疱,否则他会被判定为不适宜劳动,并被立即送去火葬场。

所有的这些都是寻常人难以想象的可怕梦魇,然而,通过小奥托的双眼,我们可以再次感受这种恐怖。在一段尤其令人心神颤抖的文字中,库尔卡自认为没有受到"每一个从文明世界里被驱逐出境的成年囚犯所遭受的凶残而充满破坏性的折磨，这几乎是在短时间内摧毁掉他们的主要因素之一"。他写道，对他来说，这种打击"并不存在，因为这就是我所知道的第一个世界，也是我所知道的第一种秩序——物竞天择的秩序，而这个世界的唯一统治者便是死亡"。

将过往的所见所思所梦付诸文字记录于白纸上，有没有稍稍减轻"死亡之都"对他的无情束缚呢？还是说，这反而让他身上的负担更加沉重呢？库尔卡并没有说。但是，我们所有人，乃至整个世界，都应承蒙他和他的书所给予的恩惠，因此，让我们祝愿他能得到些许的平静与释然吧。在书的结尾，库尔卡来到了耶路撒冷，他将要"与约伯[50]的儿女们一起迎接安息日"。在电闪雷鸣的黑夜中，他成为那束穿透乌云的微弱阳光。

《谎言之皇》
The Emperor of Lies

我想，要求暂停出版与大屠杀相关的小说或许是个强人所难的事，但至少，我们可以让自己挪开视线，暂时逃离那些作品，并得到片刻喘息的空闲。尤其是那些卖弄文学素养、自命不凡的小说，就像在 2009 年发行时被大肆宣传的获奖作品，那部从本质上被过度高估的《善良者》[51] 一样；不仅如此，另一部作品也紧随其后，那就是瑞典作家史蒂夫·塞姆桑德伯格的《谎言之皇》[52]。这些作品被所谓的"精致文笔"填充得满满当当，它们唯一的成就，或许是成功引起了人们对那毫无情感与道德感的空虚内核加以关注。

书中的皇帝名为查姆·莫德恰伊·鲁姆科夫斯基[53]，他是"最年长的犹太人"，自 1940 年 5 月起，他开始对被纳粹封锁的波兰罗兹市犹太人区实行独裁统治。通过实施奴隶制协作政策，他将这个塞满 20 万犹太人的社区改造成一个由小工厂和小作坊组成的综合体，以生产商品换取食物供应。鲁姆科夫斯基声称，他由此让罗兹市避免了被迅速毁灭的命运。的确，这个犹太人区一直坚持到 1944 年夏天，是最后一个被纳粹清理的区域，可与此同时，也有五万人因为疾病和营养不良死在这里，数万人被送往 60 公里外的切尔姆诺死亡营，一个大屠杀营地。最终，鲁姆科夫斯基坐上了最后一批离开罗兹市的卡车，被押往奥斯维辛集中营。

从此以后，鲁姆科夫斯基一直是个引起激烈争论的苦闷话题，主要是因为我们对他过于了解，更对历经四年残酷遭遇的罗兹犹太区（实际上是都市化的奴隶营）知根知底。除了有些公式化的犹太人区记事簿（官方和非官方事项的日常记录）外，还有门德尔格·罗斯曼拍下的照片，以及约瑟夫·泽尔科维奇和达维德·西拉科维克所写的私人日记。塞姆桑德伯格熟知这些，并大量利用了此类素材，他的写作研究工作带有一层近乎迂腐又卖弄学问的学究气息。然而，真相的无情是绝不可能借由小说家的手段来强加的。1942 年 9 月，当鲁姆科夫斯基面临最后通牒，被要求交出老人（即 65 岁以上的老人）和小孩，以拯救犹太人区那些适合劳作的"健全"居民时，他直言不讳道："当一个破碎的犹太人站在你面前，"他说，"我必须砍断四肢来拯救躯体……我像强盗一样来到你身边，夺走你心中最珍贵的东西。"

在自己的书中，塞姆桑德伯格对许多材料进行了逐字逐句的引用，这令一个问题横亘在脑海中：将这些内容小说化的意义在哪儿？他还在鲁姆科夫斯基那已经足够令人震惊的简历中增加了不少小道消息，包括猥亵女孩的谣言，并生动形象地描述了他对养子的恋童癖好和虐待。这样做的意义又在哪儿？难道那些为人所知的真相对于这本内容堪称奢华的小说而言，仍然不够残酷、不够绝望、不够恐怖吗？唯一的借口是，小说想借此表达某些无法被档案馆容纳的共情或立意。但是，在这部自始至终都保持无情姿态，通篇乏善可陈的沉闷作品中，没有任何段落表现过同理心，一个标点符号都没有。

比大量的、像是为了"以防万一"而准备的历史材料更糟糕的，是写作本身。毫无疑问，从写作技巧来看，塞姆桑德伯格是一个颇具天赋的作家。书中描绘犹太区风貌的段落，比如那里的街道和建筑、孩子们的住所等等，都被刻画成了灰暗的诗篇。但是，这样的写作手法对整本书而言无济于事，因为塞姆桑德伯格想把我们的脸狠狠塞进冰冷而恐怖的信息流里。书中的人们被折磨，被肢解，被用各种能想象到的方式处以极刑——而这些恰恰是现实中发生过的事；或许是怕这些还不够，"体贴"的塞姆桑德伯格又精心赘述了发生在笼中鸟和老鼠身上的大屠杀。

当一个名叫"大肚皮"的怪诞角色被犹太警察用铁钩把他的眼睛生生挖出来时，塞姆桑德伯格完全进入了亢奋状态，并对这幅画面进行了如下描写："随着血液的流淌，被挖出的眼球像是一颗裹着油腻褐色薄膜的鸡蛋一样，在那根线上悬挂着。"你不禁想问作者：专门写出这样的句子，做出这样独特的比喻，是否给您带来了别致的满足感？

《谎言之皇》便是靠大量类似的桥段编织而成的，尽管在大多数情况下，这些暴行的施暴者并非德国人。至于令人难忘的角色特征（比如鲁姆科夫斯基），步步逼迫的密谋，或是从无尽的残酷、痛苦、背叛和恶意（其中很大一部分是犹太人施加给犹太同胞的）中得到的救赎，均是难以在这本书中找到的内容。书中还有数不清的与儿童命运有关的篇幅，让这部本就看不到一丝柔软的作品更加令人糟心。

这不禁会让你怀疑，塞姆桑德伯格创作这部愚笨的小说时，到底在想些什么。这部作品也让人开始思考个人经历与创作此类小说所需要的道德水准之间的关系。我不是那种认为作家必须从集中营里幸存下来才有资格写这类小说的迂腐人士，可是，若你曾拜读过亚历山大·索尔仁尼琴[54]的《伊凡·杰尼索维奇的一天》(*One Day in the Life of Ivan Denisovich*)、普里莫·莱维的《如果这是一个人》(*If This Is a Man*)，或者H. G. 阿德勒那部惊心动魄的《全貌》(*Panorama*)，一定会下意识地拿他们作为对比，要知道，这些作者仅仅使用脑海中的回忆，以及真实的、非虚构的描述，便能塑造出震撼人心的作品。与这些揭露了难以言说的邪恶真相、原始又鲜活的证词相比，塞姆桑德伯格的拙劣成果仅仅是一堆长达672页的脚注。

那一日的余灰
The Remains of That Day

纪念馆的作用是什么？用来宣泄对逝者的哀悼之情？用于弥补对方应得的尊重？或是用来划定界限，从而把悲伤转化成公众的崇敬与敬畏？纪念馆的首要义务，必须得是服务亡逝之人吗？这些场地，只能成为用于哀悼遇害者的慰藉场所吗？还是说，根据字典上的解释，建立一所面向公众的纪念馆，便是为了让普罗大众从废墟中获得救赎？纪念某人某事是否需要明确指南，还是必须明令禁止呢？每个前去哀悼的人都必须在纪念馆中垂下头颅、闭口缄默吗？是否正是因为如此，当布什总统和奥巴马总统出席纪念馆的十周年纪念活动时，他们才一个字都不说呢？还是说，这种沉默反而令人们与反思的机会失之交臂呢？

对我们中的一些人来说，它们永远无法成为纯粹的学术问题。"9·11"事件时,我身在纽约;七七爆炸案时,我又恰巧在伦敦。我是这两个喧嚣而世俗的大都市的公民,那些带来毁灭的使徒也因为这两座城市的特点,而将它们选作目标。在这两个城市生活时,我都感到很自在,我甚至把它们看作是"自由的宅邸"——出自约翰·弥尔顿在《论出版自由》中书写的妙语,这是诗人在1644年为了出版自由进行的热情辩护[55]——而在杀人犯的心目中,这种肆无忌惮的自由理所当然地成为祭品。

像许多人一样,我也认识一位谋杀事件的受害者劳拉。她不是我的密友,而是我的一位亲近友人的妹妹,我们一家人曾在一次马萨诸塞州郊区的篝火晚会中与她相识,她曾把我的孩子们抱在怀里,把纸杯蛋糕送进了他们那松软的嘴里。哪怕已经过去了十年之久,当我闭上双眼时,仍然能够毫不费力地回忆起她的面庞,听到她温柔的声音,感受到她与众不同的存在所带来的温暖。对我而言,"9·11"事件远远不止于一个新闻报道,它将永远铭刻着被谋杀的劳拉那温柔的脸庞。但是劳拉的家人,尤其是她的妹妹特里——一个聪明的好孩子,从一开始便下定决心,要从她的悲剧中领悟更多的东西,而不仅仅是痛苦的回忆。在去往伊拉克的旅途中,当特里与那些同样遭受了无妄之灾的人们交谈时,她总能更好的理解他们的感受。

本周,我在世贸中心的遗址试图寻找劳拉的名字。她的名字被刻在发黑的青铜纪念碑边缘,向下俯瞰着9·11纪念馆的喷泉。水流向下注入了两个巨大的、用来承载悲伤的水池,它们勾勒出了双子塔的轮廓。[56] 根据家人的意愿，无数的名字在四周相互连接，围成了一面面铜墙，纪念馆的设计者们称之为"有意义的邻接"。在英语中，这意味着由人类组成的蜂巢中那些工作单元——乘客、消防员、办公室同事等等。[57] 成排的名字如同波浪一样在这里游荡，激起了幻影一般的浪花。在最初，纪念馆的建筑师本想把它们铭刻在流水喷泉下的花岗岩墙面上，被泪水不断冲洗。但这将成为古典美学战胜纯粹情感的凯旋，这将使它们远离那些留在世上的最亲近、最心爱的人。生者理所当然的坚持，要把它们置放在纪念广场的上方，让人们可以触碰，可以用指尖抚摸与所爱之人有关的回忆。

就体面而言，这便够了吗？或者说，我们是否亏欠于他们的牺牲，并应因此把昨日的痛苦转化为明天的决意，更加努力地拥抱明天，并致力于某些更具思想性的东西，而不是定期挥舞军事上的铁拳？我们是否应该粗略地推定，并冒风险思考一下，在面对被神权神圣化的大规模谋杀时，我们要至死捍卫的自由民主生活到底是什么？

在曼哈顿下城开发公司为纪念馆提供的设计指导方案中，体现了哀悼与教育两方面的矛盾要求。每一位袭击事件中的受害者，不论来自纽约还是华盛顿，不论曾乘坐11号、77号、93号还是175号航班[58]，甚至是1993年未遂爆炸案的六名伤亡者，都应被公之于众。所有的一切都是为了参观者和沉思者而准备的，包括双子塔的地基，它们将被永久地暴露在地表上。看似更加庄严的是，该指导文件中还公开征求一份能够唤起"9·11"事件的"历史意义"的纪念馆设计作品,并创造出"一个原创且有力的声明"。[59]正是这次征集,打开了准精神[60]锅炉的泄压阀,让其如同泉水一样开始喷涌而出,即使是从5000多份提交材料中脱颖而出的入围者也是如此,其中包括越南退伍军人纪念馆的设计师玛雅·林,以及知名非裔美国雕塑家马丁·普瑞尔。

吉塞拉·鲍尔曼提出了一个名为"纪念云"的设计,它的"顶面……有一条半透明的绷带贴在伤口上,使之愈合。白天,云彩像一层起伏的面纱,蜿蜒的表面形成了大教堂般的穹顶"。皮埃尔·大卫在其"灯光花园"企划的开场白中,以灾难电影预告片通常会出现的那种气喘吁吁的口吻说道:"在最后一小时、最后一分钟、最后一秒,将有2982颗星星变暗。"

但是,即便是这些创意过度的企划,在那些更加夸张的提交作品面前,也会显得黯然失色(均可以在WTC世界贸易中心官网上浏览)。其中包括一块"巨大的白色卡拉拉大理岩",通过一根钛合金链条悬挂在离地九米多的地方;一个巨型问号,题为《谁做的?怎么回事?》;以及那个最为令人震惊的作品,一个七米多长的雕塑,意图体现出"从石中凿出……仿佛是在轨道或力场中冲撞而成……这样的轮廓",创作者埃里克·斯泰勒如此解释这个可怕的创作,"这将被视为在太空中飘浮或飞行着的和平象征"。哦,不,埃里克,它们不会。

相比之下,建筑师迈克尔·阿拉德和景观设计师彼得·沃克的作品《缺席倒映》(*Reflecting Absence*)则是道德立意和间接诗意表述的典范。在他们的设计核心中，有对话存在——存在于悲伤的花岗岩水井和充满生机的广场之间，存在于平静的水流和在上层种植的数百棵橡树之间。用树木来表达复活之意，是纪念馆较为司空见惯的设计（虽然这不是坏事），而且，如同在 1995 年俄克拉荷马城爆炸案受害者的国家纪念馆中那样，有一棵"幸存者"之树（在这里，是一棵豆梨树），这株鲜活的植物将代表爆炸事件中的英雄。[61] 但是，其他树都被无情且整齐划一地种在四周，再加上广场周围像坟墓一样的花岗岩石板，使这片空间比你想象得更加悲凉，尤其是在纽约，在漫长而冰冷的寒冬中，橡树树叶凋零得只剩下光秃秃的树枝。

在嘈杂的建筑噪音和紧急公共广播系统的无尽测试声中，很难让人捕捉到构成纪念馆悲剧性旋律的音调特征，不论是来自哈德逊山谷的凉风穿过树叶时发出的沙哑声响，还是那奔腾直下的水流发出的低沉轰鸣。无法从纪念馆逃离的泪水，自九米多高的上方坠落，创造了诗意的回响。颇具勇气的是，阿拉德并没有循环利用这汪落下的清水，而是让它们流入更深的地底，那是比上方的水池更幽深的花岗岩层，一处深不可测的荒芜之地。尽管两人为这个作品取了《缺席倒映》这样一个名字，可他们或许明白，"缺席"（absence）者永远无法以镜像反射的形式被"倒映"（reflecting）出来，只可能存在于虚幻的视界之中，因此，被他们的作品所触发的"映象"，哪怕是自愿触发的，都将更具哲理性，而非视觉性。

然而，这种"映象"将以什么形式呈现呢？我想，阿拉德和沃克大概明白，当人们首次来到纪念馆追悼时，首先是受移情心理所影响的，而不是哲学的有色眼镜；他们随后会逐渐产生恐惧和怜悯之情；最后，群众将会感到共同的感伤，沐浴在同样的挽歌下。不可避免的是，纪念馆的参观者，特别是那些来自纽约以外的人，当他们走在这片曾发生过恐怖袭击的遗址上时，会被拖入震撼的漩涡，被推搡着去体验那段不合常理的历史。这种震撼将会在参观时一直伴随着你，这种震撼来自纪念馆中的解说材料和数不清的遗骸：烧焦的电话，衣物的破碎布片，幸存者或见证者的证词，等等。虽然直到2012年这个博物馆才会开放，但它的优雅、它的闪光点和坚强已然呼之欲出，甚至让四周那些仍旧高高耸立的平庸大楼相形见绌。它的核心是一种令人惊叹的重塑奇迹：大约180厘米高的残留下来的钢梁，被火焰烧上了独特的铜色，最顶端有着独特的三叉戟形状，屹立这片土地上，塑造了富有英雄气概的尖顶。[62]高高的钢梁是所有参观博物馆的人一眼就能看到的醒目标志，就像外面的那棵梨树一样，它们将被铭记在心，成为不屈精神的象征。

可是，呆立着的钢铁能有多高谈雄辩呢？它还能表达什么别的内容吗？真的，没有纪念馆是带着中立的意志存在的。位于华盛顿特区的林肯纪念堂是由亨利·培根所设计，于1922年落成的纪念馆，它的核心便是这位被刺杀的总统——不仅仅是那庞大的雕像，更是他曾阐述的理想。坐在那里的他仿佛正在沉思，而这些思想中最为庄重的部分，则被刻在了这座殿堂的墙体上。[63] 不远处还有一座九米高的马丁·路德·金雕像，为华盛顿纪念性雕像群又添一员，这是由第一位非裔美国总统妥善安排落成的。[64]

被纪念的英雄们可以显得唠唠叨叨，也可以一言不发，但要如何记住那些默默无闻的凡人呢？直到 20 世纪，当一场场浩劫与暴行的规模越来越大时，部分崇高而强大的人才开始系统地思考，那些普通人应以什么样的形式被纪念。在第一次世界大战结束后，人们已经或多或少感觉到了不可通约的问题，那些传统的、手握长枪刺刀的象征性纪念碑，已经不足以应付这样大规模的惨剧。那些死者，不论是与城市被一同歼灭的平民，还是被屠杀的军人，不论是在佛兰德斯的泥泞中被轰炸的支离破碎的血肉，还是在考文垂或德累斯顿的燃烧残骸中被埋葬的尸体，怎么能被几座象征着不屈的青铜雕像来代表呢？

最恰当的纪念方式，要么是放弃了人物雕塑的简约元素表达，比如 1920 年埋葬在威斯敏斯特大教堂下的"无名战士"坟墓[65]，要么是为了凸显现代的野蛮狂乱，而对古典的人形雕塑添加扭曲的创伤。巴勃罗·毕加索[66] 的《格尔尼卡》[67]是他应西班牙共和国的委托，为 1937 年的巴黎世界博览会的西班牙馆而创作的，这幅作品所呈现的苦难至今仍能穿透人心。画作中所使用的立体派语言不仅仅富有创意，它在传达浓烈艺术感的同时，更展露了绝望的人性毁灭。奥西普·扎德金[68] 是两次世界大战的幸存犹太人，他受另一位犹太幸存者比詹科夫百货公司老板格瑞特·德沃尔博士的委托，为纳粹德国空军焚烧鹿特丹港市这件惨剧创作了一座纪念碑,在这个名为《被摧毁的城市》[69]的雕塑中,他塑造了一尊极具对抗性的人物形象,雕塑的双手用力伸向无情的天空,既像挑衅,又像是在徒劳地守护下方。

但是,也有些毁灭来得是如此彻底,比如纳粹对欧洲犹太人的种族灭绝,在这样的惨剧面前,任何人形雕塑都会显得矫揉造作。最成功的纪念馆们反而呈现了与毁灭截然相反的象征(比如瑞秋·怀特里德在维也纳创造的纪念性负铸图书馆[70]),或是用类比法所呈现的内容(比如柏林大屠杀纪念馆在2004年竖起2711块石碑的倾斜区域,指引游客们顺着斜坡向下走去,直至无尽坟墓的黑暗领域[71])。可惜,彼得·艾斯曼和布尔·哈伯德充满心意的设计,并不妨碍它被某位管理者称为"游客磁铁",也没能阻止孩子们把这里当作捉迷藏的游乐场。或许连那些身处另一个世界的死者,都对此摇头叹气,表示可惜。

当然,在毫无慧根的人眼中,诗意的抽象作品就和内容空洞的卡通形象一样乏善可陈。就"抽象"这个词而言,它或许意味着空心的球体和瓷盘,粗糙焊接的大梁,蕾丝花边的钢条……这个词已经被过度使用到近乎殆尽的地步。在伦敦的"9·11教育项目"中,安藤美夜制作了一个雕塑,同样是用损毁的钢柱做成的[72],我想,大概没人可以指责那是一种"方便"的抽象。

在废墟中,想要振动声带的念头总是在不安地蠕动。可在

"9·11"事件的遗址这里，有些发言或宣誓早已成为令人麻木的陈词滥调。在丹尼尔·里伯斯金最初的设计中，"自由塔"会配备"楔形光"[73]，这样的光芒将在每年9月11日被点亮，但由于商业空间和所谓的防御性安全需求，这一设计遭到了灾难性的打击，人们还声称，保留那面曾阻挡过哈德逊河洪水的泥墙[74]，将展现"所有人都能看到的民主主义的英雄气概"。更为愚昧的是，人们还痴迷于塔顶上的牙签桅杆——它必须高达544米！仿佛只有这栋摩天大楼的高度才能真正体现《独立宣言》的宏伟[75]。

如果说，我们一定要声泪俱下地去哭诉，那么不妨让我们三思而后言，因为我们的发言要顾及"自由大厦"曾遭受的惨烈袭击，更要和"9·11"恐怖分子想要极力消灭的高贵理想相称。弥尔顿曾写道，在所有的理想中，没有任何一项比自由和良知更珍贵。他曾设想过一个"广阔的城市，属于避难者的城市"，那里"有笔耕不辍的书写者，坐在不灭的灯旁，沉思、探索、迸发出新的观念与思想"，而这些观念与思想完全不受执法者的约束，这就是纽约，或者说是美利坚合众国。弥尔顿热衷于将罪恶与犯罪区分开，并拒绝国家在信仰问题上树立任何权威——"每个州将有管理者，但那不能是我的批判者，"他在《论出版自由》一文中如此写道。他还有一位美国继任者，继承了他的这些理念，那便是托马斯·杰斐逊（尽管他是个反城市化主义者）[76]。因此，若我们想且理应为9·11事件修造纪念地，那不应仅仅是一片混凝土和流水景观的混合物，还要用最能使我们与亡者区分开来的、活生生的"思想"来修造它，就像杰斐逊在1777年起草的《弗吉尼亚宗教自由法案》中所说的那样："真理是伟大的，它是自然而然便能占上风的，它有足够的力量去对付谬误。在真理与谬误的纷争中，真理无所畏惧。它只会惧怕人为的干涉，解除其天然的武器，即自由的论证与辩论。不论是何种谬误，只要有人去自由地反驳它，就没有什么危险了。"

对于纽约客而言，还有另一个崇高的原则弥足珍贵，却会引起武装布道者们的憎恶，不论他们是狂热的"圣战者"还是种族主义北欧人，那便是美国这个移民共和国的立国之本：多元化。这一理念存在于纪念馆里面，却不在任何碑文之中——这一理念存在于纪念馆四周，在那些镂空的人名上，它们真正代表了世界大同主义的邻里关系：沙哈尔·库马尔、小惠特·菲尔德、玛丽安·利库里·西蒙娜、海伦·克罗辛·基特尔和她未出生的孩子……这些名字所组成的音乐，或许就是我们所需要的声音。

尼尔·麦格雷戈:《德国的记忆》
Neil MacGregor: German Memories

"假如说,"我坐在大英博物馆馆长的办公室里,对这位馆长[77]说道,"我想用三件物品来记录尼尔·麦格雷戈的历史,它们会是什么?"

"天哪!"他说,"一个人从来不会用这样的方式来看待自己的。"这个人的声音充满活力,语调既时髦又平民化,一副被逗乐了的模样,但只持续了一瞬间。接着,他也兴致勃勃地参与进这场游戏之中。"酸奶,"他果断地说,"一罐达能酸奶。"[78]

就这样,尼尔·麦格雷戈的故事开始了——他从哪里来,他做了哪些事,以及他为英国文化创造的诸多奇迹。

"我的父母(都是格拉斯哥的医生)属于被战争的浓烟所覆盖的那一代人。"对许多英国人来说,这意味着从欧洲撤离,但对麦格雷戈的父母来说不是:"他们坚定不移地打算把我培养成一个欧洲人。"于是，在他十岁的时候，这位格拉斯哥男孩开始了自己的奇妙之旅：在旅程之中，他挥舞着无休止的好奇心，脑中运转着奇妙的思想，并有幸接连主持了两所英国最伟大的文化机构——国家美术馆和大英博物馆。

"我被独自送到法国。"他寄宿在巴黎和阿尔卡雄，后者是波尔多南部一个可爱的大西洋海滨小镇。在那里，年轻的尼尔产生了这种名为"达能酸奶"的顿悟，他的生活也自此发生了改变。"在20世纪50年代的格拉斯哥，是没有酸奶这种东西的。人们会往粥里撒盐，可是并没有酸奶，直到我学会了法语中的'酸奶'。"接着，他的双眸里开始浮现出梦幻的、快乐的神情，好像下一句从口中吐出的话语将会是歌声一般："Yaourt, dessert agréable et sain.（酸奶，美味健康的甜点）""这是我学会的第一个法语短句！我一个人快乐地在巴黎游荡，当我在1957年回到格拉斯哥时，我以一种无可救药的自命不凡语气对父母说道：'我就是不能不吃酸奶'。我的父母对我感到无可奈何，但又意识到，正是他们教给了我这种态度。那时，只有一个地方能让我买到酸奶，那就是犹太熟食店，所以，我牛气冲天地装着零用钱向那里进军，那也是我第一次遇见欧洲犹太人。"

在格拉斯哥的熟食店中，他从穿着白色围裙的犹太难民那里买来酸奶，鼻腔中呼吸着与英式香肠截然不同的肉肠香气[79]。正是这一刻，名为麦格雷戈的小男孩成为一名忠实的世界主义者。这家熟食店的店主还会说德语，这本身就是一件令人吃惊的事。"总体来说，在苏格兰的社会等级制度中，你很难想象出一位店主竟然拥有一夫多妻制家庭。"

这家格拉斯哥熟食店，既有犹太餐，又有德式熟食，它出现在那场大灭绝事件的仅仅12年后，这家店的存在成为一个令他致力于探索文化悖论的人生起点。麦格雷戈称之为"历史的复杂性"。

在牛津读完法语和德语科目之后，他准备在巴黎埃科尔师范学院写一篇论文，主题将围绕丹尼斯·狄德罗，这是位多疑的哲学家和剧作家，他拥有杂食性、近乎百科全书式的才智，以及滑稽的脾气，简直是麦格雷戈的绝配。可惜，他被父亲召回来，并开始在苏格兰履行坚实的职业精神：去获得法律学位，然后开始数年的实践工作。当他还在格拉斯哥一家最大的律师事务所当学徒时，他突然记起有一位年轻的天主教同事，被告知欢迎来当学徒，可他就算做梦都别妄想成为公司合伙人（但他做到了）。

也许，正是这种突然显露出的令人窒息的狭隘，才使得麦格雷戈在27岁这个略有些迟的年纪，毅然决然回归到他真正热爱的行业之中。当他在考陶尔德大学修习艺术史时，他得到了安东尼·布朗特的青睐。41岁时，他从一名《伯灵顿》杂志的编辑，摇身一变成为国家美术馆的馆长。在后续的15年中，他进行了一次巨大的变革，将一个略显令人望而生畏的艺术殿堂，变成了人民群众的宝库，同时又丝毫没有对美学或学术标准进行任何妥协。他之所以能够创造出这个奇迹，并在大英博物馆再次创下辉煌，是因为尼尔·麦格雷戈与传统的英国人不同，他不惧怕付出关爱，甚至是猛烈地喜爱。他最为关爱的，并非一栋装满伟大物品的房子，而是"博物馆"。对麦格雷戈来说，博物馆的核心一直是历史和人类学，它为人类提供一个反思地，让人们重新思考自己在世界上的位置。

麦格雷戈即将展开他在文化教育领域中最具挑战性的活动：为英国广播公司广播四台（BBC Radio 4）制作的30集工作日系列节目，加上在大英博物馆举办一个展览，主题是取得现象级成功的"100件物品中的世界史"。不过，本次展览并没有展出米诺斯人的斗牛士或夏威夷人的羽毛头盔，而是陈列了铁十字勋章、古腾堡《圣经》、歌德的大提斯贝因画像、布痕瓦尔德集中营大门口的铭文，以及一件潜水衣——斯塔西的逃亡者曾希望借此横穿波罗的海，获取至高无上的自由。因为，麦格雷戈在设置主题时，把目光放在了德国——将模糊不清又破碎不堪的中世纪作为开端，途经绽放光芒的文化荣耀和难以被忘怀的残酷历史，一直到柏林墙被拆除第25周年、不断变化的政党与意识，以及在欧洲的大国地位。

麦格雷戈直觉感到这个项目恐怕很难叫座又卖好。他用有些保守的语气说道："我真的不知道人们是否会对此感兴趣。总的来说，英国人不会去德国旅游，也不读德国文学作品。"就像预料到小报的头条新闻上写着"德国人已占领布鲁姆斯伯里，更别提大战了"一般。但他又接着说，自己同时也在为计划于2009年开展的沙阿·阿巴斯伊朗展览而感到忧心，担心是否能吸引到公众。"人们对这个文化感到十分陌生,更何况有如此之多的敌意被遗留下来。"不过,前来参观的人们还是络绎不绝。

正是因为公众对德国历史的固有认知几乎已经定格,人们对于它的印象已被"第三帝国"和"大屠杀"那巨大而恐怖的阴影所支配,麦格雷戈才想要打开一些人的心扉,让他们看到更为广阔、更加复杂的景象。他用一种近似煽动性的口吻把这些恐怖事件称为"非常历史的反常节点"。他想向电台听众和参观者展示的,是一个明显缺乏决心的民族和国家——他们并非一群从一开始就不可阻挡地在高速公路上驶向毁灭的亡命徒。他展示的德国,其实经常不确定自己到底是什么样的国家,自己的边界到底在哪里(尤其是东西边境);这个德国,其实是一个对中央集权怀有敌意而非好感的国家。麦格雷戈认为,这一特点有助于让德国更好地理解一个联邦制的欧洲需要什么;德国应该什么时候介入,又该何时撤离。他希望能通过展览的第一部分,即那些被他称为"浮动边界"的代表展览物,打破公众眼中德国陈旧而刻板的印象。系列节目将从柯尼斯堡开始,如今的那里"已经没有纯粹的德国民族"了,节目中还有数百万寡妇推着手推车行进的内容,这些妇女在1945年至1946年间被赶出东部的土地。将近1400万人流离失所,挣扎着寻找居住地:"就好像加拿大或澳大利亚的全部人口同时来到英国一样。"

他自己前往这个特殊文化目的地的旅程,也始于"酸奶和香肠"时代。20世纪60年代初的汉堡市，是培育心智更加开放的新新人类的天地。彼时的麦格雷戈年刚刚年满16岁，是一名在校交换生，和我们这一代人一样，他曾见过的大多数德国人，都来自战争题材的电影或者漫画，他们戴着党卫军的帽子，在瞭望塔上尖叫喊着"站住！"在苏格兰，他父母的一些朋友曾是战俘，对他们而言，曾经受到监禁的经历可以说是一种"光荣的回忆"。但在法国却不然，那里的愤懑和痛苦是真实且强烈的。"有人遇到过全家都被驱逐出境的人；在那里，我懂得了'占领'究竟意味着什么。"

考虑到这些问题，以及未愈合的伤口深度，汉堡市的沉默令人震惊。"我曾期待能听他们谈谈闪电战。这座城市几乎被重建了，我去过的那栋老旧房子里仍有人居住，自从人们不得不接纳移民以来，他们就一直住在那里，他们在顶层过着仿佛与世隔绝的生活……在学校里，没有人讨论那几场战争，像是喉咙被什么东西堵住了。我也没有预料到会听到孩子问：'你在战争中做了什么，爸爸？'"麦格雷戈笑着说，这是独属于他的讨人喜欢的自嘲笑声，"大概曾站在怯懦和礼貌中间的边界线上吧。"说完，他还是沉默了一会儿。

后来有一天，他发现和他同龄的德国男孩们根本不知道，当德国入侵波兰时，战争便已经开始了。"当我和他们交谈时，他们说那是因为波兰攻击了德国！"他发出了更多的笑声，德国的学校没有教授现代史。"这并不令我惊讶，因为我们的学校也没有20世纪的历史课程，所以我向老师提到了这一点，我们还为此上了一堂补习课，"麦格雷戈苦笑着说，"这可不是一个男孩引起的教育改革项目（尽管我们其他人可能会这么说），"我那时只是感到困惑。"

1969年，当鲁迪·杜契克[80]和学生起义把世界搞得天翻地覆时，这种困惑变得更深了，麦格雷戈随后醒悟，这一代人纯粹无法了解那段灾难的历史，更不知晓那场灾厄对其他人所留下的创伤。他还谈到了德国人为了重塑自己的历史而进行的斗争，他们想要为历史与事实正名，那是一次非凡的运动。我也记得1965年的柏林，当时的人们有两个选择，在柏林墙的那一侧，总理艾哈德刚刚创造了德国经济奇迹[81]，而在墙的另一侧，人们还在传播英勇的共产主义对第三帝国进行抵抗的故事，并将战前领导人恩斯特·台尔曼[82]封为圣徒。但在年轻人中，对于真理的饥渴却在悄然滋生。而另一面，在维也纳，对那段历史进行否认的人们开始跳起了勒哈[83]的四三拍华尔兹[84]。

而在四面楚歌的柏林，情况并非如此。在那里，历史被人从遗忘女神的床上拖拽到脚下，它代表着痛苦、冲突和内疚，可又对未来生活的前景至关重要。"救赎自一开始就不存在，"麦格雷戈说道，"那怎么可能会有呢？"

但在德国，历史决定了你的生活方式，可以说，哪怕到了今天也仍然如此。他认为，这与习惯性地把历史当作消耗品的英国截然不同。麦格雷戈说，随着我们自己的国家去亲历痛苦的转型，这种情况或许会得到改善，但在大多数情况下只是"亡羊补牢"。"这种类似于慰藉的东西存在于我们的建筑物里，存在于我们的教堂中。"有时，这种慰藉来自感伤的自我垂怜。另一方面，德国的记忆又是危险而充满爆炸性的。若从慕尼黑凯旋门的一侧，去观赏这座修建于19世纪20年代的胜利拱门，"它看起来完全就像是海德公园的一角，可从另一侧去看时，只剩下饱受轰炸洗礼的废墟"。在柏林的正中心，首都的心脏地带，有一处"用于纪念不可磨灭的耻辱的纪念所，一片大屠杀纪念碑群。我实在想不出历史上还有哪座纪念碑同它一样，是为了纪念自己的耻辱而被树立起来的。在巴黎，难道有法国帝国主义的纪念碑吗？在英国，难道有用来纪念我们自己错误行径的纪念碑吗？"其实有，我提醒了他，有记录了奴隶制和帝国主义的博物馆。"是的，但那并不在白厅[85]。"

他是否在担心，自己的热忱或许会转化为对当今民主制德国的庸俗鼓吹？担心世上只剩下歌德[86]，再无戈培尔[87]？"是的，我曾这样担心过，现在也是如此。"但要指责麦格雷戈是在逃避痛苦和恐惧并非易事，正如要他指责现代德国一样困难。

展厅中有一个巨大的、可怕的反犹太主义海报，曾用于宣传1937年的"永恒犹太人"展览[88]，还有那个来自布痕瓦尔德的大门铭文：Jedem Das Seine（各得其所）。麦格雷戈巧妙地剥开了展品中那些多重的可怕讽刺，这本身就是个令人赞叹的手法，他让参观展览变得更加有价值。首先，他唤起了人们对其历史背景的回忆：魏玛郊外的集中营，这里既是歌德的故乡，也是20世纪20年代自由现代主义的发源地。然后，他让人们把目光集中在这些展品的物理外观上，它们是纳粹政权每年都会不辞辛苦重新刻印的金属字符，好让这里的囚犯们天天在营地阅兵场里阅读它们。接着，是那意想不到的抵抗：铭文的设计师之一采用了包豪斯字体[89]，暗示着折磨他人者也会得到应有的惩罚。最后，是一连串的曲折故事：那个暗中做出"大逆不道"行径的设计师弗兰兹·埃里希[90]在1939年被释放，并在纳粹的统治下继续着自己的辉煌事业；等到了1948年，原来的布痕瓦尔德又被重新利用，成为苏共管理下的古拉格劳改营[91]，四分之一的囚犯在这里丧生。

他说，展览馆中有一个站位，站在此处的游客，将在一个视线方向中看到蒂施拜因创作的独具匠心的歌德肖像画，这位伟人头上戴着一顶宽边软帽，斜倚在温暖的光线下，背后是意大利的景色，这幅画便是德国人文的缩影；若看向另一个方向，游客则会将目光投到布痕瓦尔德的碑文之上。对于来自布痕瓦尔德的展品，麦格雷戈提出了一个可怕的、一针见血的问题：第一种德国究竟是如何变为第二种的？但他并没有为这一问作答，"我自己都想不明白。"麦格雷戈如是说。

他的谦逊令人感动，尽管如此，还是有办法去尝试解答这个问题的。大屠杀之所以成为可能，正是因为早期那些塑造了德国文化的人物使犹太人失去了人性，并使他们成为应当被杀害的仇恨对象。麦格雷戈想把马丁·路德称为德语之父，而他的确称得上。不过，另一个称号与他更加相符——执着的反犹太主义之父。他把犹太人描述成"他们在魔鬼的粪便中像猪一样打滚",“如果他们能做到的话,一定会杀了我们所有人",他曾大声说道;并针对犹太人在《犹太人及其谎言》中提出了焚毁所有犹太教堂、将它们夷为平地的计划,以便处理这些"有毒的害虫"。

在本系列节目中,路德的反犹太主义并不会出现,但这件事的启示同样深刻,也同样残酷无情。麦格雷戈提醒我们,铁十字架通常被视为普鲁士军国主义的象征,它是在1806年拿破仑遭遇惨败和屈辱之后,在改革派的平等主义时期被发明的,并最终引发了一段时期的改革。十字架是由铁制成的,并非任何贵金属,因为它是第一个可以授予所有阶级人士的勋章。经英国国王弗里德里希·威廉三世的批准,它成为一种新的、同志式爱国主义的象征。

在展览中展示的"帝国王冠"并不是最初的那顶中世纪王冠——据说在962年,圣罗马皇帝奥托一世在罗马加冕典礼上佩戴过,随后被历届元首使用,直至1806年帝国灭亡。那顶来自中世纪的王冠正是麦格雷戈想要的展览品,但他被维也纳博物馆"礼貌"地拒绝了,理由是它"不再四处奔波了"。在一次灵感迸发时,麦格雷戈想起恺撒·威廉二世曾在1906年左右提出了相同请求,却也被拒绝了,这导致霍亨索伦皇帝选择直接为自己打造一顶皇冠。通过展示这件复制品,麦格雷戈可以讲述一个关于争夺查理大帝遗产的故事,不仅仅是奥地利哈布斯堡王朝和普鲁士霍亨索伦王朝之间的斗争,还有德法两国之间的竞争。

这些穿越时空的记忆与即兴发挥，都是麦格雷格所钟爱的，他也是这方面当之无愧的大师。当他让我们摆脱了各种刻板印象，使我们重新进行思考时，他的双眼会流露出独属于小男孩的纯真快乐。在我提及迫在眉睫的公民投票时，脑海中会浮现相互部落主义所造成的损害——终有一天，格拉斯哥人或许会成为自己国家中的外国人。我向他问道，德国是否可以成为一面棱镜，透过它，我们都可以更认真地思考，对一个民族共同体进行效忠到底意味着什么？他没有上钩："我认为这是独属于德国的情况。"

毫无疑问，他的确将大英博物馆视为一个拥有悠久历史与使命的地方，这种使命可追溯到18世纪中叶，继承自包括汉斯·斯隆爵士在内的创始人们。尽管在那时，博物馆的"天命"仍然偏向人类学，热衷于有关解放的概念，通过观想被地理位置和历史所分隔开的多种文化物品，彼时的人们可以借此更多地了解自己身边之物。斯隆曾收集大量鞋履，所有的鞋子都满足一个普遍需求：保护脚掌，但在其他方面截然不同。"一双鞋子寡淡无趣，一千双鞋子便会成为启明灯。"

收集并探究异域文化，学习他们的本地语言，再用这些语言去理解当地的传统习俗——这是一种永不满足的好奇心，带有非帝国主义的味道。麦格雷戈说，这使得斯隆口中"非常适合后殖民时代"的博物馆得到了升华。这座博物馆的过去和今天都在抵制维多利亚时代的帝国总督和将军们所展示的文化与种族优越性，展示的是种种无知假设。麦格雷戈坚信，观赏他人作品所带来的人文启迪效果，远高于无休止地凝视自己在时光之镜中的倒影，尤其当满是伤痕的民族主义之火正在共同文化之屋中燃烧。

我向他问了一个许多人心中的问题：在那些伦敦的中产阶级群体中，广泛流传着一种谣言，说他不会再干这个工作了。他没有表露出即刻便会离开岗位的意思，但他微笑着说道："我已经在这里待了很久了，12年了。"但我们接着又讨论了一下，在我们自己的历史上，什么样的展览可以产生同样的有益效果，可以对世界提出疑问，让观者透过一个个物品来看到严酷的事实。他马上说道："爱尔兰。"

我不太清楚他是否刚刚想到了这一点，还是说他正在准备进行下一个伟大的项目。我所知道的是，当我冒着蒙蒙细雨，走上大罗素街时，才突然想起在刚才滔滔不绝的谈话中，我们只谈到了三件记录了麦格雷戈个人史中的一件物品。任时代更迭，无论是大英博物馆，还是不列颠剩下的任何东西，都离不开尼尔·麦格雷戈。

奥尔罕·帕慕克:《纯真博物馆》
Orhan Pamuk: The Museum of Innocence

我正在搜寻"呼愁"[92],这是一种集体忧郁的状态,在奥尔罕·帕慕克[93]可爱的回忆录《伊斯坦布尔》中,他说道,这是他的城市的灵魂。"呼愁"是"站在偏远公共汽车站的女人们,她们手里拿着塑料购物袋,不与任何人交谈,等待着一辆永远不会到来的公共汽车……是在夏日的夜晚中,在这个城市最大的广场上大步走来走去,寻找最后一个醉酒的游客的耐心皮条客们……是街上那些试图把纸巾卖给每个过路人的小孩子们"。

但从我现在坐着的位置来看,在这家茶馆里,离作者小时候住过的帕慕克公寓只有一步之遥的地方,"呼愁"似乎有点供应不足。或许因为现在是淡季,也可能赶上了一天中的某个时刻,或是恰逢历史上值得记载的一瞬间。现在是斋月,7月的热浪已成为回忆，午后的光线刚刚能让脸颊感到温热。不远处是博斯普鲁斯海峡，正在闪烁着蓝色和金色的光芒，那是个经常被帕慕克用"浑浊"和"危险"这样的词汇来形容的地方，与之一并提及的还有汽车墓地和被烧毁的海滨房屋。人行道旁的咖啡馆里挤满了充斥着活力的伊斯坦布尔人，他们从郁金香形状的玻璃杯里啜饮蜂蜜色的茶。伊斯坦布尔出名的野狗群此时不见踪影，只有那些远远过了冲着出租车狂吠的年纪的老年犬，肥胖而松软地趴在咖啡桌下打盹，象征着满足感的叹气有规律地从它们松弛的上唇中溢出，仿佛是因为无所事事而被累得筋疲力尽。

夜幕徐徐降临。穆安津[94]呼喊着，一小队忠诚的信徒作出了回应，他们迈着悠闲的步伐，穿过了特斯维基耶清真寺的大门。这是帕慕克的保姆带他去的第一座清真寺，在他看来，地上那块给他带来舒缓感的地毯，只是另一种家居用品。尽管他的父亲从来没能变成他渴望成为的诗人，却一直十分崇拜萨特[95]和德·波伏娃[96]。帕慕克回忆说："他过去常常到那些小型左岸酒店，书写存在主义日记，并在他去世前把这些日记交给了我。"在2006年的诺贝尔获奖演说中，帕慕克对那一箱著作表达了发自肺腑的敬意。

在时尚的尼桑塔西，虔诚之行仍然是一场艰苦的斗争。清真寺刚刚开放后不久，一个孤独的小提琴手便在几百米外站稳了脚跟。刚刚演奏完一首曲子，他便被一个愤怒的街道清洁工大声斥责，至于那是因为对方不虔诚，还是妨碍了他的清洁卡车，就不得而知了。在这座城市的这一边，信仰之战就是如此的原始，就连政治家都在密谋缓和这种焦躁的氛围。最后，塔克西姆广场[97]——这个多年来一直是帕慕克自己的生活重心的广场，躲过了塔希尔广场[98]曾经历过的连绵不绝的灾难。在6月的催泪瓦斯和暴行致使更多人涌入广场之后，总理雷杰普·塔伊普·埃尔多格·安这位被帕慕克比作一位迟暮而虚荣的苏丹领导人，从此开始在战术上打起了退堂鼓。"他在政治上和经济上都很成功，有些老朽或许还患着病，所以现在的他和奥斯曼帝国的统治者一样决定修建纪念碑，并且想把它树立在盖齐公园里，还要重建兵营——这没什么，除了很丑——然后，一些建筑师和绿党人士开始反抗他。埃尔多格·安心想：'他们的反抗不会有任何结果。'他对整件事进行了错误地应对，用催泪瓦斯攻击对方，用火焰焚烧对方，'塔希尔'效应开始出现。人们发推文来捍卫自己，以抵抗这力量悬殊的攻击。"

埃尔多格·安重建军营和开设购物中心的计划暂时搁浅了。就目前而言，伊斯兰教徒和咖啡馆的人们满足于当下的平和，不必进行致命的碰撞，他们默契地同意双方各自生活在不同的世界里，摩肩接踵地路过，而不是互相扔石头。偶尔会有穿着头巾的人路过，但尼桑塔西的女人们会用她们的披肩长发，甚至是齐腰长发来表达自己的观点。无论她们在哪里，都会抚摸长发，一边用手机聊着天，一边用修剪整齐的手指穿过秀发。她们的头发有黑色的、有金色的，且常常会有着炽热的红色反光，与"pul biber"（即阿勒颇辣椒的颜色完全一致）——就像这里的其他事物一样，并没有看上去那么热辣。

奥尔罕·帕慕克本人是一位令人快乐的大师：他60岁出头，相貌英俊，口若悬河，才智过人，同时又非常热情好客。我的任务，是和他谈谈在塔克西姆广场陷入传统与现代、民族主义和自由主义之间的夹缝后土耳其的现状。没有谁比这位诺贝尔奖获奖者更适合这场交谈了，他还是个时常会遇到国家尊严守护者（自封的）来找麻烦的人，同时又是个在自己的诸多书作中屡次提及那些冲突的作家。当我试图让他说出自己在此类问题上的立场时，他同意"土耳其在言论自由方面有着不好的记录，而且现在仍然如此"，但他也坚持，最为激进的言论可以在他的书中找到。"我不喜欢发表强有力的声明。我想写强有力的小说……我把最深刻的东西留给我的小说。"

正是因为他遵循了好作家们共有的"你会认同和你不一样的人"这一原则，才使他笔下所有人物的言行都变得和他一样可信。"我笔下的世界里，每个人都是部分正确的"，即便是"开枪杀人的伊斯兰教徒。他不是疯子，他有着自己的观点……小说提供了一个平台，让这样的人也可以被人读懂。"在他的两部小说中，过去的信仰与新潮流之间的冲突，是让戏剧性得以膨胀的契机。在《我的名字叫红》一书中，故事的背景设定在16世纪晚期，细密画（微型画）画家必须以新的透视框架——"法兰克"式来创作作品，这一风格很可能会给威尼斯人留下深刻印象。在《雪》中，一位西方化的诗人在一个偏僻的省城偶遇了慷慨激昂的伊斯兰教徒。在这两个故事里，

"土耳其"已成为一个生死攸关的问题。

我其实有一份对话大纲的。但后来，在圣库库玛的一条小街上（这里曾经是一个破旧的小巷区，两边有希腊人留下的房屋，有20世纪50年代暴乱的受害者，有60年代被驱逐的人，现在由于波希米亚买家的到来而产生了变化），当我走进帕慕克那栋已变成他的"纯真博物馆"的房子后，我把埃尔多格·安、塔克西姆、盖齐公园和伊斯兰等一切都抛到了脑后。我被一件似乎更加重要的事情给支配了：捕捉爱情的须臾。

在三层楼中的两层之间，悬挂着一个没有外壳的外摆钟。帕慕克公寓那里便有一个，但他的祖父母不太喜欢有叮叮咚咚的声响打破夜晚的宁静，于是他们把钟摆系上，让它与其他垂死的物品为伍：从未奏响过的钢琴，过于像水晶以至于无法用来喝水的玻璃杯，等等。博物馆的墙壁上排列着60多个展柜，每个展柜都是由帕慕克设计的，里面的物件和象征物是他小说《纯真博物馆》中悲剧爱情故事里每一个重要时刻的记忆碎片。博物馆的探索始于几件寄托了爱情的物品，那是芙颂的鞋子和手提包。故事的讲述者凯末尔——芙颂的一个富有的亲戚，在商店里发现了她。一楼放着镇馆之物：芙颂丢掉的大约4000个烟头，大多带有口红的痕迹，每一个烟头下都记载了吸烟的确切日期、时间和情景。烟当然是最古老的世俗与消亡的象征之一，但在《纯真博物馆》里，芙颂的烟头终究存了下来，一个都没有丢，每一根都代表着一点点迸发的回忆。"那么这些文字是谁写的？"我问帕慕克，他正带着我参观。他向我投来了难以置信的目光。"我!""所有的文字?"我震惊地反问道。"所有的!"他骄傲地、闪耀地,像个童子军一样回答道。"多久?"我问。

"哦,就用了 2011 年的一个夏天。"

如果不是帕慕克在这座古老的房子里,创作出了一件在世界上任何地方都称得上是最美丽、最富有人性、最具感染力的当代艺术作品,这个既充满诗意又暗淡无奇,既温柔又淋漓尽致的美学奇观,那将看起来是件非常疯狂的事。你可以用你的余生去参观所有现存和将会出现的当代艺术展,却永远不会再次获得这样的体验:记忆与梦境紧密相连,用于纪念的物品被悬挂在痛苦的渴望中,步入神秘,诉说并存(juxtaposition)——一个被遗弃的茶杯与海港景色的背景极不相称。在这样的异象中,无论是清醒还是做梦,无论是白天还是黑夜,激情都在滋长。整个博物馆都被刻上了这样一种认知:爱的最激烈时刻,都是以渴望时间停滞为标志。

从童年到 22 岁,帕慕克一直是一名画家,他描绘城市的街景,尤其是倒塌的建筑、半毁的地区,或是从奇哈格的楼房中间的缝隙处瞥见的金角湾——家道中落后,一家人便从这里搬走了。他回忆说,"家里的第二个孩子总会是个调皮而富有想象力的小男孩,我就是个那样的孩子。"他的父亲被儿子的涂鸦逗乐了,大力地夸奖了自己的孩子,奥尔罕从此再没有停下过脚步。但在 20 世纪 60 年代,除了被帕慕克鄙视的一些衍生艺术外,伊斯坦布尔没有艺术文化的底蕴来滋养这份天赋。

"我开始意识到,如果我想成为一名画家,我将不得不离开伊斯坦布尔,因为那里的(艺术)文化非常薄弱,画廊也非常有限。"他痛恨这样一个牢笼:为了成为自己的艺术家,却要先被定义为"别人"。在大学学习建筑时,他突然想到自己应该成为一名作家。"我告诉自己,我大概是大脑脱线了。我停止画画,转去写小说。"

然而,博物馆证明了这两种职业归根结底并不互相排斥,也许这就是这位最有绘画天赋的作家的关键所在。展示展览品时,文字的产生离不开图像的采集。这里有一些真正的旧报纸,还有一些报纸被帕慕克进行了做旧处理,让它们看起来和20世纪50年代末或20世纪60年代的报纸一模一样;这里有真的电影海报和假冒品、广告和路标;甚至还有爱情痛苦生理学的模拟解剖图。艺术几乎贯穿了他的所有作品。《我的名字叫红》的创作灵感,来自他想要细致入微地描绘16世纪细密画家和作品的强烈渴望。他说,这本书的大部分内容都是对画作的诠释。在创作中途的某一刻,帕慕克认为这样的书恐怕难以吸引读者,于是,他带着略微不满的感觉,给书中增添了一个谋杀故事。

正当我要和他好好谈谈这个问题时,我们仿佛被施展了某种帕慕克式魔法,透过一扇窗,我们看到有个年轻的女人站在画架前,她伸着手和臂膀,在画板上干脆利落地挥舞着,似乎已经度过了初期的构图阶段,开始沉浸在行云流水的灵感倾泻之中。这实在有些美不胜收,就像年轻的奥尔罕坐在画架前一样。帕慕克仍然喜爱着绘画,这是来自本能的支配,是对写作脑回路的一种解放。"我创作《我的名字叫红》,纯粹是为了纪念绘画,在画布上,手中的画笔在被理智控制前就开始狂奔。当我被绘画所俘虏时,我总会变得更加快乐。克尔凯郭尔[99]告诉我们,幸福的人是活在当下的人,不幸福的人是生活在过去或未来的人。当我画画时,我肯定活在当下,就像洗澡时吹着口哨或唱着歌。"

帕慕克没有对着那边吹口哨,但他为这种透过窗户遇到艺术家的偶然性而笑了起来。笑声自然而然地打断了他流利的英语。如果说呼愁的阴影藏匿于他的小说之中,那么,它们必然与精妙打造的黑色欢乐共存。他那些慷慨激昂的遣词造句,在最高文化层次——纳博科夫、托尔斯泰、俄罗斯形式主义者维克托·什克洛夫斯基[100]——和日常生活琐事中孩子气的欢乐之间徘徊。《伊斯坦布尔》有整整一章的篇幅,都是关于街头标志和朴素地印刷于报纸杂志的神谕。"有人建议,为了美化城市,所有马车司机都应穿同样的衣服。如果这个想法变成现实,那将是多么别致啊。"他倒是喜欢为小事操心,热衷于把它们做得恰到好处。为了将受到芙颂和凯末尔青睐的梅尔滕(Meltem)汽水变得高档起来,他甚至制作了一个假的黑白电视广告,在广告的结尾,一个金发女郎从敞篷车里走出来,浑身洋溢着喜悦,手里抓着一瓶汽水。我还注意到,甚至连她的发型和睫毛都是完美的年代感。

"必须的!"他大声说道。

他告诉我，正是什克洛夫斯基宣称，"故事情节是把一个人碰巧喜欢的不同事物连接起来的东西"。与我幼稚的假设相反的是，帕慕克并不是在创作完《纯真博物馆》后才想要修建一所真正的博物馆，把它当成一个文学形象工程的——实际上，顺序全然颠倒。就在凯末尔刚和别人订婚的时候，这种难以抗拒的激情已经在帕慕克的身上燃起，博物馆的蓝图开始在他的想象中展现而出，但也仅此而已。不过，对于帕慕克而言，这已经足够了。在这部小说离完结还遥遥无期的时候，帕慕克便开始寻找一栋能够存放那些寄托着爱与迷恋的物品的房子。他最初的想法是写一个物品目录，若词目够长且相互毫无瓜葛，就足以构成小说本身了。在着手其他工作的时候，如《雪》和《伊斯坦布尔》，他经常去当地的跳蚤市场购买衣物，芙颂曾穿过的一件鲜红色印花连衣裙便来于此；他还搜寻旧地图、明信片，并让一个半身像成为凯末尔父亲的原型。任何能够构成凯末尔世界的物品，哪怕是牙刷都可以登上目录，只要它出现在对的时机。"什么样的收藏品供应商（或废品店）的库存里有非常旧的牙刷？"我惊疑道。"我懂，我懂。"他笑着点头，不过的确有人拥有。又一个玻璃橱窗应运而生。所有的人物特征皆来源于这些物品。屋里已经很难再放下更多囤积物了，以至于需要一个仓库来收纳这堆即将溢出的物品。

他的"办公室"是一个令人惊叹的、满是书山的空间，位于奇哈格一条大街的顶端，在这里，能透过落地窗看到金角湾那不可思议的壮观全景。我问他是否对"列表"上瘾（正如我这样)，"哦，"他说，"小说就是戏剧加上一份列表。现在我们已经几近完善列表的部分，接下来你必须让这份列表更具戏剧性，然后你得用另一份列表让戏剧丰满起来。"他说，孩子们就是这么做的，尽管面对着"那么多难以理解的复杂性和黑暗，但你可以给它们命名，一旦你去命名它们，这就是第一次接近它们的尝试。我喜欢史诗般的艺术家，他们拿过画笔，想把整个世界都搬进如同百科词典一般的书里"。

他仍然沉浸在生活的丰盛与蓬勃中，并对文学史上热爱罗列与排比的伟大人物产生了共鸣：拉伯雷、斯特恩、梅尔维尔、艾科。他不是个极简主义者，"过盛（de trop）"永远不会被他厌嫌。我问，这是否出于一种善意的贪婪？帕慕克用《纯真博物馆》承认了这一点：通过独特而单一的感官细节，他以某种难以言说的方式吸收，并体现整个世界的丰饶。"这是对力量的贪婪。一旦你拥有了一份清单，你就拥有了力量。正如福柯所言，当你把'它'归类，'它'就跑到了你的世界里，你像个收藏家一样拥有'它'。凯末尔想成为一个有力量的人，他想要去收集……一部小说便是一个集齐清单上所有物品的故事。"可清单也可以成为十分沉重的事物。博物馆里最悲伤的展柜上，挂满了伊斯坦布尔各个角落的照片，那些是凯末尔误以为自己瞥见芙颂的地方：这是一张扩散着的幻觉地图。

我们已经结束了博物馆的参观，现在，我们将要开始伊斯坦布尔的景观通览。帕慕克指了指水边优雅的小亭子，刚好在托普卡帕宫附近的绿树下。"看到了吗？苏丹会在那里和即将去参战（或是干些别的什么）的舰队告别。拜拜咯，舰队们。"往下看去，一个个像是微缩模型的穆斯林头巾和土耳其长袍突然跳进了视野中。我快乐地漂流在土耳其的记忆迷雾中，有一种奇怪的归家感。按照约定，我们将与帕慕克的女朋友婀思丽和他的女儿露雅共享海鲜晚宴。他为我倒了一杯葡萄酒，却没再为我续满。

"你看，西蒙，我们并没有真正深入地谈论过塔克西姆，不是吗？你的编辑会不会觉得这有点奇怪？"我悲观地承认了，她很可能会。"那好，"酒塞被塞回瓶子上，我试图尽我所能地迅速集中注意力，但帕慕克省去了我的麻烦，他继续就"当代的重要性"这一课题进行自我采访。当广场上的示威游行开始推进时，他其实已经远离这里，由于他的大半辈子人生，不论是孩童时期还是成年时期，都围绕着塔克西姆广场（"半个时代广场，半个海德公园角落"）进行，他对这场戏剧有着更切身的感受。"盖齐公园并不大，但它属于每一个去过那里的人，如同他们的后花园，哪怕只是一棵树被砍倒，他们都愿意为之奋起反抗，更别说是填平整个地方了。为了什么？不外乎是为了建造购物中心或是兵营之类的场所，每个人都知道那是些什么地方——它们什么都不是。"接着，展现给帕慕克的，是一种诗意，一种自发的情感流露。许多人都有，却很少分享给他人。"人们心里根本没有推翻政府的想法，它（塔克西姆广场示威）只是纯粹的反独裁，精彩，妙极，太棒了，简直完美，"他说道，"我尊重并热爱那一刻的诗意。"

埃尔多格·安还使用了其他方法来检验自己对土耳其施展标准化的权力：不仅限制了酒精饮料的销售，还禁止堕胎。对于帕慕克而言，最为不祥的是谨慎严格的审查制度，与他过往遭受的惩罚不同，那些违规的作者并没有得到审判，而是被报社主编立即解雇。他说，武器已被扭曲，并向任何进行批判的人开火。

他认为，若要问哪一方最终会在土耳其获胜，这其实已是个无关紧要的问题了，因为这里的效忠关系实在太过复杂。这里有坚守着阿塔图尔克世俗主义的民族主义保守派，也有些保守派并不认同。他由衷渴望着的土耳其，并不是一个有着单一文化或单一语言的地域，而是由希腊人、亚美尼亚人和犹太人共同组成的，使用多种语言的伊斯坦布尔。不论在台上的政治局面还是台下的塔克西姆广场中发生了什么，更深层的难解之谜仍会继续存在，而且，他认为这种难题绝非土耳其独有的。"总是有冲突，总会有背叛了历史与文化的现实，也总会有背叛了现代的传统。这是无解的。"如果你向现代性靠拢，你就会背叛过去的真实性；如果你向传统靠拢，你就背叛了那些原则与哲学——那是所有作家都必须坚守的言论自由和多元主义。

这个问题悬而未决，暂时无人能解。婀思丽和露雅到了，桌上的沙丁鱼和凤尾鱼正等待我投去贪婪的目光。在这一刻，我们很难想起，跨越一条不远的国界线，在叙利亚的国境中，刚有成千上万人在无情的内战中惨遭屠杀；跨越另一条国界线，在伊朗，神权统治仍然大行其道，未经选举产生的守护者们正在逐一审查政治候选人的道德正统。突然之间，土耳其的问题看似可以得到控制，甚至轻松到令人羡慕的程度。但是，这种安慰剂哲学并没有在那晚陪伴我，也没有与我一同飞回伦敦，伴我回乡的是更加伟大的事，亦是更加温柔的人间事：那是香烟滤嘴上的口红印迹，那是一杯未饮的茶，那是站在路灯下的女孩——她可能在那里，也可能不在那里；可以确定的是，她永远在散不尽的记忆里徘徊。

译注

1. 但丁·加百利·罗塞蒂（Dante Gabriel Rossetti），出生于英国维多利亚时期的画家、诗人，19 世纪英国拉斐尔前派重要代表画家，代表作有《受胎告知》《贝娅塔·贝亚特丽斯》等。他的画与诗往往弥漫着忧郁而伤感的气氛，注重朦胧与细节的平衡感。他在和妻子伊丽莎白·希德尔（Elizabeth Siddal）结婚后，仍不断有外遇。妻子因服毒过量而死后，罗塞蒂十分悲伤，将许多自己写的、表达了对往昔的悼念与感怀的十四行诗埋葬在爱妻的墓地中。但在多年后，又把它们挖了出来，进行发表。

2. 《谟涅摩绪涅》是一幅创作于 1881 年的神话体裁浪漫主义布面油画，所描绘的是希腊神话里司记忆、语言、文字的女神，十二提坦之一的谟涅摩绪涅（古希腊语：Μνημοσύνη，英语：Mnemosyne）。依据赫西俄德所著的《神谱》，她是盖亚与乌拉诺斯之女，她和宙斯结合后生下了文艺九位女神缪斯（Muses）。

3. 珍妮·莫里斯（Jane Morris），威廉·莫里斯的妻子。威廉·莫里斯（William Morris），19 世纪英国设计师、诗人，早期社会主义活动家，工艺美术运动创始人，拉斐尔前派重要成员。

4. 克利俄（Clio），希腊神话中九位缪斯女神之一，司掌历史。形象一直是一位右臂抱着号角，左手捧着书本的女性。在过去的英文中，clio 意为"历史"，如今的部分词汇依然能看到这一含义，如 cliometrics（计量历史学）。

5. 希罗多德（Herodotus），伟大的古希腊历史学家，史学名著《历史》一书的作者，西方文学的奠基人，从古罗马时代开始，便被尊称为"历史之父"。

6. 爱德华·吉本（Edward Gibbon），近代英国杰出历史学家，代表作品有《罗马帝国衰亡史》。18 世纪欧洲启蒙时代史学的代表。

7. 儒勒·米什莱（Jules Michelet），19 世纪法国著名历史学家，被誉为"法国史学之父"。代表作有《法国史》《人民》《大自然的灵魂》等。

8. 奥托·多夫·库尔卡（Otto Dov Kulka），以色列历史学家，犹太人大屠杀幸存者，一直从事关于民族社会主义暴行的研究。曾出版作品《死亡 之都的风景》（Landschaften der Metropole des Todes），他在书中回忆了曾在奥斯维辛的时光,此书在 2013 年获得朔尔兄妹文学奖(Geschwister-Scholl-Preis)。

9 饼面丸(Matzo ball),或称饼丸子、汤团、无酵丸子,是德系犹太人用无酵饼、搅打过的鸡蛋、水和油脂(如油、人造黄油或鸡油)混合制成的汤圆。传统上,饼面丸应和鸡汤一起食用,是犹太人逾越节的主食。

10 书中服饰贸易的原文为"schmatte trade"。Schmatte 一词来自意第绪语,早期仅仅指破布,或是穿着破布的人。在 19 世纪初,随着许多来自东欧的犹太人开始逐渐涌入美洲与欧洲各地,他们也在各地展开了布料与服饰贸易,由犹太人开办的成衣店、工厂、经销商开始四处可见。到了 20 世纪中期,英国等欧洲国家刚刚结束了第二次世界大战,在社会变化和包括 Dior 在内的设计师的努力下,共同打造了 50 年代西方高级时装的潮流。新的服装风格也意味着新的技术与设计手法,以及更加昂贵的物料,这对传统的服饰贸易造成了相当大的冲击。

11 威尔金斯·米考伯(Wilkins Micawber),小说人物,出自查尔斯·狄更斯在 1850 年创作的小说《大卫·科波菲尔》。在小说中,威尔金斯·米考伯有着乐观、积极向上的态度,他的标志性台词是"something will turn up"(事情总会变好的)。

12 普林节(Purim),犹太教最具喜气的节日,又被称为以色列狂欢节,这个节日是为了纪念和庆祝犹太人脱离波斯帝国宰相哈曼的灭族威胁而创立的。

13 在传统的英版大富翁游戏中,玩家首先会获取的财产通常是棕色或紫色,它们在游戏中的命名往往取自现实生活中的真实地名。

14 百得佳士雪茄(Partagás cigar),是一家创立于 1827 年的古巴雪茄公司,此品牌雪茄通常拥有浓烈的口感和悠久的余味。

15 逾越节(Passover),又称无酵节,犹太教和初期基督教最重要的宗教节日,用于纪念摩西带领希伯来人出埃及,脱离埃及法老的奴役并得到解放。随后,罗马教会开始发挥影响力,拒绝逾越节,将逾越节和复活节看作一个节日,制造了星期日举行圣餐的仪式。基督教的逾越节由此被逐渐废除,但仍是犹太教的重要节日。

16 黑衫即 Blackshirts,通常指黑衫党(Partito Nazionale Fascista,意大利法西斯主义政党)和其准军事组织黑衫军(Camicia Nera,意大利法西斯准军事组织),成立于第一次世界大战结束后,并于第二次世界大战结束后瓦解。

17 亨利·菲尔丁（Henry Fielding），英国小说家、戏剧家，英国启蒙运动的代表人物。代表作有《汤姆·琼斯》《大伟人江奈生·魏尔德传》《从阳世到阴间的旅行》等。

18 乔治·艾略特（George Eliot），英国作家，原名玛丽·安·伊万斯（Mary Ann Evans），英语文学史上最伟大的小说家之一。代表作有《亚当·比德》《弗洛斯河上的磨坊》《米德尔马契》等。

19 简·奥斯汀（Jane Austen），英国小说家，为了致敬她的文学贡献，英国中央银行在2013年将她的头像印刷在十英镑纸币上。代表作有《傲慢与偏见》《劝导》《理智与情感》《爱玛》等。

20 夏洛蒂·勃朗特（Charlotte Brontë）和她的妹妹安妮·勃朗特（Anne Brontë）、艾米莉·勃朗特（Emily Jane Brontë），均为英国著名作家、小说家、诗人。代表作分别为《简·爱》《艾格妮丝·格雷》《呼啸山庄》。

21 托马斯·哈代（Thomas Hardy），英国诗人、小说家。代表作有《德伯家的苔丝》《无名的裘德》《还乡》《卡斯特桥市长》等。

22 赫伯特·乔治·威尔斯（Herbert George Wells），英国小说家、新闻记者、政治家、社会学家和历史学家。代表作有《时间机器》《星际战争》《世界史纲》《隐身人》等。

23 乔治·伯纳德·萧伯纳（George Bernard Shaw），爱尔兰剧作家，诺贝尔文学奖获得者，英国现实主义戏剧作家。代表作有《圣女贞德》《伤心之家》《华伦夫人的职业》等。

24 内布沃斯（Knebworh），英格兰赫特福德郡北部的一座小镇、地方行政区。

25 德·哈维兰飞机公司（De Havilland aircraft），由英国飞机设计师、制造家德·哈维兰（Sir Geoffrey de Havilland）于1920年组建。在第一次世界大战和第二次世界大战时期，设计制造了多种高速飞机。

26 约翰·邓尼斯·普罗富莫（John Dennis Profumo），英国政治家。曾在1963年制造了普罗富莫事件，这直接导致了麦美伦保守党政府的垮台。辞职后，普罗富莫开始在伦敦东区的慈善机构汤恩比服务所担任义工，和他的妻子一起把余生精力投入慈善工作。这种贡献挽回了他的声誉，并在1975年从大英帝国官佐勋章（OBE）荣誉晋升为英帝国二等勋位爵士（CBE）。

27 玛丽·劳埃德（Marie Lloyd），原名为玛蒂尔达·爱丽丝·维多利亚·伍德（Matilda Alice Victoria Wood），20世纪初英国最为知名的女艺人，曾被称为"剧院女王"。代表歌曲作品有《我的父亲》《我爱的男孩在画廊里》等。

28 苏菲·塔克（Sophie Tucker），乌克兰人，美国歌手、女演员、戏剧演员、电台主持人。20世纪上半叶美国最受欢迎的艺人之一，拥有绰号"最后的火辣妈咪"（"The Last of the Red Hot Mamas"）。为了悼念自己的犹太母亲，她曾用意第绪语和英语演唱了《我的意第绪妈妈》（"My Yiddishe Momme"），并把这首歌曲带到了欧洲。在当时的文化与战乱背景下，这首歌在全球风靡了数十年。

29 杰罗姆·K.杰罗姆（Jerome K.Jerome），英国现代杰出幽默小说家、散文家、剧作家。代表作有《三怪客泛舟记》《闲人痴想录》《三楼去又回》等。

30 诺埃尔·考沃德（Noël Coward），英国演员、剧作家、流行音乐作曲家、导演、制片人，曾获奥斯卡终身成就奖。代表作有《与祖国同在》《水性杨花》《小城名流》等。

31 约柜（Ark of covenant），又称"法柜"，古代以色列民族的圣物，是传说中放置了上帝和以色列人所立的契约的柜子。

32 弗兰基·沃根（Frankie Vaughan），英国歌手、演员，曾创作过80余首脍炙人口的流行曲。代表作有《月光先生》《绿门》等。

33 安息日（the Sabbath），犹太教主要节日之一，希伯来语意为"休息"，词语起源于阿卡德语，意为"七"。与基督教不同，在犹太历中，每周的第七日是星期六，因此，犹太人会在星期六前往犹太教堂，诵读托拉、唱诗歌等。

34 圣手（Silver Yad），一种祭祀用品，通常由银制成，有时也会用木头或其他材料制作，用于在礼拜或教会仪式中代替手掌去触碰托拉卷轴（Torah，希伯来文中的"教谕"，指《摩西五经》或《十诫》）。Yad，在希伯来语中表示"手"，同时还有三种引申含义：（1）阅读《摩西五经》时所用的教堂用品。（2）在现代希伯来文化中被当作纪念物、纪念碑。（3）代指迈蒙尼提斯所著的《律法新诠》（Mishneh Torah）。

35 《利未记》（Leviticus），《旧约圣经》中的一卷，内容包含由摩西所记载的上帝颁布的律法与原则。

36 根据《圣经》记载,希伯来人出埃及时,在西奈山上,上帝用手指在两块石板上刻画了"十诫",这是上帝子民必须遵守的十条戒律,这两块石板被交给了希伯来人摩西。《摩西十诫》被称为人类史上第二部法律,体现了"人神契约"的平等精神,而不是单方面的制约或奴役。自此以后,"希伯来人"便很少在《圣经》中出现了,取而代之的是"以色列人"。

37 《摩西五经》(Torah),希伯来圣经中最初的五卷经文,又称摩西律法、律法书,犹太教经典中最重要的部分。五部经典包括《传世纪》《出埃及记》《利未记》《民数记》和《申命记》。

38 犹太复国主义(Zionism),又称锡安主义、犹太圣会主义,是犹太人发起的民族主义政治运动和犹太文化模式。该主义支持或认同在以色列地带重建犹太家园的行为。其中,社会主义犹太复国主义是众多复国主义流派之一,并在以色列建国过程中发挥了重要作用,对以色列内政拥有深远影响,旨在将社会主义和犹太复国主义思想相结合,意图在复国过程中坚持平等主义、集体主义和劳动至上的观点。这些社会主义犹太复国主义者也受到了当代俄罗斯和其他国家的具有空想社会主义色彩的进步思想,如民粹主义等的影响。

39 在犹太教的礼拜仪式中,信徒们会谈及 Etz Hayyim,即希伯来语中的"生命之树",并会咏唱"Etz hayyim hee, la'mahazikim ba",意为"这是凭依者(依附者)的生命之树",这里的生命之树通常指代托拉律法(Torah),犹太教徒们把自己比作这棵树上的一片片树叶,凭依而生,落叶而亡。

40 奥托·多夫·库尔卡(Otto Dov Kulka),以色列历史学家,耶路撒冷希伯来大学名誉教授,犹太人大屠杀幸存者。他的主要专业领域是现代反犹主义、现代欧洲的犹太教与基督教的关系、犹太人在德国的历史以及对大屠杀(Holocaust)的研究。曾出版奥斯维辛回忆录作品《死亡之都的风景》(*Landschaften der Metropole des Todes*)。

41 普里莫·莱维(Primo Levi),意大利作家、化学家,奥斯维辛集中营幸存者之一。战争结束后,他创作了多部作品,包括回忆录、短篇故事、诗歌、小说等等,所有作品的内容都集中在自己身在集中营时的生活、回忆与反思,于1987年坠楼身亡。代表作品有《活在奥斯维辛》《再度觉醒》《第六日》等。

42　汉斯·金特·阿德勒（Hans Günther Adler），德语诗人、小说家、学者，犹太人大屠杀的幸存者之一。战争结束后前往英国成为一名自由职业作家与老师，一生创作了26部作品，包括小说、诗歌、哲学与历史作品。代表作有《旅途》《墙》等。

43　温弗里德·格奥尔格·泽巴尔德（Winfried Georg Maximilian Sebald, W.G. Sebald），德国作家，曾获诺贝尔奖提名。出生于1944年，本人非常痛恨纳粹与法西斯，却从小与这些纠葛在一起，并对那些回忆无法释怀。他的父母是在德国进军波兰时相识相爱的，他也认为"温弗里德"是个非常"典型的纳粹名字"，并称自己为"比尔"或"马克思"。在他的写作中，四处都是与自己回忆的纠缠。代表作有《奥斯特里茨》《异乡人》《大轰炸和文学》等。

44　死亡行军（Death Marches），指纳粹德国在第二次世界大战和犹太人大屠杀结束前强行驱赶囚犯的行为。这些行军主要发生在1944年夏秋至1945年5月之间，当时成千上万的囚犯，其中大部分是犹太人，从靠近东线的德国集中营被转移到德国境内的集中营，以躲避盟军。这次行军的目的是让德国人可以利用这些囚犯做奴隶劳工，消除反人类罪行的证据，并保留对囚犯的控制，以用来与盟军讨价还价。

45　即特莱西恩施塔集中营（Das Lager Theresienstadt），又名特雷津（Terezín）集中营，曾为纳粹德国起到了重要的宣传作用。在将犹太人从德国驱逐出境时，他们公开宣称这是为了让犹太人"在东边拥有新家园"（"resettlement to the east"），在那里，犹太人将被迫从事劳动。由于不少犹太人年事已高，让他们从事强迫劳动的说法似乎难以令人信服，因此纳粹德国利用特莱西恩施塔集中营来掩盖驱逐的本质。在纳粹的宣传语中，特莱西恩施塔特犹太人区被讽刺地描述为一个"温泉小镇"（"spa town"），年长的德国犹太人可以在那里安全地"退休"。然而，将犹太人驱逐到特莱西恩施塔特是纳粹欺骗策略的一部分。"犹太人区"（ghetto）实际上是一个被纳粹占领的东欧犹太人集中营和屠杀区，也是去往特雷布林卡及奥斯维辛等集中营的中转站。

46　家庭营（familienlager），1943年9月，5000名囚犯被两艘船从特雷津犹太人区驱逐到奥斯维辛－比克瑙。与以前的流放不同，他们获得了不同寻常的"特权"：一到集中营，他们不需接受通常的"挑选"，而且在这个营地里,家庭成员也没有被拆分——因此被称为"家庭营"。其他"特权"还包括特雷津囚犯在抵达时不必接受剃光头的耻辱仪式,儿童被允许在儿童区度过白天。在同年12月和次年5月,又有大批囚犯从特雷津运来,许多犹太人被安置在家庭营里。然而,这里的居住环境十分恶劣,死亡率与其他地方的集中营没有太大差别。1944年3月,首批进入奥斯维辛的家庭营犹太人被集体送往了毒气室。1944年7月,又有大批家庭营犹太人被处死。在第二次世界大战期间,发生在这个家庭营的两次大屠杀是规模最大、最恶劣的集体屠杀事件。

47 塞莫皮莱战役(Thermopylae),公元前481年波斯军远征希腊时的一场战役,也是"斯巴达三百勇士"故事的发生地。

48 萨拉米斯海战(Salamis),即温泉关战役,公元前480年发生在希波战争中的一次海战,在这场海战中,希腊联军凭借数万陆军和400艘战舰,成功击退了拥有十万陆军和800艘战舰的波斯军队,使希腊诸城邦获得了决定性胜利,而波斯帝国也从此走向衰败。

49 约翰·克里斯托弗·弗里德里希·冯·席勒(Johann Christoph Friedrich von Schiller),德国著名诗人、哲学家、剧作家、历史学家,德国启蒙文学的代表人物之一。早期的席勒专注于历史和美学的研究,直到法国大革命开始后,他才开始将美学研究与社会变革等问题进行密切结合,并在好友歌德的鼓励下,创作了多部文学作品。晚期的创作通常以历史题材为主,以悲壮的风格描绘宏大的社会变革故事。代表作品有《威廉·泰尔》(歌德也在这一时期创作了《威廉·迈斯特》和《浮士德》)、《华伦斯坦三部曲》《玛利亚·斯图亚特》等等。

50 约伯(Job),出自《圣经》中的《约伯记》,他以正直、虔诚和慈善而著称,家庭幸福,财产丰厚,哪怕在遭受神的考验与撒旦的磨难后,依然忠诚不渝地敬畏着神明,保持正直。

51 《善良者》(The Kindly Ones),原法语书名为Les Bienveillantes),由乔纳森·利特尔(Jonathan Littell)所创作。作者于1967年出生,是一名美国犹太裔作家,在2006年出版了法语作品《善良者》。该作品一经发布,便在同年获得了两项法国最大的文学奖:龚古尔奖(Prix Goncourt)和法兰西学院小说大奖(Grand Jury Prize of the Academie Francaise),并在法国热销。该书英文版等其他版本于2009出版开始在英国、美国以及世界其他国家发行,销量非常高。文学界对此书充满争议,评论几乎两极化。

52　《谎言之皇》(The Emperor of Lies)，首次出版于2009年，并在同年获得瑞典最具威望的奥古斯都文学奖（August Prize），作者为史蒂夫·塞姆－桑德伯格（Steve Sem-Sandberg），瑞典记者、小说家、纪实文学作者和翻译家，曾在2005年因出版的虚构小说荣获道布鲁格小说奖（Dobloug Prize）。

53　查姆·莫德恰伊·鲁姆科夫斯基（Chaim Mordechaj Rumkowski），商人，同时也是波兰一家孤儿院的负责人。1939年10月13日，他被德国占领政府任命为罗兹犹太区的法官（Judenälteste），或称犹太长老（Jewish Elder）。在强权统治下，到1941年春天，他已经成为仅次于德国纳粹占领当局的真正独裁者，对这里的犹太区保持着绝对的控制权，有时甚至会在德国警卫的协助下暴力镇压反对者。鲁姆科夫斯基建立了犹太区自己的货币，稳定经济，打击走私，确保63%的儿童能够在这里建立的学校中上学。毁誉参半的他在1944年8月和家人被驱逐到奥斯维辛集中营，并在那里死亡。

54　亚历山大·索尔仁尼琴（Alexander Solzhenitsyn），俄罗斯作家，第二次世界大战时担任苏联炮兵连连长，曾因自己的作品屡次陷入争议旋涡，于1970年荣获诺贝尔文学奖，死后被誉为"俄罗斯的良心"。代表作有《伊凡·杰尼索维奇的一天》《第一圈》《莫要靠谎言过日子》等。

55　《论出版自由》(Areopagitica，又译作《阿雷奥帕吉蒂卡》)，是英国诗人、思想家约翰·弥尔顿（John Milton）在1644年向英国国会提出的一篇演说词。此文是对出版前审核制度的强烈谴责，同时也是历史上最具影响力的对于言论自由和新闻自由的热情辩护。约翰·弥尔顿的代表作还有《失乐园》《复乐园》《力士参孙》等。

56　即在美国世贸中心遗址上建造的归零地（Groud Zero），又称"9·11"国殇纪念中心、"9·11"纪念博物馆，用于纪念这一段历史。

57　"9·11"纪念碑上铭刻着近3000名遇难者的名字，名字的排序看似随机，实际上是通过复杂的运算被排列在一起，建筑师迈克尔·阿拉德称之为"meaningful adjacencies"（有意义的邻接）。彼此有联系的遇难者会被排在一起，既能表现遇难者临终时的所处位置和身旁的人，也能展示出遇难者之间的友谊、亲情和英雄行为。整体而言，遇难者的名字被分为两组，均匀分配给纪念水池——北池和南池的两块纪念碑，他们包括世贸中心北楼遇难者、11号航班遇难者、1993年2月世贸中心爆炸案的遇难者、世贸中心南楼遇难者、"9·11"勇士勋章获得者、175号航班遇难者、五角大楼遇难者、77号航班遇难者以及93号航班遇难者等九组。

58　均为"9·11"事件中被劫持的航班。

59　"9·11"事件后，纽约曼哈顿下城区为设计纪念馆而全球公开招募设计方案，最终，以色列建筑师迈克尔·阿拉德的作品《缺席倒映》（Reflecting Absence，又称《倒影缺失》）于2004年从63个国家的数千份设计方案中被选出，获得了评审委员会（由艺术家、遇难者家属、政府代表和当地市民组成）的认可。之后，景观设计师彼得·沃克与配合建筑师戴维斯·邦德也进入了这个团队。

60　准精神（quasi-spiritual），主要指以技术为支撑或物质为载体的精神产品。

61　纪念池的周围共种有225棵白橡树（美国国树），包括一棵在"9·11"事件中幸存下来的豆梨树（Callery pear），它们被用来缅怀逝者，并象征重生的希望。

62　纪念馆的入口处有两根顶端呈三叉戟形状的钢梁，每根重达45吨，近七层楼高，属于已被损毁的双子塔的一部分。这两根钢柱象征着人们克服那场灾难的勇气，也象征着对未来的希望。

63　林肯纪念堂位于华盛顿特区国家广场西侧，与国会和华盛顿纪念碑（方尖碑）连成一条直线。标志建筑为殿堂中心的亚伯拉罕·林肯坐像，高约5.8米。雕像的左侧墙壁镌刻着林肯总统的演说词，右侧为盖茨堡演说词，他的正后方刻着"林肯永垂不朽，永存人民心中"。

64　马丁·路德·金纪念石像位于华盛顿特区的潮汐湖畔，与林肯纪念堂遥遥相望。实际上，在1963年，马丁·路德·金曾在林肯纪念堂发表过著名演说《我有一个梦想》。这座纪念石像是由中国雕塑家使用中国花岗岩雕刻的。

65　威斯敏斯特教堂（Westminster Abbey），又称威斯敏斯特修道院、西敏寺，位于伦敦泰晤士河北岸。在这座地位极高的教堂中，有许多王室成员与英国伟人埋葬在此，如狄更斯、吉卜林、乔叟、牛顿、达尔文、丘吉尔等等。但是在地下室的墓碑林中，还有一块无名烈士墓碑，上面还有一段极其有名的碑文："当我年轻自由的时候，我的想象力没有任何局限，我梦想改变这个世界……"碑文的结尾写道，"谁知道呢？也许我连整个世界都改变了。"

66 巴勃罗·毕加索（Pablo Picasso），西班牙画家、雕塑家，现代艺术创始人，西方现代派绘画的主要代表。他的作品风格丰富多样，艺术形式十分多变，遗世作品多达三万余件。代表作有《格尔尼卡》《亚威农少女》《和平鸽》等。

67 《格尔尼卡》（Guernica），是以法西斯纳粹轰炸西班牙北部重镇格尔尼卡，杀害无辜平民的事件而创作的一幅巨型油画，整幅画作只有黑、白、灰三种颜色，结合立体主义、现实主义和超现实主义风格表达了浓重的苦难与兽性，控诉了法西斯战争的暴行与带给人类的灾难。

68 奥西普·扎德金（Ossip Zadkine），法国雕塑家，首批在雕塑作品中使用立体主义的雕塑家之一，代表作有《被毁灭的城市》《奥菲斯·斯戴戈》等。

69 《被摧毁的城市》（Destroyed City），奥西普·扎德金在1951年至1960年间创作的青铜雕像，主体形象接近人形，各个部位多有扭曲，腹部是一个边缘扭曲的空洞，双臂伸向天空，身前还有一株貌似只剩下根部与枝干的小树。这座雕塑作品诉说了战争的惨烈，同时也表达了当地人民与全人类的顽强不屈精神。

70 瑞秋·怀特里德（Rachel Whiteread），英国艺术家，善于使用混凝土、金属等工业材料，以日常物品或建筑为题材进行创作。但与寻常的视角不同，她擅长使用负铸法，创造"负空间"（nagative space），将空气具现化。这里提到的在维也纳创作的作品，被称为"犹太广场大屠杀纪念碑"（Judenplatz Holocaust Memorial），是为了追悼在第二次世界大战期间惨遭屠杀的6.5万名奥地利犹太人而创作的。它的外形酷似图书馆，外墙为数千册图书书脊的造型，实际上是寻常图书馆内部空气的实质化形状，仿佛是在图书馆内注入水泥，再拆开外部的图书馆而形成的。

71 柏林大屠杀纪念馆（Berlin Holocaust Memorial），为了祭奠在纳粹大屠杀中遇难的600万犹太人而建造，于2005年5月正式落成，位于柏林市中心，即第二次世界大战结束时希特勒的地下总理府附近。这片碑林的地上部分由2711块巨型水泥立方体构成，它们以高低错落的形式被列成方阵，既像水泥麦田，又像一座大型迷宫，共占地约2万平方米，地下则是历史博物馆。这片广场的四周还有扬声器，用于不断播放大屠杀遇难者的姓名。

72 在 2011 年的"9·11"事件十周年纪念活动之前,美国纽约艺术家安藤美夜(Miya Ando)用双子塔残铁创作了一件大型雕塑作品《"9·11"之后》(After 9/11),并将此作品赠予英国,以悼念在那场恐怖袭击中丧生的英国公民。伦敦市长还在贝特西公园为这件雕塑举行了隆重的揭幕仪式,可惜的是,当地政府仅仅给这件雕塑提供了 28 天的放置许可期限。没过多久,这件雕塑就被随意弃置在了英格兰剑桥郡的农场中。

73 楔形光(The Wedge of Light),又称"光之楔",是世贸中心遗址重建总规划建筑师丹尼尔·里伯斯金(Daniel Libeskind)为世贸中心二号楼提出的设计概念。他希望在每年的 9 月 11 日,让整个纪念中心充满光亮,没有任何阴影。这一概念起初便受到了大量争议,最终未能实现。

74 此处的泥墙(the slurry wall)指"9·11"事件结束后,损毁的世贸中心地下的混凝土墙,这堵墙围绕世贸广场,厚达 91 厘米,是为了保护世贸中心的地下层不受哈德逊河洪水的侵袭而修造的。在清理废墟并修建"归零地"的过程中,工人们精心维护了这处水泥墙,并用额外的钢铁进行了加固处理。有人声称,这堵墙"证明了一个国家的决心和韧性"。

75 原双子大楼在"9·11"事件中坍塌损毁后,经过重新规划和建设,人们建造了新的纽约世贸中心一号楼,并于 2014 年竣工。一号楼又被称为"自由塔""9·11 塔""世贸中心瞭望台"等,实际官方名为"一号世贸中心"(One World Trade Center)。包括塔尖在内,世贸中心一号楼的高度为 541 米,这一数字代表着美国《独立宣言》的签署年份。

76 托马斯·杰斐逊(Thomas Jefferson),美国第三任总统,开国元勋之一,美国《独立宣言》主要起草人。在任期间,他大力保护农业,发展民族资本主义工业,精通多种专业,主张人权平等、言论、宗教和人身自由,还创办了弗吉尼亚大学,还曾书写《弗吉尼亚日记》《弗吉尼亚自由宗教法案》等,并通过后者实现了美国的政教分离。托马斯·杰斐逊同时是一位坚定地反城市(anti-city)主义者,他曾在书信中写道:"我不赞成把正在成长的人们安置在人口稠密的城市,因为他们会养成一些习惯和癖好,而这些习惯和癖好对他们下半辈子的幸福没有任何帮助。"对杰斐逊来说,城市标志着一种自然的衰落——偏离了杰斐逊一贯秉持的田园和农业理想,尽管他在晚年对一些制造业的需求上做出了一些让步。

77 罗伯特·尼尔·麦格雷戈（Robert Neil MacGregor）是英国艺术历史学家和前博物馆馆长。1981—1987 年，他担任伯灵顿杂志的编辑；1987—2002 年，担任伦敦国家美术馆馆长；2002—2015 年，担任大英博物馆馆长；目前担任柏林洪堡论坛的创始馆长。代表作品有《德国：一个国家的记忆》《大英博物馆世界简史》《用 100 件物品记录世界历史》《与神共生：关于信仰和民族》等。

78 1919 年，艾萨克·卡拉索（Isaac Carasso）在西班牙创办了第一家达能（Danone）酸奶厂。达能的名字是指他的儿子"小丹尼尔"。在那时，他的酸奶只在药店有售。1929 年，卡拉索首次在巴黎创立了达能品牌，并让人们从此将酸奶视为一种令人愉悦的食品，酸奶从此被投放在乳品店和杂货店销售。如今，达能集团已发展成欧洲第三大食品集团，并列全球同类行业前六名。

79 原文指英式的"banger"和"sausage"的不同。英式香肠和犹太餐中的香肠区别较大，两者的形状、口味、质感和原材料均不同。传统的英式香肠（banger）会添加大量的脆饼干或其他类似的小麦食品，这让香肠在加热时会鼓起泡泡，并发出"砰砰（bang）"的声响，其肉含量也比其他香肠低很多。犹太文化中最广为人知的元素之一便是熟食店（deli），而犹太餐中的香肠往往肉含量很高，肉汁饱满，与其他熟食一同受到食客的喜爱。

80 全名阿尔佛瑞德·威利·鲁迪·杜契克（Alfred Willi Rudi Dutschke），1968 年德国学运领袖，代表发言者之一。在 1961 年，鲁迪·杜契克在柏林墙启用前一天从东德逃到西柏林，并在柏林自由大学就读，研究学习马克思主义理论。在此期间，他加入德国社会主义学生联盟，多次发起包括反对越战等社会运动。1968 年，德国青年出于对政府的不满，发起德国学运，要求改革。在学运中，活动发言人鲁迪·杜契克被反共青年开枪击中头部，但仍被救活。1969 年，鲁迪·杜契克前往英国养伤，后被驱逐至丹麦，并开始投入反核运动中。由于旧伤，鲁迪·杜契克最终死于 1979 年。

81 德国经济奇迹（Wirtschaftswunder），是指由德国（西德）总理康拉德·阿登纳与路德维希·艾哈德所主导的一系列经济改革与发展。1945 年纳粹德国战败投降后，德国分裂为东德、西德，由美、苏、英、法共同管理，战后民生潦倒，经济低迷。在两任总理的管理下，西德经济于 1948 开始逐渐回暖，并在 20 世纪五六十年代赶超战前水平。

82　恩斯特·台尔曼（Ernst Thälmann），德国共产党（KPD）主席，工人阶级革命者。17 岁时加入德国社会民主党，1917 年加入德国独立社会民主党，为亲共产主义派成员，该派系于 1920 年与德国共产党合并。恩斯特·台尔曼于 1923 年组织领导了汉堡起义，并于 1932 年参加德国总统大选，竞争对手之一便是阿道夫·希特勒。1933 年，台尔曼在柏林被盖世太保逮捕，并被囚禁了十余年，最终在布痕瓦尔德集中营被杀害。

83　勒哈指弗朗茨·勒哈（Franz Lehár），奥匈帝国作曲家。他主要以轻歌剧而闻名，知名代表作为《风流寡妇》，他还创作过华尔兹舞曲，其中为波琳·冯·梅特涅公主创作的华尔兹舞曲《金与银》最为出名。

84　华尔兹采用 3/4 拍，又称四三拍、三拍，节奏特点为"强—弱—弱"。

85　白厅（WhiteHall），位于英国伦敦市中心地带的一条街，被人们当作英国行政部门的代称，它连接议会大厦和唐宁街，国防部、外交部、内政部、海军部等政府机关均设在这里。

86　歌德指约翰·沃尔夫冈·冯·歌德（Johann Wolfgang von Goethe），著名德国思想家、自然科学家、作家，代表作有《少年维特之烦恼》《浮士德》《潘多拉》等。1794 年，随着欧洲民主运动的高涨和空想社会主义思想的广泛传播，歌德的思想也深受影响，作品《浮士德》便是在这样的背景下完成的创作。

87　戈培尔指保罗·约瑟夫·戈培尔（Paul Joseph Goebbels），德国政治家、演说家，在纳粹德国时期担任国民教育与宣传部部长。以铁腕维护捍卫希特勒政权和第三帝国体制，被称为"宣传的天才""纳粹喉舌""创造希特勒的人"。致力于小说、剧本和诗歌的创作，代表作有《迈克尔》《戈培尔日记》等。

88　"永恒犹太人"展览即"Der Ewige Jude"，中世纪民间传说中"游荡的犹太人"的德语名称，也是纳粹在战前举办的最大的公开反犹太展览的名称，纳粹德国还为这一展览起名为"堕落艺术展"，并创造了一个臭名昭著的象征形象作为海报。

89　包豪斯（Bauhaus），是一场 1919 年在德国魏玛开始的一个极有影响力的艺术和设计运动，同时也是魏玛市的"公立包豪斯学校"（Staatliches

Bauhaus）的简称，两德统一后更名为魏玛包豪斯大学（Bauhaus-Universität Weimar）。该运动鼓励教师和学生在设计室和工作室共同进步，追求工艺上的至臻。1925 年，学校迁至德绍；又于 1932 年迁至柏林；之后，包豪斯在不断受到纳粹骚扰的情况下被迫关闭。包豪斯的美学继续影响着建筑师、设计师和艺术家。

90　弗兰兹·埃里希（Franz Ehrlich），在 1927—1931 年间就读于包豪斯，后因向共产主义杂志投稿而在 1934 年被纳粹逮捕，由于是建筑师，他从布痕瓦尔德集中营中幸存下来，成为契约劳工。第二次世界大战结束后，弗兰兹·埃里希继续作为建筑师活跃在城市规划领域。

91　古拉格（gulag），指苏联政府的一个机构，负责管理全国劳改营。1918 年，第一所古拉格劳改营在苏联建立，用于关押犯罪者、内战战俘、持不同意见者等。据记载，在 1929—1953 年间，共有 1400 万人被关入全国各地的古拉格劳改营；苏联曾同时拥有 476 座独立劳改营。这些劳改营还在第二次世界大战中为苏联生产制造了大量战争用品，由于生存条件恶劣、劳动量极高且营养摄入不足，大量劳改犯死于古拉格劳改营中。第二次世界大战结束后，又有大量德军俘虏和曾经的苏军战俘被关押于此。直至 1987 年，苏联的劳改营才全部关闭。

92　呼愁（hüzün），土耳其语，带有忧伤、忧郁、沉闷等意味，其阿拉伯语词源 hüzn 与 hazen 首次出现于《古兰经》中。

93　奥尔罕·帕慕克（Orhan Pamuk），全名为费利特·奥尔罕·帕慕克（Ferit Orhan Pamuk），土耳其当代著名小说家，生于伊斯坦布尔。其作品曾获得国际 IMPAC 都柏林文学奖、法国文艺奖等国际奖项，并在 2006 年获得诺贝尔文学奖。代表作有《雪》《我的名字叫红》《伊斯坦布尔》《天真的和感伤的小说家》等。

94　穆安津（muezzin），伊斯兰教职称谓，意为"宣礼员"，清真寺中每天按时呼唤穆斯林做礼拜的人。

95　指让-保罗·萨特（Jean-Paul Sartre），法国哲学家、文学家、评论家、戏剧家，支持无神论存在主义，西方社会主义的积极倡导者之一。他拒绝接受任何奖项，其中包括诺贝尔文学奖。和西蒙娜·德·波伏娃是恋人关系。代表作有《存在与虚无》《存在主义是一种人道主义》《肮脏的手》等。

96　西蒙娜·德·波伏娃（Simone de Beauvoir），法国存在主义作家，女权运动创始人之一，曾凭小说《名士风流》获龚古尔文学奖。代表作有《第二性》《名士风流》等。

97 塔克西姆广场（Taksim Square），位于伊斯坦布尔市中心，地理上也是伊斯坦布尔的制高点。这里曾是政治抗议活动的重要场所，曾多次出现示威与抗议活动，包括2013年5月的民众示威事件。2013年，政府准备拆毁盖齐公园（Gezi Park）并建造商业中心与兵营，民众为了抗议而在塔克西姆广场进行和平示威。示威活动随后演变成骚乱，警方启用高压水枪、投掷催泪瓦斯，试图驱散上万名示威者，这一举动激起了更大规模的抗议。6月13日，时任总理埃尔多安与抗议者代表进行了对话，最终表示把是否拆除公园交给法院裁决。

98 塔希尔广场（Tahrir Square），又名开罗解放广场，位于埃及的首都，开罗市的中心。在2011年6月，埃及民众不满政府腐败、失业率和物价等问题，在各地进行大规模集会，要求总统穆罕默德·胡斯尼·穆巴拉克下台。发生于塔希尔广场的冲突最为严峻，事态最终上升为持续多日的流血事件，共造成上千人受伤。

99 索伦·奥贝·克尔凯郭尔（Soren Aabye Kierkegaard），丹麦心理学家、哲学家、诗人，现代存在主义哲学创始人。代表作有《恐惧与战栗》《非此即彼》《两个启发性谈话》等。

100 维克托·什克洛夫斯基（Viktor Shklovsky），俄国文学评论家、小说家，俄国形式主义学派的创始人和领袖之一。代表作有《感伤的旅行：回忆录》《作家的精妙技巧》《一个科学错误的纪念碑》等。

艺术、艺术家和评论家

Art, Artists and Critics

保罗·瓦雷里[1]从卡米耶·柯罗[2]的风景画中，汲取到了"我们应该为敢于谈论艺术而道歉"的观点。也许正是柯罗在枫丹白露森林的户外作画时捕捉到的那抹无与伦比的纯净光彩，才让诗人觉得不应用散文来表现它。不过，任何一位诚实的作家都会和瓦雷里一样，他们相信，把视觉翻译成文字根本就是一种笨拙的徒劳行径。

尽管如此，人们对此还是孜孜不倦。为何？我怀疑，部分原因来自过盛的热情，一种想要分享通过知识积累而获得的洞察力的冲动，虽然不一定是自私自利的；也可能源于杜尚[3]所说的"视网膜震颤"[4]（并非贬义），这是面对物质界的作品时产生的发自内心的共鸣。瓦尔特·本雅明[5]错了，艺术作品的光环"在机械复制的时代"反而会随着数字技术的普及变得越来越不可复制。因此，即使有着"图说（ekphrasis）"[6]这个古老的任务，非学术性的艺术写作仍然是一件有价值的事情。

它把自己置身于两者之间，它们分别是可怕又沉重的目录论文[7]——庄严之链与理论的铁球在作品背后相互碰撞，发出了有力的叮当声响——以及挂在墙上的必要总结说明。最令人难忘的艺术评论写作往往是最个人化的，它们来自初次邂逅的那一瞬间。我的已故友人罗伯特·修斯，在表达这种转瞬即逝的丰富咏叹上有着无与伦比的才华，而当《时代》杂志决定彻底不再做艺术批评专栏时，他和我们一样感到震惊和沮丧。

20世纪70年代，我开始为TLS[8]（当时的编辑为约翰·格罗斯）撰写艺术评论，主要（但并非总是）关于荷兰绘画。如何同时具备指导性与启发性，成为一种挑战，而这种挑战在过去为《纽约客》[9]撰写评论的多年间便早已存在：如何在为观者创造期待感的同时，提供适量的知识与疑惑，从而为观者带来更加丰富的画廊体验。本书的一些章节便是如此，带领观者与那些当代艺术家们一同参观。众所周知，艺术家们对自己的作品总是言简意赅，因为他们完全有权利这样做。在海伊文学节[10]，我花了一生中最曲折的一个小时，试图从霍华德·霍奇金（我与他相识多年）那里汲取有关他对绘画的任何见解——这是某些观众会在残酷戏剧中享受到的一种极其痛苦的折磨，我这个"冗长"的评论家被对面这位大师那固执的沉默彻底摧毁了。但同样有许多人，尤其是在接下来的文章中出现的女艺术家们，她们曾为我慷慨解忧，这些人可以情感饱满地讲述自己的艺术，以令人激动的方式描绘自己构思和执行艺术的过程。正是她们那充满创造力的热情款待，才能让评论家们，尤其是我，摆脱瓦雷里的尴尬。

色彩宫殿
The Palace of Colour

蓝色能有多蓝？蓝色能有多深？几年前，我以为我会在毕尔巴鄂古根汉美术馆[11]遇到终极的蓝色，在这个画廊的地板上，平铺着一层伊夫·克莱因[12]蓝。克莱因的职业生涯宛如昙花一现，他在32岁时就去世了。在这短暂生涯的大部分时间里，他都沉迷于清除色彩与外界的无关联系。他认为，姿态抽象便凝结着多愁善感的无关性。但在寻找色彩纯度的过程中，克莱因意识到，无论颜料表面上看去是多么纯净，当它与诸如油、蛋液或丙烯酸等黏合剂混合后，强度就会变低。所以，他委托别人制作了一种合成黏合剂，来抵抗光波的吸收，从而获得最高的反射率。在参观毕尔巴鄂[13]之前，我一直认为他只是位有点孤僻和无聊的人，直到我看见"克莱因国际蓝"（这是他申请专利时起的名字），画作表面嵌入了诸多海绵，克莱因用滚筒刷把颜料平整地涂抹其上。这幅光景让我眼球的里里外外，从视杆细胞到视锥细胞都不禁欢快摇摆起来。"就是它了。"我心想，它不可能变得更蓝了。

直到 YInMn 蓝问世，这是马斯·苏布兰马尼安在俄勒冈州立大学材料科学实验室的一项实验中偶然获得的产物。镁、钇和铟的氧化物被放在 2000 摄氏度的高温下加热，原目的是制造对电子工业有用的东西。结果，呈现在众人面前的却是一种全新的无机颜料，它吸收了红光和绿光的波长，留下了有史以来最蓝的中度蓝色。苏布兰马尼安下定决心要把一份样本送到"颜料圣堂"之中——那是位于哈佛大学的福布斯收藏库[14]，这里有超过 2500 种颜料样本，它们从视觉上和物质上，共同记录了我们在过去的数千年间对颜色的渴望史。货架上的蓝色颜料包括"埃及蓝（Egyptian Blue）"，这是 5000 年前第一种人工合成颜料的现代近似物，可能得自稀有矿物铜硅钙石，将钙和铜的化合物、二氧化硅和钾盐加热到 850 摄氏度～950 摄氏度所获，曾用于装饰彩陶、皇家陵墓的雕塑，以及庙宇的壁画。在那古老的技术失传之后，强度足以渲染海洋和天空的蓝色颜料，是由风化的碳酸铜制成的：蓝铜矿（azurite，出自波斯语 izahward），希腊人称之为 kuaonos，拉丁语为 caeruleum，这是人类对"蔚蓝（cerulean）"的憧憬。蓝铜矿晶莹明亮，若与黏合剂结合，或是暴露在光线与空气中，很容易褪色。1271 年，马可·波罗在如今的阿富汗巴达克山上发现了青金石，通过精心去除黄铁矿这一闪闪发光的杂质，人们得到了群青色（Ultra Marine）——来自"海之彼方"的蓝色。按盎司计算，珍贵的群青颜料的价格甚至超过了黄金，最初是为圣母的服饰而预备的。除此以外，福布斯收藏库中还有专为穷苦搬砖画家而准备的穷人蓝色——用碎钴制成的大青色（Smalt）。它却以容易褪色而知名，刚落于纸上时颜色亮丽，这种颜色会在几百年内逐渐褪成淡绿色。

福布斯收藏库的存在，归功于艺术与科学相互依存的信念，但它也是一个收容着文化热情的详尽档案库。几个世纪以来，尽管有许多志向高远的理论家俯视着色彩，仅仅把它们当作视网膜上的娱乐项目，不具备任何崇高的理念，可那些画家常常有着不同的看法。在一次现代主义者对"制图（Disegno）"和"绘图（Colore）"这一古老话题[15]再次进行争论的时刻，瓦西里·康定斯基[16]提出了自己的观点：两者没有概念上的孰轻孰重，但色彩的确占据了绘画空间，与之相比，线条只是在颜色中穿插而过。毫无疑问的是，针对颜色的争执总是能上升到全新的高度。藏有众多新式颜料和大量历史标本的福布斯收藏库中，还陈列着梵塔黑（Vantablack），这种材料能够吸收高达 99.6% 的光波，被喷涂在物品表面后，会形成一层纳米管阵列。这一材料最初是为了军事用途而被发明的（比如在唐纳德·特朗普的星战之梦中出现的隐形飞行器[17]），雕塑家安尼施·卡普尔[18]则看到了另一种可能：为自己的作品增添无与伦比的真空，坍缩的光线足以成为充满设计感的黑洞。在与梵塔黑的制作者合作后，他取得了这种颜料的专利，仅供自己使用。众人的强烈抗议刺激了竞品的产生，那便是奇点黑（Singularity Black），虽然对光线的吸收能力稍差，但也可以用作颜料。更具戏剧性的是，艺术家斯图尔特·森普尔[19]被驱使着创造了最粉的粉色（Pinkest Pink），将其免费提供给整个艺术界使用，并明确声明——卡普尔除外。对此，卡普尔毫不畏惧，还通过某种方式获取了这种颜料。接着，他给自己的中指（而不是小拇指[20]）裹上了粉色，并把竖起的粉色中指发到网上，给森普尔和其他批评家"观赏"。

纳拉扬·坎德卡尔[21]是哈佛艺术博物馆施特劳斯保护与技术研究中心的负责人，他在欣赏这些颜料笔触，并透过玻璃窗向公众展示它们的同时，也深深地明白，自己所担负的是一项无比严肃的任务：对于理解艺术作品的创造和保存而言，收藏库内的资源是无价之宝。巨大的色彩图书馆与技术实验室一同坐落在通风的钢材料建筑里，配备有滤光玻璃，这是由建筑师伦佐·皮亚诺为福格艺术博物馆设计建造的。颜料被一排排存放在管子里、罐子里、碗里，透过高高的落地玻璃柜门清晰可见。学识渊博且能言善辩的坎德卡尔想到了个好点子，他把传统的色环拉直，让颜料们按照色环的顺序排成一条直线，一端是红色，另一端则是绿色。这里还有19世纪的炫目化学发明：铬绿（Viridian Green）、镉橙（Cadmium Orange）和铬黄（Chrome Yellow）等等。凡·高便对铬黄情有独钟，但随着时间推移，这个颜料让他的向日葵开始不断地褪色。不过，福布斯收藏库的独特"镇馆"藏品，便是那些有着悠久历史的自然颜料——在这些秘传的、危险的、有毒的，昂贵到令人望而却步的和不知何时就会褪色的天然颜料被化学合成颜料取代之前，它们才是画家调色盘上的主角。

这些文物里包括龙血红（Dragon's Blood），它在古代和中世纪颇具盛名，被认为是龙与象在肉搏中从伤口流下的血液。这种强烈的红色色素实际上来源于生长在索科特拉岛（位于阿拉伯海）和苏门答腊岛上的树木所分泌的树脂，特别是藤蔓棕榈树和德拉科龙血树。但是，在福布斯收藏库内的龙血红样本已经开始褪色（很可能是由于暴露在紫外线下），变成了黯淡而蒙尘的玫瑰红，与19世纪一种名为"cuisse de nymphe émue"的颜料非常接近——"兴奋仙女的大腿"之色（指略透出淡红的白）。龙血红的耐光性一直和它背后的神话传说一样不可靠，即使在15世纪早期，琴尼诺·琴尼尼的实用手册《艺术之书》[22]就曾警告艺术家们，别被它的名声所迷惑，它的"存在不会给你带来多大帮助"，这意味着它很可能会在光线和空气下褪色。从这些古代遗物来看，最好还是用茜根、红赭石或是红铅丹吧。

但仍有许多藏于福布斯的标本保留了诗意的神秘起源。地中海东部有一种骨螺壳，为了制作一盎司的泰尔紫（Tyrian pruple），需要25万只骨螺壳，这种颜色被用来点缀罗马共和国治安官、参议员和将军们的长袍边缘，至于皇帝的长袍，则需要更多泰尔紫来染色。收藏库里还有一块有毒的黄褐色朱砂，几个世纪以来，它都是用来制作朱红色的必需成分。琴尼尼还建议，购买时最好挑选固态的色块，并轻轻敲打顶部，以免有人用掺有砖灰的假货冒充。这里还有用亚砷酸铜制成的席勒绿（Scheele's Green），首次合成于19世纪初，比传统的铜绿（verdigris）更加生动，后者是用醋或烈性红葡萄酒与铜发生反应时释放出的微粒所制成的，十分费力。不久之后，制造成本极其低廉的代替品被创造出来，那便是翡翠绿（Emerald），又称巴黎绿（Paris Green），颜色更加鲜亮的它被涂抹在维多利亚时代的墙纸上和儿童玩具上。而且，根据颜料匠（为艺术家准备和供应材料的人）乔治·菲尔德所说，让孩子把玩这种颜料已经足够令人恐慌，可他震惊地发现，翡翠绿竟然还会流入糖果店中。为英雄之死而哀悼的拿破仑党人认为，英国人便是故意让拿破仑睡在一个铺有致命绿色的房间里，借由临海圣赫勒拿岛上的湿气与翡翠绿产生化学反应，暗中释放砷气体，从而使这位被俘虏的皇帝中毒的。

这里还有两管木乃伊棕（Mummy Brown），是用埃及死者的黏液制成的，人们认为这种材料富含沥青，可用于防腐、防昆虫，甚至能避免真菌造成的腐烂。至少从16世纪起，捣碎的木乃伊一直在欧洲医药领域发光发热，被认为可以治疗任何疾病：从胃病、月经阻塞到癫痫发作。约翰·桑德森爵士是一位早期木乃伊商人，他在1586年运送了270千克各式各样的零碎木乃伊部位，以满足市场需求。颜料匠和药剂师通常拥有相同的库存，和略显神秘的炼金术名声，他们拥有普通人无法得知的奇异秘密。"沥青（Bitumen）"被当作柏油和各种渣淬的总称，因其黄褐色的光泽而备受推崇。但将这种独特颜料的声誉抬高到空前高度的，是19世纪的人们对来自东方的猎奇元素所注入的浪漫情趣。19世纪30年代和19世纪40年代流行的服装画主色调为深褐色，并涂有大量清漆，仿佛这种古铜色能够赋予历史的真实性。乌贼黑和烧棕土在当时已是触手可及的颜料，但如果透纳[23]需要更加饱满丰富的色彩表现，他会直接掏出木乃伊棕。据说，在19世纪50年代，巴黎市政厅的和平厅（Salon de la Paix）天花板上的壁画就是用木乃伊棕绘制的；不过，自从大厅在1871年巴黎公社运动中被摧毁后，我们永远无法知道真相了。"木乃伊潮"的风尚并不长久，到了19世纪中期，劳顿·奥斯本在《青年艺术家和业余油画爱好者手册》中建议道："在我们的画布上涂抹波提乏的妻子[24]可谓一无所取。"不过，像阿尔玛·塔德玛[25]这样的历史图片专家仍旧很喜欢它（木乃伊），但据爱德华·伯恩·琼斯[26]的妻子乔治娜所说，当阿尔玛·塔德玛告诉这位拉斐尔前派画家，他打算去看看木乃伊棕被变成颜料之前的样子时，伯恩·琼斯嗤之以鼻道，这个颜料名不过是个孩子气的幻想。在被告知木乃伊棕的确是用木乃伊所制造的之后，伯恩·琼斯坚持要把自己的那管颜料埋葬在花园里，再种下雏菊来陪伴木乃伊——绝非出于想让木乃伊复活的心态。博学的哈佛博物馆环境保护协调员艾莉森·卡里恩斯向我展示了一块干枯的木乃伊，她解释说，虽然样本中没有发现人类骨骼的DNA，但上千年的时间或许已将生物材料降解到无法被分析的程度。

她补充道，无论如何，过去的人类在前往来世的旅途上，往往会有木乃伊化的动物陪伴，因此，一管木乃伊棕很可能是用早已死去的鳄鱼或猫的遗骸所制作的。

哈佛的收藏品不仅仅局限于罐子，抑或美国艺术家约翰·高夫·兰德在1841年伦敦发明的可卷曲折叠的锡管——后者取代了猪膀胱长达几个世纪的颜料容器地位，但当管口被刺穿以挤出颜料后，即使再把盖子拧回去，颜料也有干燥的趋势。货架上蕴藏着一颗完整的颜料星球：红茜根的剪枝，这是红色染料最常见的来源之一，当碎布料被碱溶解，再添加白矾产生不溶物质后，颜料便制作成功了；细小的银色虫子被堆积在一个玻璃碗中，像酥脆的酒吧小吃一样，它们其实是墨西哥胭脂虫（Mexican Dactylopius coccus），一种成群结队栖息在长满刺的梨果仙人掌上的有磷昆虫，当身体被压碎后，会出现富有光泽的胭脂红色，这是让卡拉瓦乔和鲁本斯都兴奋不已的颜色。随着西班牙征服墨西哥，并在当地画作和纺织染料中发现了这种亮丽色彩后，胭脂虫红（cochineal）几乎立刻取代了东欧常绿橡树上所发现的地中海胭脂虫（Kermes vermilio），后者的获取既昂贵又费力，在6月末的圣约翰节过后的两周里，是唯一一次地中海胭脂虫大量涌现的时间窗口，这期间捕获的胭脂虫将在波兰和亚美尼亚用于商业生产。

福布斯收藏库的柜子被诱人而美丽的颜料塞得满满当当：硫化砷雄黄和雌黄的石块中，锁有一簇簇火焰般的橙色。在提到这两个危险的双子颜料时，琴尼尼还附加了一条有害健康的警告，尽管他也曾声称，雌黄是用来治疗一只生病雀鹰的关键药品。由于它们实在太迷人，我干脆把头伸进柜子里，细细端详它们。"别吸气，也别碰。"温和而警惕的艾莉森对我警告道。

　　沿着这一排往前看去，有一个灰绿色皱皱巴巴的球体，大约和棒球一样大小，它被切开了一瓣，展露出蛋黄般明亮的印度黄（Indian yellow）。在创作基督教的肖像画时，黄色颜料向来不是什么硬性需求，画家通常会使用金色来绘制神圣的光环。但当巴洛克大师们尝试表现极端的明暗效果时，获取一种具有耐光性的深黄色就变得迫在眉睫了。粗糙且浓烈的黄色是卡拉瓦乔在绘制衣衫褴褛的平民臀部时的首选颜色，可见于《圣彼得的受难》这一画作上，或是《洛雷托圣母》中的下跪者身上。最便宜、最被广泛使用的传统黄色是用未成熟的沙棘果制成的，可对于伦勃朗这样的人来说，这种颜料过于容易褪色。取而代之的是一种优雅而略显苍白的铅锡黄（lead-tin yellow），比如伦勃朗的《守夜》中范鲁登堡中尉的奢华服装上的黄色，以及维米尔[27]的《戴珍珠项链的女人》里悬在头顶的淡黄色光芒。尽管铅锡黄在17世纪时的荷兰被广泛当作铅黄（massicot）使用，随后却销声匿迹了上百年，直到20世纪30年代才再度被认为是一种独特的颜料。18世纪早期，锑与铅的结合成为最早诞生的合成颜料之一的基底，这个颜料在英国被称为那不勒斯黄（Naples yellow）。但是，当欧洲列强在18世纪入侵印度时，他们看到了一种更加深邃、饱满又光润的黄色,它被用来给墙壁或壁画上色,也用来绘制莫卧儿时期的书籍插画。在波斯和土耳其的艺术史上,像藏红花和姜黄这样的植物颜料已被使用了几个世纪,但人们在印度所见到的是一种更具活力的黄色。在孟加拉、比哈尔邦和一些拉杰普特绘画中心(如斋浦尔)发现的第一批颜料样本,有许多印度名字,比如皮乌利黄(piuri)、普利黄(puri)或高格丽黄(gowgli,这个词来自波斯语中的"gangli",直接翻译过来意思为"牛土")。1786年,业余艺术家罗杰·德赫斯特记录了自己购买和使用这种颜料的过程,但直到19世纪初期,印度黄才在浪漫主义画家的调色盘上确立了自己的独特地位。印度黄在水彩画中尤其出彩,透纳就曾用它来描绘威尼斯黎明和日落时分的清澈光辉。过度的迷恋也曾让他误入歧途,在他为艾格蒙特伯爵创作《杰西卡》(夏洛克之女 [28])这幅充满浪漫想象色彩的画作时,用来涂抹墙壁的黄色简直浓郁到快要溢出来,诙谐的评论家们称之为"站在芥末罐里的女人"。

　　接着,某种味道扑鼻而来。未经提炼的印度黄的气息要么是较为有趣的刺鼻味,要么是令人讨厌的恶臭,主要取决于你嗅觉的敏感度。对一部分嗅觉独特的人来说,印度黄有一种明显的河狸香气味,这是河狸肛门附近腺体分泌出的一种味道,被不少人所珍爱。它没有听起来那么可怕,毕竟,河狸香仍然是不少商业冰激凌中用来代替香草的材料。但对于那些不喜欢它的人来说,这种气味揭示了印度黄的来源——动物尿液。乔治·菲尔德和许多人认为它产自骆驼,其他人则猜测是大象、水牛或家牛。有关这一颜料来源的争议几乎贯穿了整个19世纪。由于未能发现亚硝基的痕迹，19世纪40年代的一份化学分析报告提出，印度黄更可能来源于一种植物，也许是有色菌丝体（Mycelium tinctorium），正如其名称所示，它通常被拿来用作染料，并因其具有小便的臭味而闻名。

然而，到了1883年，在回应一位德国化学家的询问时，英国皇家植物园的主管约瑟夫·胡克爵士揭示了真相。印度工艺美术材料专家T. N. 穆克哈吉被派往印度比哈尔邦蒙格哈尔地区的米尔扎普尔村，在那里，他遇到了正在生产印度黄的瓜拉（印度牧牛者），这批颜料将被送往加尔各答出售。他还亲眼看到，牛正在进食腐烂的杧果叶（和水），这让牛产生了浓厚的尿液。当陶罐中的尿液被放到火上烧至蒸发，再经过进一步的日晒处理后，便产生了珍贵的黄色粉末。瓜拉会训练这些母牛，通过特殊的安抚手法，让它们每天排尿四次——这也让那些牛看起来不是很健康。穆克哈吉写道，"为了让它们保持活力"，人们会定期给牛投喂膳食补充剂，但这样做会降低印度黄惊人而炽烈的颜色强度。到了世纪之交，动物的受苦致使英属印度政府颁布了生产禁令。在20世纪20年代，印度黄几乎已经从颜料匠的库存里消失了。但这些都是真的吗？2002年左右，当《颜色：调色盘的自然历史》的作者维多利亚·芬莱[29]前往印度蒙格哈尔地区旅游时，她没有发现任何关于以杧果叶为食的奶牛，或者明亮印度黄的记录，她因此认为整件事必然又是一个关于色彩的虚构寓言故事。但这个故事并没有到此结束。

无论如何，位于哈佛博物馆四楼的收藏库，不仅仅是色彩和物语的宝库。对于爱德华·沃尔多·福布斯这位在1909至1944年间管理了博物馆的馆长而言，搜寻并收藏颜料不仅仅是一项百科全书式的娱乐活动，真正的目的是为那些已从世人眼前消失的颜色创造一个档案馆，这一切都与他的信念有关：人类迫切地需要艺术和科学的联合。他自身的家世便阐明了这一点：出身于波士顿·婆罗门[30]之家的他，有一位祖父是铁路大亨，他的另一个祖父名为拉尔夫·沃尔多·艾默生[31]，是位形而上学的哲学诗人。福布斯在马萨诸塞州的哈佛大学接受了教育，这让他不可避免地成为这一代人的典型产物——他们相信镀金时代的唯物主义可以通过查尔斯·艾略特·诺顿[32]教授所颂扬的"西方文明"来获得救赎，这位教授本人便是约翰·拉斯金的友人。他们认为，这种文明的高尚目的，是将原始财富转化为美好之物与人文主义，若想了解这种奇迹将会如何出现，当然是参考意大利了。这使得拉斯金的两年牛津之行[33]和文艺复兴之旅成为必经之路，也让福布斯产生了颇具19世纪末特征的美式愤慨——欧洲人傲慢地认为，新大陆永远无法超越他们那叹为观止的文化水准。严肃的艺术史课程被寄予了改变这种状况的希望，在1900年，韦尔斯利学院[34]是美国第一所提供这一学科学位的院校。但在韦尔斯利学院和哈佛大学的教学中，大部分时间只能依靠幻灯片和石膏模型进行授课。

26岁的福布斯在罗马时,买下了他的第一幅意大利画,画中描绘的是一处百废待兴的祭坛,由吉罗拉莫·本范努特[35]所创作。接着,他又陆续购买了多幅作品。这位无私的年轻收藏家打算将它们借给博物馆,更重要的是捐献给自己的母校。福布斯深知,自己这样的美国佬买家很容易被人当作容易上当的待宰肥羊,若想避免受骗,他需要恶补老牌大师画作所使用画材的相关知识。从这时候起,他开始主张将艺术与科学结合在一起。不论是创意的浪漫,还是难以效仿的大师笔触,都曾让拉斯金[36]激动不已,他认为,若想去体悟伟大作品的超凡力量,必先还原(甚至是在想象中直接扮演)艺术家神奇的创作时刻。清漆必须被剥去,不论那是物质上的还是文化上的;为了凝固画作的新鲜感而施加的封印,却把画困在了一层发黄的外皮下。皮下究竟是什么?如何在不造成更多伤害的前提下,恢复作品的纯粹?现代考古学以其极高的耐心和苛刻的挖掘方式,提供了看似可靠的解决方案。与此同时,还有维多利亚时代关于颜料材料结构的说明书,其中一份便出自《油漆和绘画的化学》,由亚瑟·赫伯特·丘奇所编著,他是第一位在伦敦皇家科学院任职的真正科学家。1928年,福布斯邀请了哈佛大学化学教授卢瑟福·约翰·盖滕斯[37],请他在重新组建的福格博物馆中创立并管理一个实验室。盖滕斯留下了不朽遗产:一个容纳了数千张卡片的柜子,卡片上是各个颜料的颜色样本,展示了每种颜料在避光环境中是如何变化的,主要取决于黏合剂的材质,如蛋黄、蛋清、全鸡蛋或油类,不同的颜料会有细微的变化——在被数字化后,具体的视觉信息将失去光学带来的微妙差别。

对福布斯来说,使用尽可能接近原作的画材来进行绘画重演,才是真正理解原画家和作品的前提。自此,一场针对颜料的追猎开始了。他同时还在位于查尔斯河[38]边的格瑞庄园[39]私人花园里种植了茜草[40],并在家中讲授课程中的实操部分,学生们可以在指定的墙面上涂刷石膏和石灰,使用由麻省理工学院研磨制造的颜料,尝试一番"波士顿风"湿壁画创作。对于"真实"的热忱促使他将目光放眼全球。他搜集到来自新加坡和印度尼西亚的树脂,也拥有来自日本的木版画颜料,后者得自他的外交官兄弟威廉,他曾在20世纪30年代初驻扎在东京。收藏的颜料越来越多,福布斯决定挑出一小部分放入玻璃橱柜,供学生们观察学习。

20世纪80年代,我在哈佛大学教授艺术史时,就已经知晓了这个不那么起眼的展览,但从未想过要去看一看,更不用说带学生们去参观了。所有的艺术史学家都尊重艺术品的保护工作,但"保护"的实际操作,除了用来揭示肉眼看不见的底图或绘画设计的X射线照相术和光谱学以外,几乎就是个谜。不过,纳拉扬·坎德卡尔为了藏品的可及性而倾注大量精力,也在一定程度上有所建树。可供公众参观的是一个小型玻璃橱柜,可若想透过玻璃柜门看见完整的一排排颜料,只能站在四楼对面庭院的空地处隐约瞥见。这是因为,这些颜料不仅仅是为了展示而存在的,可以说,这是颜料在被保护的过程中得到了动态使用。一个世纪前，福格博物馆从宫廷画家胡安·潘托贾·德拉克鲁兹的工作室获得了一幅真人大小的西班牙国王菲利普三世肖像画，这是官方为了在整个西班牙王国宣扬王室权威的完美例证——这幅画有大量官方复制品。可见，尽管画作色彩已经变暗甚至变质，但仍能看出画家使用了胭脂虫红和木乃伊棕，这就意味着，当时的调色板上已经包含了从埃及到瓦哈卡的颜料帝国。

更加臭名昭著的是，艺术家罗斯科[41]在1962年亲手交给哈佛大学的多幅大型壁画，被随意安置在一座现代主义的办公室大楼里。在那里，它们长期暴露在未经过滤的光线照射之下，还经常遭受如同大学餐厅座椅所受到的碰撞与虐待。在意识到种种破坏的严重性后，这些壁画于1979年被拆除，但在1988年的一次公共展出活动中，哈佛发现自己又因为疏忽大意而遭到了猛烈批评。尽管罗斯科使用兔皮胶作为颜料黏合剂的行为一直被认为是在犯罪，哪怕他将颜料直接涂抹在未上底漆且未加工的画布上，坎德卡尔也不觉得这是问题所在；问题也并非出在罗斯科选择立索尔红（Lithol Red）为他的纪念碑状（或门状）图形上色，这种合成色素因其耐光性而闻名。进一步的研究（包括伦敦泰特美术馆中的《海鸥》系列壁画）让坎德卡尔相信，问题在于罗斯科将一种钙盐红颜料与矿物颜料群青混合在一起——在他情绪低落的岁月里，带有紫色调的靛蓝是他的最爱。没能料到的是，人工合成颜料与天然色素结合后的相性非常差，使用这些颜色进行物理修复还会让事态变得更糟，尤其是因为它们会直接渗透进未加工的画布中。不过，通过把罗斯科的一幅被当作"添头"交给哈佛的画作当作模板，负责保护艺术品的科学家詹斯·斯坦格得以设计出一份数码颜色表，既能显示出原作的色彩，也能显示出褪色的部分。由于壁画的各个部分（取决于它们在窗户光线下的暴露程度）有不同程度的褪色，斯坦格的修复光线投影必须绝对精准。在2014年，壁画不仅展示了修复结果，也带给了人们一条启示。

这复杂而艰苦卓绝的项目，恰恰最让坎德卡尔[42]和他在施特劳斯中心[43]的同事们感到满意。科学应召唤而来，完成了拉斯金与福布斯最想做的事：把画作尽可能还原到它们生命的初始阶段。坎德卡尔本人就是"福布斯使命"的现代化身，一位神秘地皈依于艺术侧的硬核科学家。坎德卡尔在墨尔本大学获得的第一个学位是海洋化学，他略带渴望地说道："艺术在我的成长过程中并没有起多大作用，但我意识到，澳大利亚的艺术一定有一些重要的东西，因为那些庞大的政府建筑都致力于塑造艺术感。"他的好奇心被激发了，并决定前往维多利亚国家美术馆[44]，在那里，他可以看到伦勃朗早期最伟大作品之一，那是一场发生在彼得和保罗之间的争论，在这幅画中，前者身穿赭色斗篷，后者则在夺目的铅白色光辉中闪耀着，或许还有一抹铅锡黄。"一名科学家该如何与艺术共度一生？"考陶尔德艺术学院[45]的文物保护课程回答了这个问题，剑桥大学菲兹威廉博物馆[46]的汉密尔顿克尔研究所[47]为问题的答案作证；在抵达施特劳斯中心这个科技圣地之前，他还在盖蒂中心[48]短暂休息了一段时间。

听坎德卡尔和他的同事们在实验室里谈论颜料（以及其他物质因素，这些因素对我们感悟画作的方式拥有决定性作用，远比我们通常认为的重要），像一场充满了高深技术知识又天真烂漫的对谈。和拉丝金一样，他们也是纯真浪漫造物的忠实拥趸，当一切都按照艺术家的计划进行时，色彩应当鲜艳欲滴，又恰到好处地保持干燥，至于总和画作为敌的时间伟力，基本不在艺术家的考虑范围内。有趣的是，有一位艺术家悲伤地预见了时间带来的消逝，他就是文森特·威廉·凡·高[49]，他认为，这也是应当用刮刀涂抹浓厚颜料的主要原因之一——用以对抗时间[50]。坎德卡尔温和又犀利地说道，虽然许多艺术家怯于陷入争论，羞于作出诠释，但他们都渴望讨论画材，这是施展构图思想的一种体育锻炼。从个人经验来看，我知道他们的确如此，像迈克尔·克雷格·马丁[51]这样的当代艺术家，曾经是一位能够幽默地传递预期与现实之间距离感的专家，如今却摇身一变，成为一个激进的、近乎暴力的嗜色癖；赛·托姆布雷[52]从在黑板上乱写乱画开始，最终走上了用油漆宣泄酒神精神的道路。概念便是色彩。

其实，长久以来皆是如此。在福格博物馆[53]的一楼，有两幅大型作品，一幅是色域画家莫里斯·路易斯[54]于20世纪60年代创作的作品，是一幅垂直倾泻的无底画布；另一幅是琼·斯奈德[55]在1970年创作的由一条条色带组成的画作《夏》。它们为颜色的不可约性做出了有力陈述：作为所有绘画工具中最具绘画性的材料，它们抗拒任何形式的被代表。不过，也许是受到了四楼那些珍宝的影响，画布上的颜色在我看来似乎是活着的。路易斯的《蓝色面纱》（虽然是出人意料的薄荷色）没有辜负它的抒情标题，画作上的感情仿佛瀑布向下倾泻；斯奈德的色块，表面上是随机的、尝试性的笔触，像是把调色盘挪移到了画布上，其实是在巧妙计算后，刁钻地展示了互补、对比和冲突，一次性抽取了从牛顿[56]、歌德[57]到艾伯斯[58]的色彩理论，最终凭借任性的冷漠赢得了胜利，让它们静静躺在画布上。

从乔凡尼·贝利尼[59]和提香，到维米尔、蒂埃波罗[60]、莫奈[61]和马蒂斯[62]，这些相信色彩至高无上的艺术家们接连在世上闪耀，更不用说古典雕像上那些近乎艳丽的彩绘了；在一些哥特式大教堂前摆放着的雕塑，彩色玻璃上像宝石燃烧一般的色彩，拉杰普特绘画与日本木刻版画的辉煌……善用色彩的画家和其中的王者，似乎根本不必保守地偏居一处。关于纡尊降贵的历史，或者至少是传说，却是真实的。乔尔乔·瓦萨里[63]曾追忆1546年的冬天，他和米开朗琪罗一起前往参观提香的画室，当时这两位大师正在罗马进行创作，米开朗琪罗对身为艺术家和传记作家的瓦萨里说道，威尼斯那儿没人传授正确的制图画法，实在令人遗憾。（若提香最具战斗力的辩护人洛多维科·多尔切在场，一定会说："米开朗琪罗不懂得绘图上色，真是太遗憾了。"）对于佛罗伦萨画派的理论家（如利昂·巴蒂斯塔·阿尔贝蒂[64]，尽管他不像人们有时想象的那样狂热）而言，迪赛诺（Disegno）、制图，尤其是古典作品，承载着最崇高的理念,是将艺术从手工工艺升格为视觉化人文理想的哲学概念。在第一次世界大战前的几年里,亨利·马蒂斯迎来了绘画生涯中的突破性时刻,在他创作的《红色画室》中,马蒂斯将平面和线条完全溶解在一层单调的色彩浴里,他也因此被立体派画家称为"轻量级"画家。马蒂斯晚年开始创作剪贴画,并称之为直接用颜色雕刻,这些作品被视为这位老男孩开始进入第二个童年期的可靠标志。几个世纪以来,正是由于颜色忠实地履行了自己的职责,即视觉体验的驱动者与塑造者,对大众释放着来自本能的吸引力,才使得它被贬为"视网膜娱乐",画家则成了作秀者。毕竟,当琴尼尼在自己的书中针对镀金技术和纹章学提供建议时,也没有对低级和高级艺术进行任何区分。

在这种批判之下,暗含着对自然主义的攻击,它被贬为低级的艺术思维。当威尼斯的色彩派倡导者赞颂提香和乔尔乔内那无与伦比的表现力,尤其是那些描绘自然风景与肉体的油画作品时,听起来就像是线条派倡导者说出的貌似恭维实为挖苦的话语。言外之意是,无论是列奥纳多[65]在《颜色论》[66]所建议的,要艺术家们尝试在露天环境中工作,好让自己的绘画与眼睛所看到的风景相匹配(这是他自己几乎从没遵循过的原则),或是约阿希姆·冯·桑德拉特[67]所说的,克洛德·洛兰[68]习惯在黎明前早早起床,以体验日出并感受光线的变化,然后再跑回工作室把色彩画下来,这类用绘画来复制视觉光影的做法终究是徒劳的无用功。[69] 在 17 和 18 世纪,有许多绘画书详细介绍了哪些颜料可以为草地、流动的水或头发上色（其实很有趣），这些书统统被视为雇佣画工的手册。

可是，放眼整个艺术史，尤其是西方以外，色彩总是承载着非自然主义观念的沉重负担。拜占庭马赛克中所蕴含的标志性力量不言而喻，哥特式彩色玻璃与雕塑更是展现了天堂般耶路撒冷的景象。巴洛克绘画的色彩效果，乍一看是直截了当的自然主义，其实是通过精妙设计所获得的不和谐对比或是环环相扣的融洽效果，就像莫奈或马蒂斯的想象世界一般复杂。伦勃朗从概念的角度出发，塑造了红赭石光彩照人的表现力，《夜巡》中班宁克·科克[70]队长身上的腰带，便因为红色湖泊般的光亮釉色而更加夺目，当代理论认为，红色会急剧地向前投射，正如这幅绝美画作所展现的那样，这一色彩拥有由后向前的轴向动态美感，仿佛有股不可阻挡的推进力正在色彩的背后不断推动着它。

颜色也可以具备社会和道德价值。阅读像乔治·菲尔德这样的颜料匠所写的文字，会让你认为，他们的工作是把人们的视线从灰暗的工业朦胧中拯救出来——菲尔德称之"污浊的空气"。他把自己看作一位色彩改革者，生产制造不含朱砂或雌黄的无毒红色、绿色和黄色颜料。当他以狄更斯式的愤怒语气猛烈抨击席勒绿、巴黎绿和翡翠绿毒害儿童的恐怖行径，并鼓吹铬绿作为替代品时，他在当代社会中的道德操守似乎有些岌岌可危。而当科学与工业技术提供了一种全新的安全颜料时，在布里斯托尔附近拥有一所画材工厂的菲尔德则把这看作是天意的证明。1856 年，威廉·亨利·帕金[71]从煤焦油残渣中发现了苯胺紫（Mauveine），这个颜料让他迸发出充满拉丝金式（甚至有些用力过度）的喜悦：

在被忽视了一个漫长的冬季之后，煤焦油中出现了最鲜艳、最丰富的色彩，就像春天大地上的花朵一样……用科学的魔杖轻轻一点，荒原就变成了热带色彩的花园……全世界都惊讶地揉着眼睛，从一块煤焦油中获得彩虹的颜色，就像从黄瓜中看到阳光一样美妙。

由色彩所驱动的画作中的救赎力量，被失败的业余传教士文森特·凡·高发挥到了革命性的极端，他的偶像便是那些早已声名远扬的色彩派大师：伦勃朗和德拉克洛瓦[72]。于比利时的矿区中背叛了他的僵硬舌头，在日本版画的帮助下，变成了欣喜若狂的光明。[73]自德拉克洛瓦以来，再无艺术家的书信像他的那样，以充满色彩思考和灵感而闻名于世（即使是在用红和绿的刺耳碰撞来展现迷醉而绝望的深渊之时，正如《夜间咖啡馆》那样），就好像凡·高在为后世重新设计教堂玻璃。更可悲的是，有些色彩的思考与计算结果对他很不利。收藏于福格的自画像上，凡·高为自己制作了介于绿松石和青瓷绿之间的绿色颜料，并把这种色彩形容为韦罗内塞绿（Veronese），实际上是用致命的有毒翡翠绿与白颜料混合而成。

直觉告诉你，凡·高归属于认为色彩能够直接作用于灵魂的群体，就像威廉·莫里斯那样，而康定斯基则不大可能位列于此。凡·高的《圣经》题材画作，如《善良的撒玛利亚人》，这是一幅德拉克洛瓦作品的临摹作，通常被旁观者视为过于多愁善感的尴尬作品。但同时也可以说，它们是凡·高后期作品的核心——柏树因原初的剧变而摇曳，苍穹在普罗旺斯的夜空中沸腾。凡·高把竖立而充满肌肉感的尖刺，辅以浓密的颜料池，甚至是那些由点画法构成的光学雪花，化为学院派艺术的解药。他也会提供一些不需要视觉指引的东西，一种彩色的民主，一束为在黑暗中辛勤劳作的民众带来的光芒。凝视着文森特的外套，那件用他想象中的亮蓝色点缀了边缘、又被有毒的水鸭色背景所包围着的外套，让我不禁思索起所有福布斯收藏库内颜料背后的纯粹劳动力：女性们（正如琴尼尼所建议的那样）没完没了地漂洗、揉搓（"日复一日"，琴尼尼如此说道），将粉碎的青金石过筛并使之干燥，从而令乔凡尼·贝利尼或提香得以为圣母穿上群青；阿姆斯特丹的工人们被关在密不透风的棚子里，站在齐腰深的马粪中，伴随着用于加速铅扣剥落的蒸汽，不断制造着白色，这让哈尔斯和伦勃朗能够用亚麻和蕾丝制造视觉上的交响乐。我想到凡·高声称在哈尔斯的肖像画中辨认出了20多种黑色，其中最好的一个是用烧焦的骨头制成的。琴尼尼则理所当然地认为，除了阉割过的羊羔大腿骨，其他材料都没法用。接着是一些在严酷的囚禁中被制造出的明亮颜料：一些西班牙苦劳力，加上一些来自北非的奴隶，被判处在阿尔马登的汞矿里进行劳动，他们的肺部接连不休地遭受迫害，以便西班牙王室可以出售朱砂；阿姆斯特丹教养院的囚犯，对坚硬不屈的巴西木进行着粗加工，生产出一种在任何情况下都会变得极不稳定的红色染料；深厚的靛蓝从次大陆被转移到加勒比海地区，这一染料的文化与生产都是无情的奴隶劳作的产物。

当然，还有那些在印度比哈尔邦的挤奶工，他们的生计被迫终结，并非因为官方突然对用杧果叶喂养的牛产生了同情心，而是因为在19世纪末至20世纪初，印度教的奶牛保护政策突然兴起。至于这个故事的剩余部分，则让人们相信，T. N. 穆克哈吉的确是一位可靠的记者。除了他的出版物和报道外，他还把纯净的、未经过精制的印度黄样本，连同一个陶土收集罐和一块用来在蒸发前过滤尿液的布一起送到了英国皇家植物园（邱园）。除了福布斯内那两颗印度黄球体外，有些样本最近还接受了纽约州立大学布法罗州立学院与印第安纳波利斯艺术博物馆的保护部门科学家的严格分析，他们使用了从紫外线荧光、拉曼光谱到热解的一整套研究技术，以及大量的分析工具——我完全不打算尝试描述它们。研究结果将会被发布于《染料与颜料》期刊（还能发布在哪儿呢？）。遗憾的是，可能没有多少人会读到这部期刊，不过，这些结论还是让纳拉扬·坎德卡尔兴奋不已。"你猜怎么着？"他开心地挥舞着报告页喊道，印度黄的测试样本中被发现含有与动物，特别是与有蹄类动物尿液有关的马尿酸，以及在代谢过程中可能由杧果叶产生的黄嘌呤酸。

在我离开哈佛的这座色彩宫殿时，仍未想明白，为何这场小小的"民事辩护"会让我如此雀跃。但我知道，如果你也有这种想法，你可以从友善的线上绘画导师鲍勃·罗斯那里订购一种合成版的印度黄，一管只要7.29美元。他说，他常用这个颜色来"描绘天空中的太阳"。正如透纳所做所说的那样，这才是这个颜色的意义。

金
Gold

在尤卡坦半岛上的奇琴伊察[74]曾出土过一枚用黄金锤造的面具，它的嘴巴张开，露出一嘴金牙，双眸却紧紧闭着。闭合的眼睑上刻有粗短的十字图形，这是纳瓦特尔语[75]中"teocuilatl"的象形文字，意为"神的排泄物"，也就是米斯特克人[76]和后来的阿兹特克人[77]所称的黄金。这就说明了一切，真的。从地球的内部被挖掘出来后（挖矿的矿工们常常相信，第一批人类是从洞穴里走出来的），这种矿石像是吸收了足够的光能，成为太阳的化身。早在4000年前，早期的南美洲金匠就加强了这种元素的转变感，他们主要通过将未精炼的金块锤成细碎的薄片来实现，这种薄片既柔软又不失阳光般的金属质感。

它看起来过于像个奇迹，自此，在世界上的任何一个角落，黄金一直和不朽被联系在一起，因为不像银（被和月亮联系起来），它从不褪色、从不腐蚀。正是由于这种对腐化的耐力，使黄金宝藏得以从远古时代幸存下来，并在清洗后再次散发出耀眼的光辉。就这样，我们获得了令人惊叹的王冠、耳环和鼻饰，它们来自4000年前秘鲁沿海地区的繁荣文化[78]；我们找到了覆盖在四川西部三星堆神秘青铜面具上的黄金——在中国古代，人们似乎对黄金并不是那么感兴趣；以及在大英博物馆中那只用后腿站立的山羊，它仍在啃食着最爱的灌木。

这些令人眼花缭乱的东西，让考古学家陷入了如痴如狂的思索中。伦纳德·伍利[79]在20世20年代发掘了乌尔和乌鲁克[80]的遗迹，并把这只山羊称为"灌木丛中的公羊"，就好像它或许和《圣经》中的以撒献祭[81]有关，尽管这段经文至少是在1000年后写成的。当海因里希·施利曼[82]在迈锡尼[83]的惊人宝藏中，发现了一枚精雕细琢的黄金面具时，他确信自己正在直视阿伽门农[84]的死亡面具。

黄金不仅是个欺诈者，也可以是个致命的诱惑。当西班牙征服者埃尔南·科尔特斯[85]和他的部下被阿兹特克国王蒙特祖马[86]安置在前任国王的住处时，他们冲破了一扇像是最近才被封起来的门道，发现自己正身处于一间堆满了黄金珠宝、雕塑和神圣物品的储藏室里。不用说，他们对宝藏进行了"快速处理"，从对他们来讲毫无价值的物品上剥下一层又一层的黄金，并把它们统统熔化成便于携带的金条。但在1520年的6月底，当西班牙人和他们的特拉克斯卡兰人[87]盟友决定趁着夜色从蒙特祖马宫殿[88]出逃时，却被身上的赃物拖累了。据当时在场的贝尔纳尔·迪亚斯[89]所说，许多普通士兵把这些黄金当作从农民阶层上升到贵族阶层的媒介，因此拼命地用布条把金块绑在身上。当他们试图沿着堤道撤退时，受到了阿兹特克人的猛烈攻击，许多人直接淹死在运河里，身上仍然绑着一条条金砖。

然而，黄金也被视作一种轻若无物、朦胧且不断发光的媒介，神圣的无形形体落于人间时，会在其中沉浮。马尔瓦尔学派[90]三联画的第一幅版画出现于19世纪早期，当时的王侯受到哈达瑜伽[91]的纳特教派[92]影响，那幅版画看起来就像是一层令人眼花缭乱的金漆；人类和自然构成的虚空，被荡漾着金光的海水洗刷，逐渐消散。几个世纪前，一位拜占庭的马赛克艺术家为将要在威尼斯托尔切洛岛[93]的环礁湖上出现的圣母升天圣殿做准备，他制作了一个巨大的金碗，圣母和圣子被垂直悬挂其上，仿佛踩在圣洁的冲浪板上，保持着平衡姿态。

基督教的肖像画酷爱使用珍贵的黄金，作为男性和女性圣徒的光环，但在异教神话和不断出现的意象中，金色的光环意味着男性自我美化的投射，尤其是把女性作为释放欲望的对象之时。奥维德[94]曾讲述了阿戈斯国王阿克里修斯[95]的故事：当神谕告诉他，他将被自己的孙子杀死时，他把女儿达娜厄[96]关了起来。如往常一样，这对宙斯来说并不算什么阻碍，他化作一阵金雨，进入了达娜厄的牢房，也进入了这名少女。作为对薄伽丘[97]所写的更详细故事的回应，达娜因金雨受孕并生出英雄帕尔修斯[98]的图像，引出了一批欧洲最为艳丽撩人的绘画。

提香至少画了六次达娜厄，最性感的那幅在那不勒斯的卡波迪蒙特博物馆，如天鹅绒般的胴体裸躺着，金色的云彩从她的头顶飞过，像是从某个神圣的老虎机中夺得了头奖。

而被这位大师迷住的伦勃朗，则创造了自己的华丽版本，他去掉了黄金流，委婉地把黄金形容为一股炽热的光线，从掀开的窗帘中倾泻而出，洗涤着达娜厄裸露的腹部与面庞，而她则伸出一只手臂，迎接侵入的金光。这件伟大的作品存放于圣彼得堡的赫米塔克博物馆[99]，可现在只是一幅辉煌的残作，在1985年，它流淌出的情欲驱使一位疯狂的立陶宛人[100]用强酸与利刃攻击了它。

这两种金光璀璨的气氛，即圣洁和性欲，能否被融合在一起呢？古斯塔夫·克里姆特[101]认为，这当然可以。1903年，他在拉韦纳观赏到了拜占庭马赛克，借此得来的顿悟化为创造"黄金"作品的燃料，并用《吻》抵达巅峰，这幅作品于五年后在维也纳被展出。可是，和许多同时代的人一样，克里姆特早已被艺术史学家、馆长、地毯和纺织品权威人士阿洛伊斯·里格尔[102]在自己的作品中被拉到"金光大道"的阶梯上。对里格尔来说，装饰绝不是一种次要的艺术形式，它完全可以具备复杂而充满戏剧性的内核。因此，克里姆特画笔下的"朱迪斯"[103]双唇微张，齿如齐贝，残存着将他人斩首后得来的兴奋感，她身披用黄金装饰的披风，硬质金属覆盖在她性感魅惑的娇躯上，受害者的卷发拂过她红润的胸脯，展现着她的施虐与受虐气息，凸显着死亡与性爱相结合的力量。

克里姆特创作的女子不再是达娜厄那样的少女了，她们的身体舒展，带着感恩迎接神圣的受孕。她们自身变成了黄金王国的君主，围绕、拥抱并吞没了自己的爱人与旁观者。阿德勒·布洛赫·鲍尔[104]身上的黄金薄片与螺纹把她的服饰变成了一个宝座，一个个向外凝视的目光，比哈布斯堡王朝中的任何东西都更具王室权威色彩。

尽管在那一吻中，身着瓦片服饰的健壮美男子把他娇柔的情人拉到了怀里，展现给我们的却只有她的脸庞（和她因感到销魂而蜷缩的双脚），画作将两人的结合转化为金光流淌的旋涡脉冲。这对情侣被吻融化，在一片无形的金色薄雾之海中渐渐消弭。我想，拜占庭的镶嵌细工师和拉杰普特画家[105]都会把它看作一种游动的光辉，而在光芒之中，有生命正在萌动。

蓝
Blue

除了有些反常的诗人马拉美[106]，这个曾期盼灰蒙蒙的浓雾前来掩盖令他恼火的蓝天的家伙以外，我们都会为生活中的小小蔚蓝而感到欣喜：头顶的天空，脚下的海洋，清澈而温暖。但是，我们真的想把它穿在身上吗？我有一双天蓝色布洛克鞋，这两个词真的不像是个合理搭配，穿着它们让我仿佛在云霄踱步。我还有一件亚历山大麦昆（Alexander McQueen）的天蓝色箱型夹克，那可能是一次失败的购物，我还有一整套天蓝色西装，购自疯狂又伟大的波士顿商店艾伦·比尔泽里安（Alan Bilzerian）。不过，如果你想要天堂般的蓝色（基本上就是"蔚蓝，cerulean"想表达的意思），你得去阿姆斯特丹，去国家博物馆，站在维米尔的《读信的蓝衣女人》面前，去看那少女身上的睡衣外套。

作为人类之手创造的最崇高作品之一，维米尔的画作沐浴在水晶般的宁静之中，即使当那些教条而毫无想象力的批评文章苛刻的思考轮廓曲线到底是不是在表现怀孕时，也无法破坏这种平静，只要你凝视着图片中央的蓝色。维米尔挥霍着他的群青颜料，这是所有颜料中最昂贵的一个。大多数荷兰画家采用了更便宜的、由氧化钴制成的大青（smalt，又名钴蓝），随着时间推移，大青会逐渐褪色，变成绿色，这是像扬·范·戈因[107]这样依靠大量绘画才能维持生计的艺术家们所能负担得起的色彩。维米尔与流水线式生产正好相反，勤恳一生也只创作了 36 幅作品。其中，最好的那几幅作品拥有最强的光和最浓的色，没有什么色彩能像群青那样释放饱和的光辉。

这种颜料之所以昂贵，是因为它的原材料青金石最初只能从现在阿富汗的巴达克山上获得。1271 年，马可·波罗看到了开采青金石的那座山，并为它的美丽所惊叹。"群青色，ultramarine"一词便是专门为了这种颜色而创造的——"海之彼方"，它承载着瑰丽而奇妙的神话色彩，珍贵到只能用于神圣题材的绘画创作，尤其是圣母玛利亚的服饰。由杜乔[108]所绘的位于伦敦国家美术馆的三联画（c. 1315）的中央，就是两种神圣颜色的融合：群青与金色。弗拉·安吉利科[109]则使用了更为经济的颜色"补丁"。在一个杜撰故事中，米开朗琪罗因为缺少这种昂贵的颜料，导致《基督下葬》成为半成品。[110]相反，大量挥洒群青则是一种含蓄的炫耀：提香借酒神之助在《巴库斯与阿里阿德涅》上肆意泼洒着群青；17 世纪的多产罗马画家萨索费拉托[111]为一幅又一幅圣母像披上了群青。在一幅自画像中，萨索费拉托表面上只穿着朴素的黑白色服装，可那天蓝色的背景暴露了他的骄傲与自信。

在一个已经剔除了新教形象的文化中，维米尔的天才之处，在于将圣光成功地转移到寻常的家庭情景之中，无论是在倒牛奶还是阅读信件，圣光带来的顿悟看起来都更加亲切。考虑到维米尔虔诚的信仰，很难不把那位读信的荷兰人看作一种变相的《报喜》，而那封信则是《圣灵感孕说》的委婉表现。望向那片蓝色的中心，我们仿佛同时置身于尘世与天界。

此种光的传输是经过科学规划的。在最近的一次修复中，荷兰国家博物馆的保护人员发现，在底漆和群青之间，有一层铜绿色的底涂层，可能正是由于这一额外的涂层，使群青得以维持其颜色的强度。整幅画作就是一支弥漫着蓝色的狂想曲：椅子的皮革靠背是蓝色的（它们曾经很可能是绿色的）；悬挂着荷兰与西弗里斯兰省地图（在蓝色的衬托下，这些羊皮纸和肉色色调看起来很像杜乔的黄金）的杆子；从另一个背离现实主义的角度来看，亦是一种深邃却在发光的蓝。比这些细节都更加重要的是那垂下的光芒，维米尔把它变成了一束极其精致而空灵的面纱，如此，椅背的阴影与地图下的横杆在金色墙面的对比下，被深蓝的色调所掩盖。

世间只有另一种生物能够管理好相似的蔚蓝光线，那便是蓝闪蝶（Morpho menelaus）。与维米尔一样，它同样有淡棕与明亮蔚蓝的对比色彩，却拥有更强的功能性。当它穿越南美雨林去觅食和交配时，翅膀下侧的乳褐色将起到保护作用。它只有115天的时间来完成这项工作，但加州大学伯克利分校的尼潘·帕特尔发现，有一个惊人的因素会使繁殖成功的概率提高——大多数蓝闪蝶是雌雄同体的，翅膀上同时拥有雄性和雌性的组织细胞。按照蝴蝶的标准来看，这些翅膀特别大（足足12厘米宽），当雄性完全展翅时，它们是森林里最耀眼的色彩。

自化学合成颜料问世以来，群青于1826年就拥有了合成公式，但直到19世纪后期才开始工业化生产，这让受到蓝色浪潮冲击的艺术家们，如塞尚[112]、雷诺阿[113]、毕加索，尤其是马蒂斯，可以近乎放肆地使用群青和海蓝色（aquamarine）。塞尚可以让自己的蓝色带有一丝冰冷，甚至有些残酷，在他的部分画作中，蓝色作为服装或背景，让他妻子的肖像显得了无生气（这的确不是一场美满的婚姻）；而在另一些画中，如圣维克多山上方那片普罗旺斯的蓝天，则被他注入了一丝温暖。

不过，现代主义的蓝闪蝶是伊夫·克莱因，于他而言，完美的群青是他作品的全部，亦是终结。对非常喜欢禅宗的克莱因来说，绝色无双的浓厚蓝色，意味着可视化的"无限"概念，不论是线条、边界还是空间，统统会被这无止境的色彩所液化、填充。克莱因所创作作品的数量之多，足以让杜乔和维米尔昏厥，而这些作品看起来不过是一块又一块蓝色。他对于排除青金石中的微量矿物杂质的追求已经到了至极疯狂的程度。克莱恩将颜料和他特别委托他人制作的合成树脂混合在一起，他相信这种树脂比任何油乳剂都更能保持颜料色彩的饱和度。

在他制作成功后，他申请了国际克莱因蓝（IKB）这一色彩的专利。1958年，他的恋蓝癖进一步加重，并尝试做出一个个颇具争议的举动：他试图将协和广场上的方尖碑淹没在蓝光中、创作IKB版本的卢浮宫标志性作品（如《萨莫色雷斯的胜利女神》），以及将泡过颜料（他喜欢称之为"浸渍"）的海绵当作雕像展出。这种狂热使他成为极简主义者的首要蔑视对象，克莱因成为态势艺术和具象派的招牌小伙，他解放了色彩，使之不受艺术家的任性干预[114]。

不管在目录页或专题论文上的蓝色看起来有多么单调乏味，当你看到克莱因在他34岁心脏病突发前的几年中所创作的作品时，这些画作的力场着实传递出了强悍的视网膜冲击力。在他的作品里，几乎没有几幅画是完全平坦的。大部分画作表面或有纹理，或有凹陷、凸起，还有些更是镶嵌着海绵。最让人瞠目结舌的画作，是克莱因使用被他称为"活体笔刷"的裸体女性完成的创作，她们的躯体被涂抹蓝色颜料，接着在白纸上滚动。最出色的那几位真的很美好，她们身上流淌着一种芭蕾般的、旺盛的生命力。

蓝色可以是平静的，可当它逐渐变冷，蓝色亦可以展现致命性。当玫瑰色的肌肤上出现蓝色斑点时，这宁和的色调会变成死亡的预兆。嘴唇发青也是个坏兆头。蓝色也总是承载着浓重的悲伤，它的光谱便是一声长长的叹息。作为一种愁思的表达，"布鲁斯"（the blues）一词显然出自"蓝色魔鬼"（blue devils），后者在17世纪的英语社会中，被认为会附身于那些痛苦的戒酒者身上。

但是，当有人用欢乐而悲凄的矛盾感表演蓝调歌曲时（如贝茜·史密斯或穆迪·沃特斯这样的大师级布鲁斯歌手），这样的蓝调却能够让我们快乐起来。不过，如果你想听那种不间断的凄凉咏唱，世间只有一首歌曲能够满足你，并会让你迫切地想要拥有一双蓝色麂皮鞋，那便是由猫王用轻柔的牛仔马蹄声所演绎的《蓝色月亮》（*Blue Moon*），这也是唯一一个丢弃了洛伦茨·哈特（作词人）那段令人不快却经典的结尾的版本。

赫拉克勒斯·塞格斯
Hercules Segers

在大都会艺术博物馆那片壮观的景观蚀刻版画展品中，你很容易错过一幅表面上毫不起眼的作品，它实际上在提醒你——赫拉克勒斯·塞格斯[115]身上正发生着的惊奇物语。这是一堆书，共计四本，书页侧面向观众，其中一本是一捆未装订的书页，歪歪扭扭地躺在书堆的顶部。这幅版画是西方艺术史上第一幅静物画，也是有史以来最令人震惊的作品之一。书籍躺在黑暗中，似乎是用黄色或粉色上的色，它们挤满了整幅作品的全部空间，让我们只能以书虫的视角，在这些书页构成的悬崖上蠕动、啃咬。

拥有八幅塞格斯画作的伦勃朗，显然很欣赏他的任性，伦勃朗本人也非常喜爱绘画厚重的画卷，这在他为门诺派传教士科尼利斯·安洛和他的妻子所画的肖像画中尤其明显。不过，正如这些画作的主题一样，伦勃朗更对文字的生动气息感兴趣，这让安洛手中《圣经》的书页像是在自言自语。

塞格斯出身于和门诺派[116]关系密切的家族，他同时也是一位视觉修辞家，但其格调相当别致。他被世间万物那雕塑般的物质性所吞噬，尤其是那些破碎的表面，这让他的书本把一切外在意义都掩盖在实质的物理形象下：书页的褶皱软边，装订线带来的重量，垂下的金属书扣……他把相对年轻的蚀刻艺术推到了前所未有的高度，哪怕后人也难以超越；污渍和侵蚀、增增减减的印痕统统与画作被融为一体。他就是制造之谜的大师。

这是否让塞格斯听起来很摩登呢？小心点儿，可别那么说，否则某些时空错乱的警察会来处理你的。人们会说，在他所身处的时代与空间，即17世纪早期的荷兰，塞格斯完全是个典型人物。艺术史讨厌真空地带，若有些"玩家"扮演的角色特质完全无法用历史背景来解释，这会让艺术史学家们感到相当头疼。

塞格斯的第一位轶事传记作家，是伦勃朗的学生，塞缪尔·范·霍格斯特拉滕，他一定是在自己老师的工作室里看过一些画作，或许还有版画。但是，当塞格斯去世时（大致在1633年到1640年间），霍格斯特拉滕才十几岁，因此，他对一位天才画像的描述，比如他在有生之年如何不受赏识、在棉布和亚麻布上创作的画作被用来包裹肥皂和黄油、死于醉酒后从楼梯上摔下等等，一定是基于传闻。然而，这并不意味着它们完全不属实。塞格斯有过一段美好的婚姻，他在林登格拉特河畔买了一套房子，但他的确陷入了极度贫困的境地，被迫丧失了财产的赎回权。

令人迷惑的是，和维米尔一样，塞格斯也在过世后的数百年间一直被忽视，而在他尸骨未寒之际，便有人对他生前所作的"彩绘版画"（由霍格斯特拉滕所命名）趋之若鹜。其中一位买家尤其热情高涨，他就是米切尔·范·希卢彭，曾拥有40余幅塞格斯的作品。

塞格斯虽然背井离乡，但他有着相对富裕的家庭背景。他的父亲是商人，进行着绘画作品的交易，曾是西班牙征服安特卫普后逃离北部的数千名佛兰芒难民[117]之一。赫拉克勒斯在阿姆斯特丹长大，通过父亲的引荐，成为画家吉利斯·范·康纳克斯卢的学徒，这位画家以深沉而神秘的森林风内饰而闻名。佛兰芒移民则带来了对壮丽鸟瞰景观画的品位，宽阔崎岖的山谷被参差不齐的阿尔卑斯山峰所环绕。老彼得·勃鲁盖尔[118]使用大幅印刷的方式，使这些半真实、半虚幻的风景画得到了广泛传播。

塞格斯的一些早期作品遵循了勃鲁盖尔的创作格式，但不久后，他将传统的主题，即损毁的城堡和修道院等，变成了令人兴奋的视觉体验。透过布雷德罗德城堡的大门，可以看到破败的拱门与墙壁，它们几乎不会带来任何空间感，不过是些令人恍惚的砖墙。不管赛格斯是否在使用直接性的视觉描述，在他的工作室里，他已经开始利用想象力来完成主要的创作工作，就像誊写梦境一样。

等到了某时某刻后，塞格斯完全脱离了他那个时代的框架，开始将绘画和版画之间的区别消弭于无形，尤其是在印象派的内容中增添细枝末节。他让每一件印刷品都成为艺术品，而不是单纯地用一个刻板来表达不同印象。他开始疯狂地运用色彩，不断使用不同颜色的墨水与底色来刻印同一张画，有一些颜色极深，如灰色和蓝色，这让一些版画看着就像呈颗粒状而易碎的岩石，而有些植物则看着像照相底片的虚幻印痕。

种种颜色带来的效果不过是实验的开端。塞格斯还启动了一些其他挑剔的艺术家会放弃的试验，这些试验有许多颇为引人注目的内容，如"斑印"（maculatures，只是为了吸干刻板上的多余墨水而制作的凹形模具）和"反转打样"（counter-proofs，不直接用刻板印制，而是先用湿印模，再印在布或纸上，这可以让最终图像与刻板有相同的方向）。为了创造松散而柔软的线条，他会混合墨水与糖，制作"提拉"溶液，这种溶液会起泡，并使刻板的表面更加柔和。

即便是那些接受能力奇高的客人，也一定会为此感到困惑。塞格斯本可以采用更传统的刻板画，印些地貌图形或荷兰城镇的风貌，好把一些"恶狼"挡在门外。但他被赌徒的本能所控制，这种本能让他藐视一切刻板画的准则；他为同一幅图像制作不同颜色的版本，每一个版本都被有意识地凸显出自己的缺陷与增添，甚至是工具造成的划痕。

他常常在实验的漩涡中找到某种平衡。最为著名的图案，是一棵长满苔藓的树,颜色是相当精致的粉、绿和蓝。这种树曾出现在阿尔布雷希特·阿尔特多费尔[119]的版画中,但两者大相径庭。虽然这棵树是从青草丛生的山头下拔地而起的,但我们无法看到它的根部,也看不到树尖。若观察得仔细点,你会发现它根本不是树干,只是一种飘浮在雾状空间中的向上升起的水滴纹理。

从未有人作出如此想象,更不用说将它们带到现实之中了,若要让这种幻觉进入艺术的视野,还需要几个世纪的时间。直到某时,一位"塞格斯"出现,打破一切陈规。

葛饰北斋
Hokusai

对我们这些人来说，在春天来临之际，没有什么比大英博物馆传来的消息更令人振奋、更带来愉悦的了——一场没有章鱼出现的葛饰北斋[120]展。这位拥有多重艺术人格的至尊大师（他曾改了30次名字，还至少改了93次地址）告诉我们，他到晚年才得以充分展现自己的才能。在《富士山百景》的版权页上，时年75岁的他坦言，直到70岁时，他的画才引起人们的注意。"当我80岁时，我希望能取得更大的进步；到了90岁，我将看到万物的本质……100岁时，我将作为一名艺术家步入神圣；而到了110岁，我的每一笔每一画都将拥有灵魂。"

他只活到了89岁，但那灵动的、猛兽般的活力和那雀跃的线条从未离开过他。北斋常年生活窘迫，蜗居在陋室中，把自己称作"疯狂沉迷画画的老人"，习惯斜躺在榻榻米上，和虱子一同穿着件烂衣裳，在他那爱叼着烟斗的天才女儿应为[121]的帮助下，他创作得愈加努力，更快速，也更深邃。

北斋于1849年逝世，他常常被看作是木板彩印革命的最后一位天才，这是一种属于世俗的艺术，早在一个多世纪前就开始了。他漫长的一生可追溯至18世纪中叶，当时的木版画大约相当于一份面条的价格，它彻底改变了人们对艺术的消费方式。这种文体是为了满足世界上最大的城市——江户（现在的东京）中那数以百万计人口的文化需求而被发明的。

从表面来看，政府的权力与权威，皆属于被囚禁在"都市"堡垒中的德川幕府。为了不让贵族造成任何政治伤害，他们被要求与随从和家人一同留在江户。难以避免的事出现了，就像在凡尔赛宫[122]发生的那样，这个羸弱、衣着过度、在政治上毫无意义的阶层，选择使用庞大的炫耀性消费来掩盖自己的无能。这引发了商人阶层的兴起，以满足他们日益奢侈的需求。尽管町人[123]在官方上处于社会等级制度的最底层，而在道德地位上，则处于农民和工匠之下，但他们才是那些捧着钱袋、改变文化潮流的人，这些人除了娱乐别无他求：他们要吉原花柳街中的妓女[124]、歌舞伎町的明星演员，他们还要撕心裂肺的故事和让人瞠目结舌的传说。用樱桃木版印制的版画数量，从数百幅一直激增到数千幅，大多使用了让观者眼花缭乱的迷幻色彩，都是为了迎合视觉上的贪婪而被创造的。就像所有辉煌的娱乐文化都浸透着使人愉悦的幻想一样，它充斥着性爱与名望、缠绵而无趣的浪漫，以及过度的戏剧性。

北斋也在其中发挥了作用。不过，有着崇高使命感和虔诚佛教信仰的他，以自己的方式，出演了一位以艺术为魔力的脱俗表演者。北斋曾被召到幕府前进行表演，他画下一条浓厚的蓝色长带，接着从篮子里抓出一只活鸡，让这只刚刚在红色颜料里扑腾过的鸡作画。表演结束后，北斋把这幅画称作《龙田河秋枫图》。1804 年，在观众前来参观寺庙雕塑之前，北斋用一把巨大的扫帚和整整 54 升墨水，为禅宗创始人创作了一幅 20 米长的巨幅画像。

很难想象有哪个艺术家对纯艺术与流行文化之间的概念界限如此漠不关心。没有什么是他不能或不去做的：漫画插图，旅游指南，俳句，米粒上的雀图，根付[125]设计，史诗般的战斗场面和军事生活，圣人祷告图，幽灵与老虎，浣熊牧师和巨大的花朵……

他的养父是幕府的高档镜子制造商，北斋则静悄悄地开始了对传统艺术的修习。像所有精心雕琢的展览一样，这种展品也希望我们反复观看屏幕和卷轴。北斋作出了自己的正确判断，尽管优雅之艺值得瞩目，但与即将到来的烟火与炮声相比，它不值一提。

在 19 世纪 20 年代，他开始对自由涌动的波涛与漩涡进行实验，有些是为了梳子和烟斗做的装饰设计。这一伟大主题开始展露他的锋芒：那是染着普鲁士蓝的壮观木版画，渔船在汹涌的海浪中疾驰，整片视野都被激流所淹没。他不断徘徊在精妙的计算和奔放的冲动之间。在一幅神秘的静物画中，有个被切开的西瓜,下方没有明显的支撑物,切过西瓜的菜切刀横放在西瓜的切面上,两者间有一层半透明的纸,遮住了红润的果肉。在西瓜的上方,长长的瓜皮像窗帘一样挂在绳子上。[126] 整幅作品既精致又透露着一股暴力的味道,令人垂涎三尺又退避三舍,这别出心裁的视觉效果,就像邓恩的十四行诗[127]一样诱人。

木版画大师的平易近人感,以及当他们抵达欧洲后对西方艺术家和鉴赏家造成的强烈吸引力,有时被认为和他们的世俗性有关:那灿烂的图案,舞动的线条,精心拿捏的姿势,或是穿着华丽魅惑服装的女郎……必要时,北斋完全可以像其他人一样制造挑逗性的艺术。但是,他一生中最伟大的时刻是处于感性的对立面:对于日莲宗的忠诚奉献,对于北极星的崇拜,将凡人世界的日常行为与慈悲的无限结合在一起。

在《富岳三十六景》中,物质与玄学交融,大海与苍穹共舞,三千世界就此展开。作为不朽之地,这是所有日本人都会前来朝圣的地方,而在展出的作品之中,有一幅便刻画着一群日本人,其中一些人穿着破烂的衣裳,站在寺庙的观景台上。他们的视线被那山景所吸引,正如迷恋地看着画作的我们;构图是沿着直角设计的,人物的姿势也暗示了这一点,所有人的目光最终汇聚在远处的山峰。

而且,它带着强烈的"北斋"气息,透着一股人文与人性的味道——有个男孩太年幼,还不懂得享受这美景,他正不断拖拽着母亲的手。就像所有站在神坛的大师一样(在参观本次展览时，伦勃朗一次又一次地浮现在脑海），北斋也拥有观察人间喜剧的爱好，包括他自己在内，这在某种程度上进一步加深了作品的精神性。

富士山系列版画以其对空间与形态的精妙拿捏而闻名于世，它们彰显着宏伟自然与劳苦人民那惊心动魄的碰撞，波涛巨浪在崩塌的前一秒瞬间冻结。但北斋对于压缩深度所进行的最激进试验，是那八块惊人的非写实瀑布木刻版画，这也是扁平木刻手法被创造的意义所在。[128]

北斋本可以做些导游书的插图，但这些可不是画着瀑布的明信片，相反，它们是一场小小的艺术革命——与其说是新颖的表现手法，不如说是将自然转化为准抽象的新发明。完全看不到那些在富岳画作中覆盖着山头的微妙光影，或是那种山峰孤单地矗立在瑰色夕阳下的画面；与之一同消失的还有立体感。在草木丛生的山顶上，有一个流动的水池，从中滴落的水珠被渲染成一个十分平坦又令人眼花缭乱的圆盘。倾盆大雨有时被渲染成肉身的脉搏，有时则被渲染成紧紧折叠的窗帘。不管怎样，北斋带给我们的，是一个全新的视界。

在他80多岁的时候，北斋并没有把自己描绘成一个被悲壮地耗尽心血的长者，而是一个生机蓬勃、永不枯竭的小鬼，他那圆鼓鼓的双眼仍旧炯炯有神、充满渴望。他把每日散步、背诵佛经时的感悟带进画中，变成了吞没人心的佛教宇宙。在一对为节日马车所绘制的彩绘木上，随着巨浪起伏，其间飞溅的油墨变成了舞动的惑星。[129] 在或许是他的最后一幅作品中，他寻得与富士山上空的翱翔苍龙签下契约的方法，那条蜿蜒的形体在烟云密布的幽暗中受诗意驱动。[130] 他的告别词直指人心。在他生命的最后时刻，北斋也未丢失高尚——他只是缺少时间。

蒙德里安与德斯蒂尔艺术运动
Mondrian and De Stijl

在彼埃·蒙德里安[131]那场改变人生轨迹的蓬皮杜[132]展览中,有一张照片充斥着"狡猾"的象征。这张照片由安德烈·凯特斯在1926年于蒙德里安的巴黎工作室完成拍摄,它同时展示了身为创造者的他,以及他的艺术人格——简练而棱角分明,紧凑地裹在他的三件套西装下,煤黑色的双眼在无框眼镜后剧烈燃烧着。在他身后,满是毫不妥协的直线。这是一项对"一本正经"的研究。

那么,为什么有人情愿牺牲美妙的巴黎午后,沉浸在对蒙德里安哲学严肃性的沉思中呢?为什么有人愿意被捆绑在德斯蒂尔(De Stijl,意为"风格派")这个硬核乌托邦主义,这个由致力于时尚化现代城市的荷兰艺术家、建筑师和设计师所构成的团体,这个将曲线定为犯罪的美学运动中呢?它看起来就像格瑞特·里特维尔德[133]那张臭名昭著的椅子一样花枝招展——看着很美，却对大脑和屁股都很残忍。

不过，不要因为格瑞特博士带来的刻板印象而以偏概全。活力色彩带来的悸动与振奋，超越了三位一体的神圣三原色。哪怕是马蒂斯都无法调制出如此巧夺天工的灰色，也调不出被洗净的知更鸟蛋的蓝色、尘埃覆盖的玫瑰粉红色、烤焦了的橙色，或是那些绿色（从酸涩的青柠到酒瓶的颜色）——在三原色称霸前，这些颜色才是他进行抽象创作的主菜。

哪怕在古典主义盛行的时期（即20世纪20年代初期到30年代中期），当时的蒙德里安正致力于将自己的极简几何主义固定于绝对的平面上，他所做出的行动也比你想象的更多。电枢上的黑线或收缩或膨胀，它们有时会在画面边缘颤动或静止；边缘本就被磨掉了一层，这让线体也得以无缝融入实体画框的内侧。猩红色、钴和铬黄在某些画面中强度很高，而在其他画面里则已耗尽。嘲笑永恒幻想的龟裂缝笼罩着万物的表面，这是保管者的噩梦。

在这场引人入胜的展出中，唯一的尴尬之处在于它试图在这个空间内同时容纳风格派的大师们（比如范·多斯堡、巴特·范·德莱克和维尔莫斯·胡斯泽），这些革命性的天才以及蒙德里安——这样的结果就是让我出现幽闭恐惧症。

起初，这种想法是有道理的，因为在20世纪开始的前十年，他们都对神智学有着共同的热忱——这是现代主义的形而上学，它提倡重塑元素数学，认为这能够揭示宇宙奥秘的本质。有的照片上是长着大胡子的年轻蒙德里安，他看起来一半像拉斯普京[134]，一半又像瑜伽修行者，搭配上布拉瓦茨基夫人和安妮·贝赞特著作的荷兰语翻译，可能让神智学者们看起来更加稀奇古怪。除了现代主义版的新柏拉图哲学外，还有什么称得上是神智论呢？毕竟，自希腊哲学家在《蒂迈欧篇》[135]中开始沉思以来，新柏拉图主义一直是古典美学的根源。

从风格上讲，这些人一直在四处寻找某种视觉习语，以表达他们从理解基础物质一直到掌握天体运转的漫长历程。蒙德里安尝试过粗犷的荒野海岸——正如字面意思那样，他将被风侵袭的荷兰滨海变成了表现主义者的心境，覆盖着浓重薰衣草色的沙丘升入绿松石色的天空，教堂的塔楼被新鲜的粉红色渲染。荷兰多神教的已逝神明文森特的印记随处可见，在欧勒的骷髅树林中，穗状树枝刺穿了乳白色的荷兰月亮，表现主义者竭力渴求颜料带来的解放与重负，就像它们曾给凡·高带去的那样。

出于艺术概念和居住体验等原因，这一团体后被巴黎所吸引，他们接着抛弃了野兽派，转而采用立体派，被解构的形体提供了一个从表面形式步入内部结构的大胆转换。不过，这的确有些布拉克和毕加索遗作的炒冷饭嫌疑，只不过添加了些凛然破碎的北方形象。

接着，有个大事件发生了，那件事后来被称作"第一次世界大战"。荷兰在其中保持中立，但杜斯伯格和蒙德里安以不同的方式作出了回应，带来治愈。展览中的一整间房都被用来容纳杜斯伯格为荷兰人制作的彩色玻璃壁画,每一面壁画都是用彩色灯泡的碎片制成的,这是一处令人不禁陶醉的梦幻空间。

尽管蒙德里安创作出了奇形怪状的、有点像马赛克的棋盘色块,各种粉红色、绿色或橘色,但他最深邃的冲动将他引向了一个完全不同的方向,一个随着真正"抽象"的产生而彻底改变现代绘画进程的方向。蒙德里安后来从巴黎回到了故乡,在 1914 年至 1915 年间,当蒙德里安凝视北海时,他可能并没有意识到自己那身为荷兰人的本能,那是一种在大自然中看到天体图案的直觉,他随后将波浪转换成一片此起彼伏的水平标记。但是,将自然形体翻译成纯粹的抽象语言,在水平面上用淡白粉笔般的口音来表示阳光闪烁,远远超出了巴黎立体主义的词汇量。"码头与海洋"系列是一种全新艺术的创立史诗,它们是复调音乐般的、强节奏感的、层层堆叠着的、令人着迷的奇物,它们保留了与自然起源的关联,却不必直白描述它。

新宣言接踵而至,这可不是个好兆头。1920 年,杜斯伯格[136]、范·德莱克[137]和蒙德里安接连发表声明,宣告"新造型主义"这一新美学观。但这是一个宏伟又空洞的标签,注定会自掘根基。同年,蒙德里安开始拼装钉死在画板上的色块。早期的一些试验品,因其微妙而复杂的灰色而显得异样美丽,铺上蓝色与黄色后更甚,若只把它们看作通往原色纯粹主义的序曲,那又有些自欺欺人,因为这样的作品本就十分美妙、自成一格。可早在 1921 年,他就开始清除一切色素板块以外的所有素材，让黑色网格变得更加粗厚，使其不仅成为色块的容纳膜层，更是整个结构的有机成分；到了年底，这些网格自我分解，为作品提供坚硬的力量感和简约性。

这源自构图的千变万化。虽然蒙德里安的工作简报相当公式化，但他的绘画作品从未如此。在《构成》（1992年作品）中，一块白色的面板支配着整个领域，一根黄色线条垂直侵入其中，在一个角落里有条胆小的猩红条纹正跃跃欲试，彰显傲慢的边线则是蓝色的。十年后，在《黄与蓝》中，色块紧紧挤压着它们的禁锢之地，这随之产生了一种张力，若非如此，蒙德里安对均衡的追求将显得平平无奇。它们以自己的方式，抵达完美之境。

蒙德里安对纯粹形态的痴迷，在1925年到了近乎滑稽的地步，主要因为荷兰风格派团体开始和对角线勾肩搭背（"不！！"），他因此下定决心和他们断绝关系。德斯蒂尔大师们继续专注于建筑和城市设计，坚持着被他们称为"元素形式"的理念。在这个双重展览末端的画廊里，为他们共同想象的乌托邦愿景圆了一场梦：画廊中有一部精彩的电脑动画，里面都是用原色拼板构造的室内设计、咖啡馆和城市街道的蓝图，以及风格派家具的精彩展示，其中包括里特维尔德用黑木和钢材制作的碗橱，这一定是现代主义制造的最优雅的家具之一，让人不禁想起他们拥有的机械时代梦想——光滑、优雅而实用。

但风格派团体的设计并没有蒙德里安的绘画那么出彩。当他们的关系变得越来越僵硬时，蒙德里安着手解放他的色彩格子。自 1935 年起，将作品复杂化、切分化的饥渴攀附着他。他两次三番的放大画作骨架，制作出悬挂着色彩的回纹装饰，整体画面不再纹丝不动，开始发出微弱的声音和震颤，仿佛为布吉伍吉[138]调好了琴弦。[139]他丢掉了纯粹度，却获得了活力。属于蒙德里安的展览部分，结束于蓬皮杜艺术中心收录的画作《纽约》，在那里，蒙德里安发现了终极网格城市，并愉快地对它的摇摆舞缴械投降（他自己就是个时髦的舞蹈者）。[140]晚期的曼哈顿系列画作用鲜艳的丝带代替了黑色的脚手架，在这些丝带上，蒙德里安的色彩发出了电力四射的嗡嗡声，就像"行动绘画"的创始人杰克逊·波洛克[141]。

事实上，在蒙德里安乘船从伦敦前往纽约之前，他的作品已经有所昭示。其中，最具爵士乐风格的作品被命名为《特拉法加广场》，它使抽象的音乐从喧嚣城市中抽离出来。但不要费力在这场面面俱到而辉煌的展览中寻找它，毕竟，这场大秀是对现代主义熔炉的衷心庆贺——这熔炉曾是巴黎，这熔炉让皮埃·蒙德里安这样一个坚决的荷兰人，从嘶嘶作响的蒸馏器中提炼出了抽象。

罗伯特·休斯
Robert Hughes

罗伯特·休斯[142]在1989年正处于作家事业的巅峰，他在当时为英国画家弗兰克·奥尔巴赫[143]所写的"惊险"书作开头是这样的："弗兰克·奥尔巴赫的职业生涯表明他对'艺术世界'知之甚少，不过这对一个真正艺术家的成长而言，或许无关紧要。"这句话作为一个段落的开始，与其说是一个开场白，不如说就是条宣言。休斯带着自己的惊人天赋，比如他山猫般直觉敏锐的分析力，他那原始的普罗米修斯文学力量，致力于将"艺术"从"艺术世界"中拯救出来，他认为这个摇尾乞怜、自我陶醉、吸血鬼般、碎片化潮流而商品至上的世界，正在从艺术本身汲取生命，使创作伟大作品所面临的挑战被严重贬低，缩小了"新颖性"和"独创性"之间的区别。他在20世纪80年代结束之际为奥尔巴赫写了书，认为这是对艺术而言最令人遗憾的几十年,一个"供给侧美学"的时代——这是典型的休斯式措辞。他经常说罗纳德·里根[144]和安迪·沃霍尔[145]这两人是天生一对:这对孪生兄弟,在肤浅的领域里共享君主地位。

休斯悲观地走到尽头,对从艺术界解放艺术一事感到绝望。在他看来,20世纪90年代的情况更加糟糕,尽管他为基弗[146]、里克特[147]、弗洛伊德[148]等鹤立鸡群的巨匠振臂高呼过。他就像被他崇拜的维多利亚时代的人一样——如哈兹里特、拉斯金——是一位战斗作家。虽然他敏锐地意识到产生艺术的社会基质,以及它将被指引的方向,但他还是成为所有还原论者[149]的敌人。对于那些认为艺术仅仅是一系列理论、立场和阶级关系副产品的人,他可怜地认为,他们在智力上有所缺陷,只能通过把艺术束缚在社会理论中,寄希望于原创概念、天赋或美都是虚构的(他对此嗤之以鼻),从而弥补他们在艺术领域的先天不足。"难道他们从来没有在塞尚的《圣维克多瓦山》或伦勃朗的《芭特叶巴》面前睁开过眼睛吗?"他曾如此咆哮道,"还是说,他们的眼睛不知何故,目光只能看向内部,迷失在空虚的自我关注和三流的臆测之中?"

休斯所在的家族在维多利亚时代的族长是来自罗斯康芒郡的托马斯·休斯,后来移民到澳大利亚,不是因为犯罪被流放,而是为了寻找更美好的生活。从经营一家杂货店开始,他逐渐成了悉尼的芥末大王,这也让人们不禁认为,如英国芥末的浓烈味道般的尖利口吻,显然都传给了罗伯特,并让他陷入时刻保持理智的暴脾气中。可以肯定的是，他可不是文化的调味品，而是大餐上的压轴好菜。无论他到哪里，不管是意大利、英国还是纽约，充满爱尔兰特色的澳大利亚血统都流淌在他身体中，这是一种非常民主又民粹主义的本能。休斯厌恨所谓的内部人士，不管他/她来自学术界还是艺术界；他鄙视这些人为了维持其牧羊人[150]身份而使用的排他、蒙昧又空洞的语言，他为自己的指南针——乔治·奥威尔所坚持的尖锐朴实言语而感到光荣。他在1979年《时代》杂志的一篇评论中以奥威尔的笔调写道："在一个充斥着各种疯狂的创新、自恋的宣泄和垃圾'相关性'的世代，看到夏尔丹[151]的作品，就是在提醒自己，清醒、深思熟虑、正直和冷静仍然是绘画艺术的美德。"

同样坚定的信念是，可及性不能与平凡混为一谈，艰涩复杂的想法可以不羞于用引起喜悦的语言来表达，同时也能带来启迪，这是他在电视杰作《新艺术的震撼》和《美国视觉》中传递给我们的信息。在《新艺术的震撼》中，休斯又一次给广大观众带来了一个全新的惊人视角，对现代主义的古老战马产生了全新认知，他以某种方式，让这视角看起来十分不言而喻。例如，修拉[152]身上的序列不仅反映在那些点上，更是反映在一个充满雄心壮志的现代画家的整体构图上，他痴迷于连续图案装饰带和不朽的严肃感。突然间，厚重的作品构图变得非常合理了。最终，重要的不再是画作上的摇曳和斑驳，也不是修拉的即时性，而是这些人物形象宛如巨大雕像般的不动如山感。现代主义可能是一个任性又让人陶醉的项目，但它永远无法摆脱想要成为博物馆经典藏品的矛盾渴望。

若想发挥这种魔力，将敏锐的洞察力和雄辩的口才结合起来，你首先需要成为一名杰出的作家，这一特质并非总能在艺术批评作品中看到。就评论艺术所面临的挑战而言（比如评论音乐），他认为最令人遗憾的，是那种令人望而生畏的感觉。它首先是一种翻译行为，将图像转化为散文，这就不可避免地失去了实质，因为一种表达被转化为另一种表达。鉴于这一不可避免的缺陷，进行艺术批评的缘由，是有机会向读者充分介绍作品的精髓，鼓励他们自己去看、去赏析，并促使他们重新思考自己与作品的相遇到底暗含着什么，孕育着什么。这种促进方式不可避免地涉及表演元素。即使当纽约20世纪40年代和50年代的抽象表现主义骑士们影响了偏远的禁欲主义者，他们实际上也在表演。

罗伯特·休斯不仅在自己的散文表现上毫无顾忌（尽管他痴迷于奥威尔式的简朴），他还用那刚强又神气活现的辞藻寻欢作乐，不知羞地兴奋于它所喷涌的能量，极尽幽默与机智之能。随便翻开《唯有批评》选集的任何一页，或是打开《新艺术的震撼》和《美国视觉》的任意一集，你将为那百花缭乱之景所倾倒。对鲍勃来说，启迪他人是一种乐趣。在毕加索为玛丽·特雷塞·沃尔特所作的满是情欲的绘画作品中，"这幅画里，她的身体被重塑，与其说是肉体和骨骼的构造，不如说是一系列由那条蜿蜒的线条连接在一起的腔穴：柔软、静谧、隆起、温润而恣意放荡。关键并不在于设法让自己进入这个女人的思想，毕加索对这样的事不感兴趣；相反，他描绘了自己的性唤醒状态，并把它投射到爱人的身体上，就像映在屏幕上的图像一样。她的身体被重新组合成他所渴望的形状，这些画作最终描绘了一种海洋般的愉悦"。

休斯认为，当代艺术被公关行业所困，这激起了他想要为之雄辩的愤怒。当休斯远离花哨的服装，得闲独自思考某位大师那不可比拟的力量时，是他最幸福的时刻。20世纪90年代，在我刚刚成为《纽约客》的艺术评论家时，他给我的忠告是："永远不要去参加开幕式。""这就是浪费生命的哀号。当演出开始放映时再去，或者和其他人一起坐在观众席。"对浮华的厌恶并不是他对形式主义的唯一中伤。休斯为自己对古代"天才"所抱有的执迷不悟、不合时宜的热忱而感到由衷高兴——并非那种可以位列众神殿的超凡者，而是在他的假设里，在艺术创作的过程中，所付出的汗水确实具有某种不容置疑的英雄气概。他是信仰艰苦劳作的最后几个浪漫主义者之一，他是该主义的名人和典范，他鄙视廉价设备和外包服务，认为这是对手工艺原则的背叛。

作为一名很受眷顾的天才木匠，休斯乐于承认自己对手工技能的钦佩，他坚持认为，若想获得真正的艺术力量，必须通过纯粹而艰苦的劳动。一件作品的力场是难以言说的奇迹，它会立即使我们的感官开始震颤，他不觉得这是个可悲的幻想，而是感性的真理。与此同时，它无法借用别人的汗水来实现。

Difficoltà，这是文艺复兴时期的理论家们所理解的"大量的努力"，无论是概念上的还是技术上的；它本身并不保证能为你带来伟大的成就，若是没有它，若是没有对于从顽固的原材料中提取特定愿景所需要的繁复工作的尊重，成果将变得相当轻率，它的印痕微不足道，转瞬即逝。

生活的物质结构、品位与味道、曲度和纬线，对休斯而言就像是值得吮指的美味，他总是沉浸在生命的醇厚中，以及把一切都记录下来的娴熟爱好，但不能因此而误认为他对复杂想法或深刻分析漠不关心。罗伯特对概念艺术的许多方面（虽然并非全部）感到不满，主要源于概念的空洞平庸。他把珍妮·霍尔泽[153]的视觉话语和刺绣样品上的文字相比较，并认为她绝对不占优势。休斯当然可以在黎明时分与那些人中的佼佼者进行决斗，不过，如果让他做选择的话，他宁愿邀请那些聚集在大都会艺术博物馆（MET）或纽约现代艺术博物馆（MOMA）中的路人甲乙丙丁，带领他们进入自己的微妙思想网络，让人们在作品面前更专注、迸发更多思路。他是推动天下人得到顿悟的仁慈者。

罗伯特本可以当一个合格的愤世嫉俗者，但他大多数时候是猛烈的施爱者。施爱的对象是智人，即使当他怀疑他们所能达到的残酷程度时依然如此。在他那不朽的杰作《致命海岸》（描述了澳大利亚罪犯定居史）的书页中，流露出对我等其他人的深切同情，无论是活着的还是死去的，这本书里的受害者和遵规守纪者，都展现着充满悲剧性的不屈不挠精神。但是，这本书中最美的段落是为风景预留的，在那里，上演过许多可怕的暴行和透着股坚韧气概的戏剧。"悬崖顶上的土壤很薄，灌木丛寥寥可数。这里有长着锯齿状叶子的银花灌木，有干燥的种子球果，就像多个跳动的嘴巴。相对于这片严肃的灰绿色，偶尔浮现的一两朵红色或蓝色小花，显得十分明亮鲜艳。"还有那些考拉，休斯当然熟知它们："这不是澳大利亚航空公司商业广告中出现的那些可爱泰迪熊，而是迟缓、易怒、长着毛茸茸的耳朵和鼻子像是皮靴跟的动物，它们每天要吃掉两磅重的新鲜橡胶树叶，当它们被抓捕时，它们会愤怒地抓伤人类的手，用带着桉树气味的尿淋湿那些惹它们生气的家伙们。"

若想了解地理学和权力是如何在澳大利亚编年史中分庭抗礼、相互斗争的，这需要知晓大自然的伟力。休斯在 1999 年亲身遭遇了一场骇人听闻的灾难，这在他的回忆录《我不知道的事》中描述得非常详细，那是一次正面碰撞，他很幸运能活着逃脱，但他因此而有些破碎的身体从未被完全修复。这场噩梦使他远离了澳大利亚，特别是在他因事故责任而被审判之后，这一隔阂并没有因为他对诉讼程序的过激言论而得到缓解。阴影长存如跗骨之疽，不过在戈雅[154]的痛苦中，他找到了一种亲和力，这让他不禁为此写了一本权威著作，并制作了一部引人入胜的电视电影。十年前，休斯复盘过波士顿的一场善意戈雅展览，那次展试图把这位大师变成一位模范自由主义者，他温和地对此提出反对意见，认为画家被普韦布洛的恶魔所吸引，同时也致力于以西班牙启蒙运动的名义驱除异己。

被休斯拿来为那本书收尾的陈述段落，就像是他总在拒绝回避的凄凉真相。"自由主义就是在说，人生来是自由的，但处处受到束缚。晚年的戈雅所传递的信息并非如此。锁链依附于人性深处的某种东西，它们是用一种物质被锻造出来的，这物质自弗洛伊德以来，被我们称为'本我'。它们不是威廉·布莱克[155]所写的'心灵铸成的镣铐'，它们不是社会产物，无法通过被解放的才智立法废除或消灭，它们就是我们。最终，只留下我们接受自己的堕落本性后那被侵犯的空虚感；痛苦的哲学狗，它的主人已远离了它，就像上帝已抛弃戈雅一样。"

我们这些人痛心地悼念他，不仅因为他的离去是艺术评论和历史的重大损失，也因为他是我们的友人，我们的灵感来源。这个身上仿佛带着高压电的老伙计，在步入任何房间时都会把智力的温度调高，他那可爱而满是澳大利亚特色的声音从胸腔里传出，使我们比平日更加快乐、机智、聪明、善良。我们希望，他的归宿之地不会是戈雅那幅可怕的《没什么》[156]那样，一个只剩下污泥的世界。我们希望，他能知晓他所带来的改变，知晓那些被他擦亮的双眼，被他启迪的感知；他确保了我们永远不会混淆作品的价值和拍卖的价格；他与我们这些单靠自己永远无法捕捉到灵光的人分享了"eureka"[157]。我们希望，这个曾活跃于思想和艺术生活中的光荣冒险家能知道，他是我们不可或缺的恩赐。

莎莉·曼：赛·托姆布雷的照片痕迹
Sally Mann: Photo Traces of Cy Twombly

菲利普·亚瑟·拉金[158]在《一座阿伦德尔墓》的最后一行中写道："爱，将使我们幸存。"他本来觉得，中世纪的躺卧石雕看起来过于冰冷无情，直到他看到一只手套——那手套被严格认真地雕刻出来，却没有戴在手上。这样，那位骑士就可以在死亡时握住他妻子的手。"冰冷"是一个你永远都不会用来形容莎莉·曼[159]的词语，她是一位最富有诗意的摄影师。而且，拜读过她那本狂野而令人倾倒的回忆录《留住这一刻》[160]的读者们知道，她也具备一种与之相符的出色写作风格，字里行间透着枝叶繁茂感。她的标题是从马克·斯特兰德[161]的一首美丽但无情的悲剧诗中撕下来的，那首像是眼泪流尽的诗歌名为《临终》："当过去的重担倾向空无一物之处，而天空，也不过是记忆中的光……"[162]

但"也不过"带来的幽玄、物哀、侘寂之感，可不是莎莉·曼的风格，特别是当赛·托姆布雷在那么多年间都与她十分亲近的时候：他们曾是邻居、朋友，也是所有航行到古典记忆中的船只上的船员。她的照片充分利用了弗吉尼亚那令人生厌的光线、威尼斯百叶窗的板条和被刺眼光芒多次划破的圆润半影。从她用那盏灯做的事来看，无论是用它照射在石膏火烈鸟上，还是照在拥挤的桌面墓地上，不管它是照在纱幕上还是通风井上，我们确实从所有这些残羹剩饭、污点和污渍中，推断出托姆布雷强大的创作力量，她把缺失感变成了耀眼的存在感。

艺术家们在离开尘世后，会在留下的遗骨上刻下印记吗？还是说，要把我们对于他们的印象投射在那些空空的墓地中？不管怎样，这都是一种圣餐仪式。但丁·加百列·罗塞蒂的颜料盒中，有属于前拉斐尔派的祖母绿、黄金和琥珀色，它们都被凝固保存在可观的厚度里，仍然躺在他在凯尔斯科特庄园的工作间卧室里的桌子上，在那里，他花了整整一个夏天，怀抱着他对简·莫里斯的热情（或是在她的怀抱里），那是一堆酿着欲望的硬壳陵墓。澳大利亚艺术家亚瑟·博伊德[163]的工作室里，挤满了数量惊人的画笔和调色板，从猪鬃到松鼠毛等各种笔毛都有，仿佛他每周都在不安分地更换画材。1805年，透纳在泰晤士河边上涂抹小画板和速写本时，随身携带了一盒颜料，近乎两个世纪过去了，那些颜料仍然光彩明亮。

然后是一些污渍和飞溅的颜料，这是艺术家创作手法的有意延伸：波洛克脚下的地板上满是鞭痕似的颜料[164]；卢西安·

弗洛伊德的工作室墙壁上，布满了笔刷和刮刀留下的色彩，这在他的一些晚期作品中可见一斑。所有这些"失禁"一样的溢出，彻底扩大了作品的力量，跨越了一切表面上的框架制约。

托姆布雷亦是如此。正如莎莉·曼在她的回忆录中深情追忆的那样，他的言行举止充满了弗吉尼亚绅士的风度，即使当工匠之神的强大引擎已经整装待发、一切就绪时，他也是一位彬彬有礼、言语风趣的人。他从未失去过元素的力量：他曾用油画棒四处戳戳捅捅，也曾在绘制勒班托系列作品时，让狂舞的油漆像拍打在帆船上的浪花一样飞溅；在他手中，涂鸦都变成了抒情诗。曼拍摄的一些最可爱的照片，便流露出了这些元素，他的大多"画"都跑到了工作台以外，沿着踢脚板溜走了，就像是从未被阻挡过的细水长流。

《回忆余光》[165]既是一位艺术家的探索，也是一个知心好友、一个极富创造力的同谋者在故人居所闲逛，她赤脚踩在地板上，推开深情的记忆之门。"在每年的春与秋，我都会想念他，这两个季节时的山谷会让他容光焕发。在每日中午的餐桌旁，看着那些他喜爱的食物时，我都会想念他，那是用铸铁平底锅在柴火炉上煎制的焦糖酸苹果，里面有培根油、肉桂、一小撮盐和红糖。"如今的他通过一些无机的同我出现在这里：绿色陶制青蛙的其中一只，双手环抱在肚子上，莫名的有点像他，既勤勉又淘气；还有一双摩洛哥拖鞋，脚后跟那里被踩瘪了进去。

托姆布雷的大半生时间都是在意大利的加埃塔市[166]度过

的，但他知道，自己总是要回到列克星敦的。他的创作之旅从加埃塔出发，但最伟大的那些作品，往往需要在他弗吉尼亚家乡的一个大型店面前的工作场地完成。如果说他是我们时代最富有诗意的艺术家之一，那么，他一定也是最珍贵的。曼的摄影正好符合他的气质，甚至显得更加鲜明。在《留住这一刻》中，她讲述了一个故事：在自己的作品被斯蒂格里茨拍摄后，布朗库西对那些冰冷的摄影作品感到极其愤怒，以至于令他拿起了廉价相机，用来亲自捕捉那些转瞬即逝的创造时刻。

  曼则捕捉到了与艺术家表里相符的质感。有些文档还记载着对寻常规律的抗拒：成行排列的一管管颜料、清理干净的笔刷正在洗笔筒里报告工作。但这些都要为爆炸式繁衍的混沌让位。其中既有托姆布雷那拉伯雷风格的原色渴望，也有充满音乐感的黑板草书发出的有力敲击声，还有在他的多种思维模式下共同造就的一屋子全景雕塑。就像劳森伯格[167]和琼斯[168]（被他称为"来自迪克西的傻瓜"，他将自己也包括在内）一样，托姆布雷在"垃圾"面前就像是大胃王，对于丰富过盛的生活而言，若没有这些"垃圾"，艺术就只是充满现代主义的粗鄙。他甚至比其他"傻瓜"更关心记忆的层次：本能的记忆、学问的记忆、古典和历史的记忆、感官的记忆……我们的本我似乎是由身上所染的颜色决定的。但这里还有很多照片，已经超越了对一个亲爱友人的诗意追念，像是那在紫藤装饰的甲板上度过的傍晚，传递出的是一种独立的优雅。面对斯特兰德阴郁决绝的诗词，那句"不是每个人都知道有什么在等待着他，或者应歌唱何曲/当所乘之船滑入黑暗,他的终点便已来临"时,莎莉·曼选择抵抗黑暗的吞噬。取而代之的,是沐浴在天鹅绒般光辉中的空荡房间,是从窗户照射进来的炽热光芒,是落在地板上那更加柔和的光晕,是一扇敞开的门,是那群不知为何,早已离去的故人。

新惠特尼
The New Whitney

有了艺术，自然就有了艺术圈。艺术圈喧嚣热闹、讲究格调，是个十分"钱"卫、追求轰动开幕式的地方，画廊也是给时尚达人们相互品头论足的场所；一团团的理论被凝聚，变成更多的胡言乱语，努力把重量感附加到那些本就无足轻重又容易被遗忘的东西上。情色作品的拍卖会，虚荣的建筑物，无聊的文娱狂欢节；恶作剧一般被随意捏出的雕像和其价格结伴迎接通货膨胀；艺术鉴赏成为投资术语，而非理解和学习。从远东、近东和东斯拉夫赶来的亿万富翁们，都在焦急地试图赶超他们的对手，他们把画廊围得水泄不通，被花哨的滤镜催赶着前往下一站。纽约肉库区[169]是曼哈顿艺术世界的中心，当崭新的惠特尼艺术博物馆[170]于5月1日在附近敞开大门时，人们总会疑惑，是否会被它卷入魅力的黑洞。

老惠特尼[171]就像麦迪逊大道上的清教徒。刺穿马歇·布劳耶堆叠的混凝土小黑盒这样的行为[172]，通常和信仰脱不开关系。就连它地下室的咖啡馆也尽了最大的努力来阻挡光线带来的乐趣。到了双年展[173]的时候，清教徒就会穿上华丽的礼服，大声呼喊一些毫无意义的挑衅性称号，接着到处胡扯一番。老惠特尼的告别演出，似乎是为了证明它还是现代主义的圣地。那是一场带着假笑声的杰夫·昆斯[174]回顾展。但是，艺术必须与建筑的阴暗面作斗争，这座建筑区分了弱者与强者，并因长期的努力而博得尊敬。伦佐·皮亚诺的新惠特尼美术博物馆，会不会因为有着通往河流与浮华都市的通风口，而容易把抽象表现主义的高尚作品变成都市美男的游乐场装饰品？

一些批评人士抱怨说，这就是正在发生的事情。那些户外露台由一条迷你高架铁道组成，上面配着来自酒店大堂的丰满球形沙发，闪闪发光的酒吧像是一封艳遇邀请函。[175]"稍等一下，"酒保提醒道，"托姆布雷提尼和罗斯科丽塔马上为您调好"。那么，为什么我，一个脾气暴躁、爱在鸡蛋里挑骨头的人，脸上竟带着一种愚蠢的幸福感在馆内徘徊，不敢相信新惠特尼竟然对艺术如此热情，而非艺术界[176]？在博物馆拥有的22000件作品中，有600件被拿来作为开幕式展品，开幕式的名称则来自罗伯特·弗罗斯特[177]的一首关于哥伦布困境的异想天开诗：《难望美利坚》。这本身就表明了首席馆长唐娜·德·萨尔沃的勇敢自信，即有了新的空间和新的想法后，情况将不再是这样了。我确实在一束全新的光芒中，看到了以前从未评价过的作品：一幅乔治亚·奥基夫[178]的抽象画，一幅没有标题的利希滕斯坦[179]作品，以及——诸神啊！——伊娃·海丝[180]用树脂绳索编织的吊绳，正摇摇晃晃地舞动着它的悲伤。还有一些令人印象深刻的杰作，不知何故让我有些捉摸不透。最夺目的作品，是雅各布·劳伦斯[181]那组感人的战争小画，这是他1946年从战场回来后绘制的。还有更多熟悉的画面在你眼前展开，比如霍普[182]的《周日清晨》，店面平行于画面，被困在冻结时间的罩子中。

令人兴奋的部分原因在于光，在五楼，被过滤的光线从天窗倾泻而下，另一部分原因则归功于被扩大了三倍的空间。若仔细想想，你会发现，被那些煞风景的家伙们称为通往城市的下水道的设计特色，恰恰是新惠特尼鲜活血液的秘密所在。这些通道在普世和艺术之间建立了对话，哪怕其中有许多是抽象的，却也可能来源于美国日常生活中的急躁打击乐，比如惠特曼[183]的《自我之歌》的咆哮开端，或是索尔·贝娄[184]的《奥吉·马奇历险记》的开头段落。如果我们的目光正凝视着弗拉·安吉利科这类艺术家的作品，那又是另一个故事了，但我们并没有。我们看到的是波洛克的"杰克点滴画"，是亚历克斯·卡茨[185]那幅燃烧跃动着的《红色微笑》，是乔治·贝洛斯[186]那些无情的拳打脚踢。

所有的神奇博物馆们，都在城市和艺术空间之间，拥有着相同的亲和力，且绝不是强迫性的。在安特卫普的洛克斯庭院[187]，你可以像它们的主人一样看到凡·戴克[188]和鲁本斯的画作；在罗马的多利亚·庞非力画廊[189]的斑驳镜子里，你可以品尝到科柯雷乔和卡拉奇[190]的巴洛克式糖果。而在被喷气式飞机推动着的艺术圈，超级富豪们的购物中心里，这里有沃霍尔，那里有沃霍尔，到处是沃霍尔——也许，对艺术而言，在如今的曼哈顿能有这么一个地方，让艺术可以感到宾至如归，为此欢喜雀跃，并不是件坏事。

美国印刷
Prints USA

美国的噩梦与"美国梦"之间的距离从未被拉远过。在大英博物馆举办的一场简约而引人入胜的版画展览中，集结了从 20 世纪 60 年代到今天的诸多作品，其中一幅作品以惊人的生动感，体现了黑暗与光明交织的永恒国民热情。由埃德·拉斯查[191]描绘的好莱坞标志，视角并非从下往上，而是沿着它的一端向另一端延伸，直至它沉入斜坡，笼罩在烟雾弥漫、硫黄橙色的黄昏之中。其他图像则潜伏在阴暗处：安迪·沃霍尔那堆用十种色调反复呈现的电椅图案，就像室内装潢师的样书，从桃色和蔚蓝色，到玫瑰色和石板色，应有尽有。这位艺术家用他一贯的狡诈和虚伪，声称这种增殖会稀释电压，但事实恰恰相反——这不过是恶贯满盈的漂亮画[192]。

正如它所记录的地点与时间一样，大英博物馆的展览并不完全是为了展示破碎的梦想。明亮的色彩在理查德·迪本科恩[193]的抽象画中四处弥漫，那里有加利福尼亚天空的蔚蓝色，而且这色彩也存在于大卫·霍克尼[194]那水花飞溅的游泳池中。但这是拉斯查的另一部作品，是《斯坦德加油站》(*Standard Station*, 1966) 中醒目的猩红线条，这给我带来了半个多世纪前第一次与美国相遇时的激情。

《大地球仪》[195]是一个 42 米高的钢制地球仪，被 96 个喷泉包围，在 1964 年纽约举行的世界博览会上，它一度成为万众瞩目的焦点。碟形观测站栖身在高杆上，中央的球体示意美国人将拥有一个通过技术与各地和谐相连的未来，这是一个国家的标志，即它的命运应与世界各地紧密相关。那年夏天，当我第一次看到《大地球仪》时，喷泉的薄雾遮挡住了它的底部，让它看起来就像在空中自由飘浮着。

这种精心设计的飘浮感，在万国博览会这个无所不包的公园中随处可见。这公园是万能园区专家罗伯特·摩西的项目，他在 1939 年进行的早期尝试，被欧洲爆发的战争所阻挠。四分之一个世纪后，乌托邦的大门于美国本土再次敞开。国家主题临时建筑（例如，象征斯堪的纳维亚国家的抛光松木）点缀在博览会现代建筑的四周，像朝臣一样围绕着至高权力——美国强大的汽车工业。我乘车行驶在福特所修的道路上，这是人类移动方式的最新成果，在钢铁和玻璃的结构上颠簸起伏着，还有胖乎乎的家人们把脸埋在多层三明治里。在通用汽车的展馆中，学生们自豪地站在斯塔德贝克[196]旁边，身穿皮夹克，脸上露出灿烂的笑容——他们展示了世界一流的美国牙科技术。为郊区住宅设计的美国技术就在眼前：每个厨房都配有一个大型冰箱，有小麦色或鳄梨色可供选择。未来便意味着中产阶级：苏打汽水、黄油爆米花、永恒且伟大的美国人。

但后来，历史彻底把这场狂欢搅黄了。我在曼哈顿码头上岸后不久，在第九大道一条冒着潮湿蒸汽、地上满是滴落热狗油脂的路段上，看到一块写着神秘传说的新闻板：《东京湾!》这一事件后来被证明是场刻意制造的挑衅事件，使林登·约翰逊得以通过国会授权，进行一场未经宣战的越南战争。[197] 在弗吉尼亚的一辆公共汽车上，我和我的旅行同伴错误地坐在了后面，愤怒的司机命令我们回到自己前面的位置上。

但是，哪怕开启了美国长达数十年的文化和政治内战的第一枪已被打响，无论是隐喻的枪声，还是那真正的枪鸣，也不可能不对这个国家原始而野蛮的繁荣发展作出回应。所有的一切都在哀号恸哭：艾伦·金斯伯格高唱慷慨激昂的亵渎史诗[198]，吉米·亨德里克斯带着吉他在伍德斯托克的泥泞迷醉黎明中折磨着《星条旗》[199]，兰尼·布鲁斯对礼仪极尽讽刺侮辱之言[200]，克特兰用萨克斯奏响了《崇高之爱》[201]，用波旁威士忌漱口的詹尼斯·乔普林在《哭吧宝贝》中嘶声尖叫[202]。

尽管遗世独立，但这也是美国艺术发生重大事件的时代，且绝非巧合，借用评论家列奥·施坦伯格的金句来说，贾斯培·琼斯和罗伯特·劳森伯格等画家"让世界重归"。十多年来，美国的艺术一直被大量的英雄抽象主义所支配，艺术家们则把自己的冲动通过直观的标记刻画在这些作品上,其目的是让旁观者尽可能远离美国街头生活的喧嚣,进入一些形而上学的领域,一个只有线条和颜色交汇的崇高地带。流行艺术家,如詹姆斯·罗森奎斯特[203]、罗伊·利希滕斯坦和安迪·沃霍尔的异端思想,是采用日常生活中被忽视的物品,越花哨越好,并将它们作为形状、颜色和欢快文本的独立容器呈现出来。它们是视觉上的俏皮话,但这份俏皮被烙进了骨子里。艺术不再对城市里的喧闹置之不理,反而亲吻和好,从这性感的结合中,诞生了一种崭新的视觉戏剧。

这并不意味着要放弃古老的艺术技巧。相反,图像越粗糙,构图的过程就越艰苦。利希滕斯坦强迫自己绘制了巨型卡通画上的每一个本戴点[204],詹姆斯·罗森奎斯特创作了巨大加长版壁画,就像19世纪末受委托为政府机构所作的浮雕一样宏伟。不过,罗森奎斯特并没有采用传统的造型,而是拼凑起了F-111战斗轰炸机、爆裂的弹丸和一个在酷似弹头的头盔下咧嘴笑的小女孩。

美国生活中的信息图标——国旗、美国地图、商业广告和超市包装(罗森奎斯特曾是时代广场广告牌的画家)——常常被认为具有讽刺意味。但这份挖苦更多是针对部分自命不凡展现传统和抽象艺术的人,而不是针对肉汤罐头和口香糖。不管曾经还是现在,美国都举办过许多欢庆活动,以体现美国人在生活中的强烈活力。1969年,劳森伯格被美国宇航局邀请前往卡纳维拉尔角,亲眼见证阿波罗11号登月任务的发射,结果让双方都欣喜若狂。他的系列作品《星月》迎来了井喷式的创作，由发射台的火焰和跳跃着的宇航员混合而成，这本身就是一种无序的升空，进入了无重力的视觉空间。

美国梦，那是承诺美好明天的绿光，是向上的社会阶梯，是机会与机遇的民主，它是一种如此根深蒂固的国民心理，哪怕到了现在，哪怕已经有那么多人痛苦地从梦中醒来，它仍然顽强存活着。在越战和水门事件后，不断扩张的美国人开始退缩，在防御圈抱头蹲下，与此同时，巨大空无的《大地球仪》就像被《银翼杀手》抛弃的场景设计，留在皇后区的墓地边缘缓慢生锈。机缘巧合下，它并没有与船同沉，甚至筹来了为它进行长期翻新的资金，并在2010年与恢复如初的喷泉再次绽放。纽约市中心逐渐从"9·11"造成的有毒灰烬中走出；经济，甚至汽车工业，在奥巴马提供的资金注入下，自2008年的崩盘后又卷土重来，开始了轰轰烈烈的复苏。

奥巴马担任总统的时期，造就了人心鼓舞的巅峰局面，这种鼎盛已经被一个一心想抹杀其所有成就的政府所取代，但是，它也展现了让美国回归到"我们的美国"的政治布局。文化战争的冲击和反冲击对分裂的美国或许没有好处，但它们在形象塑造方面释放了惊人的创造力。这种富有想象力的热潮并非总是无休止的争论。在菲利普·古斯顿[205]的粗糙后水门事件漫画[206]，和珍妮·霍尔泽曝光的骇人听闻的审查制度之间，一些最具创造力的艺术家展示了他们写实主义冷酷派的作品，具现了被涂黑的历史段落[207]：查克·克洛斯的不朽头像，理查德·

埃斯蒂斯的店面倒影，纷纷用现代化的普桑构图几何学被组织起来。

可是，尽管美国艺术总在和极简主义调情，这并不意味着它比逐渐让人感到无可奈何的美国写作或政治更有能力。权力世界的每一次危机都会引发新一轮图画作品的迸发，有时是揶揄的，有时则是像福音布道一样的猛烈抨击。置身于由沃霍尔的多条生产线所制造的媚俗《玛丽莲》和《毛氏》系列作品中，人们很容易忘记他对权贵们花里胡哨的虚荣心能有多么敏锐。他用理查德·尼克松所创作的最令人抓狂的照片，是从《新闻周刊》杂志封面上借来的那张呆滞的脸，但是为他更换了肤色——那是他妻子衣服的颜色，来自同一张照片——凝固、发光的蓝绿色。

在当代美国，行动主义艺术充满了活力，但它许多最为孔武有力的图像，都借鉴了传统的视觉宣传和布教方式。精神病学家、艺术家埃里克·艾弗里[208]，曾治疗过因艾滋病而崩溃的病人，他回归到表现主义的木版画，并以此形式创作了《验血》，这是一幅极具毁灭感的版画，一条抬起的手臂和紧握的拳头，等待着针头的刺入，透过深深刻下的印痕，展示了所有的静脉与动脉。卡拉·沃克[209]通过描绘奴隶主对奴隶施加的性虐待，把19世纪的文雅表象翻了个底朝天。她的《无世界》刻画了一艘帆船，这与透纳的《奴隶船》殊途同归，还保留了一具溺水尸体迷失在海浪中的形象，但有一双黑色的手从水面上升起，把船高高地举过汹涌的大海。各式图形轮番登场，后抽象艺术的开创元年到来，某种令人不安的张力也随之诞生。没有什么是比拉斯查创作的鬼魅《死路》标志更具影响力的了，那用破旧感所上的色，完全可以借给唐纳德·特朗普使用，作为他那荒芜工业愿景的象征。

"可我们已经不在堪萨斯了，托托。"[210] 长期以来，国会中的右翼共和党人士都认为，"自由艺术"中的"自由"告诉了他们所需要知道的、关于人文科学中非宗教性内容的一切知识，以及由此产生的非美国特色主义[211]。在艺术中公然和虔诚与礼仪叫板的案例不在少数，例如安德烈斯·塞拉诺的《尿浸基督》[212]，它们通常被拿来当作艺术不应再得到公众支持的理由。除了那些基于宗教建立起来的大学之外，其他大学均被怀疑是颠覆者的堡垒，左翼学者在那里将爱国的年轻保守派逼得沉默不语。因此，尽管有数百万人涌进博物馆和画廊中观看艺术作品（这是福克斯等电台只敢在美梦中想象的人数），美国艺术基金会、人文学科国家基金会和美国公共广播公司，这些被标榜为"精英"的机构，仍被当作全面撤资的目标。托马斯·坎贝尔在辞去大都会艺术博物馆馆长职务之前，曾在《纽约时报》上指出，美国国家艺术基金会的破产，将使省级博物馆无法获得贷款，来给今后展览所需的保险提供资金。其结果将是民族文化的停滞、公共广播电台的关停、艺术和人文学科的消亡——这些将发生在特朗普政府声称要支持、捍卫的地方。

美国艺术界将如何应对这场攻击？毫无疑问，在画商中，将会有许多人欢呼雀跃地迎接富人的大幅减税，和当代艺术品价格的全面上涨。还有一些人可能会再次退回到一个属于纯粹美学的空旷世界。

我的预感，或者说希望是，对文化艺术一无所知者所组成的游行，将成为艺术创作的催化剂，一个由普罗大众参演的新时代即将到来。美国艺术做得最出色的一件事，便是那极具创造力的大不敬[213]，而唐纳德·特朗普自吹自擂的虚荣心，显然是那些讽刺火炮所能瞄准到的最庞大目标。与所有这些富有想象力的反击一样，我们面临的挑战是，能否将信息投射到大学和博物馆的大厅之外，传播到看重这些信息的人面前。印刷出来的图像与海报论战仿佛天生一对，而更为高效的擂台，可能来自数字媒体造就的新环境，在那里，富有灵感的嘲笑加上对真理的捍卫，可能会像病毒一般迅猛传播。若发生这种情况，那些自鸣得意者、将反抗艺术视为战败"精英"的自我放纵的家伙们，终将在强者脚下死去。备战吧，艺术家们！

辛蒂·雪曼
Cindy Sherman

有时候,你的准备工作可能会过犹不及。当共和党的夫人们纷纷动员起来,想在初选这场马戏表演的摄像头前鞠躬尽瘁时,我突然意识到了这一点;她们看着就像是身着伪装的辛蒂·雪曼[214],一个个摆出洋娃娃般的姿势,顶着不人道的精致发型,露出微笑,透着敬慕背后的绝望——所有人似乎都是从尚待摆拍和展示的雪曼秀中跳出来的。我想不出还有哪位活着的艺术家,能更准确地将我们在商务、公共、私人、社交和色情活动中上演的假面舞会如此描绘出来。没有人能像雪曼那样,具有如此之高的心理敏锐感,而陷入徒劳的自我定位、锁定身份的冲动之中。作为一个自我意识的解剖学家,一个人格面具的收藏者,她已到了曲高和寡的山巅。当身份的外壳开始崩溃,宏伟的幻想变成喜剧,没有人能捕捉到那些突然混乱的时刻，除了她。

这也是纽约现代艺术博物馆的回顾展能够取得巨大成功的原因。40多年来，辛蒂·雪曼的作品一直是后结构主义理论家的心头好，他们有时会用苦思冥想的、刻苦钻研的心态，像是研究拉康学派[215]的"凝视"（gaze），或是分析身躯改造一般，来解剖她那些滑稽的恶作剧，尽管她的表达方式要朴素得多。在一个沉溺于形象虚荣心的文化中，雪曼的多重人物世界以其彻底裸露的肌肤和血肉呈现在世人眼前，使各种被压抑的人性泄漏出来：忧虑、恐惧、自负、欲望、厌恶，或是静谧的惊骇。从未有人像她这样，把人类的内心掏出来，创造出如此辉煌的艺术。虽然她不是一个肖像画家，更不是一个自画像画家，但她的题材始终体现着属于画者的卓越艺技：自我展示的技巧。在一个被YouTube（油管）和Instagram（照片墙）所覆盖的时代，表演已成为供不应求的元素。但她不是影像行业的敌人，而是一位聪明的弄臣。由于她对被自己讽刺（有时是折磨）的流行文化毫无歉意，这使得她对不断涌现的人物形象总能拿捏得恰到好处。有时，她会试图完全沉浸在同一幅图像中，不断把握距离，时而正面对视，时而侧目旁观，时而喘息，时而傻笑。

这一切都是靠两人完成的——她，还有她自己。几十年来，她不仅是自己的模特，还是自己工作时的助手。她为只有自己一个人做这项工作而感到自豪。雪曼是一个挺守旧的艺术制造者，这里没有摄影小工，没有灯光师，也没有梳妆台或化妆师——只有辛蒂自己。她长期戏弄着身形的变幻：她无处不在，又无处可寻；有时能透过面具的缝隙看到真相，有时又完全无法辨认得出真身；她的表演使她在没有独立人格的情况下，让"寻猎身份"成为唯一主题。她的身形消融在凶残的女妖中，用视觉上的打磨抛光来完成人物模型——她是凭借粉底登基的汉普顿女王。不要妄图寻找真正的辛蒂，你永远都找不到她。

所以，当我乘电梯去她的工作室时，我自然会想知道，在雪曼的无数变身中，哪一位会接受采访？我有点想不出哪一个她正在走廊尽头的门后等待着我——尖锐、悲伤、凶狠、沉默寡言、带着可怕的笑容，还是反社会的怒容、沉重的假发、夸张的妆容呢？令我惊讶的是，开门对我打招呼的人不是上述的任何一位。取而代之的，是一个比我想象中还要苗条的女性，未施脂粉，温柔迷人，带着那种能把曼哈顿的冬天踢进哈德逊河的温暖微笑，她领我走进了房间。她说了很多，也笑了很多；她对时间、好茶、有趣的事、内容丰富的对谈都很感兴趣，在此期间，她没有流露过一丝防御性的沉默，或是戏谑的傲慢。天啊，她真的能成为当代艺术家吗？但辛蒂·雪曼的大部分作品，都有着"欢迎光临"的感觉，即使是当派对变得诡异又失控，即使你面对的事物，是被设计用来刺激反射性呕吐的，也会让你想要迈进去。她的照片勾起了人们的想象力，使他们进入神秘故事，感受恐怖惊悚，展开暗示性的对话，体会模糊而虚假的圆满。它们不会让你孤单寂寞的。

她的工作室，正如人们所料想的那样，既是一个剧院化妆室，又是艺术工作室——到处都是挂在衣架上的服装、亮片和缎子，面具和帽子、羽毛和羊毛、道具和假发，还有一些人体模型，甚至有剧院的帷幕——这里有新角色所可能需要的一切。这是她的人格游乐场，而她时刻都为盛装打扮做好了准备。"在学校里，老师们似乎每天都穿着不同的衣服，这给我留下了很深的印象。我那时有个小钉板，借此可以弄清楚我整个星期要穿什么！我当时实在太神经质了。"她的艺术生涯始于描绘自己的服装，当她还在纽约州立大学布法罗分校以一名艺术生的身份就读时，便已经揭开了"辛蒂人偶"的序幕。

如果在她早期的一些照片中，人物看上去像是迷失了方向，或是在大都市的背景下茫然不安，这可能是因为她的父母曾带她远远离开这些喧嚣，尽管他们就住在不远处的长岛亨廷顿郊区。"我们家对曼哈顿有股家庭传统一般的恐惧感……像是恐惧着要从人孔井里钻出来的怪物。我们从不去博物馆，也不去剧院。我印象中的唯一一次是在圣诞节，为了看火箭女郎舞蹈团。"我表示那些身着渔网袜、不停高踢腿的合唱队可能给她留下了别致的印记，她笑着同意了，回想起来，这的确是一种独特的可能性。也许这也昭示着，她对艺术的第一次涉足是复制新闻图片，以及任何让她着迷的图像。她那部经久不衰的黑白影集《无名电影剧照》（*Untitled Film Stills*）曾被罗莎琳德·克劳斯描述为"没有原件的副本"。

家族式的曼哈顿恐惧症最终决定了她将去哪里学习艺

术——北部的布法罗州立大学。在20世纪70年代，这座城市是一个粗犷而坚韧的地方，但有着优雅的维多利亚建筑，更重要的是，这里还有奥尔布赖特·诺克斯美术馆，它是美国最伟大的现代主义和当代艺术品收藏馆之一。这所大学却有些让人感到失望："它既没有当代艺术，也对它不感兴趣"。但在"厅墙"艺术中心（Hallwalls），这个由雪曼等人共同在镇上一个旧仓库里创建的艺术家空间中，她找到了志同道合的同伴，这些人为她打开了1970年的新样貌：概念艺术、极简主义、身体艺术、大地艺术、维托·阿肯锡[216]和罗伯特·史密森[217]。大学艺术系则十分讨厌这群自命不凡的家伙们。"他们感觉受到了威胁。我的摄影老师给我们布置了一个任务，让我们前去'厅墙'，挑选一些吸引我们的东西，并进行复制，因为（他说）这就是他们干的事儿，他们只是窃取别人的想法。哇，真是个讨厌的人。"事后看来，对好玩的复制品进行谴责，只会让雪曼对进行实验性工作、举行美国影像狂欢节更加兴奋。从这个框架中，是可以切割出一些东西，并转变成新视角的——不管那是斜视还是歧视。

她创作的第一件半成品，是她自己。《自我之戏》（*A Play of Selves*，1975）是一部关于谋杀案的小型戏剧表演，也是一部关于多重身份和伪装的游戏。她把自己打扮成剧组的所有成员，包括大学预科生、天真无邪的少女等，给每个角色拍摄、剪辑，最后重新拼装成一体，然后就像制作一部影片的片段一样，不断重复这一过程。成果十分诙谐有趣，但艰苦的制作过程使这项创作成就失去了些许活力。

当雪曼在20世纪70年代中期来到纽约时，她说道："我想独自一人工作。"部分原因是，她唯一能负担得起的模特是她自己，同时也为了取悦她孤独的性格。在"厅墙"时，她热爱着的、满是创造力的陪伴，也是点到为止的。现在，她想超脱世界的大框架，跳一支独舞。"我想讲一个意味着我并不孤单的故事。"从这个想法的萌芽中，70部《无名电影剧照》绽放开来，这些剧照仍然是过去30多年来最令人惊叹的作品之一，尤其是因为它们在形态上极富美感的同时，又十分具备内涵。雪曼则声称"有点讨厌它们"，这太糟糕了，因为没有谁还会讨厌这些作品。最初的照片，是为了追踪一位金发女演员的职业生涯，由于"使用了比常规温度更高的化学物质进行冲印。冲洗出来的影片因此有了裂痕，看着就像我心目中的蹩脚B级片"，而获得了浪漫颗粒感。这被称为"网状效果"——一个过于夸张的术语，引起了她又一阵笑声。在一幅实至名归的著名图像中，身处1977年的金发女郎站在一条空洞的走廊里，靠着一扇紧闭的门，脸庞扭向一侧，双眼紧闭，肩上挎着一件20世纪50年代末的短外套，她的右手紧握着拳头，举起抵在门上，把自己的重心放在后脚。她在敲门吗？她在期待的时刻中凝滞了吗？我们永远不会知道，但我们会和她一起在可能性的绳索上摇摆。

所发生的一切，都只是我们空想之线的轻微震颤。有时是凭借姿态完成的。坐在折叠沙滩椅上的泳装女子转过头来，这时，我们被迫去思考，她正要去看的、我们看不到的东西，究竟是什么。蹲在厨房地上的一位大眼睛褐发女人（我的最爱）正抬起头来，鸡蛋和罐头从她的购物袋中掉落了一地，向所有想用这些食材做些好菜的人发起挑战。来自希区柯克和安东尼奥尼的灵感是显而易见的。真正的剧照集，尤其是那些来自欧洲电影的，勾起了她的创作力。看到让娜·莫罗的双唇，或是安娜·麦兰妮的臀部，只会让你感受到纯真的乐趣。但大多数剧照都是以剧情的转折为特点的，或许是一声尖叫、一阵哭泣，雪曼正在寻找事件发生前与发生后，尤其是在这两者之间的时刻。她想要那些留白处，好把动作覆写在那上面。正是这些定格的动作，从电影幕布上溢出到我们脑海中，成为脑内小剧场的投影。其效果就像一场梦一样令人不安，也同样令人费解。

这个系列更引人注目的地方，在于其简洁的完成方式，特别是灯光。"对于内饰，我只需要一盏灯或一个螺丝灯泡，只要便宜的铝制品就行。"至于外景（如果有的话）就更简单了——纯靠缘分。在著名的"搭便车者"（《无题》，1979年作品）中，一头灰金发的"蒂比·海德莉"[218]穿着格子裙，站在公路边上，头顶是低沉的西方天空，有个勇敢的小手提箱在身边陪着她，这张照片是雪曼的父亲拍摄的，当时的他们正享受一段横穿亚利桑那州的家庭自驾游。她把自己的装扮收拾好，其中许多件是从纽约的老式服装折扣店里淘来的，她还为自己配备了一支崭新的长焦镜头。当她发现一处有意思的取景地时，她会停下车，整理好装备，摆好姿势，并向父亲挥手，然后喊道："好了，就现在！"拍摄这些只有一帧的戏剧的原则是，它们不应是在任意偶然事件或地点下刻意获得的"定妆照片"。诚然，这种媒介的历史就是偶然性屈服于框架或设计的历史，这种毫无羞耻心的做作感在20世纪70年代末的纽约艺术圈尤其兴盛（特别是沃霍尔）。《无名电影剧照》首先在市中心的艺术家空间被公开展出，雪曼在那里担任接待员。随后，她在《艺术新闻》（Art News）上得到了一篇很不错的评论，作者的名字她永远都不会忘记（谁又会忘呢？）——瓦伦丁·塔特兰斯基[219]，接着，新工作源源不断地找上了门。

即使在那时，20多岁的雪曼也很小心地不让自己失去时尚方面的优势。她最强烈的本能之一，便是对诱惑力的抵制。当《艺术论坛》的人在20世纪80年代初与她接触，请她来做中心插页人物系列时，便已经开始玩起少女杂志风格了，他们可能是在期待一位女权主义者，对被贪婪的雄性视线当作狩猎场的女性身体发表评论。[220] 但是，当雪曼应邀使用超大横幅来展现色彩后，杂志得到的并不是任何争辩，而是巴洛克戏剧式的恐惧、倦怠、脆弱和受损的条件反射，还有偶尔流露出的冷静蔑视。

这些中间插页，用自己的方式展现了对老套抛媚眼的反抗，它们的痛苦强度，来源于彻底使用一种完全不同的亲近感替代了情色的亲密度，那便是处于困境的身体。雪曼说，她所追求的是，"有人翻开中心插页后，立马感到'哎呀，对不起，并不是故意想打扰你的'"。这些"辛蒂"们,有些是金发碧眼,有些则不是,她们刚刚摆过姿势,头发乱蓬蓬,汗珠挂在她们的脸上和身躯上,哪怕穿着衣服,心理上已被剥光,情绪也是混乱的。这些妇女披着薄薄的毛巾和廉价的毯子,表现出明显遭受过侵犯或剥削的状态。她们的内心还完全沉浸在战栗中,这些表达是雪曼最惊人的表演作品之一。"她们让我……想给她们煮些热汤喝。"我说道。她又笑了起来。

雪曼用一首视觉上的终曲,为那些女性向版本的"宏伟水平线们"[221]画上了结尾,这次是为相同的人格角色创造的迷你系列,照片格式换成了竖幅构图,未化妆的辛蒂蜷缩在红色的浴巾中,仿佛"刚被摄影师毒打了一顿",这是她所创作的最具影响力的照片之一。为了避免成为转瞬即逝的"当红产品",雪曼变得更具对抗性。她开始尝试进行丑化。恰逢潮流服装品牌 Comme des Garçons[222] 邀请她到巴黎为拍摄挑选服装。但她并没有把选好的衣服和尺码上报回去,"他们找出来的都是一些很无聊的羊毛制品",她转身去了万圣节道具店,购入了一堆疤痕贴、生肉色的唇膏和几升道具血,然后身穿羊毛制品,摆出一副精心策划的复仇姿态。在一套黑色女装和一顶乱糟糟的、漂白过度的假发遮盖下,露出来的只有愤怒的眼睛和紧握的拳头;一件深红色的羊毛衣服被她用精神病一般的油腻发型和血淋淋的指甲进行搭配;最疯狂又精神错乱的,是她穿着斑马条纹衣衫,打着松垮的领带,雌雄同体的脸上带着一种疯狂的喜悦。"我料你们也不敢把这些印在法国的《时尚》(Vogue)杂志里,"她如此想到,"当然,他们的确没有,甚至十分痛恨这一系列拍摄作品。为了让他们不再缠着我,我又拍摄了几张他们会喜欢的作品。"

20世纪80年代末,当雪曼成名后,她在自己最喜欢的两个度假胜地(恐惧与厌恶里),愈加深陷。她的"童话"系列可不是你想让自己七岁的小孩看到的那种,这套作品是精心策划的幻影,是在她带进工作室的砾石、污垢、苔藓和沙子铺就的温床上拍摄的。有位血盆大口的女巫,顶着诺曼·贝茨祖母的发型,老旧的渔网袜卷落了一半,她正带着亵渎的神情,在砾石堆里胡乱摸索着。有位赤裸的巨型食人魔,正用被鲜血染红的舌头舔舐着手指,她的背后是一群娇小的人——那是她的午餐。"哦,它们是铁路迷们为自己的火车模型买来的模型小人,"辛蒂兴高采烈地说道。然而,与后面的作品相比,上述的一切就像小鹿斑比一样纯洁可爱:呕吐物和纸杯蛋糕构成的潮水被凝固成静物画,青蝇在它们最喜爱的美食圣地四处爬行,纵享饕餮盛宴。

"那是我的小小叛逆。"她带着一种天真无邪的微笑说道。但是,若和辛蒂进行争吵,这种笑容是绝对看不到的。这场叛逆的起因很可能来自国会对于安德烈斯·塞拉诺的《尿浸基督》的虚伪谴责和梅普尔索普的同性恋题材摄影,还有杰夫·昆斯把自己的妻子(前色情明星)当作模特的行径——"实在太蹩脚",对此种种,雪曼推出了"性图片"系列(Sex Pictures, 1992)以作回应。该系列可是一点都不"逊",且十分凶猛。

这一次，她把自己从镜头中移开，搬来解剖课上用到的医学人体模型，摆出了各种野蛮荒谬的姿势——这个拍摄方法还十分巧妙地节省了开支。通过将某些部位从原本的位置上拔出，她可以暗示出大大敞开的窍孔；将不同人偶的部位相互置换，则拼凑出了截然不同的头颅；一男一女两个人偶躺在绸缎床单上相互凝视，在他们之间摆放的躯干上，两端分别装着男女生殖器，并塞着个卫生棉条，一条丝质的蝴蝶结系在这个躯干的腰间。当一些精神错乱的人真的被这些作品挑逗起来时，它们的创造者反而被吓坏了，因为她根本没想过那档子事，她说。

还有其他混乱场面纷纷出现：可动人形玩偶被融化、焚烧和致残。"当时有一个十分贴合解剖学的玩偶面世——那是个男同性恋玩偶，他有一根夸张的生殖器，好像是被称作盖·鲍勃来着。一年后，他的'朋友'被那家公司上架，这次的玩偶自然必须是个拉丁裔。"辛蒂对鲍勃和他的朋友做了一些可怕的事情，不过，"我当时正着手离婚，可做这些并非出于'我恨你'之类的情绪，而是因为那样做比较有趣，就像一个科学实验项目。"也有许多令她投入沉思的作品，在《历史肖像》（1988—1990）系列中，她对不少大师进行了诙谐的模仿，那些正典或规范被统统剥去了自负与虚荣，被丢到了马戏团里面。富盖笔下的圣母露出的一只乳房，本是为原罪寻求救赎的象征，辛蒂则直接从新奇物品商店里买了一只；波提切利所画的赫勒福尔纳斯的头颅，则被换成了万圣节装饰物。

雪曼经常被错认为一名怪诞作品的单调表演者，作品往往涵盖神经质和惊悚内容。诚然，这位和我交谈过的、既能言善辩又顽皮的人，总是对那些古怪又奇异的东西感到着迷，但我也告诉她，那些天差地别的各种人物能够被如此精妙地在她的脸上呈现出来，于我而言是一件多么惊奇的事。她才是真正的Facebook（脸书），我们都误以为那才是人与人之间联通的方式，她像对待瘟疫一样远远躲开。至于那些对她与她的作品所发表的评论和文章，则大多被后现代主义的引证、暗示，以及基于不稳定性而表达的讽刺所占据，很少有人对她表演内容的多才多艺，或者千变万化的面容和身躯投以关注的目光。偶尔，当相机旁边放着一面镜子时，这种天赋会让她感到不安。"有时，我会对丝毫不像自己的那个人影感到敬畏，并会自言自语地说：'哇，那可太不像我了'。可我确实感到，自己被眼前正在进行着的可怕事情赋予了力量。"她说得对，但这种担当整场人间喜剧的全部演员的能力，实际上并非来自后现代主义的轻浮所造成的距离感，而是与之相反的——极富同理心的完全沉浸。

游客们参观纽约现代美术馆时看到的第一件展品，是一幅巨大的壁画，五位如同纪念雕像的"辛蒂"们站在公园和池塘的背景前，摆出了新古典主义园林风的站姿。但她并没有饰演德墨忒尔或黛安娜[223]，而是向我们展示了一场温和而扭曲的时过境迁过程：从身穿紧身衣假装裸体的辛蒂，到模拟中世纪战争场面的辛蒂们，再到20世纪50年代穿着巨大胸罩的简·拉塞尔版辛蒂。雄赳赳气昂昂的夸大妄想症发作了吗？恰恰相反,这些雕像都是里外如一的无名小卒,脸上挂着傻兮兮或天真的表情,她们的服装和以往一样,均来自打折商店的库存。这场甜蜜的嘲弄游行,就像她的诸多作品一样,是对当代艺术那不断翻滚的原罪的狡黠指责:它那幼稚又放纵的自恋。辛蒂·雪曼通过凝视自身,看穿了他人。没有任何在世的艺术家能够如此透彻地例证罗马剧作家泰伦斯[224]的名言:"于我而言,人间事便是自身事。"嗯,好吧,也许食人女妖也算。

塔西塔·迪恩
Tacita Dean

当你沉浸在塔西塔·迪恩[225]的电影中时，你对世界的感知也发生了改变。就像所有非凡的艺术一样，视界被重塑。在迪恩的作品里，声音也在这种重塑的内核中发挥了作用。视线外的交通无人机正嗡嗡作响，喜鹊在树丛里飞来飞去；在一座荒芜的新装饰主义风格别墅中的脚步声，汇聚成了一条不断流动的尾间河道；被玫瑰色的苹果压得沉甸甸的树枝，在微风吹拂的秋光里，一位穿着矫形鞋的优雅老人，正踩踏在抛光的拼花地板上。有时，一幕幕平凡的场景突然间布满了奇迹的光辉。在康沃尔郡的牧场中，黑白花弗里赛奶牛的沉重步中，纷纷鞠躬行礼；老艺术家的斑驳皇冠上，背着光线的一缕白发变成了他的光环。一切事物都被增强，变得更活跃，又都在纯粹动感之上的境界中被诗意地点亮，被浓烈的美感所注射填充，而这美感则取决于对失却的预感。

当我们坐在她柏林工作室的露台上时,迪恩带着一股神秘而邪恶的嬉笑腔调说道:"我拍摄的那些老人,似乎在那不久之后便死去了。"实际上,他们的确逝世了,包括诗人迈克尔·汉伯格[226]、艺术家马里奥·梅尔茨[227]和赛·托姆布雷,以及舞蹈编导摩斯·肯宁汉[228]等人。他们恐怕再也不会获得比这还要微妙的讣告启示了。

如今,迪恩正面临一场灭绝,她正裹挟着自己所拥有的一切为之进行抗争——电影的死亡,真正的、胶片电影的消亡,即16毫米的赛璐珞,这是她作品中不可或缺的媒介,是给她的艺术以不可思议的存在感的材料。市场法则早已经规定,数字媒介才是至高无上的,"影片"只不过是一件古雅的遗物,而拥护着它不可估量的独特性的人们,则是些被魅惑了的浪漫主义者。迪恩对这种自以为是的冷漠感到悲伤和愤怒。虽然泰特美术馆[229]禁止我们详细讨论她即将在涡轮大厅安置的作品,但她承认,这将是她为电影的生存而慷慨奋斗的最后第一次世界大战:"否则,除了在档案馆和博物馆外,我们不会再看到正经放映的电影了。"十分讽刺又令她深受打击的是,她那部关于赛·托姆布雷的可爱电影《埃德温·帕克》正在处理阶段时,迪拉克斯实验室(Deluxe Laboratories, Inc.),这家由托姆布雷作品收藏家罗纳德·O. 佩雷尔曼所拥有的电影公司,刚刚在前一年2月宣布,旗下的伦敦SOHO电影实验室将终止印刷16毫米底片。

迪恩说起胶片电影的末路时，就像是"令人心碎的丧亲之痛。也许要不了多久，若他们继续坚持他们的方式，我就再也无法制作我的作品了"。就好像伦勃朗收到了一封信，信上通知他说，从下周起，油画颜料将不再供应一样……可他也不必太过担心，毕竟丙烯颜料也能担起重任。可数码"绝对不一样！"她咆哮着，我们头顶的柏林天空也随之充满戏剧性的迅速变暗，仿佛与她遥相呼应："你观看它的方式会不同，你处理它的方式会不同，你体验它的方式也不同。"

但迪恩不是勒德分子（Luddite）[230]。她也会不时地使用数码技术产品，可唯独"用化学、炼金术和光制造"的胶片电影，被她倾注了大量心血。她说，她的视觉表达与媒介的物理特性是无法分割的，可与此同时，视觉也与强加给电影制作人的各种铁规被捆绑在一起。一卷电影胶片的长度只有三分钟，"你必须做出定夺。我喜欢那些出了差错的瑕疵片段，这意味着没有说谎的空间"。反过来说，她认为数字电影的制作是草率的原谅和放纵。对迪恩来说如此重要的声音，若用数码相机录下，声音将变得乱七八糟。然而，胶片电影是无声的，声音必须经过叠加和塑造，来展现特殊的音色和共鸣。她认为，数码产品那懒惰的易用性，一定是让她深感如今电影"无聊至极"的罪魁祸首之一。另外，千万别和她提3D电影！

数字至上主义者最好当心，因为塔西塔·迪恩不仅是现存最伟大的英国艺术家之一，也是最雄辩、最固执、最具说服力的艺术家之一。她声称自己是"无声的"，不过，如果有人能拯救她心爱的胶片,就像将乙烯基录音从坟墓中带回一样,她保证可以做到不言不语,而且,她在涡轮大厅安置的作品或许能够力挽狂澜。"那(装置)不是人们所期待的,"她警告说,"我会喜欢吗?"我问道,并突然紧张起来,生怕她的雄辩力量会削弱她身上诗意的美妙感。"我可不知道,"她如此说着,并对我摆出一副招牌式的调皮咧嘴笑。"也许不会。"

若届时真会如此,那将是多年以来的头一遭,当然,在她拍摄的所有电影中,部分电影本就会不可避免地得到我的偏爱,特别是那些在1999年至2007年间以惊人创造力创作的电影,其中包括《泡泡屋》(*Bubble House*)。这是一部对于套着现代主义外壳的废弃房屋的长久凝视,它位于开曼群岛的开曼布拉克上。我仍记得自己是在1999年的泰特现代美术馆观看的,在一个黑暗的空间中,放映机发出的颤动声像是一种固有的、音乐形式的底色;大雨狠狠砸落在荒凉现代主义的虚荣心上,整个建筑就像被掏去蛋液的空蛋壳,回归潮也涌了进来,在地板上留下镜面般的水坑。当时的我意识到,迪恩的电影没有一点视频艺术的圆滑虚拟性,她十分精妙的一个要素在于,允许在自己面前展现的东西,能够在感官上发挥不受限的戏剧性。在每次拍摄的短短几分钟内,细细品味光线变化和水流运动的微妙之处;相机采用固定视角拍摄,允许一切事物进入框架。

如果只是看了看这些电影的摘要,你可能会得出如下结论:平平无奇,寡淡无味。这样的话,你就大错特错了。在令人惊叹的《家禽》(Banewl)中,那些哞哞叫的弗里赛奶牛们被引导着穿过一扇大门,踏入一片可以俯瞰大海的草地中。它们狼吞虎咽地享受着这顿豪华大餐。在它们上方,兴奋的燕子们正四处翱翔俯冲。随着光芒逐渐褪去,在迪恩和她的摄影师面前,动物世界渐渐感受到即将到来的日食所产生的光学震颤。母牛们一动不动地盯着镜头,好像试图向那些神经大条的电影人暗示即将来临的黑暗。迪恩回忆道:"我们坐在那里,还以为是要下雨。"燕子们都开始发疯。"所有生灵都在奔向自己的栖息地。场面变得十分原始又反常。"当奶牛们沉重地匍匐在地上时,光线也在变成珍珠母色,接着是淡铜色,最后则全部消逝。在这突如其来的夕暮下,一座迪恩未曾看到的灯塔突然显了形。这一幕镜头中只有牛、鸟、草、灯塔、大海,以及随着阳光重新洒落,像是直接从《拉封丹寓言故事》中跳出来的一只公鸡,即便如此,你很难再看到一部比这更具有张力的电影了。

塔西塔·迪恩耐心地凝视,和她精湛的构图天赋(她的每一帧都是一幅栩栩如生的画作,像是由库普或维米尔所绘),皆具有让人沉沦的效果,尽管她声称自己对单一的图像并不感冒。然而,这效果又并非那种超脱尘世、引人入睡的催眠,而是某种与之相反的东西:极其敏锐的感知。现代电影制作对于一切衡量标准的狂热癖好,比如徒负虚名的手持摄影、毛躁的剪辑、臃肿的情绪音乐、呆板的说明等等,统统被剥离掉,只留下暴露无遗的有形生活体验。她的作品是对我们疲惫感官的清洁剂，是邀请我们在生命的细线从指缝中流逝之前，一同去理解它。这一令人振奋的成果与许多当代艺术的华丽技巧相去甚远，后者总是强烈渴望着惊吓或玩笑。

也许，迪恩的作品能够俯视那些马戏团一样的"潮流"，本就是件理所当然的事，因为她痴迷的主题，是时光的衰败。她一直是一只特立独行的猫，或者，正如她喜欢挂在嘴边的那样："真的很奇怪"。她自然是一位守旧的老古董，一个不寻常的鉴赏者，一名现代遗迹的视觉考古学家。《声之镜》(Sound Mirrors）的起名来源于肯特郡农村地区曾用来探测德国来袭飞机的追踪装置，但在迪恩的影像中，它们似乎变成了一个个史前世界的古老墓石牌坊。《格勒特》(Gellért）重点展示的内容，是在大理石疗养浴池的昏暗蒸汽中闲聊着的匈牙利妇女；中性色调的服饰裹在她们身上，就像第二层皮肤，又像是散装香肠的肠衣，仿佛乔叟或勃鲁盖尔被带到了布达佩斯。迪恩不会不屑于做一些必要的事情来让摄影变得更好。在听闻自己将被摄影机拍摄后，浴室的工作人员身穿"令人惊骇的泳装"现身了。不过，迪恩鼓动他们换上那身其他人必须穿着的特殊服装。

迪恩的弟弟托勒密是建筑修复方面的权威，而我想了解一下把这两个古典名字安置在自己孩子身上的那对父母，并由此问出了心中的疑惑——这对姐弟是否对毁灭和废墟感兴趣。"也许是因为我的父亲感兴趣吧。"她带着一种悲伤的笑声说道。造成这种创伤的是她的祖父巴兹尔·迪恩，他是20世纪30年代英国有声电影的开创者之一，结过许多次婚，以玩弄女人而臭名昭著,他让自己的儿子知道,他从来都没有被真正需要过。

哪怕这份遗产有其黑暗的一面,电影仍然流淌在塔西塔·迪恩的血液里。不过,在大多数时候,塔西塔都想摆脱肯特郡这个舒适到难以喘气的地方。在坎特伯雷度过了为期一年的大学预科课程之后,尽管她的家长强烈反对,迪恩还是跑去法尔茅斯大学的艺术学院就读了:"我之所以选择它,是因为它离家远远的。"抵达后,她发现这个地方到处都笼罩在厚厚的科尼什浓雾中,而从港口那里还总会传来雾角的声音。迪恩迅速倾倒在这浪漫的气氛下。

在这三年中,每年都会有40名学生,以及那个勇敢的迪恩,在"飞行员"比赛中划船赛艇,顶着咆哮的狂风,在波涛汹涌的大海上艰苦前行:"都是木头座椅,像可调节座位这类'娘娘腔'东西,完全没有。"她的第一场巡回赛是围绕圣米歇尔山。"在船上有个嗑药磕傻了的家伙,我们实在落后太多,在我们回去前,他们直接开始了另一场比赛。"她笑着说道,但像这样暴露在海洋那不可探知的、足以打乱海图的力量面前,在方向感被玩弄的七上八下的水面上,这些体验都将成为她早期电影的强悍主题。那些灯塔和残骸、被遗弃的船只和颤抖的海平线,就像梅尔维尔[231]的幻影一样,在她的作品中闪耀发光。

塞壬海妖也纷纷从其他海域向迪恩呼喊——爱琴海,这是她漫长历险中下一个要去往的地方。在雅典,试图获得艺术指导的她,忍受了"一个抑郁的希腊画家,他从没有离开过自己的房间，而他那激动的演员女朋友真的疯了"。她那时还申请了希腊的动画奖学金，"而我并没有得到，谢天谢地。那是一个错误的举动"。迪恩在埃伊纳岛上度过了一个冬天，乘坐渡船在雅典和岛屿之间往返。

回到伦敦后，更多的申请被相继递交，但她"总是介于绘画和电影之间摇摆不定"。在 1990 年，艺术学院的各个领域（特别是绘画和媒体专业）不希望彼此之间有任何关系。迪恩后来被斯莱德美术学院的绘画系录取，前提是她保证永远不拍电影。"你撒谎了。"我说。"我撒谎了。"她承认道，脸上带着一种不悔的微笑。曾被学院冠以"麻烦制造者"称号的她，如今已经是一名可以用"著名"来称呼的女画家了，在斯莱德的大三时期，别人眼中的她，是一位拥有独立创造力的榜样、一个亲切友善的灵魂。

迪恩描述她的职业生涯时，将之称为被一连串的"奇迹"和令人毛骨悚然的诡异顿悟所推动的，例如，当她发现索恩河畔沙隆的工厂时，它刚刚停止了胶卷的生产，这为她的挽歌作品——《柯达》提供了完美的拍摄地，这是她最引人注目的作品之一。"你来得太迟了。"当她提出要在此地进行拍摄时，那里的人们这样对她说道。"我喜欢晚些。"她如此回答。

而另一个跨越了时间的巧合，驱使着她去对事实与虚构进行实验创作，这两者是她一些最具张力的作品的核心。在她发现的一张拍摄于 1928 年的照片上，有位澳大利亚女孩正偷渡前往法尔茅斯，迪恩从此开始用她的想象力编织这个故事：首先，当她正要登上飞往格拉斯哥的航班时，这张照片连同她的包一起从希思罗机场的 X 光安检设备里消失了。接着，照片和包都神秘地出现在都柏林机场的一个旋转木马上，这时，迪恩决定用 20 世纪 20 年代的风格编造一篇新闻报道，她想象那个女孩和那艘船都驶向了爱尔兰。更深入地挖掘一番后，她发现一艘名为"赫尔佐金·塞西利"的船只曾于 1936 年在德文郡海岸搁浅。当地政府担心船上盐渍谷物的腐臭味会让度假者闻到，于是把它拖到了斯塔尔霍尔湾一个不那么显眼的停泊处，在那里，它很快就沉入了海中。

为了追踪这个故事，迪恩前去拍摄废墟，并在 7 月的一个清晨完成了拍摄工作，旋即动身离开了那里。不久后，迪恩得知，就在她刚刚离开的几个小时后，有一名女性在拍摄地点被强奸并杀害。两艘沉船、海洋和人类，两种新闻报道，事实和虚构突然在她的想象中游走在一起。

《偷渡少女》(*Girl Stowaway*，1994) 成为她在这类破碎故事中的第一次实验，叙事像撞在岩石上的漂流木一样四分五裂。后来，由她拍摄的非凡电影《廷茅斯电子号》(*Teignmouth Electron*)，探索了 1968 年被妄想症迫害了的唐纳德·克劳赫斯特参加环球游艇比赛时使用的同名三体帆船的故事，他在比赛中伪造了自己的坐标，随后深入大海。紧随其后的是搁浅在开曼布拉克岛上的船只，这又导致迪恩对《泡泡屋》进行了探索。

那是一次巨大的突破，但它出现的时机并不符合艺术界那种焦躁地敲击手指并追问"那接下来是什么?"的急迫感。1998年,当她得到了透纳奖提名时,迪恩要展示的只有《格勒特》中的布达佩斯浴场。还有一点是,她具有将现代和古老结合在一起的独特性。"青年英国艺术家(yBA)"迅速成为焦点,而塔西塔·迪恩一直代表着集中注意力所带来的丰收。即使是现在,她还是很惊讶于有人会请她在涡轮大厅进行安装。"我从没想过他们会求助于像我这样的艺术家……以及我对静谧的吸引力。在获得透纳奖提名的时候,我只是个无名小卒,我根本不属于这个社交活动。"她耸了耸肩,对这段回忆感到好笑。

她知道,这样也不错。由于没有获得透纳奖,这让她脱离YBA变得容易多了。一个团队把她带到了柏林,在那里,她稳定地创作了一连串杰作。不过,哪怕是在这样一个温柔接纳了她的城市,或许因为没有在这里扎根,引导出迪恩灵感的仍是关于地点与记忆的不稳定性。在《柏林电视塔》(*Fernsehturm*,2001)中,她镜头下的德国革命是在城市电视塔顶部的一家旋转餐厅里展开的。在这个前东德精英们钟爱的水坑里,她的相机俯瞰着亚历山大广场,凝滞不动;这个地方的时间变得如此缓慢,仿佛一个世界的遗迹,以某种方式被封存在一块相当有历史的肉冻之中。随着窗外的光线经历了从白天到黑夜的变化,一位古典风琴手奏响了《来自伊帕内马的女孩》。即使是在这里,迪恩也获得了一点"奇迹"。几个餐桌仍旧无人落座,它们的预订者正流连忘返在赌场的牌桌旁,就像往常的顾客一样。这让她有机会用相机进行徐缓的拍摄。这是历史上最温柔的一部人间喜剧，哪怕是在斯塔西兰挥之不去的阴影下。

对于不熟悉迪恩作品的人来说，有许许多多的美可以作为引子来开启深入体验，单独选择任何一部都会显得有些不公平。不过，《布茨》（*Boots*）是一部昭示着迪恩炼金术已臻至完美的作品。布茨是塔西塔姐姐的英俊教父，因为他那双笨重的矫形鞋而得到了"布茨"这个绰号。他的个人史足够浮华，迪恩因此把布茨、拐杖、起搏器和各种各样的东西都塞进一座废弃的葡萄牙装饰风格的别墅中，在她的想象里，布茨将在那里扮演它的建筑师。布茨和他的教女一样意志坚强，他认为，自己作为布兰奇的情人，理应会做得更好，毕竟这座别墅就是为她建造的。他走上台阶，穿过优雅的支柱，情欲记忆的甜美音乐向他袭来。"她是个很好的情人，"他在她的大理石浴室里说道。"我们一起做了许多有趣的事。简单的性爱无法取悦我。[暂停]也无法取悦她。"在别墅外面，鸟儿们叽叽喳喳地叫着；金色的光线挥洒在金碧辉煌的房间里，而迪恩那充满人性化的广角镜头，让这一片假象看上去完全是真实的。

这便是塔西塔·迪恩对电影这个话题如此热忱的原因。因为，在我们这个数字化的金玉其外时代，胶片电影仍然拥有着无价之宝：满是诗意的真实，尽管这宝藏或许只是因为她独特的天赋而存在。

瑞秋·怀特里德
Rachel Whiteread

只需几美元和五分钟的渡轮旅程，你就能从曼哈顿南端进入一个截然不同的世界：枝繁叶茂的总督岛，位于纽约港的中部。这座岛曾经是个军事基地和监狱，在1996年海岸警卫队撤离后，该岛就成了杂草丛生的忘却之地。但在被移交给纽约州进行治理后，一家由荷兰景观设计师组成的公司将其打造成了一座公园，人们可以在此地进行一日游娱乐活动，这座公园还被曼哈顿南端、布鲁克林和新泽西州那令人惊叹的美景所包裹。

在8月里的一个温暖清晨，数百名学童在岛上散步闲逛，骑着自行车，从巨大的滑梯上滑下去，啜饮着汽水。他们谁也没有注意到那栋位于山丘斜坡上的浅灰色小屋，那是最近才出现在小岛上的，它从一片被拆除的建筑物碎片中悄然出现。在这个到处都是废弃建筑的地方，有两座教堂，一座剧院，一排长长的砖砌营房，山丘上那栋沥青屋顶小屋看起来不过是又一个被遗弃的废墟。然而，片刻的观察会揭露一些奇怪的东西：窗户看上去是从外界投影上去的，而不是嵌入在墙壁上。这栋幻影小屋是瑞秋·怀特里德的《小屋》(Cabin)，这是她关于室内空间的反向投射所创作的最新作品，也是在纽约所能看到的最迷人的东西之一。

你很容易误读怀特里德的作品，若你看到的都是照片中她那内外颠倒的房间雕塑、楼梯井，或是惊人的一整栋房子，会更容易产生误解。虚假的百叶窗（只有米开朗琪罗在佛罗伦萨的劳伦斯图书馆楼梯上做过），内部的空气和空间均被转化为一个坚实的固体，均给人以令人望而生畏的印象，一种像坟墓一样密不透气的感觉。事实上，对死亡的暗示与怀特里德的直觉和思想从未相隔甚远过。《堤岸》(Embankment)，这是她在泰特现代美术馆的涡轮大厅内于2005年至2006年间安置的巨型作品，这件作品的创作便源于她的艺术家母亲的逝世。她和她的双胞胎姐妹感到"万分悲痛，我们甚至无法去收拾她的屋子。我们花了大约一年的时间才平复下来，当我们收拾房间的时候，我发现了一个老旧的封装箱子，用来收纳装饰品。我把它压平后，带回了工作室，《堤岸》也由此而来"。一盒悲伤，然后，它不断自我增生，直至重峦叠嶂。"那里本来要有更多（盒子）的。"她在卡姆登镇的工作室里对我说道。这是一个光线充足的庞大空间，里面摆满了她职业生涯各个阶段的作品，包括那些具有催眠效果的图画，这是她优雅的先见之明。"但是，瑞秋，那里已经有上百个了，"我说道。"其实是上千个，"她回答说（14000 个，准确地说）。"不过，那里还是应该有更多。"

即便如此，尽管她十几岁时就自愿在海格特公墓工作，但我认为她的作品是由记忆，而不是纪念所主导的，而且，她的作品不仅有寒冷死亡的痕迹，更有温暖生命的标记。在总督岛上，当你穿过一片茂密的玫瑰花丛，成群的龟背蛱蝶从中飞过时，这里给你的第一印象绝非被遗弃的荒芜，而是有人居住在此，就好像主人刚刚离开一样。小屋上和周围的一切都有着被家庭使用过的痕迹：木瓦上的纹理，它们之间的缝隙就像风化木材上出现的鼓包一样有些破裂；壁炉的砖块沿着烟囱墙壁延伸；门上被完美刻画的滑动螺栓；窗帘被翻转，变成了波纹，但仍然给人一种在微风中轻轻晃动的错觉。散落在建筑周围、半掩在灌木丛中的，是怀特里德的青铜铸模，那是肆意小屋生活的碎片：勺子、啤酒罐、难以识别的机器零件。这些破旧房屋旁常见的垃圾，仿佛变成了被某位现代贝尔尼尼[232]丢弃的物品。

《小屋》并不是那种隐士的隐居之地，比如梭罗[233]那栋位于深山远林里的瓦尔登之居，虽然它鼓舞了她进行这次创作，但那更像是在逃避社会。矗立在山丘上直面自由女神像的这栋灰烟色小房子，似乎与一水之隔的商业塔楼之森进行了积极的对话，毕竟，"9·11"事件不可避免地留下了有关毁灭和消逝的记忆。没有什么比这更能说明两种截然不同的生活方式了，一边是想象中的自由家园，另一边是资本主义的喧嚣帝国。

《小屋》并不是极简主义，而在对紧缩雕塑近乎才思枯竭的钻研历程中，比如唐纳德·贾德[234]的立方体或卡尔·安德烈[235]的砖块，已经形成了一种彻底抹除掉艺术家印记的癖好。不愿放弃这一标签的评论家和艺术历史学家，将怀特里德归类为"后极简主义"或"有心的极简主义"——这个新造词语倒是挺讨她喜欢的，但它并没有充分体现两者之间的差异。怀特里德作品的表面被她倾注了思想与心血，上面印有沉重的生命痕迹，哪怕是用树脂或橡胶制成的床垫，也常常被她涂抹上用以模仿人为污渍的痕迹。她的雕塑从来都不是独自偏居一隅的。它们充满了记忆，充满了社会评论和个人叙述。其中的许多作品，比如《小屋》，虽然看起来孤独，但从未孤独过。它们总是暗示着栖息巢穴，暗示着很宽广的空间、很漫长的时间，换句话说，那是我们所有人的生活被东拼西凑在一起的模样。这也是它们能够如此简单地引起共鸣，并填充进那么多强烈情感力量的原因所在。怀特里德的伟大作品，是有形的叹息。

若你期待着的是一位沉默寡言的空虚守护者，当你面对她时，你会惊讶地发现，瑞秋·怀特里德本人竟然如此亲切健谈，她讲述了自己在伦敦北部生活工作时的故事，在我谈到自己的童年时，她还不时爆发出欢快的笑声。而她的作品也与空洞相反。

"当我还是斯莱德(美术学院)的学生时,我没少借用自己的身体。我用自己的身体部位进行倒模浇铸,有几个朋友得到了部分成品,比如腿、背部或胳膊。还有看门人把我的胸部雕塑放在他们小屋的墙上。"她笑到脸蛋都红润了起来。斯莱德的吸引力之一是,它与解剖系之间几乎毫无阻碍。"我还记得曾素描过一个大脑,接着把它捧在手里。那感觉太奇怪了。"

最近她的身体状况有些欠佳。去年在希腊的时候,一场胆囊炎爆发差点把她带走。虽然她现在已经完全康复了,但必须严格遵守康复食谱。"那就不能喝酒了?"我表示很同情。"哦,不,可以喝酒。""不能喝咖啡或茶?""没有,那些也没问题。就是不能喝牛奶……嗯,我想绵羊奶或山羊奶还是可以的。"这养生方式听起来,不太可能会干扰她随和的幽默感,以及那种无法自控的工作习惯。她的大型回顾展将于9月中旬开幕,这会是最好的补品。即使是泰特英国美术馆的庞大展览空间,也只够容纳她那些不朽负铸雕塑的其中一个。《101号房间》,这是一整个房间的反面。不过,馆内将有丰富的小物件藏品被展出,其中有许多来自她的私人收藏,至少对她来说,它们是一样珍贵的:这是藏着她记忆的好奇陈列柜,比如用青铜铸成的勺子倒模。

很长一段时间以来,怀特里德一直是都市残骸的视觉诗人。一堆堆被丢弃在街上的物品、脏兮兮的床垫或乱七八糟的桌子,总是让她感到好奇,那些废旧物品是一段段生活的可见残留物。靠在工作室墙壁上的是她的《玫瑰花蕾》，那是在就读于斯莱德之前，当她仍是布莱顿艺术学院的学生时，在海滩上发现的一种护身符；有个被重型车压扁后随手丢掉的汽油罐，被这位眼尖的艺术家发掘出来后，拿来当作版画的印版了。她无所顾忌地承认了她的父亲和母亲在这些"考古挖掘"中所扮演的角色。她的父亲托马斯是一名先后在中小学和理工学院任职的地理教师，拥有润物细无声的口才。在伊尔福德，"在我们花园的后方，有一片田野，在那后面则是罗马大道。我们会走在罗马大道上，听着我父亲讲述关于这条路的事。"然后，她会和一帮来自学校的伙伴一起，探索这些零散的宝藏：第二次世界大战后期建造的临时箱式房，或者那些生锈的农业机械。她的父母都被乡村生活气息过度浓郁的国家边缘所吸引。她的母亲帕特在自己的风景画上添加了不少"人们堆积的垃圾，比如坏掉的汽油枪和漏出的油"。

怀特里德一家是北伦敦豪放工党运动的参与者，因此，她和她的姐妹们不可避免地离开了伊尔福德，被送到了位于穆斯韦尔山的开创性克里顿综合学校。"那一定很刺激。"我表示。"那是相当可怕！"她呐喊着，然后叹了口气，"真的很可怕，所有人都挤在一起。"尽管出发点是好的，但现代中等学校和文法学校的结合从来无法水乳相融。"但我有点喜欢它，它像是一锅把世界各国糅在一起的汤，一直有人在争斗，这里有孟加拉人、希腊人、土耳其人和罗马尼亚人，一群有趣的人被聚集在一起。我并不擅长在学校当个好学生。我不会表现得体或坐姿端正，我到处使坏，尽我所能地混过每一天。"正是因为她的母亲是一名画家，她不想与艺术有任何关系。直到六年级的时候，她发现了美术室。"我找到了我想做的事情，从此无法自拔。"

中学毕业后，她去了布莱顿艺术学院，这是一个激动人心的选择，虽然她是作为一名绘画学生前去就读的，但一些英国最具独创性的雕塑家都在那里教书，其中包括菲利达·巴洛[236]、安东尼·戈姆利[237]和艾莉森·威尔丁等人。自从芭芭拉·赫普沃思对作品进行抽象提炼之后，英国女雕塑家的作品就发生了一些变化，这种变化是一种戏剧性的表达混乱，大量不可控的形态开始聚集，用最朴素的材料表达最强烈的视觉叙述。没过多久，怀特里德开始了自己的实践，她借来了一间位于大学楼顶的空房间，"一扇窗户，一扇门，一个壁龛"。她把白色的墙壁涂成黑色的，在天花板上挂起一卷卷胶带，"就像蝙蝠，有机的。"她告诉我，她也不知道自己到底在做什么。"我不是想做雕塑，我是想在空间中做一幅拼贴画，把我脑海里的东西解放出来。"巴洛和威尔丁被这出古怪的戏剧所深深地打动了，她们把一些表现形式更加循规蹈矩的学生们带到这里参观，用以激发他们。她开始在南唐斯和海滩上散步（"我一直很喜欢那儿的天气"），并被历经时间洗涤的废弃金属、撕裂的轮胎所形成的"线条"所打动。"那时我才意识到，我感兴趣的并不是仅仅制作些挂在墙上的东西。"

在斯莱德，怀特里德开始对存储着童年记忆的银行进行洗劫，而有些回忆被抑制了，例如我们的身躯第一次感知到周围空间时的记忆：我们要成长为什么，又要从何开始衰老。既提供庇护又危险的、来自隐秘围栏的吸引力，不论那是否对曾停泊在子宫[238]、又被驱逐出境的我们进行了某种回应，毫无疑问的是，孩子们喜欢在隐蔽的空间里闲逛，或是在桌子下面，或是在衣柜之类的柜子里面——儿时的瑞秋就曾在那里待了很久。但将家具改造成借宿之地反而是画蛇添足。相反，怀特里德想到了另一种可能性，即通过填充灰泥的方式，使空间内部变得坚实可见。被她称为"Eureka 时刻"的，是一个衣柜内部的负铸模型，接着，她用一层吸光的黑色毛毡覆盖在上面。正如所有写过、评论过她作品的人所注意到的那样，《衣柜》（*Closet*）带来的效果，便是弗洛伊德所说的"unheimlich"——那是一种同时感到在家的舒适感和离家的无根感，既受到热情欢迎又被锁在门外的不可思议感。尽管布鲁斯·瑙曼[239]（她曾在白教堂美术馆的一次展览中看到过他的作品）曾在 1965 年浇铸了《我椅下的空间》，但没有人像她那样，永不枯竭地将这一系列创造坚持下去。

这些作品所施展的魔法，揭示了家庭生活的平行宇宙，那里有坚实的日常呼吸，这让怀特里德获得了平生第一次进行独立展览的机会，这是她刚从斯莱德毕业后的第 18 个月，正是因为她拒绝接受当代艺术批评界所指定的类别。"有一个家伙，一个非常讨厌的家伙，他想买下整个展览的所有展品，每个 200 欧元。我一个都没有卖。"她说道，脸上带着留给记忆的笑容。她对纯粹的形式不感兴趣，但中意不纯粹的联想。当她把拱门路上一幢房子的整个房间都复刻出来，并把每个细节，包括电源插座、粘在壁炉上的煤灰等都一一保存下来时，记忆的杂乱迎来了大圆满。残存的回忆就像一个颠倒的小工作室（studiolo），一丝不苟的凹雕被同样细致的反向刻印所取代，并与同样详尽无遗的手工艺一起，把所有石膏灰泥拖上陡峭的丘陵。但"我清楚地知道我做了什么，我知道那很特别，我也知道，那是某种东西的胚芽"。

《幽灵》登场时，英国是属于撒切尔时代的英国，在那里，拆迁和兴建不过是一个历史悠久又伤痕累累的城市的最新篇章。在被轰炸机开垦过的空地，或者被淘汰的码头和工厂地区，商业大厦和豪华公寓正在拔地而起。20世纪60年代建造的早期塔楼逐渐显现了衰老姿态。在下方，所有的梯田都被夷为平地。怀特里德内心的社会地理学家，现在正与遗弃诗者相结合，以应对都市死亡象征（memento mori）的最终挑战。"詹姆斯·林伍德（来自"艺术天使"机构，专门在意想不到的地点开办艺术展）找到我并对我说：'有什么你想做的吗？'对一个才20几岁的人来说，这简直棒呆了。'是的，我想造一栋房子。'我说道。"因为它无法从铸造过程中幸存下来，所以它必须处于无法居住的状态，接着，她在伦敦东部堡区的一条街道上找到了她所需要的房子，那是一位退休码头工人的房屋，拆除计划已被提上日程，旁边只有两栋被拆得只剩一半的房屋。

一切都看上去很完美。西德尼·盖尔，这位曾于20世纪

70年代在自己的小屋里建造了DIY鸡尾酒酒吧的前房主,对这场意想不到的关注而倍感温暖。但随着这项普罗米修斯项目开始吸引公众的目光,却没有得到多少支持或喜爱。yBA,即"青年英国艺术家"(怀特里德因生于同个时代,而成为其中一员),在当时尚未成为轰动艺术界的一群可怕小孩。对大多数人来说,当代艺术是不可理解、不可理喻的,甚至可能是一个巨大的骗局,或是通俗小报里让人嘲笑的笑料。十年前,泰特美术馆购买卡尔·安德烈的超简约地板砖的行为,曾引起了愤怒的嘲笑浪潮。当他们听到关于《房子》的风声时,那群"保民官"对怀特里德也释放了同样的愤怒奚落。艺术?见鬼吧!陶尔哈姆莱茨区的当地政客也跟着随波逐流。令人痛心的是,虽然怀特里德保证要归还个人物品,比如奖章等在浇铸过程中发现的东西,盖尔还是加入了仇恨合唱团。连你也是吗,西德尼?(Et tu, Sidney?)《房子》从它的铸造模型中显现出来,就像一具破碎的尸体,带着令人毛骨悚然的美,它既是一个被完美制造的幽灵双胞胎,但同时也是一个排房即将从世界消失,成为历史的酸楚标志。

它只矗立了80天,但怀特里德说,虽然"我亲自把这座建筑封锁起来,爱着它的每一尺每一寸",但早在它迎来终结前,她就"对它恶心厌烦得要死";充满敌意的宣传工作使她"几乎不可能与它拥有片刻的安宁"。大量尘土飞扬、接触有毒材料的工作,加上满是愤怒和敌意的风暴,使她的身体被疾病击倒了。"'艺术天使'(Artangel)的人去照顾你了吗?"我问道。

"他们试过了，但这让他们也生病了。"在拆迁的那天，她只是"硬挺了过来。戴着帽子和围巾，站在那里"，站在所有噩梦马戏团的中心。

几乎所有的艺术的目的，都是抓住短暂而易逝的时间。但在英国，对于"过去怎么了"所进行的长期思索，才是这个国家的国民心理。这种本能与逝去和追忆的文化相契合，让《房子》成为英国人进行自我认知的伟大作品之一。尽管遭受了公众的诘难，"我曾为它感到无比自豪，现在依然如此"。如果它能永久性地免除被破坏球拆毁的命运，她还会喜欢它吗？"噢，我想那会是一件非常遗憾的事。"再做个类似的东西如何？"有时我觉得，我本可以制作些能够在这个国家长久留存下去的东西的。"她沉思地说道。

不过，下一个重大挑战来自其他地点。对艺术界而言，小报上的消息总会让人耳朵高高竖起，《房子》的余烬不可避免地导致了其他有关集体记忆的委托，没有什么比来自维也纳的邀请更具挑战性的了：他们被邀请参加一场设计比赛，用以纪念被纳粹杀害的 6.5 万维也纳犹太人。怀特里德在柏林生活过一年半，并对大屠杀留下的或逝去的记忆刻痕产生了浓厚的兴趣。"我为了自己的个人研究，去了不少集中营，所以我能够非常清楚地知道，我能触摸到什么、知道什么。如果没有这样的经历，我就永远不会试图制作一个大屠杀纪念碑。"最重要的是，她知道，面对这等规模的暴行，任何形式的比喻或象征都不足以体现它的恐怖。怀特里德很欣赏林璎[240]为纪念越南战争的落幕所作的抽象表达，并自然而然地从自己的铸造物中产生了一个设计想法：一个图书消失了的混凝土图书馆，书脊朝向隐藏的墙壁，书的切口则面朝观众。令她感到惊讶的是，她竟然真的被授予了正式委托，她带着共情给予的悲痛，全身心地投入进这项任务中。其结果是一首令人沉浸的悲痛挽歌、一声声呼唤，与其说这作品是大量的书籍，不如说是它们曾经的读者，和它们带给欧洲文明的一切。

然而，尽管怀特里德这件最有力的作品，无论是在道德还是审美角度都冒着很大的风险，她还是没能预料到，当地人对它的抵制竟是那么的强烈。大部分维也纳人宁愿忘却。委员会中也有人就形象显眼度方面，特别是纳粹猎手西蒙·维森塔尔[241]，对这件作品抱有疑虑——认为她的设计过于象征，却不够形象。在揭幕仪式上，怀特里德被问到她本人是不是犹太人。几乎在同一时刻，在她说"不"的时候，用手臂搂着怀特里德肩膀的维森塔尔说了"是"。他那充满长辈风范的手臂就这样突兀地从她的肩膀挪开了。"我不怪他。他只是在执行任务，结果被愚弄了。"但他再也没有和她说过话，她也再没有回到过维也纳。

在那次经历之后，"哪怕我尖叫着、胡乱踢打着，还是被拽着"进入了另一场大屠杀纪念活动，该项目于去年启动，目的是在威斯敏斯特宫下方的维多利亚塔花园建造一个纪念碑和学习中心。怀特里德的设计是一个现存纪念碑的巧妙翻版，那是为了纪念奴隶制废除主义者托马斯·福威尔·巴克斯顿而建造的，翻版还带有会照亮下方学习空间的灯笼，尽管它面临着激烈的竞争，其中还有个与我有关的作品。

在告别之前，我们无法避免地谈论起格伦费尔大楼的灾难[242]，那个建筑被烧焦后的残留骨架仍然矗立在大地上，像一座巨大的黑色坟墓，俯视着伦敦西部。攀附在她记忆中的，是她在20世纪90年代制作的一系列被称为《拆毁》(*Demolished*）的版画，记录了哈克尼塔楼的有组织拆毁。在它们被拆除之前，怀特里德请求参观那些注定要被摧毁的大楼，她一步步爬上位于28层的楼顶，接着回到一楼去查看捆绑好的炸药包，这样，这个建筑物就会自我坍塌摧毁。回忆痛苦地跌倒在往事身上。唯独这一次，被格伦费尔占据了脑海的我俩，失去了言语的能力。

尽管她对活力和死亡之间的戏码充满了思考，她的工作室里却挤满了美丽的东西，有大有小，有的精致，有的孔武，其中一些颜色鲜艳，那是她最近的新尝试，还有许多作品将要参加泰特英国美术馆的展览。似乎是为了纠正她总是故伎重演之类的陈词滥调（无论她演得多么优美），她将自己与罗伯特·雷曼和艾格尼·马丁（都是她很钦佩的人）这样的艺术家进行了对比，而这些人真的只埋头做一件事。"环顾四周，"她说道，"你会看到银、铜、蜡、树脂、纸。我已经创造了这种语言，现在，我可以把玩所有的元素了。"

她的确在以自己的方式，与几乎所有塑造了生活空间的材料构筑起亲密关系。但在当代艺术文化中，当那些容易被遗忘的古怪想法，正争先恐后地争夺不到 15 分钟的存在感时，她总是在去寻找主题的路上，那些或大或小的，却与人类生存息息相关的主题——时间、记忆、我们居住的空间，以及当轮到我们走向"出口"时，留在身后的东西。她说："我一直想把不朽授予司空见惯的日常。"毕竟，让平凡成为不凡，这本身就是真正的艺术作品。

野兽
Beasts

就当我是个野蛮人吧,但如果你竖起耳朵,你可能只会听到许多嘶鸣声、马蹄声和奇怪的泰坦尼克号嘶鸣声,它们纷纷来自北肯特郡的某个地方,在那儿,马克·沃林格[243]想在2012年奥运会涌入之前,在埃伯斯弗利特火车站安置一匹巨大的马儿。那雕像足足15米高,简直是马儿球节的地狱。当时的当代艺术似乎充斥着对平等主义的狂热,以至于外星来客造访《弗里兹》(*Frieze*)杂志社(它们很可能已经去过了)都可以被原谅,而他们认为,英国从女王到平民的所有人,都处于对小牝马和种马的密教崇拜之中。

僵硬石化的马儿们正在逼近伦敦西区,《战马》正在那里统领着舞台。在公园路上,大卫·巴克豪斯的《战争中的动物》(*Animals in War*,2004)纪念碑刻画了一只高贵爱国的杜宾犬,而就在几个月前,我正在傍晚思索自己的事情时,刚好看到了一个巨大的东西被高高立起,那儿正好是公园路与贝斯沃特路交会的地方。等到了白天才发现,这个东西原来是尼克·菲迪安·格林制作的又一个被斩首的、稍微有些破碎的巨大马头。

当时令当代艺术出奇钟爱的动物崇拜热潮,也带来了不少沉重的联想。沃林格的《南方天使》或许是一个微型小马玩具的增强版,但让我们祈祷欧洲之星的乘客们可别太沉浸于《荷马史诗》,否则他们可能会发现,这个巨型雕塑比起给人慰藉,反而更像是特洛伊战马。

虽然中世纪的动物寓言集早已接近英国现代主义的核心,但它痴迷的通常不是马,而是绵羊和牛,讽刺的是,它同时还热衷于探索被基督教图像学庄严对待的屠夫、牺牲和拯救之间的奇怪联系。在达米恩·赫斯特[244]的《圣塞巴斯蒂安,精致苦难》(*Saint Sebastian, Exquisite Pain*,2007)中,便有公牛被箭矢穿刺的殉道仪式,它还有各种诸如此类的先例,皮耶罗·德尔·波拉约洛于15世纪创造的《塞巴斯蒂安》(*Sebastian*)便遭遇了多次刺穿,不仅如此,伦勃朗绘于17世纪50年代的《被剥皮的公牛》(*Flayed Ox*),是为加尔文主义者献上的肉感殉难图,画中的尸体被悬挂在木质十字架上,这一幅图更像是伦勃朗年轻时创作的《受难记》系列(*Passion*)的动物版本,那一系列画作充斥着悲惨的折磨和号叫。"所有这些作品都蕴含着一种悲剧。"赫斯特谈论他那些被分割、用福尔马林处理的动物时说道。而且,不管作品的表达形式多么简洁,他几乎所有最具张力的作品，都触及了英国文化中最被人遗忘，但又埋藏的最深沉的问题——它古老、虔诚而又过度的宗教热忱。

在赫斯特最著名的绵羊作品，《远离羊群》（Away form the Flock，1994）中，一只蹦蹦跳跳的小绵羊，可怜可悲地永远与母羊和羊群分离了。但若是不唤回逝去的羔羊亡魂，它的意义将显得过于浅薄，例如第一幅祭坛油画的杰作，由范·埃克兄弟于1432年所绘制的、如今位于根特的神圣羔羊三联画，或是皮耶罗·德拉·弗朗西斯卡的《复活》（Resurrection）中的凯旋羔羊。赫斯特或许是因为临摹威廉·霍尔曼·亨特的《替罪羊》（Scapegoat，1854—1856）而误入了描绘牲畜的歧途，但他肯定知道所有关于迷途羔羊的寓言画，无论是亨特的《牧羊人》（Hireling Shepherd，1851年作品，牧羊人在与牧羊女调情，使他的羊群陷入危险，进入了陌生的玉米地里游荡），还是福特·马多克斯·布朗所绘的极其俗艳的《美丽的羔羊》（Pretty Baa-Lambs，1851—1859）。

赫斯特的当代动物寓言，无论是完整的还是被宰割的，都是对基督教传统中牺牲和救赎之间等式的明褒暗贬；或许有些挖掘过度，但这也暴露出被我们理所当然地认为是奇怪或悲剧的东西。然而，如今的马儿狂热症大相径庭，它们带着令人不安的乐观和英雄主义，哪怕是巴克豪斯的《战争中的动物》纪念碑，也只是在努力地表现悲剧感。这位雕塑家有一种奇怪的本能，他并没有展现雕刻对象在战场上遭遇的撕裂和破碎，而是把它们雕刻成完整的鬼魂模样，所以它们看起来，特别像是在自己的纪念墙上检阅着自己,而不像是在林璎的越战老兵纪念碑那儿,彷徨地寻找逝者名字的亲友。

但是,马的形象与那些被宰杀、被当作肉食的牲畜完全相反。牛和羊在不知道自己注定要被屠夫宰割的情况下啃食着青草,它们同时是人类集体罪恶印记的超然存在,在某种深层含义上,这与我们微弱但又挥之不去的粗鄙联系在一起,那就是把它们的纯真当作肉食。另一方面,马和骑手几乎是在共进退,他们互相尊重彼此。因此,当羊和牛作为基督教罪恶和赎罪的形象重现时,人与马被融合在一起,作为古典权力的霸道无悔象征,贯穿历史。

比巴克豪斯那混乱的彻底写实主义要好得多的,是年轻的比利时艺术家博林德·德·布鲁克尔的《黑马》(*The Black Horse*, 2003),这是一部针对纯种马、针对关于血统和繁育的极端狂热所创作的讽刺作品,但又奇妙地令人感到沉痛。德·布鲁克尔并没有使用通过大量计算、多匹种马和母马的配种产生的完美单一实例,而是缝合了一匹马——正如字面意义那样,他将一匹由于生理结构出错而遭遇脊椎塌陷的马拼接了回去。

德·布鲁克尔的恶作剧颠覆了传统,这传统可追溯到很久以前:珀尔修斯和帕伽索斯(飞马座),或是由亚历山大的宠臣艺术家阿佩勒斯所绘制的布塞弗勒斯,这是马与骑手之间互补契合的习俗。提香、范·戴克、鲁本斯和韦拉兹克斯等朝臣画家都紧随其后,传递着梦幻般的主权形象,王子的手冷漠地勒住自己雄伟的骏马，哪怕是在马儿做出前肢高高扬起这样的危险动作时。当贵族政治文化出现波动，如汉诺威王朝分散权力时，战马会给赛马让位，而朝臣艺术家则为赛马体育画家让步。然而，唯独乔治·斯塔布斯通过图像展示了马与人的平等伙伴关系，并因此让整个题材得到了升华。通过将马术肖像画改为属于马的肖像画，斯塔布斯改变了这一题材的本质。他成功的秘诀在于他对马匹的身体语言拥有无与伦比的掌控力：张开的鼻孔，瞳孔的扩大，静止步姿的精准。斯塔布斯首先意识到，迄今为止，马匹作品的创作基本上符合文艺复兴时期提供的模板，而新近的严谨解剖研究，作为一种经验信息的科学积累，是他为自己的创作进行个性化表述的条件，不仅用于制作马的肖像，还可以适用于所有马类体裁的绘画。

也就是说，只有成为一名真正的解剖学家，用死亡来揭示生命的真谛，斯塔布斯才能创造出《马的解剖》（*The Anatomy of the Horse*，1766），这是让他名利双收的杰作。绘画对象被带到他的阁楼工作室，在那儿，他会把它们捆绑在一套复杂的、用来拴住动物的装置上，再挂在天花板上，有条不紊地让它们慢慢流血，直至死亡，接着用牛油注射进静脉和动脉中，用这种煞费苦心的方法保存住它们的躯体。最终，他将进行剥皮，然后是仔细地、系统地解剖。多么哥特式的浪漫！只有在这种令人震惊的、旷日持久的亲密关系中，爱和死亡被血腥地糅杂在一起，斯塔布斯才能将马从马术研究的习俗制约中解放出来，并重新塑造了纯粹的动物，就像马鞍从未出现过一样——他创造出了真正的马儿裸体画像，如《口哨夹克》（*Whistle jacket*，1762），或是一群母马和小马驹家庭聚集在林间空地的幻想，仿佛身处慧骃国（斯塔布斯几乎无法避开《格列佛游记》，这部作品发表于1726年，并于1735年修订）。

解剖学和浪漫相互交汇的那一刹那[245]，被困在了下个时代的马鞍通俗剧[246]中，从泰奥多尔·席里柯[247]笔下注定要灭亡的猎骑兵，到弗雷德里克·雷明顿[248]对牛仔的狂热崇拜。我们现在离万宝路的世界（Marlboro country）并不遥远，离罗伊·罗杰斯那匹被填充定型的"特里杰"（Trigger）的神圣遗迹也不远。最终，为毫无真正艺术价值的马术作品的棺材板钉上钉子的，是莫瑞吉奥·卡特兰[249]。卡特兰在设计自己的作品时，几乎不可能不知道斯塔布斯和他的装置的著名故事。在《20世纪》（*Novecento*，1997）中，卡特兰将一种被专门设计，用于将赛马安全地从马厩转移到养马场的保护带装置，彻底颠倒了它的作用——被他拿来展示马儿凋零的生命。作为一个围绕着漫长马术传统的终结，我想，这是一场温和有趣，最终有些平庸的解构，但它至少可以成为一个颇为实惠的讣告。

对于当代艺术家来说，动物标本的剥制术（以及停尸房用到的化学）已经成为异乎寻常的狂热追求。我们懂，我们都懂，你们经常想在一些后现代主义的精致造物面前号啕大哭，现在，给我看看你真正思考过的东西吧，而不仅仅是些"世界将淹没在屠宰场的血腥斜坡中"之类的东西，这不过是高中时代的老生常谈。然后，他们又卷土重来了，好像是在说："不，其实根本不是这样；我们之所以把尸体浸到福尔马林里，我们（或我们的雇工）之所以忙得不可开交、四处缝东补西，是因为我们真的在创作艺术本身。这是一种无意识，即所有的表现形式都是衣冠楚楚的剥制术；这是流逝时间的凝结姿态。艺术或许是对腐朽的胜利，但是，你猜怎么着，当代艺术家抗议说："这是做不到的。"所有这些努力的最终成果，仅仅是死亡的一个亚种。因此，与之相反的姿态，恰恰强调了虚伪美学创造完美消亡、无瑕死亡时，所掩盖的令人厌恶的过程。而达米恩·赫斯特的《一千年》（*Thousand Years*，1990）却将腐朽，或者说死亡和再生的无情循环，从腐烂的头颅里孵化的蛆虫和苍蝇，成为这一切的重点。

但有时，再创造成了唯一的创作元素，你叹口气，耸耸肩，希望能看到更具艺术感的、让时间停留的力量。最重要的是，我想我偶尔会对两者之间的鸿沟感到不安，即这些宏大标题的高远概念（"一千年""生者思想中死亡的绝对不可能性"），和诞生自冗余感的真实启迪。所有这些为了摆脱传统的死亡美学所耗尽心血的努力，最终取代了它的，却是同样由人所造的新死亡美学。《受难记》的清漆，被一桶桶满是恶臭的化学物质所取代。

任何一个真正了解这一备受鄙视的艺术历史的人都知道，比起戈雅这样根本不知道雕塑和屠杀之间关系的艺术家，还有许多人干脆肆无忌惮地把它们落在纸面和画布上。戈雅一遍又一遍地问道，我们是什么？我们是屠夫，也是被切碎的肉块。

这也是最有思想的艺术家（其中当然有伦勃朗）和最伟大的死亡静物（nature morte）实践者的一个特点，这表明，他们意识到绘画不朽中的自我毁灭特性。因此，所有这些酷似蝴蝶的蜉蝣，只为一天而活，只有一天可活。这也是我为赫斯特转向鳞翅目昆虫学家感到高兴，并将《狂喜》(Rapture，2003) 称为最甜蜜糖果的原因——是的，我的脸上估计还带着讽刺的微笑。但是，如果他对（死后）极乐抱有尖刻而警惕的看法，认为它总是以其自身的迅速消失为前提的话，那么，最近就有一些时刻，艺术之美自我消弭的本质，被一种令人惊讶的姿态所抵消——这姿态是对艺术的复活力量所抱有的信念。

昆丁·布雷克
Quentin Blake

他并不像是《友好的大巨人》(*The Big Friendly Giant*)，更像是个友好的小精灵，一头蓬松茂密的头发，白色的鞋子，笑容满面。昆丁·布雷克[250]，这位如今已经 81 岁，仍旧不知疲倦的人，长期以来一直是甜蜜繁荣的传递者，他可能会使那些将要参观下个月在伦敦国王十字街区的插画屋（House of Illustration）的观众感到震惊，这场新展览会让人们发现，他也可以创作黑暗、深沉和残酷的作品。

他为伏尔泰的《赣第德》(*Candide*)所画的许多插图，完全契合哲学家把爽朗的笑声变成忧郁的咯咯笑的决心。赣第德的导师潘葛洛斯博士，哪怕见证了一连串的屠杀和强奸，也从未动摇他乐观的信条，即这是"所有可能性中最好的世界"，他在布雷克的插图里，面对里斯本地震中被压烂的尸体和残肢，愚蠢空洞地打着手势，还忽视了被钉在砖石下面的门徒，一抹血色的光斑在地平线上绽放。另一幅画则是当代艺术的小型杰作，同样忠实地表达了伏尔泰对人类喜剧的辛辣批判，它召唤出布雷克内心深处的戈亚，描绘了宗教裁判所的一名受害者，正在一根绳子上荡来荡去，而三个伪善的合唱团修士则翻着眼睛看向天堂。布雷克的动物并不总是吉拉夫（Giraffe，一只长颈鹿）、佩利（Pelly，一只鹈鹕）和库德利（Cuddly，一头奶牛）。在最近的平版印刷画系列《女孩和狗》（Girls and Dogs）中，他着重刻画了巨大凶猛的猎犬，身上覆盖着属于食肉动物的鬃毛，它们蹲在青少年脆弱的身体旁边。

这并不是说年过八旬的布雷克已经退居病态阴郁的黑暗洞穴中。他的节目《内幕故事》（Inside Stories）从不会缺少欢乐。在这九组插图中，有《跳舞的青蛙》（Dancing Frog），它正与阿斯泰尔和罗格斯跳着踢踏舞；有一言不发，笑中藏泪的《小丑》（Clown），灵感来自让·路易斯·巴劳特在哑剧《天堂的孩子》（Les Enfants du Paradis）；有《汤姆击败纳乔克船长和他的雇佣运动员的故事》（How Tom Beat Captain Najork and His Hired Sportsmen），"这是关于教育的寓言，真的"；还有两幅和罗尔德·达尔一起创作的合作作品，用邋遢又短粗、粗糙又软烂的笔触描绘的《讨厌鬼》（The Twits），这与糟糕的绘画对象十分相称，另一幅是《丹尼是世界冠军》（Danny the Champion of the World），相比之下，这可以说是部精美的纪录片。

当他在一个潮湿的早晨带我参观插画屋时，布雷克浑身上下都流露着欢快的力量。起初,他解释说,原本想要在这儿展示他的插图原件,让它成为一个"因为有我的名字在上面,所以我可以不害怕的博物馆,但有人会害怕"的地方。然后有人指出,考虑到现实世界的规则,如果该机构并非只有一个人的话,它更有可能获得资助。而且,尽管它的名字或多或少散发出了彼得格勒集体主义的气息,插图屋表现出了它的多功能用途:三个宽敞的画廊被用作展览空间,房屋内被北伦敦的乳白色光线所覆盖;里面还有几个用于讲座、研讨会和讲习班的房间。这个地方是插图画家分享思维和手法,由艺术家和公众共同感受魔力的地方。走在这座空旷又帅气的房子周围,能看到学生们斜靠在毗邻的中央圣马丁艺术学院(Central Saint Martins School of Art)的长凳上,厨师们开始在邻近的餐馆里料理他们的鹰嘴豆,这已经让人感觉很棒了,这是伦敦无底艺术珠宝盒中的又一枚瑰宝。

然而,不知何故,"插图"(illustration)这个词似乎太羸弱了,不能适用于绘画和制图,因为在它们最强大的时候,不仅仅是文本的辅助物,更是它不可或缺的组成部分,是一个在文字和图像进行创作时的全职合作伙伴。许多这样的图片,不仅仅为英国文学提供了想象画面,更让我们感受到我们国家的面貌、声形和神态。如果没有约翰·坦尼尔笔下那位怪兽一般的疯癫红心女王,或者疯帽匠头上高耸的帽子,我们是无法想象出《爱丽丝梦游仙境》的。匹克威克和米考伯既属于狄更斯,也同样属于菲兹(哈布洛特·奈特·布朗),就像蟾蜍先生和小熊维尼因为 E. H. 谢泼德所画的线条而发出的咆哮和咕哝声一样。但当我问布雷克，这些书和插图是不是他童年的一部分时，他告诉我，直到他十几岁的时候才得以看到它们："我当时想着，现在是时候读它们了。"也许他是对的。

他本人从未结婚，也从未想过要孩子。由于他的书中充满了欢乐的、流着鼻涕的小孩，他一定会以某种方式与他们产生共鸣吗？他对这种感性的假设感到有点恼火，"大家都这么问我。听着，我喜欢孩子，我喜欢讲故事，但我真的最喜欢画画。"

我们坐在满是杂乱灵感的寺庙里，这是布雷克的工作室，也是油漆、墨水、刷子、纸张、书籍的爆发之地。他告诉我，在奇索赫斯特与西德库普文法学校（Chislehurst & Sidcup Grammar School）时，他发现了自己有多么喜欢画画，不过，当一位美术老师要求孩子们画出"韵律的符号"时，他说道："你应该从（歌曲）中捕捉到一些东西的，而我得到的只有章鱼。"当他走进静物画考场时，他第一眼看到的是"青苹果的小金字塔"，这是一个令人沮丧的局面，直到他注意到另一个选择，更符合他品位的选择："感谢上帝带来了那只龙虾。"

意识到他这份早熟的天赋后，阿尔弗雷德·杰克逊，布雷克拉丁语老师的丈夫、漫画家，向 14 岁的昆丁问道，他是否有任何想法。"他指的是笑话，但我当时并不知道'想法'到底是什么。"杰克逊鼓励布雷克把画投送到幽默杂志《笨拙》（Punch）的编辑社，接着从杂志社得到了简短的回应："不太行。"杰克逊的善意结论是："这意味着再发送一些。"最终，在 16 岁的时候，昆丁·布雷克的漫画出现在一本全国发行的杂志上。如今，他认为那些作品实在呆板僵硬，因此避开不谈，而那些留存下来的作品，即使是以《笨拙》(*Punch*)的标准进行评判，依然是引人狂笑的作品。"当我意识到作品要被印刷时，整个人就紧张了。我是在作品被出版后才学会画画的！"布雷克笑着回忆道，并补充道："即使在那时，我也知道粗糙的线条要好过完整的画。"这是一种早期的预示，表明他的力量将存在于一条条潦草的线条中，保留着未曾刻意规划的松散能量，就像"手写"一样自由。

从剑桥大学毕业后，他去了切尔西艺术学院学习，师从布莱恩·罗布，后者为斯特恩的《项狄传》(*Tristram Shandy*)创作了浓密而具有奇怪影响力的画作。"他就像（爱德华·）阿迪宗，只是更加古怪，也是为《项狄传》作画的最理想人选，因为他本人，事实上就很像特里斯舛·项狄。"布雷克说道，继续表述着他富有诗意的专注洞察力，"他们拥有黄昏的元素"。毫不奇怪的是，摄政时期专注于刻画跌倒出丑或挑逗韵事、以杂乱的笔触出名的漫画家托马斯·罗兰森，是最受布雷克喜欢的。与此同时，他喜欢霍加斯的挖苦讽刺带来的亲切感，比如《在谷仓里穿衣的女演员》。"本应该是取笑她们的。在糟糕的小棚屋里，她们的人格受到了侮辱，但仍然尽责地换装，承担起各自扮演的角色，成为令人赞叹的演员。"

布雷克是从18世纪传统洛可可式恶作剧中直接穿越过来的，故事情节里一直贯穿着蔓藤花纹。我问他是否想过做一名全职画家。他告诉我，他认为他无法通过做画家谋生，更重要的是，他的本能总是追求文字和图像的结合，这种联结推动着故事向前发展。虽然每个喜爱他作品的人都会有各自大声笑出来的时刻——我尚不能决定自己的时刻，究竟是在芭蕾舞团上方伸展四肢、兴高采烈的青蛙，还是住在奶酪里，仰着鼻子，虚伪地感叹自己无能为力的老鼠（出自布雷克为《拉封丹寓言》所作的插图），哎呀，要给那些被围困的啮齿同伴留点吃的。——布雷克并不认为自己是一个幽默家。

"幽默是（故事的）副产品。你画出场景，画出人们在做什么，画出他们的反应，如果它本身就是有趣的，这种有趣自然会传递出来。在某些书中，你可以刻意博得欢笑，但在戏剧性的情况下令人欢笑，它总是会更有趣。"在他的一些最好的作品中，总会有一点顽皮食尸鬼光临过的感觉。他为《拉封丹寓言》所画的另一幅画，是一个非常喜爱自己猫的男人——爱到最终娶了她，这场婚姻一直很美好，直到有一天晚上，老鼠进入了卧室。她赤身裸体、龇牙咧嘴地从床上跳了起来，拿拳头用力挤压着她的猎物，以至于鲜血从它的身体里喷涌出来。

虽然布雷克的粉丝们可能会认为他们的英雄正处于喧嚣又讨人爱的模式（比如菲吉特·旺卡姆·斯特朗阿姨，或是在他的字母表书里奔向掩体的孩子们，代表 N 的鼻子［西哈诺、匹诺曹那种程度的鼻子］即将释放核能喷嚏），他强烈抵制扮演定性角色，尽可能断绝那种可能性，并拥抱每一个能让他调整气氛音乐的机会。迈克尔·罗森的《伤心书》是那些挑战中最令人印象深刻的一本。罗森经历了人类所知的最惨重的痛苦——他18岁的儿子死于脑膜炎球菌败血症。这本书便是他应对这件事的尝试。

"他能把这付诸笔下，已经是非常了不起的事了。他随后把它寄给了沃克出版社。他们不能确定这是不是一本书，但他们还是把它寄给了我……你对这种事情的反应是不同的，会有两个层面，一种是情感上的反应，另一种则是出于专业角度的反应。随之产生的问题很有趣，你要怎么做，才能让作品不是彻底的灰暗呢？但他（罗森）给了你这样一句话：'这是一幅我试图让自己看起来很快乐的画面，实际上我很悲伤，但人们不喜欢这样。'"不知何故，通过奇迹般的移情，布雷克用薄如纸的快乐面具，揭示了它背后的痛苦之深。

布雷克以前和罗森合作过，在他的诗集上画过画，还画过他儿子的图像。"他的名字是埃迪。我从未见过他，但我从想象中把他勾勒了出来。在某种程度上，我很高兴我没有遇到过他，否则那将会过于沉重。"就像罗森期望的那样，即使在苦痛中，布雷克也能表现出一种"幽默的元素"——千篇一律的日常生活的稳定节奏感，"火车驶过，其他人继续过着自己的生活"，挣扎着想要再次回归正常的轨迹。

尽管与拉塞尔·霍本（《汤姆击败纳乔克船长和他的雇佣运动员的故事》）或约翰·尤曼（《狂野洗衣妇》）的合作很快乐，但只有在与罗尔德·达尔这位魔鬼般的天才一起工作时，布雷克才最感到心灵相通。他们是终极古怪的一对伙伴，作家凶残到险恶的边缘，出了名的脾气暴躁，插画家是一位充满良性创造力的天才，人类喜剧的大师，他们是黑暗博士和光明教授。"我们不是同一类人，"布雷克轻描淡写中说，"但那是好事"——因为这种不稳定的组合，带来了文学和绘画的黄金果实，这是无可争辩的事实。

1975 年，当他们首次开始合作时，达尔并没有创作插图书，但他的新出版商汤姆·马施勒建议他尝试写一本图画书，并把《巨大的鳄鱼》(The Enormous Crocodile)寄给布雷克。"那是一篇相当长的文字，"布雷克说道，唤回了当年不可或缺的耐心微笑，"我们相处得还不错，"他说，"但我们见面时，总是在出版商那里。"

然后是《友好的大巨人》(The BFG，又名《圆梦巨人》)。马施勒以为这本书最多需要十来张照片。布雷克按时完成，并把它们发送了，得到的回应是："他不高兴。"原因是达尔与马施勒不同，他期待更多的图，"他认为我没有用心创作"。在随后的三天里，布雷克为 24 个章节的每一章都画了小插图。"他还是不高兴。"马施勒说。达尔想要更多。"所以我们回到原点，全部重画。我有一整套（为 The BFG）创作的画作，从来没有被印刷。接着，他列出了他决定要配插图的场景。我去了大米森登（达尔的家），并讨论了一遍。"在没有确切方案的情况下，一切都有所改善。巨人的脸原本"更像小丑"，现在则变得近乎优雅，尽管仍有一对大象的耳朵。"这一切都是在做饭时想出来的。"我对布雷克施加了一点压力，想让他说说达尔的偏见，那令人不愉快的一面。"我不认为他喜欢自省。他想让一切都实际可行。"他提醒我,书中有不少惊喜,最重要的是,在《女巫》(The Witches)的结尾,当小孩永远地变成老鼠时,他对他的奶奶说,这没关系,因为他不想活得比她久——这是一个充满温情的时刻。

你会觉得,对布雷克来说,善良就像呼吸一样自然,他的大部分工作都是基于这样一种信念:快乐是治疗我们任何病痛的最佳疗法。最近的作品,"最让我满意的作品",是为医院创作的。摆放在一所老年医院的公共空间和卧室的图画中,有一幅同时刻画了年轻与衰老,一位年长的舞者将一只手举在空中,另一只手则扶着她的拐杖。另一幅画是为一家治疗饮食失调症的医院画的,其中一幅描绘的是一个女孩站在她房间敞开的窗户前,给窗台上的鸟儿喂面包屑:"众所周知,很多这样的病人都擅长帮助别人吃饭。"如果昂热的一家妇产医院对"悲伤走廊"(将新生儿从产房带到重症监护室的路途)感到绝望,那就请布雷克先生来一趟吧,他将提供赤身裸体的母亲和婴儿在水下鱼群中嬉戏的装饰画。

没有一个圣人能够创造出属于视觉恶作剧的世界,这是布雷克的才华。但他身上没有释放残忍痛苦的能力。在《赣第德》的结尾,当潘葛洛斯看起来像一只衰老的蜗牛,仍然在喋喋不休地说着"所有可能性中最美好的世界"时,赣第德回答说,"可能是很好,但现在是照料我们花园的时候了"。艺术家让这位年轻人低头看着手中的幼苗,昆丁·布雷克通过迷人的笔触,用简约而完美的线条,让宽容从年轻人甜美的脸上流露出来。

惠特尼·麦克维
Whitney McVeigh

这是一个很粗略的分类方式,但总的来说,自从在史前洞穴的墙壁那或隆起或凹陷的岩石表面上,首次出现了用来表现动物形态的图画时,艺术家就分成了两种类型。许多人是英雄式的干预主义者(比如米开朗琪罗),他们有意识地与自己的创作材料纠缠在一起,一心想解放被禁锢在冰冷石头中的形体,就好像要把某些崇高的东西从囚禁中释放出来一样。但与此同时,也有勤奋的、永无休止的、对万物惊叹的观察者、探索者(比如列奥纳多),对他们来说,自然形态并不是顽固抵抗的对手,而是创作脉动的落脚点。因此,他们的创作手法不像是争斗,更像是协作。戏剧性的故事已经蕴含在自然形体中,等待着被塑造和定格。当拉斯金看到、用线条勾勒出或用颜料绘制了冰川的起伏时,他认为岩石的线条是原初剧变被冻结下来的记录。

惠特尼·麦克维那些异常美丽、虚幻又深刻的作品，显然属于列奥纳多的阵营：不仅体现在她对不可控的自然形态变化感到惊奇，同时，她也将人类习惯和它的半石化记忆（书写、锈蚀、染色、褪色），与这些自然形体结合在一起，在有机物和人造物之间建立了一种亲密关系。她对作为一种修复或治愈的新视野非常感兴趣，而她许多最可爱的作品都旨在超越这样一种假设，即被创造的和未被创造的，永远处于相互消耗的对立中。和列奥纳多一样，她认为世界上的机械、地质和植物元素是相互连接的，却被武断地分割成一个个独立不互通的知识宇宙。多年来，她一直在收集技术和工程手册，在这些手册上，她叠加了生物形态的印迹和图像，使有机和无机形态之间的区别变得毫无意义。

沉默是可以有说服力的。人们可能会把麦克维作品中的诗意细腻之处——她愿意让墨水肆意流淌、渗透、凝结或变得斑驳——误认为是视觉上的谦逊，是一种低调的奏鸣曲形式，是在如此多的当代艺术作品发出的铿锵声中，流露出的一丝若有若无的声音。但这完全是错误的。在她为世界呈现给我们的一切深表尊重的同时，她的作品实际上满是雄心勃勃的幻想——关于变幻莫测的宇宙的宏观、微观推测和从这视角中出发的，居住在这宇宙之中的人类面部和身躯，以及艺术提供给我们的、有关事物不稳定变化或转变的一瞥。在她的想象中，没有什么是真正冰冷无情的。被古老景观的皱褶留下印记的脸和躯体，在地质和生物之间建立了一种共鸣的韵律。

当然，关于固定[251]（不论有多短暂）是有一些矛盾的东西存在的，视觉本就意味着临时的、偶然的、形态的性质：一艘船，一张脸，一具身体，一片风景[252]。但我想，所有的融化和再现，都是为了抵制把任意观察到的物体或人类的单一外观，与任何一种描述性定义等同起来的诱惑。麦克维的感性因创造力而不稳定，而且，身为一个流动的朝圣者，她相信要继续向前去迎接神圣的幽灵。她的艺术是一种相信光明必定会发生的信念行为，但光明从来不是随机的。她认为，有机会遇到光明的出现，就意味着要找到一处没有生活喧嚣的地方，一个专心致志便可以产生诗意真理的地方。

不管是否有意，麦克维的艺术都延续了那些雄心勃勃的艺术家的传统，他们的作品试图调和我们的两种文化：柏拉图主义和亚里士多德主义。去年春天，她和保罗·麦卡锡、迈克·凯利以及其他致力于柏拉图式回声的人，一起在盖蒂别墅博物馆举办了展览。一方面，通过柏拉图的形而上学，麦克维把事物的表象看作是一层面纱或棉布，在下面隐藏着更深的、非物质的真理。因此，她所画的那些褴褛的、融化了的和移动着的形体，预先假定了面纱的撕裂，这样，居于世界外衣之下的错综复杂的奇迹，生活与生命的真正本质，就能显现出来。不过，与柏拉图不同（且鲜少被看出）的是，她杂食性的感性却是亚里士多德式的，这感性植根于地球的物理结构之中，植根于地球孕育出的繁荣和无限多样性之中。她的本能是一种取之不尽、用之不竭的，城市与乡村的狩猎采集者的本能，她狩猎这些看似无关的现象，并从中建立起有意义的关联。她的游乐场是令人兴奋的、属于创造的异质性。伦勃朗同样沉溺于各种各样的收藏——骨头、乐器、服装、武器——他一定会想要欣赏麦克维的工作室的，因为它充斥着各种人类活动的痕迹，还有堆积如山的记忆书籍。她的一生，就像她的艺术一样，是一间仍在持续扩充的珍奇馆（wunderkammer），拥有浩瀚的收藏，亦是一种心甘情愿的过量顿悟。但是，她在收割时展露的欣喜若狂的饥渴天性，她对世间万物的开放态度，并不是那种发烧玩家像仓鼠一样囤积物品的作态。相反，正如丢勒或伦勃朗一样，这是被一种信念所驱动的，即在一排排物质中，无数部件之间，会诞生某个意想不到的契合时刻，并从这个契合中产生某种更深刻的启示。这样看来，她的艺术听起来比她所希望的更具有宏伟的预言性。笔墨的印记、可爱的复写和记忆的叠加，她想把这些作为邀请性的线索，一系列亲密的、定向的推搡，就像森林中留下的踪迹，指向壮丽而威严的终点：思想中猛然绽放的光明。

这并不意味着惠特尼·麦克维是一个特别理性的艺术家。更偏向"eureka"式独特风格的"概念"艺术，根本不适合她。归根结底，根植于凡人终有一死这个本质的人类困境，以及这种知识带来的重担，才是她的动力所在，也是她许多作品的内核：以极大的怜悯和同情，去展现我们是如何沉重或轻飘地行走于地球上，去触摸我们诞生和离去的方式。她美丽动人的电影《诞生：生命尽头的起点》(*Birth: Origins at the End of Life*) 让女性在临终关怀中面对死亡，并回忆起分娩时的情景。在其他导演手中，这样的情景可能会显得很有工具性。但是，麦克维从这些声音、面孔和身体中，找出了无比温柔和富有同情心的东西。她的作品就是这样，她就是这样，而且，如果你意识到，若非对世界的终极恩典抱有固执信念，她就不可能创作出具有启示性的艺术，那么，相信自己，你的感想并不是无意义的多愁善感。

蔡国强
Cai Guo-Qiang

我最初的记忆,是烟火。我甚至可以准确地说出它的日期:1949 年 11 月 5 日,"篝火之夜",在这个夜晚,人们会在后院的柴堆上焚烧一个被填充好的人体模型,以纪念炸毁英国议会未遂的天主教徒盖伊·福克斯——一场以爱国为名的"auto-da-fé"(对异教徒所处的火刑)。阴谋家未能点燃的火药、每一次盖伊·福克斯之夜,都被转化成了街坊邻里欢快的焰火表演。

但 1949 年的篝火派对,说真的,离四岁的小西蒙太遥远了。我那焦虑紧张的母亲并没有让我沉浸在绽放的光线中,而是把我关在屋里,只允许我用胖乎乎的小手握着一根烟花棒,紧紧地靠向窗前,鼻子在法式窗户上压变了形,我只能隔着玻璃,看着壮丽的烟花划出一道道弧线,在后花园的上空绽开。

所以，我生命中的第一个戏剧性事件，因为善意的保护，而无法感受到创意火焰的全面冲击。小孩子会讨厌这样的屏障吗？你可以用性命打包票，他们一定会的。我早已知道，无论即将到来的生命浪潮将在何时何地涌现，它必然会带来远比两分钟的花火还要多得多的东西。

所以我能理解，为什么蔡国强直觉地认为爆炸是自由的。他把火药作为一种媒介，把爆炸作为一种艺术进行着实践，这成为化束缚为解放的一种方式。通过解体进行构图有着悠久的艺术历史，可追溯到毕加索著名的挑衅，他明褒暗贬了达达主义，称所有的作品都是各种破坏的集合。传统的蚀刻工艺采用了许多这样的擦除和修改手法，在蚀刻板上凿刻，留下不断修正过的线条和阴影。伦勃朗最引人注目的蚀刻作品的戏剧性之处，往往不会出现在其表面主题，而在于他的工作过程，这是一部在他的蚀刻板表面上反复改造的戏剧。这些创造性的攻击是无情的，例如，在《三个十字架》（The Three Crosses）的不同阶段中，其中最后一个十字架在一场令人窒息的黑暗风暴中塑造了《受难记》（Passion），而《各各他》（Golgotha）则随着神圣蜕变产生的超凡力量起伏。伦勃朗像火焰燃烧一般的顿悟，无疑是蔡国强爆炸宇宙的先祖。

当代艺术无法将视线从全球性的灾难上挪开，却总在艰难地尝试将那份痛苦转化为某些可以体面地挂在墙上、安装在画廊中的东西，因此当代艺术给出了许多对最终定论的回绝。在"9·11"事件发生时，格哈德·里希特正为了一场在马里恩·古德曼画廊（Marion Goodman Gallery）的展出，从科隆飞往纽约，当时的袭击使他无法着陆。正如罗伯特·斯托尔在他的详细研究报告《九月》（September）中所描述的那样，里希特的画作，即许多严肃斗争的结果，与其说是作为事件的表征，不如说是作为目击证人的经验存在的。而在这场事件中，数百万人通过数字信号传递的画面，纷纷成为目击者。里希特那监视器大小的画作必然包含了显示屏的光滑冰冷感，这也与他的许多绘画相一致。但在这个特殊的情况下，平滑化处理（licked finish）似乎是一种妥协过度的审美。只有当他重新回归到原始创作方式，给作品的表面留下擦伤和疤痕时，这暴行才会被点燃成视觉生命：缕缕浓烟和硫黄炸出的火焰所留下的艺术效果。就在最近，擅长在作品中用诗意的比喻体现酷刑和监禁的哥伦比亚艺术家朵丽丝·萨尔切多，炸毁了一些厨房和工作室的桌子，再将它们重新拼装起来，桌腿被爆炸的余火震得残缺不全，桌面仿佛被榴弹的碎片撕碎，破碎成了细小的鳞片和雪花。

其中一些相互冲突的冲动——对炸药的狂暴反应的迷恋，尤其是对挣脱了艺术家设计之手的那股力量的迷恋，以及对被美化的破坏感到的焦虑——一定已经烙印在了蔡国强身上。在日本创造一定会让人想起核灾难的记忆，事实上，他早期的爆炸实验作品之一，《蘑菇云的世纪——20世纪企划》（The Century with Mushroom Clouds: Project for the 20th Century），于1996年在迈克尔·海泽的大地艺术作品

《双重否定》(*Double Negative*)上被施行,这是一处被切割成沙漠表面的可怕裂缝,而蔡国强的这一企划恰好揭开了奇观和灾难之间的紧张关系。或许是因为他自己曾拥有无法逃避的经历(而且随着中国的传统愈加成为世界命运的中心),蔡国强不是一个会回避历史的人,或者说,从去年安置在莫斯科普希金博物馆的非凡作品来看,他更像是官方记忆的情感标记的展现者。这幅作品刻画了有关苏联自鸣得意(但也关乎俄罗斯文学和比喻传统)的一种标志性的陈词滥调,在画廊地板上铺设了一片滚动长廊,视野两侧是与房间等长的壁画。在这些壁画中,俄罗斯革命的图像和照片被捣碎在一起,如同中国的卷轴画一样沿着墙壁展开。所有的东西都倒映在镜面天花板上,最明显的是麦田中央雕刻的锤子和镰刀标志。

蔡国强回忆道,在20世纪80年代首次与当代艺术邂逅时,他曾为杜尚式的觉醒而兴高采烈,即任何事物都可以是当代艺术。不过,他从未试图将自己与文化记忆、与实践的黄金链分开。火药当然是由中国带入这个世界的,但在某种程度上,蔡国强在观众和志愿者在场的情况下创作火药作品的好客做法,与中国古代被束之高阁的卷轴画形成了鲜明对比,在那儿,只有显要的来客,或是身为资助人的要员有资格欣赏,然后便会被再次储藏在圆柱形容器中。

蔡国强那种协作式和沉浸式的习惯,慷慨地提供给正在拍摄BBC九集《文明》系列最后一集的我们。该系列的目的之一(与肯尼斯·克拉克在1969年创作的伟大节目相反),是将艺术范围扩大到西方传统之外,更是为了在不同文化传播之间建立有效的联系。《天堂综合大楼》(*Heaven Complex*)是2017年夏天在长岛的一个烟花工厂创造的,工厂的所有者延续了意大利烟火的悠久传统。但这个作品的结构基础,是西方和亚洲传统所共有的启示性田园诗——一个天堂花园。这个花园刻画了一片林间空地,一头优雅的母鹿和小鹿,一只盘旋的鸽子,它的翅膀伸展到了巨大的花朵上,那是些康乃馨、牡丹和三色堇(从苗圃目录中看到),它们全都以模板印的形式被留在了铺开的画布上,仿佛是一些敬畏过度的毛毛虫,或是朗格自然保护中心的孩子们所看到的画面。"我想创造一个乌托邦,"蔡国强说道,脸上带着甜蜜的面具,"然后摧毁它。"那次爆破的媒介被装在一张支架桌上的许多碗里,颜色是如此的鲜艳,我把它们误认为颜料,而非火药。我本以为,就算不是黑色或木炭灰色,火药至少是某种暗沉的颜色,就好像被锁住的烟雾一样。蔡国强在更小的容器里装上了他需要的颜料,并自由地将粉末沿着图纸的模板线撒开,就像播种者把种子撒在犁沟里一样。最后,像是为了确保这一切会顺利进行一样,法师的举动出现了。路边的植物——大部分是杂草的茎和叶,都是从长岛郊区城镇周围的路边捡来的——被铺在放有颜料和火药的模板印上。这一切都不是在独自一人时完成的,这是一种协作式的创作,这个场地因一支由助手和志愿者组成的小军队变得十分有人气,他们跑来跑去地执行着艺术将军吩咐的命令,将军的下令果断而冷静。为了控制爆炸的范围，炸药上方被铺了一层纸板。"起初是嘶嘶声，"蔡国强说着，轻轻地用舌头抵着牙齿模仿那声音，"然后是突然的停顿。"

当导火索被点燃后，确实会有一瞬的停顿。接着，是音浪的震颤（而不是"砰"或"啪"的一声），四溢的白色烟雾和火蛇从遮板下涌了上来。边缘被人们小心翼翼地抬起后，露出了一些没能按照他们预定计划燃烧的粉末，因此，他们用上了更多火药，再次点燃了它。当遮板被完全移除后，这处被焚烧后的林间空地，成为一幅令人惊叹的画面，让站在此处的每个人都不禁爆发出掌声。蔡国强说过要毁灭它，但发生在此地的像是温室里绽放的花朵，花瓣的边缘因爆炸的震颤而有些脆化。但花火毕竟是复兴的必要条件，是种子的破裂，是植物再生的孕育。因此，当画布被贴在墙上时，那些巨大的花朵，那深红色、金色和蓝色，似乎已经膨胀起来，仿佛被穿过彩色玻璃的璀璨阳光所照耀，光线的神圣味道进而被白鸽所增强，伸出的翅膀上沾有烟灰，但仍然在炼狱的上方振翼翱翔。

"在爆炸中，"蔡国强说，"你能感受到永恒。"

"那么谁得到了这些美丽的照片呢？"烟火队伍中的一个人在一顿临时准备的完美中式午餐中向我问道。当我告诉了她下午在等待着他们的是什么后，她带着难以置信的恐惧，大喊了一声："不！"因为现在的蔡国强，打算做一些全新的东西，充满了惊人的潜力，但也有很大风险的尝试：他要把一件已经充满了表现力、色彩鲜艳的作品交付给第二次爆炸，看看烟雾中会诞生出什么。它可能是出乎意料的、令人兴奋的新作,也可能会被烧焦得很严重。不管结果如何,他都想获得一份镜像画面。因此,用于代替纸板的白色画布被放置在重新撒上粉末的原图上方,两个平面十分靠近,好捕捉爆炸的印记。第二次爆炸似乎比第一次更剧烈。一团刺鼻、呛人的烟雾充斥着整个空间,以至于我们中的大多数人,哪怕是蒙着面的,却还是匆忙地跑去打开了门,吸入一口长岛的氧气。当浓烟散去时,我们所见证的是一场宇宙的更变。第一次火光留下的痕迹已经被烧焦了,又被喷上了一层沥青雾,像是剧烈的火灾或地质剧变刚刚结束,又像是发生过可怕的元素燃烧,或许是火山喷发,也可能是军事打击。在飞舞的尘土风暴之下,依然有花瓣和羽毛,但鸽子的翅膀现在已经破破烂烂,撕裂的模样仿佛被子弹打得千疮百孔,几乎能看到鸟骨的裸露轮廓。天堂并没有被收回,只是被炸得四分五裂,碎片悬浮在天堂和无限黑暗之间的某个中间地带。没有一幅描绘宇宙伟力的画作能够与它相提并论。

"火药给人一种神奇的感觉,"蔡国强说,"它使人们对空间和时间的变化有了更深刻的理解……它(一方面)是时间的瞬间,但不知何故也与永恒相连。"而这第二次燃烧确实有一种超凡行星的空间感。那些花朵仍然在黑暗的笼罩中发着光,但就像是从卫星那么遥远的距离看到的一样,又像是当你在夜晚飞过一座伟大的城市时,低头便会看到的闪耀光点。

那幅承载着爆炸鬼影的画布，引出了我们最深刻的反应。"这是上帝的作品，"蔡先生在画布之间徘徊时，不自觉地说道，"这是他的空间和他创造的维度。"这个新地带看起来的确具有原始的无形状态，它的气氛特征被还原成幽灵一般的白色和灰色，但染上了青红色的小耀斑，与之一同在苍穹中飞过的，是羽状的乌黑颗粒污迹，它们的微小暗示着在浩瀚而模糊空间中的移动。许多黑色的微小形体拖着条纹状的尾巴，在宏观世界中像飞逝的彗星，在微观世界中像游荡的精子：它们是原始有机体，正奔向某个能让它们圆满的目的地。是的，没错，一场"大爆炸"（Big Bang），但我也必然会想到，当天体的容器被打碎时，那是原初创造者的阴谋时刻，随着它们降落于凡间，从虚无缥缈的光辉坠落为有形体的物质，但在它们内部，仍保留着未来生命能量的火种。凝视着它们看，这些像分离舱一样的东西，它们曾准备好了发射工作，时刻进入无穷远的宇宙中。但这也是为了体验神秘之美的释放。

蔡国强以一种欢欣鼓舞的心情打量着这一切，但也带着某种疑虑，似乎他根本不是这个惊人作品的制造者，而是一位推动者，协助展现了被宇宙中流动着的"气"所驱动的无处不在的画面。

但话又说回来，当米开朗琪罗试图解放被困在石质外壳下的形体时，他对大理石产生的感受也差不多如此。就这一点而言，所有伟大的艺术，都是艺术家的构思与原材料的抵抗之间，进行了艰苦谈判后所产生的结果。虽然蔡国强用谦虚的方式强调了火药、烟尘、火焰和光都可以，且应该远离他的设计之手，但无法忽视的事实是，就像每一位真正的天才一样，他的思想才是点燃火花的唯一根源。

阿姆斯特丹国家博物馆：苏生
Rijksmuseum Reborn

终于，我那些失踪了十年的、所有的老朋友们都出现在了那里，靠在墙边，等待着回归到属于自己的地方——阿姆斯特丹国家博物馆的墙上。这里有加布里埃尔·梅特苏所画的眼眸空洞、双腿悬荡的患病小孩，他被母亲轻轻抱在怀里[253]；还有阿德里安·科尔特的一捆白芦笋，在黑暗的背景下显得十分幽幻，捆绑着它的细丝紧紧贴在纸质的表皮上[254]。还有另一双腿，属于扬·斯滕笔下那位漂亮而邋遢的女人，卷发从她柔软的帽子边缘跑了出来，她正坐在床沿上，被袜带勒出痕迹的右腿翘在左腿上，大腿根部可以窥见，正往腿上套着她的绯红色长筒袜[255]。"你觉得怎么样？"塔可·迪比茨——这位国家博物馆的收藏主任和英雄问道，然后是博物馆总馆长维姆·皮毕斯，他正在为这次成功的博物馆翻新而感到振奋欣喜："向上还是向下?""向下吧。"我说。"哦,那就这么定了。"他说道,脸上带着知书达礼的笑容。

  这次重聚进行得很顺利。早些时候,我们还看到双眸含光、脸颊胖乎乎的萨斯基亚,正被挂到一个满是伦勃朗早期作品的房间的墙壁上。那位悲伤的耶利米早已就位,身穿鸽子灰色的天鹅绒外套,他低垂着脑袋,身后是燃烧着的神庙;年轻而放荡不羁的伦勃朗,顶着一头任性的头发,鼻子上长着疙瘩,脸庞被阴影半掩,流露出他诗意忧郁的深度。

  迪比茨和皮毕斯正在考虑借用"weerzien met de meesters"("再次与大师见面")这个标语,这是第二次世界大战结束后国家博物馆重新开放时使用的。如今的时代不会有那种民族复兴的感觉,但它仍然是公众与作品充满感情的一次团聚,而这些作品本就是与荷兰人的集体意识无法分割的。与其说是一场采用花哨当代设计的翻新,但博物馆所做的,更像是一场策展革命的开始。当你看到那些早期的伦勃朗作品,或者科尼利斯·范·诺德所绘的伟大矫饰主义作品《对无辜者的屠杀》(*Massacre of the Innocents*),以及那扭着臀的芭蕾时,你会像第一次看到它们的人一样,首次看到那些银器、武器和橱柜,它们是这个文化的内饰,而这个文化则让那些画作的诞生成为可能。你将在某个特定的时刻,进入荷兰的历史世界中。而且,由于这些展品被安置在无框的、无边的展柜里,而玻璃则具有惊人的隐形感,所以,在人们的视野中,没有什么能把图画和工艺品分开。

这些身处画作之间的工艺品，并不是为了营造气氛而存在的装饰品。它们是由迪比茨和他的同事从庞大的国家博物馆藏品中挑选出来的，目的是在图画和工艺品、物质世界和文化想象之间建立积极的对话。这个想法是温和的，而不是教条式的、与社会或社交相关，它归功于某种学术传统，这在伟大的荷兰文化历史学家约翰·惠泽加（1872—1945）的著作中最能被体现，他认为图像、物品和文本在创造共同文化方面有着不可分割的联系。与最近艺术史中对于造就大师的具有创造力的环境（而不是孤独天才的沉思）这种强调相一致，年轻的伦勃朗被安置在朋友和赞助人的陪伴中。其中一位朋友，框架制造师赫尔曼·杜默，由一个壮观的用黑檀和珍珠母制作的橱柜作为代表出席。另一位朋友，金匠詹·卢特玛，则是用一个令人惊叹的饮水碗作为代表出现的，这个碗如同一只光滑闪亮的牡蛎。曾经的合作与羁绊在一堵又一堵墙之间来回反弹。伦勃朗早期的自画像也被陪伴着，那是他在莱顿的分身和竞争对手——詹·利文斯所描绘的容易惹人发怒的自画像，他还提供了一幅他们共同赞助人康斯坦蒂恩·惠更斯的头像画，他曾是总督腓特烈·亨利的秘书。

如果这一切听起来令人望而生畏，让人分心的话，其实真的不会这样。历史和艺术之间天然的情谊得以恢复，因为，尽管历史学家们居高临下地认为，图像只是过去的"软"证据，而艺术历史学家则怀疑历史学家是迟钝的文献主义者，可事实是，正如惠泽加所知，他们需要彼此，以重建失落世界的真实模样。没有图像的雄辩说服，历史是盲目的；没有文字的确凿见证，艺术是失聪的。

国家博物馆并不是第一个将本就不应该被分割成"纯艺术"（fine art）和"装饰性艺术"（decorative art，暗示不那么精美）的两种艺术合并在一起的机构。向来只有那些拥有大量工艺品收藏，而非绘画的博物馆，才能系统地、全面地展示各种文化。因此，2001年的伦敦维多利亚和阿尔伯特博物馆，在多个展厅中以编年史的时间顺序，把从杜泽王朝到维多利亚时代的各个艺术品汇聚在一起，反映了约翰·拉斯金和威廉·莫里斯等19世纪作家的信念，即纺织品、陶瓷等物品，可以具有与绘画一样强大的美学价值。

对于一个在公众心目中总是与伦勃朗、雷斯达尔、维米尔等艺术家和大量杰作联系在一起的地方来说，把自己的房子翻修成"荷兰的博物馆"（国家博物馆的人如此称呼道），却完全是另外一回事了。这一令人振奋的突破也并非偶然出现的：在文艺复兴时期，正是荷兰，对意大利采用的"高级"和"低级"艺术之分进行的抵制最为强烈。根据葡萄牙人文主义者弗朗西斯科·德·霍兰达的说法，米开朗琪罗曾居高临下地赞扬了"低级国家"艺术家的能力，因为他们专门从事景观画等低级事务。但这正是为什么，艺术在意大利主要被教会和贵族所占有，而在荷兰，它成为人民的财产。正是在这里，一种艺术诞生了，它不仅可以用宗教信仰或历史作为主题，也不必为使用不文雅，甚至有点庸俗的人类生活作为主题而感到尴尬——

从最粗俗的到最精致的。

当我们看到维米尔的女仆倒了一壶牛奶，或是彼得·克莱兹的一杯红酒、一条鲱鱼时，会理所当然地认为，普通的行为和物品也可以具有强烈的崇高感。但在曾经的荷兰，这种将神圣从宗教带入世俗领域的做法，才得到了最引人注目的体现。

加尔文主义不赞成对教堂中的图画注入偶像崇拜的做法，然而，它却满足于将绘画冲动转移到其他任何可以想象的主题上。国家博物馆里，到处都是保留着精神上的自我拷问的图画，哪怕它们看起来充满了世俗的乐趣。一幅彼得·克莱兹的静物画汇集了所有艺术的象征，这些艺术旨在传递世俗的快乐——包括绘画本身，同时，它又表现出了超然的艺术技巧。雅各布·凡·雷斯达尔的那幅透着英勇气概的风车，引发了人们对十字架的沉思，但这可能根本就是无关紧要的。这种视觉上的指手画脚，对原始观众的影响可能并不比它对我们的影响要大多少。他们很可能会点点头，叹口气，继续享受着杰拉德·泰尔博赫缎子上的微光，或者弗洛里斯·范·迪克的奶酪上那被完美呈现的，奶油一般顺滑的表面。

国家博物馆的魅力之所以能够根植于国民记忆，还有另一层原因。那就是，这不仅是反映荷兰普通人生活的艺术，而且在令人吃惊的程度上，这也是为他们拥有的艺术。以征税和遗赠为目的的对家庭用品的估价告诉我们，尽管宏伟的肖像画和历史绘画可能是一般磨坊主或商人无法企及的，但大量充斥着市场的朴素画作，那些描绘了质朴生活场景、小景观、静物、给酒鬼或调情者准备的"微醺陪伴"等作品,却触手可及。其中的许多作品可以用不超过一名娴熟工匠的周薪的价格买到。这些作品还给人一种额外的感觉,即绘画是属于公民的遗产。在意大利,肖像画便代表着皇室宫廷;而在荷兰,它却代表着人民,艺术画作也因此成为备受欢迎的文化遗产,至少在中产阶级中是如此。全国每个城镇都有公开展示的民兵团体、孤儿院、老人院,或是衣庄协会的商业代表。现在的《夜巡》(*The Night Watch*)可能被看作是一部"杰作",但它是什么的杰作呢?答案是一个理念,或者更确切地说,是一个公众神话的杰作:武装起来的公民所拥有的不朽生命力。它的表现形式完全符合它的意识形态——使班宁克·科克的民兵连向前推进的那股动力,穿透了画框,也穿透了一旁睁大眼睛的旁观者,还有那几乎不受军令管控的、令人不安的喧嚣和混乱感。这种意识形态与贵族和教会绘画是截然相反的,毕竟,后者首先要通过等级制度和权威性来对所有人进行排序。因此,虽然伦勃朗的画作是世界上的杰作之一,可能存在于某个经典作品的精粹领域之中,但如果不佐以特定的阿姆斯特丹历史,那么,它的中心思想和它令人欣赏的种种,都将变得无法理解。

本着将历史还给荷兰人的精神,而这个历史又与艺术密不可分,迪比茨、皮毕斯和罗纳德·德·利乌这三位历史叙事的原初幻想家、国家博物馆的前任馆长们,一直对"荷兰的博物馆"这一概念毫无悔改之意。在一个可以互换展品的国际艺术博览会时代,在一个所有人都在兜售难以区分的当代艺术的时代，有一个伟大的艺术机构，不畏重提自己民族文化和历史的独特性，并使其成为大众欢欣鼓舞的事业，而非令人不安的尴尬，这是一件十分激动人心的事情。

所有这一切并非出于狭隘的沙文主义精神。向国家博物馆的原建筑师皮埃尔·库珀斯（1827—1921）的远见致敬，就意味着要对荷兰的过去和当今抱有开阔的视野去看待。库珀斯是一位来自南方的天主教徒，他选择了民间风格建筑，这便注定了要用砖瓦堆砌的三角形屋顶与中世纪晚期和文艺复兴时期的荷兰遥相呼应，而那时的荷兰尚未分割成属于天主教的南方和属于加尔文主义的北方。库珀斯的自由历史主义，被他注入了乔治·斯特姆的历史画作和装饰了博物馆的彩色玻璃中，它们脱胎于荷兰历史中的重要情节，却被随后的几任被现代主义思想支配的馆长视作荒谬，或是狭隘的地区主义，那几位馆长掀开了水磨石地板，卷起了画布，把墙壁粉刷成白色。但博物馆从来就不应该是一个白色立方体，而现在，它已经被完全恢复成库珀斯眼中应有的美景。这任务本应由西班牙建筑师克鲁斯·Y.奥尔蒂斯来完成，而他所在的国度，是曾经荷兰为了自由而与之进行了80余年血腥奋战的王国，这对任何人来说都是一种讽刺。因为这种对一个国家历史的重建，向来都是通过泛欧洲合作而实现的，这符合伊拉斯谟的国际人文主义，以及哲学家、政治家雨果·格劳秀斯的想法，他16岁时由贾恩·范·拉维特因所画的肖像画，面庞上满是机灵和顽皮，这幅画也是返修后最成功被找回的作品之一。包括那令人眼花缭乱的无形展示柜在内的辉煌室内设计是法国人让·米歇尔·威尔莫特的作品，玻璃和金属制品是在意大利布雷西亚制造的，在两个楼梯井上方的天花板上，有随着光线起伏的星光灿烂的装饰，那是由英国透纳奖得主理查德·赖特绘制的。

并不是所有的荷兰艺术家都像维米尔或伦勃朗那样喜欢宅在家里。像非凡的亨德里克·特尔·布吕根这样的画家，便到过意大利，接着又回归到荷兰化的卡拉瓦乔的光与暗的戏剧中，结实的身躯像荷兰足球迷一样，快要挤出了画框——出国观看比赛，但总要把精力带回家。在中世纪和文艺复兴时期的画廊中，可以感受到真正的荷兰风格：原始和自然的表现力，这可以从国际基督教雕塑的矩阵中看到。

也许，更奇妙的是，虽然国家博物馆即将成为世界上最伟大的历史教学机构，但它并不会只是布置家庭作业。每个角落都有令人瞠目的欢乐和愉快。"特色馆藏"画廊是一个巨型的、大门敞开的宝库，一个灯火辉煌的荷兰版阿拉丁洞穴，所有年龄段的孩子都可以在这里对那些奇奇怪怪的东西感到惊奇：珠宝、火枪、长矛、银制的微型茶具、整整一队可追溯至17世纪和18世纪的模型船，还有神奇的灯笼、服装、眼镜以及那些瓷砖，奇迹一层层堆叠，珍宝拥挤在一起，数不尽的惊人宝藏充斥着洞穴。

那些曾穿过、使用过和拥有过这些东西的人，也在这儿游荡着，往往套着最简单的伪装出现在人们面前。在一个箱子里有一小堆羊毛帽子，许多帽子上有颜色鲜艳的条纹。我所知道的唯一一个能看到类似东西的地方，是在描绘渔民的画里，或许还有农民的画。但这些是 17 世纪斯匹次卑尔根捕鲸队曾戴过的帽子，它们被封存在冰下，完好无损，就像是在你喜爱的户外用品店的橱窗外所看到的一样。你看着这些帽子，听到了水手们的呼喊声，冰封的木头发出的嘎吱声，你闻到了鲸脂油的味道，接着，你开始与你的祖先交流。这也许不是纯艺术（Fine Art），但它更加让人着迷。

文明：我们在想什么？
Civilizations: What Were We Thinking？

在半个世纪前的 1968 年，肯尼斯·克拉克身处巴黎，他站在英国广播公司（BBC）的摄像机前问道："文明是什么？我不知道，但我想，当我看到它的时候我就知道了，"然后，他转身面向身后的巴黎圣母院，并补充道，"事实上，我现在就在看着它。"就这样，他驶入了这部宏伟的电视系列片[256]，它把数百万曾被博物馆的辉煌吓得止步不前的人，带进了欧洲艺术的璀璨光辉中。拍摄这组镜头的那天阳光明媚，风平浪静。但是，在摄像机外的某个地方，第五共和国正在分崩离析[257]，学生们正在咆哮着抗议，当他们尚未被埋在国家档案馆里，也没有躲开蒙巴纳斯的催泪瓦斯的轻雾时，我当时也身在其中。事实上，我曾是问题的一部分：在克拉克的光辉下，野蛮而无能的青年们[258]，被自以为是冲昏了头，威胁着要猛攻

"资产阶级"[259]（bourgeois）启蒙运动。

讽刺的是，克拉克[260]无疑会对这件事津津乐道，更不用说再配一筐傲慢自大了，而在很多时候，我发现自己也在问同样的问题，或是在怀疑这究竟是否值得一提？但在拍摄结束时，一件特殊的艺术品给了我答案。这是一位克拉克不曾听说过的艺术家，不过，我想他也会对她产生同样的感受。当她创作那张作品时，只有12岁，住在L410号楼，位于布拉格以北大约一小时车程的特莱西恩施塔集中营。像其他15000名儿童一样，海伦娜·曼德洛娃一抵达这里，就被迫和家人分开了，她被安置在拥挤不堪、疾病肆虐的简陋营房中。但是，在她作为美术老师弗里德尔·狄克·布兰代斯（艺术史上最伟大的无名英雄之一）的学生所度过的几个小时里，海伦娜是自由的。她的拼贴画，你可以在布拉格平卡斯犹太会馆的犹太博物馆看到，是一幅夜晚的风景，仿佛是在梦中看到的。月光照耀下的群山俯视着一片房屋，星星在深红色的天空中闪烁。用来描绘星星和山脉的白纸是办公室的信纸，它的信头是德语书写的，被海伦娜倒放，位于她作品的最底下。这张表格并不是什么往东边进行运输的清单（其中一趟运输将会把海伦娜带到奥斯维辛集中营，带到死亡地，就像九成的特莱西恩施塔集中营的儿童所遭遇的那样），而只是一些枯燥的官僚供给，这是那些负责管理高效种族灭绝的人所需要的那种。但有那么一会儿，海伦娜洗掉了这张清单上的道德污垢。她创造了艺术。

而这一点很重要，因为特莱西恩施塔（在捷克语中叫作特雷津）是一种滑稽的文化。1944年，当国际红十字会访问这里时，负责人向他们展示了音乐会、足球赛和一场儿童歌剧。18世纪的卫戍城镇被装饰一新，打扮得漂漂亮亮，曾用于酷刑和处决的残酷"底部堡垒"（Lower Fortress）被隐藏了起来。与之一同展示的还有党卫军制作的电影，这都是为了向全世界展示，犹太人在这个"新居所"中受到了人道主义待遇，一切都是谎言——这个营地只是通往火葬场的一个中转站。

弗里德尔·狄克·布兰代斯也可能是被谋杀的数百万人之一，而且，她不太可能被那些宣传所蒙蔽。她曾在包豪斯接受过保罗·克利、约翰·伊顿和莱昂内尔·费宁格的教育，也成为一名热情洋溢的老师。1942年底，当她被驱逐到特莱西恩施塔时，她微薄的行李津贴把艺术材料带到了营地。在她死后，人们在两个幸存的、隐蔽的手提箱中，发现了大约4500幅图纸、绘画、拼贴作品和雕塑。她曾告诉她的学生们（所有的学生都在9岁到13岁之间），要给他们自己的作品签上名字，这样，后人就会知晓他们。有些画作符合你的预期，那就是这个年龄的孩子们所画的样子；还有些作品则是令人惊诧的美丽：有个小孩绘制了水下的景色，而同一时代的马蒂斯正在切割自己的海洋幻想；还有幅画上是巨大的花朵，像是从毛毛虫的视角看到的一般；有一位飞跃过一张床的哈西德犹太人，以及许许多多通过打开的百叶窗看到的风景。还有不少火车的画，以及一幅有公共绞刑的画作。还有一些是对维米尔和拉斐尔画作的富有想象的改造，这些作品是弗里德尔用带来的照片给孩子们展示的。由此,文明来到了地狱,为人性奋力反击。

我并不是个赞同那种浪漫主义理论的人,无论是对艺术家的还是对世界的,痛苦和悲伤是成就伟大艺术的必要条件。然而,在不依赖历史进程情况下,拥有庞大创造能量的时期,往往要么紧随灾难时期之后,要么是作为对灾难的回应而产生的,这种情况出现的频率高得令人震惊。艺术史上第一批真正精致而复杂的山水画,是在10世纪至11世纪的中国诞生的,那时的北宋王朝正在经历灾难性的内战。帝国的资助鼓励画家们创作出一幅幅气势磅礴、重峦叠嶂的威严画面,好让社会的正常秩序可以顺利进行。但这一进程会触发戏剧性地逆转。在拍摄过程中最难忘的一刻,是在上海博物馆,在那里,14世纪画家王蒙的《青卞隐居图》,从它的圆柱形储存容器[261]中被解放了出来,像瀑布一样被悬挂在墙上。王蒙为他宋朝的出身而自豪,他是著名的拒绝为蒙古元王朝效忠的四位大师之一,但他永远无法彻底摆脱政治的压力。在卷轴的中心,有一处属于他家的亭子,只有一个人影孤单地盘坐在那里,这是为他的精神静修而建造的。但他所处的位置岌岌可危。在他周围,这座大山在喧嚣中翻腾扭动着,好似一条龙被唤醒了,它的石板就像是在造物主的编排下起伏着。所有这些地质、植被曾遭受过的浩劫,都以惊人的笔触被记录下来。王蒙在这种混乱不安的风格下作画是有原因的,他被冤指密谋反抗新明帝,他将死在牢狱之中。

作为灾难救赎者的艺术,显然是克拉克关于欧洲天才的英雄叙事诗的主乐调。从接近古代遗物的黑暗（克拉克使那个时代比实际更黑暗）中，被类似伊奥那圣徒岛上的僧侣这样的人所拯救，"珍贵的"艺术在12世纪的"升温"中大步前进，在意大利文艺复兴时绽放出璀璨夺目的花朵，向前、向上延伸到启蒙运动的阳光高原，四处皆是欢欣和理性。此时要有莫扎特的分镜。但后来，浪漫主义革命那诱人而虚伪的言语出现了，战争与工业化这对孪生毁灭天使也降临在人间。这是一个连贯的、有诱惑力的故事，以颇具说服力的口才被讲述，它在许多方面完全没错。

那么，新的系列可以添加些什么呢？答案显而易见——世界上的其他地方。你应该注意到了，如今那些对"犹太-基督教文明"（顺便说一句，这是个自相矛盾的修饰法）的至善美德大放厥词的人，通常都是些对其实际内容一无所知的家伙。至于欧洲和非欧洲世界之间的连接所催生出的文化创造力，他们往往更加不了解。世界范围内，我们这个时代最棘手的问题，恰恰是这种连接与分离的关系，而艺术的历史也没能免受其影响。学术部门的人通常被分割为西方、亚洲、非洲或前哥伦比亚等各个领域，他们很少一起授课，尽管他们日常处理的课题往往是同时展开的。

届时，警铃将会响彻。但我们的系列纪录片并不是《无主公民》（*Citizens of Nowhere*）的某种电视宣言，更不是对非西方文化选区的下意识尊重。玛丽·比尔德、大卫·奥鲁索加和我（"嘿，"玛丽在一次会面时开玩笑说，"一个女人，一个黑人和一个犹太人,怎么可能会出问题?")与之相反,我们希望能在不破坏视野的情况下,尽量把更多的真相公之于众。通常情况下,这一真相可能是富有成效的连接之一。在一个节目中,大卫·奥鲁索加揭示了荷兰光学仪器的进口对日本德川幕府艺术的影响;而在另一个节目里,我看到了逆向的流动:葛饰北斋、安藤广重和其他人的木版画,对莫奈(收集了200多幅画)和凡·高(从经销商西格弗里德·宾和他的画商弟弟提奥那儿借来了许多幅画)这样的画家产生了巨大影响。凡·高把他的艺术材料供应商"唐吉老爹"(Père Tanguy)画了三次,画中的他总是被这些版画所包围,而当凡·高南下普罗旺斯时,他把自己的迁徙描述为对"日本之光"的追逐。

有时,可以肯定的是,竞争性的嫉妒是催化剂,来自相互的、谨慎的观察。16世纪中叶,奥斯曼帝国的苏丹苏莱曼的建筑大师米玛尔·西南[262],以及米开朗琪罗(两人都年事已高)均试图通过建造巨大的圆顶礼拜堂来超越圣索菲亚大教堂,这将宣告他们各自信仰的无可匹敌性[263]。土耳其人参观了被重建了一部分的圣彼得大教堂,而在伊斯坦布尔,有一个完整的意大利殖民地,所以他们中的任何一方,似乎都不可能不知道对方的进展。而从某些方面来看,他们双方的设计(被光线穿透的巨大圆顶,用四个巨大的支柱支撑)有着惊人的相似度,不过,在西南实现了自己的愿景时,米开朗琪罗继承自布拉曼特的希腊十字架,却受到了他继任者的阻挠。[264]

这种相遇不一定就是绝对的[265]。还有许多例子表明,在与世隔绝的地方，文化也可以自发和演进：玛雅文化的辉煌就是一个很好的例子。

这并不是说我们低估了西方文化的闪光。你会在节目中看到希腊雕塑、中世纪彩色玻璃、提香、埃尔·格列柯、奥尔梅克巨型头像、莫卧儿细密画和保罗·高更。但《文明》并不会自诩为是对世界艺术的全面考察。克拉克为欧洲拍摄了13集，涵盖了中世纪早期到20世纪早期的内容。而从冰河时代到上周，我们只有区区九集。因此，不可避免的是，每一段节目在放送一场视觉盛宴的同时，既有主题，也受故事所驱动，还有在观赏杰作时所产生的疑惑。

人们无法总是心想事成。我们在伊朗拍摄精美的伊斯法罕清真寺时，沮丧地发现，我们的美国联合制片人PBS被处以严重制裁。许多保存着旧石器时代壮丽艺术画作的洞穴，由于人类的存在，特别是我们的呼吸，已经对它们脆弱的保存环境造成了极大破坏，如今已经被封存。不过，在阿斯图里亚斯的提托布斯蒂洛，我们能够拍摄到拥有25000年历史的美丽马匹画像。在洞穴深处待了一天后，我莫名地被那种好客舒适的感觉所吸引（全年气温常常保持在12摄氏度），以至于我不得不在别人的抱怨抗议声中被拽出来。在被冠以"艺术岛"之名的日本直岛上，看管者在莫奈的《莲睡》前秉持着极高的崇敬之心，甚至不允许讲话的声音出现，并对我们想要拍摄一个詹姆斯·特雷尔的精美作品的请求感到震惊和怀疑。在圣彼得大教堂的屋顶上，我们的管理人牧师对我在拍摄间隙发表的对于吉恩·

凯利《雨中曲》（Singing in the Rain）的感悟不为所动。我根本想象不到为什么他会对此毫不兴奋。在这一路上，危险常与我们相伴：凌晨四点在德里阿格拉路上发生了一场车祸，撞上来的司机显然喝得烂醉如泥。在佩特拉，一匹飞奔的马在一处狭窄的峡谷里向我们嘶鸣着冲了过来，在离我们仅有几英尺远的地方转了个头，连带着后面的马车一起。

但也有突然显现的奇迹：在旧石器时代的洞穴一角，看到一个4万年前的人类同胞印在上面的手印；坐在卡拉克穆尔的一座宏伟金字塔的半腰处，用我的想象力将下方的玛雅广场填充起来；在东京19世纪末就存在的一家印刷厂的老板，允许我把北斋最伟大的杰作之一捧在手里。而在一些我误认为已经万分熟悉的作品中，也获得了全新的启示：在老彼得·勃鲁盖尔的《雪中猎人》（Hunters in the Snow）中，一位不确定年龄的妇女正艰难地走过一座桥，弯下腰站在一堆巨大的树枝枝干下（作为茅草或燃料），这个微小的细节突然看起来像是人类现状的象征；在双性恋者本韦努托·切利尼的巧妙设计下，帕尔修斯和被斩首的美杜莎的美丽头颅之间，具有了雌雄同体的可互换性。

最后，我们试图"失败得更漂亮"些，就像塞缪尔·贝克特的著名警句所说的那样[266]。但是，对于有机会将一部令人眼花缭乱的艺术摄影作品，用唯有BBC可以企及的规模将它带入现实中一事，我没有感到丝毫顾虑。克拉克的原创系列作品，由当时的BBC2台的控制者大卫·阿滕伯勒所构思，作为彩色电视媒体的新载体，毫无歉意地称赞了越南的苦难，以及在政治和社会动荡时期的忍耐力。艺术永远不应该成为不满的镇静剂，但在我们这个注意力短暂的世界中，艺术可以提供我们所缺少的东西：专注、体贴、沉思和深度，以及在屏幕变暗后仍然驻留的光明。尽管我们尽可能地接近艺术作品，但我并不幻想我们所提供的内容足以替代亲身与艺术面对面的体验。因此，我们传递的亦是一种邀请：去看看，去思索。让内心的振奋、骚动，让那些力量感和美感都沉浸其中。如果在这场琐碎而纷乱的风暴中，我们能够在人类、在懂得艺术的动物所塑造的一系列事物中，介入一些真正重要的东西，那么，也许我们就会被认为，我们已经完成了自己的工作。[267]

译注

1. 保尔·瓦雷里（Paul Valery），法国著名诗人，代表作有《年轻的命运女神》《文艺杂谈》《石榴》《海滨墓园》等。

2. 卡米耶·柯罗（Camille Corot），法国画家，印象主义画家先驱者，法国19世纪中期最出色的风景画家，代表作有《戴珍珠项链的女人》《孟特芳丹的回忆》《池塘边的三头牛》等。

3. 马塞尔·杜尚（Marcel Duchamp），美籍法裔艺术家、哲学家、国际象棋棋手，20世纪实验艺术的先锋，达达主义和超现实主义的代表人物和创始人之一，凭一己之力塑造改变了西方现代艺术。代表作有《泉》《下楼的裸女》《L.H.O.O.Q》《大玻璃》等。

4. 视网膜震颤，即杜尚曾提到的"retinal shudder"。杜尚曾说："从库尔贝开始，人们就认为绘画是针对视网膜的。每个人都错了。那不过是视网膜的震颤！曾经，绘画有着其他功能：它可以是宗教的、哲学的、道德的……而到了我们这个世纪，完全只是视网膜的，除了超现实主义者，那些试图跳出这个世界的人。"

5. 瓦尔特·本雅明（Walter Benjamin），德国文学评论家、哲学家，被称为"欧洲最后一名知识分子"。代表作有《柏林纪事》《论歌德的（亲和力）》《单向街》《机械复制时代的艺术作品》等。

6. 图说（ekphrasis），是一种对视觉艺术作品进行详细描述的文学手段，曾是古典修辞学的训练科目之一，在亚里士多德时期，图说主要是在学术性的修辞学和演讲学范围内进行的。

7. 目录论文（catalogue essay），或称艺术分类文（art catalogue essay），作者需要以最为清晰直观的方式去描述并解释艺术作品。

8. TLS，即《泰晤士报文学增刊》（*The Times Literary Supplement*），以增刊的形式创办于1902年，并在1914年成为独立出版物，该刊涉及人文学术、政治和艺术等各个领域，许多著名作家、哲学家和科学家均曾为它撰稿。

9. 《纽约客》（*The New Yorker*），又称《纽约人》，创刊于1925年，美国知识、文艺类综合杂志，内容丰富，在各个主题上都颇具深度，内容横跨政治、国际事务、艺术、科技、商业和大众文化的报道与评论，同时会刊发文学作品与漫画。

10 海伊文学节（Hay Festival），每年一度的著名文学活动，于1987年在威尔士的海伊镇创办。最初的核心为文学，后来加入了主题辩论、演讲、音乐表演和电影放映等多种活动，曾吸引各界人士前来参加。

11 毕尔巴鄂古根汉美术馆（Guggenheim Bilbao），位于西班牙毕尔巴鄂，当地地标性建筑物，表面由钛金属拼接，共同构成了不规则曲线造型。这座建筑物本身就是一件艺术品。

12 伊夫·克莱因（Yves Klein），法国艺术家，新现实主义艺术推动者，波普艺术代表人物之一。克莱因出身于一个艺术家庭，却在少年时期将大部分精力投入了商船与柔道，直到1954年，才开始全身心投入进艺术领域中，置身于"单色画的历险"。自此，他的作品接连引起大量关注，例如由他所创造的国际克莱因蓝（International Klein Blue，简称IKB）、被称为anthropométries的身体艺术、用火焰燃烧所制成的画、用海绵泡沫与颜料制成的雕塑等等。与一般画家不同，为了减少人对颜料的影响，克莱因很少使用画笔作画，而是用滚筒刷甚至是喷洒的方式上色，以保证颜色的"纯度"。代表作有《蓝色单色画》《人体测量术》《橙色》，以及在多地被重制的《无题》（其中便包括位于毕尔包古根汉美术馆的大型艺术品）。

13 毕尔巴鄂（Bilbao），是西班牙北部巴斯克地区的一座城市，因其现代建筑和文化艺术而闻名。最著名的是古根海姆博物馆（Guggenheim Museum），这座由弗兰克·盖里设计的博物馆于1997年开馆，以其独特的建筑风格和世界级的当代艺术展览而著称。文中提到的毕尔巴鄂就是指这个城市和博物馆。

14 福布斯颜料收藏库（Forbes Pigment Collection），位于哈佛大学的福格艺术博物馆（Fogg Art Museum），部分颜料最早由馆长爱德华·福布斯所搜集，如今存放的颜料数量多达2500中。这些颜料不仅有极高的历史与文化意义，更对画作的鉴定和保护十分重要。

15 Disegno有设计（design）和制图（drawing）之意，Colore则有绘图（painting）和上色（colouring）之意。在文艺复兴时期的意大利艺术界，艺术家们大体可分为两个画派，其一为相信色彩占据主导地位的威尼斯画派，其二为相信线条更加重要的佛罗伦萨画派，两个流派对此一直争论不断，这种对峙自15世纪起一直持续到了19世纪。

16 瓦西里·康定斯基（Wassily Kandinsky），生于俄罗斯，法国画家、美术理论家，现代抽象艺术的先驱者、奠基人。代表作有《论艺术的精神》《艺术家自我修养》等。

17 2018 年，美国总统唐纳德·特朗普下令，要求国防部组建独立于空军之外的第六军种"太空部队"，并表示建立这一军种是为了确保美国在太空中的优势，一时间有很多人将特朗普和《星球大战》联系在一起。

18 安尼施·卡普尔（Anish Kapoor），印度裔英国艺术家，位于芝加哥世纪公园的"云门（Cloud Gate）"便出自卡普尔之手。2016 年，安尼施·卡普尔获得了使用梵塔黑进行创作的独家权利，由此引发业界对于颜色私有化的强烈抗议。

19 斯图尔特·森普尔（Stuart Semple），英国艺术家。2016 年，在卡普尔宣布自己对梵塔黑拥有独家专利后，森普尔接连开发了"最粉的粉色"和"Black 2.0"等颜料以表抗议。

20 在英语中，"pinky"亦指小拇指。

21 纳拉扬·坎德卡尔（Narayan Khandekar），自 2015 年起开始担任哈佛大学艺术博物馆施特劳斯保护与技术研究中心主任，资深保护科学家，曾在墨尔本大学获得有机化学博士学位，随后开始从事艺术保护工作。

22 《艺术之书》（Il Libro dell' Arte），又名《工匠手册》《艺匠手册》（The Craftsman's Handbook），由琴尼诺·琴尼尼（Cennino Cennini）写于 15 世纪，包含大量实用绘画技法、艺术观念等内容，揭露了许多大师的创作秘密与技巧，同时从艺术与科学的角度看待绘画，指导后人。

23 约瑟夫·马洛德·威廉·透纳（Joseph Mallord William Turner），著名英国艺术家，19 世纪英国学院派画家代表之一，西方艺术史上最杰出的风景画家。代表作有《海上渔夫》《研究之书》《被拖去解体的战舰无畏号》等。

24 波提乏（Potiphar），《圣经·创世记》中埃及法老的护卫长，曾从一位商人手里买下了约瑟。波提乏的妻子见约瑟儒雅俊美，多次眉目传情，试图与他发生关系。一次，波提乏的妻子拉扯约瑟的衣服，试图与他强行发生关系，但约瑟丢下衣裳逃跑了。波提乏的妻子便诬告约瑟强奸未遂，约瑟因此被囚禁在监狱里。现在，"波提乏"常用来暗指妻子出轨的男人。

25 劳伦斯·阿尔玛－塔德玛（Lawrence Alma-Tadema），英国维多利亚时期的画家,擅长用豪华的笔触描绘古代世界,如古希腊、古罗马,还曾创作过一系列以重现古埃及生活为题材的画作。代表作有《克洛维之子的幼年教育》《3000年前的埃及人》《长子之死》《红酒铺》等。

26 爱德华·伯恩·琼斯(Edward Burne Jones),英国男爵、画家、插画家、设计师,浪漫主义流派代表人物之一,深受拉斐尔前派画家影响,其画作受到唯美主义和颓废主义者的追捧。代表作有《占星家》《神性燃烧》《日与夜》等。

27 约翰内斯·维米尔(Johannes Vermeer),荷兰风俗画家,与伦勃朗、哈尔斯并称为荷兰三大画家。代表作有《戴珍珠耳环的少女》《绘画艺术》《花边女工》等。

28 夏洛克之女,出自莎士比亚的喜剧作品《威尼斯商人》。在世界文学史中,夏洛克是最为出名的吝啬鬼之一,这位高利贷者不仅冷酷而贪婪,他还限制自己的女儿杰西卡与外界交往,最终致使她带着钱财与爱人私奔。

29 维多利亚·芬莱(Victoria Finlay),英国作家和记者,以其关于色彩和珠宝历史的著作而闻名。她的代表作包括《色彩:调色板的自然史》(Colour: A Natural History of the Palette)和《宝石:珠宝的历史与秘密》(Jewels: A Secret History)。芬利的作品以深入的研究和生动的描写著称,揭示了色彩和珠宝背后的文化和历史故事。芬利在大学期间学习了社会人类学,并在英国广播公司(BBC)和《南华早报》工作过,积累了丰富的新闻和写作经验。她的作品不仅是对色彩和珠宝的科学和历史研究,也是对这些材料如何影响和反映文化的重要探讨。

30 波士顿·婆罗门(Boston Brahmin),又称波士顿精英(Boston elite),波士顿传统的上层阶级。他们经常与哈佛大学、英国国教、贵族俱乐部联系在一起。最早的英国殖民者的后裔通常被认为是最具代表性的波士顿·婆罗门。

31 拉尔夫·沃尔多·艾默生(Ralph Waldo Emerson),美国文学家、思想家、诗人,是确立美国文化精神的代表人物,毕业于哈佛大学。代表作有《论自然》《英国人的性格》《美国学者》等。

32 查尔斯·艾略特·诺顿(Charles Eliot Norton),美国作家、社会评论家和艺术教授,曾担任哈佛大学诗学教席和教授。他是一位进步的社会改革家和自由主义活动家,许多同时代的人都认为他是美国最有教养的人。

33 约翰·拉斯金毕业于牛津大学。

34 韦尔斯利学院（Wellesley College），创办于 1870 年，私立女子学校，位于波士顿附近。许多杰出女性便毕业于此，其中包括宋美龄、冰心、希拉里·克林顿等人。

35 吉罗拉莫·本范努特（Giròlamo di Benvenuto，约 1470—1524），是意大利文艺复兴时期的画家，主要活动于锡耶纳。他是画家贝内文托·迪·乔瓦尼的儿子，并继承了父亲的艺术风格和技艺。吉罗拉莫的作品以宗教题材为主，常见于教堂的祭坛画和壁画。他的画作以精细的细节和丰富的色彩著称，具有典型的文艺复兴风格。吉罗拉莫的作品虽然没有达到达芬奇或米开朗琪罗那样的知名度，但在艺术史上仍具有一定的影响力。他的作品反映了文艺复兴时期锡耶纳画派的特点，融合了地方传统和新兴的人文主义风格。

36 约翰·拉斯金（John Ruskin，1819—1900）是英国著名的艺术评论家、作家和社会评论家，被认为是维多利亚时代最重要的艺术评论家之一。他的著作涵盖了艺术、建筑和社会等多个领域。拉斯金热情捍卫艺术的原创性和艺术家的独特手法，认为要感受伟大绘画的超越力量，必须回溯到艺术家创作的神奇瞬间。他主张去除画作的表层清漆，以恢复画作的原始纯净。

37 拉瑟福德·约翰·盖腾斯（Rutherford John Gettens，1900—1974）是美国的化学家和艺术保护专家，被认为是现代艺术保护科学的先驱之一。在 1928 年，盖腾斯受邀到哈佛大学的福格美术馆创建并运营一个实验室，专门研究和保护艺术品。他在颜料和绘画材料的化学结构方面做出了重要贡献，特别是他创建了一个包含数千张卡片的颜料样本柜，展示了不同的绑定媒介（如蛋黄、蛋白、全蛋或油）如何改变颜料的色调。这些实物样本提供了具体的视觉信息，是艺术保护和研究的重要资源。

38 查尔斯河（Charles River），是美国马萨诸塞州的一条主要河流，流经波士顿和剑桥等城市，最终汇入大西洋。查尔斯河沿岸有许多著名的学术和文化机构，如哈佛大学和麻省理工学院（MIT），成为学术活动和研究的重要场所。

39 格瑞庄园（Gerry's Landing），是福布斯在查尔斯河畔的私人花园和住宅。这是他进行艺术实验和教学的场所，福布斯在这里种植茜草，并在家中教授课程，让学生实践古代绘画技术。
40 茜草（madder），是一种植物，其根部可提取出一种红色染料，历史上广泛用于纺织品和绘画颜料中。茜草染料因其鲜艳和持久的颜色而受到艺术家的青睐，福布斯在自己的花园里种植茜草，以追求材料的真实和绘画的真实性。
41 马克·罗斯科（Mark Rothko），俄裔美国艺术家，抽象派运动早期领袖之一，其抽象的色域绘画风格十分独特。晚年时期，由于亲朋好友接连去世，受病痛和绝望折磨的罗斯科最终选择了自杀。代表作有《蓝色中的白色和绿色》《艺术哲学：艺术家的真实》等。
42 纳拉扬·坎德卡尔（Narayan Khandekar），是施特劳斯艺术保护与技术研究中心的现任主任。他是一位化学家，最初在墨尔本大学获得海洋化学学位，后转向艺术保护领域，体现了科学与艺术的融合。他的职业生涯涵盖了多家重要的艺术机构，包括汉密尔顿·科尔艺术保护研究所、菲兹威廉博物馆和盖蒂博物馆。
43 施特劳斯中心（Straus Center），是施特劳斯艺术保护与技术研究中心（Straus Center for Conservation and Technical Studies）的简称，它是哈佛大学艺术博物馆的一部分，专注于艺术品的保护和技术研究。该中心结合科学和艺术，致力于恢复和保护艺术作品的原始状态，并开展相关的教育和研究项目。
44 维多利亚国家美术馆（National Gallery of Victoria），位于澳大利亚维多利亚州墨尔本市，澳大利亚最大的美术馆，拥有来自世界各地的珍贵藏品。伦勃朗的早期作品《两个争辩的老人》便收藏于此，这是他在年仅20多岁时创作的杰出画作，对于光影的表现与应用俨然已有大师之风。
45 考陶尔德艺术学院（The Courtauld Institute of Art），位于英国伦敦，学院中不仅提供艺术、建筑的历史与保护等专业的硕士和博士学位，同时也是英国最重要的艺术品收藏馆之一。
46 菲兹威廉博物馆（Fitzwilliam Museum），是剑桥大学的艺术和古物博物馆，成立于1816年，以收藏丰富的艺术品和文物而著称。博物馆包括绘画、雕塑、手稿和应用艺术品，吸引了全球的艺术爱好者和研究者。该博物馆的汉密尔顿·科尔艺术保护研究所专注于艺术品保护，是纳拉扬·坎德卡尔职业生涯中的重要一站。
47 汉密尔顿克尔研究所（Hamilton Kerr Institute），菲茨威廉博物馆所属机构，致力于艺术画作的研究与保护，同时负责公开展品的维护与保存。

48 盖蒂中心（The Getty Center），位于美国洛杉矶的美术博物馆，同时设有艺术研究中心。盖蒂中心于1997年竣工，由设计师理查德·迈耶所设计，馆内拥有5万件高质量藏品，包括许多艺术大师的代表作。

49 文森特·威廉·凡·高（Vincent Willem van Gogh），荷兰后印象派画家，表现主义先驱，早年担任过矿区传教士、职员、商行经纪人，内心细腻，却久经磨难，最终在37岁时自杀身亡。其绘画风格深受法国写实主义、印象派与日本版画等作品的影响，代表作有向日葵系列、自画像系列、《星月夜》等。

50 凡·高常常同时使用画笔与刮刀作画，热爱用厚涂颜料的方式凸显流动性，挑选本就足够鲜艳的颜色进行互补，创造同时对比的色感。常用色有铬黄、翡翠绿、铅白、朱砂红、普蓝等浓重颜料。

51 迈克尔·克雷格·马丁（Michael Craig Martin），英国当代艺术家，年轻艺术潮流（YBA）的导师。早期频繁使用普通家庭物品进行概念艺术创作，后期开始对YBA进行发掘，作品中的色彩越来越丰富，甚至可以说是足以刺痛视觉神经的色彩。

52 赛·托姆布雷(Cy Twombly)，美国抽象派艺术大师，作品中常常有素描、涂鸦和潦草字迹的元素。早期代表作品有《黑板》系列，看似是在黑板上用粉笔胡乱涂鸦，实际上是在被油画颜料涂黑的帆布上作画。后期作品则以丰富的"酒神精神（Dionysian）"闻名，内心的澎湃与狂热被泼洒在画布上，对每一位观看者宣泄着艺术情绪。

53 福格艺术博物馆（Fogg Art Museum），是哈佛艺术博物馆的一部分，成立于1895年，是美国最早的大学美术馆之一。该博物馆收藏了大量的欧洲和美国艺术作品，包括绘画、雕塑、素描和版画。福格博物馆以其丰富的收藏和对艺术保护及研究的贡献而著名，是哈佛大学艺术教育和学术研究的重要机构。馆内的施特劳斯艺术保护与技术研究中心专门从事艺术品的保护和技术研究，结合科学与艺术的方法，恢复和保护艺术作品的原始状态。

54 莫里斯·路易斯（Morris Louis），美国艺术家，抽象表现主义代表人物之一，热衷于追求颜色的纯净，试图让画作脱离人与联想的干扰。代表作有《表面》(*Faces*)、《何方》(*Where*)、《阿尔法》(*Alpha Phi*)等。

55 琼·斯奈德（Joan Snyder），美国艺术家，抽象表现主义代表人物之一，早期使用网格解构并复述抽象画，随后放弃网格，开始将符号和文字相结合，创造了更复杂、更有物质感的画作。

56 牛顿曾在 17 世纪 70 年代创作了《关于光和颜色的理论》，并在 60 年代便着手对于光和颜色的研究，通过三棱镜解析出阳光中的多种色彩，从而有了牛顿色环。

57 歌德除了文学家、自然科学家等身份外，还对颜色学、光学有着颇深的研究，并创作了《光学论文》《颜色论》，以反对由牛顿所提出光和颜色的理论。

58 约瑟夫·艾伯斯（Josef Albers），德国艺术家、理论家、设计师，毕业于包豪斯，其艺术教育计划与颜色理论在世界各地都有着深远影响，其代表作《颜色的交互》随后成为欧普艺术和众多设计师的理论指南。

59 乔凡尼·贝利尼（Giovanni Bellini），意大利威尼斯画派奠基人之一，代表作有《诸神之宴》《小树与圣母像》等。

60 乔瓦尼·巴蒂斯塔·蒂埃波罗（Giovanni Battista Tiepolo），又名吉安巴蒂斯塔·提埃波罗 (Giambattista Tiepolo)，意大利画家、版画家，以洛可可风格作画，被认为是 18 世纪威尼斯画派的代表人物之一。代表作有《金星与时间的寓言》《圣灵感孕说》《岁月揭开真相》等。

61 克劳德·莫奈（Claude Monet），法国画家，印象派创始人与代表人物之一，曾创作了大量优美的风景画。在他的作品中，很少看到明显的阴影或是轮廓线，光与影相互交融却仍有对比。代表作有《睡莲》《干草堆》《日出·印象》等。

62 亨利·马蒂斯（Henri Matisse），法国画家、版画家、雕塑家，野兽派创始人和代表人物之一。早年曾学习法律，并在家乡担任地方法院行政官，而在 20 岁出头时，决定改学绘画。在创作生涯中，马蒂斯逐渐开创了对于线条与颜色的新式处理手法，并使用异常强烈大胆的色彩与简练的造型作画。代表作有《戴帽的妇人》《红色中的和谐》《生活的欢乐等》。

63 乔尔乔·瓦萨里 (Giorgio Vasari)，意大利艺术理论家、建筑师、画家，与米开朗琪罗有着亦徒亦友的关系。代表作有《艺苑名人传》(又名《大艺术家传》)。

64 利昂·巴蒂斯塔·阿尔贝蒂（Leon Battista Alberti），15 世纪意大利作家、建筑师、诗人、艺术家、神父、语言学家和哲学家，文艺复兴时期的博学人物代表之一。代表作有《论建筑》《论绘画》等。

65 列奥纳多·达·芬奇所著的作品实则名为《绘画论》(Treatise on Painting)，是达芬奇在 15—16 世纪留下的大批绘画论手稿，后遗失了 200 多年，最终于 1817 年被发现，并被整理出版。《绘画论》中包含系统的绘画技法，如透视、光影、人体比例、风景乃至画家的修养等等。

66 《颜色论》，原名 Zür Farbenlehre (Theory of Colors、Treatise on Colour)，由约翰·沃尔夫冈·冯·歌德所著，出版于 1810 年，篇幅长达 1400 余页。在歌德前，人们普遍相信牛顿的《关于光和颜色的理论》，而歌德则决定以全新的方式重新看待颜色。牛顿曾把颜色看作是一个物理课题，而歌德则发现，到达我们大脑的颜色感知，是由视觉机制和大脑处理信息的方式共同塑造的。因此，歌德认为，我们所"看到"的物体，取决于这个物体、光线和我们的感知。

67 约阿希姆·冯·桑德拉特 (Joachim von Sandrart)，17 世纪德国画家、艺术历史学家，曾在年轻时与鲁本斯结伴游览荷兰。代表作有德荷艺术家传记《德国特切学院传》、绘画作品《和平宴会》等。

68 克洛德·洛兰 (Claude Lorrain)，17 世纪法国画家，法国风景画的缔造者，古典主义绘画代表人物。代表作有《以撒与利百加的婚礼》《欧罗巴》《帕里斯的评判》等。

69 在 19 世纪前，画家在创作风景画时，倾向于在室外勾勒草稿，再回到工作室中完成涂色，主要由于便携的颜料管在当时未被发明出来。随着画家对光线变化细节拥有了更加苛刻的追求，以及便携画材的产生，"户外写生" (plein-air painting，源于法语 "En Plein Air") 应运而生，该绘画理论首次由皮埃尔-亨瑞·德·瓦伦森内在一篇发布于 1800 年的论文中提出，论文名为《对绘画学生的反思与忠告，特为习风景画者而作》，他提倡画家们直接在风景中描绘风景，从而更好地记录天气、光线、位置等细节，并将其命名为"风景肖像画"。这一倡议得到了许多非学院派画家的广泛关注和支持，也让这批画家（如透纳）彻底站在了古典主义画派（如克洛德·洛兰）的对立面。

70 班宁克·科克 (Captain Banning Cocq)，是伦勃朗的著名画作《夜巡》(The Night Watch) 中的主角，全名为弗兰斯·班宁克·科克 (Frans Banning Cocq)。这幅画创作于 1642 年，描绘了阿姆斯特丹市民军的成员准备出发巡逻的场景。画中，科克队长身穿红色绶带，位于画作的中心位置，体现了他的领导地位和权威。伦勃朗通过运用红色赭石（red ochre）和红色透明釉（red lake glaze）使红色更加鲜艳，利用当时的色彩理论，使红色在视觉上更具前进感，增强了画作从后向前的动态效果，使整幅作品显得生动而富有冲击力。

71 威廉·亨利·帕金（William Henry Perkin,Jr），英国爵士、化学家、发明家、企业家，在试图从煤焦油中提炼出奎宁的过程中，于18岁发现并制得苯胺紫，也由此引发了人造染料的大规模发明与生产，逐渐取代过去的部分天然染料。

72 欧仁·德拉克洛瓦（Eugène Delacroix），法国画家，浪漫主义画派代表人物，19世纪威尼斯画派代表画家之一，深受鲁本斯、伦勃朗等画家影响。代表作有《肖邦像》《自由引导人民》等。

73 1879年1月，凡·高申请到比利时的一处矿区中做非正式的传教士，本想带给矿工们爱与希望的凡·高，在一次次的接触与碰撞中心灰意冷之后，仍然进行着布道。最终于1880年被教堂解雇。不过，凡·高也是在比利时的安特卫普皇家美术学院中，首次接触到鲁本斯的作品，以及日本的版画——浮世绘，极大地影响了他的绘画风格。

74 奇琴伊察（Chichén Itzá）古城，世界七大奇迹之一，位于墨西哥尤卡坦州（Yucatán），尤卡坦半岛的北部，是古玛雅的遗址，保存了古玛雅与托尔特克的文明。古城始建于公元432年，于1533年被西班牙侵占，在1988年被列入《世界遗产目录》。

75 纳瓦特尔语（Nahuatl），是墨西哥中部地区的土著语言，阿兹特克帝国的官方语言。它至今仍在墨西哥的一些土著社区中使用。纳瓦特尔语对中美洲的文化和历史有着深远影响，许多地名和文化术语来源于此。

76 米斯特克人（Mixtecs），是中美洲的一个土著民族，主要居住在墨西哥的瓦哈卡州、普埃布拉州和格雷罗州。他们以复杂的手工艺品、金属加工技术和图文记录系统而闻名。米斯特克人在中美洲历史上有着重要的文化和政治影响。

77 阿兹特克人（Aztecs），是16世纪前在墨西哥中部建立强大帝国的土著民族。他们以高度发达的社会结构、宗教仪式和军事征服闻名。阿兹特克帝国的首都特诺奇提特兰是当时世界上最大的城市之一。阿兹特克文明对中美洲文化有着深远的影响，直到16世纪被西班牙征服者灭亡。

78 "繁荣文化"指位于秘鲁兰巴耶克谷的本塔龙的古庙，始建于公元前

2500 年左右，于公元 2007 年出土，保存有大查问、莫奇卡等文化的遗产。

79 伦纳德·伍利（Leonard Woolley，1880—1960）是英国著名的考古学家，以在 20 世纪 20 年代发掘乌尔和乌鲁克（Ur and Uruk）古遗址而闻名。他的工作揭示了古代美索不达米亚文明的重要遗迹，包括乌尔皇家墓地，这里出土了许多珍贵的文物。他的一些发现和解释，尤其是将一些物品与《圣经》故事联系起来，显示了他对考古学的热情和想象力。

80 乌尔和乌鲁克（Ur and Uruk），是古代两河流域（美索不达米亚）苏美尔人的两处城邦名，其他城邦还有拉格什、尼普尔等。这些古城均建于公元前 30—前 31 世纪。

81 以撒献祭是《旧约圣经·创世记》第 22 章中的一个故事。上帝为了测试亚伯拉罕的信仰，命令他将自己的儿子以撒作为祭品献上。在亚伯拉罕准备执行命令时，上帝派遣天使阻止了他，并提供了一只公羊作为替代祭品。这一事件象征了亚伯拉罕对上帝的绝对信仰和服从。

82 海因里希·施利曼（Heinrich Schliemann，1822—1890）是德国商人和业余考古学家，以发现特洛伊遗址和迈锡尼遗址而闻名。他在迈锡尼发现了一批金制品，包括一个精美的金面具，他坚信这是阿伽门农的死亡面具。尽管这种主张后来被证明缺乏科学依据，但施利曼的发现极大地推动了对古希腊文明的研究。

83 迈锡尼（Mycenae），是古希腊的一座重要城市，位于伯罗奔尼撒半岛，是迈锡尼文明的中心。迈锡尼文明（约公元前 1600—1100 年）以其壮丽的建筑和丰富的金制品而闻名。考古学家在这里发现了许多珍贵的文物，包括著名的狮门和皇家墓地。

84 阿伽门农（Agamemnon），是古希腊神话中的英雄，特洛伊战争中的希腊联军总司令，他是迈锡尼的国王。在《荷马史诗》中，他是一个重要人物，其故事被广泛传颂。施利曼在迈锡尼发现的金面具被误认为是阿伽门农的死亡面具，但这一主张没有考古学依据。

85 埃尔南·科尔特斯（Hernán Cortés，1485—1547）是西班牙征服者，以征服阿兹特克帝国并建立新西班牙殖民地而闻名。他于 1519 年率领一支小规模的军队进入墨西哥，最终在 1521 年成功攻陷阿兹特克首都特诺奇提特兰。

86 蒙特祖马二世（Moctezuma，约 1466—1520）是阿兹特克帝国的第九任皇帝，在科尔特斯到达墨西哥时统治着阿兹特克。他在西班牙征服者到来时接待了他们，但最终被西班牙人俘虏，并在与西班牙人的冲突中去世。

87 特拉克斯卡兰人（Tlaxcalan allies），是位于墨西哥中部的一个土著部落，他们是阿兹特克帝国的敌人。在科尔特斯的征服过程中，特拉克斯卡兰人选择与西班牙人结盟，帮助他们对抗阿兹特克帝国。

88 蒙特祖马宫殿（Moctezuma's palace），是阿兹特克帝国首都特诺奇提特兰的皇宫，蒙特祖马二世居住和统治的地方。科尔特斯和他的士兵在被蒙特祖马接待期间住在这个宫殿内，并在那里发现了大量的黄金和宝藏。

89 贝尔纳尔·迪亚斯·德尔·卡斯蒂略（Bernal Díaz, 1492—1584）是一名西班牙征服者和历史学家，随科尔特斯征服阿兹特克帝国。他撰写了《新西班牙征服记》(*La Historia Verdadera de la Conquista de la Nueva España*)，详细记录了西班牙征服者在墨西哥的经历和征服过程，为后人提供了宝贵的第一手资料。

90 马尔瓦尔学派是印度拉贾斯坦邦的一个传统绘画流派，以其细腻和丰富的色彩运用著称。文中提到的三联画创作于19世纪初，当时的拉贾（君主）受哈达瑜伽和纳特教派的影响。这个三联画的第一幅板画是由金色颜料构成的背景，象征着一种神圣和无边的虚空，人物和自然景物仿佛从金色的波动中浮现出来。

91 哈达瑜伽是一种古老的瑜伽形式，注重通过体位法（asanas）、呼吸控制（pranayama）和冥想（meditation）来达到身体、心灵和精神的和谐。它是现代瑜伽流派的重要基础之一，强调身体的力量和柔韧性。

92 纳特教派（Nath sect），是印度的一个神秘主义和瑜伽传统，起源于公元11世纪。纳特教派的追随者被称为纳特（Naths），他们注重修炼哈达瑜伽和其他神秘修行，以追求灵性解脱。该教派对印度的宗教和文化产生了深远影响。

93 托尔切洛岛位于意大利威尼斯环礁湖，是威尼斯最古老的定居点之一。岛上有许多重要的历史建筑，包括圣母升天圣殿。威尼斯作为一个城市和文化中心，后来在环礁湖的其他岛屿上逐渐发展起来。

94 奥维德（Ovid，公元前43年—公元17/18年）是古罗马著名的诗人，以《变形记》(*Metamorphoses*)等作品而闻名。《变形记》是一部包含了许多希腊和罗马神话故事的长诗,对后世文学和艺术产生了深远影响。

95 阿克里修斯是希腊神话中的阿戈斯国王。他因为预言自己会被孙子杀死,将女儿达娜厄(Danaë)囚禁起来,试图避免预言的实现。然而,宙斯化作金雨进入达娜厄的牢房,使她怀孕并生下了英雄帕尔修斯。

96 达娜厄(Danaë),是希腊神话中的人物,阿戈斯国王阿克里修斯的女儿。尽管被父亲囚禁,她仍然被宙斯化作的金雨所接触并怀孕,生下了帕尔修斯。她的故事在欧洲艺术中被广泛表现,常见于描绘金雨进入她牢房的场景。

97 乔万尼·薄伽丘(Boccaccio,1313—1375)是意大利文艺复兴时期的作家和诗人,以《十日谈》(*Decameron*)而闻名。他在作品中经常使用希腊和罗马神话,丰富了这些古代故事的内容和细节。

98 帕尔修斯(Perseus),是希腊神话中的英雄,达娜厄和宙斯的儿子。他以斩杀蛇发女妖美杜莎(Medusa)和解救安德洛墨达(Andromeda)而闻名。帕尔修斯的故事在古代和现代文学、艺术中都有广泛的表现。

99 赫米塔日博物馆(Hermitage Museum in St Petersburg),又称冬宫博物馆,是位于俄罗斯圣彼得堡的一座世界著名博物馆,创建于1764年,是世界上最大的艺术和文化博物馆之一。博物馆收藏了包括伦勃朗、达芬奇、拉斐尔和米开朗琪罗在内的众多大师的杰作。

100 1985年6月15日,一名叫布罗尼斯拉夫·马里奥什·马(Bronislavas Maigys)的男子在俄罗斯圣彼得堡的赫米塔日博物馆用硫酸和刀袭击了伦勃朗的名作《达娜厄》(*Danaë*)。马里奥什·马将硫酸泼洒在画作上,然后用刀割破画布,导致画作严重受损。这起事件引发了广泛关注,之后博物馆对该画进行了精心的修复工作,历时多年,最终使画作得以部分恢复原貌。马里奥什·马的动机据称是对画作的情色表现感到不满,他的攻击行为被认为是极端的宗教或道德动机驱使的。

101 古斯塔夫·克里姆特(Gustav Klimt),奥地利象征主义画家,维也纳分离派的缔造者,作品以刻画女性为主,喜爱使用象征性的装饰花纹与性爱题材,在创作的巅峰期,他在画作上大量运用金箔,留下多幅伟大作品。代表作有《吻》《茱蒂丝Ⅰ》《水蛇》等。

102 阿洛伊斯·里格尔(Alois Riegl,1858—1905)是奥地利著名的艺术史学家和美学家,他在装饰艺术和艺术史理论方面的贡献具有重要影响。

里格尔的研究强调装饰艺术的重要性，认为装饰艺术并不是低于其他艺术形式的次等艺术，而是能够集中表现复杂戏剧性和文化意义的高级艺术形式。他的理论影响了许多当时和后来的艺术家，包括古斯塔夫·克林姆特（Gustav Klimt）。

103 朱迪斯（Judith，又称友弟德），出自《旧约圣经》中的《朱迪斯传》，在故事中，她是一位年轻貌美的寡妇，当亚述大军围攻犹太人的伯图里亚城时，朱迪斯到亚述军营魅惑了亚述将军赫罗弗尼斯，并在他熟睡时与女仆砍下了他的头颅。朱迪斯深受欧洲艺术家所喜爱，有大量与她相关的画作、雕塑和戏剧作品，从多纳泰罗和米开朗琪罗，到卡拉瓦乔等巨匠，都曾用心描绘过她，但最为不同的一位"朱迪斯"，便是克里姆特笔下的这一位。

104 阿德勒·布洛赫－鲍尔（Adele Bloch-Bauer，1881—1925）是奥地利社会名媛和艺术赞助人。她以古斯塔夫·克林姆特（Gustav Klimt）创作的两幅著名肖像画《阿德勒·布洛赫·鲍尔肖像Ⅰ》和《阿德勒·布洛赫·鲍尔肖像Ⅱ》而闻名。特别是《阿德勒·布洛赫·鲍尔肖像Ⅰ》，也被称为"黄金的女人"，画中她穿着金色的华丽服饰，背景和服装上镶嵌着金色的瓷砖和装饰图案，使她看起来如同坐在一座宝座上，散发出一种帝王般的威严和神秘感。

105 拉杰普特画家（Rajput painter），是指印度次大陆拉杰普特地区的艺术家，特别是在拉贾斯坦邦和中央邦的王国和土邦宫廷中活动的艺术家。这些画家在16世纪到19世纪期间创作了许多精美的绘画作品，形成了独特的拉杰普特绘画风格。

106 斯特芳·马拉美（Stéphane Mallarmé），法国象征主义诗人、散文家，从内容而言，马拉美的诗歌晦涩而充满隐喻，被赋予了深奥的哲理。代表作有《牧神的午后》《骰子一掷，不会改变偶然》《徜徉集》等。

107 扬·范·戈因（Jan van Goyen，1596—1656），是荷兰黄金时代的著名风景画家，以其大量描绘荷兰平原、河流和村庄的风景画而闻名。范·戈因的作品以朴素、宁静和细腻的描绘著称，常常使用较为便宜的颜料如钴蓝（smalt）来创作。

108 杜乔·迪·博尼塞尼亚（Duccio di Buoninsegna），意大利画家，锡耶纳画派创始人，曾创作大量杰出祭坛画、版画、双联及三联画。代表作有

《圣母子荣登圣堂》《耶稣受难记》等，本段提到的三联画（c.1315）便是前者。

109 弗拉·安吉利科（Fra Angelico），意大利画家、修士，为教堂创作了许多壁画和祭坛画。代表作有《天使报喜》《圣母子与天使、圣徒及捐助者》等。

110 此处的《基督下葬》（The Entombment）指米开朗琪罗·博那罗蒂在1500—1501年左右创作未完成的油画，现存于英国国家美术馆，是少数米开朗琪罗留存下来的画作之一。有趣的是，另一位米开朗琪罗——米开朗琪罗·梅里西·达·卡拉瓦乔（Michelangelo Merisi da Caravaggio），在1603年又创作了一幅《基督下葬》（The Entombment），这幅画中基督下垂的手臂与上一位米开朗琪罗的《圣殇》（Pieta）中那位基督的手臂姿态十分相像，而怀抱着耶稣的圣徒尼哥底母的长相则与米开朗琪罗·博那罗蒂本人也很接近。

111 全名乔瓦尼·巴蒂斯塔·萨尔维达·萨索费拉托（Giovanni Battista Salvi da Sassoferrato），意大利画家，曾创作大量圣母和圣子的肖像画。代表作有《祈祷的圣母》《圣母子》等。

112 保罗·塞尚（Paul Cézanne），19世纪法国后印象主义画派画家，被称为"现代艺术之父"，擅长利用色彩的对比来表现物体，而非传统的线条或明暗，他对20世纪的艺术家带来了深远影响。代表作有《圣维克多山》《缢死者之屋》等。

113 皮埃尔-奥古斯特·雷诺阿（Pierre-Auguste Renoir），19世纪法国印象派画家，在油画、雕塑和版画领域取得了杰出成就。代表作有《罗曼·拉柯小姐》《包厢》《船上的午宴》等。

114 如前文所提，克莱因在创作时甚至避免使用画笔，他使用毛刷、滚筒刷、海绵、甚至是人体，目的是减少画家对颜色与画作的影响。

115 赫拉克勒斯·塞格斯（Hercules Seghers），荷兰黄金时代的画家、版画家，他被称为在那个时代"最有灵感、最具实验性、最有原创性的风景画家"，同时也是一位十分具有创新精神的版画家。代表作有《一摞书》《山地风景》《城与四塔》等。

116 门诺派（Amish），基督新教的一个福音主义派别，创建者为荷兰人门诺·西蒙斯。

117 佛兰芒难民，指在16世纪和17世纪早期的佛兰芒（flemish，又译作佛兰德）移民，是为了躲避西班牙人和天主教徒的宗教迫害而逃亡的新教徒。

118 彼得·勃鲁盖尔（Bruegel Pieter），16 世纪尼德兰地区最伟大的画家，曾创作大量有关农村生活的艺术作品，开拓了欧洲独立风景画。代表作有《风景素描》《大鱼吃小鱼》《洗礼者约翰步道》等。

119 阿尔布雷希特·阿尔特多费尔（Altdorfer Albrecht），15 至 16 世纪的国画家、版画家、建筑师，以风景画著称，同时是文艺复兴时期多瑙河画派的代表人物之一。代表作有《亚历山大之战》《圣乔治》《多瑙河风景》等。

120 葛饰北斋（かつしか ほくさい，Katsushika Hokusai），日本江户时代浮世绘画家，影响了诸多欧洲知名画家，其中包括凡·高、马奈、德加等。代表作有《北斋漫画》《富岳三十六景》《神奈川冲浪里》等。

121 葛饰应为（Katsushika Oi），生卒年不详，日本江户时代后期的浮世绘画师，葛饰北斋的三女儿。应为（応為，おうい）是她的画号，原名为荣（えい），因为北斋总是随意对她叫道"喂！（お－い!）"，因此直接给自己起了"应为"这个名字。有时应为在画作上会写下"葛饰醉女笔"的字样，这是因为日语中的"醉"发音和"荣"相同，皆为えい。

122 凡尔赛宫（法文：Château de Versailles），位于法国巴黎郊外，世界五大宫殿之一。由法国国王路易十三在 1624 年买下作为狩猎地，1664 年，路易十四决定在此建造新宫殿。随着法国的繁荣和王室对浮华富贵的渴望，这个专制政体开始倾注举国之力修建凡尔赛宫，前后修建时间长达数十年，到 18 世纪末期，路易十六当权时，凡尔赛宫的各个角落已极尽奢靡，它也是激起人民群众进行法国大革命的原因之一。

123 町人（ちょうにん，shonin），日本江户时代对部分人民的一种称呼，主要是商人和町伎。尽管在身份制度下地位很低，却因为商业而拥有庞大的财力。

124 吉原（よしわら，yoshiwara），日本江户时代知名花柳街，位于东京东，到 20 世纪 50 至 60 年代，许多妓院被关闭，逐渐被改造成旅馆、浴室等，风俗营业场也被越来越多的法律条例所管控。

125 根付（ねつけ，netsuke，又译作根附），日本江户时代的一种雕刻品，用于卡在和服与腰带中间，悬挂诸如烟斗、钱袋之类的随身用品。

126 指《西瓜图》(英文译名有 "Drying Watermelon Rind" "Watermelon" 等)，

由葛饰北斋在 80 岁时所作。作为一幅现实主义代表画作,图中的半个西瓜上覆盖着一张"半纸"(习字、写信用的日本纸),上面放着的菜刀("菜切り包丁")似乎是刚刚切过西瓜的;上方是晾干晒制的西瓜皮。有艺术史学家认为,这幅画实际上在描绘乞巧节的情景。

127 约翰·邓恩(John Donne),17 世纪英国诗人、传教士,曾开创英国玄学派诗歌。代表作有《祷告》《歌与十四行诗》《一周年与二周年》等。

128 先后指《神奈川冲浪里》和《诸国瀑布览胜》。

129 指葛饰北斋在 1845 年为当地节日的马车桐木顶所绘的《波浪》。

130 指葛饰北斋的绝笔画《富士越龙图》。

131 彼埃·蒙德里安(Piet Mondrian),荷兰画家,风格派运动(De Stijl)发起人之一,几何抽象派先驱,追求纯粹抽象。从阿姆斯特丹国家艺术学院毕业后,他在荷兰通神论者协会中了解到了新柏拉图主义(Neo-Platonism),也由此为他后来所提倡的新造型主义(Neo-Plasticism)埋下铺垫。在第一次世界大战期间,蒙德里安等人创办《风格》杂志,想要借用艺术宣扬反战主义,传播美好与和平,这便是德斯蒂尔艺术运动,在荷兰语中意为"风格派"。

132 蓬皮杜指乔治·蓬皮杜国家艺术文化中心(Centre National d'art et de Culture Georges Pompidou),兴建于 1969 年,位于法国巴黎的现代艺术博物馆,由于外表酷似工厂,因此也被称为"炼油厂""文化工厂",馆内藏有大量 20 世纪以来的现代艺术作品。

133 格瑞特·里特维尔德(Grid Rietveld),荷兰建筑与工业设计师,风格派代表人物之一,现代建筑国际学会创始人之一。他的设计风格大多透露着简约、前卫以及色块感,代表作有红蓝椅、《施罗德住宅》等。

134 格里高利·叶菲莫维奇·拉斯普京(Grigori Efimovich Rasputin),俄罗斯神秘主义者、东正教神父,由于丑闻过多、放浪形骸、将俄国贵族圈搅得乌烟瘴气,虽得到沙皇与皇后的赏识,却最终被纪委亲王、大公合谋刺死。

135 《蒂迈欧篇》(Timaeus),是柏拉图的一段对话,主要是以独白的形式出现的,独白的主角是洛克里的蒂迈欧,这部作品写于公元前 360 年。该作品提出了对物质世界和人类本质的思考,与《克里提亚篇》为前后衔接关系。在《蒂迈欧篇》中,柏拉图借用几何化的理论来阐述世间万物的本质结构。

136 特奥·范·杜斯伯格（Theo van Doesburg），荷兰风格派运动核心人物，《风格》杂志创刊人与主要撰稿人，提倡抽象艺术家脱离纯艺术，与实用艺术设计相结合，后来成为达达主义的先锋人物之一。19 世纪 20 年代后，他决定摒弃纯粹的垂直与水平理念，开始引用对角线等斜线，这与蒙德里安的新造型主义出现冲突，两者最终分道扬镳。杜斯伯格的代表作有《玩牌者》《第七号构成》等。

137 巴特·范·德莱克（Bart van der Leck），荷兰画家、设计师、陶艺家，风格派运动发起人之一。代表作有《女人和母牛》《灰色条纹组合》《暴风雨》等。

138 布吉伍吉（Boogie Woogie）是 20 世纪 60 年代布鲁斯摇滚（Blues Rock）的一个重要分支，与强调即兴演奏的布鲁斯不同，布吉伍吉更侧重技巧的展示。

139 实际上，蒙德里安在逝世那年（1944）正着手创作最后一幅作品，名为《胜利之舞》（*The Victory Boogie Woogie*），虽未能完成，但其中的音乐性与爵士调律已经跃然画面上。

140 第二次世界大战期间，蒙德里安在 1940 年离开了伦敦，这里带给了他过多的忧郁。抵达美国纽约后，大都市的喧嚣与热闹再度给他带来了生机，他的画作也出现了最后一次风格转变，画面的律动性更加强烈，色彩的对比也更加丰富。

141 杰克逊·波洛克（Jackson Pollock），美国画家，抽象表现主义派大师，他是一手将美国现代绘画摆脱欧洲标准的人。由于其创作随意，喜欢在画布周围游走、甩下颜色，因此被称为"行动绘画"。代表作有《大教堂》《秋韵》《蓝杆》等。

142 罗伯特·休斯（Robert Hughes），又称罗伯特·斯塔德利·福雷斯特·休斯（Robert Studley Forrest Hughes）、鲍勃·休斯（Bob Hughes），澳大利亚艺术评论家、历史学家、作家、纪录片制作人，因其有关现代艺术的书和电视剧《新艺术的震撼》（*The Shock of the New*），以及长期担任《时代》杂志艺术评论而获得广泛认可。品位上相对保守，不属于任一特定哲学阵营。他的作品以气势磅礴、文笔优美著称。于 2012 年逝世。

143 弗兰克·奥尔巴赫（Frank Auerbach），德裔英国画家，具象画派代表人之一，尽管有时作品与表现派相似，但奥尔巴赫并非表现主义画家。代表作有《大卫·兰道头像》《从泰晤士看去的希尔建筑工地》等。

144 罗纳德·里根（Ronald Reagan），美国政治家，曾于1981年至1989年担任美国第40任总统，并成为新保守主义极具影响力的代言人。在担任总统前，他还做过好莱坞演员和工会领袖。

145 安迪·沃霍尔（Andy Warhol），美国艺术家、电影导演、制片人，波普视觉艺术运动的领军人物。他的作品探讨了艺术表达、广告和名人文化之间的关系，跨越各种媒介来表达。代表作有《金宝汤罐头》《帝国大厦》《切尔西女孩》等。

146 安塞姆·基弗（Anselm Kiefer），德国画家、雕塑家，新表现主义代表艺术家。他的作品包含了稻草、灰烬、黏土、铅和虫胶等素材，作品中却蕴含着深刻的诗意。代表作有《纽伦堡》《铅铸图书馆》等。

147 格哈德·里克特（Gerhard Richter），德国视觉艺术家、画家，他曾创作大量抽象的和逼真的绘画作品，也创作过许多照片和玻璃作品，被认为是德国当代最重要的艺术家之一。

148 卢西安·弗洛伊德（Lucian Freud），英国画家、制图员，专注于具象艺术和表现主义绘画，被誉为20世纪最重要的肖像画家之一。出生于柏林，是犹太建筑师恩斯特·弗洛伊德之子，西格蒙德·弗洛伊德之孙。代表作有《女孩和白色的狗》《少女与绿叶》《夜之画像》等。

149 还原论者（reductionist），支持还原论主义者。还原论是一种相关哲学观点，认为可以用其他更简单或更基本的现象来描述现象之间的联系。

150 牧羊人（priesthood），原意为圣职人员。在这里，"priesthood"指的是艺术界和学术界的特权阶层，他们通过使用晦涩难懂和空洞的语言来维持自己的排他性和权威。将"priesthood"翻译为"牧羊人"可以理解为一种象征性的用法。在基督教传统中，牧羊人常被用来象征宗教领袖（如牧师、神父），他们引导和照顾他们的"羊群"（信徒）。这种象征性也可以延伸到学术和艺术界的领袖或权威，他们通过自己的知识和影响力引导和塑造领域内的规范和标准。然而，这些"牧羊人"有时会通过晦涩和排他性的语言，制造一种"圣职身份"，使普通人难以接近或理解他们的工作。鲍勃·休斯反对这种内部圈子和特权阶层，他认为这些"牧羊人"用复杂和空洞的语言维持其排他性，这违背了艺术和学术应有的透明和普及精神。

151 让－巴蒂斯特－西蒙·夏尔丹（Jean-Baptiste-Siméon Chardin），18世

纪法国画家,被认为是静物画大师,以描绘厨房女佣、孩童和家庭活动的风俗画而闻名,他的画作往往拥有柔和的光线和精心调制出来的平衡对比。代表作有《铜水罐》《午餐前的祈祷》《洗衣妇》等。

152 乔治·修拉(Georges Seurat),法国画家,后印象派代表人物,最为人所知的是发明了被称为"光空间调和主义"(chromoluminarism)和"点描主义"(pointillism)的绘画技巧。他的艺术个性融合了往往被认为是对立的两种特质,一方面是他极端细腻的情感,另一方面是他对逻辑抽象的热情和近乎数学班精确的思维。他用大型作品《大碗岛星期天的下午》开创了新印象派,改变了现代艺术的方向。代表作有《安涅尔浴场》《新印象派》《分光法》等。

153 珍妮·霍尔泽(Jenny Holzer),美国新概念艺术家,主要通过在公共空间中传递言语和思想来表达自己的某些概念。霍尔泽属于女权主义的一个分支,她们正在寻求新的方式,让叙事或评论成为可视对象中隐含的一部分。代表作有《常理》《拉斯莫德》《杀人》等。

154 弗朗西斯科·戈雅(Francisco Goya),西班牙浪漫主义画家、版画家,被认为是18世纪初西班牙最重要的艺术家,一生曾尝试过多种不同画风,同时也是那个时代的评论家、编年史家,后成为西班牙宫廷画家。代表作有《裸体的玛哈》《少女们》《阳伞》等。

155 威廉·布莱克(William Blake),英国诗人、画家、版画家。出身寒门,未接受过正规教导,在世时基本没有得到过广泛认可,作品也鲜为人知,现在却被认为是浪漫主义时代诗歌和视觉艺术史上的一个开创性人物,曾被评论家乔纳森·琼森称为"英国有史以来最伟大的艺术家"。布莱克曾和出版商约斯夫·约翰逊合作,陆续为大量知名作家绘制过插图,也曾启迪过许多作家与艺术家。代表作有《伟大的红龙与日光蔽体的女人》《纯真之歌》《病玫瑰》等。

156 《没什么》指戈雅在1820年创作的作品《没什么。它会说》(Nada. Ello dirá)。西班牙被拿破仑入侵后,戈雅开始创作一系列悲剧性作品,这幅阴暗的《没什么》便是一幅充斥着死亡气息的素描画作,笔触潦草狂乱,令人不寒而栗。

157 Eureka (εὕρηκα),一种古希腊感叹词,直译为"我找到了!",往往指利用基于经验得来的技巧去解开疑问、学会知识或找到新发现等。

158 菲利普·亚瑟·拉金(Philip Arthur Larkin),英国诗人、小说家、图书管理员，曾获女王诗歌金奖等诸多奖项。代表作有《少受欺骗者》《高窗》《北方船》等。

159　莎莉·曼（Sally Mann），美国摄影师，因大画幅黑白照片而闻名，摄影内容包括她年幼的孩子、象征着衰败和死亡的风景。出生于弗吉尼亚州，初期出版了备受争议的作品《十二岁》《亲密家庭》。与艺术家赛·托姆布雷是知己好友，也有师徒之情。代表作有《亲密家庭》《南方以南》《回忆余光》等。

160　《留住这一刻：莎莉·曼自传》（*Hold Still: A Memoir with Photographs*），由莎莉·曼撰写的回忆录和家族史，展现了不逊于摄影能力的优异文笔，出版于 2015 年，大部分文段是在 2008 年至 2011 年间落笔的，曾入围美国国家图书奖。

161　马克·斯特兰德（Mark Strand），美国诗人、散文家、译者，曾被任命为国会图书馆的桂冠诗人顾问，曾获华莱士·史蒂文斯奖。代表作有《黑暗的海港》《一个人的暴风雪》《真实的艺术》等。

162　出自斯特兰德的诗《临终》（*The End*），收录于他的诗集《持续的生命》（*The Continuous Life*）："When the weight of the past leans against nothing, and the sky/Is no more than remembered light……"

163　亚瑟·博伊德（Arthur Boyd），20 世纪中后期澳大利亚著名画家，作品风格主要为印象派与表现主义。博伊德具有强烈的社会良知，他的作品常常涉及人道主义、爱与身边人过世等普世主题。代表作有《除名》《爱人们》《燃烧墨尔本》等。

164　指杰克逊·波洛克的"行动绘画"，即用无意识的动作甩落颜料、绘画时随意走动的作画方式。他也曾使用过"滴画法"，即用各种工具将颜料滴落在地面的画布上。

165　《回忆余光：在列克星敦的赛·托姆布雷》（*Remembered Light: Cy Twombly in Lexington*），是莎莉·曼在 2016 年出版的摄影作品集，与以往的作品不同，这一作品集中的照片明亮而微妙，弥漫着平静与温和感，主要记录了在过去的十多年中，赛·托姆布雷位于列克星敦的工作室与居所，也记录了两人亦师亦友的亲切友情。

166　加埃塔（Gaeta, Italy），加埃塔是意大利拉齐奥大区的一座海滨小镇，位于那不勒斯和罗马之间的第勒尼安海沿岸。加埃塔以其悠久的历史、美丽的海岸线和重要的军事港口而著名。这个小镇自古罗马时期起就有人居住，曾是一个重要的防御要塞和海上贸易中心。加埃塔不仅是托姆布雷的创作基地，也是他在欧洲的精神家园，这里的美丽景色和宁静氛围对他的艺术创作有着深远影响。

167 罗伯特·劳森伯格（Robert Rauschenberg），美国画家、平面艺术家、雕刻家，同时也涉猎摄影、版画、表演等在内的其他艺术形式，达达主义代表人物之一。他的早期作品便预示了后来的波普运动，因其"融合"创作方式而闻名，这是将日常物品作为艺术材料的创作，模糊了绘画和雕塑、艺术与生活之间的界限。代表作有《影》《夏日暴雨》《床》等。

168 贾斯培·琼斯（Jasper Johns），美国画家、版画家、雕刻家，其作品与抽象表现主义、新达达主义和波普艺术有关，曾创作大量与美国国旗或其他与美国话题有关的作品，同时也因其作品在拍卖时的高价而闻名。代表作有《旗帜》系列、《偷跑》、《0 至 9》等。

169 肉库区（Meatpacking District）位于纽约曼哈顿西部。在 20 世纪初，这里曾有数百家肉类加工厂和屠宰场，尽管肉类加工产业已经逐渐从这里消失，但大量建筑留了下来。随着 20 世纪末诸多时尚品牌与豪华酒店的入住，肉库区逐渐变成了曼哈顿的时尚中心。

170 惠特尼美国艺术博物馆（Whitney Museum of American Art），本章所讲述的是于 2015 年乔迁至新地址的新馆，设计师为伦佐·皮亚诺，曾设计法国蓬皮杜艾艺术中心。新馆整体采用了不对称工业设计，同时紧邻高线铁路公园和肉库区的工业厂房，馆内空间十分庞大，且比起旧馆有了更好的透光性。

171 即惠特尼艺术馆旧馆，成立于 1931 年，由建筑设计师马歇·布劳耶所设计，外形酷似一个巨大的失重砖房。初期主要展品为写实派艺术作品，而后则彻底投入了现代艺术的怀抱。

172 马歇·布劳耶（Marcel Breuer）是匈牙利裔美国现代主义建筑师，以其大胆使用混凝土和简洁几何形式的设计而闻名。他设计的惠特尼美国艺术博物馆建筑于 1966 年，在纽约曼哈顿落成。这座建筑以其堆叠的混凝土方块结构和沉重的外观著称，内部光线昏暗，给人一种庄重和严肃的感觉。"刺穿马歇·布劳耶堆叠的混凝土小黑盒这样的行为"，指的是进入和探索由马歇·布劳耶设计的惠特尼博物馆的过程。这座建筑由于其独特的设计风格和昏暗的内部环境，使得观众在参观时需要付出更多的耐心和专注，仿佛是一种对信仰的考验。博物馆的氛围严肃而沉重，展览空间也因此对展品的展示效果产生了深远影响。在描述中，作者通过"刺穿"这一动词强调了进入这种建筑内部的挑战性和沉重感，形象地表达了观众在面对这种充满现代主义庄重感的建筑时所需的心理准备和毅力。这种设计风格也在一定程度上筛选出能够吸引观众长时间专注的强大艺术作品。

173 惠特尼双年展（The Whitney Biennial），是举办时间最悠久的美国艺术展览，自1932年以来一直是惠特尼艺术馆的一个标志。最初由博物馆的创始人格特鲁德·范德比尔特·惠特尼发起，目的是邀请近两年创作的艺术品参展。

174 杰夫·昆斯（Jeff Koons），美国艺术家、雕塑家，当代波普艺术代表人物之一，其作品常常与流行文化有关，同时也对商业操作十分熟练敏感。代表作有《气球狗》《悬挂的心》《小狗》等，均以极高的价格被拍卖出售。

175 高架铁道（High Line）：高架铁道指的是纽约市曼哈顿西侧的高线公园（High Line Park），这是一块由废弃铁路改造而成的城市绿地，成为当地居民和游客休闲散步的热门地点。这里的"迷你高架铁道"指的是惠特尼新馆的户外露台设计与高线公园类似，充满现代感和开放的公共空间。丰满球形沙发（plump couches hotel-lobby fodder）：这指的是惠特尼新馆的户外露台和内部装饰中使用的沙发，这些沙发像酒店大堂里的家具一样舒适和豪华，旨在为观众提供一个放松和社交的环境。艳遇邀请函（invitation to a hookup）：闪闪发光的酒吧象征着一个活跃的社交场所，可能吸引人们在这里结识新朋友或进行社交互动。作者用"艳遇邀请函"来形象地表达这种环境带来的社交氛围，暗示这里不仅是欣赏艺术的地方，也是社交和放松的好去处。背景说明：这些描述强调了惠特尼新馆设计的开放和欢迎特质，试图吸引更多的公众前来参观。新的惠特尼博物馆不仅关注艺术品的展示，也注重为观众提供一个舒适和愉快的体验环境，这与传统博物馆的严肃和正式形成对比。批评者认为这种设计可能会让博物馆看起来像是一个过于休闲和商业化的场所，担心它可能失去艺术应有的庄重性。然而，作者本人在参观后感到愉悦，认为新的设计实际上对艺术作品更加友好和包容。

176 作者表达了他对新惠特尼博物馆的意外欣喜，认为这个新馆对"艺术"本身非常友好和热情，而不是仅仅迎合"艺术界"的利益和规范。传统上，艺术界有时被认为是一个排他性和精英主义的圈子，其中存在复杂的权力关系和市场交易。而新惠特尼博物馆的设计和展览策划显得更为开放和包容，关注的是如何让观众更好地欣赏和体验艺术作品，而不是迎合艺术界的特权和利益。作者感到惊讶和愉悦，是因为他发现新惠特尼博物馆在展示艺术作品时更为直接和真诚，提供了一个让观众能够真正与艺术作品互动的空间，而不是被艺术界的复杂和排他性所影响。这种对艺术的"热情"使得博物馆更加亲民，更能吸引和打动普通观众，从而实现了艺术传播的真正意义。

177 罗伯特·李·弗罗斯特（Robert Lee Frost），美国诗人，以其对乡村生活的现实主义描写美国通俗语言的运用而闻名，经常以20世纪初新英格兰的乡村生活作为创作背景，深入社会和哲学主题。惠特尼新馆开幕展的名称便取自他的诗歌《美国很难看到》（America Is Hard to See），隐喻对艺术家不断变化的视角的歌颂，以及他们各自回应美国文化的视觉形式。代表作有《山间》《林间空地》《未选择的路》等。

178 乔治亚·奥基夫（Georgia O'Keeffe），美国艺术家，被公认为"美国现代主义之母"，她以描绘放大的花朵、纽约摩天大楼等素材而闻名。代表作有《红色美人蕉》《牛的头骨：红，白，蓝》《黑色鸢尾》等。

179 罗伊·利希滕斯坦（Roy Lichtenstein），美国流行艺术家，20世纪60年的新艺术运动领军人之一，曾称波普艺术为"并非'美国'绘画，还是工业绘画"。初期作品受到毕加索和蒙德里安的影响，后来则愈加戏谑，十分接近流行广告与漫画的风格。代表作有《空中火力》（Whaam!）、《汽车里》、《沉睡的女孩》等。

180 伊娃·海丝（Eva Hesse），德裔美国雕塑家、画家，因其对乳胶、玻璃纤维、绳索和塑料等材料的开创性创作而闻名，后极简艺术运动引领者之一。尽管在34岁便早逝，但其画作与影响力留存至今。代表作有《九个一组》《缭乱绕行》等。

181 雅各布·劳伦斯（Jacob Lawrence），非裔美国画家，因其对非裔美国人的历史和当代生活的刻画而闻名。他将自己的绘画风格称为"动态立体主义"，曾称自己的风格主要受到黑人住宅区的影响，而非法国艺术。曾在第二次世界大战期间服役，退役后在多所大学任教。代表作有《工作室》《移民》《允诺之地》等。

182 爱德华·霍普（Edward Hopper），美国画家、版画家、现实主义艺术家，留下多幅描绘城市和乡村场景的作画。代表作有《加油站》《夜鹰》《铁道旁的房屋》等。

183 沃尔特·惠特曼（Walt Whitman），美国诗人、散文家、记者，作品中往往蕴含着超验主义和现实主义之间的过渡，被称为"自由诗之父"。代表作有《草叶集》《富兰克林·埃文斯》《典型的日子》等。

184 索尔·贝娄（Saul Bellow），加拿大裔美国作家，曾获普利策奖、诺贝尔文学奖和国家艺术奖章，也是唯一一位三次获得美国国家图书奖小说类奖项的作家。代表作有《赛姆勒先生的行星》《只争朝夕》《洪堡的礼物》等。

185 亚历克斯·卡茨（Alex Katz），美国画家、雕塑家、版画家，因其大幅风景、花卉和肖像画而闻名，他的作品绘画技巧原始，扁平感强烈，细节简单化。代表作有《冬景》《保罗泰勒舞蹈团》《蓝色雨伞》等。

186 乔治·韦斯利·贝洛斯（George Wesley Bellows），美国现实主义画家，以大胆描绘纽约的城市生活而为人所知，他的风景与人物画十分出名，但早期的贝洛斯酷爱创作有关拳击手等题材的作品，例如《沙奇俱乐部的猛拳出击》。代表作有《本瑟姆小姐》《纽约》《在纽波特打网球》等。

187 洛克斯庭院（Rockox House，荷兰语为 Rockoxhuis），在17世纪上半叶是安特卫普市的市议员和市长尼古拉斯·洛克斯的故居。洛克斯在这个城市的政治、艺术和社会生活中扮演着非常重要的角色，他的故居如今是属于比利时安特卫普市 KBC 银行的艺术品陈列室，除了洛克斯庭院原有的作品外，还额外陈列了皇家美术博物馆（KMSKA）的部分藏品。

188 安东尼·凡·戴克（Anthony van Dyck），比利时佛兰芒巴洛克艺术家，先后在荷兰南部、意大利和英国取得巨大成就，并对欧洲的肖像画产生了极深的影响。代表作有《参孙和大利拉》《自画像》《查理一世和圣安东尼》等。

189 多利亚·庞非力画廊（Doria Pamphilj Gallery），位于意大利罗马，是一个大型艺术收藏馆，如今仍由罗马王室多利亚·庞非力家族所有。

190 分别指安东尼奥·柯雷乔（Antonio Correggio）和阿尼巴尔·卡拉奇（Annibale Carracci）。

191 埃德·拉斯查（Edward Ruscha），美国艺术家，波普艺术运动代表人物之一，曾用绘画、版画、素描、摄影和电影等多种方式进行过创作，亦出版过多部书作。代表作有《26处加油站》《自由》《得克萨斯》等。

192 在沃霍尔的作品中，他多次使用电椅的图像，以不同颜色和样式反复印刷。这些图像看似装饰性，但实际上暗示了美国社会中的暴力和死亡，尤其是对死刑的批判。作者认为，沃霍尔通过这种方式，虽然揭示了现代社会中美丽与恐怖共存的矛盾，但这种做法充满了狡诈和虚伪，因为他利用这些"漂亮"的图像掩盖了更深层次的社会问题和人类的黑暗面。这种"漂亮"实际上是有害的，因为它美化了暴力和死亡，使人们对其麻木不仁。

193 理查德·迪本科恩（Richard Diebenkorn），美国画家、版画家，其早期作品与抽象表现主义和湾区绘画运动有关，之后则开始创作一系列带有几何元素的抒情抽象画。代表作有《看风景的女孩》《伯克利》系列、《阿尔伯克基》系列等。

194 大卫·霍克尼（David Hockney），英国画家、绘图员、版画家、舞台设计师和摄影师，是20世纪60年波普艺术运动的主要倡导者之一。代表作有《艺术家肖像（泳池与两人）》《大室内画，洛杉矶》《大水花》等。

195 《大地球仪》（Unisphere），一个巨大的球形不锈钢材质地球雕塑，位于纽约皇后区法拉盛草坪的科罗娜公园，由吉尔摩·D. 克拉克为1964纽约世界博览会设计。

196 斯塔德贝克（Studebakers），美国老牌旅行车和汽车制造商，成立于1852年，最初生产马车和马具，在1967年倒闭前生产过多个经典车型。

197 指东京湾事件，又称北部湾事件，是美国总统约翰逊主导的，在1964年对越南进行海上袭击，故意制造的战争挑衅事件，并最终借此扩大了对越南的侵略。

198 指艾伦·金斯伯格出版的包括《嚎叫》在内的多部诗集。艾伦·金斯伯格（Allen Ginsberg），美国诗人、作家，与威廉·巴勒斯、杰克·凯鲁亚克为好友，一同成为"垮掉的一代"文学运动的核心创始人。他强烈反对军国主义、经济唯物主义和性压抑。代表作有《现实三明治》《美国的堕落》《嚎叫》等。

199 指吉米·亨德里克斯曾在伍德斯托克音乐节演奏的《星条旗》（The Star-Spangled Banner）。吉米·亨德里克斯（Jimi Hendrix），美国音乐家、歌手、词曲作家，被认为是流行音乐史上最具影响力的电吉他演奏家之一。

200 指兰尼·布鲁斯曾创作的批判性喜剧风格作品。兰尼·布鲁斯（Lenny Bruce），原名伦纳德·阿尔弗雷德·施奈德(Leonard Alfred Schneider)，美国单口相声演员、社会评论家、讽刺作家。他以其开放、自由而具批判性的喜剧形式作品而闻名，包含了大量讽刺、政治、宗教、性和粗俗内容。代表作有《梦愚人》《禁书》《白日梦》等。

201 指约翰·克特兰于1965年编曲创作的《崇高之爱》（*A Love Supreme*）。约翰·克特兰（John Coltrane），美国爵士萨克斯管吹奏者、作曲家，音乐史上最具影响力的萨克斯手之一，其音乐呈现出相当多的精神层面内容。在死后受封东正教会圣徒，获得普利策奖。

202 指在詹尼斯·乔普林的最后一张专辑《珍珠》中收录的《哭吧宝贝》（*Cry Baby*）。詹尼斯·乔普林（Janis Joplin），美国创作型歌手，擅长摇滚、灵歌和蓝调音乐。尽管去世时年仅27岁，却在歌唱生涯中的短短数年成为那个时代最成功、最知名的摇滚明星之一，以强有力的女中音和电流感的舞台表现力而闻名。代表作有《我的一片心》《珍珠》《玫瑰》等。

203 詹姆斯·罗森奎斯特（James Rosenquist），美国艺术家。波普艺术运动支持者之一，其作品尝试探索广告和消费文化在艺术和社会中的作用，利用自己所学到的商业艺术技巧来描绘流行文化符号和日常用品，却比其他波普艺术运动代表人多了些超现实主义元素和意象派。代表作有《F-111》《玛丽莲·梦露》《总统选举》等。

204 本戴点（Ben-Day dot），是一种印刷和插图技术，由本杰明·戴（Benjamin Henry Day Jr.）在19世纪发明。该技术通过在图像中使用规则排列的彩色点来产生阴影和颜色效果，广泛应用于报纸、漫画和广告印刷。通过手工绘制本戴点，利希滕斯坦不仅保留了这种传统技术的精髓，还在大规模创作中注入了现代艺术的理念和批判性思考。

背景说明：

①. 技术原理：本戴点技术通过在白色背景上印刷不同颜色和密度的点，形成不同的灰度和颜色效果。通过改变点的大小、间距和颜色，可以产生丰富的色调和视觉效果。这种技术在印刷过程中成本较低，但效果显著。

②. 流行应用：本戴点在20世纪中期的流行文化中尤为突出，尤其是在漫画书和广告插图中。点状图案的运用使得图像看起来生动而富有动

③. 艺术家使用：在波普艺术运动中，本戴点被广泛应用。著名艺术家罗伊·利希滕斯坦（Roy Lichtenstein）将这种技术应用于他的巨型漫画画作中，通过手工绘制每一个本戴点，创造出大规模的、充满活力的图像，模仿和讽刺了大众媒体和商业艺术。

205 菲利普·古斯顿（Philip Guston），加拿大裔美国画家、版画家、壁画家和绘图员，经常创作由社会现实和抽象艺术相结合的作品，后期作品还有大量卡通式的讽刺性作品。代表作有《角落》《头与瓶子》《床上的画家》等。

206 指的是美国画家菲利普·加斯顿（Philip Guston）在水门事件（Watergate Scandal）之后创作的一系列讽刺性漫画。这些漫画以粗糙和直接的风格揭露和批判了美国政治腐败和社会问题。水门事件是20世纪70年代初发生的政治丑闻，导致时任总统理查德·尼克松（Richard Nixon）辞职。加斯顿的作品反映了事件后的社会情绪和对政治的不满。

207 指的是艺术家珍妮·霍尔泽（Jenny Holzer）创作的作品，这些作品通过展示被审查和涂黑的文档段落，揭露了政府和机构的严重审查行为。霍尔泽以她的文字艺术和公共艺术装置而闻名，通过这些被涂黑的段落，批评和质疑权力的滥用和信息的隐瞒，揭示了审查制度对公众知情权的侵害。

208 埃里克·艾弗里（Eric Avery），美国医学博士、艺术家、版画家，曾在美越战争时期担任医师，后尝试将医学与艺术相结合为病患进行治疗。代表作有《验血》《艾滋》《人权侵犯》等。

209 卡拉·沃克（Kara Walker），非裔美国画家、版画家、装置艺术家和电影制作人，常在作品中探索有关种族、性、暴力、性别和身份等主题。代表作有《亚特兰大战役》《燃烧》《来自黑人女孩的信》等。

210 这是出自《绿野仙踪》中主角多萝西所说的一句话。在她的旅途开始后，对自己的狗托托说道："托托，我感觉我们已经不在堪萨斯了。"（Toto, I've a feeling we're not in Kansas anymore.），这句话后被用来隐喻时境变迁、脱离舒适区等含义。

211 非美国特色主义（un-Americanism），在这里指的是那些被认为与美国传统价值观和宗教信仰相悖的思想或行为，特别是在人文学科和艺术领域。保守派政客和批评者经常将"自由艺术"（liberal arts）中的"自由"

视为与宗教无关，甚至反宗教，因此认为它们违背了美国的核心价值观。通过攻击这些学科和艺术作品，他们试图将其描绘成"非美国"的，并利用这一点来削减公共艺术和人文领域的资助。

212 《尿浸基督》（Piss Christ）是安德烈斯·塞拉诺（Andres Serrano）于1987年创作的一幅引起广泛争议的摄影作品。这幅作品展示了一尊浸泡在艺术家尿液中的塑料基督像，意在引发关于宗教和艺术的对话。然而，这幅作品引起了极大的争议和愤怒，被许多人视为对宗教的不敬和亵渎。保守派常引用这幅作品作为例证，说明艺术领域中存在的对宗教和道德的冒犯，并以此为理由削减对艺术的公共资助。

213 极具创造力的大不敬（inventive disrespect），在这里指的是美国艺术在表达不敬和讽刺时所表现出的创造性和独特性。美国艺术家擅长通过大胆和创新的方式，嘲讽和批评社会和政治现象。这种不敬不仅仅是简单的反抗，而是通过艺术的形式，将批判和嘲讽升华为一种富有创造力和感染力的表达。以特朗普为例，作为美国前总统，唐纳德·特朗普因其自我推崇和夸张言辞，成为许多艺术家讽刺和批评的目标。艺术家们利用特朗普的形象，创作了大量讽刺性和批判性的作品，旨在揭露和嘲笑他在政治上的虚荣和自大。

214 辛蒂·雪曼（Cindy Sherman），原名辛西娅·莫里斯·雪曼（Cynthia Morris Sherman），美国"图像一代"的艺术家，她的作品主要是对自己拍摄的肖像作，时常用十分独特的表现形式对个别题材进行模仿和再创作。代表作有《无名电影剧照》《辛蒂·雪曼》《历史肖像》等。

215 拉康学派（Lacanian），由法国学者、精神分析学家雅克·拉康组建。

216 维托·阿肯锡（Vito Acconci），美国表演、录像和装置艺术家，其作品还包括雕塑、建筑设计与景观设计。代表作有《黄金船》《大都会》《连接介质》等。

217 罗伯特·史密森（Robert Smithson），美国艺术家，尝试将绘画、摄影与空间艺术结合起来，同时也因其雕塑和大地艺术作品而知名。代表作有《螺旋形的防波堤》《春天的巴黎》《大盐湖》。

218 蒂比·海德莉（Tippi Hedren），20世纪好莱坞女演员，因其内外如一的优雅美感而闻名。代表作有《群鸟》《怒嚎》等。

219 瓦伦丁·塔特兰斯基（Valentin Tatransky），美国知名艺术评论家，曾鼓舞了许多人，于2005年逝世。

220 包括《艺术论坛》(*Artforum*)在内的许多杂志,都在刊物中加入了所谓的中间插页(centerfolds),实际上,大多数内容都是十分裸露的女性照片。

221 "宏伟水平线们"指法国人曾说的"Les grandes horizontales",法国当时的艺术家描绘名媛或情妇时,她们往往都横躺在床上,因此被戏称为"宏伟水平线们"。这一名称后被不少艺术评论作者当作书名使用。

222 "Comme des Garcons"的法语意思是"像个男孩",指由川久保玲在1973年成立的女装潮流服装品牌,

223 分别指农业女神Demeter和狩猎女神Diana。

224 泰伦斯(Terence),全名为普布利乌斯·泰伦提乌斯·阿费尔(Publius Terentius Afer),古罗马剧作家。代表作有《两兄弟》《婆母》《自虐者》等。

225 塔西塔·迪恩,全名塔西塔·夏洛特·迪恩(Tacita Charlotte Dean),英国视觉艺术家,主要从事电影创作。1998年特纳奖的提名者,2006年获雨果波士奖,并于2008年入选皇家艺术学院。

226 迈克尔·汉伯格(Michael Hamburger),德裔英国诗人、翻译家和评论家。出生于柏林,曾在威斯敏斯特学校和牛津受过教育。

227 马里奥·梅尔茨(Mario Merz),意大利当代著名艺术家,"贫困艺术"运动的领航人,代表作有《梦幻城市》《闪电平原》等。

228 摩斯·肯宁汉(Merce Cunningham),是一位美国舞蹈家和编舞家,50多年来一直走在美国现代舞的前沿。他经常与其他领域的艺术家合作,创作的作品对舞蹈世界之外的前卫艺术产生了深远的影响。

229 泰特现代美术馆,英国国家国际现代艺术画廊,是泰特集团的一部分。泰特美术馆拥有1900年至今的英国国家艺术收藏以及国际现当代艺术,是世界上最大的现当代艺术博物馆之一。

230 勒德分子(Luddite),1811至1816年捣毁机械的英国工人团伙的成员,尤其是在棉纺厂和毛纺厂,他们认为这些机器威胁了他们的工作。

231 梅尔维尔,全名赫尔曼·梅尔维曼(Herman Melville),美国文艺复兴时期的小说家、短篇小说作家和诗人。代表作《白鲸记》《泰比》和《比利·巴德,水手》等,其中的《白鲸记》被认为是美国最伟大的小说之一。

232 贝尔尼尼,全名为吉安·洛伦佐·贝尔尼尼(Gian Lorenzo Bernini),意

大利雕塑家、建筑师、画家和戏剧家,被誉为巴洛克雕塑风格的缔造者。代表作有《圣·特蕾莎的狂喜》《大卫》。

233 梭罗,全名亨利·大卫·梭罗(Henry David Thoreau),美国博物学家、散文家、诗人和哲学家。代表作有《瓦尔登湖》。

234 唐纳德·贾德,全名唐纳德·克拉伦斯·贾德(Donald Clarence Judd),是一位极简主义的美国艺术家,国际上"极简主义"的主要倡导者,代表作有《特定对象》。

235 卡尔·安德烈(Carl Andre),美国极简主义艺术家,因其有序的线性和网格格式雕塑而被认可。代表作有《等价物8》《杠杆》。

236 菲利达·巴洛(Phyllida Barlow)是一位英国艺术家,现为美术名誉教授。2011年,巴洛成为皇家院士。2015年,由于她对艺术的贡献,她被授予大英帝国勋章(CBE)。代表作有《无题:蜂巢》。

237 安东尼·戈姆利,全名为安东尼·马克·大卫·戈姆利爵士(Sir Antony Mark David Gormley),大英帝国官职勋章(OBE)持有者,英国雕塑家。代表作有《北方天使》《事件地平线》。

238 这里指的是人类从母亲子宫中出生的过程。子宫是人类最初的居所,是一个安全、保护性的环境。当婴儿出生时,他们被"驱逐"出这个最初的庇护所,进入一个未知的世界。这种经历被认为是人类心理发展的一个重要阶段,对个体的安全感和空间感知有深远影响。瑞秋·惠特里德(Rachel Whiteread)的艺术作品经常探讨个体与空间的关系,尤其是隐藏的和封闭的空间如何唤起人们的记忆和情感。她通过将家具和建筑物的内部空间铸造成实体,揭示了这些空间的隐秘性质,试图捕捉人们在这些空间中的感受。

239 布鲁斯·瑙曼(Bruce Nauman),美国艺术家。他的创作范围广泛,包括雕塑、摄影、霓虹灯、视频、绘画、版画和表演等。代表作有《100个生与死》《绿马》《旋转木马》。

240 林璎(Maya Ying Lin),著名美籍华裔建筑师和雕塑家,中国建筑师林徽因的侄女。代表作有《越战纪念碑》《民权运动纪念碑》《上与下》。

241 西蒙·维森塔尔(Simon Wiesenthal),犹太人,奥地利大屠杀幸存者、纳粹猎人和作家。1932年在捷克布拉格技术大学获得建筑工程学位。

242 格伦费尔大楼的灾难,英国伦敦时间2017年6月14日凌晨,伦敦西二区的24层大楼格伦费尔公寓楼发生火灾,大楼内约500名住客,由于火势迅猛，整座大楼沦为废墟，具体遇难人数难以得知。据调查，承包商或为省钱在大楼改造中使用了易燃的外墙材料，致使一个冰箱起火事件演变成了一场悲剧。

243 马克·沃林格（Mark Wallinger），英国艺术家，他最著名的作品是特拉法尔加广场的第四基座、《看这个人》和《不列颠之州》，曾因其作品《不列颠州》获得特纳奖。

244 达米恩·赫斯特（Damien Steven Hirst），英国艺术家、企业家和艺术收藏家。他是20世纪90年代主导英国艺术界的英国青年艺术家之一。据报道，他是英国最富有的在世艺术家。

245 这里指的是艺术和科学在描绘马匹和骑马人物时的结合。解剖学科学强调对马匹和人类身体结构的精准描绘，而浪漫主义则注重表现情感和美学。19世纪的艺术家经常将这两者结合，创造出既科学又富有浪漫情调的作品。

246 马鞍通俗剧（saddle-sore melodramas），这里指的是描绘马匹和骑手的通俗剧，特别是那些夸张和情节化的艺术作品或故事。这些作品通常表现出一种浪漫化的、英雄主义的骑马文化，比如西部牛仔或骑兵的故事。

247 泰奥多尔·席里柯（Théodore Géricault），法国浪漫主义画家，著名作品包括《梅杜萨之筏》（The Raft of the Medusa）。他的作品《被诅咒的猎兵》（The Charging Chasseur）展示了一位法国骑兵的英雄形象，体现了浪漫主义对战争和骑兵的迷恋。

248 费雷德里克·雷明顿（Frederic Remington），美国艺术家，以描绘美国西部生活和牛仔文化的作品而闻名。他的作品塑造了西部牛仔的英雄形象，深刻影响了美国文化。

249 莫瑞吉奥·卡特兰（Maurizio Cattelan），意大利当代艺术家，以其讽刺性和挑衅性的作品著称。他的作品《20世纪》（Novecento，1997）展示了一匹马被吊挂在天花板上，暗示了生命的逝去和英雄主义的崩塌。

250 昆汀·萨克斯比·布莱克爵士（Sir Quentin Saxby Blake, CBE, FCSD, FRSL, RDI），英国漫画家、漫画家、插画家和儿童作家。他为300多本书配过插图。作为一名儿童插画家，他在2002年获得了两年一度的国际安徒生奖。

251 "固定"（fixing），在这里指的是将视觉或艺术作品中的某个瞬间或形态永久化的行为。尽管这些视觉或形态本身是临时的、偶然的,但通过艺术家的创作,它们被捕捉并固定下来。这种固定行为本身带有矛盾,因为它试图永久化那些本应是短暂和变动不居的东西。

252 艺术家在描绘或表现物体、面孔、身体或风景时,常常试图捕捉这些形态的暂时性和偶然性。这些形态在现实中是不断变化和发展的,但通过艺术家的创作,它们被定格在一个特定的瞬间。这里的矛盾在于,艺术作品试图通过固定和描绘来捕捉和表达那些本应是短暂和变化的东西。例如,一个风景画可能表现的是某一时刻的自然景观,而这个景观在不同的时间和条件下会发生变化。艺术家试图通过定格这种短暂性来表达其美感和意义。

253 指作品《生病的男孩》(The Sick Child),创作于1664—1666年间。

254 指作品《静物与芦笋》(Still Life with Asparagus),创作于1697年。

255 指作品《清晨如厕》(The Morning Toilet),创作于1665年。

256 肯尼斯·克拉克(Kenneth Clark)和《文明》(Civilisation)。1969年,英国艺术历史学家肯尼斯·克拉克主持并制作了一部具有里程碑意义的BBC电视系列片《文明》,这部片子探讨了欧洲艺术和文化的发展。节目以其广泛的艺术视角和深入的分析,吸引了大量观众,让许多人第一次深入接触到欧洲的艺术和文明。

257 指的是1968年法国五月风暴期间,法国第五共和国政府面临的严重政治危机。当时的总统是戴高乐,他的政府因学生和工人的广泛抗议而受到巨大压力。

258 这里指的是当时许多老一辈人对青年抗议者的看法,认为他们是被自以为是的正义感所迷惑的轻浮青年,威胁到传统的"资产阶级"启蒙价值观。

259 1968年是一个全球性抗议和动荡的年份,尤其是在法国。五月,巴黎的学生和工人爆发了一场大规模的抗议运动,反对政府的教育政策和更广泛的社会不公。抗议者占领了大学校园和工厂,与警方发生了激烈的冲突,最终导致法国第五共和国政府陷入危机。虽然这场运动最终未能推翻政府,但它对法国社会和政治产生了深远的影响。

260 在希腊悲剧中,傲慢自大(hubris)常常被描述为人类的过度自信或自负,最终导致其失败或毁灭。肯尼斯·克拉克在他主持的《文明》节目中,以其权威性和深厚的知识,带着极度自信探讨欧洲艺术和文明的伟大成就。作者反思自己在许多时刻也会像肯尼斯·克拉克那样，带着自信和优越感去思考"什么是文明"这个问题。这个短语通过"再配一筐"这个比喻，强调了这种傲慢自大感的重量和显著程度。

261 圆柱形储存容器（cylindrical storage container），指的是用于保存和保护卷轴画的传统容器。中国传统的山水画和书法作品常常以卷轴的形式保存，卷起来时放入圆柱形的储存容器中，以防止损坏和便于储存。

262 米玛尔·西南（Mimar Sinan, 1489—1588）是奥斯曼帝国最伟大的建筑师，被誉为"建筑大师"。他为苏莱曼大帝和其他奥斯曼苏丹设计了许多重要的建筑，其中最著名的是苏莱曼清真寺（Süleymaniye Mosque）和塞利姆二世清真寺（Selimiye Mosque）。他的作品以大规模的圆顶和复杂的结构设计而著称，对奥斯曼建筑风格产生了深远影响。

263 他们各自信仰的无可匹敌性（invincibility of their respective faiths），这里指的是米玛尔·西南和米开朗琪罗分别通过建筑作品展示伊斯兰教和基督教的伟大和无可匹敌的地位。两位建筑大师在建造大型宗教建筑时，试图通过宏伟的设计和结构，彰显他们所信仰的宗教的强大和不可战胜。

264 米开朗琪罗（1475—1564）继承了布拉曼特（Donato Bramante, 1444-1514）的圣彼得大教堂（St. Peter's Basilica）设计，其中包括一个以希腊十字形平面图（Greek Cross plan）为基础的大圆顶。然而，米开朗琪罗的设计在他去世后并未完全按照他的意图实现，他的继任者对设计进行了修改，使得原计划受到了一定程度的阻碍和改变。布拉曼特（Donato Bramante），意大利文艺复兴时期的重要建筑师，他最初设计了圣彼得大教堂的基础平面图。布拉曼特的设计对后来建筑师们产生了重要影响。希腊十字架（Greek Cross）：一种建筑平面图设计，特征是所有四个臂的长度相等，形成一个正十字。米开朗琪罗在设计圣彼得大教堂时采用了这种平面图。

265 这里的"相遇"指的是不同文化之间的交流和影响。作者在说明并非所有文化的发展和辉煌都是通过与其他文化的互动和交流来实现的。有些文化在完全孤立的环境中也能自行发展和繁荣。

266 塞缪尔·贝克特（Samuel Beckett）的名言"失败得更漂亮些"（fail better）：这句名言出自贝克特的戏剧《瓦特》（Worstward Ho），完整的句子是"Ever tried. Ever failed. No matter. Try again. Fail again. Fail better."(曾经尝试过。曾经失败过。不必在意。再试一次。再失败一次。失败得更漂亮些)。这句名言鼓励人们在失败中不断进步和成长,通过每一次的尝试和失败来逐步提升自己。

267 这句话表达了作者对他们所制作的艺术系列节目的最终期望和目标,即希望通过展示艺术作品的力量和美,能够在现代社会的纷杂中传达出一些重要的、持久的价值。如果观众通过观看节目,感受到艺术作品带来的震撼、思考和情感,那么制作团队的努力就会被认为是成功的,他们的工作也就算是完成了。

音乐、戏剧、电影和书籍

Music, Theatre, Film and Books

我的音乐评论生涯始于稚嫩的15岁,结束于依然稚嫩的16岁,编辑的女儿在那时和我分手了。"能帮我个忙吗?"当我第一次出现在公寓,要带上女孩儿去看电影时,她的父亲打算投机一下,问我能不能用一篇奇怪的迷你专栏(300字,不会有更小的栏目了)来给正经的音乐会评论作为添头?只是偶尔去一下节日大厅、威格莫尔大厅、各种音乐大厅,去听些奇怪的独奏会或室内音乐会?我想,这可能是个甜头吧,一边鬼鬼祟祟地牵着女孩儿的手,感到慷慨激昂。唯一的阻碍,是我对贝多芬、莫扎特、巴赫,以及所有可能会遇到的曲目一无所知。巴迪·霍利?那没问题,舒伯特可就不行了。这并不是说我爸妈不够有音乐细胞,实际上,他们的旋律优美到足以媲美剧场演员,但更像是来自音乐剧,而非音乐舞会之类的东西。

而且，在我家位于戈尔德斯格林的住宅中，音乐常常以侵犯性的方式，在不恰当的时刻回荡着：早餐桌上响起了《轻歌曼舞好营生》（二重奏版）的演奏时，我正在一旁用勺子搅和着树莓酸奶，内心发出着悲叹。

这是不一样的。我需要指导。当时的女朋友（显然很熟悉德沃夏克或勃拉姆斯），把过去的专栏放在我面前，我们一起挑出了一些有用的形容词："抒情的""生动的""活泼的""宁静的""愉悦的"等等，再用拼字玩具拼了一堆，装进袋子里摇一摇，抽出几个，然后就大功告成了：给安妮·费舍尔演奏的《月光奏鸣曲》写上300字，再给鲁宾斯坦和肖邦的玛祖卡写上300字，阿奇·卡姆登的巴松曲？抒情的、娴熟的，以及"低沉的"（显而易见）。

剧院则是另一回事儿。我的父亲本想在那里度过他的职业生涯，而不是在纺织业，后者成为他那压抑不住的戏剧性元素的监狱。如今，当我想到他专门制作的那些色彩鲜艳的丝绸时，它们或许便是在这一行业中，他所能做到的戏剧化内容了。他一有机会就会突然开始说莎士比亚的作品，就像是对自己的过度补偿：在用餐的间隙，他会站起来讲述法尔斯塔夫的"sherris sack"（雪利酒独白），并用摇摇欲坠的醉意画上句号；或者，当我母亲因为我的学业成绩低于平均分而责备我时，他会用"仁慈并非强求得来的"来说情。在我仍然需要穿短裤校服的年纪，他让我记住了所有的演讲稿。因此，我所做过的最激动人心的电视节目之一，是与山姆·韦斯特和阿曼达·斯图布斯一起,为(黛西·古德温的银河公司和英国广播公司的)"用心背诵莎士比亚"比赛里的学童做评判。看到12岁的杰克站在坦福德大学的舞台上,全身心地沉浸在"喔!我盼着火之缪斯"之中,你就会再次相信,莎士比亚在推特狂热时代仍然具有独特魅力。获胜者是一个戴着头巾的14岁女孩,她完美地完成了最难的一段台词:"生存还是毁灭(To be or not to be)。"令人吃惊的是,她把这句话当作自嘲的黑色喜剧,并在对"未知的国家"产生恐惧之前,继续说道:"这就是问题吗?"('that is the question?')山姆说:"我的天啊,我现在就要聘请她来公司。"我们也走过去,对她骄傲的父母说了同样的话。"她一定要当演员。"山姆说。"哦,不,"她爸爸笑着说,"她将成为一名国际金融顾问。"嘿,整个世界就是一个舞台。

帕蒂·史密斯
Patti Smith

可以肯定地说，帕蒂·史密斯是格林威治村唯一一个知道我们的采访日期——1月6日（也是圣女贞德生日）的人。一幅在巴黎金字塔广场上由弗雷米特创作的镀金雕像的照片，出现在她的黑白照片相册中，身穿铠甲的女英雄正高举着百合花，伸向空中。帕蒂·史密斯的诗歌和音乐中，有许多地方暗示了她与奥尔良少女的亲密关系：同为勇士，被幻象所依附，并与天使的音乐相呼应。但在12座椅咖啡馆中，她挥舞的是钢笔，而非利剑。当我到达咖啡馆时，她正背对着门，俯身看着一些散乱的活页手稿（"我的咖啡馆沉思"），她的手在散落的纸张上拂过。她正精力充沛地画着下划线，若现在打断她，似乎都是一种不礼貌的行为。她那副戴着眼镜、穿着法兰绒衬衫、长发中夹杂着些许灰白色的学究模样，看上去更像是一名文学教授，而不是在《马群》(Horses)中嘶声呼喊的吼叫者。

我以前见过她一次，那是在英国，另一个书呆子会去的地方：查尔斯顿文学节，在布卢姆斯伯里派的聚集地萨塞克斯郡举行。关于那些"贝尔"和"伍尔夫"们的一些事情，也许是他们在散文、绘画和伙伴之间的交错，与帕蒂·史密斯诉说了什么，仿佛查尔斯顿便是穿着惠灵顿靴的切尔西酒店一样。静物艺术家帕蒂，为邓肯·格兰特的放在破旧油漆桶里的画笔拍下了可爱的照片。一天晚上，在厨房用过晚餐后，她像一位幽灵般的吟游诗人，长发在肩膀上舞动，慷慨地、夹着醉意地开始吟唱，这是她为孩子们谱写的摇篮曲。长大了的孩子们，包括我在内，都沉浸在幸福之中。我记忆中的她是个唤人醒来的女巫，一位正面呐喊的女王。但这里的帕蒂，柔软而深沉，却同样真实。"它一直在那里，"她提醒我道，"《马群》中的《挽歌》是一首很好听的曲子。"的确如此，但对所有那些过早离开的人来说，这首曲子也是一种强烈的哀叹——莫里森、亨德里克斯和乔普林，大量倒在20世纪70年代的人物。

她为自己不够隆重的穿着打扮道歉，但这似乎没什么必要。这里是麦克杜格尔街，而今天是星期一，我自己也不是一个时尚达人。此外，她正身处令人不适的天气中，还受到了曾在纽约肆虐的虫子的袭击。我很同情她，但她补充说，尽管如此，她还是做了四场表演。"这不影响我的声音，"她说，"这很有趣，你可以生病，但在舞台上，你会有足够的肾上腺素，你甚至可以直接告诉观众，他们会给你需要的东西，表演结束后再倒下也不迟。"2月5日，伦敦将听到她那极具辨识度的声音，从她最新的专辑《邦加》(*Banga*)中可以看出，她的声音比以往任何时候都更加美丽，变得原始而温柔。她将和一个小组一起表演，包括她的吉他手儿子杰克逊。他住在底特律，那儿曾经是她的家，但如今已是一个很难谋生的地方。所以，欧洲之旅也是带薪和家人一起。身为母亲的帕蒂（现在也是祖母），从一个火力全开的大乐队主唱的压力中解放出来，得到了和儿子待在一起的机会。

这几场室内音乐会被称为"文字与音乐之夜"，以诗歌和歌曲为特色。但自从1974年《小旅馆》(*Piss Factory*)这首用鼻音高呼的曲子出现在世人面前的那一刻起，这两种流派在她的作品中就再也不可分割了。正是出于要为诗歌配音的迫切需求，而不是让它拘谨地待在书页中，帕蒂才选择成为一名歌手的。不管怎样，这些词本身最为重要。任何怀疑帕蒂·史密斯本人是不是一位优秀强悍作家的人，都应该翻看《只是孩子》(*Just Kids*)，书写了她在20世纪60年代末和70年代初与艺术家罗伯特·梅普尔索普的友谊回忆录，这是在两人尚未成名前的温馨故事。任何段落都将告诉那些怀疑论者，国家图书奖评审团之所以为她颁发奖项，不仅仅是因为这个摇滚乐手可以把奇奇怪怪的句子串在一起。

当这个奖项被公布时，她的出版商推广人员告诉我，帕蒂哭了整整一个小时。眼泪里没有自鸣得意的成分，而是兑现了诺言后的深切满足。在梅普尔索普去世的前一天，他让她写下他们之间的故事，她答应了。她怎么能拒绝呢？但是，由于没有任何写书的经验，她花了20年的时间，在自己的痛苦和悲剧中不断挣扎，才完成了这部作品。她说，这很难，"因为我想写一本对习惯性阅读者有真正意义，但也会受到非阅读者欢迎的书"，尤其是因为梅普尔索普从来没能读过多少书。为了把那些非阅读者带进故事里，她试图使这本书"尽可能地电影化，就像一部正在徐徐展开的小电影"。

这长期的酝酿是值得的。其结果不仅仅是在波希米亚的成长、成熟，更是一段通过啼笑皆非的自我剖析，孕育出的深入人心的叙述：头脑清晰、不感情用事，但又满是爱意。"我们过去常常嘲笑我们的小我，说我是个坏女孩，想要变好，而他是个好男孩，想要变坏。随着岁月流逝，这些角色将逆转，然后再次逆转，直到我们开始接受自己的双重本性。我们容纳了对立的原则——光明和黑暗。"

一个又一个段落，像是极其清晰的画面正在交替闪烁：驾着马车的送冰人递给儿时帕蒂的"用牛皮纸包裹着的冰条"；哥特式的"塞满废弃注射器的烤箱，遍布霉菌的冰箱"，在他们初次对布鲁克林进行深入探究时，向他们致意问好；从一家渔具店买的"发夹、羽毛诱饵和小铅锤"，还有龙虾壳，那是用来做朋克风项链的，因为哪怕没有一毛钱，他们都知道如何塑造一个引人注目的外观。

帕蒂·史密斯的记忆银行，是一个装满纪念品的柜子，每件物品都捕捉了某个瞬间，或是一个地方。"有些是为自己服务的，有些是很神奇的，"她说道。有些纪念品出现在了她的照片中，以及由史蒂文·塞布林拍摄的纪录片《生命之梦》(Dream of Life)里：一件儿时最喜欢的裙子，或是梅普尔索普在她21岁生日时为她制作的羊皮铃鼓。对帕蒂来说，没有任何物体是完全没有生命的。当妈妈要给她买一把新牙刷时，"心碎的"小帕蒂问道："可我该怎么对待这把旧牙刷呢？""把它扔掉。"妈妈如此回答。"但我不能，"她说，"它把我的牙齿照顾得那么好。""你以为它的感情会受到伤害？"我问道。"是的，正是那样。"她笑着说。

但她也记得自己与灵魂伴侣之间说过的话语，一字不差，精确到异乎寻常。她告诉我，这是因为梅普尔索普不仅没能读过许多书，也没有说过多少话。"他是一个倾听者，所以，当他开口说话的时候，就像是世界上唯一存在的东西……当他完成一件艺术品后，对于任何空间分析之类的东西都不感兴趣。最多会问一句：'这个到底好不好？'这看起来过于简略了，但一个作品归根结底就是这样。"当他画画进展顺利时，他会对帕蒂说，他正在"和上帝牵手"。

如果梅普尔索普的评论听起来有点威廉·布莱克的味道，这绝非偶然。如今，帕蒂·史密斯与文学形影不离，即使是新专辑中欢快活泼的《4月愚人》(April Fool)，也是对果戈理的致敬，他的喜剧天赋也正是在那一天来到了这个世界。我们的谈话围绕着她的导师和支持者展开：威廉·巴罗斯、艾伦·金斯伯格（在发现她是个女孩之前，曾绅士地搭讪过她）、鲍勃·迪伦，以及她一直以来的偶像——阿蒂尔·兰波。但在万神殿中，没有人比布莱克更重要。她拍下了他的死亡面具，并祭拜了他的坟墓。

对布莱克的热爱起始于很久以前，当时她的母亲给了八岁的帕蒂一本《纯真之歌》（*Songs of Innocence*）。那是在新泽西州南部的乡村，周围是沼泽和养猪场。两代人以前，她的爷爷（一位"矮小、乐观的爱尔兰人"）曾在宾夕法尼亚州经营着一家钢铁厂，而她母亲的父亲则是弹奏杭基汤克音乐的。1945年，在她的女儿出生的前一年，帕蒂的父亲从新几内亚的一场残酷战争中"落魄"地回来了，他还在那儿染上了疟疾。为了给他们的三个孩子保证伙食，他去了霍尼韦尔的生产线上工作，而她的母亲则是一名衣帽间女侍者和服务员。

就像许多家道中落的美国家庭一样，史密斯夫妇确保了他们的孩子能得到语言的宝藏，以及在《只是孩子》中她所提到的——"想象力的光辉"。一本名为《银便士》（*Silver Pennies*）的诗集，就这样成为珍贵的财产。其中收录了叶芝和他的通信者"草原吟游诗人"瓦切尔·林赛的诗，对他们来说，诗歌如果不能被咏唱出来，那就什么都不是。而帕蒂则为她的弟弟和妹妹表演，在她读过的故事上添砖加瓦，因为"我是在图书馆徘徊的小鬼，也是我弟弟妹妹的牧羊人，"她说着，脸上露出了属于大姐姐的笑容，"个子更高，更会读书，我是他们的守护者。我父母都外出工作去了，所以就由我照顾我的小绵羊们。"

凭借林赛和布莱克的"粗犷简约",他们对寻常声音的放大,已经让她为他们所折服。布莱克身上还有一些让她钦佩的东西——他画中的线条与色彩所蕴含的文字,他那完成一切事情的朴素决心,从将笔落于纸上,再到刻下结果。"我自己就喜欢同时做好几件事。我想画画、写字、说话。"

瞭望塔上的哨兵、她圣经学校的耶和华见证会老师们,尽他们最大的努力来击碎她的梦想。可以预见的是,他们的紧缩政策产生了相反的效果。在"12或13岁的时候,我爱上了艺术,把它当作一种召唤、一种使命",并作出了一个"有意识的选择"——拒绝有组织的宗教。那时的她已经被写作的想法缠住了,"不是出于自我满足,而是出于感谢……想要在图书馆书架上多放一本书"。(所以,得知她不用Kindle电子书,也就不足为奇了。)在纽约,她靠在书店工作得来的微薄收入勉强度日,"我很随机应变,而罗伯特总是为钱担心",她对自己能否成为一名诗人产生过怀疑。另一方面,梅普尔索普对自己的艺术命运确定不疑,倒是对自己的性取向不太确定。两人分开了。帕蒂去了巴黎,跟踪兰波的鬼魂。当她在纽约再次见到梅普尔索普时,他已经是一具行尸走肉。他们几经重聚后,搬进了切尔西酒店,这处酒店对他们来说,成为一所充满可能性的神学院——就像对许多其他人那样。她开始不断遇到些相信她的人、帮助她的人:演员和剧作家山姆·夏普德,柏洛兹和金斯堡,他们为她赋予了直言不讳的诗歌,发自内心的诗句。当她在热情好客的垃圾坑——麦克斯的堪萨斯城夜总会和

CBGB 酒吧（如今已被封为朋克摇滚乐的摇篮）开始自己的朗读时，她注意到，当诗人们开始嗡嗡作响，观众会变得很不耐烦。"有点无聊。"而她是不会让人无聊的。

她把 20 世纪 70 年代中期的那一段时间称为行业觉醒。"在 60 年代和 70 年代曾有过一场运动，一条贯穿摇滚乐直线，由吉姆·莫里森、尼尔·杨、亨德里克斯、列侬、格雷斯·斯里克等人发起的，他们想要提升摇滚的水准。他们都是那么的有智慧，他们拾起了博·迪德利曾缔造的开端，并不断抬高、攀升……当我开始唱歌的时候，我并不是为了成为一名摇滚明星，而是为了让这条线继续下去。亨德里克斯和莫里森去世了。一切都在改变，我担心火炬会无法传递下去，担心光亮会逐渐消弭。我知道这听起来很自负，对于一个来自南泽西的女孩儿来说有点过于崇高，但是那些人所做的事情是如此重要，这是对美国的伟大贡献。我想做一个在堤坝上守护它的孩子，直到有人过来。"

"那个人就是你，"我说，"你和斯普林斯汀。""噢，"她说，"布鲁斯忙他自己的事情去了。听着，我们来自新泽西的不同地方，他来自州的中部或北部，而我来自南部乡村——勉强温饱的家庭和养猪场。"当我问她是否有意识地塑造了《马群 / 复活节》(*Horses / Easter*)里的声音，比如那些鸣叫声、拖拉声和在耳边的哭声，她又一次笑着说，不，她也不懂这些。她用鼻音唱歌，因为"我的呼吸很浅"，那些只是南泽西的声音。"他们都认为我是个乡巴佬。"

但这是一个把布莱克、惠特曼和叶芝装进脑袋、装进心里的乡巴佬。她把被拼凑完整的"帕蒂",归功于她和钢琴家理查德·索尔的一段交往,尤其是因为,他和她一样,不是摇滚界的势利鬼,也不是任何一种势利小人。受过古典乐训练的他,"喜欢演出用的曲子。他既会弹奏博·迪德利,也会演奏门德尔松"。她也一直生活在一个广阔的音乐世界里。"我爱R&B。我早上会听着格伦·古尔德去工作,傍晚听着《帕西法尔》(*Parsifal*)入睡。但我也把《坠入深渊》(*Rolling in the Deep*)听了无数遍。"

她自己也在独自辗转。1980年,她嫁给了MC5乐队的弗雷德·"索尼克"·史密斯,开始转向更具政治色彩的内容,并与他一同写下了《民众拥有力量》(*People Have the Power*)。她说,政治对她而言并非易事,但她曾在罗伯特·肯尼迪进行参议员竞选时为他工作过。当他遇刺后,她便退出了政治世界,而她需要更积极主动的弗雷德,来推动她好斗的政治本能。"我照例查阅了布莱克和《圣经》,向他们请教。'谦卑者必继承土地。'我当然明白。"她对圣方济各开始产生兴趣,并对阿西西进行了一次非正式的朝圣,当一位教皇出现,并采用了那个名字,以及与之相关的社会福音后,她认为,这是一场奇迹。"人们说,永远都不会有耶稣会的教宗,也不会有方济各会的教宗。现在,他们两个都有了。"

每隔一段时间,《巴格达电台》(*Radio Baghdad*)的旧时怒火便会卷土重来。她带着平静的轻蔑,回忆起了当时选择缄默的媒体——一场参与人数多达十万人的反伊拉克战争的抗议游行，却几乎没有得到任何报道。尽管她为一名非裔美国人入主白宫而欢欣鼓舞，但和其他数百万左翼人士一样，她并没有原谅他让关塔那摩监狱保持运转和继续对阿富汗进行战争的行径。"对我来说，他就像一个优秀的共和党人。"那种"被声望所驱使、物质主义"的文化让她难过，尤其是当她看到"三岁的孩子被手机和电子游戏所安抚，而非为孩子讲故事"时。对环境的持续破坏使她更加悲痛苦闷。她轻轻叹了口气，又回到了布莱克的话题上。"随着年龄的增长，我比以往任何时候都更能体会到，成为他所需要付出的代价——当他坐在家中，一笔一画为《牧羊人》(The Shepherd)插画上色时，已经成为一场工业革命的牺牲品。"

接着，她坚定地、像是拨开阴霾一般说道："我仍然是个十分乐观的人。我会继续快乐地进行我的工作。"贝多芬的曲调传了过来。她看过的第一部歌剧是《费德里奥》(Fidelio)，这部作品非常符合她的气质，这让她想把它拍成电影。"我已经想好了开场的镜头。我是莱奥诺雷/费德里奥，留着齐腰长的头发。我拾起了剪刀，剪断了长发。"

这需要一点点去习惯，温和的人道主义和贪婪孩童的生活乐趣，是帕蒂·史密斯的重要组成部分，正如那份发自肺腑的愤怒一般。但是，从20世纪80年代末开始，任何一位从一连串残酷打击中幸存下来的人，都有着注定的结局：要么迷失在黑暗中，要么沐浴在崭新的光芒下。梅普尔索普只是一系列亲友逝世的开端。1990年，才37岁的理查德·索尔，身体状况看起来非常健康，却突然死于未被检查出的心脏瓣膜病。1994年，她的丈夫弗雷德在长期与病魔的斗争中倒下了，留下一个寡妇和两个年幼的孩子。就在她弟弟托德刚提出要照顾她和孩子们的时候，又被中风夺去了性命。

一个人能承受多少灾难？只有照顾杰克逊和杰西的迫切需要，才给了她忍受这一切的力量。但这也是她唯一能做的，她有创造性地跳进了空虚之中。要为梅普尔索普写的回忆录还没有动笔，可那也是一份来自痛苦的邀请函。"我所做的任何尝试，都把我带回了悲伤的中心。"但是，有些光线通过兰德照相机的镜头，穿透了过来。这是一种瞬时的、几乎不费吹灰之力的艺术，它始于一张努里耶夫的陈旧芭蕾舞鞋的照片。万物的音乐，接着是万地的音乐，开始为她轻柔地调好音调。但她和孩子们被困在了汽车城，她可能是底特律唯一一个还没有学会开车的成年人。她从来没富有过。在所有可以想象得到的方面，她的状况都很糟糕，急需找到某种谋生的方法。天使就此介入——齐默曼来了。1995年，迪伦在巡演时，邀请她一同演出。她那时紧张吗？"噢，当然了。我不知道观众是否会欢迎我回来，也不知道他们是否还记得我。"观众不仅记得她，也很欢迎她的回归。

到了67岁时，帕蒂·史密斯对生活与艺术的追求已坚定到无以复加的地步。她的音域已经发展到一个惊人的范围，可以适合一切她的歌词想要的诗意音调。为艾米·怀恩豪斯谱写的一首节奏分明的蓝调挽歌《这就是那个女孩》(*This is the Girl*)，就是那种迷失的灵魂也会喜欢哼唱的曲子。为她的好朋友强尼·德普创作的《九》(*Nine*)，能从音乐中听到爱尔兰管风琴的低沉声音。20世纪70年代和80年代的女性们，比如克里希·海德和黛比·哈利，比男性更注重自己的声音。迪伦只不过是一个会表演的腺样体，汤姆·威兹那仿佛被刀割过的喉咙的音域，只剩下刺耳的刮擦声。但是，曾经想成为一名歌剧演唱家的帕蒂·史密斯，已经练就了她声音的深度和细腻，在她需要的时候，可以施展天鹅绒般的微妙颤音。当她讲诗的时候，她也能在音域中四处漫游。在为女演员玛丽亚·施耐德所唱的另一首挽歌中，她演唱道："在世界边缘的沙漠里，一颗闪亮的星星，甜美，轻率。"这并不是说她变得软弱了。她从来都不是冷酷无情的人。她坚韧，凶猛，强壮，性感，且坚强，但从不严酷。

当她还是一个住在新泽西南部的小女孩的时候，她会做着冗长的梦，会给弟弟妹妹讲故事，而她的母亲会用沙哑的烟腔给他们唱多丽丝·戴的歌谣，"顺其自然，随他去吧"(*Que Será, Será*)。尽管现在这个世界有那么多不合理的地方，尽管她经历了那么多闯入自己人生的友人来来往往，那句话似乎仍体现着她对待这个世界的方式。不管怎样，顺其自然，随他去吧。

莱昂纳德·科恩[1]
Leonard Cohen

茶和……什么？祝酒？同情？不，是橘子[2]。从一开始，莱昂纳德·科恩的狡猾手段就总是令人感到出其不意。难怪，在尖叫者的黄金时代，他需要付出更多努力才能获得关注。詹尼斯的狂喜刺耳声，亨德里克斯的疯狂吉他乐，列侬用喉音发出的咆哮，甚至是迪伦用扁桃体发出的虚假乡村音乐[3]——所有这些声音中的抒情故事，都要尽全力抢夺空气，若没能达到标准，这些词句将会被噪声构筑的墙体遮挡住。但科恩的极简主义低吟声，是让人昏昏欲睡的沙发，是让诗句慵懒横躺、展露无遗，再也不去别处的地方。

在20世纪60年代，他的歌词通过诸多滑稽而又不严谨的结合吸引了人们的注意："像钩子上的虫/像一本老书里的骑士。"据我所知，苏珊娜的确给莱昂纳德喂过茶和橘子，但正是平淡和异国情调（指橘子，如科恩所知晓的那样，橘子最初的确是"从中国远道而来的"）的结合，宁静与锐利的搅拌混合，才使得这句歌词从吟唱中蹦了出来。苏珊娜毕竟是"半疯"，所以当她"带你去河边的住所"时，可能不完全是为了野餐。另一方面，"这也是你想待在那里的原因。"好吧好吧，给我剥个橘子吧。

与他那一世代的许多伟大创作型歌手（迪伦除外）相比，科恩会更加毫不犹豫地从文学巨匠那里寻找灵感。洛尔卡为他提供了一首诡异、美丽而邪恶的《跳支华尔兹》（Take This Waltz），尽管科恩的西班牙语意译可以说是比原作更令人不安的张力诗句："满是干枯鸽子的森林"（洛尔卡版）变成了"鸽子们的赴死之地是一棵树"（科恩版）；"闭上嘴巴来跳这支华尔兹"（洛尔卡版）被改为"用钳子夹住下巴来跳这支华尔兹"（科恩版）。

科恩通常是在很精确地知道正典在各个时代是如何被使用和滥用的情况下，援引正典的。亨利·沃兹沃斯·朗费罗的《起航吧，国家的船》（Sail on, o Ship of State），是科恩谱写《民主》（Democracy）并在军鼓鼓声中奏响它的创作源泉，前者写于1850年，当时人们对联邦的生命力感到深切担忧。内战结束后，这首诗配上音乐合唱，并伴有爱国主义者拍着胸脯进行保证的画面。但科恩的《民主》的基调却离满腔热忱、斗志满满之类的状态很遥远，更像是往眼睛里吐了一口滚烫的口水。"它要来了……来自无家可归者的纵火，来自同性恋者的骨灰……来自能杀死人的极乐疾苦 / 它可能就藏在每个厨房里……来自失望之井 / 那是女人们跪下祈祷的地方。"在《未来》(The Future) 中,科恩变成了极权主义色情狂,充斥着残暴怪物秀:"给我所有活着的灵魂的 / 绝对控制权""给我白粉,砍下唯一剩下的那棵树 / 再把它塞进你文化的洞口里"。《民主》哪怕不完全是温暖而可爱的,它至少是种合格的救赎:"我爱这个国家,但我无法忍受眼前的情景。"在1992年这个选举年,朗费罗的刻板赞美诗被改写成了一首充满可能性的纠错改正之歌。

有一段时间里,科恩会把自己的忧郁悲伤投射在事物的状态上,他沉浸在虚无主义的悲叹调中,对着麦克风咆哮,邪恶地模仿着黑暗力量。《启示录》(The Book of Revelation) 取代了《新约》(New Testament) 中的甜蜜,这让我们这些已经受够了他那温柔耶稣风格的人松了一口气,那种穿着破洞牛仔裤现身在音乐节上,幸福地微笑着,准备好迎接为期三日的嗑药和爱情的人。科恩歌中信奉福音的人会在当代街道和卧室里闲逛,所以《陌生人之歌》(The Stranger Song) 中的发牌人原来"只是一些在找马槽的约瑟夫"。但时不时地,《旧约》(Old Testament) 中更加坚定的耶和华会出现,将这一年的罪过进行一场强有力的清算。"cohen"毕竟是一名大祭司。

尽管他十分严肃地对待了撒旦这个罪孽深重的角色,但更多的是对他自己最喜欢的主题"L.Cohen"(正如他在《著名的蓝雨衣》的末尾对自己风格的界定)的内心沉思——这主题总会从他身上汲取最强烈的感受,和最精准的具象化文字,并会对他的旋律创作提出挑战,让他不断超脱极简主义呜呜咽咽的哀歌,以匹配诗歌中的力量。

科恩的这种残缺浪漫主义主题是常见的后文艺复兴嫌疑犯:告别,失落与悔恨,情感上的残酷(施加或承受),温柔与痛苦的不可分割性。有时,一些画面会出现在歌曲中,通常是一些望眼欲穿的追忆:"你在枕头上的头发像困倦的金色风暴",来自歌曲《嘿,绝不说再见》(Hey, That's No Way to Say Goodbye),这些画面之所以被允许出现,因为这纯粹是一种隐喻。它们起到了如此勾人魅惑的作用,以至于让吹毛求疵者放下了戒备心,他们可能会就此停步踌躇:风暴是否真的会和情人一样,能感到"困倦"呢?

如果说这些早期歌谣中的愉悦自我欣赏有点过多了的话,那么,20 世纪 70 年代中期便是新的开端,科恩从音乐的镜子中看到了新的气象,他开始尝试把景象作为基石,以构筑精美而拥有真切诗意的叙事诗。在《著名的蓝雨衣》这部悲情三角恋中,科恩把自己穿过的一件衣服转交给了"我的兄弟,杀我的人",后者和他的妻子私奔了,仅仅给了她"你生命的一个碎片 / 而当她回来时,已不是任何人的妻子了"。在这一时期最具张力的歌曲作品中,科恩着实摆脱了自艾自怜,从"好吧,我的朋友们都不见了 / 我的头发也花白了 / 我在曾经流连的地方忍受着阵痛",变成了更偏向悔恨的感激:"我只是每天付着房租 / 住在《歌之塔》里。"

如此看来,《哈利路亚》(*Hallelujah*,一首音乐创作与求爱不断相互角力的歌曲)这首歌能成为被翻唱次数最多的歌曲之一,且仍未被吸干其中的力量,成为空洞的狂想曲,或许也就不足为奇了。可若想从科恩那儿得到你想要的心痛感(你知道你想心痛一下的),你还是得去听饱经风霜、满身伤痕的老科恩所唱的"小调降,大调升",他那为拔示巴在屋顶上赤裸沐浴的禁忌光景而折服的声音:"她的美与月光使你颠倒。"但万事都不会如计划那般运转。颠覆发生在音乐愈加高昂的时刻,全能的、如君王一般的赞美诗作者被束缚,被剃去头发,而正是从那一刻起,当作曲狂热者被彻底刺穿时,音乐诞生了。哈利路亚。

汤姆·威兹[4]
Tom Waits

我要继续前行了。我已经没时间和普罗科菲耶夫或特罗洛普这样的人继续混在一起了[5]。我现在打交道最多的艺术家,是那些最勇敢、最具创造性、最突破界限的人,他们把自己钟情的流派变成了更加意想不到的东西,这种蜕变是如此彻底,让你在惊喜不已的同时,只能挠挠头说着"啊,这,好吧",仿佛这是世界上最自然的事情。因此,我喜欢托马斯·卡莱尔对历史写作的贡献,杰克逊·波洛克对绘画所做的事,或者华莱士·史蒂文斯对诗歌的影响。把美国最具口才的词曲作家汤姆·威兹置入这一行列中,绝不荒谬。我已经受够迪伦了。这并不是说迪伦有什么不好,只是,他所引起的重量级人物的分析量,仅次于弗洛伊德,而在大西洋两岸的人,却几乎还没开始为汤姆·威兹作出他应得的个人评价[6]。

音乐、戏剧、电影和书籍 Music, Theatre, Film and Books　　　323

　　为何他们应当这样做呢？因为他把美国音乐变成了寻常男女的演讲诉说之歌——这些人被困在"美国梦"的童真修辞里，和成年人当代生活的无情现实之间那条阴暗难闻的小巷里。你想用最令人心碎、最一针见血、最心酸不已、最使人沮丧的话语，来描述一位普通美国人的窘境吗？这名普通人陷入了一场他既无法理解，也无法体面逃离的战争中。试试威兹《Real Gone》专辑中的那首《明日之后》（Day After Tomorrow）吧，他在这首歌中拖着长音，慢吞吞地咆哮着，唱着让人不堪承受的歌词，他的沙哑声音就像一座被炮火摧毁、被沙土掩盖的建筑。这个声音，属于一个比那瘦弱、憔悴、一触即碎的小丑形象魁梧得多的男人，在他的一张 CD 封面中，威兹把自己的脸涂抹成了小丑皮洛的模样——这是一个确切知道自己在做什么的人。而发出这个声音的器官，则是美国艺术中最伟大的乐器之一。有些聪明的词曲作家，如迪伦和莱昂纳德·科恩，也会将他们受损般的声线加剧化，好配合尖锐的歌词。与这种处理方式相反的，则是尼尔·杨，随着他变得更加焦急，他的假声哀号显得愈加痛苦。可许多年来，他们之中没有任何一个人像威兹那样，思索如何让自己的声音成为一个国家的肖像，并朝着这个方向进发。他是美帝的科特·维尔（有一段时间，他对维尔的研究过于刻苦了），他模仿着维尔最粗俗的歌曲中那些刺耳的狂暴打击乐。

　　然而，这样的比较实际上贬低了威兹的独创性，因为汤姆·威兹对现代美国生活的解读，有着近乎莎士比亚式的透彻深度，他拥有洞悉三教九流、知晓各类人士内心的惊人能力，这些人包括酒鬼、妓女、瘾君子，有集市叫卖者与滑稽娱乐歌者，还有四肢满是弹片伤痕，只能在人行道上卖掉自己锡制星星的老兵，五旬节教派的雷鸣者呼喊着末日，过气棒球明星被酒精淹没，脾气暴躁的精神病们，不幸的乐观主义者们在马提尼的浸泡中失去了乐观，在一首不太现实的歌中，一个死人在地下两米深的地方唱着甜美的歌，盼望自己的爱人能在长满野草的坟墓上席地而坐。只有汤姆·威兹才能将一连串电视购物广告台词改编成一首完整的歌（《自告奋勇》），并以某种方式将它们变成一部详尽而有趣的纪录片，讲述美国式的轻信和美国式的狡诈："大字写福利，小字写条款。"

　　这只是他众多品质的一小部分。当你深入威兹的世界时，相信我，你并不会抵达某个摇篮曲之地——你会在灰蒙蒙的黎明时分，踏入一个满是油渍的街边小餐馆，旁边则是堆满垃圾的停车场。在1975年的一次现场表演中，他在《鸡蛋与香肠》（*Eggs and Sausage*）的前奏里警示道，小牛肉排"实在太危险了，它们会跑出柜台，把无力自保的咖啡揍得屁滚尿流"。

　　尽管对于美国人那空中楼阁式的多愁善感而言，他就像是洒在伤口上的醋，但在不少歌曲中，他也注入了温柔的激情。《55年份》（*Ol' 55*），是他早期歌曲之一，收录于1973年的专辑《打烊时间》（*Closing Time*）里，这首歌是为一场爱之夜过后，涌现于次日清晨六点钟的愉悦所咏唱的颂歌。"我的时间过得太快／我奔向我的老款55年雪佛兰／我缓慢地行驶起来，这感觉如此神圣／上帝知道我感到自己还活着。"这是自格什温和科尔·波特合上钢琴盖以来，最美的一首情歌。

但在通常情况下，威兹的情歌词句还附着苦涩的破灭感，也因此使歌曲变得更加感人。《不要和陌生人说话》(*I Never Talk to Strangers*)是他与贝特·米德勒共同演绎的高脚酒吧椅二重唱。在歌词中，老套过时的"当你了解我后，会发现我不是坏人"，被她用自己的机敏睿智所取代，哪怕他们都再次爱上了对方。

当我到达位于残破露天购物中心处的 Troubadour（吟游诗人）俱乐部时，天色已经有些黑了。英国广播公司的一位导演将我的《风景与记忆》(*Landscape and Memory*)一书改编成了电视节目，并把由威兹演绎的、菲尔·菲利普斯所作词演唱的《爱之海》(*Sea of Love*)，与威尼斯水灾的历史照片组合在了一起。如蜜糖滴落般的低吟声，如今被野性的咆哮所取代，他把这首歌的旋律改得天翻地覆。他对西区故事的《某处》(*Somewhere*)所做的改造甚至更加惊人，让你从骨子里感受到青春期的悲伤所带来的冰冷绝望。我从未听过这样的声音。那他妈的到底是谁？我向导演问道。自那以后，我就被威兹迷住了。这是一名能写出"她的长发像根汁汽水一样倾泻而下"这样的句子，而你又能精准抓住他所表达含义的作家——你怎么可能不被这样的人迷住呢？

威兹狂热症可不是那种让人舒适的成瘾行为。他的旅程始于20世纪70年代，当时的他只是另一个来自美国中西部的指弹作曲人，他将乡村和蓝调与自己那玉米壳般的嗓音结合起来，我们见证了他在美国精神的深渊和黑暗之地的旅行。当迪伦唱着"躺下吧女士"的时候，威兹正在试穿花哨廉价的衣裳，一边非常礼貌地唱着："我是你的深夜妓女。"从那以后，他不出所料地跌入了酗酒和吸毒的泥潭，最终，他在合作编剧兼联合制片人凯瑟琳·布伦南的帮助下爬了出来，凯瑟琳曾负责处理威兹的一些更出色的原始作品。

从旋转木马旁的管风琴，到俱乐部休息室的萨克斯演奏，再到柏林卡巴莱夜总会、意大利美声唱法，以及最近的非洲和拉丁音乐，没有人能与他匹敌。有时，他会把自己对逢迎歌唱者的愤怒抵制，推进到自我戏谑的边缘，让最原始的尖叫声、咕哝声、号叫声，加上盖子的叮当乱响声和撞击声，崩塌坠入愤怒的深渊。听着这些声音，就仿佛在啃食铁丝网。然而，在这些喧嚣又声势浩大的屠戮中，有一些天真烂漫的人，那些仍旧认为美好生活指日可待的人，被玷污了那抹纯真。年轻的士兵写信给伊利诺伊州的家人，对早熟的、用血腥得来的知识感到厌倦，他唱道：

> 我不是在为自由而战
> 我在为我生命的另一天而战
> 在这个世界上
> 我只是按命令行事
> 你只是路上的碎石
> 在明日之后
> 那些幸运儿能回到家……

黛比·哈利[7]
Debbie Harry

"你在高中的时候有表演过吗?"我问这位摇滚巨星。"天啊,没有过,"黛比·哈利说,"当时害羞得要命。"

"这简直难以相信,"我说道,同时想到了她成立"金发女郎"乐队时的猫爪姿势和咕噜声,想起了跟踪者声线中那刮擦般的声音:"不管怎样,我会抓到你,抓到你,抓到你。"我们看了看她的歌词,既尖锐又婉转,并让那声音像角斗士的网一样落在我们身上。

"是真的,"她走了回来,"有的时候我还是会害羞。"

但绝对不是在现场表演的时候,也不会是在澳大利亚或新西兰,此时的"金发女郎"乐队——黛比,以及两个原创乐队的成员,克里斯·斯坦恩和伟大的鼓手克莱姆·伯克——刚和"伪装者"乐队[8]共同登上头条,为所有热爱女性摇滚歌手那激烈洪亮的歌喉、那肉欲知识的人，献上了梦幻巡回演唱会。克里希·海德献唱一分钟，黛比·哈利接棒登台。这根本不需要犹豫，不是吗？

但是，我们所喜爱的硬核金发女郎，有个小小的不可言说的秘密：她实际上有点温柔，她随和，开朗，非常聪慧，和她交谈毫不费力。黛比·哈利接受这个采访是为了一张全新专辑的发布——《女孩的恐慌》(*Panic of Girls*)。从网上挑选一些试听歌曲，尤其是《我所听到的》(*What I Heard*)，你立刻就会知道，她和克里斯·斯坦恩以极其辉煌的状态回归了：前卫却充满流行风格的音乐。但她应邀采访，也是因为她不介意时不时地谈论"金发女郎"乐队。她就这样直视着你的双眼，微笑着，有时发出淡淡烟嗓的笑声；当秋天的魔爪伸向即将逝去的一年时，她所散发出的人性温暖，足以照亮曼哈顿阴冷的清晨。

我们正坐在市中心一家酒店的餐厅里。在拐角处，西装革履的人士们正狼吞虎咽地吃着早餐煎蛋。在这片沉闷的浮华中，黛比·哈利那真诚善良的本性正闪耀着光芒。那对猫眼依旧闪亮，那曾咆哮着"把她撕成碎片"，哼着"丹尼斯……永恒的吻"，呻吟着"设想一下"的双唇，如今依然充满魔力。她穿着宽松的白色细棉毛衣，里面是一件深色T恤，而那副漫不经心的神态，不是所有永远美丽的女士们可以轻松驾驭的。

重温她的经典作品，尤其是《平行线》(*Parallel Lines*)，我被她的音域所深深打动了。关于"金发女郎"带来的影响，诸如都市化的忧郁、锋利的思想、具有光滑金属质感的声音等等，早就引起了许多人的注意，人们也为此写过很多文章，她让你忘记了这是一种多么美妙的声音，她可以在高音区高唱《玻璃之心》(*Heart of Glass*)，也可以下探至属于市中心夜总会女歌手的低音，嘶吼着《把她撕成碎片》(*Rip Her to Shreds*)。她说："我总是以演员的身份来演唱。"虽然她所扮演的角色都是一首首歌曲，但她能让曲子听起来既脆弱又性感，以及所有介于两者之间的东西。这也许就是为什么她偶尔会用旧时代的标准来调情。她和伊基·波普合作过一个版本的《嗯，你可曾！》(*Well, Did you Evah!*)（这首歌曾由科尔·波特演唱，克罗斯比和辛纳屈所作词作曲），是一场令人惊叹的表演，尤其是他们拍摄的音乐视频。我还喜欢《暴风雨天气》(*Stormy Weather*)的其中一个版本，尽管黛比自己对它不置可否。

"有趣的是，"她说道，"我今早从新泽西开车过来的路上，唱的就是那首歌。"我告诉她，这是全国公共广播电台的商业节目在股市下跌时播放的歌曲。她笑了起来，因为无论有什么风暴——哪怕过去已经有过多场风暴——似乎都很遥远。她是被领养的孩子，我问她是否和生母有过联系。"喔，我之前雇了一个私家侦探……不过……"没能行得通。"这件事让你感到烦恼了吗？"我蠢兮兮地问道。"这当然让我烦恼，"她怒气冲冲地说，"但我不需要再有一个妈妈。我有一个母亲。一个就够了。"

在不可避免地获得了艺术学位，且尚未把头发漂白时，她还挺出名地在《花花公子》上做了一段时间兔女郎。"有趣又恐怖，就像大多数内容那样。"虐待？我试探着问道。"在和女人们约会的时候，是的，"她说道，"尤其当她们认为自己的男人被兔女郎们迷住时。"她曾在一个名为"柳林风声"的民谣乐队中担任韵脚伴唱，但她爱听纽瓦克电台里传出的摇滚蓝调，像是猫人时刻乐队，或者伟大的布鲁西堂兄。等到了70年代，喧嚣的市中心开始向人们招手：麦克斯的堪萨斯城（舞厅）里有"地下丝绒"乐队，正等待客人光临；CBGB摇滚俱乐部的前身已经成了朋克的摇篮；"纽约娃娃"乐队已整装待发，随时准备向麦克风嘶吼；"态度"乐队也调整好了琴弦。一天晚上，有个朋友让她去为一个自称"纯粹垃圾"的乐队做主唱。"啊，那听着不错啊，"她说道，"比叫'普通垃圾'强多了。"但等她到了演唱会，这个乐队已经原地解散了。当她与克里斯·斯坦恩在私人关系与音乐方面结下缘分时，"金发女郎"乐队就此诞生，也从此开始高歌猛进。尽管两人明显是合作关系，但哈利总会把热门歌曲的歌词创作归功于斯坦恩。但从哈利与歌词的完美匹配中——比如她的外貌，她的肢体语言，她那用绸缎或天鹅绒修饰的攻击性声音，等等——不难看出，这些杰作均脱胎于真正的羁绊。

这个组合中的第三人，一手将《平行线》(*Parallel Lines*)打造成了一部既具有商业价值又有批判性的作品，他就是麦克·查普曼，这位出生于澳大利亚的制片人，按哈利的话来说，拥有他们所需的流行审美，可以帮助他们这些市中心的新弄潮儿跨入主流。有许许多多的DJ听过"金发女郎"的作品，却鲜少有喜欢的。查普曼改变了这一切，而且，在相当长的一段时期内，他们从未回头过。天才设计师斯蒂芬·斯普劳斯给她穿上了反直觉风格的服饰，她越是用笔直线条、小西装和领带、印在布料上的横条纹线来展示男孩子气，她的性感电压值就越高。

"金发女郎"的重塑正在悄然发生。"人们的脑海里早已有了这种预感，"她说道。这从电影里也不难看出：喝着鸡尾酒、语气强硬、活泼大方的金发女郎穿着合身的铅笔裤，像伊娃·玛丽·森特那样"引诱男人走向灭亡"——在《西北偏北》中，激动的加里·格兰特如此描写道。沃霍尔的"工厂"（一间在纽约的工作室）堆满了需要漂白剂参与的作品，但在"金发女郎"身边，尼克听起来很虚弱。"我觉得20世纪70年代的女人们总是唱着有关身为受害者的歌。"哪怕是像达斯蒂·斯普林菲尔德这样把头发高高盘起的女歌手，抑或是玛丽安娜·菲斯福尔所演唱的催泪歌曲。"她们就只是站在那里。""金发女郎"乐队则不然。她采取了行动。"当你在餐厅遇见我/你便会知道我不是初入社会的天真少女。"轻佻的开场白是场虚假的示爱，接着用艳红的指甲轻轻拨弄，落在微妙的地方。"我会给你我最美好的时光/那是我看着你沐浴的时光。"

把各种流行音乐与市中心的朋克和新浪潮捆绑起来，并不是个费劲事。斯坦恩去了伦敦再回来时，带着满脑子的雷鬼音乐，听下《涨潮》(*The Tide Is High*)你就知道了。《玻璃之心》(*Heart of Glass*)和《设想一下》(*Picture This*)都是流行乐的代表之作。但是，她的一些来自"雷蒙斯"乐队的朋友的许多作品，可能直接受"海滩男孩"乐队的影响，如《摇滚收音机》(*Rock 'N' Roll Radio*)《洛克威海滩》(*Rockaway Beach*)，只是声音的强度变得更大，节奏也变得非常之快。尽管如此，"金发女郎"的亲和力还是不可避免地引起了一些指责，声称他们出卖了 CBGB 时代的一些老同志，比如约翰尼·雷蒙（"总在皱眉"）和琼·杰特（"最愤怒的歌手之一"）。哈利对此不抱有任何恶意。"她（琼）忠于自己的信念和原则……每个人都害怕被迪斯科取代。"

从《平行线》(*Parallel Lines*)的发行，到 1982 年"金发女郎"乐队解散，仅仅过去了四年。也许，他们的创造动力已经消耗殆尽，也许，他们出现过常见的管理纠纷，但最终使他们无法再走下去的，是一种可怕又罕见，且最初未能被确诊的自身免疫疾病——它侵袭了克里斯·斯坦恩的皮肤，侵蚀了他身体的各个器官，最终使他无法继续下去。在他们的最后一场演唱会上——哈利叙述着，她低下头，蓦然被回忆的阴影所笼罩："他那时的体重只有不到 54 千克。"哈利投入了大量时间来陪他度过这场可怕的磨难，尽管在当时被诊断为天疱疮，但似乎与大多数临床分析相悖。

所以，有个圆满的结局还是很令人欣慰的事。在录制了几张个人专辑（"并不是那么出色"她坚持道，否决了赞美之词）后，"金发女郎"乐队带着四首经典原创歌曲再次重组——包括斯坦恩，对于乐队成员能在长达40年间保持密切关系，且能够继续奏响他们那特殊的音符一事，哈利毫不掩饰地展现了自豪之情。归根结底，对哈利来说，这种关心和鼓舞的生存方式，似乎比任何夸张的名声——最终会被视为某种品牌的名声——更为重要。她很清楚地知道，那些摇滚小妞们——麦当娜、Lady Gaga——都非常贴近"金发女郎"的概念，但这是黛比·哈利不曾也无法实现的。她大方地承认了这一点，不带任何渴望或妒忌。"我敬佩她们决心的完整性。它会从此成为一股力量，也使我们从中得到了乐趣。哪怕我们用流言蜚语来贬低它，我们仍应对它心存敬畏。"

如果"它"并不属于"金发女郎"乐队，那么，这么长时间以来，究竟属于什么呢？如果你没有参加去年的怀特岛音乐节或悉尼音乐节，就去查看一下YouTube吧，你会看到一个精致而珍贵的东西：一支劲头十足的乐队（如今的斯坦恩虽已满头银发，但他的摇滚引擎完好无损），以及黛比本人，她徘徊于舞台上，气质硬朗，披着束腰外衣，腰带上满是重金属（有时是一把匕首），她华丽而危险，当她唱到"我不会被爱吓倒"时，她所做的不过是用艺术的方式，来歌颂男人与女人之间可能发生的事——如果他们敢试试的话。

海伦·米伦[9]:《暴风雨》[10]
Helen Mirren: The Tempest

在朱丽·泰莫[11]执导的性别反转版电影《暴风雨》的一幕中,海伦·米伦似乎对"演员们"下了狠手。女巫普洛斯佩拉(Prospera),拆散了化装舞会——这是为她的无垢女儿米兰达和她未婚夫的订婚仪式所举行的,温柔而坚定地使他们从幻想中清醒过来。"我们的狂欢到此为止。我们的这些表演者,正如我所预言的,皆为鬼神,都将消融在空气中,消弭在稀薄的大气里……"这是一段著名的台词,经常被当作莎士比亚最后一出戏的告别辞来诵读;吟游诗人不断闪烁着房子里的灯,好赶走深夜的贫民观众。

米伦用一种仁慈而明晰的语调诉说了这段台词,仿佛在向她天真的女儿说明,圣诞老人与精灵们实际上并不存在。在我们座谈的地点——伦敦酒店的会客厅里,她的脖子上围着她母亲的貂皮领子，嘴上涂着鲜红的唇膏，米伦正在用她快乐又善于表达的智慧火花，温暖着刺骨的寒冬。我对她说（为了避免她没有意识到），她在念"演员（actors）"这个词的时候，会噘起嘴唇，仔细地念。她突然开始了大笑，那是她独特的尖锐、河口女孩的笑声，并说道："真的吗？我不是有意要侮辱演员的。我爱演员们，我爱表演的整个过程。"

你之所以相信她，是因为她是一名不断反思自我的表演者——不论她在舞台上、电影中、电视里做了什么，她都会反思，又从不会因过度忧虑而给自己的表演带来负担。20世纪70年代，当我在老维克剧院观看久尔古德饰演的普洛斯佩罗（Prospero）时，这位伟大的人物在舞台上徘徊着，处于一种模糊的烦躁状态，高呼着"那云顶的塔楼，那浮华的宫殿"，就像是对剧院，对这幻觉腔室的一种内在的、阴郁的沉思。但是，比起久尔古德所表达的失去光泽的白银，米伦带来的是锋利的钢铁之刃。这位女巫并不会为自己的戏法而感到迷惑，因为她知道，在破釜沉舟的时刻，一切都是无稽之谈，哪怕她曾承认道："无稽之谈是惑人心智的。"在她的心目中，真正擅长无稽之谈的大师，是那些位于华尔街或类似地方的巫师，他们自欺欺人地认为，自己能够搭建空中楼阁。"庄严的庙宇，"她说，便是"高盛集团，和那座城。它们看似如此固若金汤，不是吗？"但事实上，它们不过是一场"虚无缥缈的盛会"，终有一天会"消融在空气中，消弭在稀薄的大气里"。

在性别的反转中（其效果如此之完美，以至于浑身披着乌黑鳞片和羽翼的米伦第一次亮相时,你根本不会想到这个问题),这种坚决而不受迷惑的语气,似乎很符合一位母亲对她那十几岁的天真女儿所做出的告诫。普洛斯佩拉似乎在说,这一切都很美好,这些飘飘然的仙女幻想,但是听着,孩子,我们会在你意识到之前便离开这里,如果你知道什么是真正对自己有益的,你会很快醒悟。所以,当米兰达面对一群紧身衣和披风时,他气喘着、渴望地说道:"啊,勇敢的新世界,有这样的人置身其中的新世界!"而普洛斯佩拉在一旁的话语,"这对你来说是新的",具有一种不同知识体系的力量——崭新的世界观的力量。

这并不是说,这只是一部平淡无奇的电影版本《暴风雨》,也不是说米伦所扮演的只是一位平淡无奇的施法者;它所说的,是女性的务实,而非魔法的狂热。她只是拥有一种与雅各宾文化相一致的心态,在魔法幻象与清醒的实用主义之间,保持着很好的平衡。在咒语和鬼神的包围下,人们很容易忘记这是一部关于各种权力的戏剧——那种需要幻觉的把戏和率直的冲击才能让人感受到的权力。米伦兼具两者,但她饰演的金发复仇女巫显然更喜欢"粗野的魔法"。

因为她真的是个博览群书的人,我向她问道,她是否想起了文艺复兴时期那些毫不留情的女性,比如凯瑟琳·德·美第奇?"不,西蒙,"她微笑着说,"这是你会想到的。我想到的是人性的种种——谁背叛了你?谁曾试图谋杀你?那是生活在痛苦、愤怒和复仇欲望中的人。"她提到作为灵感来源的欧里庇得斯的《美狄亚》，美狄亚被狂暴的杀戮冲昏了头脑，陷入了血腥的浩劫。但是，母性的普洛斯佩拉是强硬和温柔的结合体，很像这位女演员。"现在（剧情的结尾，阴谋家们被困在岛上的仙境中），当你能够实施最恐怖的报复时……"她用令人深思熟虑的语气说道。这不只是关于巫师在探访被囚禁的卡列班时所留下的折磨和刺痛，她说，乐趣在于将它们——列举出来，"腰间针刺，使你喘不过气"——这是如此的狂暴。

这位出演过《马尔菲公爵夫人》(The Duchess of Malfi)、在《赤焰战场》(Red)中狙杀过坏人的女演员，正是由于拥有对身体和精神的双重虐待的品位，才能意识到莎翁真实的一面，以及他那复杂的内心思考："莎士比亚撑开了你不想看到的裂缝内部。"其中一些缝隙，她说道，是赤裸的性。普洛斯佩拉对卡列班施以酷刑折磨，是因为他曾试图强奸还是小女孩儿的米兰达。"他想做的就是凌辱她。"这位母亲的报复方式，是任何一位受到威胁的母亲都会做出的选择。

"普洛斯佩拉"是米伦的主意。当她在2002年观看了德里克·雅各比出演的普洛斯佩罗后，她突然意识到，"可以在一个台词都不变的情况下，换成一位女角色"。然后，她回到家里，通读了一遍剧本，以确保这不仅仅是一种女权主义的反射姿态。接着，她看到了潜藏的可能性：这是由母亲给予女儿的另一种保护，这是让费迪南德的幸福婚姻路变成棘手考验的另一个缘由。"她知道16岁的小女孩儿们是什么样子的，她们容易神魂颠倒，如梦如幻，因为她也曾是这样的女孩。她要确保米兰达的心意不会被廉价地赢取。""你所有的苦恼,都是我对你爱的考验。"确实如此。

在文艺复兴晚期,男性对学识渊博的女人产生了一种恐惧心理,近似于当代思想中(尤其是詹姆斯国王的思想)对待女巫的成见,认为她们饥饿的头脑和强壮的身体中隐藏着黑暗学识。此外,这位被废黜的米兰公爵夫人以一种无意识的无情,将她自己流离失所的险恶故事,深深烙印在了她的幼童身上。"你可听清楚?""喔,好吧,妈妈,"她露出了女儿般的眼神,"继续吧,再告诉我一次。"没有子女的快乐米伦,边说着边笑了起来。

米伦在一次聚会上遇到了泰莫,并试着把自己的想法说给她听。"我想演莎士比亚的剧,而当时空出的角色并不多。我又对伏伦妮娅或格特鲁德不感兴趣。"(这让我感到可惜,因为她绝对会成为一名迷人的格特鲁德,被情欲束缚在谋杀篡位者的身旁。)格特鲁德有点像一个受害者,而米伦的确不怎么出演受害者的角色。她适合饰演麦克白夫人,那种为鲜血而浑身战栗的角色。曾制作过两次《暴风雨》的泰莫很喜欢这个想法,但直到一年之后,米伦才接到她的电话,被告知这个想法将会被搬进现实。她本以为兴奋的泰莫是在和她讨论舞台化,当她发现这将是一部电影后,那种喜悦却被她将要从事的沉重工作所冲淡了:这部戏剧的文本词序极其复杂古怪,即使按照莎士比亚晚期作品的标准来衡量也是如此。"他基本就是在创作即兴重复段,"她说道,一条条句子就像是吞噬自我的衔尾蛇,"就像迈尔斯·戴维斯的晚期作品。"

尽管拍摄过程的分割性不需要她这样去做，米伦还是决定在抵达拍摄地点（熔岩覆盖的夏威夷拉那伊岛）前，将整部剧本都记在心里。"我无法一边扮演这个角色，一边冒着忘词的风险。"即使如此，她还是会担心自己背诵得不牢靠，她甚至考虑过使用自动提词器。她终究没有这样做，但她还是坚持道："我总是害怕忘记台词。"她曾经忘记过台词吗？"只有一次，那是一部现代剧，戴维·黑尔的《牙齿与微笑》（*Teeth 'n' Smiles*）。"戴夫·金在场，为她解了围，"一位典型的事业崩塌又潦倒的喜剧演员"，他饰演了一个摇滚乐队的巡回演出经理人，"他那天晚上简直救了我的命，看着完全不像是个满头大汗又惊慌失措的演员。"

但无论她扮演什么角色，米伦都会经历一场人格的内在化。而在《暴风雨》这部作品中，她知道普洛斯佩罗与阿里尔和卡列班的复杂关系是该剧的核心，而米伦和他们对戏的场景（尤其是本·卫肖的裸体少年精灵），总是充满了诗意的张力，加载着微妙的性爱电压。她说，这两种岛屿生物是人类性格的两极，阿里尔是创造力、灵魂、精神和想象力的化身，是"飞翔的东西"；卡列班的世界则是性和暴力，这是"我们人类同样会经历的事"。但是，米伦要演好这个角色，需要的是"感觉到其他角色对你自己的意义……阿里尔对我的意义是什么，卡列班对我的意义又是什么。至于观众怎么想，或者莎士比亚怎么想，其实都不重要。"

以防您还不知道：海伦·米伦是一个善于思考，且思想坚定的女演员，无论是在饰演伊丽莎白女王二世，还是索菲亚·托尔斯泰伯爵夫人（出自精彩的《最后一站》），她都把对思想的揣摩转化为声音和肢体语言的精准表达。有关她那没有争议的永恒之美，已经有太多人宣泄于笔下：俄罗斯血统的宽眼，奏鸣曲一样的曲线，明媚又勾人的埃塞克斯口音，煤焦油上的蜂蜜，她的声音我几乎从小听到大，从克里夫街到滨海利（我到底是怎么他妈的在绍森德的泥地上或滨海利的鸟蛤棚那儿错过她的？）——然而，米伦严谨的思考能力被低估了。

从最朴实无华的方式来说，她是很有创造力的。在非常偶然的情况下，她会得到一些"读起来像文学作品"的剧本。其中之一是巴里·基夫为《漫长美好的星期五》(*The Long Good Friday*)所写的剧本，这是一部经典古希腊风格戏剧，以20世纪70年代末的伦敦黑帮为背景，充斥着血腥的破乱剧情。米伦扮演的是鲍勃·霍斯金斯的女人，她演绎得十分坚硬，就像一条裹着缎子的短棍，直到那无法阻挡的惶恐降临到她身上。米伦很喜欢这个剧本，但她看到了"一个巨大的空洞"——那便是她自己的角色，一个缺乏深度的黑帮姘头。哪怕是修订版，也是"一成不变"的。所以"我成了真正的刺头。我把这些镜头重写了一遍"，果断地把这名女角色改成了一位中上层阶级的经理，霍斯金斯这颗粗糙钻石的抛光工，她享受着赃钱带来的刺激和一份来自裙下暴徒的真正爱情。剧组的其他成员对改写的剧本有什么看法？"噢，"她说道，鲍勃·霍斯金斯是个"很棒的人,对此表示支持——其他演员或多或少感到被冒犯。可怜的约翰(麦肯齐,那位导演),我的确为他感到难过。但只有我能完成这件事。"

她很诚实地对待这件棘手而脆弱的事。她的父亲瓦西里(又名巴西尔),是一位俄罗斯军官的儿子("我们会把沙皇和沙皇夫人的肖像画用木框裱起来,挂在墙上"),她说,他就像托尔斯泰一样:"体贴又温和,是个人道主义者";而她的母亲韦斯特·汉姆,则是一名屠户的女儿,"吵闹又热情",你可以在米伦诺夫一家中感受到埃塞克斯的感觉:喧嚣欢乐,又带着对失去家乡文化的沉思;古典哲学的承载者不得不以开出租车为生;熟练掌握着陌生的知识。在米伦身上,有一种对人类喜剧表现出的宽宏大量的态度,对各种事物的入微观察力和开放性,这使她拥有了无与伦比的广度。她曾和父亲争论,因为他坚信"所有的文化和种族都应该成为一个整体"。"这想法不错,"我说道。"是啊,是不错,但如果所有的皮肤都是同一种颜色,那就成了人类的大锅粥了。文化差异才是最美妙的。"

这让她再次想到了她演艺生涯中那段非常深刻的经历:和彼得·布鲁克共事的那一年。她很早就被认为是一名现象级演员,直接从国家青年剧院被提拔到皇家莎士比亚剧团。我曾看过由她饰演的水性杨花的克蕾西达,这个角色的所有版本中,这是最为丰满的一次演绎,尤其是当克蕾西达与硬汉狄俄墨的偷情,并把呻吟声传入特洛伊罗斯耳中的那一幕。作为一名替补演员,她惊奇地看着布鲁克在《仲夏夜之梦》中所做的著名表演：扫除舞台上所有分散注意力的障碍物（纸糊的墙和草丛），解放动作的物理性约束，让咆哮而出的诗歌声音在一个空间宽阔的房间里四处突破。

米伦后来写了一封信，在纸上阐述道，这种设计过度的舞台给这部布鲁克式戏剧[12]带来了障碍。1972年，为了找寻到"学习"的方式，为了做一些比"踩着传送带的过场"更勇敢、更宽广的事，她去了巴黎，加入了布鲁克的实验小组，那时的小组已经处于痛苦的挣扎之中，主要源于布鲁克对即兴表演的严格要求，旨在将波斯诗歌的桂冠——《群鸟会议》(The Conference of the Birds)的戏剧化推向高潮。这次经历的开端并不美妙。"在那里，我是一个后来者。我天真地想着，好吧，让我们开个派对，喝得酩酊大醉，做我们会在酒吧做的事，呻吟、闲聊、抱怨。但那些演员就只是杵在那里，没人跟任何人说话！那就是一场噩梦。永远别想让我再开派对了！"

虽经过一番磨炼，但米伦也受到了启发，她跟随布鲁克剧团一起去了北非和西非，在地上铺张毯子，向不可预知的观众群体开始了即兴表演。有一次，"2000名骑着骆驼的图阿雷格人到了这里。我们早就听说那儿有个节日活动。'喔，让我们都去那儿表演吧，'我们说道。接着，他们就和骆驼出现了。""那些人有什么反应？"我问道。"啊，他们不失善意地表现了困惑……在偶然间的一刻，我们突然意识到了布鲁克所追求的共同人性。"一位来自马里共和国的演员——马利克·巴加约戈，产生了脱下一只鞋的灵感；他在身后已经串起了一长排鞋子，我们所有人都对他的这一行为作出了回应。这场鞋子秀让人产生了共鸣。但这很难。与剧本不同，"除了自我，没有任何可凭依的，而当时正被布鲁克不断批评、动摇的我，或者说，"她纠正道，"被挑战的我，并没有可以依靠的'自我'。"

"作为一名小圈子里的女演员，我失败了。我不是那块料。最终，我不是任何团体的一员，我不属于斯坦尼斯拉夫斯基派，不属于格洛托夫斯基派，不属于布鲁克派。我无法做到谦逊至抹杀自我的地步。布鲁克认为明星的地位是邪恶的，自欺欺人的，俗气的。'呵，去他妈的吧，'我说道，'我就是要让我的名字被人知晓'。"作为演员的莎士比亚无疑有同样的想法，我说。"是的，但你也知道，我仍然相信布鲁克是我们这个时代的戏剧界的伟大天才，他远远领先于所有人，做着不可思议的、他人想都不敢想的举动。他发自内心地相信着共同人性。"

她停顿了一瞬，接着补充道："我也相信人类有共性，但那是性、暴力和金钱。"然后，她急忙解释说，她所谓的"金钱"一词只是指我们物质上的喜爱和快乐。她没再给这些词作出解释或设限，摊起了手，让埃塞克斯的咯咯笑声在房间里打转。"来，再喝杯茶，"她说，"吃个点心。"我欣然照做。

法尔斯塔夫 [13]
Falstaff

在莎士比亚创作的所有戏剧中,《麦克白》的演出史是出了名的灾难不断。但是,随着多米尼克·德罗姆古尔的新制作——《亨利四世》的第一和第二篇——刚刚在环球剧场上演,人们或许会发现,与这些亨利四世们相比,那些苏格兰剧不过是小巫见大巫。

与那些被多次搬上舞台的历史故事不同,它并不具备庞大的主题背景,也没有充满光辉的英雄、臭名昭著的恶人等元素,好使剧情更加立体丰满。当然了,在《亨利四世》中,还是有个十分显眼又肥胖的人物的。约翰·法尔斯塔夫爵士,威尔士亲王的胖骑士和引领者,是莎士比亚所有作品中体型最巨大的一个,他的腰围与他的智慧相匹配,他的胃口与他的聪明相统一。它同样拥有广阔的主题背景:皇太子哈尔的人生历程——从放荡不羁的二流子，到刚正的皇家实用主义者。

不过，《亨利四世》里没有什么是单纯质朴的。我们看到过法尔斯塔夫撒谎、抢劫、欺骗、酗酒，他剥削过可怜的士兵，敲诈过诚实的寡妇，还在已经老糊涂的时候，猥亵过一名妓女。然而，我们仍对他倾心。我们看到哈尔抛弃了闲散无聊的生活，接受了主权的外衣，他使我们的血液渐渐冰冷。在第二部分的结尾，哈尔成为亨利五世，并抛弃了他的老犯罪伙伴，这比莎士比亚任何悲剧的终场都更令人震惊。在《哈姆雷特》《李尔王》或《安东尼与克里奥帕特拉》的结尾，舞台上到处都是尸体。而在《亨利四世》第二部分的结尾，我们能看到的只有胖老骑士那颗破碎的心，这给人的感觉却更加糟糕。在加冕日，他被狠狠地羞辱了一番。"我不认识你，老家伙。"新王撒谎道，而在我们眼前的法尔斯塔夫，开始泄气并死去。

《亨利四世》中充满了这种陡然的情绪波动，时而是滑稽的骚乱，时而是血腥的暴乱，时而出乎意料地陷入深沉的温柔中。剧中还堆叠着一些莎士比亚最精彩的文字。法尔斯塔夫和哈尔之间近乎虐待一般的谩骂，以及被羞辱后的极度快感，光是这一点就值得一看。但更有看头的，是那些"小角色"们，他们都获得了惊人而有力量感、有趣而充满意义的台词，每个人都有自己的习惯用语。

受睾丸激素驱使的年轻反叛军霍茨波，像是挥舞阔剑一样叙说着夸张的言辞。病魔缠身、内疚感不断加重的亨利四世发出了绝望的孤独之声："头戴皇冠，心神不安。"猪头酒馆的老板娘奎克莉夫人，因"她如是说""我如此说"之类断章取义的流言蜚语搞得饱受折磨。夏洛法官利用两人曾是法律学生时的耻辱记忆，令法尔斯塔夫倍感难堪，他吐露旧时记忆时，用着老生常谈的抑扬顿挫的语调。

莎士比亚把他眼中的英格兰完整地展现给了我们：法尔斯塔夫和他那帮伙计的大本营——东市场街上的酒馆世界；他曾欺压过可怜新兵的格洛斯特郡村庄；受失眠症困扰的亨利四世的孤独宫廷；那些把他推上王位，如今却在密谋反对他的贵族团体……

所以，我们要感谢导演德罗姆古尔在亨利家族直面绝境时所作出的尝试，也要感谢演员罗杰·阿拉姆在戏服内填充法尔斯塔夫的垫料前做了深呼吸。从任何角度来看，这都不是一部完美的作品，但抛开种种瑕疵，它还是拥有生命气息的——得益于阿拉姆的精妙扮演——热辣、迷醉，时而令人兴奋，时而令人崩溃。

在环球剧场观看《亨利四世》有一种特别的感觉，因为这些戏总在无耻地收割观众的同情心。莎士比亚总是拿贵族的姿态与猪头酒馆里的简单朴实做对比。这些有钱的贵族认为自身不朽；那些酒鬼却深谙自己的凡人身份。回声共鸣、无独有偶：王憎恨黑夜；法尔斯塔夫和他的同伙则痛恨征兵令——它把他们"深夜最甜蜜的享受"偷走了。

勤勉的德罗姆古尔和他的团队，尽最大努力来展现高贵的空虚和质朴的人性之间的对比。但是，上下两篇《亨利四世》的演出成败，不可避免地取决于法尔斯塔夫的表现，正如奥逊·威尔斯所言，法尔斯塔夫是"所有戏剧中最彻底的好人"。

威尔斯在《午夜钟声》(*Chimes at Midnight*)（1965年）中，与其说是在扮演法尔斯塔夫，不如说是成为他，同时又在这个角色中引导自身。法尔斯塔夫必须是一个神奇混合体，他囊括了甜蜜与愤世嫉俗、野兽般的胃口和机智的哲学、骇人听闻的自欺欺人和无畏的真理讲述。安东尼·奎尔便表现得非常出色，自1951年起的往后20余年，他在各个版本中出色地展现了无情和掠夺。休·格里菲斯在1964年为彼得·赫尔和约翰·巴顿的皇家莎士比亚剧团提供了一场轰轰烈烈的演出，乔斯·雅克兰德在1982年凭借成熟生命力所获得的口才近乎成了权威。

因此，当我们发现阿拉姆的饰演可以和那些闻名的法尔斯塔夫们——甚至是可怕的巨人威尔斯——相媲美时，是十分令人振奋的。阿拉姆就像个年轻些的杰克，还没那么大腹便便，头发更靠近灰白，而非满头华发；这个法尔斯塔夫的岁数更贴近他曾声称的"50来岁"。这位法尔斯塔夫头脑灵活，甚至有些风度翩翩，他对自己的聪明才智自鸣得意，他的声音随着观众的共鸣而上下起伏。莎翁笔下的喧嚣虽依旧存在，但阿拉姆淡化了那真实残酷的一面——这是莎翁为了法尔斯塔夫进一步的复杂化所上的妆。另一方面，这位更善良、更讨人喜欢的法尔斯塔夫，让他慷慨大方的爱更加令人信服，这份爱不仅是对多尔·提尔西特这样的人（这一幕演得恰到好处，充满了凡人的悲哀），也致命地给予了王子。而除他以外，再也没有人能演绎出比阿拉姆更好的"雪莉酒"独白了。

有时，阿拉姆似乎是孤身一人，在一个与他毫无关联的剧团里进行着表演，剧组内的其他演员大多未能把握住莎士比亚丰富而微妙的文本的尺度。是否还有其他戏剧，会严重依赖于小角色的演绎完成度呢？比如冷血机器人、兰开斯特的约翰（第一代贝德福德公爵）？有些演员则分饰两角，试图迎接挑战。在引发什鲁斯伯里战役前的一个关键战略时刻中，不被国王信任的伍斯特伯爵，在威廉姆·格奥特的饰演中，体现了失信的特质；然后又在戏剧的第二部分，呈现了一个可爱的、未加伪装的夏洛法官。同样令人惊奇的是，保罗·莱德既扮演了粗鲁到惊人的巴道夫，又同时是阴险的约克大主教，而芭芭拉·玛顿所扮演的危险角色奎克莉夫人，完美地体现了喜好八卦的内心和那骨感的正直。

也有一些拙劣的演员，把这部戏的优美诗意变成了迂腐平淡的散文。哈尔的稚气密友波因斯，是王子虚伪社交的协助者，也是使法尔斯塔夫不断遭受羞辱的可怕帮凶，这样的角色，绝不可能像丹尼·李·温特在这儿扮演的那样，只是个无趣的花花公子。虽然不必让尚且年轻的肖恩·康纳利来扮演霍茨波（就像他在 BBC 于 1960 年出品的《国王时代》中所扮演的角色），但是，由于这个角色从头到尾都是关于大男子主义，你也不该让山姆·克兰来把他演成一个娇声娇气、脾气暴躁的大学生吧？

整部剧上下两篇的音乐基调迥然不同。第一部分是肉体的骚动，和肾上腺素的飙升。第二部分则更深沉，是毫不留情的焦虑，是令人痛苦的美感，是辛辣的报复：瘟疫、痛风、年事已高的衰弱，在其中，爱情挣扎着，抗拒着权力的扼杀。这部剧创作于1596至1597年，是在莎士比亚11岁的儿子哈姆奈特夭折后诞生的，这大相径庭的上下两篇被饱受折磨的父子之情串联起来，又相互交织，并在几年后，在父与子最终的严峻考验下，抵达位于顶峰的终点——《哈姆雷特》。

这个主题令剧作家心醉神迷。在亨利家族的发展过程中，一位父亲，也就是国王，公开表示希望能有个改变错误的机会，让他能将霍茨波认作自己的儿子，而不是那失职的亲生子哈尔。由于霍茨波的父亲诺森伯兰在什鲁斯伯里战役中缺席，这直接给他的战士儿子判了死刑。法尔斯塔夫和哈尔玩起了"父亲与坏儿子"的角色扮演游戏，法尔斯塔夫倾吐出的爱意，会最终被"乖儿子"狠命地刺穿。

然而，除非我们获得了一个伟大的哈尔和一个伟大的法尔斯塔夫，否则《亨利四世》的两篇只能算半个杰作。在环球剧场，杰米·帕克饰演的哈尔王子在酒馆中给人们带来了像样的欢笑，但从未真正超脱那份英俊与和蔼，步入莎士比亚所赋予的言语暴力和那份深思熟虑。

在法尔斯塔夫开始扮演哈尔、哈尔扮演国王的那段戏份中，突然出现了令人作呕的转折——在戏中，对法尔斯塔夫所倾泻的谩骂是如此猛烈,使笑声都僵住了,但在环球剧场的演出下,不过是又一轮嬉笑。最糟糕的是,断绝关系的场面太过平淡无奇、公事公办,就好像新国王身边有一位金雀花王朝的公关顾问告诉他,比起某个多余的胖子,他有更值得考虑的事情。这是在悲剧性的时刻欺骗观众,就好像在即将曝尸荒野的李尔王身边,突然有人给他撑起了一把伞。

虽然这次出品在文本的关注度方面有所欠缺,但它还是凭借整体的团队效果进行了弥补,而这种大合奏无疑是莎士比亚想要在猪头酒馆的戏份中看到的。在环球剧场的演出中,你会感受到温暖:在一些珍贵的时刻,当我们细细品味莎翁世界里那些关于家庭、权力、性、盗窃、酗酒和屠杀、乡村餐桌和城市酒吧的所有糟糕而悲伤的智慧时,在莎士比亚向我们释放令人陶醉的话语中,所有这些都神秘而真实地呈现在我们眼前。在这之中,有一个真正伟大的法尔斯塔夫,一个肉身和思想的具象,被爱欲和死亡的幽灵们平等占据着。试问:世上怎么会有人想错过这些呢?

莎士比亚与历史
Shakespeare and History

这天或许是刺骨寒冬的某个星期日，但在皇家莎士比亚剧团（RSC）的舞台上，13岁的杰克·古尔本正在发散着光与热。"喔！我盼着火之缪斯，"他快活地啁啾着，"这将踏入最璀璨的创造天国！"杰克是"用心背诵莎士比亚"的九名决赛选手之一，这是一场面对全国直播的电视比赛节目，成千上万的学生们在比赛中争相模仿罗密欧、麦克白或波西亚。在那些脾气暴躁的长者中，任何一个抱怨孩子成了推特的奴隶的人，都会被杰克和他的同伴们搞糊涂，他们不仅把莎士比亚记在了脑子里，更是带入了心间。更妙的是，他们不仅仅是在慷慨陈词——这些青少年必须掌握莎士比亚语言游戏中那些令人眼花缭乱的复杂情节。

考虑到作为九场演出中首发登场的艰巨任务，我们这位身材矮小的"合唱队"杰克,清楚地知道莎士比亚想要什么:在一个更新的地方——环球剧场,引诱那新事物——观众。从他口中吐出的第一个词,是单个字母的挑逗——"o",这也描述了他们聚会的地点,即木造环状剧场(Wooden O)。杰克把嘴噘成圆形,好像在吐烟圈。"还请原谅,诸位先生,"他假装道歉,语气恰到好处;假装在演出期间——至少在演出期间,那些缺乏鉴赏力的低层次观众能和真正的绅士一样好;假装所有人正身处阿金库尔战役之中。

而当杰克邀请演员与观众的参与时,我并未被送回法国广袤的田野,而是穿越到了1955年滑铁卢煤烟弥漫的街道:"(让我们)这些庞大账目上的一个个零,凭借想象的力量运作起来。"我坐在老维克剧院的大厅里,眼睛睁得大大的,紧挨着我那崇拜莎翁的父亲。在已故的伟大演员约翰·内威尔的悠扬音符中,开场白响起,他朝着我在的方向挥舞着猩红色披风,借走我的思想去拼凑他的不完美之处(不过,他似乎没有任何缺陷)。这是我第一次观看莎士比亚的戏剧,尽管我的父亲,一个未能如愿得到剧院人生的悲剧性人物,就在今天的早餐时分,还突然指着银茶漏说道:"仁慈并非强求得来的。"

在那晚的滑铁卢,王者是一位后起之秀,一个威尔士人,名叫理查德·伯顿,他那多变而略带鼻音的男中音,可以在一句话中同时表达出圆润和钢铁般的味道。我深深地吸了一口仿若伊丽莎白时代那尘土飞扬、散发着霉味的空气,实际上是老维克剧院戏服柜子里传来的肮脏。这次奖赏的代价,是必须背诵一篇国王的演讲,所以连续几天,我姐姐都不得不忍受我对英格兰、哈里和圣乔治的大声叫喊。

莎士比亚唤醒了我内心的历史学家气质。在一个除了下午茶和板球别无所剩的年代,他似乎传递了某种英国的新理念。在1955年,也就是战争结束的仅仅十年后,就好像是莎翁为丘吉尔写好了剧本;最初的"少数幸运儿"是那些驾驶喷火式战斗机(Spitfires)的男孩儿们的原型。奥利维尔为了助推诺曼底登陆的士气而在1944年制作的电影,虽然在今天看来满是无耻的沙文主义,可在战争时期,甚至是在战争刚刚结束后,它都看起来十分的"伟光正"[14],非常有意义。埃克塞特、国王哈里、国王乔治、温斯顿、敦刻尔克、闪电战、诺曼底,我们不都参与过吗?"我们是兄弟,今天和我一起流过血的人,就是我的兄弟!"我们需要阿金库尔的三角旗,我们需要克里斯平和圣乔治,因为伦敦仍然是一个只剩豌豆汤、烟雾弥漫的地方;市内和东区被炸毁的建筑物像发黑的牙齿残根一样竖立着。虽然在1951年,由技术驱动、以喷气式飞机为动力的英国欢庆日(Festival of Britain)摆出了一副勇敢的面孔,又为了纪念那位优雅却超脱凡间的完美年轻女王,我们都给自己冠以"新伊丽莎白时代"的称号,然而,我们需要有人告诉自己,作为国民、国家,我们到底是谁,哪怕我们需要的这个人在三个半世纪前就已经死去了。我们是胜利者,不是吗?那么为什么帝国正在消失?为什么我们被美国人牵着鼻子走?为什么匈牙利人在足球上打败了我们?英国人除了没完没了地出兵以外，还在世界上做了什么？

某种力量延续了下来，但与其说那是英国的力量，不如说是英语的力量；当你去听、去看莎士比亚的作品时，你会深深地沉醉其中，并为其带来的灵丹妙药而神采飞扬。如果世界真的是一个舞台，没有人能够把我们比下去。

这种英国人特有的归属感，在第一个伊丽莎白时代就开始了，它在剧院里被点燃，火苗接着飘到乡间的街道、田野和乡村。莎士比亚是这种归属感的伟大演奏家。就像是奥利维尔在军事审判时期剪了一个金雀花王朝的布丁碗盖发型，曾经的环球剧场在1599年上演了《亨利五世》——那是一个令人不安的危机时期。教皇对伊丽莎白一世发布了追杀令，并表示会对任何愿意将异端女王带离尘世的人给予赦免。激进的天主教反改革运动正在逼近。埃塞克斯伯爵显然未能抚平爱尔兰叛乱，而关于西班牙国王菲利普三世发动新舰队的传言，也足以让民兵组织动员起来。在这种慌乱的气氛中，人们所需的可以平息全国恐慌的人物——葛罗莉安娜本人——失踪了，不管出于什么原因，她都无法复刻1588年蒂尔伯里的那次伟大演讲，当时的蒂尔伯里身穿盔甲出现在部队面前，并对他们承诺，如果有必要，她会在亲爱的同胞们的陪伴下死去。几乎可以肯定的是，莎士比亚意识到了这种个人魅力的真空，于是用蒙茅斯的哈利假扮的伪伊丽莎白填补了空洞，他和她一样，被认为具有平易近人的特征，因此，当他在战场上承诺，要和他的"兄弟"与"亲爱的同胞"一同毁灭时，人们深信不疑。

如果莎士比亚没有谈及人性的共通之处，他就不会是一名伟大的诗人和哲学家，但一开始，他针对的并非全人类，而是英国人。如果他的历史剧满足了国家对编年史的需求，即由权贵所授权编制，却又被无权无势之人所渴求，那么，这些剧本也给涌向玫瑰剧院与环球剧场的公众带来了这种共有的历史命运的新感受。在由政治和制度划定的真正"英格兰"现世之前，就有了英格兰剧院。

有时我们会忘记这样一个惊人的事实：在16世纪，只有英国人才有专门搭建的、位于特定地点的商业剧院。在意大利，巡回演出的戏剧团在街头流浪；在西班牙和荷兰，戏剧是在装饰过的马车和货车上表演的。宫廷和教堂仍然在欧洲各地举行演出。但英国人有幕布剧院、有玫瑰剧院，还有环球剧场，这些剧院同时对精英人士和普通人开放，只需要一便士，就可以和一群没什么鉴赏力的人士一起站着看戏。就这样，剧院填补了宗教改革运动对旧天主教表演的破坏所留下的空白，那些表演主要在教堂和村庄的绿地上进行，这也是为数不多的上流与普通人士能打上交道的地方之一，尽管他们并不像上述剧场里那般亲密——亲密到搂肩的程度。

从社会角度而言，为了民族仪式的世俗化而创造剧院，是一个双向的过程，既是自上而下的也是自下而上的，这使伊丽莎白时代的戏剧具有非宗教的、通俗而粗犷的感觉。伊丽莎白本就是金字塔尖的戏剧女王，她知道自己的合法性依赖于宫廷内的盛大演出，因此，王室开始在全国各地进行巡演。像莱斯特伯爵这样的形象管理人员，通过成为旅行剧团（巡回演出公司）的赞助人，在酒馆院子的流行娱乐活动（如"逗熊"）附近表演，扩大了这种公共表演的意义。但在16世纪60年代和70年代间，在某个文化历史上不可思议且难以知晓确切时期的变革时刻，曾经独属于皇家和贵族的娱乐活动，突然获得了自己的商业生命。第一个将酒馆场改造成真正剧院的老板（兼经理）的人是杂货商约翰·布雷恩，他在白教堂郊区的红狮酒店建立了一个剧院。然而，红狮剧院实在是离赌客们太远了，难以生存下去，但布雷恩的姐夫詹姆斯·伯比奇是一名木匠，也是一名演员，当他们把自己的产业搬到人口更多的破旧地区后，他们接管了天主教修道院的废墟。新景观代替旧景观带来的象征意义再好不过了。莎士比亚在这个剧院中找到了自己的位置，这里热闹非凡，充斥着艰苦的商业生活、喧嚣的场面、落魄的贵族，以及英国人从一开始就具备的品质——自我陶醉。因为，尽管早期的剧目包括喜剧和血淋淋的通俗剧，真正让大众喜好的是历史剧。据说曾有上万人来到玫瑰剧院，观看由演员兼编剧——威廉·莎士比亚所创作（虽然并非完全由他所创）的《亨利六世》。历史成了这个国度的新神学。事实上，在血腥的《亨利六世》编年史中，还萦绕着古老基督教戏剧的遗存痕迹：疯狂而圣洁的国王，恶魔格洛斯特，殉教的圣女贞德，勇敢的骑士塔尔博特。但蜂拥到剧院的那一代人，也是第一批能够用自己的语言阅读英国历史的人。这些写于16世纪40年代的历史，就像爱德华·霍尔的作品一样，都是咄咄逼人的新教徒，他们是孤立而高傲的都铎式人物。令人信服的文学形象是不可能简单获取的，但校长（教导过年轻的莎士比亚的那种）是同盟者和创造者——他们试图打造出全国性的、反天主教的思想。

在伊丽莎白时代，各种类型的"英国"相关书籍——有部分是古籍传承，有的是地形志，还有些是国王和王后的历史纪事——突然盛行了起来。霍尔的作品被再版，威廉·哈里森的《英国概况》(*Description of England*)也加入了重印行列，还有最著名的拉斐尔·霍林谢德的《编年史》(*Chronicles*)（尤其是1587年那便宜的四开本）。霍林谢德的作品不仅仅是一个又一个该死的国王；它跳动着，是实打实的英格兰：我们的食物、服装、运动项目，甚至是下班后找的乐子。而这些关于英国人的基本民族志，在莎士比亚的历史剧中，成为朴素的诗歌。

虽然好些戏份是在光秃秃的木地板上展开的，但它们有血有肉，非常具体——从东市场路区到伊夫舍姆（今伍斯特郡威奇文区）——无数从艰苦的乡下移居到伦敦市内拥挤的棚屋或租房的底层观众，可以毫不费力地想象出果园或灌木篱墙。有些戏也散发着英国菜的味道，特别是民族气节（胃口）的化身，法尔斯塔夫，他把蠢人的智慧描述成"像图克斯伯里的芥末一样厚"。同一种语言，若使用不同的腔调或口音，或是在英格兰以外的地区使用，也会给人不同的感觉：欧文·格兰道尔的威尔士语，《亨利五世》里麦克莫里斯的爱尔兰语，或是霍茨波充满大男子主义的乔治亚语——都被莎士比亚尽情烹饪成了一锅多汁的民族美味。

在莎士比亚的笔下,对英格兰的崇拜从来不是一种感性的浪漫。人们很容易忘记,冈特的约翰"对这英格兰"的不朽美德所作的狂喜目录,实际上是对它已经灭亡这一事实的痛苦咆哮。这些历史是由曾在不同的社会中生活过的人所写的——小镇上的流浪汉、文法学校的书呆子、普通的戏子——其持久不衰的力量,在于他对权力是如何被发明、操纵和利用的全面看法,在于权力是如何既迎合其统治者的欲望,又无情地践踏他们的弱点。没有人比莎翁更敢于揭露令人厌烦的政治机器了(无论谁扮演理查二世,都必须努力使自己变得十分可憎,以至于他的命运应由自以为是的清教徒博林布鲁克所掌控)。而在《亨利四世》中,莎士比亚明确展示,博林布鲁克从理查二世那儿获得的胜利是付出了惨重代价的。在他因罪恶感而失眠的悲痛时刻,任何欺骗的碎片都会使人崩溃。

哈尔王子/亨利五世自欺欺人地认为,他既可以生活在遵循宫廷准则(荣誉)的世界里,也可以生活在法尔斯塔夫已然幻灭的诚实世界里(荣誉是什么?两个字,空气!),只是在戴上王冠后才意识到,第一个必然的牺牲品,不仅是他以前的"暴乱导师",而是人类的真理。《亨利五世》中,最重要的一幕并非战争本身,而是国王和迈克尔·威廉姆斯的相遇,这个普通士兵警告说:"若名分不正当,国王自己也应清楚地意识到,当所有在战斗中被砍掉腿、胳膊和头的人,在未来某日聚到一起时,他们会哭着说:'我们就死在了这破地方。'"在爱尔兰海对岸的爱尔兰,那些为无休止的战争而被征募的人民,肯定也有同感。

这场相逢带给他的震惊,使亨利开始在黑暗中自言自语,这是剧中最伟大的一段演讲,这关乎他的道德负担:"都给国王!让我们把生命,把我们的灵魂、我们的债务,把我们细心的妻子、我们的孩子,还有我们的罪恶,都交给国王!我必须承担一切。喔,这是太艰难的条件。"有什么是国王有的,"而士兵没有的呢?"他以这种忧郁的心情问道,"抛开礼节,那些常规礼节?"这是一项非凡的成就,这段话既让人想到对王室的渴望,也有着对其缺点的恐惧认知。

莎士比亚的名字第一次出现在印刷品上,是在 1598 年作为独立戏剧出版的不纯版本[15]《亨利四世》上。这些历史不仅造就了莎翁,也以某种神话的方式造就了英国人:我们的幽默,我们对自命不凡的强权者的不耐[16],我们对他们的欺骗行径的透彻洞察力,我们对愿意共进退的主权所表现的永久宽容与支持,以及神秘的、非理性的、以某种方式化身为本来无形的集体事物——那就是我们,抛开其他一切,我们是个大多数时候都会感到快乐的品种。

不列颠的邦德
Bonded to Britain

50年来,他不断地引爆各种刺激的爆炸装置,听尽女人们在性爱后感激着轻喘"Jaaames",在前往热带湖泊的飞机上航行了上万公里,而恶棍们则潜伏在贪婪的梭鱼中——那么,邦德现在去了哪儿?特拉法加广场,就是那儿。在《007:大破天幕杀机》(*Skyfall*)中,他坐在伦敦的国家美术馆里,带着一种不寻常的沉思,这是所有邦德故事中最新、最聪明、最扣人心弦的一部。一个20多岁、头发蓬乱的怪胎和他一起坐在长椅上,让邦德难以置信的是,那人声称自己是新的Q——在过去50年里,让他不断从不可思议的困境中走出的诡计大师。他递给了邦德一个优雅的皮箱——老环节了。可令人困惑的是,这一次似乎……真的只是一个皮箱。里面有一把枪,没别的了。"看来还没到圣诞节?"邦德说道,看起来就像一个刚收到双袜子作为礼物的小男孩。"你在期待什么?"小孩版Q带着居高临下的怜悯表情问道,"一支会爆炸的笔?对不起,我们现在不做这个了。"

在意识到自己需要在纪念邦德50周年的同时,不影响刺激肾上腺素的娱乐感,《007:大破天幕杀机》的导演——山姆·门德斯,出生于1965年,《007:霹雳弹》(*Thunderball*)上映之年——给这部电影塞满了回忆,让观看它的人就像经历了肯尼迪和哈罗德·麦克米伦掌权时期,紧接着横跨冷战的阵痛,最后进入了网络恐怖主义时代。在这部新作中,邦德发现了他最珍视的古董:1964年于《007:金手指》(*Goldfinger*)中首次亮相的阿斯顿·马丁DB5。朱迪·丹奇饰演的M抱怨道:"不是很舒服啊,不是吗?"她如今也到了需要物质享受和舒适度的地步了。"我们要去哪儿?""回到过去,"丹尼尔·克雷格饰演的邦德回答说。他看起来瘦骨嶙峋,就像一只孤独的灰狼。

任何观看过伦敦奥运会开幕式(以及滑稽的工业革命庆典)的人都知道,"时间旅行"于英国人而言是一种刻骨的痴迷。在邦德电影的中期(大致与后期的罗杰·摩尔相重合),无脑的、充斥着机器人的未来主义开始出现:所有嗖嗖作响的单轨列车和蹩脚的英国发明技术展示(比如1987年电影《007:黎明生机》中被炸毁的垂直起飞鹞式喷气机)都可以被推上前台,告知整个世界:邦德的英国不仅仅是一所高级社交礼仪学院。但这些重塑形象的努力忽略了邦德经久不衰的吸引力,即在一个充满谋杀、惊悚和迫在眉睫的毁灭的世界中,邦德是英国"绅士"的化身。哪怕在邦德被一些虐待狂折磨，或对他们施暴时，也能保持住那份完美和机智。英国人的聪明才智随时都能打败愚蠢的自大狂。

在詹姆斯·邦德的宇宙里，那些渴望成为世界之主的普通小人物的妄想，总会导致自身的毁灭。肖恩·康纳利在系列电影的第一部（《007：诺博士》）中，还对那被严重夸大的水族馆玻璃嗤之以鼻："小鱼还假装自己是大鱼。"在《007：金手指》中，金手指的爪牙 Oddjob 因他自以为是地戴着钢片硬礼帽和不合身的西装而丧命。苏格兰斐特思公学（托尼·布莱尔的母校）的邦德指挥官丝毫没有被老派变态扼杀者纳什上尉所愚弄，后者的扮演人是伟大的罗伯特·肖，这段戏出自《007：俄罗斯之恋》(*From Russia With Love*)（1936年）。随着纳什不断给邦德送去令人讨厌的"老人"，他就越发不可能是自己声称的英国特工。在东方快车的餐车上，他为自己鱼肉主餐配了红酒——这彻底揭开了真相。

邦德和他的文学创作者伊恩·弗莱明一样，总是一个很势利的人，但从不令人厌烦。他对得体着装与时尚的痴迷，是对多变世界中那些粗俗的防御。在这个世界里，权力与金钱的阴谋似乎占了上风。在邦德式的童话故事中，他们与萨维尔街的西装和尖刻讽刺的旁白一刀两断。而对致命的迷人女性——想想《007：霹雳弹》里头发火红的雌狐菲欧娜·沃普，或者1995年《007：黄金眼》(*GoldenEye*)里的齐妮亚·奥纳托（就像狄更斯，弗莱明喜欢把自己的名字拆散了放进作品里）——

邦德带来了大量的野蛮性爱和死亡。可对那些被疯子绑缚在岩石上的柔弱D罩杯仙女来说,他永远是高尚的解放骑士。

美国的电影神话偶尔也会从这种不合时宜的浪漫中得到启发,其表现为超越时代的牛仔——布奇·卡西迪,或克林特·伊斯特伍德的《不可饶恕》里的反英雄。但是,美国总是追求当下的冲动,而英国的几乎所有创新事物,包括邦德在内,都来自过去和未来、古董和酷炫之间的对话(想想佩珀警长)。詹姆斯·邦德是在大英帝国濒临灭亡时被构想出来的,和丘吉尔一样,大英帝国也痛苦地意识到自己对美国保护者的依赖。在加勒比殖民地独立前,弗莱明在牙买加那栋没有窗户的别墅里写作(别墅名为"黄金眼",得名于他参与的一次战时海军情报行动,通常是坐在桌子后面),他为正在消失的帝国提供了一种安慰剂,幻想着英国的男子气概,永远不会因为诱人的优雅而被抛弃。没人能比他做得更好。与邦德相比,菲利克斯·莱特和中情局看起来就像个笨蛋,永远在跟着别人屁股跑。

邦德也是20世纪50年代末,英国遭遇到另一个领域的挑战时给出的答案:日渐萎缩的男子气概。演绎那些逃脱俘虏的战争英雄,或是对抗艰难海战的电影,已经开始枯竭了。最伟大的一代绑着疝气带,退休后总是在酒吧里要来半品脱苦啤酒度日。丘吉尔已经老态龙钟,统治阶级中的接任者一个个粗枝大叶、难当大任。正如诺埃尔·科沃德曾经说过的:"其他欧洲人有性爱,英国人有热水瓶。"但弗莱明不在此列。他是一个性杂食者，有着"残忍的嘴"和硬派气质，他把这些投射到了邦德身上，而他对情色鞭打的沉迷，让克里斯蒂安·格雷相形见绌，仿佛变成了玛丽·波平斯。多年来，弗莱明一直与上流社会的安妮·查特里斯有一段长期的婚外情，后来她嫁给了媒体大亨罗瑟米尔子爵。当她带着遗憾从"黄金眼"回到伦敦时，她俏皮地写道："我喜欢为你做饭，在你身边睡觉，被你鞭打。"

弗莱明并不是唯一一个利用间谍文学来探究英国性无能的作家。20世纪60年代早期，当邦德电影上映时，约翰·勒·卡雷创造了冷战时期军情六处（MI6）那个黑暗、阴险、真实的世界。但还有一位未受重视的杰出人物——伦·戴顿，以及他那"不合群"的特工（名叫哈里·帕尔默，在电影中由迈克尔·凯恩扮演），完美地诠释了一种与邦德截然不同的街头智慧和傲慢。帕尔默喜欢抽高卢烟的伦敦东区人态度和他的厨艺一样引诱人（戴顿写过很多优秀的烹饪书，旨在说服男人，他们的阳刚之气不会因知晓了如何切洋葱，或怎样烤制奶酪舒芙蕾而受到威胁）。

两位作者的书都成为电影，特别是1965年的两小部杰作：基于勒·卡雷小说改编的《冷战谍影》（*The Spy Who Came In From the Cold*），以及更精彩的，改编自戴顿的《伊普克雷斯档案》（*The Ipcress File*）。前者，由理查德·伯顿饰演有自我毁灭倾向的亚历克·利马斯，穿着一身邋遢的风衣，脸上是宿醉后乌青的眼圈，从头到尾都在喧嚣、愤世嫉俗的阴霾笼罩下。尽管《伊普克雷斯档案》对身披驼色大衣、头戴圆顶礼帽的军情六处（MI6）陆军军官们发出了诱人的攻击，但它太过本土化和英国化，不适合大规模向外输出，哪怕它的代言人是活泼的凯恩。

没有人比《伊普克雷斯档案》的制片人哈里·萨尔茨曼更欣赏这一点了。萨特茨曼是一名自20世纪50年代末就定居在英国的加拿大犹太人，他是伍德福尔电影公司背后的力量，该公司不是英国幻想主义的源头，而是硬派社会现实主义影片的发源地。一部又一部以工业废墟为背景的电影——包括《周六夜与周日晨》（Saturday Night and Sunday Morning）（1960年）、《蜂蜜的味道》（A Taste of Honey）（1961年）和《长跑者的孤独》（The Loneliness of the Long Distance Runner）（1962年）——探讨了两性、阶级和全方位的无望感。每部电影都道出了英国的真实状况——这一代人，深陷后帝国时代的宿醉糜烂，却又对伊恩·弗莱明与詹姆斯·邦德所代表的老派自满情绪充满了渴望。

但萨尔茨曼有一种预感，新的英国，将从古老的礼仪外壳中挣脱出来——这里将成为有着滚石和披头士、有玛莉官迷你裙和卡纳比街喇叭裤的英国——新英国人正在为一些比非法堕胎或周五晚上呕吐的戏码更流氓的东西而努力。无论你在哪里看，都是口无遮拦的自我嘲讽，这也是放荡的爵士歌手乔治·梅勒妮所说的"反叛风格"。讽刺作品以热门评论《边缘之外》（Beyond the Fringe）入侵舞台，《那一周》（That Was the Week

That Was）霸占了电视屏幕，这个节目既无耻又尖锐，以致在1964年的竞选期间被暂停。《私家侦探》(Private Eye)，这本毫不留情的讽刺杂志，是（与仍然炙手可热但"皱巴巴"[17]的滚石乐队一起）唯一与007共同存续了整整50年的英国珍宝。

这些年迈的养老金领取者都有一个共同点，那就是在他们满怀深情地赞美英国特色的同时，也不忘对其进行讽刺。在大西洋的另一边（除了斯蒂芬·科尔伯特、乔恩·斯图尔特和《洋葱报》这些值得尊敬的例外），你可不敢通过嘲笑来赞美美国。在英国奥运会期间，女王成了最新的邦德女郎，向绅士们的玩笑投降，这几乎是一种爱国义务[18]。

将邦德滑稽怪诞的那一面演绎过头是有可能发生的，罗杰·摩尔所扮演的过于无常的邦德便是如此，而康纳利饰演的风度翩翩的恶棍，在拙劣的双关语和傻笑中，丢失了那份致命的残暴。弗莱明最好的作品之一《女王密使》(On Her Majesty's Secret Service)（1969年），有着令人叹为观止的拍摄和编剧——它在抒情的法国海滩上开场，当暮色笼罩大海，弗莱明的天赋被毋庸置疑地佐证，他显然在和悲剧性的温柔调情。戴安娜·瑞格给它注入了灵魂，这是远超过乔治·拉曾比的才能，后者是在出演过巧克力广告后被选为邦德的。蒂莫西·道尔顿作为邦德的表现有些太过火，全身上下都是猫科动物的急躁气质——尽管他受到了公式化写作、尖锐配乐和低预算动作场面的不利影响，这些都暴露了在萨尔茨曼和他的搭档阿尔伯特·布罗科利分道扬镳后，该系列电影面临的紧张状况。最终，只有长相出众的皮尔斯·布鲁斯南和尼尔·珀维斯、罗伯特·韦德组成的出色的编剧团队，才让观众开始重新捧场。

丹尼尔·克雷格和导演们的目标，是塑造一个更精干、更刻薄、更黑暗、更强硬的邦德形象——邦德的灵魂所在，即那把智慧之刃依然存在。在《007：大破天幕杀机》中，山姆·门德斯（以及他的编剧珀维斯和韦德，加上约翰·洛根的助力）做了一件真正了不起的事情。他们召唤了邦德诞生时代所有间谍的幽灵——哈里·帕尔默和勒·卡雷的间谍们——并将史诗向内延伸，转到英国本土（目前为止，大部分情节发生在英国）。这部电影并不缺乏标准的爆炸和火花四溅场面，但这一次，邦德所踏上的旅程，确实前往历史的废墟，包括公共的和个人的。弗洛伊德，而非布鲁弗，潜伏在乌烟瘴气的黑暗中，沿着记忆的小路行驶，充满了孤儿的痛苦。

可以说，这就像英国和007，鲜血淋漓，遍体鳞伤，如今，它的命运将走向何方？归宿不在濒临崩溃的欧洲，亦不在大西洋对岸，那里的"大男孩"正专注于自己的事业。因此，英国，就像邦德一样，似乎被放任自流，成为疑海中的旅行者。这并不意味着邦德或英国的故事就不那么引人入胜了。只是在这些日子里，对他俩来说，生活似乎有些动荡。

邦德再现
Bonded Again

扫视着"随想曲"(Le Caprice)餐厅的昏暗内部,作家没有看到任何符合他心中描述的那个人。在这里,有钱的秃头与危险的少妇共进午餐。房间上空弥漫着一股娇兰的香气。"请问您是……"服务台的姑娘问道,她的目光从浓密的睫毛膏下穿过,静静地看着作家。"预订时的姓名是……"他欲言又止,心想007是否会用自己的真名预订。可能性不大,他猜测着。他已经感到不舒服了。4月的天气反常的温暖。通常情况下,他午餐时不会打领带,但007是个老派绅士,所以他穿上了西装,在勒得紧紧的领口处打了一条暗红色丝绸领带。

作家的肩膀被轻轻拍了一下,当他转过身来,发现自己面对的是一个野性的微笑,镶嵌在一张古铜色的脸上。作家在心里记着笔记:下巴,裂缝;眼睛,栗色,虹膜上有一些金色的斑点；浓密的黑发向后梳去；尖锐的眉毛。"是霍洛维茨先生吧，如果我没记错的话？"他的声音很低沉，很有魅力，像苏格兰石楠一样柔和。邦德把音节分开，仿佛作家的名字是一个私下里的玩笑：恐怖（Horror）智慧（Wits）先生。"请进吧。"

汗流浃背的霍洛维茨跟着这位身穿鸽灰色丝绸和羊毛套装的男人向内走去，坐到角落里的一张桌子旁。"现在请告诉我，霍洛维茨先生，是什么让你认为，你能在别人"跌倒"的地方取得成功？这和你平时的工作不太一样啊，不是吗？"猫又笑了[19]。"而且赌注真的很高[20]。倒要提醒你，我喜欢对风险有品位的人[21]。"作家察觉到，自己的额头上已经冒出了汗珠，他开始祈祷它们不会从鼻子上滑落。一丁点儿胃口都没有了，他首次开始怀疑，这是否真的是个好主意。

噢，它是的，绝对是的！[22] 安东尼·霍洛维茨写出了一个令人振奋的邦德故事，构思巧妙，更有惊心动魄的节奏，007 的创作者若能拥有它，一定会很高兴。这位编剧兼小说家是一位终身粉丝，他知道，只要他愿意，伊恩·弗莱明一定能在文学上大显身手。揭开《女王密使》序幕的法国海滩场景，是一段精彩的氛围刻画，既天真又阴沉，就像弗莱明的整个企划一样，而在《007：雷霆谷》的结尾，或许借鉴了撒尼尔·霍桑的寓言故事《拉伯西尼医生的女儿》（Rappaccini's Daughter）——它疯狂奇异到极点，制片人萨尔茨曼和布罗科利，让布鲁弗（唐纳德·普利森斯饰演版本，仿佛真正的精神病患）他的假火山中快速穿过——用着最新型的载具——一条单轨列车。但从他精彩的第一章开始,霍洛维茨就完美地贯彻了弗莱明的那句妙语:"沉默坐在房间里,是一位不请自来的客人。"他甚至把那些陈词滥调都说"活"了,"只有他和玛莎拉蒂,坠入了绿色的地狱[23]。"

《触发动机》(*Trigger Mortis*)(至于这个俗气的书名,是因为弗莱明喜欢俗气)会让你立刻明白何为"爱的礼物"。霍洛维茨是一个纯粹主义者,所以,哪怕他的调酒配方有些偏差,但还是有旧马蒂尼的味道。时值20世纪50年代,属于冷战的年代;M还在抽着烟斗,且脾气很差;苏联特勤局SMERSH正虎视眈眈、不怀好意,而且还有导弹需要担心。这是你所看到的最好的一部邦德电影,且不需要去真正看电影。书中有一场在纽博格林赛道上展开的紧张局面,有所有纽约地铁追击情节的源头,以及由普斯·格洛开始到吉欧帕蒂·莱恩结束的一群令人振奋的顽强女强人(伦敦的无聊游客普斯真的是个很有创意的点子)。本作的超级大坏蛋,照例发表了冗长的长篇自传体叙述,详细解释他是如何丧失所有人类情感的,而邦德也像往常一样,以最具侮辱性的方式进行回应,把这种悲情当作一个反社会者自我放纵的呓语来对待。结果,这个反派被赋予了那种精心设计的残忍命运,他睁大双眼,难以相信007竟然逃脱了——虽然我们都知道,他必定会脱逃。

这些对你来说是不是太模糊不清了?这是理所当然的,否则,任何具体些的描述都将是需要被审判的剧透之罪,而且,你得相信我,你不会想让《触发动机》被剧透毁掉的。

"干得好,安东尼。"邦德边说着边伸出了手。他们又回到了他的酒馆。"你真的把这件事搞定了。我必须告诉你,有些人曾怀疑过你的能力,但我当然不是其中之一。所以,如果我现在指出一两个小错误,你不会觉得不妥吧?当然,都不是什么大问题……你的邦德也许真的会很高兴能在英国乡村餐厅的菜单上看到1950年份的帕图斯红酒。但是,我亲爱的安东尼,他绝对不会喝它,这才刚瓶陈[24]了不到七年。不过,1945年的帕图斯已经可以开瓶了。

"另外,你知道我不会去看《泰晤士报》的头版新闻的,你回忆一下,1957年的头版上,可是没有什么新闻的……"他的笑容在马提尼酒杯的边缘闪闪发光。"下一次,要不把手稿寄给我先看看?这样我就不会让你脸红了。"他举起冰凉的酒杯,上面的伏特加酒珠像水晶一样挂着。

"为你的健康干杯。"

保罗·比蒂[25]
Paul Beatty

喜剧能有多黑色？好吧，来看看下面的尺度吧。在《卖身契》(*The Sellout*)一书的开头，保罗·比蒂整页整页地倾吐着连珠骂语，对装模作样、假装虔诚的美国种族理论进行了猛烈抨击，黑人叙述者因为拥有一名黑人奴隶而在最高法院受审。曾几何时，非裔美国人确实拥有过奴隶，但不是现在，也绝不会是在洛杉矶西南部贫民区的一个质朴角落。

这份案件卷宗，是"我 VS 美利坚"——我们的叙述者的父亲，一位社区大学的代理院长，他将自己的家族姓氏缩短成了米（Mee），以配合他过度膨胀的历史使命感。这个儿子究竟是如何成为一个非自愿的奴隶主的，这就是比蒂这部荒唐、滑稽而深刻的小说的核心所在。我们从未得知过他的真实姓名，但他的情人、满嘴脏话的丰满女子玛彭莎·德里萨·道森称他为"邦邦"(Bonbon),而且在所有非裔美国人的写作作品中,没有比他更温和、更软心肠的英雄了。

邦邦所在的贫困小村庄狄更斯县,被称为"农场"(The Farms):"当你进入'农场'时,你会知道的,因为城市的人行道、车载音响、神经和先进的投票记录,都将消失在弥漫着牛粪气味的空气中,如果风向赶巧,你还能闻到上好大麻的味道。"

邦邦父亲的主要任务,就是给他的儿子进行家庭教育,主要内容便是黑人的历史课程,父亲通过残酷的条件反射练习,来把这些知识与经验刻入儿子的脑海里。父亲给自己的儿子打了一拳,以证明当受害者是黑人时,支持他的旁观者无法出现;当儿子在回答历史问题时出错了,父亲会让他电击自己。极高的电压带来了极具戏剧性的效果。"我发现,'排空一个人的肠子'这句话,是个错误的说法,因为……我的肠子排空了我。那场粪便的溃散,可以与历史上的大撤退们相媲美——敦刻尔克、西贡、新奥尔良。"

在一场寻常的、普通的、随即发生的争吵中,这位父亲被洛杉矶警察开枪射杀了,他到死都贯彻着社会政治思想,大喊道:"我警告你,你这个有肛门滞留人格的独裁者原型[26]。"邦邦把他埋在农田里,接管了农场,并发现自己有培育美味水果的天赋,哪怕是非正统的水果,比如说方形西瓜。但狄更斯县已经从洛杉矶的官方地图上消失了。邦邦发起了一场保卫行动,在高速公路上贴出了通往一个不再正式存在的地方的出口标志，但狄更斯县的终结对一位名叫霍米尼·詹金斯的老狄更斯人产生了更夸张的影响。

老霍米尼曾经是一名童星演员，在《小流氓》(The Little Rascals)中出演过，这是一部由51个短片组成的真正系列剧，故事中的一群年幼团伙——斯班基、阿尔福法和黑荞麦——每周都在干坏事。

霍米尼从未能真正走上星途，他度过了"黑脸黑短发布娃娃之人"的年代，也经历了20世纪初的重建时期。他靠偶尔收到的粉丝来信和零星的朝圣者为生，并不为狄更斯县"世界谋杀之都"的名声所动。但就连这些微不足道的慰藉，也随着狄更斯县的邮编一起消失了。有一天，邦邦发现他"赤身裸体，脖子吊在木梁上"。邦邦把这个"自刎者"的绳子砍断，将他放了下来，作为回报，霍米尼恳求他——或者更确切地说——要求他奴役自己，并且只会称呼邦邦为"massa"（老爷）。邦邦试图用解放令解除奴役关系，但他的奴隶把它当作卫生纸。然而，这是一种选择性的劳役。霍米尼在邦邦的农场里不做任何工作，但他每天下午1点到1点15分都会出现在这里，进行奴颜婢膝的跪拜，他对惩罚如此执着，以至于每周三都要被"老爷"带走，接受某些专门从事这种事情的人的鞭打，而且鞭打的力度很大。

如果你已经开始想，"这有什么好笑的？"请谨慎，接下来的情况会更糟（或更好）。邦邦和校长助理查里斯玛·莫利纳深信，只有重新恢复种族隔离，才能将当地中学从教育灾难中拯救出来，于是他们禁止了白人入内。在一个逆向的巴士接送情节中，五个珍珠般洁白（或者更确切地说，蜂蜜色）的谷地富家女，试图进入这所很快就因教育成就而迅速出名的学校。意图挑衅的查里斯玛严守着门槛，这也是这个地区对福伯斯州长作出的回应。自汤姆·沃尔夫和他的《虚荣的篝火》(*The Bonfire of the Vanities*) 以来，还没有哪位作家能展现出如此敏锐的、对社会闹剧的洞察力。

敌对帮派，如"威尼斯海滨男孩"和"'是你吗，布鲁图？'慷慨恶棍邻居"帮，他们曾经在"头巾日"中为争夺地盘而大吵大闹，但由于可变利率抵押贷款和随之而来的中产阶级化，他们的财产被更为有效地剥夺了："葡萄酒酒吧、整体医学商店和前卫的电影明星（和他们的房子）。"现在，为了"投入工作"（比如相互射击），他们被迫"从遥远的棕榈谷和莫雷诺谷"通勤到洛杉矶西南部。由于在车流中坐了几个小时，他们已经筋疲力尽，头戴头巾的匪帮就此沦为了历史符号——除了维克斯堡和布尔溪，那里记载了过去黑帮的史诗级纷争："林肯大道中的短兵相接"和"臭名昭著的洛斯阿米斯公园大屠杀"。

有时（你知道我的意思），当代美国的场景是如此歌剧式的恶毒，如此凶残的精神错乱，如此畸形的不公正，以至于只有喜剧才能恰如其分地诠释它。用热火朝天的论战进行反击需要自信。但通过机智的表演来揭露残暴的事实，则需要另一个层次的纯粹胆量。比蒂的游戏赌注很高，但他还是赢了。他那本精彩的、美丽的、怪异而凄美深刻的书，将思想健全的庄严东西打得头破血流，献上了有趣的智慧、连篇的妙语，在他面前，任何看似崇高的夸夸其谈（如果你允许这个说法的话）都变得苍白无力。

通过嘻嘻哈哈传递社会真相的喜剧是很难的，这也许是所有写作类型中最难的文体，其成功的条件是对文学有着钢铁般的把握。比蒂好似刀子一样锋利。在重新划分地区的决战中，每个人都"像草芥一样顽固"；在自己挨了一枪后，邦邦说："任何把枪伤描述成'外伤'的人，都没有中过弹。"在其他地方，他反思说，真正的奴隶制必须足够糟糕，"让一些人相信，加拿大并不遥远"。

自从成为施暴政的奴隶主后，邦邦开始了享受生活，正如我们一样。玛彭莎在自己的 125 号公交车上，为霍米尼举办了一场生日派对，并把他直接开到了海滩上；邦邦偷偷地在道路上划出了旧的边界线，试图恢复狄更斯县；在一家以冷漠著称的医院的创伤病房的门牌上，他画上了滴落着的、恐怖而又滑稽的血色油漆。邦邦可以屠宰每个人的圣牛，但他是一个农民，而不是一个屠夫，他纯洁的力量归功于由他种植的甜美作物。

如果你需要一个词来描述《卖身契》，那就是：果味。法官将他的保释金定为"一个哈密瓜和两个金橘"，玛彭莎在晚上会因为想到他的李子和"多汁的石榴"而感到浑身发热，烦躁不安。在贝蒂这本疯狂、绝妙、令人齿颊留香的书中，每一页都沾满了"多汁"的东西，这恰恰是好的，如果我们想要在这个酸涩的混乱时期生存下去，我们需要所有能得到的甜味。

《战争与和平》[27]：书籍和荧幕
War and Peace: Print and Screen

我们应该如何生活？这是列夫·托尔斯泰的杰作提出的一个问题，它并不算重要，但又并非不重要。它使《战争与和平》变得非常令人烦扰，乃至厌烦。但我们没办法：我们需要传教，我们需要散播福音，而没有任何一本书能与之相媲美，没有任何一本书能囊括几乎整个人类，并将墨水、纸张和血肉之间的空间完全折叠起来，以至于让你感觉是在此间生活，而非阅读它。

你从这种完全沉浸的状态中走出来，你的情感得到了深化，视野得到了清洗，暴露在残酷当权者视野中的身影变得显眼。这并不是说这本书可以是万种伤病的良药。在书中，历史的旅程就像一个不可避免的拙劣恶作剧，而笨拙的主人公皮埃尔·别祖霍夫为了寻找幸福而有意义的生活，遭遇了一次又一次折磨。只有当他跌入谷底时，才会出现一丝诱人的曙光。然而，当皮埃尔重新陷入爱时，我们也会一样，这种体验让人无法抗拒。

我第一次阅读这部作品，是在半个世纪前。一位剑桥大学的朋友不停地告诉我，这是有史以来最好的书，而它的主题是男人和女人之间的一切行为——这样的推荐我听了太多次，厌烦到被迫拿起了它。我当时被一份无聊的假期工作困住了，这是村里唯一一份在伦敦西区一家大型百货公司的软装部工作。每隔一段时间，我就会从办公室后面的小隔间里出来，向第三世界独裁者的室内装潢师兜售300米长的豪华窗帘。但我想去的地方是喀山、莫斯科、圣彼得堡，那些血流成河、硝烟弥漫的战场。

在商店的拐角处，有一个沙拉糙米午餐吧，你可以坐在擦得干干净净的松树桌前，摆弄着醋味十足的苜蓿芽。"打扰一下，年轻人。"在对面停下的人说道。声音来自一位上了年纪的绅士，蓄着花白的胡须，穿着乡村俱乐部的西装，打着英式斜纹领带——看起来根本不是会去吃糙米的类型，除非退休的准将们在1965年开始吃素。我把书放下，尽量不显得自己有被打扰。"我希望你不介意，"那位准将用移居到滕布里奇韦尔斯的罗斯托夫伯爵那种文雅的腔调说道，"但我看到你正在进行长途远征。（我差不多看到第100页）这是你第一次读它吗？"的确是的。"啊，真幸运，你将在前方拥有那么多新邂逅。"他的眼睛里闪烁着一名满意使徒的仁慈之光。"你知道吗？今年夏天,我自己也要进行第12次远征。"当然了,我丝毫不相信他。而现在我相信了:下一次将是我的第九次征途。

因此,如果英国广播公司的新戏剧化作品能将数百万人送入书中,那么当安德鲁·戴维斯的剧本在托尔斯泰的基础上有所改进时,我们必须感到欢欣鼓舞,并尽量不要畏缩。在第二集的开头,新婚的皮埃尔用手在夫妻的床单上摸来摸去。"你在看什么?"伊莲娜问道,仿佛被这种奇怪的爱好给难住了。"我可爱的妻子,"他气喘吁吁地低声说,眼睛充满了激情,"你是一个取之不尽、用之不竭的宝藏,充满了奇妙、奇妙的秘密和快乐。我发现得越多,似乎就有更多的东西有待发现,更多的秘密,更多的快乐。""事实上,"伊莲娜带着一种诺丁山式的微笑说道,"当自己的秘密和快乐总是被人发现,人是会厌倦的。"

这种仿佛一口气闷了50杯伏特加的做法,成功地错过了托尔斯泰描写皮埃尔被困那一刻的一段高情欲电压。在一次为了让他提出问题而组织的晚宴上,一位"阿姨在伊莲娜的背后把鼻烟盒递给了他。伊莲娜向前倾身,以便腾出空间,微笑着扫视四周。像往常一样,在晚会上她总是穿着当时流行的礼服,前后都很开放。她的胸部,在皮埃尔看来一直像大理石,现在离他很近,他可以用近视眼看到那活泼可爱的肩膀和脖子,而且,离他的嘴唇也很近,他只需要向前倾一点就可以触摸到她。他感受到她身体的温暖,她身上的香水味,以及她呼吸时束胸衣的嘎吱声"。这就是描写性爱伏击[28]剧本的正确方法。

《战争与和平》的大部分精髓在 BBC 的新改编版中都得以体现，这要归功于布莱恩·考克斯（库图佐夫）、吉姆·布罗德本特（博尔孔斯基王子）、斯蒂芬·雷亚（库拉金）和出色的杰西·巴克利（玛丽娅·博尔孔斯基）的表演，他们都有读过这本书的明显迹象，正如痛苦至极的皮埃尔（保罗·达诺）那样，他的每一次眨眼都是一曲困惑的奏鸣曲。如果选角导演决定对拿破仑做得最可怕的事就是把他拍成马尔科姆·塔克的翻版，那我肯定能接受。

不要以为改编"怪物"（亨利·詹姆斯如此亲切地称呼《战争与和平》）是一种狂妄的行为，每一个时代的人都必须尝试，有时会付出高昂的代价。俄罗斯导演谢尔盖·邦达尔丘克在 20 世纪 60 年代拍摄的这部长达七小时的史诗巨制中，亲自饰演了皮埃尔，在拍摄接近尾声时，遇到两次严重的心脏病发作，他都活了下来，其中一次，他甚至被宣布了长达四分钟的临床死亡。触碰《战争与和平》，你就是在玩火。

当谢尔盖·普罗科菲耶夫在 20 世纪 40 年代创作他的歌剧版《战争与和平》时，他知道自己必须满足斯大林对爱国歌曲的喜好，但他还是设法混入了精致凄美的华尔兹，以便在沉闷轰鸣中，记录下柔情的忍耐力。在音乐的另一端，沉浸式的"电子流行歌剧"《娜塔莎、皮埃尔和1812年的大彗星》（*Natasha, Pierre and the Great Comet of 1812*）是两年前我在一个帐篷里观看的（当时曼哈顿即将迎来一场暴风雪），以极度狂热的才情，精准展现了安德烈、阿纳托尔、娜塔莎这三角关系中的所有重要内容。在皮埃尔对娜塔莎讲话的关键时刻，我们是不是很激动？当然是的，而且，这份激动与演出中出现的纸板伏特加或纸板欧式饺子无关。

《战争与和平》的电影和电视版本不得不在浪漫和崇敬之间小心翼翼地游走。1972年英国广播公司的20集戏剧化作品可能有点过分，开场的三分钟便有些冗长——一个男仆一直在罗斯托夫伯爵的桌子上摆放餐盘，不过，安东尼·霍普金斯把皮埃尔近乎笨拙的慷慨仁慈表现得淋漓尽致，仿佛天生一样，这比亨利·方达在1956年金·维多的电影《与巴拉莱卡同行》中的表现要好。邦达尔丘克的这部巨作是最忠实于原著的，而且有13000名苏联士兵和至少7000万美元的预算（以今天的货币计算），这会让你立刻知道，自己身处战区之中。我第一次看到它是在1966年的巴黎，分为两个部分。第一场以博罗季诺战役结束，之后观众脸色苍白地离开，与离开莫斯科的大军团残部没有什么区别。后来，该片为了英语国家的观众，而进行了重新配音，这让这个作品仿佛遭遇了狰狞的屠戮。但是，几年前的一个炎热的7月，我在当地的独立电影院放映了一部经过精心修复的、未剪辑的电影，只有15分钟的中场休息时间，让人们能喝上一口苏连红（Stoli），以表达同情之情。没有一个人在结束前离开。邦达尔丘克使用了令人惊叹的直升机摄影和令人眩晕的升降镜头。他的摄影师滑着轮滑，穿过舞会场景中的舞者，让他们的动作与华尔兹的节奏同步。在混乱喧嚣的屠杀中，他创造了历史上最可信的战争场面，那是将近20分钟长的一段博罗季诺战役，以电影史中最惊人的航拍镜头之一告终：骑兵冲锋时上演了一场无休止的循环屠杀芭蕾舞，炮火从大炮中倾泻而出，步兵在盲目的徒劳中蹒跚而行。这个奥林匹克式的俯拍镜头，既全知全能，又令人绝望，正好呼应了安德烈王子在战斗前夕，对他聪明的朋友皮埃尔（身穿白色上衣前来观战）所说的残酷感叹。"战争，"安德烈说道，"是世界上最卑劣的东西……（人们）聚集在一起互相残杀，他们屠杀和残害了数以万计的人，然后又为屠杀了这么多人而祈祷感恩……上帝是如何俯视并倾听他们的呢？"

邦达尔丘克在亲密时刻的表现也很出色，他明白声音效果对托尔斯泰是多么重要。当安德烈的父亲、严肃的尼古拉·博尔孔斯基公爵穿过庄园的秋日树林时，这是我们第一次见到他登场。一首海顿的小步舞曲贯穿整个动作，一切都非常漂亮。但随后追踪到树下，那是为王子演奏的真正的四重奏，这正是托尔斯泰的外祖父每次选择去散步时，农奴管弦乐队所做的事情。正如罗斯孟德·巴特利特在他出色的托尔斯泰传记中所说的那样，当散步结束后，农奴小提琴手们又回去喂猪了。

《战争与和平》中不可思议的、感到割肤的刺痛感，是托尔斯泰将个人记忆、家庭历史和密集的档案研究结合起来进行叙述的结果。他说，他心目中的英雄是真理。在写博罗季诺的章节之前，他在一个12岁的男孩的陪伴下，在战场上走了几天。但其他类型的记忆档案也起了作用。在克里米亚战争中，作为一名士兵和战地记者，托尔斯泰亲身经历了塞瓦斯托波尔的围攻，亲身体会到了炮弹落下、子弹像"鸟群"一样飞来飞去时的感受和声音——这是真的"第一手资料"。他那土里土气的"叔叔"的鞑靼情妇的形象，来自托尔斯泰早期在高加索地区的服役时期，加上他自己与一个农奴的妻子有染，后者还为他生了一个孩子。"土性"曾是一切的根。而在他记忆中，最具张力的地方，则是那些触动心底的感动，如书中的猎狼或圣诞夜的雪橇行，用烧焦的软木塞涂上假胡子，他的散文就展翅飞翔了。

托尔斯泰是典型的重诚轻仁，他和妻子索菲娅婚后不久就坚持要读彼此的日记；当然，他的日记中充满了他的出轨行为，记录了令人伤心的细节。不过，早在那段婚姻的最初几年——1863年，他开始写《战争与和平》，就在他们结婚一年后——他认为那是他最幸福的时光。他躲在亚斯纳亚·波利亚纳，这是他从母亲家继承的庄园，在作为通讯员的索菲亚的关键帮助下（因为他的笔迹难以辨认，他自己都看不懂），他可以自由地创作一部杰作。6年后，这份5000页、600个人物、3次修改过书名和完全改变过情节的手稿（1805年那段最初只是一个背景故事，用于交代1825年注定失败的12月党人起义）被公布于众，交付给这个世界。那时，托尔斯泰已经是一位成功的作家，并致力于改变俄罗斯，解放和教育农奴，而不是沉迷于进一步的小说创作。因此，这种道德热情渗入了书中的每一页。事实上，他愤然拒绝称其为小说，"更不是诗，也不是历史编年史",而是作者想要表达的且只能够以这种形式表达的东西。从风格上看,它也不同于以往任何人的作品:原始、浓厚而粗野,有时没有方向,突破了优秀文学形式的限制,但每一页都沾满了生活与生命的汁液。

剧烈的、近乎物理性的刺痛,只是这本书的一半,它的深层核心关乎我们的其余部分,即内心生活,特别是激情,以及当它们被野心、贪婪、虚荣和暴力的力量所磨蚀时发生的事情。因此,最令人振奋的段落,以支离破碎的措辞、内心独白(你甚至可以进狼的大脑)、重叠反复,以及在我们脑中形成又不成形的扭曲语言,来记录内心的生活。其中一个段落是在奥斯特里茨战役即将爆发的前夕,年轻的骠骑兵尼古拉·罗斯托夫在克服睡意的同时,仍骑在马上,在黑暗中蒙眬地凝视着某种白色———一块污点(tache):

"污点(tache)还是没污点(not tache)呢……娜-塔莎(Nat-asha),我的妹妹,黑色的双眼。娜……塔什卡(Na……tashka)(当我告诉她我看到了元首的时候,她会很惊讶的!)娜塔什卡(Natashka)……拿着(take)塔什卡(tashka)……娜-塔什卡(Na-tashka),攻-击(at-tack),啊,对了,对了,这就对了。这很好。"他的头又一次垂到马的脖子上。突然间,他觉得自己似乎被人射中了。"什么?什么?……把他们砍下来!什么?"罗斯托夫喊道,他清醒过来了。当他睁开眼睛的那一刻,罗斯托夫听到前面,在敌人所在的地方,传来成千上万的被拉长的叫声……

然而,他只听得出"aaaa!"和"rrrr!"

"那是什么?你认为是什么?"罗斯托夫把脸转向站在他身边的骠骑兵,"是从敌人那里传来的吗?"

最终,尼古拉意识到,他在听敌军士兵高声的欢呼——"皇帝万岁!"那是拿破仑骑马穿过法国军营时,人们的呼喊。但托尔斯泰让我们通过罗斯托夫昏昏欲睡的感官,听到了灾难的序曲,这是一种模糊的、遥远的嗡嗡声和轰鸣声,是一种无形的"aaaa"和"rrr",我们被无情地拉入其中,在这里,我们竭尽全力地挣扎着,以求找到一个安全的地方。

译注

1. 莱昂纳德·科恩（Leonard Cohen，1934年9月21日—2016年11月7日）是加拿大著名的歌手、词曲作者、诗人和小说家。他的作品以其深沉、智慧和诗意的歌词著称，涵盖了爱情、宗教、孤独和人类生存等主题。科恩被认为是20世纪最重要的音乐家和作家之一。科恩出生于加拿大魁北克省的蒙特利尔，他的文学生涯始于20世纪50年代，出版了多部诗集和小说，如《让我仔细说》（*Let Us Compare Mythologies*）和《美丽失败者》（*Beautiful Losers*）。这些作品以其深刻的思想和复杂的情感而受到赞誉。20世纪60年代，科恩转向音乐，并迅速在音乐界崭露头角。他的首张专辑《莱昂纳德·科恩之歌》（*Songs of Leonard Cohen*）于1967年发行，收录了如《苏珊娜》（*Suzanne*）和《再见，玛丽安》（*So Long, Marianne*）等经典歌曲。他的音乐融合了民谣、摇滚和流行元素，歌词富有诗意和哲理。

    著名歌曲：《苏珊娜》（*Suzanne*）：这首歌讲述了一个神秘的女性形象，歌词中提到了"她给你茶和橘子"（And she feeds you tea and oranges）。《哈利路亚》（*Hallelujah*）：这是科恩最著名的歌曲之一，被无数艺术家翻唱，歌词探讨了灵性、爱和痛苦。《电线上的鸟》（*Bird on the Wire*）：这首歌表达了自由和悔恨的主题，是科恩的代表作之一。

    影响和遗产：科恩的音乐和文学作品对许多艺术家和听众产生了深远影响。他被誉为"诗人歌手"，其作品深刻反映了人类的复杂性和情感。他于2008年入选摇滚名人堂，并在2011年被授予西班牙的阿斯图里亚斯王子文学奖。

    科恩在80岁时仍活跃于音乐界，并于2016年发布了他的最后一张专辑《黑暗情愫》（*You Want It Darker*）。同年11月7日，莱昂纳德·科恩在洛杉矶去世，享年82岁。

2. 它暗示了对某种习惯或预期的打破，表现了伦纳德·科恩（Leonard Cohen）的独特和出乎意料的风格。具体来说，它来自伦纳德·科恩（Leonard Cohen）的歌曲《苏珊娜》（*Suzanne*）中提到了橘子。歌词的一部分是：And she feeds you tea and oranges. That come all the way from China. 这段歌词描绘了一个名为苏珊娜（Suzanne）的女人，她给你提供茶和橘子，象征着一种奇特和迷人的氛围，正是科恩诗意和独特风格的体现。这也解释了前面提到的"Tea and...what? Toast? Sympathy? No, oranges."这句话，表明科恩通过这种意想不到的搭配来引起注意和惊喜。

3. 鲍勃·迪伦（Bob Dylan）以其独特的声音风格著称，这里"扁桃体发出的虚假乡村音乐"描述了他那种带有鼻音的、模仿乡村音乐的演唱风格。

4. 汤姆·威兹（Tom Waits, 1949年12月7日生）是美国著名的歌手、词曲作者、作曲家和演员。他以其独特的嗓音、深沉的歌词和创新的音乐风格而闻名，被誉为美国最具影响力的诗人－歌手之一。汤姆·威兹的音乐风格多样，融合了蓝调、爵士、摇滚、实验音乐和民谣等元素。他的嗓音沙哑独特，常被形容为"砂纸嗓音"或"被威士忌和香烟侵蚀的声音"。他的音乐作品以其戏剧性和电影感而著称，常常描绘边缘人物和城市生活的阴暗面。

   重要专辑有：《打烊时间》（Closing Time, 1973），威兹的首张专辑，以柔和的民谣风格为主，包含了如《55年份》（Ol' '55）和《玛莎》（Martha）等经典歌曲。《旗鱼与喇叭》（Swordfishtrombones, 1983），标志着威兹音乐风格的重大转变，融合了更多实验元素，展示了他的创新能力。《雨狗》（Rain Dogs, 1985），被广泛认为是他的代表作之一，融合了各种音乐风格，展现了威兹的叙事才能和音乐天赋。威兹的歌词富有诗意和叙事性，常常描绘流浪汉、醉汉、失意者等边缘人物的生活。他的作品深刻反映了社会底层的挣扎和希望，充满了黑色幽默和超现实主义的元素。

   除了音乐，威兹还在电影和戏剧领域取得了成功。他出演了多部电影，如《唐人街》（1974）、《钢铁城市》（1986）和《鱼缸》（2009），并为多部电影创作了原声音乐。威兹被广泛认为是20世纪和21世纪最具影响力的音乐家之一。他的创新和独特风格深刻影响了许多后来的艺术家和乐队。他在2011年入选摇滚名人堂，表彰了他在音乐领域的杰出贡献。

5. 谢尔盖·普罗科菲耶夫（Sergei Prokofiev, 1891—1953）是俄罗斯作曲家，以其古典音乐作品闻名，如《彼得与狼》和《罗密欧与朱丽叶》。他的音乐风格丰富多样，融合了古典、现代和民族元素。作者使用普罗科菲耶夫作为代表，指代那些经典而传统的艺术家，表达对当代创新艺术家的更大兴趣。

安东尼·特罗洛普（Anthony Trollope，1815—1882）是英国小说家，以描绘维多利亚时代社会和政治生活的小说著称，如《巴塞特郡纪事》和《议会选举》。他的作品以复杂的人物关系和社会批判闻名。作者使用特罗洛普作为例子，说明对传统文学作品的兴趣减少，转而关注那些在各自领域中勇于创新的艺术家。

6 analytical bloviation，这里的"分析量"指的是对鲍勃·迪伦（Bob Dylan）音乐和歌词的大量分析和评论。作者认为，有关迪伦的评论和分析已经非常庞大，甚至可以与对弗洛伊德（Sigmund Freud）作品的分析相媲美。与之相对的，尽管汤姆·威兹在音乐界同样具有独特的风格和深远的影响力，但相对于迪伦，他还没有得到应有的广泛分析和评论。作者希望指出，威兹也应得到与迪伦同等的关注和评价。

7 黛比·哈利（Debbie Harry），本名黛博拉·安·哈利（Deborah Ann Harry，生于1945年7月1日），是美国著名的歌手、词曲作者和演员。她是新波朋克乐队金发女郎乐队（Blondie）的主唱，以其独特的嗓音和风格在20世纪70年代和80年代风靡一时。金发女郎乐队（Blondie）是20世纪70年代后期到80年代初期非常受欢迎的新波朋克乐队。乐队融合了朋克、迪斯科、雷鬼和流行音乐等多种风格，开创了独特的音乐风格。代表作品：《玻璃之心》(*Heart of Glass*)、《叫我》(*Call Me*)、《涨潮》(*The Tide Is High*)和《无论如何》(*One Way or Another*)。黛比·哈利以她标志性的金发和独特的舞台形象成为摇滚偶像。她的歌声既有猫般的魅惑，又充满力量和个性，深受乐迷喜爱。她的表演风格既充满性感魅力，又带有强烈的自信和力量，成为许多女性摇滚歌手的楷模。

8 金发女郎乐队最近与伪装者（Pretenders）乐队联合巡演。伪装者乐队的主唱克莉丝·汉德（Chrissie Hynde）也是摇滚界的传奇人物，这次巡演被誉为是摇滚乐迷的梦想之旅。

9 海伦·米伦（Helen Mirren），本名海伦·莉迪亚·米伦诺夫（Helen Lydia Mironoff，生于1945年7月26日），是英国著名的演员，以其在舞台剧、电影和电视中的出色表演而闻名。米伦因其多样化的角色选择和深厚的表演功底获得了众多奖项，包括奥斯卡奖、艾美奖和托尼奖。米伦出生于伦敦的一个戏剧世家，她的祖父是俄罗斯贵族，父亲是英国

音乐、戏剧、电影和书籍 Music, Theatre, Film and Books 389

的音乐家和指挥家。米伦在20世纪60年代加入了英国国家青年剧院，开始了她的戏剧生涯，并迅速崭露头角。她因在莎士比亚戏剧中的出色表演而广受赞誉，并在电影和电视领域取得了巨大的成功。代表作品包括《女王》（The Queen），她因在该片中饰演伊丽莎白二世而获得了奥斯卡最佳女主角奖。

10. 《暴风雨》（The Tempest）是威廉·莎士比亚创作的一部戏剧，被认为是他的最后一部独立创作的戏剧作品。故事讲述了魔法师普洛斯佩罗在一座孤岛上策划了一场暴风雨，以此来复仇并恢复自己的地位。主要角色包括原公爵普洛斯佩罗、他的女儿米兰达、国王的儿子费迪南德，以及岛上的野人卡利班。普洛斯佩罗通过魔法召唤一场暴风雨，使得他过去的敌人们船只失事，漂流到岛上。通过一系列的阴谋和魔法，普洛斯佩罗最终原谅了他的敌人，恢复了自己的地位。

11. 朱丽·泰莫（Julie Taymor），1952年12月15日出生，是一位美国导演、编剧和制片人，以其在戏剧和电影领域的创新和独特视觉风格而闻名。她的作品通常融合了戏剧、舞蹈、音乐和视觉艺术，创造出富有冲击力和想象力的表演。她因将迪士尼动画《狮子王》（The Lion King）改编成舞台剧而闻名，赢得了托尼奖，还导演了关于墨西哥艺术家弗里达·卡罗的电影《弗里达》（Frida），展示了她在电影制作上的才华。在她导演的电影《暴风雨》中，泰莫将普洛斯佩罗的角色改为女性，称为"普洛斯佩拉"（Prospera），由海伦·米伦饰演。这一性别转换为经典故事注入了新的视角和深度。

12. 彼得·布鲁克（Peter Brook），1925年3月21日出生，是英国著名的戏剧和电影导演，以其在实验戏剧和创新戏剧形式方面的贡献而闻名。他的工作强调演员的自发性和戏剧的即兴创作，被认为是20世纪最具影响力的戏剧导演之一。布鲁克因其在实验性戏剧和简约舞台设计方面的探索而著称，这种风格常常被称为"布鲁克式（Brookian）"。他最著名的作品包括《马哈巴拉塔》（The Mahabharata）和《空的空间》（The Empty Space），这些作品强调舞台的简约和演员的表现力。布鲁克在巴黎成立了一个实验性剧团，致力于探索戏剧的各种可能性，特别是通过即兴创作和简约舞台设计来强化戏剧的表现力。《群鸟会议》（The Conference of the Birds）是布鲁克的一部著名作品，改编自波斯诗人法里德·乌丁·阿塔尔（Farid ud-Din Attar）的同名诗集。该作品通过象征性的鸟类会议来探讨精神追求和自我发现的主题。布鲁克式的风格指的是布鲁克所倡导的简约而深刻的戏剧风格，注重演员的内在表现和舞台的简约设计。海伦·米伦在1972年前往巴黎加入布鲁克的实验剧团，参与了《鸟的会议》的排练。在此过程中，她感受到了布鲁克严格的即兴创作训练，但起初并未适应这种严肃的氛围。通过这些注释，可以更好地理解米伦与布鲁克的合作经历，以及布鲁克对实验戏剧的影响。

13 法尔斯塔夫（Falstaff），全名约翰·法尔斯塔夫爵士（Sir John Falstaff），是威廉·莎士比亚创作的多部历史剧和喜剧中的一个虚构人物。他首次出现在《亨利四世》第一部分和第二部分，并在《温莎的风流娘们》（*The Merry Wives of Windsor*）中继续登场。法尔斯塔夫是一个体型肥胖、行为放荡不羁的骑士，以其机智、幽默和贪婪而闻名。他不仅是莎士比亚笔下最具魅力和复杂性的角色之一，也是文学史上最令人难忘的人物之一。

法尔斯塔夫因其夸张的体型而著名，他的肥胖不仅是外形上的特征，也象征了他的放纵和享乐主义生活方式。他以机智的言辞和幽默感赢得了观众的喜爱，常常用巧妙的语言和聪明的策略脱身于困境。尽管他表面上充满魅力，但法尔斯塔夫也因其贪婪、自私和狡诈而受到批评。

在《亨利四世》第一部分和第二部分中，法尔斯塔夫是威尔士王子哈尔（后来的亨利五世）的朋友和导师，带领哈尔过着放荡不羁的生活。他们的关系充满了幽默和戏剧性的互动，但也反映了哈尔从放荡的青年到成熟的君主的成长过程。在《温莎的风流娘们》中，法尔斯塔夫试图通过追求两位已婚妇女来获取金钱和地位，但最终被她们设计捉弄，成为笑柄。

法尔斯塔夫作为莎士比亚最生动和多面的角色之一，影响了后世许多文学和戏剧作品。他的形象不仅在莎士比亚的作品中具有重要地位，还成为许多改编和演绎的经典角色。通过这些注释，可以更好地理解法尔斯塔夫在莎士比亚作品中的重要性以及他对整个文学和戏剧史的影响。他不仅是《亨利四世》和《温莎的风流娘们》中不可或缺的角色，也是莎士比亚创作的一个经典象征。

14 "伟光正"（shamelessly chauvinistic）指的是一种毫不掩饰的、极端的民族主义或爱国主义态度。在原文中，这个词描述了劳伦斯·奥利弗（Laurence Olivier）在1944年拍摄的电影版《亨利五世》（*Henry V*）。

音乐、戏剧、电影和书籍 *Music, Theatre, Film and Books* 391

这部电影在"二战"期间作为为D日（诺曼底登陆）鼓舞士气的工具，强调了英国的民族自豪感和团结精神。作者认为这部电影在当时具有重要意义，即使在战争结束后，这种对民族主义的强烈表达依然具有感染力。这种"伟光正"的电影传递了一种理想化的、充满正义感和英雄主义的英国形象。通过这种表达，电影赋予了观众一种身份认同和历史使命感，尤其是在"二战"后的重建时期，英国社会需要这种精神上的支撑。"伟光正"表达了同样的意思，强调了一种高度理想化、无可指责的爱国主义情感，尽管在某些情况下，这种情感可能过于极端或脱离现实。然而，这种表达在特定历史背景下是合理且必要的，因为它在民族危机和重建时期为民众提供了希望和力量。

15. 不纯版本（*impure version*），指的是1598年出版的《亨利四世》单独剧本，这是莎士比亚名字首次出现在印刷品上。这里的"不纯"暗指这个版本并不是莎士比亚原作的完全准确或权威的版本，可能存在删减、改写或其他修改。在那个时期，许多剧本在出版过程中都经历过不同程度的改动，因此被称为"不纯"。

16. 对自命不凡的强权者的不耐（*impatience with the pretensions of the mighty*），描述了英国人对那些自以为是、炫耀权力的强权者的厌恶和不耐烦。这种态度反映在莎士比亚的历史剧中，通过对统治者和权力的批判，揭示了他们的虚伪和欺骗。同时，这也表现了普通民众对真正共享共同牺牲、并以某种神秘、非理性方式体现集体精神的主权的认可和庆祝。这种态度既反映了对权力的怀疑，又体现了对真正代表人民利益的统治者的支持和宽容。

17. wrinkly，指的是滚石乐队（The Rolling Stones）在历经多年后依然保持着巨大的影响力和受欢迎程度，尽管他们的成员已经年迈到皮肤皱巴巴。这句话带有幽默意味，强调了乐队的持续成功与他们的年龄形成的对比。

18. 爱国义务（*patriotic obligation*），指的是在英国，戏谑和自嘲国家文化和象征的行为不仅被接受，甚至被视为一种表达爱国情感的责任和义务。与美国不同，英国文化中广泛存在对自身的幽默讽刺，这种自嘲精神是英国人表达爱国的一种独特方式。在英国，讽刺和幽默一直是文化的重要组成部分，这种传统不仅在文学和戏剧中得以体现，也在现代媒体和娱乐中普遍存在，如《蒙提·派森的飞行马戏团》（*Monty Python's*

Flying Circus）和《私家眼》（*Private Eye*）等。这种文化倾向使得英国人在对待自己国家的缺点和特点时，能够以一种轻松和幽默的态度去看待，并通过这种方式表达他们对国家的深厚感情。在2012年伦敦奥运会开幕式上，英国女王伊丽莎白二世与詹姆斯·邦德（由丹尼尔·克雷格饰演）一同出现在幽默短片中，象征着女王成为最新的"邦女郎"。这种自我戏谑的行为不仅赢得了观众的喜爱，也展示了英国人在重大场合中对自嘲的接受和喜爱，体现了他们的爱国情感。通过这种方式，英国人用幽默和讽刺庆祝他们的文化和历史，表现了对国家的热爱和认同，成为一种"爱国义务"。

19 猫又笑了（the cat smile again），指的是对方微笑时露出的狡黠、神秘且略带嘲弄的表情。这种笑容类似于猫在捕猎时露出的得意笑容，暗示说话者的意图不明且可能带有攻击性或挑衅性。这种笑容通常用来描绘一个精明、狡猾且自信的人，在对话中占据主动地位。通过这个笑容，作者传达了对方对霍洛维茨（Horowitz）的轻蔑和不屑，同时也暗示了对方在这场对话中的优势地位和控制欲。这种表情使霍洛维茨感到不安和紧张，他甚至开始怀疑自己是否作了正确的决定，进一步加深了读者对场景紧张氛围的感受。通过"猫又笑了"这一细节，作者巧妙地塑造了对方的形象，使读者能够更加直观地感受到人物之间的微妙互动和情感变化。

20 赌注真的很高（the stakes are so high），指的是当前情境中的风险和潜在的后果非常严重。这里的"赌注"比喻为在某个决定或行动中的可能损失或收益，表明所面临的挑战具有极高的重要性和紧迫感。如果失败，可能会带来极其不利的结果，而成功则可能带来巨大的回报。这种表达突显了当前任务或行动的严峻性和紧张感，强调了参与者在决策时需要格外小心和谨慎。这句话进一步加重了霍洛维茨的压力和焦虑，使他更加意识到自己所处境地的艰难。

21 对风险有品味的人（a man with a taste for risk），指的是喜欢冒险、敢于面对挑战的人。这样的个体通常对高风险情境充满兴趣，并且有信心在这些情境中取得成功。对风险的"品味"意味着他们不仅愿意冒险，而且享受这种冒险带来的刺激和挑战。这个描述表明说话者对霍洛维茨的某种认可，认为他具备在高风险情况下行动的勇气和决心。然而，这也暗示了霍洛维茨所面临的任务并不适合所有人，只有那些真正有冒险精神的人才有可能成功。

22 (Oh, yes, it was!) 用来强调安东尼·霍洛维茨 (Anthony Horowitz) 确实写了一部极为出色的邦德故事。对照了几个字前"是否真的是个好主意"。这种表达充满了肯定和赞美,表明作者对霍洛维茨的作品高度认可,并相信伊恩·弗莱明 (Ian Fleming),即 007 的创作者,如果看到这部作品,也会感到非常满意。这个短语通过夸张的语气,传达了对霍洛维茨作品的热烈赞赏,表明它在各个方面都达到了甚至超越了弗莱明的标准。

23 "坠入了绿色的地狱"(plunging into the green hell)是一种比喻性的表达,用来描述一个充满危险和挑战的环境。虽然在 007 系列的小说或电影中并没有具体描述詹姆斯·邦德驾驶玛莎拉蒂坠入森林的片段,但这个比喻形象地传达了主人公进入一个充满未知和危险的情境。这种表达强调了环境的险恶和紧张气氛,增强了叙述的戏剧性和视觉冲击力。在 007 系列中,邦德常常面对各种充满危险的任务和环境,比如茂密的丛林、险恶的山脉或充满敌人的地带。"绿色的地狱"可以看作是这些场景的综合象征,暗示了邦德在执行任务时所面临的巨大挑战和冒险。话虽如此,玛莎拉蒂几乎从未成为过 007 的座驾,邦德驾驶的主要车辆是阿斯顿·马丁和其他英国汽车,甚至有路虎、丰田。

24 瓶陈 (bottle aging) 是指葡萄酒装瓶后在瓶中继续陈年的过程。在瓶陈过程中,葡萄酒会经历一系列化学反应,这些反应会使葡萄酒的风味更加复杂和成熟。对于许多高品质的红酒,特别是顶级葡萄酒,瓶陈时间是非常重要的,通常需要数年甚至数十年的时间才能达到最佳饮用状态。

在此段落中提到的 Château Pétrus 1950,是一款顶级波尔多葡萄酒。根据葡萄酒陈年的一般规律,1950 年的葡萄酒在 1957 年(仅瓶陈了七年)时,仍处于相对年轻的状态,尚未达到其最佳的饮用期。因此,邦德指出,尽管看到 1950 年份的 Château Pétrus 在菜单上会让人高兴,但实际上他不会在瓶陈仅七年的时候饮用它。相比之下,1945 年份的葡萄酒经过十二年的瓶陈,更接近其最佳状态,因此更适合饮用。

更广为人知的另一个概念是桶陈 (barrel aging),是指葡萄酒在橡木桶中陈酿的过程。在这个过程中,葡萄酒与橡木桶内壁接触,吸收橡木的风味,同时通过微量氧化过程,使酒体更加柔和和复杂。桶陈通常发生在葡萄酒装瓶前，持续数月到数年不等，具体时间取决于葡萄酒的类型和风格。

通过理解这些陈年过程，可以更好地理解为什么邦德会对 Anthony Horowitz 的描述提出异议，以及顶级葡萄酒在不同陈年阶段的饮用适宜性。

25. 保罗·比蒂（Paul Beatty），是一位美国作家和诗人，以其幽默且富有批判性的文学作品著称。他的作品常常挑战和探讨美国社会中的种族、文化和政治议题。《背叛者》（The Sellout）是他的代表作之一，通过其主人公——一个黑人叙述者的视角，揭示了美国种族问题的复杂性和荒诞性。小说开篇，主人公因在现代社会中保留黑奴而被控告至最高法院，这一设定立刻吸引了读者的注意。尽管在历史上确实存在过非裔美国人拥有奴隶的情况，但在当今的洛杉矶贫民区，这种情景显得格外荒谬和讽刺。Bonbon 是主人公的绰号，他的真实名字在小说中从未被揭示，Marpessa Delissa Dawson 是他的情人，以其粗口著称，给 Bonbon 起了"Bonbon"这个绰号，象征他软弱的内心。Bonbon 所在的社区被称为"农场"，环境恶劣，充满了犯罪和社会问题。Bonbon 的案子标题是"我对美国"（Me vs The United States），象征他对抗的不仅是法律系统，更是整个社会的种族偏见和不公。保罗·比蒂通过《背叛者》这本小说，探讨了非裔美国人在现代社会中的身份认同和种族歧视问题，揭示了社会中的不公平现象和制度性种族主义，通过主人公与其父亲的关系，讨论了历史遗产和个人选择的冲突。保罗·比蒂以其独特的幽默和犀利的笔触，为读者提供了一种全新的视角来看待和思考种族问题。

26. 肛门滞留人格的独裁者原型（anal-retentive authoritarian archetypes），是指那些极度控制欲强且拘谨的权威人物。这个短语源自心理学，特别是弗洛伊德的精神分析理论。肛门滞留人格（anal-retentive personality，又称肛门固着）通常描述那些在幼儿时期的肛门期未能顺利渡过，表现为极度的控制、整洁、固执和拘谨。而独裁者原型（authoritarian archetypes）则指那些典型的专制、权威型人物。

在《背叛者》中，主人公 Bonbon 的父亲在一次与洛杉矶警察的冲突中被射杀，临死前大喊："我警告你们，你们这些肛门滞留人格的独裁者原型！"这句话充满了社会政治意味，反映了他对权威的深深不满和嘲讽。这种用词不仅突显了他的愤怒和抵抗，也展示了作者保罗·比蒂在小说中对权力和种族问题的深刻批判。通过这种夸张且富有讽刺意味的表达，比蒂揭示了社会中存在的压迫和不公正现象，赋予角色更强烈的反抗精神和社会批判意识。

27 《战争与和平》（War and Peace）是俄国作家列夫·托尔斯泰（Leo Tolstoy）的杰作，被广泛认为是世界文学史上最伟大的小说之一。这部小说通过描绘拿破仑战争期间俄国社会的生活和斗争，探讨了人类存在的深层问题，如爱、战争、命运和历史的意义。托尔斯泰通过细腻的笔触和复杂的人物塑造，展示了人性的多样性和社会的复杂性。

小说的主要人物之一是皮埃尔·别祖霍夫（Pierre Bezukhov），他通过自身的经历和内心的挣扎，体现了对幸福和有意义生活的追求。皮埃尔的旅程充满了痛苦和磨难，只有在他跌入谷底时，才会看到一丝希望的曙光。当他最终发现爱情时，读者也会感同身受，体验到这种压倒性的情感。

《战争与和平》不仅仅是一部小说，更是一种深刻的生活体验。阅读这部作品，读者会感觉自己不仅仅是在阅读，而是在真实地生活其中。托尔斯泰通过这部作品，展现了他对人类情感和社会结构的深刻理解，使得这部作品成为一部不朽的经典。小说通过让读者深刻体会到角色的情感和生活，拉近了文字和现实生活之间的距离，使得这部作品既是文学的巅峰之作，也是对人类社会的深刻观察。

28 "伏击"（ambush）在这里比喻的是一种意料之外的、突然的情感或身体上的吸引，类似于猎物落入捕猎者的圈套。在《战争与和平》中，托尔斯泰通过细腻的描写，展示了皮埃尔在晚宴上被海伦的魅力所迷住的那一瞬间的突如其来和不可抗拒的感觉。

在这段描写中，海伦故意靠近皮埃尔，展示她的魅力。托尔斯泰描述了皮埃尔在靠近她时所感受到的她身体的温暖、香水的气味以及她呼吸时紧身胸衣的声响，这些细节共同营造了一个充满诱惑和张力的氛围。通过"伏击"这个比喻，托尔斯泰不仅传达了皮埃尔对海伦突然且强烈的吸引，还暗示了皮埃尔在这一情境中无法逃脱的情感困境。

在《战争与和平》中，皮埃尔·别祖霍夫（Pierre Bezukhov）通过他的经历和内心挣扎，体现了对幸福和有意义生活的追求。晚宴上的这一场景，是皮埃尔情感旅程中的重要时刻，他在这一刻被海伦的魅力所吸引，情感和身体都受到强烈的冲击。托尔斯泰通过这段细致入微的描写,生动地展现了人类欲望和情感的力量,以及这些力量如何影响人们的选择和命运。

通过这种比喻和细致的描写,托尔斯泰展现了他对人类情感和社会互动的深刻理解,使得这一场景既充满戏剧性,又深具心理复杂性。

政治、历史和公共世界

Politics, History and the Public World

"你为什么就不能只管历史呢?"当我在推特上,或者在《金融时报》上就英国脱欧或特朗普当选总统这一令人头晕目眩的黑色喜剧发表评论时,那些喷子们就会大喊大叫。但是,自从修昔底德打算写下他自己服役过的那场战争以来,政治和历史之间的分界就从来没有明确过。正是因为他认为雅典的政治命运危在旦夕,雅典最伟大的历史学家才动笔写下了他的杰作;在一个受到帝国主义诱惑的民主国家里,它充满了关于正确行为的最基本论点。

一代又一代的历史学家被他们的同行警告要远离政治争论,以免污染(他们曾乐观地认为会带给他们的)主题的客观性。而一代又一代下来,他们也忽视了自身最强大的技艺。在马基雅维利看来,政治理论与历史密不可分;对麦考莱说也是如此，他认为，他作为议会议员的血统可追溯到 1688 年光荣革命的史诗中，且并不为此感到羞耻。同时，19 世纪伟大的历史学家儒勒·米什莱主持了新成立的国家档案馆，在法兰西学院任教，并毫不掩饰他对共和主义的热忱。

认为历史实际上代表着公民权——若怀揣这样的信念，有时是要付出代价的。研究荷兰起义的伟大历史学家彼得·盖尔在布痕瓦尔德被监禁[1]，部分原因是党卫军担心他可能在自己撰写的史学研究中把希特勒和拿破仑相提并论。他的另一位同胞约翰·赫伊津加[2]也同样被纳粹关押，因为他拒绝撤回他的反法西斯言论，而犹太历史学家马克·布洛赫[3]，曾创作出了改变封建社会研究的著作的人，则因其加入法国抵抗运动，最终被捕并被枪杀。这三个人最终都被奉为圣徒，但在危险的岁月里，他们被那些敷衍事端的学者同事们远远地保持着距离。

混乱的时代召唤着历史学家加入战局。当然，对丘吉尔来说，撰写历史和创造历史也是不可分割的：一方为另一方提供信息。A. J. P. 泰勒（艾伦·约翰·珀西瓦尔·泰勒）认为，他的论战式新闻报道和精彩的电视讲座非但没有损害他的学术成果，还将其视为使历史在当代政治辩论中发挥作用的不可或缺的媒介。

因此，如果历史学家在当代政治的疯狂舞台上发表言论，乃至大放厥词，或者在推特上用感叹号取代论证，他们也没有什么需要道歉的。如果一位总统轻描淡写地提出"美国第一"这样的口号，或者政治家和民粹主义报纸将反对派诬蔑为"人民意志"的敌人,他们需要被提醒的是,第一个口号是由第三帝国的美国崇拜者提出并宣扬的,第二个口号(由让·雅克·卢梭提出)是用来使雅各宾派的惩罚性暴政合法化的。那么,事实证明,我们的未来从来没有像现在这样,迫切地需要那些人的声音,那些在不那么有趣的时代里,可能会满足于和遥远的幽灵交流的人。

自由主义、民粹主义与世界命运
Liberalism, Populism and the Fate of the World

莱斯利·斯蒂芬讲座[4],剑桥大学,2018年。

我第一次成为历史爱好者是在半个多世纪前,当时在我们位于汉普斯特德(实际上是克里克尔伍德[5])另一端的昏暗、尘土飞扬的教室里,我们似乎不仅得到了关于启蒙运动的指导,而且直接"在启蒙运动中"得到了启发。这是因为我们老师的面孔和伏尔泰[6]惊人的相似,或者至少和雕刻家胡东塑造的那位哲学家的笑脸相似[7]。那个著名的微笑——几乎在伏尔泰后来的每一幅肖像中都重复着——可以从不同的角度来解读,且不一定是相互矛盾的:作为《坎迪德》的作者,那副黑色的笑脸上,带着对人类的残酷和愚蠢嗤之以鼻的表情。但它也可以用一种更温和的方式来看待,即相信愚蠢最终会屈服于教导(事实上,在他生活如意的日子里,伏尔泰就是这样想的）。在强有力的推动下，人道的理性将胜过兽性的残暴，亦能胜过神学里的种种故事。这个乐观版本的现代历史是由长相酷似伏尔泰的人背诵给我们听的，他很清楚，一旦我们这些13岁的孩子们，在贝尔森看到那些被推土机推入石灰坑的人骨金字塔[8]，我们就会永远忘不了它们。然而，在1958年的一个下雨的下午，他转向我们，宣布道："好吧，孩子们，我们真的不知道未来会发生什么，但至少可以肯定一点：民族主义和有组织的宗教已经像渡渡鸟一样消亡了。"[9]

历史学家的预言能力也就这样了。但在当时，这种轻率的自信是有充分理由的。在第二次世界大战的大屠杀中，返祖的民族主义似乎确实已经被烧毁了。像汉斯·科恩[10]的许多著作一样，他致力于探讨民族主义的来源和动力，但这些著作几乎都已经是过时的古书（我们对这一点的看法大错特错，对科恩本人的看法更是大错特错，他是个令人着迷的复杂人物[11]）。从此以后，世界上的纷争，即使是被可怕地推到核毁灭的边缘，也会被大众意识形态的碰撞所驱动。几个世纪以来，欧洲一直是民族国家之间残酷战争的舞台，现在已经支离破碎了。在马歇尔计划[12]的帮助下，莱茵河对岸的宿敌们通力合作，将其重新拼凑起来。极权主义的扩张受到了遏制，无论如何，在铁幕以西，自由民主和社会繁荣似乎是相互维系的[13]。

简而言之，历史似乎正以我们预想的方式发展，1963年，当我来到剑桥大学学习历史时，让我感到高兴的，或者说至少是充满希望的理由变得越来越多。1964年的一个晚上，在崭新的哈维法院，我和朋友们目睹了两场政治剧变同时发生，我们都往好的方面想：尼基塔·赫鲁晓夫在苏联的统治突然终结（我们对接下来可能发生的事情还抱有天真的想法），狂热的威尔逊的工党取代了保守党政府（从我幼年起就一直执政）——这是一种双重的政治快感。

回顾过去，嘲笑这种自满情绪，并将民主自由主义的前进和上升轨迹描述为某种海市蜃楼，已成为一种司空见惯的事。我不认为这是对的——四分之三个世纪以来，欧洲没有发生过大规模的战争（除了波斯尼亚的恐怖事件）；德国得到和平统一以及令人震惊的经济和社会变革，这些都不能被视为过于乐观的一厢情愿。但这并不是我的重点——至少现在还不是。相反，这是关于在20世纪60年代那个乐观的时刻，从事历史研究的吸引力。它的工作，是以历史学家作为固执己见的主角，追踪通往当代世界的漫长的、困惑的、曲折的旅程，同时会因为反对者所谓的"现代主义"而步履蹒跚：对过去的解读沦为当下的谱系学；把历史学家当作死人的政治科学家；或者，它的解释力只是基于一种相反的假设，把历史当作外国，而历史学家更像是一个未知地区和民族的民族志学者。编年史学派的纯学术力量和诗学力量，在这种更具人类学意义的方法论驱动下，解决了我们许多人的问题。我们的历史是社会性的，而不是政治性的；它要么是微观的（实际上是纳米级的），要么是宏观的，要么是跨越时代的，要么是分析一个村庄一年中的一个星期；无论如何，它都不会处理中期问题，这是衡量政治原因和影响的标准尺度。在某种程度上，历史的舞台是来来往往的党派、条约、宣言、战争和革命，它暴露了自己的漠不关心。在档案馆里做一个游击队员是浅薄的庸俗行为。

尽管 J. H. 帕朗柏（约翰·哈罗德·帕朗柏[14]）经常在基督教堂提醒我们，这门学问是不可避免的民间学问，正如他所说，这一切都始于"希罗多德在市场上的呼喊"。可这种孤僻仍然存在，修昔底德的历史几乎没有做出任何让步，哪怕他是自己所叙述史诗的参与者，他的道德强度约束着他。就这一点而言，麦考莱[15]很可能犯了他所处阶级和时代的毛病——自鸣得意。但是，考虑到其他替代方案（让我们直呼它的名字：专制主义），他所描写的自由的崛起、专制主义的失败的史诗，比辉格党人自以为是的童话故事更有意义。帕朗柏还提醒我们，我们最钦佩的一些社会和文化历史学家，在自由的社会中，甚至在不自由的社会中，都没有把知识技能和公民义务区别开来。有些人确实为这种信念付出了可怕的代价：马克·布洛赫被盖世太保枪杀；艾曼纽·林格尔布卢姆[16]在1943年华沙犹太人区起义中丧生；约翰·赫伊津加在德国占领期间被他自己在莱顿大学的学院排斥并被软禁；贝尼代托·克罗齐[17]从一个被迷惑的人变成了法西斯主义的坚定敌人，也许他最著名的箴言是正确的："一切历史均是当代史。"

在我看来，它（历史学家）现在比以往任何时候都更像是一种具有道德义务的职业，就像冷静的调查一样，因此，这个讲座的标题不免有些矫情，你们中的许多人可能会认为，对于一个历史学教授来说,他更应该满足于离散现象的原因和后果。对此,我只能说,这就是考验我们职业的其中一条,即学术的完整性规范——什么是真,什么是假;什么是事实,什么是神话;什么是历史,什么是宣传。人们有时还会向我们提出一些超越学术生活常规的要求。跨过他们,让那些无理性的狗用它们的谎言吠叫吧;让特朗普教授给我们讲讲罗伯特·E. 李的职业生涯吧;让弗拉基米尔·普京将任何提及卡廷森林的言论定罪吧;让勒庞把大屠杀降级为历史的脚注吧;让现任波黑塞族共和国总统候选人米洛拉德·多迪克宣称斯雷布雷尼察大屠杀几乎没发生过吧;让奈杰尔·法拉奇在爱尔兰观众面前宣称,英国脱欧相当于复活节起义吧。[18]昨天,英国脱欧派人士丹尼尔·汉南发表了一篇关于黑斯廷斯战役结果的荒谬片面描述;他说,在这场战役中,原本自由平等的撒克逊英格兰在诺曼人的封建统治下被消灭了。[19]不管你喜不喜欢,从世界的一端到另一端,历史已经成为权力转动的支点。也许它一直都是这样;问题是,我们该怎么做?为了回答这个问题,我请出莱斯利·斯蒂芬,作为目击者,作为见证者。

1863年(即葛底斯堡战役和维克斯堡战役的那一年),在这次重要的美国之行前,莱斯利·斯蒂芬——三一堂的教员和牧师已经到了不知道自己该怎么生活的地步。他只能确定自己不想做什么。他不想追随他父亲詹姆斯·斯蒂芬的脚步,他是负责殖民地事务的副部长,在他的岗位上工作得如此狂热,以至于被人称为斯蒂芬"超级"部长;在19世纪50年代初,他曾短暂地担任过历史学老师，讲授法国历史。莱斯利在三一学院教了近十年的数学，但他更出名的身份是长跑和马拉松运动员，是"肌肉型基督教徒"的化身。但在1859年，他读了《物种起源》，开始对诺亚的洪水产生怀疑。他的挚友、三一学院的数学家亨利·福塞特在一年前的一次枪击事故中失明，他是达尔文学说最有说服力的支持者之一，是肥皂剧演员山姆·威尔伯福斯的眼中钉。在1861年，斯蒂芬告诉学院院长，他不能再凭良心参加礼拜，在这个时候，他被要求辞去导师职务，以免他的怀疑主义腐蚀了易受到影响的年轻人。

他要做什么？他要去哪里？他的父亲曾希望他的儿子能过上平凡的牧师生活，但现在这已经不可能了；莱斯利在1862年辞去了他的职位，完成了与三一学院的告别。当时还有法律可选，但他的弟弟菲茨杰姆[20]已经是家族中不可或缺的大律师了。然而，所有这些个人问题都被搁置一边，转而关注一项道德事业，这项事业在大洋两岸都已成为头等大事，作为斯蒂芬家族的一员，莱斯利几乎无法回避奴隶制。斯蒂芬家族和麦考莱家族一样，都是克拉彭教区的福音派教徒，自18世纪末以来，他们的使命就是与威尔伯福斯、格兰维尔·夏普和克拉克森兄弟并肩作战，向令人憎恶的奴隶制宣战[21]。在殖民地办公室，詹姆斯·斯蒂芬负责起草废除奴隶制草案的66个部分，这位副部长以比往常更大的热情，在1834年的一个星期六到星期一之间，光荣地完成了这项工作。

因此，当奴隶制的扩张或遏制成为威胁美利坚共和国毁灭的关键问题时，莱斯利·斯蒂芬必定会全神贯注于此。1861年，随着敌对行动开始，英国宣布中立，这件事对斯蒂芬来说就变得更加紧迫，因为剑桥的大部分人，就像维多利亚中期英国的大多数统治阶级和地主阶级一样，是南部联邦毫不含糊的坚定支持者。在斯蒂芬的传记中，伟大的剑桥大学中世纪史学家F. W. 梅特兰（弗雷德里克·威廉·梅特兰）报告说，他在三一学院的学生们通过吹嘘自己对南方的同情心来煽动他。北方的激进分子则是例外，特别是约翰·布莱特，以及兰开夏郡的棉花工人，他们是供应链短缺的最直接经济受害者。尽管表面上中立，帕默斯顿的政府和约翰·拉塞尔勋爵却对南方持同情态度，最让斯蒂芬感到震惊的是，道德弹性系数很高的威廉·厄瓦特·格拉德斯通也是如此，而他的家族财富是在奴隶盛行的加勒比地区赚来的。

最让斯蒂芬感到生气的是，那些南部联邦的英国朋友们（如今是向星条旗摇摆的墙头草）坚持认为，比起战争的主要原因，奴隶制和种族不过是附带话题。他们曾声称（现在也是如此），这场战争的真正意义在于各州的权利，这是一场为自由而战的斗争，堪比当初创建了美国的那场革命（尽管《联邦宪法》第四条第三款明确承认奴隶制的神圣不可侵犯性）。

斯蒂芬从英国人的抗议中嗅到了极度伪善的味道：富人和有权有势的人，包括地主和制造业阶级，都在用自由主义的辞令欺骗自己。他肯定注意到了，林肯在1860年的总统就职演说中，他特意向奴隶主保证，联邦政府并不是致力于废除奴隶制，只是阻止奴隶制州在新领土上的扩张，而在他随后的声明中，林肯又表明自己是一个废奴主义者的狂热分子。即使当斯蒂芬得知 1862 年起草的《解放宣言》时，他也认为这更多的是出于摧毁南方经济的战略意图，而不是出于善意的道德主义。最后一篇论文发表于 1863 年 1 月，当时他对美国历史和文学还不甚了解（他后来成为这两者的伟大拥护者，甚至写了第一篇关于"美国幽默"的论文），斯蒂芬起航出发（时值 1863 年夏天，维克斯堡战役正在如火如荼地进行），开始了我们现在称之为事实调查的任务。

这有种近乎滑稽的认真，就像托尔斯泰笔下的皮埃尔·贝祖霍夫在博罗季诺战役前夕头顶白色大礼帽出现，他的朋友安德烈王子在他耳边说了一句话，大意是战争就是相互谋杀，然后和你一起离开。托尔斯泰会完全理解莱斯利·斯蒂芬的美国之行。可以预料的是，他在波士顿和马萨诸塞州的剑桥市开始了自由主义的大好时光，在那里，他遇到了诗人詹姆斯·拉塞尔·洛威尔、查尔斯·艾略特·诺顿（他将在哈佛大学定义人文科学研究）、亨利·沃兹沃思·朗费罗，以及激进的废奴老战士文德尔·菲利普斯和威廉·劳埃德·加里森。斯蒂芬给他的母亲写了回信，一旦她消化了信的内容，这些信就会被送到亨利·福塞特那里，让人大声读给这位盲人政治经济学教授听。其中一封描述了一个团的黑人联邦士兵，这只能是著名的马萨诸塞州第 54 步兵团，由上尉罗伯特·古尔德·肖指挥，在波士顿街道上众人的欢呼声中离开。斯蒂芬还讲述了一个军官（也很可能是肖）的故事，鉴于杰斐逊·戴维斯发誓要绞死任何带领黑人部队的白人军官，他问他的母亲，她对他的行为是否满意。斯蒂芬记录道，她的回答是，她会为她的儿子感到骄傲，如果她的儿子在战斗中中枪，她会更为他感到骄傲。我想，这也是一种母爱。

他的旅途越来越远，他曾在火车和蒸汽船上过夜，有一晚还和葛底斯堡战役的胜利者米德将军的部队一起宿营。他也越来越觉得荒谬，因为许多人都知道，这场战争并不完全是关于奴隶制的巨大罪恶。

因此，他对自己受到热情欢迎所感动（尤其是作为约翰·布莱特的朋友和政治盟友，他的推荐信为他打开了大门，包括白宫的大门），因为在大多数情况下，"英国"是一个肮脏的字眼。不久之后，原因就变得显而易见：《泰晤士报》在编辑约翰·萨迪厄斯·德兰的领导下，发表了他的明星战地记者威廉·霍华德·拉塞尔的一系列报道，这些报道不仅离谱地支持南部联邦，而且蔑视北方联盟成功战胜南方的任何实际可能性。甚至在谢尔曼将军开始向佐治亚州进军时，拉塞尔还将其与拿破仑在俄罗斯的狂妄行为相提并论。这是经过篡改的新闻（如果并非完全的假新闻），旨在加强《泰晤士报》读者的反洋基（北方人）的偏见，并毫不掩饰地对美国新兴民主试验的失败幸灾乐祸。对于大英帝国来说，一个永久分裂的美国更容易被吞下。

回到英国后，斯蒂芬决心纠正这段历史，这也是他作为一个激进自由主义者的使命所在。1865年，他出版了一本30页的、之后引起论战的小册子，题为《南北战争中的〈泰晤士报〉》，毫不留情地记录了《泰晤士报》对真相的肆意歪曲，对奴隶制和自由这一重大问题的无原则的逃避。毫无疑问，无论南部邦联的辩护者如何口灿莲花，这都是造成50多万人死亡的原因。至于那些声称分裂应该被理解为自由斗争的行为，本身就是一种道德上的耻辱。此外，斯蒂芬明白，在英国，站在南方的立场与国内对民主制的恐惧不可分割地联系在一起，尤其是对第二部议会改革法案的抵制。

在讲这个长故事的时候，我或许考验了不少人的耐心，但是，我这样做不仅仅是因为它包含了从教师生涯跨入政治生涯的转变，还因为在我看来，它象征着当代自由民主的许多挑战，其中必然牵涉到历史学的完整性，这需要历史学家来捍卫它。我生活在美国，在一所大学任教，而我最杰出的前辈之一理查德·霍夫斯塔特便曾在此，专门研究他所谓的美国政治中"妄想出的张力"，我想我对此并没有感到很尴尬。但是，如果不是我们，还有谁能涉足被歪曲了真相的记载、揭露出在自由主义自治和州权的虚伪修辞下的种族仇恨、将个人权利等同于自我武装，为已被妖魔化成"精英"活动的知识传播行径正名？

19世纪末的美国政治运动，最初自称为人民党，并在短时间内被称为民粹主义，与唐纳德·特朗普的各种前高盛高管和卡尔·伊坎的组合截然相反，因为它出现在南部和中西部的农村地区，对东部银行家取消白银货币，并以金本位制取而代之的计划深表怀疑。因此,其最具魅力的领导人威廉·詹宁斯·布莱恩在1898年大会上,对民主党人发表的激动人心的演讲,具有很强的力量:"他们不应把你钉在金子铸的十字架上。"但是,在文化上,民粹主义包含了你现在认识到的、困扰我们的特征:对大都市生活的不信任,对大规模移民的憎恨(尽管它的许多追随者都来自移民家庭;哪个美国人不是这样呢?)布莱恩对田纳西州的一位教师提出了著名的起诉,这位教师胆敢向学生们传授进化论(目前约有一半的美国人相信进化论不过是一种未经证实的理论)。汤姆·沃森是第一个,也是最狂热的民粹主义领袖,他通过在农村贫困的黑人和白人之间建立联盟,开始了他的竞选活动。但在20世纪的头几十年里,他的政治言论变成了恶毒的反犹太主义和反黑人主义。

在1915年和1916年,人们见证了:三K党(Ku Klux Klan)的重组;D. W. 格里菲斯对三K党的颂歌——《一个国家的诞生》的放映,其中对瞪着大眼、自高自大的黑人重建主义者着重进行了讽刺;在佐治亚州对利奥·弗兰克处以的私刑,这位犹太工厂经理因谋杀一名天主教女工而被定罪,最后被一群响应沃森煽动的人所杀害;麦迪逊·格兰特的《伟大种族的消逝》(The Passing of the Great Race)被出版,这是一部最尖锐的反移民论著,认为大规模移民(尤其是犹太人)给美国带来了犯罪、疾病、政治暴力和宗教污染,并开始了美国"文明"不可逆转的衰落。其推论是,"真正的、文明的美国"正处于被外来者入侵的危险之中,这个邪恶又堕落的组合,包括大城市的金融家、满身酒气和虱子的非英语移民，以及那些永恒的世界主义者——犹太人（奈杰尔·法拉奇刚刚警告过美国，与其担心俄罗斯对美国选举的干涉，还不如担心所谓的"犹太游说集团"）。

当我第一次了解这些民粹主义者时，是在20世纪60年代的剑桥大学，由我的美国犹太历史导师乔纳森·斯坦伯格教授所讲授。他们似乎是不合时宜的遗物、一个过时的遗迹，与20世纪30年代在欧洲大行其道的威权主义仇外者一样。不仅仅是纳粹红衫军，还有意大利法西斯的黑衫军和其他欧洲军团，他们迅速将民主自由主义推到一边，拥抱民族纯洁性、暴力民兵和声称代表人民意愿的魅力独裁者，当然还有墨索里尼的法西斯主义者，约涅斯库的罗马尼亚铁卫队或恩格尔伯特·多尔法斯的奥地利祖国阵线（该阵线取缔了除自己以外的所有政党）。但是，第三帝国的失败显然将这些"毒素"从欧洲的血液中冲走了，而在美国，这些"毒素"以一种奇怪而自相矛盾的方式继续一代又一代地变异。充满创新性的美国生活，不仅没能消除狂热的神话与恶魔论，反而在每一波新技术浪潮到来时，毒素再次迭代，以作为回应。

如果你是亨利·福特，你可能同时是一个伟大的创新者和一个更伟大的反犹太主义者，他是阿道夫·希特勒公开承认的灵感来源。这也许并不像看起来那样自相矛盾。福特毕竟痴迷于统一性，无论是汽车还是那些在他的生产线上制造汽车的人，这个种族熔炉完全融入了他对全美国种族健康的诠释。最新的媒体可以同时成为你种族仇外情绪的导火索和武器。希特勒有莱尼·里芬斯塔尔在电影中精心编排的强大部队；反犹太主义的考夫林神父是第一个狂躁的无线电运动员；休伊·朗给他的私人民兵穿上标志性的靴子和棕色衬衫，这是平民法西斯装备。他们的总统野心最终都被挫败了，但他们比你想象的更接近成功。从某种意义上说，从长远来看，他们还是成功了，因为他们暴力的反移民妄想症（从第一代民粹主义者那里继承下来的）将迫切需要庇护的犹太人拒之门外，而这些犹太人刚刚遭到生命威胁。撇开"难民儿童运动"不谈（请记住，那是以儿童被从父母身边带走为条件的），英国的情况也是如此。1938年，即水晶之夜和舒尔茨之年，《每日邮报》的头版打出了"为黑衫军欢呼"的口号。这一切都没有随着战争的结束而结束。麦卡锡主义的许多论调都假定共产主义者秘密入侵美国，而这些共产主义者在重定义下已经不是美国人，还有些数量不成比例的犹太人。20世纪60年代，乔治·华莱士指出，在那些通过攻击种族隔离和吉姆·克劳而背叛白人的人当中，犹太人居于前列。华莱士——当然，他自己也参加了总统竞选——比任何人都更清楚地阐述了民粹主义的信条，即民族和一种粗暴的人民主权意识，胜过任何形式的宪法约束。"有一样东西比宪法更强大，"他宣称，"那就是人民的意愿。"（"如果人们选择废除宪法，这是他们的权利。"）时至今日，民意调查显示，如果总统（或者说"他们的"总统）认为有必要，准备中止宪法保护的共和党选民比例高得惊人。

因此，在座的诸位历史学家同胞们，现在的时刻就相当于莱斯利·斯蒂芬踏入了白宫，是时候竖起盾牌了。认为自由民主的基本原则不会受到以"人民意志"为名的攻击，认为这一切不过是雪花大小的恐慌，这有点魏玛（共和国）的味道，不是吗？特别是当维克多·奥班明确告诉我们，自由民主的时代已经走到了尽头，即将（或已经）被一种不自由的民主所取代，这种民主准备牺牲自由制度下的传统约束，以满足国家民意的更高需求。那些持不同观点的人不仅会被视为反对者，而且会被视为叛徒。奥班在一个方面是正确的：从菲律宾到巴西，反自由主义都占据着主导地位。试着列举那些曾经是自由民主国家而现在已变成专制国家的地方吧，你很快就会发现，自己的手指头都用完了：土耳其、委内瑞拉、尼加拉瓜、波兰（一位波兰历史学家写过一本邪恶的书，将自由主义，或者说他所谓的"自由帝国主义"与共产主义等同起来）。

自由民主并不只是订阅《卫报》或《华盛顿邮报》后的某种模糊的、感觉良好的精神状态。它建立在具体的基本原则和实践之上，所有这些原则和实践，都是几个世纪以来通过巨大的代价和牺牲换来的：司法的独立和任何政治权力都不能凌驾于法律之上的真理；禁止没有正当理由的拘留；依法平等对待全体公民的义务；信仰、言论、出版和集会的自由；法律是由自由选举的立法机构制定的前提；选举人选票的公正性；对立政府的和平交替；等等。几乎所有这些自由民主国家不可消减的特征，现在都受到了围攻：从特朗普总统那些虚张声势、语无伦次的威胁，到实际上已经摆脱这些特征的沙特阿拉伯。在我看来，特朗普对这些侵权行为的漠视，实际上是对独裁政权的推崇，使得领导人更加无耻地蔑视民主对独裁的约束。因此，最有可能在两周后当选巴西总统的雅伊尔·博尔索纳罗，相当坦率地表达了他对独裁而非民主的偏爱。

快速浏览一下这些民主基石的裂缝，就会令人沮丧却又清楚地看到普京主义的成功。尽管有大范围的民众抗议，但在波兰和匈牙利，司法机构的独立性已被"法律和正义政府"（一种绝妙的奥威尔式的反转描述语言）严重损害，而在俄罗斯，司法独立的基本要求是政治忠诚，而不是误入歧途的独立，出现在公交车站和火车站竞选海报上的是世界主义敌人、永恒的犹太人乔治·索罗斯的面孔，他会不惜一切代价——包括捐赠和创办大学——那是个以知识为幌子的叛国者。唐纳德·特朗普已经毫不掩饰地表示，绝对和无条件的忠诚是他对自己的司法部的期望，如果民主党未能赢回他们在众议院的多数席位，那么，司法部对 2016 年总统选举期间俄罗斯的干涉行为进行公正调查的能力，无疑将受到考验。提名布雷特·卡瓦诺为最高法院法官的一个关键因素是，他对总统权力及其应免于起诉甚至调查的宽容看法。

其次是选举的公正性。撇开可能的共谋不谈，毫无疑问，在 2016 年的选举活动和（几乎可以肯定的）英国脱欧公投中，来自俄罗斯的黑客攻击和选民定位很可能影响了这两个流程的结果。在美国，随着共和党控制了大多数州议会，不公正的选区重新划分（这确实是两党长期以来的做法）已经达到了令人发指的程度。州政府的权力——掌握在副州长手中——已经被部署到各种创造性的方式，来压低投票率，特别是在少数民族比例较高的地区：从赤裸裸地清除选民名单（在印第安纳、乔治亚和北卡罗来纳等州尤其无耻），到限制投票时间和投票站，还包括但不限于剥夺选民提前投票的权利、在西班牙裔人（不一定拥有驾驶执照）通过汽车或卡车工作的地区坚持要求提供带照片的身份证等等。当然，更不用说，自从最高法院裁定限制资金流动是对第一修正案的违宪删减以来，涌入政治行动委员会的资金就像尼亚加拉瀑布一样。

哪怕在投票结束后，毫无根据的选举舞弊指控也会损害选举的神圣性。在特朗普2016年的总统竞选活动中，最令人吃惊的时刻之一是，如果他的对手获胜，他拒绝无条件接受这一结果。如果民主党成功地扭转了众议院的局面（在当时绝不具备确定性，仅仅只是一种可能性），可以肯定的是，特朗普将要求对欺诈和"违规行为"进行调查。

然后是对反对派的妖魔化，将他们定罪为准叛国或完全叛国，是由恶毒的外国人资助的阴谋（自然，拥有美国公民身份超过半个世纪的乔治·索罗斯，被指控策划了反对布雷特卡瓦诺进入最高法院的抗议活动）以及其他许多事情。几十年前，你每天都能在美国极右电台的谈话节目中听到这样的指责。当然，这也是专制者的标准操作方式。准法西斯政治正在取代民主辩论的一个真实迹象是，对集会而非辩论的偏爱，在集会中，狂欢可以被精心编排，新闻界受到威胁（往往是身体上的威胁），亲爱的领袖带领人们高呼"把她关起来！"——这是"Sieg Heil"（德语中的见面问候礼，意为"胜利"）的特朗普混音版本。这些大规模歇斯底里和言语暴力所用到的燃料，来自法西斯主义在20世纪30年代大肆开采利用的能源——快乐，以及惩罚性仇恨带来的纯粹肾上腺素刺激。自由主义者越是对这种滑稽行为感到惊恐，这种仇恨就越是澎湃高涨，因为特朗普从真人秀电视节目和电台节目中引入的那种人身攻击，让这种仇恨变得更加活跃。可悲的是，在初选期间，相对沉稳的杰布·布什平淡地对特朗普说："哦，所以你要靠侮辱来获得总统职位，是吗？"特朗普只是从他的演讲台后面走出来，咧嘴笑了笑。

在任何专制制度下，引领罪犯行走的当然是自由媒体本身。特朗普毫不掩饰地表示要改革诽谤法，让媒体更难说他的坏话，但在注意力持续时间短暂的时代，他已经成功地将事实报道污蔑为假新闻。唯一不受指控的媒体，是那些对他写的每一句话都充满奉承的媒体；不仅是福克斯新闻，还有庞大的辛克莱广播公司，该公司在81个市场拥有173家电视台，它指示其新闻主播鹦鹉学舌，充当"白宫专线"。福克斯和辛克莱，几乎一同创造了美国的国家广播。

独立的批判性媒体被削弱后，最大的受害者自然是"真理"的地位，是关于"真相"的知识，是曾经启蒙运动的阿尔法和欧米茄。每一次对自由表达的呼吁，都是对暴政的有力防御——从弥尔顿的《论出版自由》("尽管所有的教条之风都被释放出来,在大地上自由玩耍,而真理也在田野里,我们通过许可和禁止来削弱她的力量,这是有害的。让她和谬误争斗吧,谁见过真理在自由和公开的交锋中处于劣势?")或杰斐逊关于《弗吉尼亚宗教自由法案》的法规草案("真理是伟大的,它是自然而然便能占上风的")。但是,米尔顿和杰斐逊不可能预见到推特的存在。不过,汉娜·阿伦特在她1951年的《极权主义的起源》中预见了:

在一个不断变化的、不可理解的世界中,群众已经达到了这样的状态:他们同时相信一切,也不相信任何东西,认为一切都是可能的,而又没有什么是真的。极权主义领导人把他们的宣传建立在一个正确的假设上,即人们可以在某一天相信最荒诞的声明,如果在第二天得到了无可辩驳的证据来证明其虚假性,他们就会以犬儒主义寻求逃避:他们不会抛弃对他们撒谎的领导人,而是抗议说,他们一直都知道这个声明是一个谎言,并钦佩这些领导人高超的战术智慧。

对于一个建立在真理基础上的政府来说,最大的损害甚至不是邪教崇拜者愿意相信他们被告知的任何事情,而是特朗普自己政党的党员拒绝反驳他。因此,他不仅可以声称他和共和党人是老年医疗保险的保护者,不受民主党人对该系统的攻击(而事实恰恰相反),而且他打赌,自己的政党会接受这个谎言，这是一种与事实背道而驰的竞选策略。这种堕落的后果是极度的浮士德主义。专制主义确实依赖于政治人物为了获得或保持权力而愿意忽视谎言，以及妖魔化或定罪说真话的人。

当然，所有谎言中最大的谎言，最有可能腐化、侵蚀或破坏自由民主规范的谎言，是关于种族和移民的谎言；也可以说是自然本质和国民之间的关系。特朗普以两个弥天大谎发起了他的竞选活动：西班牙裔移民中的犯罪率比白人高得离谱——这是针对墨西哥强奸犯和杀人犯的呼声。而事实上，从统计学上看，西班牙裔移民的犯罪率明显较低，几乎所有移民人口都在争取某种社会稳定和向上流动。特朗普坚持认为，大多数凶杀案是黑人对白人犯下的，这显然也是错误的。但这有助于激起恐惧和偏执，而这正是这种政治的猛烈抨击，从那时起，种族偏执就成了他成功的巨大引擎，就像对民族同质性的呼吁，从印度阿萨姆邦和信奉佛教的缅甸，到本杰明·内塔尼亚胡的《民族国家法》（对这个热情的犹太复国主义者来说，是臭名远扬的），这些呼吁都是可靠的煽动者。唐纳德·特朗普以"出生论"的拥护者身份进入政坛，认为巴拉克·奥巴马不可能在美国出生，认为他很可能是一个伪装成美国人的肯尼亚穆斯林。即使面对一份无可指责的出生证明，特朗普的默认立场是：它肯定是假的，一个非裔美国人入主白宫是不自然的。同样，五名非裔美国人最初因在中央公园强奸和谋杀一名慢跑者而被定罪，后来哪怕提供了 DNA 证据来洗清罪名，也并未动摇他认为他们有罪的信念。

天然公民身份的激进式收缩（在美国，移民成为公民的过程被称为"naturalisation"，即归化入籍，这一直让我感到震惊）当然在世界各地都在发生：阿萨姆邦的穆斯林被剥夺了印度公民身份；缅甸的罗兴亚人被种族清洗；在法国的犹太人不能在公共场合戴小圆帽；以色列的阿拉伯人说（与以色列最初的独立宣言相反），他们的国家本质上是只为犹太人而设的；让成为巴伐利亚籍穆斯林变得不可能的种种公告；某州每一个政府机关的墙上都钉着十字架；瑞士禁止宣礼塔存在；匈牙利和奥地利总理声称，他们身处前线，使基督教的欧洲免受伊斯兰入侵。

不过，也可以说，这种种族同质化冲动（虽然它终究是虚幻的）带来的影响在美国十分深刻，因为从18世纪末的克雷维库尔，到20世纪初的霍勒斯·卡伦，再到肯尼迪的《移民之国》（*A Nation of Immigrants*）（代笔作品），美国在历史上的辉煌时刻，恰恰体现在它对地理来源、语言、宗教和种族的漠不关心，这种归化所需要的只是接受一套政治原则——实际上就是宪法中所规定的自由民主原则。

事实证明，多相性和世界主义最容易被洲际的历史赢家接受，那些超规格的大都会——悉尼、纽约、曼彻斯特、芝加哥和伦敦，它们的反面，即怨恨的状态，是由失落感和被剥夺感所滋养，以及失败的、痛苦的浪漫，那些不断崩裂，血流不止的伤口：南方的"失败的事业"，还有科索沃与敦刻尔克。当然，还有遇到更大损失的帝国：英属印度、法属北非、苏联帝国，以及匈牙利和奥地利后王朝时代的小型化。在种族和宗教混杂的社会中，大部分的摩擦来自帝国的反击：前殖民地臣民向大都市中心迁移。急于到达意大利的移民大多来自利比亚、索马里、厄立特里亚等领土，我们有时会忘记，它们曾是意大利帝国的一部分。正是由于一种夸张的、事实上完全不切实际的信念，即帝国文化——例如利奥泰将军在马格利布传播文明的使命——已经在殖民地社会深深扎根。所以，在一段时期，人们认为这些来自前殖民地的移民们，都毫无问题地被祖国与大都市同化了。

看看我们现在的世界吧，以一个历史学家长镜头式的眼光来看，我们正被三个巨大的问题所困扰：我们的地球栖息地在缓慢收缩，说难听点是在缓慢死亡；发展中世界和发达世界之间生活水平的严重不平等；有些人只希望与长相、声音、衣着、说话和祈祷（如果他们会去祈祷的话）都与自己相似的人生活在一起，而另一些人则乐于与自己不同的人生活在一起，两者之间存在着巨大的鸿沟。事实上，所有这些情况都是相互有联系的。气候变化破坏了整个生态系统，使伤亡人数激增，约旦河上游盆地的常年干旱，令移民涌入了无法为他们提供工作的叙利亚城市，又在最后成为当代最可怕内战中的双方新兵；亚热带非洲的饥荒让大量绝望者前往利比亚，又再度遭遇灾难；中美洲和北方的悲惨旅程也是如此。而最终——我想，这是一个好消息，至少不是世界末日类的消息——世界上所有的墙壁、栅栏和护城河，都将无法处理这场灾难的深层根源，以及它所引发的惊涛骇浪。

　　与此同时，我们该如何应对四面楚歌的自由民主？这个挑战更加困难，因为万维网并没有促进世界范围内真相的透明度，而是成为自我鼓吹的神话、谎言和阴谋幻想的完美巢穴。而这反过来又指出了民主可能立足的两个不同方式。第一个方式在美国已经被动员起来，也就是"身份政治"，用一个更不可爱的说法就是"交错性"，一个由相互关联的选区组成的群落，每个选区首先关心的是如何保护自己的群体，并与同样受到威胁或处于弱势的群体结成战略联盟。第二个方式，便是民主、自由和正义的普世道理被重新唤醒，这些毕竟是曼德拉、甘地、马丁·路德·金所竖起的战旗上的光辉，尽管他们有各式各样的缺憾，弥尔顿、洛克、伏尔泰和约翰·斯图尔特·米尔等人也是如此。在我看来，他们的历史有自己的史诗，为什么那些愤愤不平的人，那些失败的信徒，那些追求民族纯洁性的苦行僧会拥有所有最好的故事，而他们却没有？但那段历史——我们的历史，需要被重新武装起来，不仅仅是在学术殿堂中，不仅仅是在书本上，而是在大多数人能看到故事的地方。"那么，我的朋友们，走出象牙塔，去战斗吧，因为这场战斗不适合胆小的人。请允许我冒昧推测，与老亚伯的握手改变了自己一生的莱斯利·斯蒂芬，也会报名参加这场战斗。毕竟，另一种选择还能是什么？放弃自身的公正灵魂？绝不可以，起身行动吧。去碾碎那些令人憎恶的人与物吧。而且要做就快些做，以免晚了。

中期选举时的特朗普[22]
Mid-term Trump

在美国中期选举的十天前,"生命之树"遭遇了谋杀[23]。一名对希伯来移民援助协会[24]怀有敌意的新纳粹[25]枪手高喊着"所有犹太人都得死",屠杀了聚集在匹兹堡松鼠山犹太教堂里的11名犹太人。在两天前,一名男子把自己的货车变成了"美国伟大革命"及其信徒的"圣坛"[26],向14名批评过唐纳德·特朗普的人掷出了管状炸药。而在选举的一天前,试图进入肯塔基州路易斯维尔的一所黑人教堂的格雷戈里·布什[27]受挫,他在当地一家超市枪杀了两名非裔美国人。在被捕前,他大喊:"白人不杀白人。"以上三名罪犯都认为他们是在拯救美国白人。

这些谋杀以及未遂的袭击,加上特朗普出乎意料地透露,他想废除无证移民子女的出生公民权,已经决定性地改变了这场中期选举的性质,这是很少见的。从最近的暴行来看,它已经被归结为两个相互敌对的国家认同感之间的冲突。像这样的战斗目前在世界各地都在进行,从取消阿萨姆邦穆斯林的印度公民身份,到围绕"英国人到底意味着什么"的脱欧辩论。但由于美国在历史上被梦想进入美国的人一代又一代地视为卓越的移民天堂,这种异质性和同质性的爱国主义之间的斗争,也一直在激烈进行着。

这一切可以用当代美国生活中两个截然不同的场景来概括。一边是松鼠山,"生命之树"犹太教堂坐落在两座新教教堂之间;在正统的犹太教律法会堂外,一辆巴勒斯坦街头餐车正在出售沙拉三明治;爱尔兰和意大利天主教家庭与亚洲人和非裔美国人共享一片社区;泰勒·艾尔德迪斯高中一直是该市最具包容性的学校之一。

像美国和世界各地的许多其他犹太组织一样,HIAS(希伯来移民援助协会)在19世纪80年代开始帮助重新安置逃离了大屠杀的贫困犹太移民,并继续帮助苏联犹太人进行同样的迁徙,如今,它帮助安置来自中东和其他地区的寻求庇护的人,其中绝大多数是穆斯林。这已经成为一种成人礼,一种责任。

但对罗伯特·鲍尔斯来说,当他准备把他的AR-15手枪对准老年礼拜者时,用他的话来说,这是"糖衣恶魔""种族清洗",反抗一心要屠杀"我的人民"的"入侵"。在他看来,特朗普有一位犹太女婿和皈依犹太教的女儿,他是在为犹太人服务。但是，鲍尔斯的有毒信仰，无疑是指责犹太人有移民诡计所带来的结果。从对乔治·索罗斯的病态执念（在特朗普的集会上，乔治·索罗斯已经取代希拉里·克林顿，成为被讨伐的新对象），到将美国的种族老化普遍归咎于犹太人，已经成为一种自然的发展过程。

除了另类右派的胡言乱语，就连福克斯新闻都在描述索罗斯时，经常使用出自19世纪和20世纪反犹太主义的经典文献中的词语：金钱和人力的秘密操纵者，密谋破坏基督教文明。在康涅狄格州，一名共和党议员候选人埃德·查拉穆特发出了一份邮件，上面印有他的犹太对手的脸，他的眼中透露着疯狂的神情，手上塞满了美钞。

尤其值得一提的是，索罗斯被描述为那些穿越中美洲向北迁移的移民大军的资助者和动员者。当被问及他是否相信索罗斯是这一切的幕后黑手时，特朗普回答说，"我不会感到意外"。因此，与松鼠山相反的场景可能是，满载军队的卡车被派往墨西哥边境，击退"入侵者"。

美国人的民族性有两种相互角力的定义，一种包容移民，一种坚持白人（主要是新教徒）的同质性，这种较量一直是美国历史的常态。19世纪50年代的"知新派"将其政党建立在对爱尔兰和意大利天主教徒的敌意之上。19世纪末和20世纪初，魅力非凡的民粹主义领袖汤姆·沃森以农村穷人（包括黑人和白人）的名义，攻击东方银行家和金本位制，开始了他的职业生涯。但到了20世纪20年代，沃森变成了反黑人和极端反犹太主义。正是由于他对犹太人的敌意，促使一群暴徒在1915年对利奥·弗兰克处以私刑。在亚特兰大工厂担任工头的他，被指控谋杀了一位名叫玛丽·费根的爱尔兰女孩——这是一场误判。

同年，即1915年，是美国人身份认同之战的另一个高潮时刻。D. W. 格里菲斯的电影《一个国家的诞生》，就作品而言颇具创造性，在历史上却荒诞可笑，它讽刺地描绘了重建时期瞪大眼睛的黑人对美国白人的"污染"，这是三K党在亚特兰大石山附近的重建序曲。

同时，有两份出版物概括了反移民和亲移民的美国民族性愿景。麦迪逊·格兰特的《伟大种族的消逝》是一首悲歌，讴歌的是种族纯洁的美国，不断受到病态犯罪团伙的污染。另一篇是哲学家霍勒斯·卡伦在《国家》杂志上发表的一篇文章：《民主与熔炉》。他的文章创造了"文化多元主义"一词，并反对美国身份构成的千篇一律。卡伦认为，美国的特殊性在于，它有能力将爱国主义与文化身份相协调，而非抹去或统一。

特朗普打赌大多数选民不同意卡伦的观点。他在最后一刻试图利用白人的不满情绪，提出根据宪法第14条修正案的规定，剥夺非法移民子女的"公民"出生权的可能性，这甚至让他所在的政党都感到震惊。包括特朗普顾问（凯莉安·康威）的丈夫乔治·康威在内的一些人，对这一提议表示强烈反对，他们提醒公众，第14条修正案是在内战后通过的，明确规定要消除前联邦最高法院德雷德斯科特案判决后的遗留问题，该判决否认奴隶或奴隶的后代有得到公民身份的可能性。但由于特朗普欣喜地发现（正如他所想象的那样），他可以通过行政命令来实现这种彻底的改变，这使得这场移民问题的辩论，变成了一场与滥用行政权力有关的辩论。

北方佬执政的可能性在历史上一直是令人焦虑的问题。在1787 年的《联邦党人文集》第一卷中，亚历山大·汉密尔顿告诫说，"那些颠覆了共和国自由的人……都是通过向公众谄媚而开始他们的职业生涯的，开始时是示威者，结束时是暴君"。九年后，乔治·华盛顿在他的告别演说中不仅警告说，要防止由"毫无根据的嫉妒和虚假的警报（引发）一部分人对另一部分人的敌意"所激起的专制主义盲目性，而且还以令人震惊的预知能力警告说，"外国的影响和腐败，会通过政党的热情引荐，找到进入政府的便利途径……"

特朗普是否参与了"便利途径"，要由罗伯特·穆勒的调查来确定，但（不得不说是一个小小的安慰）总统太懒了，不可能成为一个成功的暴君，他的独裁本能因懒惰和冲动的交替下变得温和。除了没完没了地打高尔夫，他真正渴望的是他的内阁滔滔不绝的恭维、是福克斯新闻的鹦鹉学舌、是他沉迷的集会：对于精神上的饕餮而言，这些都是让他满足的芝士汉堡。

若把这些焦虑放在一起，摆出抵抗移民入侵、保卫国民的自我宣传姿态，以及把反对派妖魔化，尤其是媒体，称其为"人民的敌人"，那么，在这场选举中，你就拿到了特朗普最致命的剧本。但它会像两年前那样赢得选民的支持吗？历史会不会把对特朗普的崇拜视为昙花一现？抑或，这个共和国有可能演变成维克托·奥班及其仰慕者史蒂夫·班农所宣称的那种"未来"，即非自由主义国家？

如果民主党人希望阻止这种向非自由主义倾斜的趋势，他们就必须在众议院中翻转23个席位。直到最近，他们还在盼着"蓝色浪潮"的到来。参议院多数席位的转换似乎遥不可及，但在众议院则是另一番景象。随着选举日的临近，曾经看起来很安全的共和党席位，如犹他州第4区和纽约州第19区，似乎正在变得更蓝。在全国范围内，民主党人已经从他们的两海岸大本营中调动了一群能言善辩的人才，这些人才已经蚕食了红色大本营。在许多此类竞争中，"精英"都是处于守势的共和党人。在深红色的犹他州，共和党人米娅·洛夫正在与广受欢迎的盐湖县市长本·麦克亚当斯竞争。在特朗普以50个百分点的优势领先的西弗吉尼亚第三州，来自采矿业家庭的退伍军人理查德·奥杰达（曾投票支持过特朗普），现已转为狂热的民主党人，现在正与共和党候选人卡罗尔·米勒展开激烈的竞争。

把政治目标重新定位到医疗保健等实质性问题上，对民主党人来说是个好消息，这是他们重启与中产阶级和工人阶级选民联系、远离文化战争白噪声的一种方式。在至关重要的州长竞选中，这种情况更加明显，民主党可能会拿下多达七个州的席位：其中包括佛罗里达州、威斯康星州和密歇根州，这些州在两年前都落入了特朗普手里。但是，这一切能否发生，将取决于西班牙裔和千禧一代选民的投票率，他们在中期选举中通常会缺席投票，数量与特朗普的核心选民持平，或能够超过他们，后者很可能以 2016 年的票数规模出现。

在将选举地图染成蓝色的道路上还有其他障碍，尤其是共和党人竭力减少或压制投票。佐治亚州州务卿布莱恩·坎普是该党的州长候选人，他拒绝从监督投票的职务中退下来，在一段被曝光的音频中，他担心如果所有有权投票的真的投了票，他会输掉竞选。他尤其考虑到该州大量的非裔美国人口，因为他的对手斯泰西·艾布拉姆斯如果当选，将成为美国历史上首位非裔女性州长。坎普在尽力阻止这一切发生。据认为，可能有多达 150 万的选民被从选举名单中清除，理由是最近没有行使投票权。不用说，大多数受影响的潜在选民是黑人。

民主制度也会在其他方面受到阻碍，尤其是通过对真相的攻击，让选民们不知所措，不知道该相信谁，或者对事情的真相能否得到可靠的证实感到愤慨，"罗生门"的法庭难题同样适用于选举。对可发现的真相进行仲裁，是自由主义传统自成立以来的一个基石。班农在《论出版自由》中对约翰·弥尔顿乐观主义的回答是："谁曾见过真理在自由和公开的交锋中处于劣势？"或者杰斐逊在他的《弗吉尼亚宗教自由法案》的草案中所说："真理是伟大的，它是自然而然便能占上风的，它有足够的力量去对付谬误。"而在班农的自信指示中，他给出的（针对媒体的）方案是："用狗屎淹没这片区域。"

在总统的手中，它发挥了巨大的作用。特朗普在他的政治生涯开始时声称，巴拉克·奥巴马根本不是美国人，他出生在肯尼亚。在很长一段时间里，没有出生证明可以否认这个谎言。当 DNA 证据证明，被误判强奸和袭击中央公园慢跑者的非裔美国人无罪时，特朗普继续坚持他们有罪。对他来说，无论是法律问题还是地球气候的命运，科学都只是另一种观点。可以肯定的是，大多数政客把真相视为一种权宜之计，这是一个不争的事实。

但是，从来没有一位总统在如此严重的程度上，将捏造事实作为人们效忠的动力。仅在过去两周，为了支持大篷车移民是威胁国家安全的说法，特朗普坚称他们当中有"中东人"，然后又承认没有任何证据支持这种说法。在竞选演说中，各种幻想层出不穷，如瀑布般倾泻而下：加州不存在针对庇护城市的骚乱；一项针对中产阶级的减税措施将在"11 月之前"生效——这对国会来说可是新闻，因为它已经休会了[28]。

那么，在 2016 年取得惊人效果的耸人听闻策略是否会再次奏效？还是会让它在选举中不再受欢迎？民主党人没有被幽灵般的入侵者大军吓倒，而是希望美国人更担心体面的医疗保健。如果真是如此，且大量选民凭直觉行事，认为将政府所有部门委托给一个党派并不是一个好主意，那么，国父们就可以在他们的坟墓里安息了，而美国的民主主义，正如他们明智地计划的那样，还将有一个强大的未来。

皇家婚礼
Royal Weddings

本周[29]，当一支素质低劣的狗仔队威胁要破坏温莎婚礼时，英国王室应该不会忽视其中的讽刺意味。他们毕竟是这个机构的继承人，而这个机构的现代形象是与新闻业同步发展的[30]。在维多利亚统治时期，这一重大品牌被重塑——将一个统治王朝转变成"皇家"，并将其家庭日历（婚姻、出生和死亡的日期）转变为国家大事，这在很大程度上取决于对外宣传和隐私之间的良好平衡。一方面，保持距离，但不是真正的隐形，有助于保持王室的神秘感；另一方面，有选择性的曝光，将"隐私"化为固定"餐食"提供给公众，使君主制给人以亲和力的印象，这对维系王室与民众之间的情感纽带是必要的。

如何维系这种平衡始终是一个挑战，但从历史上看，这只是王的"两个身体"（"自然的身体"和"政治的身体"）的内在问题的最新版本，历史学家恩斯特·坎托罗维奇认为，这是中世纪君主制的力量和弱点所在，这种情况一直延续到都铎王朝开创的形象管理时代。由于她的"自然身体"无法生育继承人，那么，虚构出一个不老的伊丽莎白女王，让她的童贞被赞美而非鄙视，不过是制造肖像画的第一次实践，目的是在一个分裂的王国里唤起人们的忠诚。

斯图亚特王朝则更多的投资在神圣的权威性上，而非平易近人的亲和力，他们雇用了像范·戴克这样的图像制作者，他们会为宫廷制作出宏伟的杰作，并在必要时，对王后斑驳的牙齿或国王有限的身材进行修改，以匹配人间之神的形象。尽管能看到这些伟大画作的人仅限于王子和贵族的狭小圈子，查理一世还是用自己的家庭感情创造出了第一批王室孩子们的美丽画面，每一个充满爱意的吻痕都是绘画中的笑声。

王室的隐形，以及更糟的讽刺作品的印制，引起了大众的冷漠，而克服这一现象的真正推力来自那些君主——乔治三世和夏洛特女王，对他们来说，家庭情感根本不是一种适时的粉饰，而是一种使命。正如珍妮丝·哈德洛在她的《最奇怪的家庭》(*The Strangest Family*)一书中明确指出的那样，没有人比夏洛特女王辛苦，也没有人比她更艰难，因为她要把汉诺威家族的形象（被情妇淹没的放荡生物）变成一个理想的、多愁善感的家庭。夏洛特不仅是女王，还是个超级妈妈，她生了15个孩子，按照当代的养育指南，这位女王会认真地和孩子们玩耍（有时是在地毯上和蹒跚学步的孩子玩耍），以确保家庭幸福。

可惜，这并不奏效。威尔士亲王在叛逆期成长为一个娇气、臃肿、蹒跚的生物，致力于满足自己的欲望，公开疏远被他拒绝的妻子，并跟踪他的情妇——寡居的菲茨赫伯特夫人，直到她同意在梅菲尔举行结婚仪式，哪怕双方都知道这不是合法的。虽然公众对他父亲的感情十分深厚，但在"农夫乔治"（即乔治三世）疯狂隐居的这些年里，他已经远离了公众的视线，而全国人民对摄政王了解得越多，就越不喜欢他。当作为乔治四世，看起来很可能无子而终时，他的中年兄弟们就抛弃了他们的情妇，与合适的贵族新娘一起奔向婚姻的圣坛，希望能产生合法的继承人。这对女演员多萝西娅·乔丹来说尤其艰难，曾孕育出克莱伦斯公爵，也就是后来的威廉四世的她，生下了不少于十个私生子。

两桩天作之合的婚姻拯救了英国君主制。第一个当然是维多利亚和阿尔伯特之间的热恋[31]；第二个则发生在王室和大众媒体之间，在19世纪30年代，他们通过钢雕和石版画插图重新结合。肖像画的流通被后来的图片印刷所改变，王室仍然选择性地脱离人们的日常生活，但与资产阶级家庭的某种本能产生了联系。维多利亚家族的欢乐和悲痛，在英国因残酷的经济困境而陷入最严重的社会分裂时刻——"饥饿的40年代"——作为一种全国性的信仰得到了出版和推广。

受情感本能和精明算计的影响，维多利亚和阿尔伯特要确保将他们的家族关系品牌带出伦敦：1843年去了英格兰中部，

1851年去了兰开夏郡（要知道，尽管火车票价有特别优惠，但并非每个人都能去水晶宫的展览会[32]），1858年去了利兹市。很难想象汉诺威人会在格里姆斯比为新码头揭幕，但阿尔伯特在1849年为这件事情奔走相告，就像他在1857年为曼彻斯特艺术展览揭幕时所做的那样。

这是工业年代下伊丽莎白时代的一次革新，但与女王的议会对王室肖像的制作与流通的严格把控不同，维多利亚、阿尔伯特和他们的孩子们都接受了摄影，并将其作为一种让人熟悉的存在方式。这并不意味着王室的私人生活现在成了不受管制的公共奇观。女王和夫妻间的照片，打扮得像一对受人尊敬的中产阶级夫妇，经过精心挑选和编辑后，可以放在钱包或皮夹里，这些照片最初卖掉了数万张，然后是数百万张。照片中最吸引人的，是一些令人吃惊的非正式照片。其中最感人的，是威尔士亲王伯蒂的妻子，亚历山德拉公主（即后来的王后）背着她的第二个儿子。作为乔治五世国王的孩子，他将因其粗暴的礼节（以及对自己孩子的严厉）而臭名昭著，从照片上来看，他有一种蹒跚学步的不安，但"阿历克斯"的脸庞——她自己也是一名热衷于摄影的人——是母性的、天然的喜悦，就像成为王妃之前的戴安娜。与我所知道的其他照片相比，这才是将英国君主制转变成王室的标志，它是如此受欢迎，以至于这个小男孩最终的公主新娘——玛丽王后，在后来又重复（或者应该叫"上演"？）了一遍这个造型，后背上背着的则是未来的约克公爵、如今伊丽莎白女王的父亲阿尔伯特，只是照片里的他看起来并不怎么快乐。

1863年伯蒂和阿历克斯的婚礼,是现代社会中第一次在温莎圣乔治教堂举行的婚礼。正如电视观众所见到的那样,这个晚期哥特式建筑的巨大空间和寻常的小教堂完全不同,而且更多地与葬礼和埋葬联系在一起。玫瑰战争的两个死敌——亨利六世和爱德华四世都葬在那里,亨利八世和被斩首的查理一世也是如此。最近的王室婚礼都是在圣詹姆斯宫殿的皇家礼拜堂举行的,包括维多利亚统治时期的第一个盛大婚礼,即1858年她的长女维姬与普鲁士王储弗里德里希的婚礼。而且,正如女王本人忧郁地指出的那样,那一刻笼罩着一种凄凉的气氛。阿尔伯特亲王于1861年去世,维多利亚女王认为,他在剑桥的大雨中赶走他不听话的儿子、命令他抛弃他的情妇内莉·克利夫登时得的感冒,就是这场悲剧的原因。

在仪式开始前,女王将这对新人带到最近竣工的弗洛格莫尔陵墓,并在亲王的墓前将他们的手搭在墓碑上,以表示他对这场结合的亲密祝福。在教堂里,维多利亚身着黑色礼服,衣服上别着阿尔伯特的小画像。她站在"皇家衣橱"的阳台上俯视着整个仪式,这个包厢是1510年为阿拉贡的凯瑟琳建造的。客人们被告知不能穿比灰色和淡紫色更鲜艳的衣服。唯一不服从命令的是四岁的普鲁士威廉王子,也就是后来的德皇,他抓着两个英国叔叔的腿。

英国人已经受够了哭泣。公众要求迎亲队伍穿过伦敦,迎接乘坐火车来到温莎的亚历山德拉公主,因此不得不匆忙重新安排，以满足这一要求。他们设计了一条路线，让马车和漫长的军队护卫从伦敦金融城穿过特拉法加广场、皮卡迪利大街和海德公园到帕丁顿。但是，就连那些到场的管弦乐队也对人群的规模感到吃惊：拥挤的人群造成了严重的伤害，包括六人死亡。就像维姬和弗里德里希的情况一样，《伦敦新闻画报》《每日电讯报》和《泰晤士报》的读者对那些详细描述看得津津有味，其中包括新娘的礼服（霍尼顿花边是必需的）、她的珠宝、花束（必须有橙花），尤其是精心制作的多层婚礼蛋糕（或多或少是维多利亚时期的王室发明的），蛋糕上有糖霜柱、塔楼和尖顶。

此后，王室婚礼往往是为了摆脱人民的忧郁而存在的。1923年，约克公爵与伊丽莎白·鲍斯·莱昂的婚礼，便有意带领国家从第一次世界大战的废墟中走出，并在威斯敏斯特大教堂举行，以最大限度地扩大欢庆气氛。1947年，伊丽莎白公主（现任女王）与菲利普亲王的婚礼也是如此，当时的英国深陷战后财务紧缩。指望通过这场王室婚礼的欢庆来减轻两个负担，可能太过沉重，也太不公平了：一是对戴安娜悲剧的回忆，二是一个国家在没有任何明确目的和意识的情况下，找不到出路的焦虑。在王室家庭成员中，哈里王子对那些闯入生活的、且无法躲避的饥渴镜头，有着最为强烈的反感。但正如他所知，这是一份用来振奋人心的"工作"。而且，如果哈利和梅根的照片，可以将王室婚姻从过去的迂腐政治行为，变成未来的人间爱情故事，那么，这又有什么坏处呢？

比尔·克林顿[33]
Bill Clinton

如何与一个无所不知的人交谈？避开不丹的女性识字率、加拉加斯的贫民窟居民每天可获得的清洁饮用水数量，或者大堡礁的珊瑚白化率，以及比尔·克林顿在睡梦中背诵什么、在洗澡时唱什么歌之类的事，我尝试谈及一些不那么在人预料之内的话题："你有没有想过约翰·昆西·亚当斯[34]这个人？"

"哦，当然，"他（克林顿）说道，脸上挂着最让人放松的微笑，"他是第一位在事后采取积极行动的前总统，任职八届国会议员，领导了反奴隶制运动。"然后他的话就没停过，他对历史的热情势不可挡，正如他对你能想到的所有学科一样。几年前，在一次丁布尔比讲座晚宴上[35]，坐在我旁边的克林顿利用甜点时间，对克什米尔冲突[36]进行了详尽的分析，甚至用记号笔在纸巾上画了一个草图。

机动车一般的思绪仍在飞速奔驰。很快就可以看出，克林顿不仅想起了那些积极的前任总统们，而且还与他们建立了一种跨时代的战友关系。吉米·卡特？"极其高尚……他离开白宫已经30年了，现在应该有87岁了吧……他就像火车一样，一直驶向前方。在他去海地建房之前，我见过他。"有些总统是独行者，而克林顿是天生要和他人建立起联系的，甚至是和逝者的羁绊。威廉·霍华德·塔夫脱？"他后来去了最高法院……我想这比总统职位更适合他……"赫伯特·胡佛？"离开办公室时岁数和我差不多。"他仿佛把他们都召集在一起，一边喝着咖啡、吃着甜甜圈，一边闲聊着。

在前总统的圈子里，克林顿喜欢在共和党人中寻找优点（哪怕是被自身所在的民主党谩骂过的特点），以打破成见。因此，他把胡佛单独挑出来，并非因为他是那个曾说出"繁荣就在拐角处"的总统，而是因为，他是一个年轻的理想主义工程师，试图在第一次世界大战后把世界从血腥的瘫痪中解救出来：这个改革者后来被哈里·杜鲁门征召去重组联邦公务员制度。更不可思议的是，克林顿把乔治·W.布什说成一个环保主义的技术极客。作为得克萨斯州的州长（"没有多少人知道这一点"），他签署了一项法案，使建造风车更有吸引力，"因此，得克萨斯州现在是美国第一大风能生产州。在天气好且有风的时候，得克萨斯州有25%的基础电力来自风能"。这就是那种会让克林顿颤抖的心脏欢呼雀跃的事情。

七年前，克林顿的心脏出了问题，需要进行紧急的四级搭桥手术。当他重新站起来时,他那张肉乎乎的脸变得轮廓分明,他的其他部分也跟着变了。65岁时,他高高地站在哈莱姆区一栋摩天大楼的克林顿全球倡议办公室里,现在的他不再憔悴,身材匀称,对热狗的贪婪已被素食主义所取代。他的助手克雷格·米纳西安告诉我:"他现在已经近乎严格素食了。"这个概念与"近乎处子"的概念一样有说服力。试图在非随机生成的数据爆发中打断克林顿,就像试图套住一场龙卷风。但是,在汹涌而来的信息风暴中(其中包括:在圣保罗垃圾填埋场中的垃圾所产生的能量;沃尔玛通过减少5%的包装所降低的污染量,"这相当于减少了21.1万辆燃烧柴油的肮脏卡车,并为其供应链节省了30亿美元"),我向他提出,无论"克林顿全球倡议"(CGI)倡导的这些事业有多么正确,现在美国遇到的问题是,冷静的事实已经被信仰的热浪所淹没了。拥有数百万听众的右翼电台和电视节目每天都在嘲笑"环保主义者的怪胎",而对茶党来说,气候变化只是自由主义者将美国变成瑞典西部的又一计策。面对激进的洪水前主义(antediluvianism),克林顿为什么会认为,基于证据的论点可以对那些人产生任何影响?那些宣称要把自西奥多·罗斯福以来建立的美国治理体系进行阉割的人?我认为,真正的挑战,其实是进行反劝阻,是为理性本身而战吗?那么,克林顿或许还可以效仿约翰·昆西·亚当斯的做法,按照宪法规定的权利,竞选众议院的席位?在那里,在地平论者和失控教会信徒中间,他也许还能为美国的治理提出方案。克林顿总统可以变身为克林顿议长,想一想敌人的惊愕神情吧!

被逗乐的他并没有上钩。"我倒是不这么认为。国会里有很多有志之才能够胜任议员的职位,但并没有很多人能做我(和克林顿全球倡议)所做的事——而这只是因为我的生活经历。"尽管如此,克林顿还是承认,传统的美国治理方式,在纸面上是如此的脆弱,在实践中是如此的有弹性,可现在的局面不仅仅是僵化,而是彻底瘫痪,而又恰好处在经济陷入植物人[37]状态、社会结构开始崩溃的时候。他说:"我们生活的时代,政治和许多沟通渠道的运作方式与对经济和社会有用的东西之间存在着脱节。我们基本上都知道,创造就业和促进社会经济繁荣最有效的方法是建立人脉和合作关系。但这在晚间新闻中不是一个非常令人关注的环节,也不会在选举中引发激烈的讨论。"

克林顿把核心问题描述为"意识形态凌驾于哲学之上"。在他的书中,美国政治中真正的哲学辩论并没有错。"每个人都应该有一种政治哲学……稍微自由一点或稍微保守一点,或者非常自由、非常保守,这都是好的。意识形态的问题在于,你已经提前得到了所有答案,因此证据无关痛痒,经验可有可无,竞争对手的表现亦是无关紧要。"

就这一点而言,"批评政府是每个美国人与生俱来的权利"。克林顿说,因为国家的诞生毕竟是"为了应对不负责任的权力滥用,这也是开国元勋们的头号心病"。尽管宪法的制定者希望有一个能够保护美国人免受这些侵犯之害的体系,但他们也希望"有一个足够强大且灵活的政府,能够在任何时代做出当下需要做的事。他们明白,如果你想要坚硬的实体,就必须有人提供黏合剂"。他说,弗吉尼亚州就像是刚由安格拉·默克尔接管的德国,被要求承担与它毫无共同之处的、更贫穷的前殖民地的债务。但它通过在波托马克河上建立一个首都,达成了这样的协议。因此,攻击政府并不是什么新鲜事。到目前为止,"我们的机构里已经有了足够多的藤壶[38],以至于每个人都能找到一个太高的税收条目,一个他们认为是浪费钱的项目,一个滥用权力的政治家"。但是,就正如美国人一直对冗余的政府管理心存疑虑一样,他们"一直也希望政府有足够的管理力度,所以真正应该辩论的是:'什么算足够的,什么是过多的[39]?'"

我问道,为什么这样的辩论没有发生过,为什么奥巴马总统没有主导这场辩论?克林顿认为,部分原因在于,那些毫无意义的空话中,也存在着商机。电视上的辩论家们很可能坚信着他们所认同的道理,但他们仍然会把争论推向极端,因为赤裸裸的冲突是存在娱乐性的。"政治、媒体和经济繁荣之间存在脱节。"后者来自搭建联络网和做交易,但愤怒的政治所堆积起的,却是"注意力缺失紊乱"。快餐式的政府管理学也无济于事。

克林顿说,如果你去问美国人,他们会声称自己喜欢分裂的政府:白宫和国会由不同的党派掌握,以防止彼此过于左倾或右倾。在相对正常的时期,这个系统是为双方进行交易而设的。表面上脆弱的治理文化通常更具有弹性，善于进行友好的妥协。克林顿引用马克·吐温的话说："只有两样东西是美国人永远不应该看到的，那就是香肠和法律。"但两者都能带来好处。现在这一切都受到了威胁，尤其是因为泰迪·罗斯福所称的"霸气讲坛"已经变小了很多。"当我刚到投票年龄时，总统每晚在新闻中都有30至45秒的露面时间。现在，它不到8秒钟。"

一些针对政府的歇斯底里的言论，被克林顿视为商业上的精明娱乐。拉什·林博是最成功的极端保守电台主持人，克林顿说，他是一个"非常聪明的人。我不是说他不相信这些，但他通过意识形态和极端观点，从市场中切走了一块蛋糕"。但是，即使反政府大合唱的策划者主要是为了骚扰，可那些发誓永远不增加收入的茶党空想家的到来，已经把众议院的共和党领导层推向了恶毒的右翼，他们的捣乱可以完全阻断政府的工作。在某种深层的神学意义上，茶党信徒想加速联邦政府的末日倒计时。

克林顿说："'茶党'是30年周期的最极端化身，这个周期始于罗纳德·里根在他第一次就职典礼上的发言，即'政府不是答案，政府才是问题所在'。但真正的问题不在于茶党控制了这个国家、占领了电视频道或代表了大多数公众的情绪，问题在于，过去对美国人民有效的东西（交易撮合机制）现在已经失效了。"

而意识形态的理论家们，还没有遇到"打破热潮的滑铁卢时刻",比如1995年纽特·金里奇议长和即将上任的众议院共和党人策划的两次联邦政府"倒闭"事件。那支胜利的方阵聚集在"签署美国契约"(Contract with America)的旗帜下,他们发誓要毫不妥协地忠于这个契约。但公众讨厌政府停摆,并开始指责共和党人,直到共和党人在自己身上签了一份合同。被赶下台的是金里奇,而不是克林顿,并在一年后赢得了连任。今年早些时候,关于提高债务上限的保证与争端,便有滑铁卢之嫌,但若真的变成美国历史上唯一一次违约,将会把已经承受足够多压力的债券市场推向悬崖边缘,这也意味着,与克林顿不同,奥巴马将无法叫停反对者的言论。

那么,对于最新版本的"一无所知党人"[40],我们能做些什么呢?你无法说服那些空想家,因为他们不在乎事实是什么。在如今的世界上,你必须打你能获胜的仗,而你能赢的仗就是经济。克林顿在这个话题上变得激动起来。"当今世界上的国家,没有一个是成功的——如果你把成功定义为低失业率、高就业增长率、减少收入不平等、卫生系统、较低的成本生产、相同或更好的医疗服务和卫生系统。想做到这些,你必须有强劲的经济体系和有效的政府部门,且两者之间必须相互配合协作。如果体系不允许穷人通过努力进入其中,那么,你就会失去将国家凝聚在一起所需要的社会凝聚力,这是一个大问题。"

"对美国来说,答案是必须采取我们所知道的利于经济发展的措施。"克林顿的王牌就是通过精心策划的投资来创造就业机会。"投资十亿美元兴建一座新的燃煤电厂,只能提供不到 900 个工作岗位,投资太阳能发电能提供 1900 个工作岗位,投资风力涡轮机能提供 3300 个工作岗位,而投资建筑改造能提供 7000 至 8000 个工作岗位。这类项目代表了私人和公共部门之间的自然合作过程。我只需要对人们说,'这儿有工作岗位工作,这儿有投资。难道你要反对吗?'"

克林顿意识到,这不是一件可以立法的事情(尽管立法肯定能使之成为可能),但当涉及"有机"时,立法就成为可能。这让他动身去了佛罗里达州的奥兰多。这位前总统对这个话题充满了热情。"那里除了客流量略有下降外,你很难感受到有经济衰退过的痕迹。"原因不仅在于迪士尼,还在于美国国防部。国防部每年在迪士尼的研究和培训上投资 50 亿美元。迪士尼、电子艺术、电视游戏和军队都需要什么呢?"计算机模拟!"他感叹道。"如果你我明天加入空军,我们现在就得去那里,在模拟器上训练。"此外,还有一所精通技术的学习和研究机构——中佛罗里达大学(UCF),该校有 5.6 万名高材生,其课程设计使毕业生能够迅速适应这个体系,同时,你也得到了公共与私人部门,以及非政府组织之间的完美正反馈循环,这使它成为一个无可匹敌的经济系统。"既然你已经看到了这种成功模式,你有什么理由去拒绝它呢?"

当我们谈到教育问题时,克林顿赞扬了一项名为 KIPP(知识就是力量项目)的全国计划[41]。对于这个来自阿肯色州霍普的聪明孩子来说,知识永远是最重要的。威廉·杰斐逊·克林顿是18世纪信仰的化身，苏格兰和法国启蒙运动都信奉这种信仰，即明智的理解将战胜一切：贫困、家庭生活的残缺、落后者的不利处境。美国乐观主义的特殊魔力在于，它在千百万被奴役和贫困的移民中播下了这种信念的种子，一代又一代的移民都坚信，学习是向上流动的条件。就像白宫的现任总统一样，他既是这一原则的倡导者，也是它的化身。虽然不知何故，克林顿总是比奥巴马更看轻自身的学识。从来没有人指责过他说话像个教授。

但他也认识到，我们正处于一个民粹主义的时刻，在这个阶段，展示智慧可能是一种政治责任，也是负担。他对共和党候选人的电视辩论的反应是"你也知道……那简直了"。他们每个人（借用乔·克莱因喜欢的动词）都在"扭曲转变自我"，把自己变得更加右倾："我们听说社会保障金是一场庞氏骗局。"自由主义者罗恩·保罗被问到，既然由政府管理的一切都不会好，他是否会关闭大峡谷？"这是一个刁钻的问题，"他叫道，痛苦得像是一位陷入困境的大二学生。至于"可怜的乔恩·亨茨曼"，犹他州前州长，同时也是奥巴马的驻北京大使，克林顿同情地说："只因为是奥巴马的大使且会讲普通话，就被理所当然地认为他是失格的？我相信上帝，也明白他们所说的智慧设计论，但看着那些辩论，实在让我怀疑。"

他有自己的方式来化解这种疯狂。1999年，在美国登月30周年之际，"人们心里仍有情绪……那场弹劾[42]……我让美国宇航局借给我一块月球岩石，碳素测定出的年龄为36亿年。

我把它放在总统办公室的桌子上，当人们打算做疯狂的事情时，我会说，'等一下，伙计们。看看那块石头，它有36亿年的历史。我们都只是过客，深呼吸，冷静下来，让我们看看怎样做才是有意义的。'它有一种令人难以置信的镇静效果！"奥巴马该尝试这个月球岩石战略吗？"当他认为他们已经开始采取强硬行动时，他应该站出来反对他们，冲破意识形态的迷雾，成为那个作决策的人。"

我问他，学校预算是否因全国各州的大幅度削减而受到了打击？我们岂不是在浪费可供将来发展的宝贵资源吗？

"是的，我们是在浪费。"他承认道。但他也表示，这不仅仅是向问题扔钱就能解决的事，还有结构性、系统性的问责问题需要处理。"我们仍然生活在农场式的日程表中。只有比利时有较短的学年。但我们的薪酬结构仍然在以零代价聘用美国所有的聪明女性。妇女是被投入生产链中成本最低、质量最高的劳动力。现在她们进入公司董事会、医学和法律领域。"更严重的是，婴儿潮时期诞生的女教师们，如今即将退休。"聘请年轻人来教书需要很大一笔钱，哪怕只教五年。"但这并不能解决一切。在密西西比县（三角洲最贫穷的县之一），有一所绝大多数学生是非裔美国人的高中，但这所强调创新教学方法和社会行为的 KIPP 学校，在全阿肯色州排名第二。这无疑说明了启发式教学存在的重要性，而非一栋又一栋塞满美金的银行。

这使得克林顿从他自己无底的知识窖藏中，牵出另一段忧郁的反思。他提醒我，当富兰克林·罗斯福在1933年成为总统时，美国最贫穷的是老年人。但他们的困境被新政的伟大成就——社会保障和林登·约翰逊在20世纪60年代创建的医疗保险所改变，这两个机制最让那些相信市场具有绝对优势的保守派信徒们感到不安。克林顿指出，在过去的20年里，年轻人构成了美国最贫穷的社会群体：无论是被剥夺了足够的医疗保险的孩子，或是没能接受基础高中教育的孩子，他们本可以在就业市场上获得一些机会。"这是一种隐喻。"他说，繁荣的国家们重视现在，而非未来。

"那么，总统先生，"我说道，"你真的认为美国有能力走出这个深渊吗？"他把椅子挪得离我更近些。"我会给你一个诚实的答案。我绝对相信我们有这个能力。但我现在比很多年前更加担忧……因为我们既有可怕的短期危机——失业率，也面临着教育、医疗保健和经济向生产倾斜等长期问题。可据我所知，200年来，人们一直在与美国对赌——这是一个令人发狂的国家——而他们最终都输了钱。他们说华盛顿是个戴着一副假牙的平庸检测员；在亚伯拉罕·林肯参加就职典礼的路上，伊利诺伊州的一家报纸上说他是一只狒狒，会毁了这个国家；赫鲁晓夫说他会埋葬我们，20世纪80年代的日本人也说会埋葬我们。"

但是，这位乐观主义者发出了类似感叹的声音："这是一种不同的挑战。它既是短期又是长期的，它是复杂的，我们需要一个叙事方式，好让人们信任美国。我所能做的就是告诉你，在现代世界中起作用的东西与在政治中起作用的东西是不同的。当我被问及最令我自豪的事情是什么时，我回答说，是在过去12年里，让100倍的人从贫困步入中产阶级，因为这显然是经济政策的成果。这就是这个国家的意义所在：如果你努力工作，成为一个值得尊敬的人，你就有机会实现自己的梦想，也能给你的孩子一个追逐梦想的机会。"

  助手们向这边靠近，通知到时间了。克林顿显然想继续谈下去，特别是关于美国年轻人命运的话题，而不仅仅是某种抽象的政策问题，就好像他把自己当成他们中的一员，当然，这位"东山再起的小子"[43]在许多方面的确像个年轻人。他走到办公室的窗户前，俯视着城市砂砾中的一抹绿色。"看到那边了吗？那个公园？那是马库斯·加维公园。是片坚挺地扎在市中心的区域。那也是哈林区少棒队比赛的地方。几年前，他们一路打到了世界大赛。想象一下吧！" 这正是比尔·克林顿如今仍在贯彻着的、属于他自己的政治智慧——想象一下。

阿里安娜·赫芬顿 [44]
Arianna Huffington

那是2010年美国中期选举的前夕[45]。在秋日周一下午的阳光下，纽约市中心，这个被围困的自由主义的最后堡垒，似乎耸了耸肩膀，接受了最坏的情况。略松一口气的是哈德逊河，它将与即将降临到全国其他地区的疯狂行为隔开[46]。苏荷区[47]正进行着它的常规业务：人行道上的小贩在卖山寨LV包；迪恩&德鲁卡（Dean & DeLuca）[48]食品店里被抢购加泰罗尼亚橄榄油的人堵得水泄不通；游客们拎着装满名牌牛仔裤的袋子，走在嘈杂的车流旁。但对于我们这些顽固不化的自由主义者来说，似乎是时候绕道而行了。我们已经能听到右翼电台里咆哮者的笑声，实质化的羞辱像卵蛋一样砸在身上，要把我们活埋在这里。

阿里安娜·赫芬顿不喜欢蹲坐。在她阳光明媚的办公室里，她穿着黑色高跟麂皮靴，站得笔直。她还穿着曼哈顿式的黑色服装，紧贴她匀称的身材，但在胸部和喉咙之间点缀了一层紫与靛蓝色雪纺，这是比企业知识更多的东西[49]。大多数时候，当她从窗口转身俯视苏荷区的街道时，她会散发出难以置信的、不可战胜的幸福感[50]。但这是 40 多年前我们在剑桥初次见面时她的样子。

阿里安娜·斯塔西诺普洛斯[51]当时给我的印象，是那种会让埃斯库罗斯[52]振作起来的希腊人，一个热心肠的女孩，她对趾高气扬的讽刺无动于衷，且离奇又有趣地相信智人的存在是件好事[53]。阿里安娜的这些本质并没有改变多少。曾经深黑色的头发现在像加利福尼亚泳池边的蜂蜜色，直直地垂到肩膀上。睫毛膏涂得很厚，但曾经也是。她的笑声仍然能证明，你不是非得抽烟才听起来有烟嗓。她的举止和当时一样，坦率大方，对犬儒主义和讽刺感到困惑——如果并非感到受伤的话。

如果她想团结美国的中左翼，她现在的工作就很艰巨了。但是，在她的职业生涯中，曾在政治光谱[54]的两边都工作过，她很可能把茶党的民粹主义看作是美国社会生活中仍有活力的证据。她只是想利用它为好人和慈善事业服务。在这个特殊的日子里，她认为她已经做到了。她刚刚从政治讽刺作家乔恩·斯图尔特和史蒂夫·科尔伯特发起的"恢复理智和／或恐惧"（Rally to Restore Sanity and/or Fear）集会中回来。这场大型集会吸引了 25 万人来到华盛顿广场。

对赫芬顿来说，那场集会"不仅仅是一次点对点的练习"，而是"更重要的事情[55]":呼吁在一个存在着破坏性竞争的妖魔化美国中,重新建立起公民社会。她也不打算做一个单纯的旁观者。《赫芬顿邮报》(*The Huffington Post*)是她在2005年(在加州竞选州长失败的两年后)创建的超级博客,如今已经成为搭乘新闻"大巴"的必经之路。她动员了自己的爱好者群体,乘坐专门租用的巴士车队前往华盛顿。"有多少辆巴士?"我问道,之前听说有20或30辆。"两百辆,"她说,语气中带着胜利的喜悦,"总计两万人!"

《赫芬顿邮报》的车队证明了其创始人试图为美国政治排毒所做的一切。当我挖苦赫芬顿,问她这次集会是不是在混乱的水面上泼洒了太多的油,是不是在没有什么可以让人感觉良好的情况下给人良好的错觉,赫芬顿用另一个慷慨激昂的务实声明打消了我的疑虑。"这并不是说我们都是好人,"她带着近乎福音派的决心说道,但在艰难时期,在煽动家们惯用的替罪羊伎俩中,"这带出了人们最好的一面。"邮报和这次集会的目的,是要问一个问题:"我们怎样才能激活一股抗衡的力量",来对抗所有这些有害的、漫无目的的、"疯狂透顶"的负面情绪?

她带着钦佩之情,引用了俄勒冈州波特兰的失业者塞斯·瑞姆斯的案例。瑞姆斯失业后,利用他仅有的一种商品,创建了wevegottimetohelp.org网站,这是一个能让失业者找到工作的在线社区,它提供儿童保育服务,创建社区花园,动员律师防止人们丧失抵押品赎回权。《赫芬顿邮报》已经给瑞姆斯颁发了"力挽狂澜者奖",但是,这不仅仅是给他戴上了一颗金星,还使 75 个城市能够在他们自己的后院扩大他的互助组织。邮报现在正在筹集资金,这样瑞姆斯就可以继续"扩大"他的整个行动。

赫芬顿有时会因自身对反物质主义精神抱有的兴趣而遭到嘲笑,但她知道,这种社会宗教在美国文化中有很深的根基,特别是在 19 世纪,当地的志愿服务和互助社区为了禁酒运动、废奴主义和妇女权利等事业而发奋努力。赫芬顿说,她希望人们重新审视"消费"的幼稚和冷酷无情。"当人们陷入困境时,他们会重新评估他们的生活和对他们重要的东西。这就是黑暗面的积极一面。"但她不想给人留下穿着名牌靴子、在网上盲目乐观的印象。她说,她是最不会轻视或淡化悲剧时刻的人。

"数百万人在生活中面临着严重的危机";中产阶级被次贷衍生品疯狂"做空";整整一代人被迫应对向下的社会流动,他们失业子女的破灭希望;隔断了美国梦的假设,即下一代人的生活肯定不如上一代人幸运。在沉思中,她望向窗外,她的思想却在更远的地方审视着中产阶级和工人阶级的破败景象:2700 万失业或未充分就业的人,到今年年底将有 500 万丧失抵押品赎回权的人。

她对危机的应答是一套组合拳:在美国重燃社区精神(她对大卫·卡梅伦的"大社会"非常感兴趣,但对如何实现感到困惑),佐以联邦政府的大胆行动,后者在大西洋这边并不完全是本月的热门话题。通常情况下——就像在英国一样——这些方案是替代选择，而不是互补选择，但赫芬顿决心使它们适合。奥巴马的问题在于，他"阿喀琉斯之踵——如果你能有两个的话，"她说着，并对这个想象大笑。"伯纳德（莱文，与她共事了十来年的著名出色记者伙伴）曾在我把比喻混在一起说的时候，对我说：'请给我画下来'。"

我们从来没能跨过奥巴马之踵[56]：他不善于直截了当地使用联邦政府的权力来确保成功。相反，在蒂莫西·盖特纳[57]和拉里·萨默斯等华尔街忠实拥护者的引导下，奥巴马的经济刺激计划注定难以贯彻[58]。她引用了劳埃德·乔治[59]的话，大意是"你不能分两次跳过一个鸿沟"，我对她所选的格言感到非常惊讶，这让我忘了问她，更贴切的说法是什么？

她指出，在承诺的8000亿美元中，有3000亿美元是以减税的形式出现的，旨在赢得商业界的支持，而商界很快就把这些钱藏在他们的金库里，或把它们交给反对金融监管的游说活动。她说，奥巴马被他自身"对机构的极度敬畏"所束缚，无论是华尔街还是军队。她对他坚持在阿富汗进行"一场打不赢的战争"，并每周耗资28亿美元一事表示惊讶。

阿里安娜·赫芬顿从一名（她当时的丈夫迈克尔·赫芬顿所在的）保守派参议员竞选活动中的竞选者，变成了反战、亲政府的活动家，对她来说，这似乎并不算离奇。拉尔夫·沃尔多·艾默生的话，"愚蠢的一致性是人类思想的精怪"，可能是她迄今为止信奉的人生格言。但是，她又因为自己的冲动而诚实起来。她的记者父亲因为在第二次世界大战期间经营抵抗组织的报纸而被关进集中营,她说,在那之后,他决定"他可以做任何事情",包括拈花惹草和分居,赫芬顿的母亲埃利,在一边给他做饭的情况下一边把他赶出了家门。

曾住在希腊的一间小公寓时,一份刊登了剑桥照片杂志,上面是普通的平底船和划船人,还有头发蓬松的英国人,这让赫芬顿产生了一个想法,尽管她不会说英语,但这里可能是上大学的好地方。听到这个想法,大家哄堂大笑,除了埃利,她认为这正是她的女儿想要的。申请被投寄出去后,紧接而来的是高强度的语言学习,然后是母女二人到沼泽地里去侦察。一份及时的电报告诉赫芬顿,她获得了一次"展览"的机会,这似乎是一件好事,尽管她不确定自己到底应该展出什么。

她很快就找到了:决心、用浓重的希腊口音包裹住的口才、对联盟发表言论的强烈自信(这种态度还掩盖了几个小时的焦虑临场学习)、拒绝羞辱、愿意自嘲,并充分利用起自身的角色——一个内核不仅仅是脆饼和自行车的角色。这一切首先转化为剑桥学生会的第三位女主席,然后是广播和电视界,在那里,她遇到了对舒伯特和瓦格纳极其痴迷的莱文。应邀参加晚餐后,她开始不停地学习关于北爱尔兰和《名歌手》的知识。雕像般的希腊人和狡猾的犹太人在不可能的情况下走到了一起,但赫芬顿怀着甜蜜的心情讲述了与她的灵魂伴侣的十年时光,以及当他拒绝生育后,离开他所需要的力量。为什么非常聪明的人也可能是目光短浅的白痴呢?

赫芬顿和她的母亲一起移居到纽约后,她与房地产和出版业大亨莫特·祖克曼（这可不是小人物）约会，并为玛丽亚·卡拉斯和毕加索撰写了颇具争议的传记，在商业上取得了成功，但并没有获得一致好评。赫芬顿从来没有陷入过谨慎的深思熟虑。1984年，在洛杉矶，她被介绍给了石油大亨迈克尔·赫芬顿。据她说，她立即爱上了他，并前往新俄勒冈州南部过起了亿万富翁的生活。两个女儿出生了，但迈克尔的政治抱负也随之诞生。

1994年，共和党中期选举胜利的"浪潮"在克林顿总统任期内爆发，其力量和规模仅次于今年（指2010年）的选举。但是，尽管有巨额资金支持，经过激烈的计票，赫芬顿还是没能在南加州取得胜利。发现一个非法的拉丁裔保姆——如今是政治失败的常规缘由——也没有什么帮助。赫芬顿一直没有走出沮丧的阴影，这段婚姻也是如此。你会明显感觉到他把保姆问题带来的尴尬归咎于他的妻子，但他的双性恋直到离婚时才被发现，她说，这肯定也是问题的一部分。但阿里安娜·赫芬顿并不是一个让这些事情在家庭生活中投下挥之不去的阴影的人。她和迈克尔仍然关系密切，还会和女儿们一起过圣诞节，一如既往。

与现任总统不同的是，她做事情从来不会半途而废。当被问及她何时向左派倾斜时，她说是1996年，但她补充道，她一直有兴趣引导她的保守派朋友们，面对社会行动主义和美国生活中日益恶化的不平等问题。她越来越被视为保守主义的叛徒，在华盛顿的一次晚宴上，她发现自己受到了冷遇。"她为什么在这儿?"一位保守派的主妇抱怨道。

很快她就会搞出一些让他们禁不住抱怨的事。首先是2003年与阿诺德·施瓦辛格共同竞选加州州长，那是一场有些运气不佳的选举。赫芬顿在竞选开始时便称之为"混动对阵悍马"，这很可爱，但还没可爱到足以抵消她顽固的口音——在美国生活了30年，依然没有丝毫改变——以及在选举上致命的组合，即有点陈旧的智慧和左翼自由主义的论战。不过，回过头来看，这一切似乎是她在2005年创办网站的前奏，该网站将改变美国新闻业的整个体制。当被问及为何创造网站，以及她有什么想法时，她分三部分回答了这个问题，这表明她的回答很有经验。就像所有伟大的想法一样，在事后来看，这些想法往往是显而易见的，但话又说回来，一直到有人提出这些想法之前，其他人恐怕永远都想不到。

她可以看到关于政治的"对话"是"如何转移到网上"的，并希望"创建一个平台"，从而组织发言者和听众。但她的动机也来自一种强烈的警惕，即旧媒体曾辜负了他们的使命，在面对布什执政时期的两大危机（伊拉克战争的准备阶段和金融危机）时，表现出了谦恭的态度。在第一个问题上，那些以调查性新闻报道而自豪的人背叛了自己的使命，转而为总统的政策欢呼，尤其对缺乏大规模杀伤性武器的确凿证据视而不见。对于许多有关金融灾难的预言，他们先是视而不见，接着就是充耳不闻。

但除了对这种不负责任的行为作出回应，《赫芬顿邮报》

的创立还为那些被书面写作的繁文缛节和繁重工作所束缚的作家提供了一种新途径,让他们以最少的忙乱和时间"在文化血液中沉淀一些东西"。"我打电话给阿瑟·施莱辛格(一位备受尊敬的80多岁新政和自由主义历史学家,他与肯尼迪关系密切),他说,'博客是什么?'"他承认他仍然在用打字机写作。"没关系,亚瑟,"赫芬顿说,"传真给我"。当总统讲话中出现了对雅尔塔的不幸影射后,施莱辛格(他可能在那里)敲击键盘,在20分钟内把他的反驳发到了邮报。她说:"这正是我想要的。"在回忆这位世界上最年长的知识分子博主时,她亲切地微笑着——他于2007年与世长辞。

其他议题对她来说也很重要,这赋予了《赫芬顿邮报》强大的影响力:在坚持传统新闻业所有传统道德指标的前提下,拒绝采取"刻意的中立性",同时,它渴望以新方式参与和回应新闻。"人们不只是想要消费新闻:他们想分享它,发展它,成为故事的一部分,而主流媒体并不了解这一点。"这种有机的自我播种,一种不受报纸和网络公司严格管控的新闻解放,确实让守旧派感到震惊,因为它预示着一种比简单地将传统内容迁移到网上更大的改变。

但是,博客圈子的民主开放也有它自己的问题:故事的不可靠性可能会急剧增加;垃圾数据和奇闻轶事如流星雨飘落。除了190名正式员工外,赫芬顿还雇用了30人,正是为了监控这些可疑的大量信息。他们剔除了所有她讨厌的电子垃圾——阴谋论者、恶意诽谤、人身攻击等等。她承认,现在比以往任何时候都更需要编辑,因为在这个数字世界中,每一种偏见都被想象中的权利——被倾听的权利所武装。未来是否只属于《赫芬顿邮报》和蒂娜·布朗的《每日野兽》?她并不这么认为。她说,未来"将是'混合动力'的"。印制的报纸将会更少,而那些幸存下来的,是那些能够将他们的报告和论文适当地融入网络世界的媒体。

我和赫芬顿一起漫步在足球场大小的开放式办公室里,那里的情景——大学毕业的孩子们在他们的电子庄园里辛勤劳作,食品、娱乐、商业、艺术以及经济和政治混在一起——在我看来,这肯定是未来的样子。在当前的危机中,有许多事情可能会永远改变,其中之一就是"报道"这个行为。"如果你只看报纸,你将不会知道美国到底发生了什么,"她说得很有道理。不过,邮报也派出了记者,去报道全国各地在最困难的时期那些令人心碎和充满勇气的故事。这可能不是什么新鲜事,但成千上万的"公民记者"为登录《赫芬顿邮报》的人提供整个社会的痛苦全景图——这无疑是一种可能性。从东海岸到西海岸的前哨,博主们写信给她的记者,尽全力向他们提供信息,因为他们认为,这些记者密切关注着并同情着他们遇到的麻烦。不管这是什么,她都有理由为之自豪,因为这不是那种盲目的自我强化的羊群心态,这不是佛罗里达州的牧师曾威胁过的要烧掉《古兰经》这类无意义的小事,哪怕后者将会"消耗大量氧气"。

阿里安娜·赫芬顿可能并不能用一己之力改变美国生活中

新闻业的性质，但面对目前席卷了全美的仇恨与愤怒的风暴，《赫芬顿邮报》的"反作用力"做出了建设性贡献。因此，当我们告别时，让我在快乐的时光中感到温暖的，不仅仅是她灿烂的笑容、快乐的眼神和微微向前探的脸颊，而是阿里安娜这个"品牌"，对社会愤慨的无悔拥抱，对愚昧和不公的嘲讽，正是这个悲惨时代所需要的：充满智慧的高尚精神，不含糊其词，不拖泥带水，不嗫嗫嚅嚅。还有她在网上24小时不间断发布的另一个内容，也不容忽视——真相。

亨利·基辛格
Henry Kissinger

深陷阿富汗困境的我们,应该向谁寻求指引呢?亨利·基辛格认为,答案显然是威灵顿公爵[60]。别误会,这与印度帝国毫无关系。我们的谈话才进行到十分钟时,他就提到政策制定者应该考虑……比利时。是的,比利时。他以低沉的声音发表见解后,停顿了一会儿,想看看我这位历史教授是否能领会其中的深意。

突然间,我似乎明白了。先把那种将兴都库什山脉移到佛兰德泥泞地带的怪异想象[61]抛之脑后,你会发现,不论是阿富汗还是比利时,都未能完全建设成真正的国家;两个邦都既是语言冲突和信仰纷争的舞台,也是无良邻国肆意欺负的对象——斯海尔德河[62]!默兹河[63]!瓦济里斯坦[64]!"在整个18

世纪及更早的时期，"基辛格耐心地继续说道，"各路军队在佛兰德不断往返行军。"确实如此，他们引发了令人震惊的、无休止的战争。而到了19世纪初，比利时独立时[65]，威灵顿给出的解决办法是什么？是国际公认的中立地位。"这种中立维持了80年。"[66]博士暗示道，若阿富汗一事也能如此，那我们算相当走运了。

现年87岁的亨利·基辛格，刚刚出版了一本关于中国的史诗级著作[67]，其中的某些段落甚至令人十分感动。他已是一部活着的历史书，但肯定不是诸如"过去"和"消逝"等意义上的历史。事实恰恰相反。在位于曼哈顿中城的基辛格协会[68]办公室，他邀请我坐在他左侧，告诉我他的一只眼睛已经不如从前。但他几乎没有表现出任何其他虚弱的迹象。卷曲的雪白头发，更多皱纹的宽阔脸庞，都不影响他思维的敏锐，能够以稳定而深思熟虑的节奏发表连贯的见解；这是一位老魔法师的思考，像是尤达与马基雅维利的结合体[69]。尽管基辛格居住在曼哈顿和康涅狄格州，但他真正的住所似乎是在恪守古典治国之道的帕那索斯山上[70]，在那里，俾斯麦[71]每天都会向梅特涅[72]脱帽致意，而戴着假发、昏昏欲睡的塔列朗[73]则向周恩来会心一笑。

在这个高高在上的位置上，基辛格居高临下俯视了整个民族的弱点，这一视角既有好的方面，也有不好的方面。一方面，超脱的目光使基辛格能够看到更广阔的图景。另一方面，他一生都沉浸在公务的繁文缛节和谨慎的外交工作中，这使他的谈话变得圆滑，失去了因人性积极与消极面所产生的棱角。不过，在《论中国》一书中，他对中国领导人的描写呈现具象化。

我曾试图讨厌亨利·基辛格，原因众所周知，涉及尼克松、柬埔寨和智利的争议[74]，但我又不止一次地被彻底折服，放下了对他的批评与成见。17年前，我受邀对他的书《大外交》[75]撰写书评，我以为这会让我对外交文化大开眼界，比如重大决策如何依赖看似无关紧要的礼仪问题。我想起了在巴黎举行的越南和平谈判中，有关谈判桌形的冗长辩论，既荒谬又沉重。这书里难道没有提及因电报措辞不佳而引发的政治灾难？[76] 难道没有因鸡尾酒会的惨剧演变成国际事件的故事？[77] 然而，《大外交》却是一本相当古典而别具风雅的19世纪外交政策叙述，涵盖了欧洲列强的治国之道。从某种意义上说，这本书相当出色，具有不少启迪性，尤其是关于俾斯麦和1815年维也纳会议的内容，基辛格在哈佛做了大量研究，这也是他的《重建的世界》（*A World Restored*）[78]一书的核心内容，至今仍是关于这一领域的最佳著作。我在书评中如是说道，同时对外交实践这块社会学内容的缺失感到遗憾。

评论发表后一周左右，电话响了。那彬彬有礼的声音深沉而神秘，且带有德国口音。"假冒的又来了。"我心想。两天前，一个调皮的朋友在电话里装成基辛格的样子，让我一度以为我正在因为书评而受到责备，我过了一会儿才识破了这个把戏。

当第二个电话来时,我正准备用尼克松式的风格来回答时,才在最后一刻意识到这是真正的基辛格。他对我希望看到的内容礼貌地表示出困惑,并询问我是否愿意前去面谈,详细解释?深吸一口气后,我想,见鬼,为什么不呢?在他公寓门口,我告诉自己:这可能是个坏主意,但已经太迟了。基辛格本人(而不是预期中的曼哈顿仆人)用一只手热情地打开了门,用另一只手把狗饼干丢进了一只张大嘴巴一脸感激的垂耳猎犬嘴里。这是令我卸下心防的时刻——战争的避免有时依靠的就是这些手段。

令人惊讶的是,近20年后,基辛格还记得这件事(他的记忆仍然惊人),并要继续他的"卸下沙玛心防"计划。告诉我他打算在他的新书《论中国》中纳入一些我想要看到的见解。我被这点到即止的恭维态度弄得措手不及。回想起来,我确实注意到,有些段落描述了把文化呈现作为实力的展示:宴会、祝酒词、精致的标准,这些都是大国传承下来的传统,比如外国使节何时以及怎样会被准许与主席会面。基辛格认为,如果他没有认真对待"将待客之道作为外交策略",中国大门的开放可能从未发生,世界格局也将会大有不同。

因此,这本《论中国》不同于基辛格以前的任何作品:它讲述了两个大国走向文化共鸣的旅程,而这两个大国在一开始似乎同样缺乏相互了解的途径。看看尼克松和毛泽东,再听他们的谈吐[79],这两个人的搭配应算是怪异中的怪异。但为中美

"准联盟"铺平道路的是基辛格和周恩来[80],而这本书的核心,便是他们两人开始和睦相处的故事,这归功于双方都在努力了解一种陌生而难以理解的文化。

但显然,亨利·基辛格不得不面对的第一个外来的、不可理解的文化,是美国的文化。1938年,当他的家人为逃离纳粹帝国来到纽约时,他已经15岁了。有很多方法和社区可以缓解这种冲击:上西区有一群活跃的德裔犹太侨民,哈德逊河畔的"固定餐桌"(Stammtisch)[81],纽约城市大学的世界主义[82],还有一群军事情报译员,其中全是像他这样的人。在哈佛,则是另一番景象:大学里的婆罗门们[83]焦渴地思考着。来自田纳西州默弗里斯伯勒的威廉·扬德尔·艾略特[84]出乎意料地成了基辛格的导师,他是第一个、也是最久的引导基辛格了解美国思想的人。基辛格回忆说,他是范德比尔特大学"逃亡诗人"(Fugitive Poets)[85]的一员,这个团伙还包括艾伦·泰特和约翰·克罗·兰塞姆[86]。艾略特把自己的超凡个性和坚韧头脑带到了华盛顿,为富兰克林·罗斯福工作,并与那个世界保持着联系。哈佛大学的本科生,尤其是那些有着浓重德国口音和认真求知欲的学生,一开始便不会是他的最优选。基辛格苦笑着说,"当我被派给他的时候,他说得很清楚,这是一个沉重的负担。""他说:'你为什么不写一篇关于康德的文章呢?'绝对命令与政治实践?[87]"这正合小亨利的意,哪怕前罗德学者艾略特要求他在下次见面时念出来——贝利奥尔学院风格[88]。写完后,这位逃亡诗人承认："你的思想确实很有趣。""实际上，他说开始从现在要照顾我的智力发展。作为第一步，他让我读了《卡拉马佐夫兄弟》[89]。"

基辛格从艾略特那里学到的是，如果不把握时间的长线，对政治和政府的任何描述都是肤浅的、弄巧成章的。这种长远的视角在《论中国》中得到了充分展示。有趣的是，这本书坚持追溯至中国古典文化的起源，并在触及衰落、肢解和革命的时代之前，追溯至中央王国的许多朝代。基辛格对他在书中开篇描绘的那一幕笑了起来，"这就像我们的领导人回顾查理大帝时期[90]的战争。"而且你会感觉到，基辛格相信他们这样做是对自身没有任何伤害的。他哀叹说："当代政治家对历史的认识非常少。对他们来说，越南战争已经难以想象地远去，朝鲜战争已经没有任何意义了，"尽管这场冲突远谈不上结束，而且随时都有可能由"冷"转"热"。他叹了口气道："这（戈尔·维达尔喜欢称之为失忆的美国[91]）是一个巨大的障碍，当我与政治决策者交谈时引用了一些历史类比，他们就会觉得，'他怎么又开始讲他的历史了'。"

以深厚的历史知识为基础进行分析思考的基辛格，仿若社会的烛光，他仍是哈里·杜鲁门身边的顾问。基辛格说，他们的领袖人物乔治·凯南[92]有着"绝佳的头脑和远见的卓识。凯南关于遏制理论的文章（1946年关于苏联野心的著名长篇电报[93]）是开创性的，你不会去改变哪怕一个逗号"。但基辛格回忆说，作为一名外交官，凯南在冷战期间是个脾气火爆的人，不能很好地控制他那上涌的气血，他曾在柏林滕珀尔霍夫机场不明智地大喊："莫斯科的状况就像个德国纳粹"。基辛格微笑着说："他的想法多少有意外的情况。"

掌握突发事件正是基辛格外交政策风格的精神所在，特别是面对中国的时候更是如此。一直存在的客观历史情况，即中苏两国的相互猜疑必然导致爆炸性冲突。但是，基辛格和周恩来却反其道而行之，顺应形势发展的逻辑，实现了激动人心的建交。我们直到今天才对苏联因过度扩张而走向自我毁灭有所了解，而当时中国对苏联入侵的担心是否过度了？基辛格回答道一点也不，双方都很紧张，这使得1969年的世界格局真正陷入危险。他说，勃列日涅夫[94]感觉到"一种不祥的危险信号正从中国冒出来"。斯大林[95]在最后几年也被同样的难题困扰着，从未"解决他们在中国的影响力该如何继续下去的问题"。毛泽东十分警惕苏联进行先发制人的打击，"他把所有的政府官员分散到中国各地，只有周恩来留在北京"。

当基辛格首次前往与周恩来会面时，他对中国历史和文化了解多少？"哦，一开始……一无所知。"由于当时的保密工作是第一位的，常规机构都拒绝向基辛格提供任何资料。他回到哈佛，希望研究中国现代史的学术大师学者J. K. 费尔班克[96]和欧文·拉蒂摩尔[97]能给他上一堂速成课。"他们想和我谈谈为什么应当允许中国加入联合国，并向我提供了各种各样会让这件事变得轻松的方法，我相信这是非常明智的，但谁都没有告诉我'你真的应该去了解他们的思维方式'。"

基辛格随后进行了大量自学，但他也清楚，如果要想取得任何成果，他必须摆脱官僚主义和国务院的执着，直接讨论基本原则并达成共识，即"一个中国"原则，而不是两个。

不过，这并不妨碍我们把中国作为稳定朝鲜和阿富汗危险局势的一个不可或缺的因素来对待。没有中国的积极参与，任何试图使阿富汗免受恐怖主义侵害的努力都是徒劳的。回顾过去，巴拉克·奥巴马宣布的军事撤退真的是个好主意吗？这个问题让人想起了越南。"根据个人经验，一旦开始撤军，这条路将是不可逆转的。黎德寿[98]曾在谈判中嘲弄我说，如果你没能用50万人处理越南，你凭什么认为，可以用更少的人来解决这个问题？我一直没能找到答案。我们发现自己处于这样一种境地：为了维持南越人民的自由选择，我们不得不继续撤军。而撤军又减少了我应参与的谈判的积极性。我们将在阿富汗面临同样的挑战。我写了一份备忘录给尼克松，说在撤军开始时，就像吃盐渍花生，越吃越想吃。"

基辛格一边笑着一边勾勒出一幅比任何人想象得都要严峻的阿富汗局势。在这个剧本中，基地组织的存在与否都成了次要问题。他说，可能发生的情况是彻底的分裂[99]——印度和俄罗斯重建北方联盟，巴基斯坦则与塔利班紧密联系，作为防止自身被包围的后盾。

突然间，春寒料峭。在第一次世界大战纪念日之际，这场似是而非的重演，仿佛令人看到了大战之初的情景。不是比利时,而是萨拉热窝。[100] 想一想所谓的代理"半国"们[101];被包围的妄想症;军火库的竞赛(在当代成了核武器的储备);四面楚歌、惴惴不安的巴基斯坦人,通过被动反击宣泄他们的不安。"最终,印巴战争爆发的可能变得越来越大。"博士说道,他的声音平静如深潭。"因此,在某些国际程序中讨论这些问题,可能会产生足够的约束力,促使巴基斯坦不会觉得自己被印度包围,也不会把塔利班视为战略储备。"他直直地看着我。"这可能吗?"我不知道。但我知道,如果我们听之任之,这里可能会成为下一场世界大战的巴尔干半岛。"

突然间,基辛格的悲观论断展示出的清晰逻辑,使这位奇爱博士[102]看起来像潘葛洛斯博士[103]。[104] 本周,美国各地出现了宣称世界将在 5 月 21 日结束的圣经标语[105]。[106] 如果他们是对的,你不会读到这篇文章。但如果基辛格是对的,他们或许还有机会将日期往后推迟一点。可别说历史和亨利·基辛格没有提醒过你。[107]

《贝尔福宣言》：百年之后[108]
The Balfour Declaration: 100 Years On

当我的父亲——以及白教堂的其他人——听到《贝尔福宣言》的时候，他刚刚16岁，离被征召到战壕里只差两岁。这封信是由外交大臣亚瑟·贝尔福[109]写给沃尔特·罗斯柴尔德[110]勋爵的，信中表达了英国政府对于"在巴勒斯坦建立一个犹太民族的国家"的支持，但附加了一个限制性条款："人们应清楚地认识到，不得采取任何可能损害巴勒斯坦内部现有非犹太社区的公民和宗教权利的行动。"

1917年11月2日，当马克·赛克斯爵士拿着文件蹦蹦跳跳地走出内阁办公室，宣布"是个男孩"时，犹太复国主义领袖哈伊姆·魏茨曼的最初反应是失望。"嗯，起初我并不喜欢那个男孩，"他在回忆录《试错》(*Trial and Error*)中写道，"他不是我所期望的那样。"魏茨曼希望将"建立"改为"重建"，通过"重建","将与古代传统的历史联系显现出来,并将整个问题置于其真正的光芒之中"。这道真正的光芒,本应照耀在比帝国战略下的投机取巧还要更高贵的东西上。[111]

魏茨曼自身的疑虑很快被欣喜若狂所取代。那天晚上,他和同事们唱着所谓的"哈西德派歌曲",并起舞庆祝。一周后,当犹太复国主义联盟公布了这份文件,我父亲看到同样的歌舞在东区的街道上爆发,从麦尔安德到白教堂。一件吉祥的事,一件天意的事,同时也是一件不可思议的事就这样发生了。

在《贝尔福宣言》发布时,全国犹太复国主义联合会的成员可能只有大约5000人,组织的办公室也只是在皮卡迪利街上的几个小房间。然而,毫无疑问,民众对他们情感上的支持要广泛得多。不论英国的犹太复国主义是否促成了这份宣言(至少不是单独促成的),毫无疑问的是,这份宣言造就了英国的犹太复国主义。一个犹太人可以称之为自己的地方浮现在他们兴奋的视野中,这不是东非的一个殖民地,而是他们在记忆、仪式和语言中从未放弃的出生地。

伦敦东区的那场街头派对——"一个犹太喧嚣集会",父亲如此命名,有很多炸鱼、蛋糕和叫喊声——充斥着本能,没有冗余的思考,有时本能才是真实的生活。亚瑟还记得,在他家附近的一座犹太教堂外,人们唱着《希望》(*Hatikvah*)。一个月后,同样的歌声让皇家歌剧院的观众都站了起来。而我的父亲站在外面的一大群人中,旁边是一袋袋第二天要吃的白菜。

他对犹太人的反对意见了如指掌：反犹太复国主义者、英国犹太人协会和联合委员会的大人物——克劳德·蒙蒂菲奥里，以及罗斯柴尔德家族的人，特别是利奥波德——他们站在辩论中错误的一边。他对内阁两位犹太成员之一的埃德温·蒙塔古（另一位是亲犹太复国主义者赫伯特·塞缪尔）的公开指责尤其感到震惊，蒙塔古认为《贝尔福宣言》等同于反犹太主义，因为在蒙塔古眼中，它的前提是分裂的忠诚，在战争期间尤其令人发指。反犹太复国主义游说团体中的其他人也有同感，特别是历史学家卢西恩·沃尔夫，他实际上曾在 1915 年被一名警察询问过自己的真实国籍，一直无法释怀。

对我父亲来说，反犹太复国主义者的自我防御机制，是划分西区犹太人和东区犹太人的一个显眼症状[112]。他认为，宣言中的 67 个词可以归结为一个词——"家"（bayit）。像埃德温·蒙塔古这样的人会抱怨说，他们对英国家庭的不可分割感，现在很容易被指控为忠诚分裂；但蒙塔古的家是庄园式的：橡树和榆树构成的林荫道，野鸟从蕨类植物中飞出来落在伦敦周围各郡的枪口下。

对我父亲来说，他每周六都要参加安息日的礼拜，每周日都要观看莎士比亚的演出，他完全有可能既是英国人又是犹太人；既爱英国，又是犹太复国主义者。事实上，他和他所有朋友的生活都是建立在这种毫无疑问的可能性之上的。他认为，在亚瑟·贝尔福和魏茨曼之间，在这位富有哲理的贵族政治家和来自莫托尔的"小犹太人"（正如魏茨曼自己所描述的那样)之间,思想的交汇不仅是可能的,而且在某种程度上是历史注定的。毕竟,在英国这个国家里,一个勉强伪装成教徒的犹太人曾两次担任首相,是维多利亚时代保守主义的杰出人物。

当时,一切都围绕着"家"这个充满感情的词汇展开,现在也是如此——无论是庆祝者还是哀悼者。对犹太人来说,这就像希伯来语和犹太教的发源地,在被封锁线封死后,终于重新打开了大门——最近的一次是在19世纪80年代,当时奥斯曼帝国对巴勒斯坦移民施加了严格的限制。但对巴勒斯坦阿拉伯人来说,建立一个犹太民族的家园似乎已是一条驱逐前的通知。这种悲观情绪在当时是否合理,或者它是否成为自我实现的悲剧预言[113],目前仍在争论之中。但在我们毫无歉意的庆祝活动中,我们应该从道义的角度出发,同时站在巴勒斯坦人和我们自己的立场上去看待这项宣言。

对于伦敦和其他省份较贫穷的犹太社区来说,无家可归的恐惧并非只是个辩论的焦点。许多人才从俄国和罗马尼亚的大屠杀恐怖中走出来,或者目睹了维也纳等城市的反犹太主义的兴起。他们对户籍的授予完全没有信心,认为不过是临时的和有条件的。即使在英国,也有理由感到忧虑。1917年,在贝斯纳尔格林和利兹发生了反犹太暴乱。在《国家评论》上,总是有空余地带,能让希莱尔·贝洛克和G. K. 切斯特顿这样的反犹文学分子发泄他们看似诙谐的恶意。英国兄弟联盟等反移民煽动组织,迫使贝尔福本人领导的保守党政府在1905年颁布了《外国人法案》，在最具危害性的时刻，实施了严格的移民限制。1914年，《外国人限制法案》使这些管控更加严格。

伦敦东区也很清楚战争东线所发生的事情，在那里，数百万犹太人发现自己被夹在奥匈帝国和俄国两个庞大的军事机器之间。不少于60万人被从战区的领土上驱逐，特别是在乌克兰。这些动乱伴随着其他无情的大屠杀，特别是在俄罗斯军队撤退时的谋杀。据估计，犹太平民的死亡人数从5万（最保守的数字）到高达20万不等。俄罗斯革命没有带来任何喘息的机会，事实上恰恰相反，在内战期间，白人、反布尔什维克志愿军和波兰人分别实施了1300次大屠杀；红军部队，特别是布登尼的第一骑兵队，进行了106次。当红军军官试图阻止这些攻击时，他们不是被刺伤就是被枪杀。如果把两场战争中犹太人的死亡人数加在一起，可能达到50万。

因此，当犹太人产生了"没有安全的地方可去"，或是"无处可去"的这类想法，也变得可以原谅了。犹太人并不是唯一遭受背井离乡之苦的民族。但是，他们是世界上唯一永远无法在苦难中得到长期庇护的民族，那些勉强给予的庇护总是有条件的、临时的，总是有可能在短时间内被撤销、与许多生命一起被终结的。在那些继承了驱逐惯性、曾对绝望者紧闭大门的国家里——就像在《外国人法案》颁布后的英国或1921年之后的美国——没有人能够强有力地质疑犹太复国主义的合法性。

1915年，曾是社会革命党创始人之一的意第绪语作家S.

安斯基目睹了这场灾难的规模，同时试图宣传这场苦难，并帮助组织对众多饥饿和无家可归者的救济。他发现整个城镇都被烧得焦黑一片，满目疮痍，犹太人聚居区往往一无所剩。在布尔佐斯特克，他听说有一对父子被带出去当场绞死。儿子被告知，如果他亲自绞死他的父亲，就可以免于一死。他拒绝后，父亲苦苦哀求他，他最终还是痛苦地照做了，精神甚至已经崩溃，而士兵们则坐在一旁大笑。最终，士兵们还是把儿子吊死了。

安斯基看到，这些暴行不仅仅是国家秩序瓦解的结果。尽管其他人口——特别是德国人——遭受了驱逐，但最可怕的恐怖有针对性地发生在犹太人身上，这是因为最偏执的反犹太主义在战时加剧了。平时对"无根"犹太人的怀疑，演变成了对叛国者的全面指控。意第绪语被认为是德语的同义词，这使得每个说意第绪语的人都变成了潜在或实际的间谍。整个战区流传着关于叛国的故事，不仅在部队和当地的乡下人中流传，根据安斯基发现的，也在军官中流传，甚至包括一些司令官。

因此，对安斯基和其他许多人来说，作为犹太人，意味着迟早会成为无家可归的难民，甚至更糟。这种命运甚至可能降临到被允许居住在莫斯科的专业人士和从商者身上，他们原本被允许居住在定居区之外。1891年，这些人中的大部分被立即驱逐出境。这一迟来的洞察力是否使安斯基成为犹太复国主义者？不完全是，或者说不是立刻。有一段时间，他认为对犹太人的妖魔化将随着工人和农民革命的曙光而消失，直到布尔什维克宣布希伯来语为非法语言,并将犹太复国主义污名为反动罪行。

尽管发生在东部的暴行似乎又一次证明了长期以来针对犹太人的残暴,他们陷入永久的无家可归困境,但单凭这一点绝不能确保犹太复国主义在英国战时内阁中获胜。正如所有历史学家所指出的,英国战略与这一决定有很大关系。1916年是盟军在加里波利和索姆河战役中的糟糕一年,第二年的情况似乎也没有好转。作为一名化学家,魏茨曼曾被丘吉尔邀请为军需品生产丙酮,他无耻地渲染了犹太人在说服美国参战方面可能发挥的作用。

如果说英国政府支持犹太民族组建家园的背后,有着令人信服的人道主义和战略上的原因,那么支持其在巴勒斯坦建立这种民族家园,以及对阿拉伯民族主义的鼓励,也确实有历史和情感的因素。魏茨曼赢得了贝尔福的信任,因为他说服了贝尔福——这样的民族家园只有在犹太人与这个创造了他们身份、形成了他们语言的地方,有着千年不断的联系的情况下,才能生根发芽。在东非和西奈海岸的替代方案确实是殖民主义的做法。但热衷于犹太人回归的英国人清楚地知道,犹太人不仅没有离开巴勒斯坦,实际上在一段时间内构成了耶路撒冷的大部分人口,并在他们于16世纪建立的加利利城镇(如太巴列和萨菲德)中,存在着成千上万个社区。

但他们的人数仍然远远少于巴勒斯坦阿拉伯人,后者认为在巴勒斯坦建立一个犹太民族家园是一种侮辱。那么,英国人怎样才能说服他们，使犹太人和阿拉伯人的野心都能得到调和？答案当然是在宣言中加入的那个关键限制性条款："人们应清楚地认识到，不得采取任何可能损害巴勒斯坦内部现有非犹太社区的公民和宗教权利的行动。"这句话十有八九不是贝尔福写的，而是陆军部政治秘书利奥·阿梅里写的，他本人也是一个秘密的犹太人，因为发现了他母亲的真实身份。他想以某种方式解决这个问题，使巴勒斯坦两个民族社区的愿望可以得到调和。宣言中另一个可以乐观解读的内容，是那个关键的小词——"内部"，这意味着犹太民族在这个国家的部分地区存在，而非全部地区；这也意味着这是一个共享的地方，而非独属某一方的垄断。

历史学家们在了解到这一切情况后，给出的大多数答案都是黯淡且悲观的，甚至是彻头彻尾的愤世嫉俗。但在当时，两个民族突然觉醒并存的觉悟，或者至少避免相互毁灭的可能性，还是存在的。这是因为，与大多数争论性的历史相反，两个阵营中至少有一些人在关注着另一方，而且并非总是出于顽固的敌视立场。魏茨曼的朋友阿哈德·哈姆是"文化犹太复国主义"的伟大预言家，他在19世纪90年代访问巴勒斯坦后曾警示说，整个项目的未来，将取决于犹太复国主义者对那里人的情感，和对权利的理解。1905年，在第七届犹太复国主义大会上，伊扎克·爱波斯坦——他住在加利利最早的犹太村庄之一——称这是"一个比所有问题都重要的问题"。他目睹了从阿拉伯地主手中购买土地会导致他们的佃户被剥夺，因此爱波斯坦乐观地建议犹太人只购买未开垦的土地来定居和发展。他还认为，犹太复国主义者应该欣赏巴勒斯坦阿拉伯人的家园意识，并在相互尊重的基础上与他们谈判。

当魏茨曼去见埃米尔·费萨尔（即谢里夫·侯赛因的儿子）时，他试图做到这一点。英国人曾承诺侯赛因，允许他在战后对一个伟大的泛阿拉伯主义国家拥有主权。在1918年6月的酷暑中，魏茨曼接连乘船、骑骆驼和步行，最终在费萨尔位于约旦高原的营地里，与他进行了两个小时的讨论。在相信这一切都能以某种方式得到解决的T.E.劳伦斯的帮助下，一份文件就此诞生，其中阐述了犹太复国主义和阿拉伯民族主义之间互补互利的可能。

在巴黎和平会议上，两人再次会面时也达成了类似的合约，尽管还增加了一个重要的条款，即如果英国对费萨尔在叙利亚的阿拉伯王国所作的承诺未能实现，任何此类合约都将无效。当然，臭名昭著的是，在早先的秘密谈判中，该地区的利益已被英法两国分割，并将这些承诺置之不顾，将叙利亚和黎巴嫩置于法国的势力范围之内，并最终将巴勒斯坦委任统治权交给英国，这两件事都带来了致命的后果。

那是最短暂的蜜月，而100年后的今天，该宣言似乎始终笼罩着一层阴影。这个从约旦到大海的国家，是不是一个或两个民族的家园，是不是一个或两个国家的问题，在1917年被模糊地提出，在2017年仍然是问题的本质。对犹太人来说，从《贝尔福宣言》的种子中生长出来的东西，在许多方面已是令人震惊的奇迹,尽管它有各种缺陷和不足,但它仍是一个充满活力的民主民族家园,哪怕引起了争论,甚至敌对;它是重生的、鲜活的人道表现,也是对于纳粹野心的反击——那不仅要消灭所有犹太人的身体,而且要消灭他们文化和记忆的罪恶野心。

正如许多犹太复国主义者所知道并主张的那样,民族家园的实现不仅取决于权力也取决于道德;在这种情况下,这片土地上其他人民的人权也需要得到尊重。另一个纪念日,一个同样庄严肃穆的纪念日:伊扎克·拉宾被谋杀的纪念日。拉宾是得出这一结论的最伟大的以色列人之一,他为敢于将这一结论付诸实践而付出了生命代价。一种可能出现的和平,甚至是仇恨和暴力的瓦解,在现在看来似乎如此遥远,以至于到了奇迹的范畴。但是,一个世纪前犹太家园的第一次黎明就足以证明,有时即使是在战火纷呈的中东,这种事情也可能发生。

齐皮·利夫尼[114]
Tzipi Livni

通往以色列议会的入口是一条漫长而孤独的路。你穿过一片光秃秃的铺面，旁边是大卫之星的旗帜大道，在路上试图抵御季节性隐喻（暗指春天）的攻击。但你失算了，因为现在是属于耶路撒冷的春天，杏花在金黄色的石灰岩墙壁上肆意绽放。以色列国歌"Hatikvah"意味着希望，而且，无论它被摧毁多少次，在这个季节下，再次为它倾倒并不可耻[115]，因为从马格里布到海湾的多个地区都在不断发芽，焕发生机。逾越节，这个自由的节日，会不会预示着从防御性假设的束缚中解放出来？而它的起点，是否就是那条公认的道理，即任何与巴勒斯坦人实现和平的严肃行动，都注定会带来更多的危险，而非安全？

齐皮·利夫尼领导的政党称自己为"前进党"（Kadima）

——这是一个把军事命令转变为劝诫人们打破"死胡同"的口号：向未来迈进。没有人可以指责其第一任领导人阿里尔·沙龙以及第三任领导人利夫尼是软弱的触须；前者是军事暴力的缩影，后者则是前摩萨德[116]特工。但她想重新定义勇敢，勇敢不该仅仅是反射性的军事冲动，而是巴勒斯坦和以色列的共存：两个民族的两个国家。

"时间不站在我们这边。"这是她谈话中的一句话。今年[117]9月，联合国大会可能会独自承认巴勒斯坦国，这使得在谈判方面采取行动变得迫在眉睫。人们开始意识到，以色列总理本雅明·内塔尼亚胡一贯的默认模式和袖手旁观，可能会让以色列面临另一种令人难以接受的选择：要么接受强加的国界，要么拒绝承认联合国一个主权成员的边界，并承担随之而来的严重后果。

即使没有采取行动的动机，利夫尼也不认为常年维持现状有利于犹太国家的生存，更不用说繁荣了。她毫不掩饰自己对内塔尼亚胡的失望，内塔尼亚胡反对她和前总理埃胡德·奥尔默特在 2007 年和 2008 年与巴勒斯坦领导人的会谈。她认为那是权宜之计，而非出于原则性考量。"我那时完全不知道他想要什么（除了拒绝主义），"她说道，脸上露出困惑的微笑。"实际上，我现在还是不知道。"

他们之间的分歧掺杂着不可调和的尖锐家族斗争，但出现问题的"家族"是意识形态上的。"比比"（内塔尼亚胡的昵称）和利夫尼都来自同一个政治摇篮：20 世纪 20 年代，魅力非凡的演说家和作家泽耶夫·雅博廷斯基创立了修正主义党,因为他厌恶主流犹太复国主义的懦弱实用主义,它拒绝接受将独立的犹太国家建立在约旦河两岸作为该运动的明确目标。比比的父亲本赞·内塔尼亚胡是一位杰出的历史学家,曾研究西班牙宗教法庭下犹太人的命运,上个月刚刚庆祝了自己的101岁生日。他曾是雅博廷斯基的秘书,这一血统让内塔尼亚胡家族几乎有绝对的资格去继承强硬的犹太复国主义。

但是,利夫尼的父亲、修正主义党准军事派别伊尔贡的军事行动负责人埃坦,并不是一个妥协者。1946年7月,伊尔贡炸毁了耶路撒冷的大卫王酒店,时至今日,它无疑已被列为恐怖组织。当利夫尼向以色列人民争辩时说,他们若想得到真正的安全,最好先摆脱不停挖地道的执念[118],她援引她父亲的伊尔贡指挥官梅纳赫姆·贝京的经历,他的战斗历史并没有阻止他从西奈半岛撤离,他与安瓦尔·萨达特握手,并于1979年与埃及签署了和平条约。她认为,正是这种更大的视野,才是真正领导力的标志。相比之下,内塔尼亚胡的观点在道德上显得微不足道,在历史上也是自取灭亡的。

利夫尼还提到了另一个强硬的右翼人士阿里埃勒·沙龙,他曾准备把加沙的定居者连根拔起,他是有勇气改变思想的另一个先例——去修改修正主义[119]。如果最终目标是同时保持以色列作为一个犹太国家和一个民主国家的地位,那么这片土地将不得不被分割。否则,人民会摧毁民主。

她知道这很难让人接受,尤其是考虑到最近暴力事件的激增。本月,一枚从加沙发射的反坦克导弹落在一辆以色列校车上。随后的反击造成数名巴勒斯坦平民死亡[120]。今年3月,利夫尼前往位于伊塔马尔的约旦河西岸定居点,参加福格尔一家的守灵仪式。福格尔一家惨遭屠杀,其中包括年幼的孩子,最小的只有三个月大,他们在床上睡觉时被割喉[121]。她说:"虽然定居者们的观点非常不同,但我必须去,以表达我和整个国家的悲伤。"

遗属告诉她,在这种时候,她和她的政党应该与政府联合起来。她试图解释说,这起谋杀只是加深了她的信念——正是由于两者之间的深刻差异无法掩盖,任何能带来真正安全的政策都难以施行。

当微笑的利夫尼走带我进她那间简陋的办公室时,问我的第一件事就是我是否看到了墙上装裱好的信件。我一直忙着看她那英俊的鹰脸父亲和她母亲萨拉的照片,没有注意到这封信。但现在,我看到这封信的日期是1929年,是雅博廷斯基本人写的。我那差劲的希伯来语能分辨出"nashim(妇女)"这个词,但看不懂更多的内容了。利夫尼又笑了说:"他写信给市议会,说在雇用妇女之前,他不会再交任何税。""他言而有信吗?"我问。"我敢打包票!"她笑着说。

强悍的女性是以色列的历史。戈尔达·梅尔[122],也就是利夫尼希望成为其继任者的总理,以香烟作为早餐和主要食谱,相比之下,那些老将们显得软弱无力。萨拉·利夫尼[123](罗森伯格)有一头浓密的鬈发,大大的黑眼睛和精致的纽扣鼻,是个漂亮得要命的人。我这么说,而她的女儿也很喜欢跟我讲这枚火种的虚荣心[124]。"她在她的年龄上撒了谎。""多大的谎?"我不禁问道。"很大!"几年前在萨拉的遗体告别仪式上,来自伊尔贡的老同志们告诉利夫尼,有些人曾称死去的莎拉为"叛徒的母亲[125]"。"你知道她是怎么回答的吗?"我问。"是的,他们告诉我,我母亲说:'她是我的女儿,我的女儿总是对的'。"

齐博拉(Tzipporah)在希伯来语中是鸟的意思,女儿有着和她父亲一样的鹰钩鼻和敏锐的、带有烈性蓝色的双眼,使她看起来像鸟一般警觉。她的"羽毛"很优雅:一件被摄影师明令禁止的黑色毛衣裙。她为自己的叛逆而发笑,因为她知道,这种弹性面料能显示出她修长的曲线身材。她穿着靛蓝色的紧身衣和灰色的麂皮鞋,上面带着金色的小镶边。作为两个男孩的母亲,她看起来比她的实际年龄年轻得多——她已经52岁了,行为也很年轻:愉快的强硬态度,轻松的肢体语言。在谈话中,她活泼而放松,毫无停歇的英语像水一样流淌着。以色列媒体的朋友曾警告过我,我们的谈话将是呆板的、令人难以记住的。他们中的一个人说:"那个利夫尼,不像人们看到的那样。"天啊,他错了。

在以色列,政治总是回归到家庭之中:坚实的和破碎的,被毁坏的和坚挺的。齐皮·利夫尼也不例外。"你知道我的母亲和父亲是怎么认识的吗?在一次火车劫案中!"伊尔贡组织招募妇女参加抢劫,这样她们就可以把战利品塞进衣服里,然后冒充怀孕(民间传说是这样的)。埃坦和萨拉后来都被逮捕和监禁了，但要把利夫尼的母亲关起来需要的不仅仅是铁丝网。被关押期间，萨拉找人在她的牛奶中加入了可以让她模仿阑尾炎症状的东西。被转移到医院后，她从病房的二楼窗户跳下，获得了自由。利夫尼后来遇到了一个人，在逃亡中收留了她的母亲，当时她还穿着医院的睡衣。有关传奇人物"萨拉·卡顿"——小萨拉的事迹还被当作歌曲写了出来。"想听一首吗？"齐皮问道，打开了她的iPod。接着是进行曲和集体合唱，在这首歌中，女儿翻译出了伤感的殉道词："如果他们要绞死我，别哭。这就是我的命运；与其流泪，不如把枪贴近你的心。"

埃坦在1947年的阿克里越狱事件中成功越狱，他是最难缠的人。他作为赫鲁特党（利库德党的前身）成员，曾在以色列议会任职多年，他对贝京的和平协议感到不满，但出于对这位老指挥官的尊重，他投了弃权票，而不是反对票。他在遗嘱中写明，他的墓碑上应该有伊尔贡的标志，即在"更大"的以色列上空举起的步枪，以及"正是此道"（Rak kach）的口号。也许正是这种狂热好战的家族历史，使利夫尼有可能理解巴勒斯坦的说法，并如此致力于超越血缘的浪漫。

她说，无论如何，像她父母这样的人，在日常与巴勒斯坦阿拉伯人打交道时，都没有自以为是的马拜伊党所属的左翼那么虚伪。在以色列建国的前30年里，马拜伊党控制了以色列的政治和政府机构。齐皮在特拉维夫的一个地区长大，在那儿，政治正确的邻居们看到阿拉伯人和埃坦来喝茶时会感到不安，尤其当后者会说他们的语言时。她说："我小时候过着双重生活。"当她所有的朋友都是马拜伊党的时候，是不能承认自己是赫鲁特人的。贝塔青年运动是梅纳赫姆·贝京在以色列发起的，因给学生们穿上了象征以色列土地的棕色衬衫而臭名昭著，但是，正如马拜伊党人迅速向周围人提醒的那样，他们与纳粹的冲锋队制服十分相像。齐皮在学校被称为"褐衫军"，而她穿的是修订后的蓝色制服（自然是代表锡安的天空），这让她很困惑，她回家问父母这是怎么回事。她说，从他们那里，她得到了一种强烈的被边缘化的少数民族意识。偶尔，小齐皮也会挺身而出。为了纪念五一节，以色列的学校关闭了。五一节是一个社会主义节日，但令她父母感到愤怒的是，这个节日已经变成了国家节日。"我证明了自己的反对思想。""你怎么做的？"我问道，希望看到某种地狱之火的反抗行为。"去上学！"

齐皮不会一直这么守规矩，她在22岁刚退伍时就加入了摩萨德。在她为以色列情报机构工作期间，即20世纪80年代初，一位在伊拉克工作的原子科学家在巴黎死亡。尽管她可能只是一个安全屋的管理员，但不难想象齐皮会有多危险。既然试图从她嘴里套出摩萨德时期的事情是没有意义的，那么我们就谈谈更重要的事情，其中最重要的是2007年和2008年，奥尔默特和她与巴勒斯坦权力机构领导人进行的秘密讨论，部分细节在今年早些时候被半岛电视台泄露。

很长一段时间以来，几乎所有的以色列政府人员都认为，最棘手的问题，即定居点的命运、巴勒斯坦的军事地位，以及最重要的，耶路撒冷除了成为以色列唯一首都以外的其他可能性——应该在达成某种初步协议之前被搁置。但是，利夫尼说："我不做临时工作。"推迟困难的事情不仅是懦弱的，它终将使一切协议走向解体。在沙姆沙伊赫，奥尔默特和利夫尼告别了拖延的做法。没有什么是不可能的，即使是耶路撒冷。她强调，她和巴勒斯坦人没有就耶路撒冷问题达成协议，如果她要遵守对他们领导人的保密承诺，她就不能讨论半岛电视台泄露的任何细节，而他们自己也没有把这些细节记录在案。但是，她支持共享耶路撒冷的革新性意愿，是利夫尼至今不是总理的原因之一。与极端正统的沙斯党组成联合政府的代价，是要把耶路撒冷的不可分割问题从谈判桌上拿掉——而她坚决拒绝这么做。

在沙姆沙伊赫与马哈茂德·阿巴斯和萨拉姆·法耶兹达成的突破性进展，得益于心理上的暗示。利夫尼令人耳目一新地坚持认为，和平或者哪怕只是停止相互残杀，是无法从矛盾的叙述中诞生的；那些难以形容的灾难，如大灾难和纳卡巴大屠杀，就像一个沉重的枷锁，阻碍着那些尚未出生的孩子们的生活。已经够了！

"我们从讨论权利开始，"她说，"我们的权利，他们的权利"，然后他们决定停止这样做，转而讨论可能性。"有人说，魔鬼在细节中，但在我们的案例上，它反而是上帝。例如，他们需要什么样的武器来保护自己，以及我们不能让他们拥有哪些武器，我们接着发现，这些清单是可以做到的！""他们在这些问题上的灵活性是否让你感到吃惊？"我问。她给了我一个极具张力的微笑："这可不是我第一次和他们见面。"

她给我举了一个例子，阐述这将给一个众所周知的棘手问题带来的不同：巴勒斯坦的去军事化。起初，这样的要求让巴勒斯坦领导人感到愤怒，他们反驳说，他们永远不会接受成为一个"缩水国家"。"在那个时候，我们本可以放弃谈判，直接离开这个房间，但我们没有。我们谈论了历史。'听着，'我说，'德国因为限制军队和军备而成为一个无能的缩水国家吗？埃及有没有因为非军事化的西奈半岛而处于不利地位？'"于是，他们制定了这些清单。同样的方法也适用于领土交换。当双方代表走上正道，实地考察村庄、橄榄林和道路时，看似不可调和的局面发生了变化。

你会感觉到，利夫尼明显认为，这种讨价还价的方式，可以在所有长期以来在传统智慧下无法解决的问题上取得进展。当男人喜欢拍桌子、大声抱怨时，而女人则喜欢处理手中那些构成日常生活的、现实的、平凡的实际问题。因此，她考虑了巴勒斯坦人和以色列人面对的现实情况。"若巴勒斯坦成为一个失败的国家，这将不符合我们的利益，或者，"她补充道，"一个极端主义国家。"她解释说，这才是中东地区真正的冲突，甚至比犹太人和阿拉伯人的敌意还大：神权政体、专制政体以及自由民主政体之间真正不可调和的冲突。现在，或许在一段时间内，理性的以色列一方也许能够与巴勒斯坦达成和平。很明显,在"安全围栏"的那一边,他们的思想已经达成了某种共识,但并不是永远。没有人知道,究竟哪一方——伊斯兰激进主义或民主世俗主义——将在"阿拉伯之春"中脱颖而出。但这种不确定性只会让尽早达成协议的需求变得更加紧迫。

尤其是当以色列内部也有文化冲突的时候,这一冲突正在破坏犹太国家和犹太特质的构成。在耶路撒冷的极端正统派犹太人(对他们来说,真正的犹太国家是建立在严格宗教戒律之上的独立国度)和那些多元化且世俗的以色列人中间,差异的鸿沟就像穆斯林兄弟会和解放广场上推特用户之间的区别一样大。利夫尼认为这两个危机,即犹太国家的外部边界和它的内部身份问题,是有关联的。利夫尼希望制定一部书面的以色列宪法,明确界定犹太教堂和国家之间的界限,这说明了她的直率和乐观。

她非常相信原则的力量,拥护一套国际惯例准则来管理新生民主国家的选举。忆及在以色列,扩张主义的卡奇党被禁止参加选举时,她希望同样的原则施行于穆斯林国家,禁止那些使用民主手段推翻民主的政党。她能记得,希特勒是通过投票箱上台的。她说:"这并不是居高临下或帝国主义的做法。他们都可以做他们喜欢的事。但如果他们想参与国际社会,就应该遵守这些公约。"

正是这种反思,让人觉得利夫尼是个破局者,尽管当你在耶路撒冷和特拉维夫说这句话时,你会听到怀疑的笑声。不过,也许正是齐皮·利夫尼的坦率,让她有可能将政治异端转化为大多数以色列人所渴望的可采取方案,让犹太人和阿拉伯人口中出现的问候语 shalom 与 salaam 能够相互致敬。别告诉我性别与此无关。内塔尼亚胡尊敬他的父亲和他著名的英雄兄弟约纳坦,后者在 1976 年的恩德培空袭中丧生;而利夫尼这名前摩萨德特工,如今成为母亲。几个星期前,她去看望了她的小儿子尤瓦尔,他毕业后是陆军精锐作战部队的一名军官。为了让这一刻更加凝实,他签了四年半的合同,而不是强制性的三年。说到这里,她的脸变得柔和起来,她把手伸进钱包,给我看了一张照片,上面是英俊的尤瓦尔和他的鬈发哥哥奥姆里。仪式在内盖夫沙漠举行,那是一个寒冷的冬日。"我当然很矛盾。我为他感到骄傲,但我的内心非常痛苦,所以我在雨中洒下了眼泪。"

这一点也不老套。利夫尼为自己、为尤瓦尔、为以色列投入了期望,她想要让眼泪和鲜血终有一天能不再流淌。

译注

1. 彼得·盖尔（Pieter Geyl）是研究荷兰反叛运动的著名历史学家，他在布痕瓦尔德（Buchenwald）被监禁，部分原因是因为纳粹党卫军担心他在所写的历史研究中将希特勒与拿破仑进行比较。布痕瓦尔德是"二战"期间纳粹德国在德国本土设立的一个集中营，关押了大量反对纳粹政权的政治犯。
2. 约翰·赫伊津加（Johan Huizinga）也是荷兰著名的历史学家，他因拒绝收回其反法西斯主义的言论而被纳粹关押。赫伊津加以其对中世纪文化的研究而闻名，特别是他的著作《中世纪的秋天》（*The Autumn of the Middle Ages*），对现代人理解中世纪的社会和文化产生了深远影响。
3. 马克·布洛赫（Marc Bloch）是法国的犹太历史学家，他的工作彻底改变了对封建制度的研究。布洛赫加入了法国抵抗运动，最终被捕并被枪决。布洛赫的重要著作包括《封建社会》（*Feudal Society*），他是法国年鉴学派的创始人之一，强调从经济和社会结构的角度理解历史。
4. 莱斯利·斯蒂芬讲座（Leslie Stephen Lecture）是剑桥大学为纪念著名文人和学者莱斯利·斯蒂芬（Leslie Stephen）而设立的年度讲座。讲座以讨论文学、历史和哲学等主题著称，每年邀请一位杰出的学者或作家发表演讲。
5. 汉普斯特德（Hampstead）是伦敦西北部的一个区域，以其历史悠久的建筑和丰富的文化遗产著称。讲述者提到的克里克尔伍德（Cricklewood）实际上是指汉普斯特德的一部分，可能暗示这是一所在环境和资源上相对贫乏的学校。
6. 伏尔泰（Voltaire），原名弗朗索瓦－马里·阿鲁埃（François-Marie Arouet），是18世纪法国启蒙运动的重要思想家、作家和哲学家。他以其机智、幽默和犀利的批判著称，对宗教、政治和社会不公正进行了深入的批评。伏尔泰的代表作包括讽刺小说《老实人》（*Candide*）和哲学论文《形而上学论》（*Philosophical Letters*）。他强调理性、科学和人权，反对宗教狂热和专制统治，是启蒙思想的代表人物之一。伏尔泰的著作和思想对后世产生了深远影响，他提倡的自由、平等和理性思想成为现代社会的重要基础。伏尔泰的形象常常被描绘成一个带着微笑的哲学家，这种微笑可以被理解为对人类愚蠢和残酷的嘲讽，也可以被看作是他对启蒙理想的乐观信念，即通过教育和理性，人类能够战胜愚昧和暴力。

7　"和雕刻家胡东（Houdon）塑造的那位哲学家的笑脸相似"指的是讲述者的老师长得很像伏尔泰（Voltaire），特别是让‒安托万·胡东（Jean-Antoine Houdon）为伏尔泰雕刻的著名塑像中的微笑。伏尔泰是启蒙运动的代表人物之一，以其犀利的批判和幽默的风格著称。

8　贝尔森（Belsen）是指位于德国的贝尔森集中营（Bergen-Belsen concentration camp），"二战"期间有大量犹太人和其他囚犯在此被杀害。讲述者提到的"被推土机推入石灰坑的人骨金字塔"生动地描绘了集中营的惨状，这是战后教育中的重要部分，提醒人们牢记历史教训。

9　1958年提到的背景和时代环境对于理解讲述者老师的宣言非常重要。1958年正处于冷战的初期，第二次世界大战结束后不久，这段时期的国际局势紧张且充满变化。在那个时代，许多知识分子和教育者认为，随着战后国际合作组织（如联合国）的成立和全球化进程的加速，民族主义和有组织的宗教将逐渐失去其影响力。老师在1958年的宣言"民族主义和有组织的宗教已经像渡渡鸟一样消亡了"反映了当时一种普遍的乐观情绪，即人类将走向一个更加理性和统一的未来。然而，现实证明这些预言并未成真，民族主义和宗教在后来的几十年里仍然发挥了重要作用，甚至在某些情况下更加显著。这个时间点之所以重要，还因为它标志着战后西方社会试图从战争的阴影中走出，拥抱新的社会秩序和价值观。20世纪50年代末期，欧洲和美国的社会正经历着快速的经济增长和社会变革，这一背景塑造了许多教育者和思想家的观念，他们希望通过启蒙和教育来防止战争和极权主义的再次出现。因此，"1958年"在这里不仅仅是一个时间点，它象征着战后世界对未来的乐观期待以及对和平与理性的追求。

10　汉斯·科恩（Hans Kohn）是一位研究民族主义的著名历史学家和理论家，他的许多著作致力于探讨民族主义的起源及其磁性力量。在战后的乐观气氛中，科恩的研究成果似乎显得过时和古董化，但实际上，他本人是一个复杂且极具吸引力的人物，他的研究在后来被证明具有深远的洞察力和预见性。

11　当时许多人低估了民族主义的持久性和复杂性，也低估了科恩对民族主义深刻理解的重要性。他的研究揭示了民族主义在现代社会中的持续影响力，这一观点在当代政治局势中得到了验证。

12　马歇尔计划是"二战"后美国对西欧国家的经济援助计划，正式名称为欧洲复兴计划（European Recovery Program），由时任美国国务卿乔治·马歇尔（George C. Marshall）提出。马歇尔计划通过提供资金和物资援助，帮助西欧国家重建经济，促进了战后欧洲的恢复和稳定。

13　指在冷战期间，西欧和北美的国家通过经济繁荣和政治稳定，相互支撑和促进。铁幕（Iron Curtain）是指"二战"后苏联与西方国家之间的政治和军事隔离状态。

14　J. H. Plumb，是英国著名历史学家，尤其以其对18世纪英国历史的研究而闻名。他强调历史研究与公民责任的密不可分，认为历史学科本质上具有市民性，这种观点可以追溯到古希腊历史学家希罗多德（Herodotus），他曾在市场中大声宣讲历史。

15　即托马斯·巴宾顿·麦考莱（Thomas Babington Macaulay），是19世纪英国历史学家和政治家。他以《英国史》（*The History of England*）著称，描绘了英国自由和民主制度的崛起，尽管他的作品被批评为自我庆幸的辉格党故事，但在反对专制主义方面仍具有重要意义。

16　艾曼纽·林格布尔卢姆（Emmanuel Ringelblum），是一位波兰犹太历史学家，以其在华沙犹太区创建的《华沙犹太区档案》（*Oneg Shabbat*）而闻名。他在1943年华沙犹太区起义中牺牲。

17　贝尼代托·克罗齐（Benedetto Croce），是意大利哲学家和历史学家，曾是法西斯主义的批评者之一。他提出"所有历史都是当代史"（all history is contemporary history）的著名论断，强调历史学的当代性和现实意义。克罗齐由曾经的法西斯主义支持者转变为其坚决反对者，这种经历反映了他在政治和学术上的深刻觉醒。

18　五件事分别指：

第一，唐纳德·特朗普（Donald Trump）对美国南方邦联将领罗伯特·E. 李（Robert E Lee）的言论。罗伯特·E. 李在美国南北战争期间领导南方邦联军队，因其军事才能而备受赞誉，但也因其为维护奴隶制而战斗受到批评。特朗普对李的褒扬引发了广泛争议。

第二，俄罗斯总统弗拉基米尔·普京（Vladimir Putin）对卡廷森林大屠杀的态度。卡廷森林大屠杀是"二战"期间苏联内务人民委员会

（NKVD）在1940年处决数千名波兰军官和知识分子的事件。普京政府对这段历史的描述和讨论常常受到严格控制和审查。

第三，法国极右翼政治家玛丽娜·勒庞（Marine Le Pen）及其父亲让-玛丽·勒庞（Jean-Marie Le Pen）对大屠杀的态度。勒庞家族因对纳粹大屠杀的言论引发巨大争议，尤其是让-玛丽·勒庞曾称大屠杀为"历史的细节"。

第四，波黑塞族共和国（Republika Srpska）总统候选人米洛拉德·多迪克（Milorad Dodik）对1995年斯雷布雷尼察大屠杀的否认。斯雷布雷尼察大屠杀是波斯尼亚战争期间发生的，对此事件的否认在国际社会引发强烈谴责。

第五，英国脱欧支持者奈杰尔·法拉奇（Nigel Farage）在爱尔兰发表的言论。复活节起义（Easter Rising）是1916年爱尔兰共和派为争取独立而发动的武装起义，将英国退欧与此相提并论被认为是对历史事件的扭曲。

19 丹尼尔·汉南（Daniel Hannan）是一位著名的脱欧支持者和作家。他的文章常常被批评为对历史事实的扭曲和片面解读。例如，他关于黑斯廷斯战役（Battle of Hastings）的描述被认为过于单一，忽视了复杂的历史背景。

通过这些例子，讲述者强调了历史在当代政治中的重要性和敏感性，呼吁历史学家承担起更多的社会责任，捍卫历史的真实性和学术的完整性。

20 菲茨杰姆·斯蒂芬（Fitzjames Stephen）是莱斯利·斯蒂芬（Leslie Stephen）的弟弟，菲茨杰姆·斯蒂芬（Fitzjames Stephen）是一位著名的法官和法律学者。他在家庭中已经担任了律师的角色，这使得莱斯利选择法律职业变得不切实际。

21 威尔伯福斯、格兰维尔·夏普和克拉克森兄弟（Wilberforce, Granville Sharp, and the Clarkson brothers）是指威廉·威尔伯福斯（William Wilberforce）、格兰维尔·夏普（Granville Sharp）和克拉克森兄弟（Thomas Clarkson 和 John Clarkson）。他们是18世纪和19世纪早期英国废奴运动的主要推动者。威尔伯福斯是英国国会议员，他在国会中长期为废除奴隶贸易和奴隶制而奋斗；格兰维尔·夏普是废奴运动的早期领袖之一；克拉克森兄弟则通过调查和收集证据揭露奴隶贸易的残酷，极大地推动了废奴事业。
22 指的是2018年美国中期选举期间的政治环境和事件。中期选举是在总统任期中间举行的国会选举,对总统的施政表现有一定的评判作用。
23 指的是2018年10月27日发生在匹兹堡松鼠山(Squirrel Hill)的"生命之树"犹太教堂(Tree of Life Synagogue)枪击案。这起事件中,一名新纳粹枪手闯入犹太教堂,杀害了11人。
24 希伯来移民援助歇会(Hebrew Immigrant Aid Society, HIAS)是一个致力于帮助犹太移民及其他难民的非营利组织。枪手对该协会怀有敌意,认为其帮助移民对美国构成威胁。
25 新纳粹指的是持有极端种族主义和反犹太主义思想的人或组织,崇拜纳粹德国的意识形态。
26 指的是另一起事件中,嫌犯将自己的货车装饰成了支持特朗普的"让美国再次伟大"(Make America Great Again, MAGA)运动的象征物,并将其视为对特朗普及其理念的崇拜。
27 格雷戈里·布什(Gregory Bush)是一名种族主义者,他在肯塔基州路易斯维尔的一家超市内射杀了两名非洲裔美国人,此前他试图进入一家黑人教堂未果。他在被捕前声称"白人不杀白人",显示了其种族主义动机。
28 在2018年美国中期选举前夕,特朗普总统为了吸引选民支持,提出了一些无法实现的承诺。其中之一是他声称将在11月之前为中产阶级减税。然而,这个声明在国会已经休会的情况下是无法实现的。国会的休会意味着议员们已经离开华盛顿,暂停了正式的立法活动,因此任何新税收法案在这期间都无法通过审议和表决。
29 本文的原文撰稿时间,即2018年5月,当时英国王室正在准备哈里王子与梅根·马克尔的婚礼。具体的时间点是2018年5月18日。这段时间内,出现了一起涉及梅根父亲托马斯·马克尔的狗仔队骗局,这起事件短暂地威胁到了婚礼的顺利进行。
30 这句话中的"他们"指的是英国王室成员。"机构"指的是英国王室这一君主制机构。英国王室的现代形象在维多利亚女王统治时期(1837—1901)得到了大幅度的重塑。维多利亚女王通过与新闻摄影和新闻报道的结合,将王室的私人生活事件,如婚礼、出生和葬礼等,塑造成全国性的重要事件。这一过程不仅帮助王室维持了其神秘感,同时也通过精心策划的公众曝光,使得王室看起来更加亲近和人性化,增强了王室与民众之间的情感联系。这种双重策略帮助王室在现代社会中保持了其重要性和影响力。

31　维多利亚女王与阿尔伯特亲王的婚姻不仅仅是王室的政治婚姻,他们之间有深厚的感情基础。这段婚姻对英国王室的形象重塑起到了重要作用,使得王室变得更加亲民和现代化。

32　指的是1851年,维多利亚和阿尔伯特访问了兰开夏郡。尽管那一年有水晶宫举办的大展览会,火车票也有特别优惠,但仍然不是所有人都能去参加这种盛会。这反映了他们在推广王室形象和拉近与普通民众距离方面的努力。

33　比尔·克林顿(Bill Clinton),全名威廉·杰斐逊·克林顿(William Jefferson Clinton),是美国第42任总统(1993—2001)。克林顿在担任总统期间推动了多项重要政策,包括北美自由贸易协定(NAFTA)、家庭和医疗休假法案,以及在全球范围内的外交和经济政策。他以其广博的知识和出色的记忆力著称,能够在各种话题上发表见解,包括全球问题、环境保护和历史事件。

在任期结束后,克林顿继续活跃在公共事务中,通过克林顿基金会推动全球健康、教育和经济发展项目。他经常在演讲和对话中展示其对复杂问题的深刻理解和广泛知识。

34　约翰·昆西·亚当斯(John Quincy Adams),美国第六任总统(1825—1829),他在总统任期结束后,成为首位继续从事公共服务的前总统,在国会担任了八届众议员,并领导了反奴隶制运动。亚当斯以其坚定的反奴隶制立场和对国家事务的持续参与而著称。

35　丁布尔比讲座(Dimbleby Lecture),英国广播公司(BBC)主办的年度讲座,以纪念著名的英国广播记者理查德·丁布尔比。每年,讲座邀请各领域的杰出人士发表演讲,讨论当代重要问题和挑战。比尔·克林顿曾在此类活动中发表演讲,展示其对全球事务的见解。

36　克什米尔冲突是印度和巴基斯坦之间长期存在的领土争端,两国多次因为克什米尔问题发生战争和冲突。克林顿在分析中详细解释了这一复杂的历史和政治问题,展示了其对全球外交和安全问题的深刻理解。

37　"经济陷入植物人状态"(vegetative state)。这是一种形象的表达,描述了经济的极度低迷和缺乏活力的状况。植物人状态指的是一种极端的、不活跃的情况,通常用来形容一个人完全丧失自主活动能力,仅靠外部生命支持系统维持生命。在经济学中,这种比喻用来形容经济陷入极度低迷、缺乏增长动力和活力的状况,就像植物人一样,基本上没有自主恢复或增长的能力。

38 藤壶(Barnacles),是一种海洋甲壳动物,通常附着在船底、码头和其他海上结构上。它们增加了船只的阻力,降低了航行速度,增加了燃料消耗,必须定期清理。克林顿的批评:克林顿指出,美国政府和制度已经积累了许多类似藤壶的冗余和负担,如过高的税收、不必要的项目和滥用权力的政治家。这些问题让每个公民都能找到批评政府的理由,但同时他也强调了政府需要足够的权力和灵活性来应对各种挑战。

39 美国建国者在设计宪法时,希望创建一个既能保护公民免受权力滥用,又能在必要时展现出足够力量和灵活性的政府。这种平衡的讨论在今天仍然继续,美国人始终在探讨"足够的政府"和"过多的政府"之间的界限。

40 "一无所知党"(The Know Nothings)是19世纪50年代中期美国的一个本土主义政党和运动。尽管使用了"美国原住民党"(Native American Party)的名称,但其成员由殖民者或定居者的后代组成,并没有特别包括土著印第安人;起源于秘密的反移民团体,其绰号来源于其成员对一切问题的标准回答。

41 知识就是力量计划,通常被称为KIPP,是一个在全美低收入社区免费开放注册的大学预科学校网络。KIPP是美国最大的公立特许学校网络。总部设在旧金山、芝加哥、纽约市和华盛顿特区。

42 指1999年的克林顿总统弹劾案。

43 东山再起的小子(Comeback Kid),比尔·克林顿在1992年总统初选后给自己起的绰号。

44 阿里安娜·赫芬顿(Arianna Huffington),是赫芬顿邮报(The Huffington Post)的创始人之一,也是知名的媒体人物和作家。她在媒体和新闻领域拥有广泛的影响力,尤其以其政治观点和对社会问题的热情而闻名。

45 2010年的中期选举是在巴拉克·奥巴马总统的第一个任期中期进行的。共和党在这次选举中取得了显著胜利,重新掌控了众议院,并在参议院中获得了更多席位。选举结果反映了当时美国选民对经济状况和奥巴马政府政策的不满。

46　哈德逊河作为地理屏障，暂时将纽约市中心与预期中的全国性政治风暴隔开。然而，这种隔离并非真正的保护，只是一种心理安慰。

47　苏荷区（SoHo）是纽约市曼哈顿的一个时尚和艺术区，以其高档购物、艺术画廊和餐厅闻名。作者通过描述苏荷区的常规活动，展示了在政治动荡即将来临时，生活依然继续的现实。

48　迪恩 & 德鲁卡（Dean & DeLuca），是一家位于美国的高档食品零售商，以提供优质、美味的食品和饮品闻名。这家店铺成立于 1977 年，位于纽约市的苏荷区（SoHo），后来在全美和国际上开设了多个分店。Dean & DeLuca 以其精美的美食、优雅的环境和优质的服务吸引了众多顾客。

49　赫芬顿在穿着上不仅体现了她的职业素养，更展示了一种独特的个人风格和自信。这种风格不仅仅是企业知识或职业形象的一部分，而是表达了她的个性和身份。这种穿着细节（如紫色－靛蓝色的雪纺）显示出她对美感和细节的关注，也象征着她在职业领域之外的丰富内涵和魅力。

50　赫芬顿展现出一种难以置信的、不可动摇的幸福感。这种幸福感不仅仅是外在的微笑或乐观，而是一种从内心散发出的坚不可摧的快乐与满足。无论是面对挑战还是困境，她都表现出一种不屈不挠的积极态度和乐观精神。这个特质不仅反映在她的外表和行为中，也体现在她的工作和生活态度上。这种幸福感使她在任何情况下都显得充满活力和自信，仿佛没有什么能击败她。

51　阿里安娜·斯塔西诺普洛斯（Arianna Stassinopoulos）是阿里安娜·赫芬顿（Arianna Huffington）的本名。她出生于希腊雅典，后来移居英国并进入剑桥大学深造，成为知名的作家、政治评论员和媒体企业家。

52　埃斯库罗斯（Aeschylus），是古希腊著名的悲剧诗人，被称为"悲剧之父"。他的作品多以悲剧和严肃的主题为主，强调人类命运的不可逃避和神意的力量。

53　赫芬顿的乐观态度和对人类的信任显得有些与众不同和天真有趣。她坚定地认为，Homo sapiens（智人，是人属下的唯一现存物种）整体上是善良的，这种信念在当今世界显得既古怪又令人愉快。她的这种信念和乐观态度，尽管在面对复杂现实时可能显得有些单纯，却展示了她内心的温暖和慷慨。

54 政治光谱（political spectrum）是用来描述和分类不同政治立场和意识形态的一种系统方式。它通常表示从左到右的连续体，左端代表进步或左翼的观点，如社会平等、政府干预和福利政策，而右端代表保守或右翼的观点，如自由市场、个人自由和传统价值观。阿里安娜·赫芬顿在她的职业生涯中曾经经历过从右翼到左翼的转变，这使得她对政治光谱上的不同观点有深刻的理解。

55 赫芬顿所指的"更重要的事情"不仅仅是对立观点的辩论，而是一次呼吁，目的是恢复她希望在两极化的美国重新种植的公民社会。赫芬顿认为，美国目前被破坏性竞争的魔鬼形象所分裂，她希望通过这次集会，能够推动美国回归到一个更为健康和团结的公民社会。

56 在此短语中，"奥巴马之踵"是指奥巴马政府的一个明显弱点或不足之处。这种说法来源于"阿喀琉斯之踵"（Achilles' heel），即指一个人的致命弱点。具体来说，这里指的是奥巴马在使用联邦政府权力上缺乏果断性，未能充分承诺取得成功。

57 蒂莫西·盖特纳（Timothy Geithner）是美国第75任财政部长，曾在奥巴马政府期间担任这一职务。拉里·萨默斯（Larry Summers）是经济学家，曾担任克林顿政府的财政部长和奥巴马政府的国家经济委员会主任。两人都被认为是华尔街的忠实拥护者，支持放松金融监管。

58 奥巴马政府在2009年通过了《美国复苏与再投资法案》，旨在应对2008年金融危机，刺激经济增长。然而，赫芬顿批评说，由于受到像盖特纳和萨默斯这样支持金融放松监管的人的指导，这项经济刺激计划最终表现得半心半意，未能充分发挥其作用。

59 大卫·劳埃德·乔治（David Lloyd George）是英国政治家，曾在1916至1922年间担任英国首相。他的名言"你不能分两次跃过峡谷"意指在面对重大挑战时，半心半意的努力是不会成功的。这句话被引用来批评奥巴马在实施经济刺激计划时的犹豫不决。

60 威灵顿公爵（Duke of Wellington），即阿瑟·韦尔斯利（英语：Arthur Wellesley），英国军事家和政治家，击败拿破仑的滑铁卢战役名将，第21位英国首相。

61 兴都库什山脉位于中亚，而佛兰德是欧洲低地，代表两种完全不同的地理和文化环境的荒谬对比。

62 斯海尔德河（Scheldt），是一条流经法国、比利时和荷兰的河流，在历史上因其战略位置而成为军事冲突的热点。特别是在17世纪和18世纪，这条河经常成为欧洲列强争夺的焦点。斯海尔德河流域的重要港口城市安特卫普在许多战争中都遭受过围攻和破坏。

63 默兹河（Meuse），另一条流经法国、比利时和荷兰的河流，在第一次世界大战和第二次世界大战期间，它的流域成为重要的战场。例如，第一次世界大战中的凡尔登战役和第二次世界大战中的阿登战役都发生在默兹河流域，这里见证了大量的军事冲突和流血事件。

64 瓦济里斯坦（Waziristan），是位于巴基斯坦西北部与阿富汗接壤的地区。这个地区以其复杂的地形和部族结构闻名，历史上常常是冲突和叛乱的热点。自2001年以来，瓦济里斯坦成了塔利班和其他武装组织的避难所，也是美国和巴基斯坦反恐行动的主要战场。

65 比利时在1830年从荷兰王国独立，成为一个独立国家。

66 1830年，比利时从荷兰独立，并于1831年通过《伦敦条约》获得国际公认的中立地位。根据该条约，欧洲列强（英国、法国、普鲁士、奥地利和俄罗斯）同意尊重比利时的中立性，不将其领土作为军事行动的战场。这一安排旨在确保比利时不卷入欧洲列强之间的战争冲突，保持其主权和独立。直到第一次世界大战爆发。1914年，德国违反比利时的中立地位，入侵比利时以便从北方进攻法国。这一侵略行为导致比利时被卷入战争，并引发国际社会的强烈反应，最终促成了英国对德宣战。因此，比利时的中立地位从1831年维持到1914年，大约80年时间。

67 即《论中国》(On China)，基辛格所著关于中国历史和中美关系的书，深入探讨了中美之间的文化和外交关系。

68 基辛格咨询公司（Kissinger Associates,Inc.），雇员包括一批退休外交官。公司的主要服务对象是许多想和中国做生意的跨国企业。他提供亲自给中国相关机构致电的服务，甚至还有亲身前往中国的高级服务。

69 尤达（Yoda）是《星球大战》系列电影中的一个智慧而强大的绝地大师，以其深邃的智慧与和平的理念著称。马基雅维利（Machiavelli）是文艺复兴时期的政治理论家，以其现实主义和权谋著称。将两者结合，是指基辛格结合了尤达的智慧与马基雅维利的权谋技巧，既有深邃的思想，又具有现实主义的政治手段。

70 帕那索斯山（Parnassus），古希腊神话中，缪斯女神的圣山，象征诗歌和艺术的灵感源泉。

71　奥托·冯·俾斯麦，19世纪德国的政治家，德意志帝国的第一任宰相。
72　克莱门斯·冯·梅特涅，奥地利外交家和政治家，维也纳会议的重要人物。
73　夏尔·莫里斯·德·塔列朗，法国外交家，以其狡猾和政治手腕著称。
74　基辛格在担任尼克松政府的国家安全顾问和国务卿期间，涉及美国在柬埔寨的轰炸以及对智利政变的支持，引发争议。
75　《大外交》(*Diplomacy*)，基辛格所著关于国际外交历史和理论的书，探讨了外交政策的演变和实践。
76　这类事件在外交史上有多次例子。其中一个著名的例子是"齐美尔曼电报事件"。1917年，德国外交大臣齐美尔曼发给墨西哥政府的密电被截获并公布，电报中鼓励墨西哥与德国结盟对抗美国。这封电报引发了美国的强烈反应，并成为美国加入第一次世界大战的重要原因。再例如，第一次世界大战前夕，德国向奥地利-匈牙利发出的"空白支票"电报，措辞含糊，导致奥地利误以为德国支持其对塞尔维亚的任何军事行动，从而直接导致了战争的爆发。
77　这类事件通常指外交活动中的失礼或失误，导致外交关系紧张。一个著名的例子是1954年日内瓦会议期间，时任美国国务卿约翰·福斯特·杜勒斯拒绝与中国总理周恩来握手，导致中美关系进一步恶化。这种社交礼仪的失误不一定会直接引发国际事件，但在国际关系中造成了负面影响。
78　《重建的世界》(*A World Restored*)，基辛格所著关于1815年维也纳会议及其后欧洲和平重建的书，被视为该主题的经典著作。
79　1972年2月21日，时任美国总统理查德·尼克松对中国进行了历史性的访问，这次访问被称为"破冰之旅"。尼克松访华的主要目的是通过改善与中国的关系，削弱苏联在冷战中的影响力，同时寻找解决越南战争的途径。不过，在当日进行的会谈初期，双方长达一小时的交谈并未拘于对具体问题的争论，更接近"哲学问题"。
80　尼克松是在两国没有建交之前来访的。在访华期间，尼克松与中国领导人毛泽东、周恩来进行了会谈。此次会谈促成了《上海公报》的签署，两国同意逐步实现关系正常化。中美关系的真正正常化是在1979年1月1日，卡特政府宣布与中华人民共和国正式建立外交关系，美国承认中华人民共和国是中国的唯一合法政府，与此同时，美国与台湾断交。

这个过程的重要推动者之一是亨利·基辛格，他在尼克松政府和福特政府中担任国家安全事务助理和国务卿，积极推进中美关系的改善。

81　固定餐桌（Stammtisch），是德语中的一个词，指的是固定的聚会或社交场合，通常是定期在同一个地方进行的非正式聚会。哈德逊河畔的"固定餐桌"指的是纽约的德国犹太侨民定期聚会的地方，他们在这里交流和互相支持。

82　纽约城市大学是一个多元文化的高等教育机构，吸引了来自世界各地的学生和学者，以其开放和包容的学术环境而闻名。

83　婆罗门是印度教的最高种姓，这里用来形容哈佛大学中的精英教授和学者，强调他们的知识权威和学术地位。

84　威廉·扬德尔·艾略特（William Yandell Elliott），哈佛大学的政治学教授，以其严谨的学术态度和丰富的学识著称，曾在美国政府中担任顾问。

85　"逃亡诗人"（Fugitive Poets），是20世纪初一群南方文学作家，他们以范德比尔特大学为基地，强调传统价值观和文学风格。

86　两人均为"逃亡诗人"团体的核心成员，著名的美国南方文学作家和批评家，对20世纪文学产生了重要影响。

87　绝对命令与政治实践（The Categorical Imperative and the Practice of Politics），绝对命令是康德的伦理学概念，指的是无条件的道德法则。在这里指艾略特要求基辛格探讨这一哲学理念在政治实践中的应用。

88　贝利奥尔学院是牛津大学的一部分，以其严格的学术标准和辩论风格著称。这里用来形容艾略特对基辛格的高要求和教学方法。

89　《卡拉马佐夫兄弟》（The Brothers Karamazov），俄国作家陀思妥耶夫斯基的经典小说，通过讲述卡拉马佐夫一家人的故事，探讨了伦理、信仰和人性的深刻问题。

90　查理大帝是公元8至9世纪法兰克王国的皇帝，被誉为"欧洲之父"。

91　戈尔·维达尔是美国著名作家和评论家，他批评美国社会缺乏历史记忆和反思，称其为"失忆的美国"，意指美国人常常忽略过去的教训。

92　乔治·凯南 George Kennan，美国外交官和历史学家，以其对苏联的冷战政策和遏制理论的提出而闻名，被称为"遏制政策之父""冷战之父"。

93　凯南于1946年写了一篇题为《苏联行为的根源》的长达8000字的电报，

也称"长电报",详细分析了苏联的扩张野心,向美国国务院建议采取遏制政策,这篇文章对美国的冷战政策产生了深远影响。
94. 列昂尼德·勃列日涅夫是苏联领导人,1964年至1982年担任苏共中央总书记。他在任期间推行稳定和保守的政策,但也面临中苏关系紧张和冷战的严峻局势。
95. 约瑟夫·斯大林是苏联的领导人,1924年至1953年担任苏共中央总书记。他以铁腕统治著称,对内实行大规模镇压和工业化,对外推行扩张主义政策,极大地影响了"二战"和冷战的格局。
96. J. K. Fairbank,即费正清,美国著名的中国历史学家,被认为是现代中国研究的奠基人之一。他的研究集中于中国的历史、政治和外交,对中美关系的理解有重要贡献。
97. 欧文·拉蒂摩尔 Owen Lattimore,美国的中国和中亚历史学家,对中国边疆地区和蒙古的研究尤为深入。他曾在"二战"期间担任美国政府的顾问,对美国的亚洲政策有重要影响。
98. 黎德寿(Le Duc Tho),是越南政治家和外交家,曾与基辛格共同参与越南战争的和平谈判。他与基辛格在1973年共同获得诺贝尔和平奖,但黎德寿拒绝接受此奖,以示对和平协议未能立即结束冲突的不满。
99. "彻底的分裂"(de facto partition),指的是一个国家在事实上被分裂成几个独立运作的区域,尽管在名义上它们仍被视为一个国家。在文中,这指可能发生在阿富汗的情况,北方由印度和俄罗斯支持的北方联盟控制,南方则由巴基斯坦支持的塔利班控制。这种分裂没有正式的法律承认,但在实际操作中已形成。
100. "不是比利时,而是萨拉热窝"(Not Belgium but Sarajevo),萨拉热窝是指第一次世界大战的导火索——1914年奥匈帝国皇储斐迪南大公在萨拉热窝被刺,引发了全球性的冲突。这里用来比喻阿富汗可能成为新的全球冲突的引爆点,与第一次世界大战的萨拉热窝类似,而不是像比利时那样的相对稳定和中立。
101. 代理"半国"们(proxy half-states),指在大国操控下的分裂地区或国家,如冷战期间的代理人战争。
102. 奇爱博士(Dr Strangelove),1964年电影《奇爱博士》中的角色,这部电影是一部黑色喜剧,描绘了核战争即将爆发的荒诞情景。奇爱博士象征着对核战争的疯狂和冷漠,是极端悲观和现实的化身。

103 潘葛洛斯博士（Dr Pangloss），伏尔泰的小说《老实人》中的角色，他是极端乐观主义的代表，无论发生多么严重的灾难，他都坚信"这是最好的世界"。

104 作者在这里用了一个反差对比，强调基辛格的悲观预测比奇爱博士的极端悲观还要深刻和现实，几乎让奇爱博士看起来像是盲目乐观的潘葛洛斯博士。

105 圣经标语（biblical placards），这些标语是指宗教团体或个人制作的宣传牌，内容通常引用《圣经》中的预言或教义，宣称即将到来的末日或重大宗教事件。

106 在 2011 年，哈罗德·康平（Harold Camping）领导的一个基督教组织预言世界将在 5 月 21 日结束，引起了广泛关注和讨论。这种标语反映了社会中对末日预言的迷信和关注。

107 这句话的意思是，如果基辛格对未来局势的预测是正确的，那么世界可能不会在某个具体的预言日期结束，但依然面临重大风险和潜在危机。作者在此提醒读者，基辛格对全球政治和安全的担忧值得重视，不要忽视历史教训和基辛格的警告。

108 The Balfour Declaration: 100 Years On，指的是《贝尔福宣言》发布 100 年后的反思和评估。《贝尔福宣言》是 1917 年 11 月 2 日由英国外交大臣亚瑟·贝尔福（Arthur Balfour）签署的一封信，宣布英国政府支持在巴勒斯坦建立一个犹太民族家园。这发生在第一次世界大战期间，英国为了争取犹太人支持，发布了该宣言，但也承诺不会侵犯巴勒斯坦现有非犹太社区的权利。该宣言为之后的巴以冲突埋下伏笔，成为中东地区争议的重要文件。

109 亚瑟·詹姆斯·贝尔福（Arthur James Balfour），英国政治家，曾担任首相和外交大臣，以 1917 年签署《贝尔福宣言》而著名。

110 沃尔特·罗斯柴尔德（Walter Rothschild, 2nd Baron Rothschild），罗斯柴尔德家族成员，著名银行家和动物学家，《贝尔福宣言》的收信人。

111 此句指的是魏茨曼希望《贝尔福宣言》不仅仅被看作是英国帝国战略的一部分，而是反映犹太民族与其古老家园之间的历史联系。这种联系应该被视为一种更高贵、更崇高的目标，而不仅仅是一次帝国主义的政治交易。

魏茨曼的期望：魏茨曼作为犹太复国主义领袖，希望《贝尔福宣言》能够明确表示犹太人对巴勒斯坦的历史权利。他建议将"建立"（establishment）改为"重建"（re-establishment），以此强调犹太人历史上与巴勒斯坦的联系。

112 在这段文字中，作者通过对比反犹太复国主义者和支持者的态度，揭示了伦敦西区犹太人和东区犹太人之间的深刻分歧。作者的父亲认为，反犹太复国主义者的防御性态度是这一分歧的显眼症状。

具体来说：在历史文化背景上，1917年发布的《贝尔福宣言》表明英国政府支持在巴勒斯坦建立犹太民族家园。这一声明在全球犹太社区引发了广泛讨论和不同反应，尤其是在英国的犹太人中。英国犹太社区分为主要居住在伦敦西区的上层犹太人和居住在东区的工人阶级犹太人。前者通常融入英国社会更深，而后者则保留了更多的犹太传统和文化。在作者的文学措辞用意上，作者使用"症状"一词来形容反犹太复国主义者的防御态度，暗示这是一种病态的表现，是社区分裂的显著标志。"家"这个词不仅仅是一个物理居所，更是对犹太人精神和文化归属感的认同。在幽默程度上，作者通过对比埃德温·蒙塔古等反对者对"家"的理解，幽默地指出了他们与工人阶级犹太人之间的巨大差距。蒙塔古的"家"是庄园，象征着权力和财富，而不是大多数犹太人渴望的精神家园。

埃德温·蒙塔古是当时英国政府内阁成员之一，他强烈反对《贝尔福宣言》，认为这会使英国犹太人面临双重忠诚的指责。蒙塔古代表了那些已经深深融入英国社会的上层犹太人的立场，他们视英国为自己的唯一故乡。相反，东区的犹太人，多为移民后代，经历了更多的贫困和歧视，他们对建立一个犹太民族家园的渴望更为强烈。这种分歧在《贝尔福宣言》的背景下尤为明显，反映了英国犹太社区内部复杂的身份认同和政治立场。

113 在这段文字中，作者探讨了"家"这个情感丰富的词汇对不同人群的意义。对于犹太人来说，"家"意味着久别重逢的祖宅——希伯来语和犹太教的发源地，尽管在19世纪80年代，奥斯曼帝国对移民巴勒斯实施了严格的限制。而对于巴勒斯坦阿拉伯人来说，建立犹太民族家园则被视为早期的驱逐通知。虽然这种悲观情绪在当时否有依据仍有争论，但作者强调，我们在庆祝《贝尔福宣言》的同时，应该设身处地为巴勒斯坦人着想，承认其道德困境。"自我实现的悲剧预言"，即自我实现预言

效应 (self-fulfilling prophecy)、当一个群体或个人预见某种不幸时，他们的行为反而导致这种不幸的发生，最终实现了原先的预言。这种现象在历史上和心理学上都有很多例子。在巴勒斯坦和以色列冲突的背景下，这一预言可能指的是巴勒斯坦人对犹太移民的抵抗和恐惧，反而加剧了双方的对立，最终导致了更大的冲突和悲剧。在这里，作者通过细致入微的历史背景描述和情感共鸣，呼吁读者理解并体谅冲突双方的痛苦与需求，体现了对历史和人性的深刻洞察。

114 齐皮·利夫尼，以色列政治家，曾担任以色列外长和以色列议会（Knesset）成员。她是中间派和左翼政治力量的重要人物，以其推动以巴和平进程的努力而闻名。

115 在这里，作者强调希望的力量，即使多次失望，也不应放弃希望。尤其是在春天这个充满生命力和新希望的季节，作者暗示可以重新燃起对和平与解放的希望。

116 摩萨德（Mossad），以色列的国家情报机构。它是以色列情报界的主要实体之一，另外两个是阿曼（Aman）和辛贝特（Shin Bet）。

117 2011年，巴勒斯坦权力机构主席马哈茂德·阿巴斯向联合国提交了将巴勒斯坦作为会员国的申请。这一举措是希望获得国际社会的承认，从而可以在国际法院对其他国家提出法律诉求。在2012年，联合国大会通过决议，给予巴勒斯坦"非会员观察国"地位。

118 齐皮·利夫尼（Tzipi Livni）的父亲艾坦·利夫尼曾是修正主义派准军事组织伊尔贡（Irgun）的作战负责人。伊尔贡在1946年7月炸毁了耶路撒冷的大卫王（King David）酒店，这在今天毫无疑问会被归类为恐怖主义行为。尽管艾坦·利夫尼并非妥协者，但齐皮·利夫尼认为，以色列真正的安全在于逐步摆脱顽固的态度，促进和平进程。伊尔贡确实进行了多次地下活动，包括利用地下隧道进行军事行动和武器储存。这些活动在20世纪40年代的巴勒斯坦地区的反英斗争中发挥了重要作用。但这里的"挖地道"是隐喻，指的是顽固坚持某种立场，而不是实际的地下隧道挖掘。

119 此句指的是改变和更新最初的修正主义思想。齐皮·利夫尼引用她父亲的例子，即伊尔贡组织在1946年炸毁了耶路撒冷的大卫王酒店，今日被视为恐怖组织。然而，伊尔贡的指挥官梅纳赫姆·贝京（Menachem Begin）在1979年签署了与埃及的和平条约，展示了真正的领导力。利夫尼认为，如果以色列要在保持犹太国家身份和民主的同时实现最终目标，那么土地就必须被划分，否则人口结构将破坏民主。以色列政治中的修正主义：在以色列，修正主义通常与右翼政治思想联系在一起，强调犹太民族主义和对领土的控制。例如，利库德集团（Likud Party）是以修正主义犹太复国主义为基础建立的一个主要右翼政党。修正主义的政策往往更加强硬，强调国家安全和领土完整，有时甚至包括对约旦河西岸和加沙地带的全面控制。

120 这个时间点是指 2011 年 4 月。文中提到的反坦克导弹袭击事件发生在 2011 年 4 月 7 日，当时一枚导弹从加沙地带发射，击中了以色列南部一辆校车，导致一名 16 岁的男孩受重伤，随后不治身亡。这一事件引发了以色列的报复性空袭，导致多名巴勒斯坦平民伤亡。

121 文中提到的在西岸定居点伊塔玛（Itamar）进行的西瓦（Shiva）哀悼仪式发生在 2011 年 3 月。这次哀悼是为了悼念在 2011 年 3 月 11 日的伊塔玛屠杀事件中被杀害的福格尔（Fogel）家庭。此次事件中，乌迪·福格尔（Udi Fogel）和他的妻子露丝（Ruth Fogel），以及他们的三个孩子——11 岁的约阿夫（Yoav）、4 岁的艾琳娜（Elad）和 3 个月大的哈达斯（Hadas）被杀害，死者的喉咙在睡梦中被割断。这个残忍的事件震惊了以色列全国，成为以色列和巴勒斯坦冲突中的一大悲剧。

122 戈尔达·梅尔（Golda Meir），是以色列第四任总理，也是世界上第三位女性总理。她以强硬的领导风格著称，在其任内面临了多次重大挑战，包括 1973 年的赎罪日战争。她的坚毅形象常被比喻为早餐吃香烟和六英寸钉子，这突显了她在男性主导的政坛中的强硬地位。

123 萨拉·利夫尼（Sarah Livni），是齐皮·利夫尼的母亲，她也是伊尔贡的成员，以坚定的政治立场和对犹太复国主义的支持著称。她的外貌描述中提到的浓密发髻、宽大深邃的眼睛和精致的按钮鼻，使她的形象生动具体。萨拉·利夫尼被称为"叛徒的母亲"可能反映了她在某些人眼中的政治立场或行为引发的争议。

124 the firebrand's vanity，文中提到萨拉·利夫尼的虚荣心，特别是她谎报年龄的故事，显示了她在革命事业之外的个性化特质。这种虚荣心使她在严肃的政治生涯之外显得更有人情味。

125 齐皮·利夫尼被称为"叛徒"的原因主要源于她的政治立场与她父母的极端民族主义观点形成了鲜明的对比。齐皮·利夫尼的父亲艾坦·利夫尼，是伊尔贡的行动负责人，伊尔贡以其激进的反英和反阿拉伯活动著称，被认为是极端民族主义组织。1946年，伊尔贡在耶路撒冷炸毁了大卫王酒店，造成了大量伤亡，这一事件在历史上备受争议。尽管齐皮·利夫尼来自一个极端民族主义家庭，她在政治生涯中逐渐发展出更加温和和务实的立场。她曾任以色列外交部长和议会成员，并成为支持两国方案的主要倡导者，主张通过谈判解决巴以冲突，并支持建立一个独立的巴勒斯坦国，这一立场与她父母的强硬立场截然不同。在她母亲萨拉·利夫尼的葬礼上，一些伊尔贡的老战友称萨拉为"叛徒的母亲"，可能是因为他们认为齐皮·利夫尼的和平立场和妥协精神违背了他们的极端民族主义理想。

食物
Food

我猜，肯定有一些优秀厨师不喜欢谈论他们的厨艺，但我还从未遇到这样的人。虽然我最喜欢的美食作家 M. F. K. 费舍尔[1]在她的一篇文章中，从开头便承认"我烹煮出来的第一份食物是纯粹的毒药"（一个可怕的诡白色布丁，作为对她母亲怀孕的抗议），但在大多数情况下，烹饪本身就是一种交流形式，通常以慷慨的形式进行：对同伴的邀约，无论是为一个人还是许多人备菜。因此，随着 20 世纪 60 年代英国烹饪专业的发展，厨房——至少在周末杂志的光鲜形象中，成为家庭的社交中心，也就不足为奇了。当我在 20 世纪 60 年代初，在剑桥大学读本科的最后一年，开始认真学习烹饪时，我所拥有的条件，只有走廊尽头一个橱柜大小的空间和一个小小的单环煤气灶。

但我还拥有一书架的文字（指导）：伊丽莎白·大卫[2]的《法国乡村烹饪》（*French Provincial Cooking*）和朱莉娅·查尔德[3]的《掌握法式烹饪艺术》（*Mastering the Art of French Cookery*）第一卷。凭借这些，我可以用那个煤气灶轻松变出汤品、炖菜、奶油炖肉和蔬菜炖肉了，统统装盛在波特梅里恩[4]的陶碗里，往往有烧焦的橙色或胆汁的绿色等颜色。很快我就明白了，一个菜鸟厨师要么走查尔德的路，要么走大卫的路，也就是说，要么勤学苦练，要么原谅自己的即兴发挥[5]。不用猜就知道我选了哪条路，但这些文字和它们所描绘的地方，至少和食物一样丰盛。在我了解他们的生活之前，我很崇拜朱莉娅（后来我在20世纪80年代住在波士顿时认识了她）和她的严谨态度。但我也渴望着大卫，她向我保证："只需要一个便携炉灶和一口黝黑的平底锅，你就能烹饪出美味，"尽管她也在引导我去做一些更具野心的料理方式。她对数量的态度十分不可靠，她的指示相当漫不经心，她的闲聊话题蜿蜒曲折，她的回忆令人愉悦又开胃。当我做出一份腌肉菜汤或红酒焖鸡[6]时，潮湿的大学走廊立刻变成了普罗旺斯一间铺着瓷砖的厨房。那天早上，我和伊丽莎白一起去了市场，她俯身靠近一个摊位，把一颗完美的橄榄塞进了她贪婪的嘴里。

烹饪书架很快就扩展成一个完整的图书馆，其中有不少我特别喜欢的作者：阿兰·戴维森[7]、简·格里森[8]，还有我钟爱的奢华风格烹饪书鼻祖——巴托洛梅奥·斯卡皮[9]。他是文艺复兴时期红衣主教和教皇的厨师，他在1570年出版的著作《歌剧》(*Opera di Bartolomeo Scappi, mastro dell'arte del cucinare, divisa in sei libri*)会轻松地告诉你如何在火上叉烤乳猪头，也提醒你别忘记用一块意大利火腿或一根萨维罗熏肠[10]代替舌头；他还会教你如何用牛舌草和艾蒿煮成粥（谁不会呢），并给你"各种烹饪熊肉的方法"，有时这些菜谱对我的岳母来说非常实用，因为她真的会煎炸炖烤熊肉——来自我岳父在内华达州山区射杀的熊。马格努斯·尼尔森[11]是这一传统的后裔，他的《北欧烹饪》(*Nordic Cook Book*)对任何渴望制作"炖驯鹿肉"、"红烧斑鸠"或"冰岛腐鲨"[12]（这或许是必做菜）的人来说都是天赐良机，那相当特殊的香味让尼尔森以诗人的谨慎来推敲他的文字："只是有点腥，有点馊，有点像老奶酪、鱼油和暗色的港口水，但并不是真的非常糟糕。"

后文中的大部分食谱和文章都发表在了《*GQ*》[13]杂志上，因为该杂志热情的编辑迪伦·琼斯为我提供了一个固定的烹饪作家职位。大概是为了检验他对我的信任，我提供的第一篇文章纯粹是关于英国野牛[14]的，因为它碰巧是你能烹饪到的最有营养、味道最浓郁的肉类之一——只要你别把它烹制得太干。迪伦想要的是小品文和食谱，于是，我来到了索尔兹伯里平原[15]不远处的一个农场。在那里，我看到了令人难忘的一幕：一小群西南部野牛在杂草丛生的鸭池中艰难前行——阿彻一家[16]遇到了赞恩·格雷[17]。随后的一些作品完全是出于热爱而创作的，但也是我创作过的最严苛的类型之一，主要是因为我对插图的执念，有些过于完美主义。我坚持在食物进行烹饪测试时进行拍摄。我们在巴特西的一间地下厨房工作室进行了拍摄,偶尔也会出些意外,例如,在我用炉子干烤四种不同的墨西哥辣椒时,烟雾直接穿过天花板,飘进摄影师妻子的瑜伽课堂。接着,又咳又喘的瑜伽学员们开始了紧急疏散,在那群纷纷跑到街上咳嗽、揉眼睛的人里,可没几个对我行拜日式问候的。

我无法想象没有烹饪的生活,就像无法想象没有写作的生活一样——这两种营养是相辅相成的。当卡瑞蒙[18]写道:"站在烤炉后面时,我看到了印度、中国、德国和瑞士的烹饪艺术,我感到名为'乏味'的丑陋建筑正在我的手下崩塌。"他是知道自己在说什么的。

与迈克尔·波伦[19]共进午餐
Lunch with Michael Pollan

"那么,你吃了飞机餐了吗?"我厚着脸皮问迈克尔·波伦,原因在于,他刚乘坐了从旧金山飞往这里的直飞航班,旅途约为13个小时,但在抵达后,他看起来比任何55岁的人都更加精神焕发、脸庞红润、心情愉快。这位作家正在英国谈论他的新书——《吃的法则:日常饮食手册》(*Food Rules: An Eater's Manual*)。

波伦的所有规则("吃慢点,吃来自健康土壤的优质食物"),几乎全被垃圾食品给打破了——这些垃圾被喂给花钱当人质的家伙们,他们被困在折叠餐桌后面,像饲料鸡一样被束缚在航班时刻表的支配下。进食、看电影、喝着15度的丹魄葡萄酒[20](但只能喝到让你打瞌睡的程度,这样机组人员就能在厨房里边吃边笑了)。波伦承认自己点了素食特餐,他说,从甜菜根的角度看，味道"还不错"。

我们一致认为，这至少让他摆脱了极度令人沮丧的时令沙拉，它通常既不时令，也不沙拉：往往是自杀式黄瓜学校的古老遗留物，伴随着因从生命维持系统（塑料袋）中被撕下而悲伤枯萎的叶子[21]，正如波伦在他2006年的《杂食者的两难》（*The Omnivore's Dilemma*）一书中解释的那样，惰性气体反自然地延长了它们的存在时间。至少，"沮丧沙拉"遵循了波伦的基本原则，即我们应该"不要吃太多饭，主要是植物"——因为你永远不会想要吃太多这种东西，严格来说，它"主要是植物"[22]。

波伦和我正坐在橡树屋餐厅中，位于国王十字区一个不起眼的角落、办公大楼的底层。这家餐厅自称是伦敦第一家"真正的生态友好型实验餐厅"，由肖尔迪奇信托[23]所有，该信托正在城市社区里开展真正体面的事业。因此，这似乎正是波伦会喜欢的地方，毕竟他一生中大部分时间都在试图提醒美国公众：农业综合企业帝国正在带来不可阻挡的食物消亡，例如，那些有烟火气但美味的食物。

厨房是开放式的，由两位风风火火的厨师把守着，他们似乎正在享受美好时光——愉快到有些令人起疑的程度。木头是金黄色的，座椅靠背则是小学生宿舍那种充满活力的绿色。墙上的架子古怪地堆放着与有机食品运动无关的物品：几瓶伍斯特沙司[24]、番茄酱和几盒普通的干意面。这要么是某种讽刺行为，要么就是这里的大堂实习生们还需要更努力一些。

我和波伦曾有过短暂的会面，尽管我们都不记得确切的会面地点，那是在他于1991年出版第一本书《第二天性》（Second Nature）后不久。这本书的核心内容是与一只土拨鼠的史诗战斗，这只土拨鼠把波伦的花园当成了他的私鼠食堂。刚毅的园丁和足智多谋的啮齿动物之间争夺霸权的战争，最终推向了巨大的高潮——"大地之子"将一罐罐汽油倒进了这个小流氓的洞穴，并点燃了它，就像某个疯狂的花园纳粹党人决心在后院来一场"诸神黄昏"[25]。波伦的这篇文章与美国自然文学的严肃性非常不协调，而且在它顽皮的利己思想中充满了犹太风格，就好像亨利·大卫·梭罗[26]在与伍迪·艾伦[27]相遇过后，便再也和以往不同了。

波伦的日常工作是加州大学伯克利分校的新闻学功勋教授，他从2003年开始在那里工作。在佛蒙特州的本宁顿学院毕业后，波伦在牛津大学学习了一年，又在哥伦比亚大学攻读了英国文学硕士学位，专攻美国自然文学和梭罗。他曾做过一段时间的电视评论家，但后来"我意识到读书的人不会看电视，而看电视的人也不会读书"。因此，1983年，他开始与刘易斯·拉帕姆重新合作创办了《哈珀杂志》（Harper's Magazine）[28]。这是一份以强硬而优雅的文字表达高尚道德目标的评论而闻名的出版物。

但是，波伦在食物论战中获胜的方式完全属于他自己，并带有一种随和的人道主义慷慨色彩。读者从不会觉得自己是被哄骗着开始奉行胃的美德，波伦的路途也向来和内疚无关。这是一位想要恢复真正饮食文化的作家，他也承认，吃一盘自家炸的薯条会带来纯粹的快乐。

他比我印象中更高大更敏捷，虽然是个秃头，但是很帅的那种秃。他有一种开放的态度，会让你莫名其妙地产生家庭感，所以我询问了一些关于他的情况，特别是关于他的儿子艾萨克——他创造了"谷物文学"（cornopraphy）这个词，来形容他父亲自己的作品流派。我想知道艾萨克对食物的热爱是否和我的孩子一样，他们两个都是20多岁的年轻人，已经成为令人印象深刻的厨师。波伦露出了他最温柔的笑容，说："不总是这样。"在他童年的大部分时间里，当波伦开始吃绿色食物的时候，艾萨克（现在已经17岁了）只吃白色食物：米饭、面条、泡在牛奶里的早餐麦片。同时，他只穿黑色的衣服（深蓝色的袜子除外），尤其喜欢一套黑色的打底裤，他舍不得离开它们。在《吃的法则》中坚持全家人应该吃同样食物的波伦，（而不是吃着解冻披萨的小儿子、在楼上啃着巧克力棒的女儿、狼吞虎咽地在厨房吃着通心粉的妈妈和爸爸），耸了耸他宽厚的肩膀，他承认道："呃，我在那段时间也适应了艾萨克的食物。"

艾萨克对黑与白的痴迷变得十分严重，以至于波伦的朋友爱丽丝·沃特斯[29]，潘尼斯之家[30]（Chez Panisse，伯克利的一家餐厅，对季节性有机产品的投入具有革命性意义）的老板兼主厨，主动伸出援手，向这个男孩介绍了非白色食物[31]的美好。这位伟大的厨师尽职尽责地炙烤了一些特选牛排（无疑是草饲的），并将它们认真地切分成块端上了桌。艾萨克拨弄着它，与其说是为了享受，不如说是为了履行孝道。沃特斯并不担心，她向波伦保证，再过几年，艾萨克就会成为"一个吃货"。14岁时，艾萨克在潘尼斯之家的厨房里做了一段时间的实习生，负责准备蔬菜和修整鹌鹑翅膀。一天晚上，艾萨克回家时宣布："我更喜欢乳鸽。"他的父亲知道，爱丽丝·沃特斯的预言成真了。

尽管他的作品充满魅力，但波伦是在非常严肃认真地描述他所看到的问题：美国饮食方式被禁锢在农业综合企业的产业链中，首当其冲的是玉米的工业化大规模生产，这几乎抹杀了杂食饮食的可能性。如果我们的身份由饮食所定义，那么，当大多数美国人以为自己是肉食动物时，他们其实是谷食动物。他们实际上吃的——比如餐盘中的牛肉、家禽，甚至鱼（除了其他动物的残渣）——只是用来处理玉米过剩问题的牲畜。这是一场利益战胜自然的战争。在《杂食者的两难》中，波伦描述了在20世纪70年代，畜牧业被刻意改变，以消耗大量囤积的玉米，这些过剩的玉米抑制了谷物价格。牛群不再在牧场上饲养，而是被铐在饲养场的栏杆上，站在它们自己的粪便形成的潟湖里，用谷物而非草来填充自己，然后被带去屠宰场——这可比以前更肥，也长得更快。

这种廉价肉类的工业化供应所付出的代价，是一群肥胖症和慢性糖尿病患者，他们蹒跚前行，吃着鸡块和汉堡，而这些都是这个无情的玉米链的最终产品。曾几何时，玉米地是美国健康的象征。现在,正如波伦所描述的,它似乎更像是美国大自然的太平间。

正因为波伦对他的国家文化投入了如此之深的爱,他哀悼的不仅仅是饮食健康的损失,还有被至高无上的快餐所摧毁的家庭社区感,以及对便餐行业举起白旗的烹饪艺术。现在,有19%的美国人是在车里吃饭的,这一数据足够说明,这种单手就能吃的鸡块为何是食品企业营销人员梦寐以求的产品。在构成麦乐鸡块的38种不同成分中,波伦发现,有13种是基于玉米制成的[32]。

当然,还有用玉米喂养的鸡,它们被尽可能快地培养到最佳屠宰年龄,当巨大的胸肉和细小的腿上注满了足够多的抗生素时,它们就会被标上日期,"加工"到超市托盘上。但在鸡块的世界里,还有用于将这些东西团在一起的玉米淀粉;更不用说那些除了高果糖玉米糖浆之外,便别无他物的巨大碳酸饮料了。

迈克尔·波伦对农业综合企业所取得的成就感到敬畏:以前所未有的规模提供低成本的食物。但更多的是感到恐慌。他说:"现在的情形是沃尔玛主义,也是福特主义的反面。福特提高了装配线工人的工资,以便他们能购买他的汽车。沃尔玛支付的工资很低,因为它知道,工人们总是能得到劣质廉价的食物。"结果造成了大量对汉堡与大杯可乐上瘾的人。没有人比波伦更擅长描述魔鬼,他描绘出了令垃圾食品迷们趋之若鹜的、令人麻醉的"油炸香味"。他认为,这是一种仿造的"家味"：在那些油腻的、劲脆的、汉堡式湿软的食物供给中，带给人臆想里的童年安全感味道，就好像快餐妈妈是一个巨大的美国乳头，给美国的婴儿大众安静地吮吸着。

任何读过波伦《杂食者的两难》的结尾处"完美的一餐"的人都知道，他不仅是一位历史学家和食物的预言家，也是一位了不起的厨师。因此，我把我们所处时代的一个悖论抛给了他：如今是个对食物痴迷的时代——明星主厨、每份报纸和杂志上的美食专栏、美食厨房的营销——可不知为何，与这些痴迷对应的，反而是人们做饭次数的减少，而非增加。我们都认为，电视烹饪已经发展成一种狂躁的游戏节目，而愤怒明星的魅力和对速度的夸张强调，使得家庭厨师更难将他们所看到的内容在自己的厨房里重现。

在前景黯淡的情况下，唯一的例外是当地农贸市场的兴起，以及全食超市（Whole Foods Market）[33]等被波伦称为"大型有机"商店的崛起，在那里，精准的产地标签对购物决策至关重要。站在伯克利的立场上，他没有幻想这种有益的革命会在经济衰退时期惠及大多数美国人，但波伦已经厌倦了听到富人说，雇佣的佣人又解冻了一张比萨饼，或者把孩子们拖去吃快乐餐，原因仅仅是"没时间"——而奢侈品级维京牌烤箱[34]正在厨房里哭泣。他说，做饭、吃饭和清理厨房的平均时间是31分钟；美国人每天在电脑前的非工作时间平均为两小时，在电视前的时间为三小时。

波伦叹了一口气道："你知道，我们一直被灌输这样一种观念：美国人只有在工作场所才会生产些东西。但当我们做饭时，我们也是生产者。可悲的是，我们只会被认为是消费者。"

在伦敦阳光的照耀下，我和波伦一边分享着哀歌，一边品尝着橡树屋餐厅的开胃拼盘。里面有味道浓郁的意大利蒜味腊肠，但塔奥斯塔烟熏火腿[35]的味道有些平淡无奇。从其余的应季产品来看，餐厅的承诺显然比实际提供的要夸张些：新鲜土豆配小葱，佐着无趣的蛋黄酱；菠菜配野生大蒜酸奶，但没有多少野生的证据。其中最引人注目的是——这一定是波伦的运气——甜菜根，有几块又黑又腥，有些是粉红色的，还挺迷人。我们还点了"平底锅煎多塞特鲭鱼"[36]，（不然他们还能在哪里煎？）但经理突然出现说，有个原料缺货了。他们想着，薄荷也许可以替代，接着又觉得"不，不行"。于是问我们介不介意把鱼改为炭烤，搭配一些绿色番茄和白腰豆。在开放式厨房里，快乐男孩们埋头忙活着，在这个座位空了一半的餐厅里，一场名为"简约"的小小奇迹出现了：鱼的肉香令人垂涎，鱼皮焦脆，白腰豆煮得刚刚好，入口有点像浓汤。

愉悦降临到了餐桌上。可惜，波伦的出版商管家也降临了，她看起来对这场愉悦不感兴趣。他被带走了。

但波伦化已经发生了。我一边吃着郁郁寡欢的大黄冰糕，一边想着我们的谈话。"你的作品中隐藏着一种巨大的悲剧性社会理论，不是吗？"我对他说。"我们被一种文化所困，这种文化阻碍了你的梦想——你无法通过在家一起做饭、吃饭的方式来恢复曾经的社区感。冷冻快餐和电影爆米花绝对称不上正经的食物;我们对餐厅的迷恋与执念,反叫我们等着别人做饭;为了让自己感觉良好而花在健身房的时间,又给了我们不做晚餐的借口。那我们到底能做什么?"

"哦对,"他说着,露出了最得意的笑容,"我们还可以讲故事。"

羔羊肉配石榴
Lamb with Pomegranates

到底是多么绝望的饥饿处境,才会让人发现洋蓟[37]竟然是可食用的?只有我会有这样的疑惑吗?还是说,其他人也会这么问?难道故事是这样的:饥饿的杂食动物偶然绊倒在巨大的蓟上,弯下腰去抓它的叶子,叶子刺破了他的手,以报答他的好奇心;他是不是踢了一脚,骂了一通,然后就走了?不!他想,哇,把这鬼玩意儿煮上一到五个小时,刮掉两端,就一定会变得很好吃。

挂在树上的奇怪物种们,一定能把警惕的人和贪婪的人区分开。你得有多饿或多变态才会咬下一颗红毛丹[38]?这个长得像毛茸茸睾丸的东西?如果你见过未成熟的石榴,翠绿又光亮坚韧,上面还有坚硬的树冠,很难想象怎么会有人想到要去打扰它。当随着生长,它发生了转变:成熟的果实开始发育,先是腼腆的玫瑰色红晕，然后是深红宝石的光芒——这是一种不可抗拒的邀请，它的内部正在等待探索。但你在内部发现的东西，绝对是一个挑战。

果肉到底在哪里？哪儿也没有，或者说它内部挤满了数以百计的明亮宝石般的红色种子，这些种子被包裹在一层苦涩的薄膜中，如果你咬上一口，果汁的丰盛甜味会像丹宁酸毒药一样笼罩着你的舌头。

仔细观察它的种子，在半透明的红色果冻下面，你会看到它坚硬的核心。石榴这种分裂的个性——好与坏、甜与酸、神圣与亵渎、诱惑与致命——能为其普遍的文化诱惑力作答吗？伊甸园里的禁果似乎更有可能是石榴，而不是苹果。

若你是那条撒旦蛇，你会递给夏娃哪个水果呢？是血红色的喷汁石榴，还是澳大利亚青苹果？大量丰富紧密的种子，使这种水果被广泛认作富饶与生育的象征。

塔木德贤人[39]宣布，梦见石榴籽预示着繁荣。但它们也是悲伤和死亡的颗粒。在《创世记》故事中，德墨忒尔让她的女儿珀耳塞福涅从冥界回到她身边，但当她接受了狡猾的哈迪斯的六颗石榴籽[40]时，她的未来就被毁了，每年中有三个月必须回到他的死界。[41]不过，珀耳塞福涅的悲剧却是我们的幸运，因为石榴是属于秋季和初冬的水果。许多人忽视了用石榴汁、石榴籽或厚重的石榴浆进行烹饪的巨大潜力——你现在可以在特产（尤其是中东[42]）食品商店找到这种石榴浆。最有效的榨汁方法，是将石榴放在坚硬的表面上滚动，手掌按压在上面，你会听到并感觉到种子挤压的声音。然后，将水果放在碗中，用刀刺穿或划个小切口，好东西就会涌出来。你可能需要八个石榴，才能榨出 500 毫升石榴汁。[43] 实际操作起来要比听上去简单，所以，不要被阻挡在烹饪伊朗美食的乐趣之外——据说伊朗是石榴的发源地。试试在慢烤羊腿前用石榴浆制成腌料，腌制羊肉，它会变得更嫩、更有味道，或者试试一道波斯菜——fesenjan，一种把禽类（通常是鸡肉或鸭肉）在新鲜石榴汁和核桃粉中小火炖煮的菜肴。

石榴是现存最古老的水果之一。最早的记录可以追溯到公元前 100 年。一棵石榴树可以长到四米高，寿命可能超过 100 年。石榴的抗氧化潜力被认为是绿茶和红葡萄酒的三倍。

2009 年，一家最先进的果汁加工厂欧迈德·巴哈（Omaid Bahar Ltd.）在喀布尔开业了，原料果实由这个受困国家的五万名农民提供。美国援助机构 US AID（美国援助组织）已经帮助种植了近 150 万棵树苗。在一次正义对邪恶的胜利中，农民通过种植石榴获取的收入，是他们种植罂粟的数倍。阿富汗石榴据说是世界上最饱满、最多汁、最美味的石榴，因此，如果血红色的果实里，含有饱受折磨的民族的新生活之种，那岂不是"妙不可言"（最受欢迎的栽培品种名称）吗？

石榴腌料（用于烤羔羊）：

（至少在烤制前 1—3 小时做准备）

·1 条带骨羊腿（约 2 千克）

- 300毫升石榴浆,用100毫升水进行稀释
- 3瓣捣碎的大蒜
- 2汤匙轻质(精炼)橄榄油
- 1条捣碎的干红辣椒
- 1汤匙漆树香料

制作方法:

早餐后:剥去羊肉上的所有脂肪和筋膜,在关节处划出切口;将上述原料充分混合并调味,将羊腿置于玻璃碗中,均匀涂抹腌料,腌制3—4小时。

11点时:翻转羊肉,使腌制更加均匀。

下午3点左右:将烤箱预热到210°C(410°F,通常是旋钮的第6挡);将烤肉放在烤盘中,让腌料酱汁粘附在上面;将烤箱调到110°C(230°F;通常是旋钮的中间挡位),小火慢慢地烤三个半小时,其间翻动一次。

羊肉应柔软到可以用勺子拨开的程度,但不会从骨头上掉下来。在静置羊肉的时候(上桌前20分钟左右),将烤盘挪到炉灶上,点火后倒入几汤匙水,稀释锅底的腌料汁和肉汁,简单捞出渣渣沫沫,并进行调味;用细密滤网过筛后,你就会得到一份浓厚美味的深色酱汁。

没有什么东西比冷掉的烤羊肉更令我不喜了,但这道菜是个例外。石榴的香味会继续向肉里渗透。这道慢烤羔羊与冬日沙拉十分相配,后者用菊苣和调味过的卷心菜细丝制成。

威尔特郡的野牛 [44]
Bison in Wiltshire

你是忠实的食肉主义者吗？钟爱一盘美味的血汁，以及中间摆放着的精选和牛？你觉得，你需要那种雪花般的脂肪纹理来满足味蕾上的嗜好吗？再想想吧。有一种肉会让你大吃一惊，它有着你做梦也想不到的丰富味道，而且它的肉里几乎没有一点脂肪。它就是肌肉发达、棕色双眸，食草的结实蛋白质、仿佛披着地毯的——野牛！

除非你吃过嫩得可以用勺子挖着吃的肋眼肉或菲力牛排，或者把脸埋到过松软的野牛汉堡里，其中的肉汁酱料正往面包里渗透，否则，你绝对不知道纯肉能有多么令人满足。它像鹿肉吗？不。它有膻味吗？也不是。它到底是什么样子的？把你能想象到的最微妙、最美味的牛肉，一种让你的味蕾为之流泪的味道交响乐，再额外加上一种独特而强烈的香味，一种令人垂涎的麝香的优雅音符。它所击中的敏感点，大约位于舌头后面的三分之二处，当肉对它进行了友好拜访之后，它就再也不会和以前一样了。

这是幸福的味道，因为饲养得极好，野牛是只在草地里咀嚼进食的，但这并不意味着纯草。野牛是大自然的除草机。它们以灌木状的植物——山艾树和蓟——为食，以茁壮成长，除了屹耳[45]，没有任何野兽会像野牛一样，愿意花整天的时间去咀嚼这些。这意味着，你不仅可以享用你吃过的最好的肉，你还可以假装虔诚地对素食主义者表示敬意，因为你已经为生态圈里的良性食物链做出了自己的贡献（如今，只有当你吃英国野牛的时候才会实现这一崇高目标，比如威尔特郡或梅尔顿莫布雷[46]等牛仔地区的牧场上，还能看到它们的踪迹）。不过，别指望野牛会很快就会出现在维特罗斯超市或塞恩斯伯里超市[47]。牧群数量仍然不多，主要由英国野牛协会的负责人科林·西福德[48]所称的"狂热者"进行饲养，尽管像他这样的农民们能够通过网上销售和向游客出售冻肉来维持体面的生活。

在美国，野牛的回归始于一项浪漫的、悔过性的草原与生态恢复计划——他们曾经拥有数量高达数千万的野兽。起初，它是CNN创始人泰德·特纳[49]等人的一个形象工程项目，可随着野牛被宣传为牛肉的健康替代品，同时又能满足人道主义精神，野牛肉现在经常出现在美国各地的超市里，大多数买家的印象是，他们正在吃一块奇迹般恢复了生命的国家遗产。是又不是，野牛产业已经因其自身的成功而受到了不利影响。在供不应求的情况下，为了让这些动物比传统悠闲的放牧更快地达到可屠宰体重标准，不可避免地选择出现了：它们要在封闭的饲养场中被喂肥，在那里，它们经历了与肉牛相同的命运——不自然地用谷物喂养，堆积了一层层的脂肪，也耗尽了它们的好味道。市场上零售的90%以上的野牛肉都是用工业方法培肥的。现在仍然有可能买到真正的散养野牛，但你只能在网上从南达科他州的野生理念水牛公司买到。

但在大西洋的这一边，你从西福德的灌木农场或他们的英国同事那里订购到的野牛，只会是野外饲养的动物。

25年前，西福德经由比利时，从美国得到了第一头野牛，但他很快指出，这些野牛在成为美国物种之前，其实是欧洲生物，而且最近还在英国西部发现了大量史前野牛的牙齿。也就是说，曾经的索尔兹伯里平原[50]上游荡的都是毛茸茸的野牛。

西福德小时候曾幻想过将古老的西部带到西部地区。他带我去见了它们的现代品种——公牛"大乔治"（他的关键部位真的有泰坦巨人那般大）和母牛（艾米、露丝、克莱门泰）。它们要么在产崽，要么带着它们灰褐色的后代。这是一群快乐、健康到超乎你想象的动物。

在给我们看了一眼之后，它们排成一列，小跑着下了山坡，就像小学生郊游一样。在威尔特郡天空的衬托下，它们显得心满意足。"我总是看得津津有味。"西福德说。一旦你尝过野牛牛排、肉馅或香肠（西福德一家还饲养美洲麋鹿，它们可以制成美味的香肠），你也会对它们备感兴趣、百吃不厌的。

由于野牛肉的脂肪含量大大低于牛肉，它制作时将更容易变干，所以烧烤是一个非常糟糕的主意（这将让你很难做出像样的汉堡）。取而代之的是，使用铸铁脊状烤盘，略微涂油，并将烤盘加热到低于烟点的温度。微妙的麝香味会因为过激的调味而消失，所以，请把你手里的塔巴斯科辣椒酱[51]、伍斯特沙司和大蒜放下。不要加盐，因为这样会把汁液浪费在锅里，而不是在你嘴中。

食材：

（可做出4个1厘米左右厚度的肉饼）

·500克野牛肉馅

·1汤匙磨碎的红洋葱汁

·1汤匙切碎的欧芹

·一点现磨胡椒粉用来调味

制作方法：

1.轻柔混合原料，不要用力揉搓。塑造成平整的肉饼，并在顶部按出一个浅浅的凹陷[52]（这样可以防止它们膨胀成球状，但不要问我为什么会这样）。

2.把肉饼平放在非常烫的烤盘上。无论你是否自诩为烧烤达人，都要抵制住诱惑，不要拍打、戳刺或以任何方式调戏它们[53]。

3.差不多三分钟后（若想吃三分熟），用铲子小心地翻动它们。你的汉堡外侧会有焦糖色的条纹，内侧会有红褐色的斑点。完美!

4.少在面包里放东西，只需放点番茄片（希望你没犯把番茄放进冰箱里的错误[54]），再放点红洋葱、自制的莎莎酱[55]（将脱水的新墨西哥辣椒、一些绿色的番茄、一点油和鲜榨酸橙汁搅拌在一起——这不会杀死你，或是你面包里的大宝贝）。

5.如果你能找到白玉米粒，可以配上一些（戈雅罐装的玉米粒很好吃[56]，尤其是配上一小撮烟熏辣椒粉），再配上一大堆你早上精心煮制的黑豆，还有在碗里捣碎的鳄梨酱，但不要捣成糊状。

大黄[57]
Rhubarb

在宾夕法尼亚州因特考斯[58]镇的春天里,人们只想着一件事:大黄。因此,他们干脆在5月组织了一个大黄节[59],这是美国最古老的大黄节日,它将伊利诺伊州的阿莱多、蒙大拿州的康拉德和科罗拉多州的西尔弗顿这些竞争对手置之不顾[60]。当地人和大黄朝圣者会进行"大黄游街",还会有大黄体育竞赛;身材魁梧的男人们穿上了粉红色衣服,也不怕被误解。除了常见的派和果酱之外,还有一些奇怪的混合物。

想尝尝辛辣大黄烧烤鸡尾酒热狗或大黄火鸡基督山三明治(我没念错)?请速去因特考斯镇!

我们也有自己的庆祝活动,只是你不知道罢了。那是一场坚韧不拔的、冰冷的活动,上演于2月份,地点为英国的大黄首都:韦克菲尔德[61]。韦克菲尔德是不会有"大黄游街"的机会的，相反，你可以进入黑暗的大棚，查看它们苍白的、缺少阳光的幼苗，享受一种植物的绝对沉默，按照当地大黄学家的说法，"你可以听到它在生长"。

它原产于中国和西伯利亚接壤的高山地区（马可·波罗在那里发现了它），于16世纪被传到西方，主要是作为干制根茎，在中国被视为既能治疗痢疾又能通便的妙药[62]（这一点我真的不明白）。不管怎么说，大黄商贩都在进行一种杀戮，而且考虑到中国近代晚期帝国政治的激烈性质，他们很可能会把这种致命的有毒叶子当作处方药，卖给进行另一种杀戮的人[63]。

这种蔬菜（大黄会提醒你，它不是水果）在英国人的餐桌上姗姗来迟。18世纪中期，这种种植在爱丁堡皇家植物园的植物仍然被认为是药用的。18世纪70年代，植物学家约翰·林德利在他位于班伯里的花园里种植了这种植物[64]，然后发表了他的建议——直到那时，大黄才成为一种流行的布丁[65]。

之后，大黄又花了两代人的时间，才成为工人阶级的主食。显然，它在北方工业的烟尘和灰烬中茁壮成长（至今仍被用作肥料）。但它在国民饮食中的普及程度，足以使中国的林则徐总督勇敢地站出来，反对倾销鸦片的大英帝国。想象一下，他完全能以切断两种产品的出口作为威胁，对英国人而言不可或缺的茶叶和大黄迫使毒品商人停止行动。他痛心疾首地给维多利亚女王写信道："我们可曾给你送去过什么有毒的东西？而你们竟然让中国人成了鸦片的奴隶！"如果长期受苦的封建中央王朝剥夺了英国人的茶和大黄，后者将注定受到孤独和便秘的惩罚[66]！

鸦片被倾倒进海里后，战争出现了。在那之后，香港的情况改变了。大黄和它的伙伴蛋奶沙司成为我们许多人喜爱的食物。这些熠熠生辉、滑溜溜、粉红色的大块，沐浴着布朗&波尔森牌的卡仕达酱[67]——这是我当时永远都吃不腻的点心。

20世纪在50年代的灰暗中，大黄不只是一种让人脸红心跳的愉悦食物，它一路走向了滑稽事业。呆瓜乐队（The Goons）抓住了这个机会，在《达格南上空的翅膀》（Wings over Dagenham）中，欢乐的大黄飞上了天空，而彼得·塞勒斯和斯派克·米利根偶尔喷射的"卡仕达酱"则打断了"大黄"的狂欢合唱[68]。但是，玫瑰红色的茎可不是开玩笑的。它们充满了奢华的味道：既有酸涩味，又有焙烤味，它的深邃、黑暗和奇特风味，与华丽之茎上的疯狂深红色相辅相成。大黄是最宽容的食物，一锅加了糖的大黄，在五分钟内就会融化成嫩丝[69]。但你要远离绿色大黄。在一位朋友的厨房里，我曾经尝试用未熟的大黄制作舒芙蕾，结果它从烤箱里冒出来时变成了可怕的翡翠玉色，我立即后悔没有加一些覆盆子果泥。

你可以用它制作各种各样的美味，甜的或咸的，但不必诉诸因特考斯镇上那不幸的大黄奶酪鸡肉墨西哥薄饼。

有一道伊朗羊肉炖菜，会使用大黄的肉和汁液[70]；你还可以做一些超级棒的格兰尼塔冰沙[71]或雪葩[72]，它们能给大黄挞带来清爽的味道。下面的食谱——为了纪念呆瓜乐队，我在粉红色的东西里加入了卡仕达酱——提供了一种超棒的酥皮制作方法，对于那些把冷却降温当作美味酥皮的先决条件[73]的人来说，这似乎是最疯狂的异端。当我第一次在潘尼斯之家的前糕点师戴维·莱博维茨[74]的网站上看到它时，我也曾这么想过，而莱博维茨则是在巴黎从保罗·卡亚特[75]那儿得到的这份菜谱。但这方法确实好用，做出来的甜点配得上约翰·克里斯[76]的赞美诗："现代哲学的原则／是由笛卡尔提出的／抛弃他不确定的一切／我想，因此，我是大黄挞[77]。"

食材：

用于制作挞皮：

·90克无盐黄油，切成丁状

·1汤匙植物油，如红花籽或菜籽油

·3汤匙水

·一小撮盐

·170克普通面粉

用于制作馅料：

·500克大黄，切成3厘米大小的块状

·30克无盐黄油

·50克冰糖

·1汤匙柠檬汁

用于制作卡仕达酱：

·3个大鸡蛋

·200毫升双份奶油或全乳酸奶

·1汤匙香草精

·50克冰糖

制作方法：

1.烤箱预热至210℃（410°F，通常是旋钮的第6挡），并在直径22厘米的挞盘（底部可拆卸的那种[78]）上涂抹黄油。将大黄、糖和柠檬汁混合在一个玻璃碗中，静置15分钟。

2.在一个较大的酱锅中熔化黄油，加入大黄混合物，用中火煮约5分钟，直到大黄变软但仍然完整。不要离开厨房！你不希望大黄分解掉，它分解得很快。煮软后离火，让其冷却。

3.在一个料理机中，将鸡蛋、奶油（或酸奶）、香草精和糖搅打至顺滑。

4.将切好的黄油、水、油、盐和糖入耐热中，用烤箱加热约20分钟，直到混合物开始冒泡并变成棕色。

5.取出（记得戴上烤箱手套）后，迅速用勺子或铲子把面粉搅拌进去。它将会令人惊奇地凝聚在一起[79]；用橡胶刮刀把面糊铲成一个面球，放在挞盘中间，稍稍压平。

6.当面球冷却到可以揉捏时（这比你想象的要快），按压面团，平铺在挞盘的底部，从中间向外侧按压。更加奇迹的事情出现了——挞皮在这一过程中仍会保持完整。动手吧，用手指肚把挞皮压在挞盘的边缘。在底部戳几个洞,放在烤箱里烤15分钟,直到变成金黄色。接着,把烤箱温度调低至185℃(365°F,旋钮大致是第4挡)。

7.用橡胶刮刀,将大黄混合物填入挞皮,再把卡仕达酱倒在上面,让大块的大黄从表面露出来。烘烤大约40分钟,直到挞变成金黄色——注意,不要变成棕色。把它放在架子上,或者放在冰箱里,直到你能够安全地、小心地从挞盘里脱模。

终极香辣肉酱
Ultimate Chili

"在墨西哥辣味肉豆酱[80]中加入巧克力"这一想法,会让你感到惊吓吗?大可不必。尽管你现在能买到80%可可含量的、点缀着辣椒的黑巧克力棒,这个做法可一点都不新奇。它可以追溯到中美洲和南美洲最初对可可的食用方法——既是热饮又很醇厚,这在两洲都属于本地食品[81]。

当你把它们与另一种美国本土食物——西红柿[82]结合起来时,你就在向征服了地球的新世界食物致敬。西班牙人或许已经占领了墨西哥,但美洲原住民的植物却殖民了所有文化的菜肴。没有它们,就没有泰国、印度或中国食物中的热辣口味;意大利菜将没有那抹红色;萨赫巧克力蛋糕[83]将不复存在,火星巧克力棒[84]更是不会诞生。

辣椒和巧克力的结合是非常古老的。在8世纪,玛雅人已经开始劈开巨大的椭圆形可可豆荚,烘烤种子、将其碾碎、在水中搅拌出泡沫——对他们来说,这就是被他们称为"chacacahoua"的饮料的全部意义。可可树对他们来说,本身就是神圣的,凡人在战斗或爱情(或两者)的召唤下,可以喝上一口这珍贵的饮料,还会用辣椒调味,使之更加浓烈。玛雅人似乎从来没有想过要给巧克力加糖,在几个世纪后,阿兹特克人给它起了一个纳瓦特尔语[85]的名字,叫"tchocoatl",他们很喜欢吃甜食,所以在里面加了蜂蜜和玉米粉,把它当冷饮喝。但凡脑子正常的人,都不会添加牛奶——那只是一种亵渎行为。这得等待英国人和瑞士人来解决。

克里斯托弗·哥伦布[86]偶然发现了辣椒和巧克力的存在,却没有给予它们应有的重视;像许多后来的征服者一样,他对新世界的某种金黄色矿物更有兴趣,而非那些黑色黄金。然而,从埃尔南·科尔特斯征服墨西哥开始,对"黑色杏仁"的崇拜在西班牙人中流行起来,正是通过他们和葡萄牙人,巧克力与辣椒开始了它们在亚洲和欧洲的美食之旅。虽然欧洲人不屑于把可可当作宝物,但阿兹特克人的收获盛宴(在这种盛宴中,2000名赤裸处女会端上2000杯装着巧克力的金杯,供人们饮用)成功地吸引了他们的注意力。到16世纪第三季度,西班牙国王开始饮用巧克力。1657年,伦敦的一个法国人首次将其作为一种"西印第安饮料"出售。塞缪尔·佩皮斯[87]经常在清晨用小瓷杯饮用它。

今天,80%的可可豆来自西非,那里以更耐寒的福拉斯特洛（forastero，可可豆的一种[88]）为主。但也有一些稀少的的、孤立的小型地区种植着更古老更纯净的品种，它们是从最初发现于中美洲的可可树进化而来的，并奇迹般地存活了下来。在岛屿国家圣多美和普林西比[89]上，就有这样一个种植园，意大利种植者克劳迪奥·科拉罗[90]培育出了真正出色的果实。从科拉罗那里，你可以买到100%纯可可豆，这些豆子的味道非常成熟，不用说，还有80%的巧克力刨花，里面有不少辣椒——经典风格。如果你一定要吃点更甜的东西，75%的刨花里有未经提炼的微小糖晶体，咬起来就像在嚼包着玻璃粉末的巧克力……当然，吃起来要比这描述的好很多。

对玛雅人和阿兹特克人来说，用辣椒巧克力酱烹饪肉类无异于亵渎神明，但这并没有阻止我们，因为也没能阻止他们在墨西哥的后代创造出这种难以置信的组合。其中最著名的是摩尔酱[91]，如果按正确方法制作（可惜，许多墨西哥餐馆做得并不是很好），配鸡肉会很好吃。自从我在得克萨斯州圣安东尼奥[92]附近的一个小屋里吃到了我一生中吃过的最好吃的香辣肉豆酱后（里面用了相当多的无糖巧克力），我也一直跟着这么做了。

尽管墨西哥辣味肉豆酱算是得克萨斯州的"特产"——发明于19世纪中叶的某个时候——但巧克力的加入，保留了人们对它的发展史的一种民间记忆。在1848年得克萨斯被吞并后[93]，边境小镇圣安东尼奥仍然有北墨西哥人，他们会在街道上推着手推车，售卖辣椒炖肉。除了啤酒和巧克力之外，最重要的是品尝各式各样的干辣椒和新鲜辣椒：烟熏火燎的 chipotle[94]，微妙而炽烈的深绿色 poblano[95]，令人浑身发热的 árbol[96] 和辛辣浓厚的 guajillo[97]。无论如何都要避免使用无用的、普通的"辣椒粉"，它除了提供辣味以外，对炖菜没有任何作用。我们想要的，是缓慢地燃烧，通过辣味来丰富味道，而不是掩盖味道。事实上，这道乱炖（在辣味肉豆酱的领域是个褒义词）就像大多数珍馐一样——最好是用小火耐心慢炖，然后在冬日的寒冷开始蚕食我们的幸福时，好好品尝上些时日。

食材：

（供 4—6 人享用）

·2 根干 ancho 辣椒（微辣，质朴味道）

·2 根 guajillo 辣椒（微辣，扑鼻味道）

·1 根干 mulato 辣椒（微辣，辛香料味）

·2—4 根 morita 辣椒（取决于想要的辣度）

·1—2 个 árbol 辣椒（剧辣，如果你觉得自己很勇敢，就用吧）

·1 把小茴香籽

·6 个熟透的西红柿

·1 汤匙橄榄油

·2 个新鲜的绿色 poblano 辣椒（可选）

·2 个甜红椒，切碎

·2 个甜黄洋葱，切成细末

- 4 瓣大蒜，切成细末

- 1 汤匙葡萄籽油

- 750 克牛绞肉

- 1 汤匙盐

- 1 瓶墨西哥啤酒

- 250 克无糖巧克力（"可可含量为 80%"）

- 50 克玉米粗粮面粉[98]

- 2 汤匙烟熏红辣椒粉

- 1 把新鲜香菜叶，粗略地切碎

- 1 罐斑豆或红腰豆（可选）

制作方法：

1. 用滚烫煎锅干烤所有的辣椒，烤的时间要足够长，让它们散发出香气，大约 30—45 秒。如果它们开始冒烟，避免吸入烟气——会很刺激。

2. 在不同的玻璃或陶器碗中，用温水浸泡每一种辣椒，除了 árbol，浸泡 20 分钟。

3. 取出辣椒，保留浸泡的水（对味道至关重要），并将辣椒切成粗丝，去除种子（记得戴橡胶手套）。

4. 干烤小茴香籽，直到它们开始上色并散发出香气，然后在香料研磨机中粗略研磨。

5. 在烤架上或在煎锅中用最少量的油将西红柿炙黑。

6. 用中火翻炒菠萝、辣椒、洋葱和大蒜碎，直到它们变软,大约 15 分钟。将混合物放在一个碗里。

7. 在一个铸铁炖锅或荷兰锅中,将葡萄籽油加热到几乎冒烟,然后加入牛绞肉,煸炒至褐色。沥去多余的牛油。

8. 将软化的蔬菜、烤过的小茴香、烤黑并碾碎了的西红柿、盐和辣椒(除了 árbol)、浸泡过辣椒的水都倒入锅中,搅拌均匀,煮沸后,将火调至中火,煮 5 分钟。

9. 再次搅拌,倒入那瓶墨西哥啤酒,再煮 30 分钟。

10. 将不加糖的巧克力磨碎,加入香辣肉酱中,搅拌均匀。

11. 将 1 茶匙温水加入粗玉米面粉中,使其成为浓稠的糊状物,并搅拌到肉酱中。

12. 尝尝味道和辣度(morita 会带来相当大的刺激),然后根据你的喜好,加入 1—2 个 árbol 辣椒,加入斑豆或红腰豆。再炖一个小时,每 15 分钟左右搅拌一次。

13. 在炖煮结束时,将香菜撒在香辣肉豆酱的上面。

14. 与米饭或(在烤箱里热过的)玉米饼一起端上桌,还有龙舌兰酒(这还用说?)。

两个大胃王
Two Big Eaters

与亚当·戈普尼德[99]共进午餐。

第一幕：法国

西蒙·沙玛（SS）：你的作品很大程度上是以法国为主导的。这是因为你来自加拿大吗？

亚当·戈普尼德（AG）：嗯，我在蒙特利尔[100]长大，在那里，我有很长一段时间被法国美食给殖民了。在巴尔代之家餐厅有个很棒的主厨，我小时候过生日时，父母会带我去那里吃饭，但那根本不是魁北克的本土美食，跟法国烹饪完全不一样。那是地道的北方乡村菜[101]。

SS：更像布列塔尼[102]？

AG：是的，没错。牧羊人派[103]和类似的质朴食物。但，回到问题上，我从小到大身边一直都有法国人，所以从这个意义上说，它是我的第二天性。

SS：你以前会像我一样做饭吗？我是说，当学生的时候？

AG：为了取悦女孩子们去做饭？

SS：是的，绝对的，那时可以说让我大受震撼。当我吃惊地意识到，我非常不接地气——如果汽车部件掉在我面前，我根本不知道它是什么；我的运动能力也很差——的时候，我对为女孩做饭更感兴趣了。

AG：我小时候经常做饭，这在我成长过程中是一项不寻常的技能，但我花了好长一段时间才知道，如果女孩子对你有关注，那么她很可能会被你的任意一点打动，而在那之后，你就没有什么可以打动她的了。

SS：在20世纪50年代，我父母会带我们去高档餐厅，比如萨沃伊烧烤店[104]，我们会在那里吃多佛比目鱼[105]，还有很多银质器皿。它基本上就是高级法式烹饪。

但十年后，在20世纪60年代，具体来说是1965年，似乎有另一种风情存在——这要感谢伊丽莎白·大卫，也感谢罗伯特·凯里耶[106]，他在伊斯林顿有一家餐馆，我虔诚地收集了他的烹饪卡片——完全是另一种法国食品：乡土的、本地的、更宽容又慷慨的。

因此，当你[在《餐桌至上》(*The Table Comes First*)中]说到英国烹饪的改进是在20世纪70年代以后，大体上是对的，但在伦敦和乡下，即使在60年代末，也已经有很多好餐馆了。

AG：我记得在 20 世纪 70 年代，我有两个亲戚在牛津，我会经常去看他们，但对那里的食物喜欢不起来；而现在，当你去牛津的时候，很难吃得不好。事实上，对于我这样的亲法人士来说，这是一个痛苦的事实。总的来说，如今你在伦敦吃得比在巴黎好。

SS：是的，没错。我去过几次巴黎，但不算很多次。安瑟姆·基弗有家意大利小餐馆。餐厅开得不错，但他们基本上就是用白松露覆盖一切。所有菜品都用白松露盖住，而且是雪崩式的大量白松露。

AG：可谁又能抱怨这做法呢？

SS：的确，你也没法说别的。

AG：关于法国食品的衰落，我发现一个奇怪的事情，在我看来，法国的餐桌文明是无可比拟的。我喜欢法餐的主要原因是法国人的习惯，这对美国人来说非常陌生，即围绕自己来塑造一个餐厅；换句话说，要找到一个属于你的地方，然后这家餐厅会围绕你成长，而不是你成为餐厅的附属品。任何来到巴黎的美国人对你说的第一件事就是："我们去哪吃？哪家店比较流行？"我的法国朋友绝不会说这种话。他们可能会一家接一家店的串门……

SS：他们会去乔治之家[107]……

AG：法国人会去属于自己的地方，不管是哪家餐厅。他们通常有两个地方可去，一个是高雅的餐厅，另一个是亲切的食堂。其美丽之处在于温馨感——而它的可怕之处在于（食物）总是一样的。

但是，正如我所说的，我还是更喜欢在巴黎吃饭，而不是其他地方，因为你会在餐馆里感受到美妙的现代冒险，以及烹饪文化魅力。你可以明显感受到，你接触到的并不是一种延续下来的古老乡村感，而是城市化的开端。

我仍然觉得，如果我在巴尔泽[108]吃了一份酒馆小食，或者在维福尔大酒店[109]吃了一顿大餐，我认为自己不是在倒退，而是在某种程度上步入了"现代"的本意，然后又转了个弯。

第二幕：菜单、禁食

AG：让我们看看要吃什么吧。我可以点个三文鱼，但这有点无聊，不是吗？

SS：不，一点也不。鲑鱼可是在你的书页中游来游去的。

AG：那倒是，我毕竟是个加拿大男孩。

SS：那么，三文鱼和西兰花菜泥。我其实完全搞不懂西兰花好吃在哪里，这是我和乔治·布什[110]的唯一共同点。我不能忍受它的任何做法，我甚至试过用铁锅爆炒这东西，试过一切吃法，但是……

AG：我的母亲也讨厌西兰花，但唯独一种西兰花的做法，还是能让我母亲吃下去的，就是把它做成菜泥，加很多很多奶油和海盐。

SS：喔？这样吗，好吧，我会试试的。（菜单上的）动词有时（反而令人倒胃口），我有一个规则，就是永远不要点有一个以上动词的东西。要不要刨丝荸荠？我不晓得。"覆盖"？海鳟鱼刺身实际上是覆盖着的！

AG：你看，这已经成为每个优雅菜单的新形式，这算不上是描述性文字，而是……怎么说来着？ 你知道的……喔对了，逗号式的，就像希伯来语文本，所以你别把它看成动词。

SS：是的……我想喝根芹梅耶柠檬[111]茶，但我真的知道它到底是什么吗？

AG：那是梅耶柠檬茶，也就是说是用梅耶柠檬制成的茶？是梅耶茶吗？还是用梅耶柠檬装饰的茶味饮品？因为我喜欢在米饭中加入茶的味道。

SS：是的，没错。这就是我会去点它的原因，但是，你没法用梅耶柠檬来做茶啊？我的意思是，你要怎么做呢？枯等几个月，等柠檬皮干透了？然后，让我看看还要点什么……这是我的禁食前餐（在赎罪日[112]之前），吃点牛肉会真的对我有好处……

AG：如果我像你一样要禁食，我大概会点牛肉。

SS：禁食其实很简单，主要的困难是你不能在24小时内喝水。而且，实际上，在结束的时候，你会感到不应有的自鸣得意。我总是用一杯牛奶、一个苹果和一片任何种类的软白面包来结束禁食，如果可以的话，最好是哈拉辫子面包[113]，不加黄油，什么都不加。

所有的舌苔感受器都会站起来，乞求满足，而且你永远不会尝到和那个苹果一样好的味道。有点像四点钟的低谷期。部分原因是，如果你还在犹太教堂，一边处于食物匮乏的低谷，一边听着《约拿书》，你会感觉自己被什么东西蚕食掉了。

好吧，我要点些牛肉吃了。

AG：这很有趣。在我来的路上，我还在想你的禁食，想到你这么做有多少象征意义，这概括了我（在书中）想要表达的关于食物在我们生活中的作用。我认为，你不会真正地相信，上帝会拿出他的小本本，写下来年将会活着或死去的人的名字。

SS：不会，那将是很可怕的宿命论。

AG：对，但是，如果我想象的没错，你的确会认为，把自己和这种仪式联系在一起，会是一种非常强大的、必要的象征性行为。它会把你与我们共有的过去联系在一起？

SS：是的。

AG：然后（还）有这样的暗示：在这个充满世俗选择的世界里，我在很大程度上过着世俗化的生活，通过抓住这个象征性的食物仪式，我将锐化、凝实，并定义出我自己是谁……

SS：我想这是对的。这是一个相当永恒的主题：在"Kol Nidrei"（开启赎罪日的晚祷词）的开头有这样一句话，大致意思是，召唤所有以色列人站在你的面前，而且，我确实会把它想成是对生者、死者和我父母的无限期的点名登记。这其实是跳出了常理的思维……

AG：我的意思是，在我看来，我们经常在应该选择什么食物之间做出错误的选择——我们被告知饮食必须是合理的、正当的，甚至必须拯救地球。我认为，我们对食物的大多数选择，都在某种程度上具有象征意义。它们并不会拯救地球或我们的生命。这就是我在关于本土饮食、地方主义的那一章里想要表达的观点：所有这些碳里程，很可能并没有被节约下来；如果我们都吃新西兰的羊肉，地球或许也不会变得更好。但是，如果我们没有去农贸市场和他人聊天的经验，我们的生活一定不会更好。

第三幕：产地邪典

SS：不久前，伦敦有一家非常奇怪的餐厅，叫作 Konstam（2010年关闭），这种餐厅在纽约是无法想象的。它提供的几乎所有食物都来自大伦敦地区或附近，它不会购入任何超出这些区域的食材，自然也不会烹饪它们。这真的很荒谬。

AG：我最喜欢的例子是哥本哈根的 NOMA 餐厅，我吃过它的食物，但从未去过该餐厅。（主厨勒内·雷哲皮[114]）在纽约做过一次午餐，所以我尝到了他的烹饪。那是一个完全虚构的环境，如果你认为仅仅在伦敦周围采购都是件困难的事，试着想象一下2月份在哥本哈根周围采购吧。然后问题就变成了："2月有什么？"然后问题继续浮现："这一切又有什么意义呢？"

因为我们告诉自己，我们正在对地球、对可持续发展负责。正如你所知，有非常有力的论据表明，所谓的"可持续发展",充其量是一种幻觉,或者说是一种夸大。

SS:你这是在与肯尼亚农民争夺出售四季豆的可能性。

AG:是的,没错。而亚当·斯密早在几个世纪前就解决了关于专一化生产和相对优势的问题[115]。但在这个问题里,让我感到沮丧的部分是误解:人们往往认为,要么"哦,我相信只有一种吃法,它有严格的体系,我们得知道这块牛肉来自哪里,毕竟它可能来自一条狗",要么就是"这一切都关乎时尚"。这简直既荒谬又疯狂,我们问出"牛肉来自哪里"这样的白痴问题时,就像我们在德尔莫尼科[116]的曾祖父想要在12月吃上草莓一样荒谬。而我想说的是,这不是一个关乎选择的问题。这不是人类生活的运转方式。我们所做的最重要的事情,不过是摆出象征性的姿态。这也是人类这一种族所得到的意义。

SS:嗯,你还引出了一个需要关注的点,那就是味道。如果一株芦笋晚一周吃,比如说6月中旬,而不是5月下旬——就在伦敦周边种植——难道真的会比我从其他地方,比如说加利福尼亚,买到的进口芦笋好很多吗?事实上,它可能真的会好不少——没有什么比经历过长途跋涉的加州芦笋更糟糕的了。

AG:但是,从犹太教[117]到地方主义的每一个信仰,其中的信徒都会苛求极其细微的、却在某种程度上相当任意的规则,这只能表明它是一种信仰,表明你言行是在认同一套信仰。

SS：那它们算是任意的吗？有一些与记忆有关的东西令我很着迷，而且完全与"象征性"有关，例如草莓和芦笋，因为我记得香甜的草莓只会在非常狭窄的时间段内出现——6月、7月，那时会有电视上的温布尔登网球锦标赛[118]，诸如此类的东西。

AG：象征性的重点在于，它是一种必不可少的特质。对我来说，你（在《公民：法国大革命纪事》中）给我的一个伟大智慧启示是，你会谈论法国大革命所有象征性方面的细节，服饰、发型、说话方式，以及所有这些东西。而重点是这些并不是次要的，它们对大革命的意义至关重要。正是通过这一表面的操纵，革命才有了它的生命力，无论好坏。

同样，"我们今晚吃什么？"这个微不足道的问题，可能只是特权阶层的礼仪喜剧的一部分，但它深刻地表明了我们的信仰和我们在生活中作出选择的行为方式。

我做过一件可怕的事情：我来到超市，面对养殖的三文鱼和袋装的蔬菜，我对自己说，"我的信仰"——就好像我是一个犹太小孩，在菲利普·罗斯的书里看到了热狗——"我的信仰，我的世俗信念，是否深刻到足以让我在这个劳累的夜晚，拖着疲惫的身体走过三个街区，好让我买到野生三文鱼呢？"

第四幕：餐桌至上

AG：美国食品革命的一个讽刺之处在于，它的动力来自那些使美国成为美国的老式、清教徒式、道德主义的能量。它不像英国的类似运动那样奢侈。它非常注重对你生活的改善。在最好的意义上说，它是清教徒式的冲动，我是指他们对快乐的认知——认为生活应该是一系列使命和改进。

SS：而从语言方面的象征来看，也是一直困扰我的事情，那就是服务员会过来问你："你还在忙这个吗？"

AG：是的。

SS：我也很想纠正那些对洗盘子的孩子们说"做得好"的家长们，Good job？他们才4岁！他们没有工作！这种言辞太早了。我也很想（对服务员）说："不，我不是在忙这个，我是在他妈的吃它！"这实在是太奇怪了。

AG：虽然怪异，但也发人深省：这是一种你在世界其他任何地方都找不到的美国文化。我无法想象一位法国服务员会这么说。虽然法国服务员会说："先生，它令人满意吗？"这是一种礼貌的文法，本意是想问"是不是不满意？哪里出问题了吗？"

SS：是的。我最喜欢的笑话，你一定听过。这个笑话很短，几乎算不上是个笑话：服务员来到两位犹太老太太面前，她们已经在同一个地方吃了很多年了，他走过来说："有什么问题吗？"

AG：（笑）是的。

SS：那么，我们来谈谈（美食作家）M.F.K.费舍尔吧——你和我一样对她有强烈感觉，是吗？

AG：是的，绝对有。

SS：费舍尔是一位伟大的作家。她的作品不断地被人重新探索，但从未被正确地重新探索过，而且她的写作质量实在是高得令人震惊。

AG：这是很非凡的成就。关于描写食物，我觉得最好的一句话是"当我写食物时，我写的是饥饿"。这里面有一种深沉的忧郁。

这就像我讲过的一个关于 A. J. 列布林[119]的故事，他是我的偶像，他代表着美食作家所需要的一切特质。我对菲尔·汉伯格[120]（前《纽约客》作家）说过："哦，我的上帝，我实在是太喜欢读他的美食文章了。"而他皱了皱眉头，说道："我从来没有读过乔的那些关于食物的东西，因为我亲眼看着他把自己吃到死。"而这又是体验的另一面，在写作的炼金术中，这种体验在纸上变得愉快和欢乐，但这同时是他暴饮暴食直至死亡的映射。

我认为费舍尔也是一个非常、非常忧郁的女人，她在食物中找到了释放。这就像我们都能读懂拉金[121]一样，因为我们在他的忧郁中找到了解脱，但他不得不在生活的每时每刻都与忧郁为伍。我们可以在她用悲伤对待食物的能力中找到快乐，但她不得不一直与悲伤的情绪生活在一起。

我喜欢她的作品……我喜欢它们揭露的那些东西，一些体验的流出，对吗？这是一场连续的幻觉，本质上是商品化的真理，对吧？我们坐在这里，带着虚假的温暖，购买了时间、空间和食物。而这就是我们在餐厅里的生活方式。而我们自欺欺人地认为，我们进来时的热情问候反映了我们不可抗拒的美好天性。

SS：是的，我可以忍受世界上所有的餐馆全部倒闭；但如果我瘫痪了、不能做饭了，我是绝对无法忍受的。如果这也算是个荒谬的选择题的话……

AG：不，不，有一件好事是，在多年的婚姻生活中，你会不自觉地为你的配偶来调整你的烹饪。因此，尽管我的孩子们对我做的菜只能礼貌性地表示认可，但我的妻子很喜欢。

SS：是的，这可能是真的。

AG：这并不是说你已经开始去取悦别人，而是你在学习，你也意识到，在未来的30年里，你们会把做饭当成"你们"的事情。

译注

1. 玛丽·弗朗西丝·肯尼迪·费舍尔（Mary Frances Kennedy Fisher），美国美食作家。她是纳帕谷葡萄酒图书馆的创始人之一。在她的一生中，共出了 27 本书，包括翻译了布里拉特·萨瓦林的《味觉生理学》。

2. 伊丽莎白·大卫（Elizabeth David），大英帝国勋章获得者（CBE），英国烹饪作家。20 世纪中期，她撰写了有关欧洲美食和传统英国菜肴的文章和书籍，对家乡烹饪的复兴产生了重大影响。

3. 朱莉娅·卡洛琳·查尔德（Julia Carolyn Child），是一位美国烹饪老师、作家和电视名人。她的处女作《掌握法式烹饪艺术》和随后的电视节目，如《法国大厨》，使法国美食被美国公众所熟知。

4. 波特梅里恩（Portmeirion），是一家英国陶瓷品牌，以其高质量和独特设计闻名。波特梅里恩的陶碗在文中提到的"烧焦的橙色或胆汁的绿色"这两种颜色，是其产品线中典型的颜色，反映出 20 世纪 60 年代和 70 年代的流行色调。

5. 这句话反映了查尔德和大卫的烹饪风格之间的区别。查尔德以其严格、详细的食谱和烹饪技术而闻名，强调精确和纪律。而大卫则以其随性、灵活和即兴发挥的烹饪风格著称，她的食谱通常更随意，不太注重精确的量化。

6. 腌肉菜汤（Garbure）是一种法国传统的浓汤，通常用蔬菜、肉类和白豆炖煮而成。红酒焖鸡（Coq au vin）是一道经典的法国菜，将鸡肉在红酒中炖煮，常配以蘑菇、洋葱和培根。这两道菜象征着法国乡村烹饪的传统风味和丰富的历史。

7. 阿兰·戴维森（Alan Davidson）是一位著名的英国美食作家，以其对食物历史的广泛研究而闻名。他的作品包括《牛津食物大典》(*The Oxford Companion to Food*)，这是一本全面的食品百科全书。

8. 简·格里森（Jane Grigson）是一位英国烹饪作家，以其关于英国和欧洲食物传统的书籍而闻名。她的作品包括《简·格里森的蔬菜书》(*Jane Grigson's Vegetable Book*) 和《英国食物》(*English Food*)。

9. 巴托洛梅奥·斯卡皮（Bartolomeo Scappi），意大利文艺复兴时期的著名厨师。他的出身一直是人们猜测的话题。曾担任过数名红衣大主教、教皇庇护四世和庇护五世的厨师。斯卡皮经常被认为是第一批国际知名的名厨之一。

10. 萨维罗熏肠（Saveloy）是一种传统的红色熏制香肠，起源于英国，通常在鱼薯店售卖。这种香肠有时会用作烤乳牛头的填料，如巴托洛梅奥·斯卡皮（Bartolomeo Scappi）在1570年出版的《歌剧》中所描述。

11. 马格努斯·尼尔森（Magnus Nilsson）是瑞典餐厅法维垦（Fäviken）的主厨，该餐厅于2019年12月关闭。他曾在法国的L'Astrance和L'Arpège餐厅工作，2008年跳槽到Fäviken，并在2016年获得了米其林二星。

12. 炖驯鹿肉是北欧的一道传统菜，通常使用剃下来的驯鹿肉制作。驯鹿肉质地细腻，味道鲜美，常用于炖煮、烤制等方式。在北欧地区，驯鹿肉是重要的食材之一，尤其在芬兰、挪威和瑞典等国家。红烧斑鸠：斑鸠是一种中小型的鸟类，在一些文化中被用作美食。红烧斑鸠是一种将斑鸠肉炖煮至酥软的传统烹饪方法，通常会加入酱油、糖、香料等调味料，使其味道浓郁。冰岛腐鲨（Hákarl）是冰岛的传统食品之一。它是由格陵兰鲨鱼（Greenland shark）的肉制作而成，经过长时间的发酵和风干，最终形成具有独特气味和味道的食物。腐鲨的味道被形容为带有轻微的鱼腥味、腐臭味和陈年奶酪的味道，但对于喜欢这种食物的人来说，这种独特的风味是一种美味。

13. 英国的一本男性时尚与生活方式杂志，创办于1931年，以其广泛的内容覆盖和时尚的编辑风格而闻名。《GQ》的编辑迪伦·琼斯（Dylan Jones）提供了一个固定的烹饪作家职位给西蒙。

14. 野牛肉是一种营养丰富且味道浓郁的肉类，在烹饪时需要注意避免干燥。野牛在英国并不常见，更多出现在北美地区，然而在文章中描述的英格兰西部地区也有野牛养殖场。

15. 位于英格兰南部的一个著名地区，以其广阔的自然风光和历史遗迹（如巨石阵）而闻名。

16. 《阿彻一家》(The Archers) 是英国广播公司第四电台的广播剧，自1951年以来一直是BBC的主要口语频道。它最初被宣传为"乡村居民的日常故事"。

17. 珀尔·赞恩·格雷（Pearl Zane Grey）是一位美国作家和牙医，以其广受欢迎的冒险小说、与西方文学和艺术流派相关的故事而闻名。代表作有《紫艾灌丛中的骑士们》。

18　指马力-安东尼·卡瑞蒙（Marie-Antoine Carême）。
19　迈克尔·波伦是一位知名的美国作家、记者和教授，以研究和写作饮食、农业和环境问题而著称。他生于1955年，毕业于本宁顿学院（Bennington College）和哥伦比亚大学（Columbia University）。波伦的作品常常探讨现代农业和饮食文化的复杂性，他倡导通过更自然和可持续的方式来生产和消费食物。

波伦最著名的著作包括《杂食者的两难》(The Omnivore's Dilemma)、《第二自然》(Second Nature)、《植物的欲望》(The Botany of Desire)和《烹饪之道》(Cooked: A Natural History of Transformation)。在这些书中，他详细探讨了食物从生产到消费的整个过程，以及这种过程对环境、健康和社会的影响。除了写作，波伦还是加州大学伯克利分校新闻学研究生院的教授，教授科学与环境报道。他的写作风格既深入又引人入胜，使得复杂的科学和社会问题变得易于理解。

波伦的《吃的法则：日常饮食手册》(Food Rules: An Eater's Manual)是一本简单、实用的指南，旨在帮助读者做出更健康的饮食选择。书中的64条规则涵盖了如何选择食物、如何吃以及如何享受食物的各个方面。波伦的核心理念是"吃食物，不要吃太多，主要是植物"。

通过他的书籍和演讲，波伦鼓励人们重新思考与食物的关系，提倡更自然、健康和可持续的饮食方式。
20　丹魄葡萄酒（Tempranillo），是由丹魄葡萄酿造而成的红葡萄酒，丹魄葡萄主要种植在西班牙和葡萄牙。它以其多样的风味和风格而著称，通常具有红色水果、香草、烟草和皮革的香气。丹魄葡萄酒的口感通常比较平衡，酸度适中，单宁柔和，因此非常适合作为餐酒。

尽管丹魄葡萄酒在西班牙和葡萄牙的高端酒庄中酿造出了一些世界级的葡萄酒，但它也经常被用于生产价格更为亲民的大众化葡萄酒。这些廉价的丹魄葡萄酒在风味上仍然具有明显的水果香气和适度的复杂性，是许多人日常饮用的首选。其相对较低的价格和优质的口感使其成为全球市场上非常受欢迎的选择。

一些著名的丹魄葡萄酒产区包括西班牙的里奥哈（Rioja）和杜埃罗河岸（Ribera del Duero），以及葡萄牙的杜罗河谷（Douro Valley）。
21　这段话幽默地讽刺了飞机餐中常见的"时令沙拉"，虽然标榜时令新鲜，实际上是由早已失去鲜度的蔬菜组成。这些蔬菜由于长期存放在充满惰性气体的塑料袋中，被延长了保存期，但一旦被取出，就会迅速枯萎失去生机。

22. 在迈克尔·波伦的书《杂食者的两难》(The Omnivore's Dilemma)中，他确实建议我们应该多吃植物。波伦提倡一种平衡的饮食方式，强调多摄入植物性食物，以保持健康。他提出的饮食原则之一就是："吃食物，不要过量，主要是植物。"这一原则简明扼要地总结了他的饮食哲学，强调少吃加工食品，避免过量饮食，并主要以植物性食物为主。

    波伦认为，现代饮食中充斥着过多的加工食品和动物性食品，导致许多健康问题。他提倡回归自然、简朴的饮食方式，注重食物的质量而非数量，尤其强调植物性食物的重要性，因为植物性食物通常含有更多的营养成分和更少的有害成分。

    所以，在《杂食者的两难》中，波伦明确表示我们应该多吃植物性食物。

23. 肖尔迪奇信托（Shoreditch Trust），一家致力于改善伦敦肖尔迪奇地区居民生活质量的慈善机构，通过各种项目支持当地社区的发展，包括健康饮食、教育培训和就业机会等。它的目标是通过社区项目提升居民的生活水平和幸福感。

24. 伍斯特沙司（Worcestershire sauce），一种风味独特的调味汁，通常由英国利兹生产，以醋、糖、酱油、安克雷斯和香料等混合而成，通常用于增添食物的风味。尽管它通常与传统的英国和国际料理相关，但在一家强调有机和环保的餐厅里看到它是有点不寻常的。

25. 诸神黄昏（Götterdämmerung），这是德国作曲家理查德·瓦格纳（Richard Wagner）创作的歌剧《尼伯龙根的指环》四部曲中的最后一部，标题意为"诸神的黄昏"或"末日黄昏"，象征着世界末日的到来。这一标题通常用来形容一场彻底的毁灭性事件。

26. 亨利·大卫·梭罗（Henry David Thoreau），19世纪美国作家、诗人和哲学家，以其作品《瓦尔登湖》和散文《公民的不服从》而闻名。他的写作风格严肃且富有哲理，注重人与自然的关系。梭罗的作品常常探讨自我反省、简单生活和人与自然的和谐。

27. 伍迪·艾伦（Woody Allen），美国导演、编剧和演员，以其机智幽默和犀利的自我反省而闻名。他的作品常常探索复杂的情感和心理问题。艾伦的幽默风格独特，常常带有神经质的自我怀疑和哲学思考，这种风格在他的电影和写作中都有所体现。

28 《哈珀杂志》(Harper's Magazine)，美国历史最悠久的大众月刊之一，强调优秀的写作和独到的思想，为读者提供了关于政治、社会、环境和文化的独特视角。杂志上的文章、小说和报道来自有前途的新声音，以及一些美国文学界最著名的人物。在中国，更加广为人知的是其旗下另一刊物——《时尚芭莎》(Harper's BAZAAR)。

29 艾丽丝·沃特斯（Alice Waters），著名的美国厨师、餐馆老板和有机食物运动的倡导者。她于1971年在加州伯克利创办了潘尼斯之家，这家餐厅以其对季节性有机食材的承诺而闻名，被认为在推动美国有机食物运动方面具有革命性意义。沃特斯不仅是一位出色的厨师，也是一位教育家，她致力于通过饮食教育来改善人们的饮食习惯和生活质量。

30 潘尼斯之家（Chez Panisse），位于加州伯克利的一家餐厅，以其对使用本地和季节性有机食材的坚定承诺而著称。这家餐厅由爱丽丝·沃特斯创办，自1971年以来一直是美国有机食物运动的重要推动力。潘尼斯之家不仅在餐饮界具有重要地位，还在教育和环保领域产生了深远影响。

31 在此上下文中，指的是爱丽丝·沃特斯帮助迈克尔·波伦的儿子艾萨克接触并接受各种不同的食物，而不仅限于他习惯的白色食物。这个过程象征着一种饮食习惯的改变和对新食物的接受。
在沃特斯的帮助下，艾萨克逐渐接触并适应了不同种类的食物。沃特斯对有机食材的承诺和烹饪的热情帮助艾萨克打开了新的饮食视野，最终让他成为一个更加多样化的"食客"。这一转变不仅是饮食习惯的改变，更是对有机和健康生活方式的一种认同和接受。

32 在迈克尔·波伦的著作《杂食者的两难》中，他深入研究了麦当劳麦乐鸡块的成分。波伦发现麦乐鸡块由38种不同成分组成，其中有13种成分是基于玉米制成的。这些成分包括：用于喂养生产鸡肉的鸡只的玉米饲料、用于增加质地和稳定性的玉米淀粉、用于炸鸡块的玉米油、用作增稠剂的磷酸淀粉、用作发酵剂的磷酸二氢钙、黄原胶、麦芽糖糊精、右旋糖、玉米糖浆、高果糖玉米糖浆、发酵玉米蛋白、玉米蛋白和酶制剂。这些成分帮助保持麦乐鸡块的质地和口感。

波伦的研究揭示了食品工业的复杂性，特别是如何利用廉价的玉米产品来降低生产成本并提高产品的加工性能。玉米在食品工业中被广泛使用，因为它是廉价且多功能的成分。它可以加工成淀粉、糖浆、油脂和蛋白质等多种形式，广泛应用于加工食品中，以增加食品的稳定性、甜味、质地和保质期。

这种依赖玉米的现象不仅使食品更便宜、更长久，但也可能引发健康问题和环境问题。波伦通过分析麦乐鸡块的成分，展示了现代食品工业对廉价原料（如玉米）的依赖，以及这种依赖带来的广泛影响。

33 全食超市（Whole Foods Market），是一家美国连锁超市，专门销售有机食品和天然食品，以高品质和可持续性的食品为主。全食超市的一个显著特点是强调产品的溯源标签，这使消费者能够了解他们购买的食品的来源和生产过程。全食超市的这种透明度和对有机食品的承诺使其成为食品革命的一部分，即使在经济衰退时期，它仍然吸引了那些重视健康饮食的消费者。

34 维京牌烤箱（Viking stove），是知名的高端厨房电器品牌，以其专业级性能和豪华设计著称。维京烤箱通常用于美食爱好者和专业厨师的厨房，象征着高端生活方式和对烹饪的热爱。尽管这些奢侈品设备在厨房中占有一席之地，但波伦指出，很多家庭虽然拥有这些高档设备，却仍然选择便利食品或快餐，这反映出时间管理和饮食文化的矛盾。

35 塔奥斯塔烟熏火腿（Speck d'Aosta），是一种意大利北部瓦莱达奥斯塔地区的传统特产。它的制作过程包括腌制、熏制和风干，这使得它拥有独特的风味和质地。Speck 是一种较为特殊的火腿，与一般的意大利熏火腿（如帕尔玛火腿）不同的是，它经过了较长时间的熏制，通常使用山毛榉木或其他果木，这赋予了它浓郁的烟熏味。

36 多塞特鲭鱼（Dorset Mackerel），指的是在英国多塞特郡海域捕捞的鲭鱼。多塞特郡位于英格兰南海岸，以其丰富的海洋资源和优质的海鲜闻名。鲭鱼是一种营养丰富的鱼类，富含 Omega-3 脂肪酸，常见的烹饪方法包括煎、烤和烟熏。多塞特鲭鱼以其新鲜和风味浓郁著称，是当地美食的一部分。

37 洋蓟（Globe Artichokes），学名 Cynara cardunculus var. scolymus，是一种多年生草本植物，属于菊科。洋蓟原产于地中海地区，最早的栽培可以追溯到古希腊和古罗马时期。它的花蕾在未完全开放时被作为蔬菜食用。洋蓟的外形类似巨大的蓟，因其坚硬的外叶和刺状的花瓣，人们最初可能会对其食用价值持怀疑态度。然而，洋蓟的心和底部在烹饪后变得柔软可口，逐渐成为一种美味佳肴。

洋蓟在文化历史中占有一席之地。古希腊和罗马人认为洋蓟具有壮阳和助消化的功效，甚至有传说称宙斯因为爱上了一位凡人女子而将她变成了洋蓟。文艺复兴时期，洋蓟成为贵族们宴会上重要的一道菜。法国的凯瑟琳·德·美第奇王后据说是洋蓟的忠实爱好者，她在16世纪将其引入法国宫廷。

现代烹饪中，洋蓟常被用来制作各种菜肴，如意大利的意式烤洋蓟、法国的洋蓟心沙拉、西班牙的洋蓟火腿炖菜等。洋蓟不仅富含膳食纤维，还含有丰富的抗氧化剂，有助于消化健康和心脏健康。

38　红毛丹（Rambutan），学名 Nephelium lappaceum，是一种原产于东南亚的热带果树，其果实外观奇特，表皮覆盖着柔软的毛刺，形似"毛茸茸的睾丸"。红毛丹树可以长到12—20米高，果实通常为红色，但也有黄色或橙色的品种。

红毛丹在东南亚地区有着悠久的栽培历史，被广泛种植于马来西亚、泰国、印度尼西亚、菲律宾和越南等地。它的名字来源于马来语中的"rambut"，意为"头发"，形象地描述了其毛刺状的外观。红毛丹的果肉透明多汁，味道甜美，富含维生素C、铁和纤维。

红毛丹的种植和食用在文化上也具有一定的意义。在马来西亚和印尼，红毛丹常用于制作果汁、果酱和甜品。由于其外观独特，红毛丹在国际市场上也越来越受欢迎，成为热带水果中的一大亮点。

39　《塔木德》（Talmud），是犹太教的一部重要文献，包含了《密西拿》（Mishnah）和《革马拉》（Gemara）的经文和注释。《塔木德》是犹太教法律、伦理、习俗和历史的重要来源。塔木德贤人（Talmudic Sages），指的是那些在塔木德时期（大约公元1世纪到5世纪）编纂和注释《塔木德》的犹太学者。他们在《塔木德》中记录了大量的法律判例、道德教训和哲学思考，形成了犹太教法律和伦理的基础。这些贤人被视为智慧和道德的象征，他们的言论和教导在犹太文化和宗教中具有深远的影响。梦见石榴籽被塔木德贤人解读为繁荣的预兆，这反映了石榴在古代犹太文化中的象征意义。

40 哈迪斯的六颗石榴籽（Six Pomegranate Seeds of Hades），在希腊神话中，哈迪斯（Hades）是冥界的神，珀耳塞福涅（Persephone）是德墨忒耳（Demeter）的女儿。哈迪斯绑架了珀耳塞福涅，并带她到冥界。在德墨忒耳的恳求下，宙斯命令哈迪斯释放珀耳塞福涅。然而，哈迪斯让珀耳塞福涅吃下了六颗石榴籽，这意味着她每年必须在冥界待六个月，剩下的时间才能返回地面。这个神话解释了季节的变化：当珀耳塞福涅在冥界时，大地一片荒芜（冬季），当她回到地面时，大地复苏（春季）。这个故事常被用来解释自然界的循环和生命的永恒轮回。

41 《创世记》(Genesis)，是《旧约圣经》中的第一卷，讲述了世界的创造、亚当和夏娃的故事、诺亚方舟、大洪水、巴别塔和亚伯拉罕、以撒、雅各和约瑟等以色列族长的历史。《创世记》的故事为后续的《圣经》书卷奠定了基础，是犹太教、基督教和伊斯兰教共同尊崇的经典之一。在本文中提到的《创世记》故事指的是赫拉克勒斯母亲德墨忒耳与其女儿珀耳塞福涅的故事，虽然这个故事实际上源自希腊神话，而不是《创世记》。但这个故事与《创世记》中亚当和夏娃的堕落有相似之处，都是关于禁果和后果的故事。

42 在特产食品商店，尤其是中东食品商店，通常可以找到许多传统和异域的调料和食材，如石榴糖浆（pomegranate molasses）、新鲜石榴汁、各种香料、干果和坚果等。这些商店提供了丰富的烹饪选择，使得家庭厨师能够尝试和制作正宗的中东菜肴。中东菜肴以其独特的风味和健康的食材著称，石榴在其中扮演了重要角色，被广泛用于制作沙拉、酱汁、甜点和主菜。石榴糖浆常用于调味和腌制肉类，如波斯传统菜肴 fesenjan，采用石榴汁和碎核桃炖煮鸡肉或鸭肉，具有独特的甜酸口感。

43 若经常食用，还可以考虑购入一台原汁机——能分离果汁和渣子的榨汁机。

44 威尔特郡（Wiltshire）是英格兰西南部的一个郡，以其广阔的平原和历史遗迹（如巨石阵）闻名。近年来，这里的一些农场引进了北美野牛（Bison bison）作为一种高品质的肉类资源。北美野牛，又称美洲野牛，是一种体型庞大的食草动物，原产于北美洲的草原和森林。野牛肉因其独特的风味和营养价值而受到越来越多人的青睐。野牛肉富含铁、锌、维生素 B12 和 omega-3 脂肪酸，热量和胆固醇含量较低，非常适合现代人对健康饮食的需求。与其他肉类（如和牛）相比，野牛肉更为健康，因为它的脂肪含量低但蛋白质含量高。由于脂肪含量低，在烹饪时需要特别注意火候，以防止肉质变干。通常建议快速高温烹饪或慢炖以保持其嫩滑的口感。

45 屹耳（eeyore），《小熊维尼和蜂蜜树》中的一头灰色小毛驴。

46 梅尔顿莫布雷（Melton Mowbray），位于英格兰莱斯特郡，以其著名的猪肉馅饼和斯蒂尔顿奶酪而闻名。这一地区也逐渐成为养殖野牛的场所。野牛以食杂草和灌木为主，这种饮食习惯不仅有助于维护生态系统的平衡，还使野牛肉具有独特的风味。

47 维特罗斯（Waitrose）和塞恩斯伯里（Sainsbury's）是英国两家主要的连锁超市。维特罗斯以其高品质的产品和优质的顾客服务闻名，而塞恩斯伯里则因其广泛的产品线和便利的购物体验而备受欢迎。目前，野牛肉在这些大型超市中尚不常见，主要由专门的养殖户通过在线销售和农场直销的方式提供。

48 科林·西福德（Colin Seaford），是英国野牛协会（British Bison Association）的负责人之一。他和其他"狂热爱好者"一样，致力于推广野牛的养殖和销售，通过在线销售冷冻肉和直接销售给参观者的方式，维持着可观的收入。野牛肉由于其生态友好的养殖方式和独特的风味，逐渐受到消费者的青睐。

49 泰德·特纳（Ted Turner），美国媒体大亨，创办了有线电视新闻网（CNN），以其对新闻行业的重大贡献而闻名。此外，他也是一位环保主义者，积极参与恢复草原和野牛的生态项目。特纳通过购买大量的牧场土地来恢复原生草原生态系统，并重新引入曾经在北美洲广泛分布的野牛。起初，这些项目更多是出于浪漫和赎罪的心理，但随着对健康和人道肉类替代品需求的增加，野牛肉逐渐在美国的超市中普及。然而，随着需求超过供应，许多野牛被迫在封闭的饲养场内加速增重，与传统的自由放牧方式相比，这种方式降低了野牛肉的风味和质量。仍然可以在线购买真正的纯正野牛肉，例如从南达科他州的"野生理念野牛公司"（Wild Idea Buffalo Company）购买。

50 索尔兹伯里平原（Salisbury Plain），位于英格兰南部，以其广阔的开放土地和历史遗址而闻名，最著名的是巨石阵。这里的生态环境适合大规模放牧，尤其是野牛等草食动物。根据考古发现，史前时期的野牛曾在这片区域活动。

51 塔巴斯科辣椒酱（Tabasco sauce），是一种源自美国路易斯安那州的热门调味品，由红辣椒、醋和盐制成。它以其强烈的辣味和酸味著称，常用于为各种菜肴增添风味。然而，由于其强烈的味道会掩盖野牛肉的细腻的麝香风味，因此在烹饪野牛肉时应避免使用这种调味品。

52 肉饼在烹饪时会膨胀成球状，这主要是由于两方面的原因：蛋白质的收缩：当肉饼在高温下烹饪时，肉中的蛋白质会收缩，这种收缩会导致肉饼的表面变硬，从而使内部的液体和脂肪向中心聚集。这种压力使得肉饼中间部分向上凸起，形成球状。
蒸汽的产生：在烹饪过程中，肉饼内部的水分会蒸发成蒸汽，而蒸汽会被困在肉饼内部。如果肉饼表面密封性较好，蒸汽无法迅速逃逸，就会导致肉饼中央膨胀。

53 有几个重要原因：
保持汁液：拍打或按压肉饼会挤出其中的汁液，这些汁液对保持肉饼的湿润和风味至关重要。如果汁液流失，肉饼会变得干燥且失去鲜嫩的口感。
形成美拉德反应和焦糖化：美拉德反应和焦糖化过程在肉饼表面与锅接触的一面进行。这些反应不仅增加风味，还能形成美味的褐色外壳，锁住肉汁。如果在烹饪过程中频繁移动或按压肉饼，美拉德反应和焦糖化过程会被打断，影响最终的口感和外观。
均匀烹饪：让肉饼在锅中静置，可以确保其均匀受热，形成一致的外壳。如果频繁翻动或按压，肉饼可能会出现硬壳未产生但内部过熟的情况。

54 把西红柿放进冰箱会导致其风味和质地受损，主要原因包括以下几点：
低温对风味的影响：西红柿的香气化合物在低温下会分解或失去活性，导致其风味变得平淡。这些香气化合物是西红柿风味的关键成分，低温会抑制它们的产生和释放。
质地的变化：低温会改变西红柿的细胞结构，导致其变得松软和粉状。西红柿在冰箱中会失去原有的紧致口感，变得不再新鲜。
成熟过程被打断：西红柿在室温下会继续成熟，提升其甜味和风味。而冰箱中的低温会中断这一过程，使西红柿无法达到最佳的成熟状态。另外一个关键点是，冰凉西红柿片会严重影响温热汉堡。

55 莎莎酱（Salsa），是一种源自墨西哥的调味酱，通常由新鲜的西红柿、洋葱、辣椒、香菜、柠檬汁或酸橙汁、盐和胡椒等成分混合而成。莎莎酱的特点是口感清爽、风味浓郁，可以作为蘸酱、调味品或配菜使用。根据不同的配方和口味，莎莎酱的辣度和酸度可以有所变化。

56 戈雅（Goya），是一个知名的食品品牌，其罐装白玉米粒（Posole hominy）是其产品之一。白玉米粒是经过碱处理的玉米，通常用于墨西哥和中美洲的传统菜肴中，如 Pozole（波索莱）这种传统的墨西哥汤。戈雅的罐装白玉米粒质地柔软，风味独特，适合用来制作各种传统和现代料理。

57 大黄（Rheum rhabarbarum），是一种多年生草本植物，因其厚实的叶柄酸甜多汁而受到烹饪界的喜爱。虽然大黄的叶子含有有毒的草酸盐，但其叶柄则可用于制作各种甜点、果酱和酱料。大黄最常用于制作大黄派、酥饼、果酱和酱汁，其独特的酸味与甜味结合，使其成为春季菜肴中的亮点。

58 这个小镇还拥有全球最奇怪的地名之一：Intercourse。

59 大黄节（Rhubarb Festival），是一种庆祝活动，旨在展示和推广大黄的多种烹饪用途。这些节日通常包括各种大黄食品的展示和品尝，像是大黄派、果酱、沙拉和饮品等。宾夕法尼亚州的因特考斯大黄节是美国最古老的大黄节之一，吸引了众多当地居民和游客参与。

60 这几个地方也举办各自的大黄节。这些节日展示了不同地区对大黄的热爱与烹饪创意，吸引了许多大黄爱好者前来参与。

61 韦克菲尔德（Wakefield），是英国约克郡西部的一个城市，以其在大黄生产和文化中的重要地位而闻名。该地区以种植强制大黄（forced rhubarb）而著称，这种大黄是在冬季通过一种独特的生长方法培育出来的。强制大黄是在黑暗的逼迫棚中生长，利用光照限制来促使其快速生长，从而产生嫩滑、色泽鲜艳的大黄茎。韦克菲尔德与附近的利兹和布拉德福德一起，被称为"强制大黄三角地带"。每年二月，韦克菲尔德举办一年一度的强制大黄节（Wakefield Rhubarb Festival），庆祝这一传统农产品。节日期间，游客可以参观黑暗的逼迫棚，了解强制大黄的生长过程。

62 大黄（Rhubarb），在中医药中被认为具有多种药用价值。其根和根茎被干燥后用作药材，主要作用包括泻下通便和清热解毒。中医认为，大黄可以治疗因内热引起的便秘，同时也有收敛止泻的作用，可以用于治疗痢疾。这种看似矛盾的功效实际上取决于用药的剂量和配伍。

63. 在晚期中国帝国政治的激烈环境下，大黄商贩在出售这种药材时可能也参与了政治斗争。大黄的叶子含有高浓度的草酸盐和其他毒素，如果食用可能导致严重的中毒甚至死亡。利用大黄叶的毒性，商贩或有意者可能将其作为一种毒药用于政治谋杀或清除对手。因此，无论是作为药材的根茎，还是作为毒药的叶子，大黄都与某种形式的"杀戮"有关。

64. 约翰·林德利（John Lindley），是18世纪末和19世纪初的一位著名英国植物学家，18世纪70年代他在班伯里（Banbury）花园中种植了大黄。这种植物最初被认为是具有药用价值的，但在林德利的推广下，大黄逐渐成为一种流行的食材，特别是在甜品中使用。林德利的研究和推荐帮助改变了人们对大黄的看法，使其从一种药材转变为一种受欢迎的食材。

65. 在林德利的推荐下，大黄开始广泛种植并用于制作甜点，尤其是大黄布丁（Rhubarb Pudding）。这种布丁以其独特的酸甜口感迅速流行起来，成为英国餐桌上的经典甜点之一。大黄布丁通常将大黄与糖、面粉、黄油等混合制成，既可以作为主餐后的甜点，也可以单独享用。大黄在甜品中的使用，使其从药用植物变成了备受欢迎的食材。

66. 林则徐（1785—1850），是清朝的一位重要官员，以他在第一次鸦片战争前夕采取的禁烟行动而闻名。1839年，林则徐在广东虎门销毁了大量从英国走私到中国的鸦片，试图阻止鸦片贸易对中国社会和经济的破坏。为了对抗英国的鸦片贸易，林则徐曾致信英国维多利亚女王，表达他对英国向中国输入毒品的愤怒。他威胁说，如果英国继续向中国倾销鸦片，中国将切断对英国的茶叶和大黄出口供应。茶叶和大黄在当时的英国被视为不可或缺的日常消费品，林则徐希望通过这个威胁迫使英国停止鸦片贸易。这封信在历史上被称为"致英女王书"，反映了中国对抗鸦片战争的不屈精神和民族自尊心。

67. 卡仕达酱（Custard），是一种由蛋黄、牛奶或奶油、糖和香草制成的甜味酱，常用于各种甜点如蛋挞、布丁和水果馅饼。它的口感柔滑、味道香甜，是西方甜点中常见的一种基础酱料。根据烹饪方法的不同，卡仕达酱可以是流动的液体，也可以是凝固的固体。

68. 彼得·塞勒斯（Peter Sellers）和斯派克·米利根（Spike Milligan）是《愚

公秀》(*Goon Show*)的主要演员，他们以其滑稽幽默而闻名。在《在达格南上空飞翔》(*Wings over Dagenham*)这一集中，"rhubarb"（大黄）一词反复被用作搞笑的元素，而"custard"（卡仕达酱）则偶尔被插入其中，形成了一种喜剧性的对话效果。这个词的选择和重复使用增加了场景的滑稽感，体现了两位演员的即兴表演天赋和创造力。

69　大黄（Rhubarb）是一种蔬菜，尽管在烹饪中通常被用作水果。大黄的茎含有大量的水分和纤维素，当加热时，这些成分会发生变化，导致其结构变得松散并最终融化。以下是详细的原因：

高含水量：大黄茎中含有约 90% 的水分。当加热时，水分会蒸发并帮助软化细胞壁，使大黄变得更柔软。

纤维素降解：大黄的细胞壁主要由纤维素和果胶组成。加热过程中，果胶在高温下会分解，这使得细胞壁失去支撑结构，从而导致大黄变软甚至融化。

糖的作用：加糖熬煮时，糖不仅增加了甜味，还帮助吸出大黄中的水分，进一步软化细胞壁。此外，糖会在加热过程中与大黄中的水分形成糖浆，这有助于保持大黄的柔软质地。

热分解：在高温下，大黄的细胞膜会破裂，内部的液体会流出，导致其在锅中逐渐融化成糊状。

大黄加糖熬煮的过程中，这些物理和化学变化共同作用，使得大黄快速软化并融化。

70　大黄羊肉炖菜（Lamb Khoresh），是一道经典的波斯菜肴，使用羊肉、大黄、香料和草药炖煮而成。大黄的酸味与羊肉的丰富风味相得益彰，使这道菜品具有独特的口感和复杂的味道。通常会搭配米饭一起享用。

71　格兰尼塔（Granita），是一种意大利传统的冰冻甜点，起源于西西里岛。它的口感比雪葩更粗糙，呈现出晶体状的刨冰质地。主要成分包括水果汁、糖和水，有时会加入酒精或香料调味。经典口味有柠檬、咖啡、杏仁和草莓。制作过程如下：首先将水果汁、糖和水混合均匀，如果需要，可以加入少量酒精或香料。然后将混合物倒入浅盘中，放入冰箱冷冻。每 30 分钟用叉子搅拌一次，刮松冻成的冰晶，重复此过程直到整个混合物变成松散的冰晶体。这通常需要 2—4 小时。格兰尼塔可以直接食用，也可以搭配水果或奶油，提升口感。

72　雪葩（Sorbet），是一种不含奶制品的冰冻甜点，通常由水果汁、糖和水制成。它的质地比格兰尼塔更光滑细腻，类似于冰淇淋。经典口味有柠檬、树莓、芒果和橙子。制作过程如下：首先制作糖浆，将糖和水按比例（通常1:1）混合，加热至糖完全溶解，制成糖浆，然后冷却至室温。然后将水果汁与冷却后的糖浆混合，搅拌均匀。可以根据口味添加柠檬汁或其他调味料。接着将混合物倒入冰淇淋机中，按照机器说明进行搅拌，直到混合物变得浓稠光滑。如果没有冰淇淋机，可以将混合物倒入浅盘中，放入冰箱冷冻，每30分钟搅拌一次，直到达到理想的质地。雪葩可以直接食用，也可以搭配新鲜水果或薄荷叶装饰。

73 在传统制作酥皮时，通常会将面团冷却至低温，以确保黄油不融化，从而形成层次分明、酥脆的质地。

74 戴维·莱博维茨（David Lebovitz），是一位知名的美食作家和甜点厨师，曾在美国旧金山的 Chez Panisse 餐厅工作过。他在巴黎生活多年，并撰写了多本受欢迎的烹饪书籍和甜点书籍，如《巴黎的甜蜜生活》（*The Sweet Life in Paris*）和《准备吃点甜点》（*Ready for Dessert*）。他的网站是烹饪爱好者的资源宝库，提供了许多创新的食谱和烹饪技巧。

75 保罗·卡亚特（Paule Caillat），是一位在巴黎工作的著名烹饪教师和美食作家，她在巴黎经营着一个烹饪学校，名为"Promenades Gourmandes"。她的烹饪课程深受世界各地的美食爱好者的喜爱，尤其是那些希望学习法国烹饪艺术的人。

76 约翰·克里斯（John Cleese），是英国著名的演员、喜剧演员、编剧和制片人。他是 Monty Python 喜剧团体的创始成员之一，该团体因其独特的荒诞和讽刺风格在全球范围内享有盛誉。克里斯还因出演和创作经典喜剧《弗尔蒂旅馆》（*Fawlty Towers*）和参与电影《一条名叫旺达的鱼》（*A Fish Called Wanda*）等而广为人知。他的作品常以机智、讽刺和荒诞的幽默风格为特色。

77 大黄挞（Rhubarb Tart），是一种以大黄为主要原料制作的甜点，通常由甜酥皮和填充的大黄馅组成。大黄的酸味与甜酥皮的甜味相得益彰，形成独特的口感。可以配上卡仕达酱，增加甜美和奶香。大黄挞在英国和北欧国家非常流行，尤其在春季和初夏大黄丰收的季节。

78 挞盘的选择对制作挞非常重要。推荐使用带有可拆卸底部的挞盘，这样可以方便地取出烘焙后的挞，而不会损坏挞的形状。材质上，可以选择不粘涂层的金属挞盘或硅胶挞盘。不粘涂层的金属挞盘导热性好，可以

79. 当你将热的黄油、水、油、盐和糖混合物加入面粉时，面团会迅速凝聚成团。这是因为黄油和油中的脂肪在高温下溶解，与面粉中的淀粉和蛋白质结合，形成一种类似于乳化的效果。这种高温快速混合的方法类似于传统的热水油酥皮，使面团具有光滑的质地和良好的延展性，从而容易在挞盘中摊开。这种方法避免了面团在冷却过程中变得过于坚硬，同时保证了挞皮的酥脆口感。

80. 辣味肉豆酱，即 Chili con carne，可以说是"肉炖辣椒"，是一种通常用红辣椒、肉、西红柿和芸豆制成的辛辣炖菜。其他调味料可能包括大蒜、洋葱和孜然。这道菜起源于墨西哥北部或得克萨斯州南部。

81. 在中美洲和南美洲，尤其是在玛雅和阿兹特克文化中，可可是作为一种神圣的食物。最早在 8 世纪，玛雅人已经开始使用可可，将大椭圆形的可可荚劈开，烘烤种子，捣碎后搅拌在水中，制作成他们称之为"chacacahoua"的泡沫饮料。对于玛雅人来说，这种饮料的泡沫是其精髓，并且这种可可饮料通常加入辣椒来增强风味。这种饮料并未加入糖分，玛雅人认为它具有战斗和爱情的神圣力量。后来，阿兹特克人将这种饮料称为"tchocoatl"，并添加了蜂蜜和玉米粉，使其变得更甜，他们还冷饮这种混合物。阿兹特克人对可可饮料的使用方式也显示了他们对可可的重视和神圣性。

82. 西红柿（tomatl，阿兹特克文），是原产于美洲的植物，后来被西班牙人带回欧洲，并迅速传播到全球。虽然西红柿最初在欧洲并不受欢迎，因为被误认为有毒，但最终它成了许多世界美食中的基本食材。

83. 萨赫巧克力蛋糕（Sachertorte），是一种奥地利著名的巧克力蛋糕，由萨赫酒店的弗朗茨·萨赫（Franz Sacher）于 1832 年创制。萨赫巧克力蛋糕以其浓郁的巧克力口味和中间夹有一层杏仁果酱而闻名。这种蛋糕外覆一层光滑的巧克力糖衣，常伴以一勺未加糖的鲜奶油一起食用。萨赫巧克力蛋糕不仅在奥地利享有盛名，随着时间的推移，它也成了全球巧克力爱好者的经典甜点。

84. 火星巧克力棒（Mars Bar），是由火星公司生产的一种知名巧克力棒，首次推出于 1932 年。最初由弗兰克·C. 马斯和他的儿子福瑞斯特·马斯共同开发。它通常包含焦糖、牛轧糖和巧克力外壳，深受消费者喜爱。在美国市场被称为"Milky Way"，而在其他地区则保持"火星棒"的名称。火星巧克力棒以其独特的口感组合——软糯的牛轧糖、甜美的焦糖和光滑的巧克力外层——赢得了广泛的市场覆盖和极高的知名度。火星巧克力棒的配方因地区而异，但通常包含：糖、葡萄糖糖浆、脱脂奶粉、可可脂、植物油（如棕榈油）、乳糖、可可块、脱脂乳粉、乳清粉、大麦麦芽提取物、盐、乳化剂（大豆卵磷脂）、鸡蛋白和香草香料。其制作过程相对复杂，需要先制作牛轧糖，然后将其与焦糖层结合，最后裹上巧克力。火星巧克力棒不仅在口感上实现了软糯与酥脆的完美结合，还保留了经典的巧克力风味，使其成为全球消费者喜爱的零食之一。

85 纳瓦特尔语是阿兹特克文明使用的语言，阿兹特克人称可可饮品为"tchocoatl"，这个词后来演变为今天我们所熟知的"chocolate"。

86 克里斯托弗·哥伦布（Christopher Columbus, 1451—1506）是一位意大利探险家，他在西班牙国王和王后的资助下，于1492年开启了著名的跨大西洋航行，最终发现了美洲大陆。这一发现标志着欧洲殖民扩张的开始。哥伦布一共进行了四次航行，试图找到通往亚洲的新航线，却无意间到达了新大陆。在他的航行中，哥伦布接触到了许多美洲本土作物，包括辣椒和巧克力，但他并没有意识到它们的价值。

87 塞缪尔·佩皮斯（Samuel Pepys, 1633—1703）是英国著名的日记作家和海军官员。他的日记详细记录了17世纪英国的社会、政治和文化生活，其中包括他对巧克力的描述。佩皮斯的日记中提到，他偶尔会在清晨享用巧克力饮料，这显示了巧克力在当时已经成为一种时尚的饮品。佩皮斯还记录了许多重要历史事件，如伦敦大火和英国海军的发展，使他的日记成为研究那个时代的重要文献。

88 福拉斯特洛是一种主要的可可豆品种，占全球可可生产的80%以上。它原产于亚马逊盆地，并在世界范围内广泛种植，特别是在西非地区如加纳和科特迪瓦。福拉斯特洛豆因其抗病性强、产量高而受到种植者的青睐，但其风味相对较为普通，被认为缺乏稀有可可品种如克里奥洛（Criollo）和特立尼塔里奥（Trinitario）的复杂香气。尽管如此，福拉斯特洛豆仍是许多商业巧克力生产的主要原料。

89 圣多美和普林西比（São Tomé and Príncipe），是位于几内亚湾的一个双岛国家，由圣多美岛和普林西比岛组成。该国以其丰富的热带雨林和多样的生态系统闻名，是世界上最重要的可可生产地之一。历史上，这里的可可种植园由葡萄牙殖民者建立，现如今，圣多美和普林西比继续生产高品质的可可，被誉为"巧克力岛"。在岛上，传统的可可种植方式依然保留，使得这里生产的可可具有独特的风味和高品质。

90 克劳迪奥·科拉罗（Claudio Corallo），是一位意大利种植者和巧克力制造商，以其在圣多美和普林西比种植和生产的高品质可可而闻名。科拉罗的可可产品以其纯正、未经过滤的风味而著称，特别是他生产的100%可可豆和80%可可含量的巧克力。这些产品体现了最原始的可可风味，带有浓郁的巧克力香气和微妙的复杂性。科拉罗致力于保护和推广传统的可可种植方式，他的巧克力产品因其卓越的品质和独特的风味在全球巧克力爱好者中享有盛誉。

91 摩尔酱（Mole），是一种源自墨西哥的传统调味酱，以其复杂的风味和多样的成分而著称。它的名字来自纳瓦特尔语中的"mulli"，意为"混合物"或"酱"。摩尔酱的制作过程繁复，常常包含20多种不同的成分，包括辣椒、坚果、种子、香料和巧克力。最著名的变种是摩尔波布拉诺（Mole Poblano），它使用多种干辣椒、巧克力和香料，与鸡肉或火鸡一起烹饪，是墨西哥节日和庆典上的经典菜肴。摩尔酱的风味层次丰富，带有辛辣、甜美和微苦的巧克力味道，成为墨西哥烹饪中不可或缺的一部分。

92 圣安东尼奥（San Antonio, Texas），是美国德克萨斯州的一座重要城市，以其丰富的历史和多样的文化背景而闻名。圣安东尼奥是阿拉莫战役的所在地，这场1836年的战役对德克萨斯独立具有重要意义。如今，阿拉莫遗址成为了该市的一个主要旅游景点。除了历史景点，圣安东尼奥还以其美食文化而著称，特别是融合了墨西哥和德克萨斯风味的"Tex-Mex"菜系。该市拥有众多餐厅和小吃摊，以正宗的墨西哥美食和独特的德州风味吸引着食客。圣安东尼奥的美食节、农贸市场和街头小吃文化使其成为美食爱好者的天堂。

93 1848年，得克萨斯州正式被并入美国。这一事件的背景是得克萨斯在1836年从墨西哥独立后，作为独立的共和国存在了九年。1845年，美国总统詹姆斯·K. 波尔克推动得克萨斯加入美国，最终在1846年引发了美墨战争。战争结束后，1848年的《瓜达卢佩－伊达尔戈条约》正式承认了得克萨斯为美国的一部分，同时美国还获得了加利福尼亚、新墨西哥等大片土地。这一吞并不仅影响了美国的版图，也改变了得克萨斯州及其边境地区的文化和人口构成。

94　墨西哥菜中使用的一种辛辣的烟熏味红辣椒，经常用于制作莎莎酱。

95　一种原产于墨西哥的绿色辣椒，辣度很低，它们通常比 jalapeños 辣椒大，比灯笼椒小。

96　是一种小而细长的墨西哥辣椒，可以长到5—7厘米长，不到1.2厘米宽。它们成熟后会变成明亮、充满活力的红色。与卡宴辣椒相似，但 SHU 辣度会比卡宴辣椒低一些。

97　熟透后有着深红色外表的一种直身较粗墨西哥辣椒，辣度不高，但味道浓厚。通常会进行烟熏干制处理，变为红黑色。

98　玉米粗粮面粉即 masa harina，墨西哥标志性食材，主要用于制作玉米薄饼、墨西哥粽子、馅饼等面食。

99　亚当·戈普尼德（Adam Gopnik），《纽约客》著名撰稿人。

100　蒙特利尔（Montreal），是加拿大魁北克省的最大城市，以其独特的法语文化和美食而闻名。作为北美法语区的重要城市，蒙特利尔在历史上受法国文化影响深远，是法国移民的主要聚居地之一。

101　北方乡村菜（Northern Peasant Cuisine），指的是魁北克和加拿大其他北部地区的传统家常菜肴，主要以简单、朴素的烹饪方式为特点。此类菜肴通常包括肉类、土豆和蔬菜，如牧羊人派（Shepherd's Pie）等。这种饮食风格与法国传统美食有显著区别，更加注重食材的朴实和耐寒性。

102　布列塔尼（Brittany/Breton），是法国西北部的一个地区，以其独特的文化和美食而闻名。这里的烹饪风格与法国其他地区有所不同，更多地融合了海洋和农牧业的元素。布列塔尼美食包括海鲜、咸饼和传统的布列塔尼奶油蛋糕等。这种风格在某种程度上类似于加拿大的北方乡村菜。

103　牧羊人派（Shepherd's Pie），是一道传统的英式家常菜，以绞碎的羊肉、蔬菜和覆盖在上面的土豆泥为主要材料。这个菜肴在加拿大的北方乡村菜中也非常常见，反映了殖民时期英国饮食文化的影响。现代版本的牧羊人派可能会使用牛肉或其他肉类作为替代品，但其本质依旧是朴实和温暖的家常风味。

104 萨沃伊烧烤店（Savoy Grill），位于伦敦著名的萨沃伊酒店内，是一家历史悠久的高档餐厅，以其经典的法式和英式烹饪而闻名。餐厅的装饰华丽，环境优雅，常年吸引着名人和富豪光顾。自19世纪末开业以来，萨沃伊烧烤店一直是高端美食的代表，提供包括多佛比目鱼在内的传统法式料理。

105 多佛比目鱼（Dover Sole），是一种在欧洲非常受欢迎的鱼类，因其细腻的肉质和丰富的风味而被誉为美味佳肴。特别是在高档餐厅，如萨沃伊烧烤店，多佛比目鱼常常以简单的方式烹饪，以突出其天然的味道。通常的做法包括清蒸或煎烤，配以黄油、柠檬和香草调味。

106 罗伯特·凯里耶（Robert Carrier），是一位著名的美食家、厨师和作家，他在20世纪60年代和70年代对英国烹饪界产生了重要影响。

107 一家位于巴黎的经典法式餐厅，以其传统和质朴的法国美食闻名。这类餐厅通常提供经典的法式菜肴，环境温馨，氛围传统，是当地人喜爱的餐饮场所。Chez Georges 被认为是巴黎人"专属"的餐馆之一，象征着法国家庭餐饮的文化，即餐馆围绕顾客的需求和偏好而发展，而不是顾客迁就餐馆。

108 巴尔泽（Balzar），是一家位于巴黎的传统法式小餐馆（brasserie），以其经典的法式菜肴和悠闲的氛围著称。这类餐馆通常提供简单而美味的食物，是巴黎人享受日常用餐的地方。巴尔泽象征着巴黎都市生活的悠闲和文化气息。

109 维福尔大酒店（Le Grand Véfour），是巴黎最著名和最古老的高级餐厅之一，位于巴黎皇家宫殿（Palais Royal）内。自18世纪末开业以来，这家餐厅以其高档法式美食和历史悠久的氛围吸引了众多著名人物和美食爱好者。维福尔大酒店不仅是美食的象征，也是巴黎餐饮文化和历史的缩影。

110 乔治·H. W. 布什（George H.W. Bush），是美国第41任总统，以公开表达对西兰花的厌恶而闻名。他的这段厌恶甚至被媒体和公众所熟知，成为其个人形象的一部分。布什在1990年曾在一场演讲中表示，他作为总统终于可以不再吃西兰花了，因为他从小就不喜欢吃这种蔬菜。这段话后来被广泛引用，成为美国政治文化中的一个小趣闻。

111 梅耶柠檬（meyer lemon），一种柠檬和甜橙的杂交品种，原产自中国，于20世纪初开始出口到美国与其他国家。比普通柠檬稍小一些、外皮偏橙色一些，没有普通柠檬汁的极度酸涩感。

112 赎罪日（Yom Kippur），是犹太教最神圣的一天，被认为是一年中最重要的节日之一。它是一个斋戒和祷告的日子，犹太人会在这一天反思过去的错误并寻求宽恕。赎罪日通常从前一天的黄昏开始，持续到第二天的黄昏，在这段时间内，严格的禁食和禁水是其主要特点之一。

113 哈拉（Challah），是一种传统的犹太面包，通常在安息日和节日期间食用。这种面包通常是用白面粉制成，具有柔软的质地和略带甜味的口感。哈拉面包的形状常常是编织成辫子的形式，象征着团结和和平。

114 勒内·雷哲皮（René Redzepi），曾多次荣获"世界第一餐厅"排名的 NOMA 餐厅主厨。于 2015 年主动关闭了位于哥本哈根的店面，携带（几乎）全体团队踏上了去往日本、澳大利亚、墨西哥和美国等地的旅程，并在期间举办了几次"快闪餐厅"，限时提供新式菜品。勒内永远在寻找新食材和不同文化的味道。

115 亚当·斯密（Adam Smith），是 18 世纪的苏格兰经济学家，被誉为现代经济学之父。他在《国富论》中提出了劳动分工和比较优势的概念，解释了专一化生产如何提高效率和产出，以及不同国家通过专注于各自的比较优势来进行贸易，从而实现互利共赢。

116 德尔莫尼科餐厅（Delmonico's），是美国纽约市历史悠久的一家高级餐厅，成立于 19 世纪。它以豪华的美食和高标准的服务著称，曾是上流社会人士和名流的聚集地。餐厅的菜单上经常有一些时令外的奢侈食材，如在冬季提供草莓等，这在当时被视为一种时尚和地位的象征。

117 犹太教（Judaism），是世界上最古老的单神教之一，起源于古代以色列人和希伯来人的宗教信仰。犹太教有着严格的宗教律法和仪式，包括饮食规矩（如食用洁食）、安息日和各种节日。犹太教强调信仰和生活方式的统一，信徒通过遵守这些律法和仪式来表达他们对神的敬畏和忠诚。

118 温布尔登网球锦标赛（Wimbledon），是世界上最古老、最著名的网球赛事之一，每年在英国伦敦的温布尔登区举行。温布尔登通常在 6 月底到 7 月初进行，这段时间也是英国草莓季节，因此，观看温布尔登比赛和吃草莓成为许多英国人夏季的一项传统活动。

119 A. J. 列布林（A. J. Liebling），是20世纪美国著名的记者和美食作家，他以生动的文笔和幽默的风格闻名于世。他的作品常常描写美食，但他本人的暴饮暴食习惯最终导致了他的早逝，这为他的写作增添了一层悲剧色彩。

120 菲尔·汉伯格（Phil Hamburger），是《纽约客》杂志的前记者，以其对社会和政治问题的深刻洞察力和优美的文风著称。

121 菲利普·拉金（Philip Larkin），是20世纪英国著名诗人，以其沉郁、反讽的诗风而著称。尽管他的作品充满了对生活的深刻反思和忧郁，他的读者却在他的悲伤中找到某种解脱。拉金的作品常常被认为是对人类孤独感和生活困境的真实写照。

2017年，达米安·赫斯特[1]（Damien Hirst）请我为他的《不可思议的沉船宝藏》（*Treasures from the Wreck of the incredible*）[2]的"清单"贡献一篇文章。本着这个项目的精神，我写了以下内容

清单
Inventory

一想到安提阿[3]的阿莫坦[4]（或帕萨尼亚斯[5]所称的阿莫坦尼乌斯）这位最贪婪的古代收藏家，直到25年前才引起我的注意，而且是经过了最迂回的途径，为此我感到羞愧。

7月份的海牙[6]一直在下雨。霍夫维杰沃[7]浑浊的水面上，成群的蚊蚋在飞舞打转，这个城市湖泊不断冲刷着荷兰议会[8]的砖墙。有轨电车在图尔诺伊维德[9]周围绕行时发出了尖锐的声响，在国家档案馆或皇家图书馆[10]辛苦工作了一天之后，我会在这个绿树成荫的广场上，喝上一杯皮尔森啤酒[11]，吃上一盘插着牙签的油炸小丸子[12]，思考当天的工作。

在这次逗留中，我在皇家图书馆里翻阅了一本罕见的荷兰书——据我所知，这本书从未被翻译过——内容与牛黄[13]有关，即那些躺在大型动物肚子里的凝聚物或结石，被文艺复兴时期的自然哲学家们当作珍贵的解毒剂。

牛黄的这种特质经常被测试，但很少成功，可还是被推荐给那些王子们收藏——他们害怕（有充分的理由）脆弱的自己会被歹人毒死。解剖学家和炼金术士也因其奇特的形态（和偶尔的美丽）而被牛黄所吸引。

我读到的这本书，是一位漫游医生马丁努斯·范·布塞伦[14]的作品，他在荷兰期间曾为彼得大帝[15]服务。范·布塞伦是弗雷德里克·鲁伊斯[16]医生的朋友，后者的奇珍异宝柜，包括用丝绸包裹并用甲醛保存的死胎，随后成为大帝自己的古董室里的珍宝。我曾在一本19世纪的学术著作中，看到过范·布塞伦的《关于肠道内的牛瘤或结节》（Over het bezoar of de knobbelen in de darmen）一文，其中提到了其他奇珍异宝的藏品：超大的、奶油色大理石化的结石和玛瑙，其无序的脉络让人不禁想起神秘的天体景观。

作为有独特品位的伟大历史学家之一，同时也是我的英雄——尤尔根·拜尔楚赛提斯[17]，显然知晓范·布塞伦关于牛黄的著作，在他的一本古怪书目中说道，只有在海牙的皇家图书馆才能找到它。然而，在这里，我也感到了失望。这本书确实被列在古老的手写作品目录中，在漫长的等待后，浏览了一遍17世纪关于双头羊和妇女生兔子[18]的报告，图书馆管理员尴尬地承认——唉，范·布塞伦的作品并不在它应该被搁置的地方，也不在他们能找到的其他藏书中。他们说，他们会做进一步的搜索，并承诺如果找到这本书会通知我。

后来，我坐在号角小餐馆里，黯然神伤地往酥脆的苦面团[19]上抹着辣芥末。当我吃到一半的时候，突如其来的记忆给了我新的希望。我对收集牛黄的迷恋由来已久。我本打算在我那本关于17世纪荷兰文化的书《财富的窘境》(The Embarrassment of Riches)中，把这个话题和被冲上北海海岸线的搁浅鲸鱼放在一起。但我找不到范·布塞伦那本重要的参考文献。我曾向一个人提起，她对文艺复兴和巴洛克文化黑暗、陌生的一面有着无可匹敌的全面知识，这使她成为潜在的帮手：瓦尔堡研究院的弗朗西丝·耶茨教授[20]，她写过许多关于密教传统、炼金术和神秘学的著作。

我并没有失望。我和耶茨教授在剑桥大学的旧公共休息室里，听她讲了一节关于乔尔丹诺·布鲁诺[21]的课。她把那杯红葡萄酒放到桌子上，手上有点用力过猛，以至于有几滴酒洒在了抛光过的红木上。她发出了一阵大笑，并说我的这个问题真是太离奇了。她解释说，就在前一天，她在最喜欢的荷兰古董书商的目录中才看到了范·布塞伦的书，并打算把它买下来——但现在我已经表达了兴趣，那么买书的便应该是我了。

这当然是我应该做的，但我没有。

其他事情自然而然地介入了，新的文章、新的激情。但坐在海牙的小餐馆里，我不仅想起了耶茨教授的提示，还想起了书店的位置——离我坐的地方只有几步之遥，就在莫瑞泰斯皇家美术馆拐角处的一条小巷里。我叫来了服务员，匆匆付了账，然后向菲利克斯·德·沃斯[22]的古董店"Antiquariaat"大步走去。在海牙做研究期间,我曾多次路过这家店,但17世纪的地图和文艺复兴时期精装文本的定价远远超出了我的承受能力,所以我从未跨入这家店的门槛。古董店看起来和20世纪70年代的状态一样,这是狭窄街道上最后的老式商店,夹在小餐馆的油炸香气和音乐商店的低沉嗡鸣声之间,感觉很不舒服,就像一位坐在公共汽车上的遗孀,被打着唇钉、鼻钉等各种钉的青少年们包围住了。橱窗四周有木质装饰,在褪色的绿色绒布垫子上,放着两幅罗曼·德·胡格[23]所画的路易十四夸张漫画。当我走进去时,门发出了轻微的铃声,就像过去的音乐。

德·沃斯在作自我介绍时,伸出一只柔软的手,他从里屋走出来,抽着一支小雪茄,显然没有被他的存货会被付之一炬的可能性吓倒。他的头发又白又密,脸颊十分红润,肥厚的鼻子上架着一副无框眼镜。我告诉他,我和范·布塞伦的"合作"失败了,而在弗朗西丝夫人于1981年去世的几年前,还非常友好地提到,她在他的商品目录上看到过这件商品。"当然,这是很久以前的事了,"我说道,但鉴于这件物品除了最专业的收藏家外,不太会有什么人对此感兴趣,也许他的库存中还会有这件物品?

"啊哈!"他吐出一口浓雾,耸了耸肩。"真不巧!多么遗憾啊!直到几周前,在我接到来自阿布扎比的一位先生的订单时,范·布塞伦还在这里的,而我就在不久前才把它寄出去。"空气中弥漫着长久的沉默与绝望。

"你要不要来一杯咖啡,顺便看看还有什么你感兴趣的?"我接受了这个提议,他端着两个白色的小杯子回来,里面散发出浓郁的香味,碟子上放着躲不开的(美味的)月桂焦糖饼干[24]。德·沃斯轻轻地叹了口气,说:"弗朗西斯夫人离开了我们,真是太遗憾了。你知道吗,就在前几天我还想起了她,我还稍稍研究了一位她特别感兴趣的人:收藏家阿莫坦尼乌斯。她经常对我说,这个故事对阿方索·德·埃斯特和科西莫·德·美第奇公爵[25]这样的文艺复兴时期赞助人有莫大的吸引力:因知识而诞生的贪婪,让这个奴隶渴望把从前的广博知识,乃至整个世界的神话和魔法都集中在一个屋檐下。这样,当它们交织在一起时,宇宙的深层奥秘就可能被揭示出来。正是这种不可能实现的雄心壮志,对一个奴隶来说显得如此狂妄,在他即将实现的那一刻,阿莫坦尼乌斯遭遇了海难,就此沉没。

"当然,这个故事充满了道德色彩,但帕萨尼亚斯(根据与耶路撒冷一位老年文士的谈话)还是将其视为真实,不过,从那时起,所有人都认为收藏家和他的船只是一个丰富多彩的寓言。我记得弗朗西斯夫人在谈到这个故事对教皇和王子们的影响时,她笑着说,他们曾派人到古代废墟上搜寻自己的收藏品,或者指示多米尼加传教士和犹太香料商[26],到科罗曼德海岸[27]或遥远的埃塞俄比亚寻找印度和埃及古物的神秘遗迹,若没有这些东西,他们几乎无法作为普世知识的大师而昂首挺胸。每隔一段时间,雪花石膏雕像的碎片就会被送到他们的王廷里,供应商们假装它们是非常古老的东西——他们说,是在阿莫坦的船被毁之前从他的货物中偷来的。但是，当这些碎片被洗去表面的污垢后，完全不需要什么眼力，就能看出它们是令人发指的赝品。

"这只是一个寓言故事，"德·沃斯继续说着，"不是吗？我们都这么认为，尤其是弗朗西斯夫人。但一周前，我收到了我的老朋友霍雷亚·休利特夫人的一封信，让我看看能不能为你找到它。"他消失在后面的办公室里，又带着那封信回来了。信是用纤细而整齐的笔迹写在淡蓝色的信纸上的，略一点拖笔的痕迹，而这种特征是最好的作家在变老或患关节炎时出现的。我还没来得及多看几眼，德·沃斯就把它从我手里夺了过去。

"你看，她正在清理她在格洛斯特郡[28]的小屋，啊，我曾多次坐在那个花园里……真是个别致的英式花园……有大蜀葵、飞燕草[29]……因为她说她不能再独自管理了，于是便卖掉了那所房子，那里有许多回忆。园丁帮她从阁楼上把箱子搬了下来，她要决定哪些东西扔进篝火里，哪些东西值得保留。其中一个箱子里有她母亲辛西娅的信件和日记，辛西娅·特里曼女士。

"在那位女士嫁给詹姆斯·特里曼之前，诗人辛西娅·菲茨杰拉德是格特鲁德·贝尔[30]——对，是'沙漠女王'——和丽贝卡·韦斯特[31]的朋友，和她们一样，她在旅行中无所畏惧。你可能看过她的照片，穿着高筒靴站在兴都库什山[32]上，一只手拿着来福枪。霍雷亚认为，她已经读过她母亲关于旅行的所有游记、书籍和她的私人信件。但不知何故，她错过了一份1910年的日记：《我在卡帕多西亚[33]的旅行》。"所以，她在这儿说，"他用被雪茄染色的手指指着那张蓝色的信纸，"当她打开日记本的时候，有一小包用紫色丝带捆着的折纸掉了出来。有四页，从上到下写满了一长串奇怪的东西：

美杜莎[34]、水晶、黄金、孔雀石和更多安德洛美达[35]，怪物

斯芬克斯[36]（各种，两个）赫马佛洛狄忒斯[37]

阿波罗之脚[38] 蝎子，戴珠宝

九头蛇和女战士[39]

……最后在第四页的底部，你看，这儿是解释：

自由人阿莫坦尼乌斯的货物，装在他的船只阿皮斯托斯号上[40]。

德·沃斯注意到我惊愕战栗的表情。"是的，我非常惊讶……真的非常吃惊。你知道，这或许是个玩笑，但如果不是，那么这就是伟大的失落宝藏的清单，当然是原始文件的副本，在它的主人启航之前拟定的。你知道，沙玛先生，我是个荷兰人。我们是世界上最善于怀疑的人。一眼就能认出假货，这是我们的天性。有时我在夜里醒来，为自己的愚蠢而发笑。但在其他夜晚，很多夜晚，当我醒来时，就好像有人在摇晃我，然后我想：'为什么不是真的呢？'看，你可以自己读一读辛西娅日记

里的这些清单,这是霍雷亚抄写的,就当为了你自己。"

于是,我读了这些信。

1910年10月15日,卡帕多西亚

短暂地停歇了一会儿,我们从骡子身上下来,放松一下疲惫的筋骨,喝点皮囊里的水。过去几天,皮囊里的水已经变得很臭了。我们还是喝了下去。我正坐在最适合我疼痛臀部的巨石上,写下了这篇日记。我们小跑着穿过一个由灰色熔岩组成的世界,灰尘漫天飘荡着。地形如此崎岖,天气如此恶劣,骡子如此喜怒无常(我想所有骡子都是如此),因此,自从我们开始这段旅程以来,我第一次怀疑这是否值得。圣巴西尔的马赛克[41]是否会像理查德·伯顿[42]告诉我们的那样非凡呢?夸大其词是他的第二天性。我的喉咙很痛,我的眼睛因为进了沙砾而疼痛,灰色的荒原似乎永无止境。

维多利亚尽管身材瘦弱,却比我更坚强地忍受着这些考验。她骑在骡子上,驱赶着苍蝇,渴望重新踏上这条满是碎石的漫长山路。蒙特尽力让我们保持精神状态,但他当然是为了维多利亚而进行这段荒唐的朝圣之旅,他对我的每一份善意,都能让我感到他对不得不把未婚妻的朋友带在身边的怨恨,尤其当她的声誉——"平心静气地承受艰难困苦"似乎毫无根据的时候。不过,我还是很感激他带来的银色酒壶里的杜松子酒。它灼伤了我的喉咙,但奇怪的是,这种洗刷使我感觉好些。根据蒙特的计算,我们应该在一小时内到达山洞修道院,或者至少能看到它。由于我非常感谢他的关怀（不是这个女人所习惯的感觉），所以我不敢问他，我们是否真的能在天黑之前到达避难所。我拒绝给他任何屈尊于我们女人的理由。

1910年10月16日，圣玛克利纳修道院[43]

辛西娅恢复了很多！（不像基督的壁画）即使经过一个不眠之夜——因为找到了宝藏，谁还需要睡觉呢？僧侣们都留着长胡子，很和善。他们的咖啡很浑浊，他们的山羊奶酪很刺鼻，他们中的一个人非常老，名叫米纳斯，他用尖细的声音说着蹩脚但能听得懂的英语。在我们吃完鹰嘴豆汤和一些苦菜晚餐后，这位米纳斯（他在吃饭时一直对我微笑）把我招到一边，问我是否愿意和他一起喝杯山药茶，谈一谈"过去的时光"。我真的不知道他是什么意思，也不知道他想要什么，但蒙特认为我应该听听他说什么。

僧侣房间的地板上铺着地毯，他还在岩洞里凿出的小架子上放了一些圣像，这些架子在烛光下闪闪发光。我们互相寒暄着，用郁金香形的银杯喝着甜茶。老人走到地板上的一个箱子前，整理好长袍，这样他就可以跪在地毯上。他打开盖子，从里面抽出一段折叠起来的深红色天鹅绒。他再次站立时有些困难，但拒绝了我的帮助。他把天鹅绒布放在腿上，打开它，招手叫我过去。里面是一张黄褐色的纸，我一眼就认出是古老的莎草纸。它被分成了三栏，每一列都用不同的语言书写。左边一栏是细密清晰的叙利亚文字母，中间一栏我无法辨认。

"阿扎尼亚,来自非洲南部的语言。"米纳斯说。第三个语言让我大吃一惊——这是希腊文。

在第一行,我读出了"美杜莎",旁边画着蛇发女怪的头像:张大嘴巴,长着蛇发。

"宝藏,"米纳斯说道,"那个奴隶和他的船的所有财宝,那个著名的故事。"在洞室里,那个故事——我一直认为是无稽之谈的荒谬寓言——阿莫坦尼乌斯和他那装满了世界上的神话、魔法和怪物的巨大货舱的故事,立刻详细地呈现在我眼前。但是,没有一个讲述过这场灾难的人——不管是写过《红海航行记》(*Periplus of the Erythrean Sea*)的作者[44],抑或帕萨尼亚斯、克劳迪亚斯·托勒密[45]——曾把货物的内容列出来。他们的确无法记载下来,毕竟,他们都认为这是个寓言。

当然,摆在我面前的这份长长的清单,可能是某人在回忆往事时的幻想,想给故事添加一些细节。还是说,这是一个煞费苦心的骗局?但为什么要用三种语言,为什么要费尽心思地列出每一项?不,这一定是——这个念头像晴天霹雳一样击中了我——在将巨大的货物装上阿莫坦尼乌斯的巨轮之前,被人编制的清单。那么,关于宝藏的故事可能是真的!为什么不呢?为什么不应该是真的呢?毕竟,这并不比嗜好神秘学的鲁道夫二世皇帝[46]的巨大收藏更离奇:神奇的曼德拉草[47],或者巨大的异教神像,这些巨大的奇迹收藏品,曾经也是为了凝聚某种宇宙的光辉而收集来的,它也陷入了灾难,在1648年瑞典人占领布拉格时被劫掠一空[48]。那么,为什么一个昔日的罗马奴隶会没有预见到神圣罗马帝国的皇帝？为什么他不会被同样的、不可压抑的欲望所驱使，去领略宇宙的奇迹、人类思想的恐怖、噩梦的预兆？

尽管我被这道雷击给吓坏了，但我不能要求老僧把他的莎草纸给我，拿给那些学者们看，他们或许能证实我激动的猜想，也可能会使他们困惑。所以，既然我能辨认出古希腊文，我就问他我是否可以在这儿待上一整夜，把纸莎草纸上的清单译成英语，抄写下来。

"可你得睡觉呀，"他吃吃地笑着说。

"不，我必须写。"我说着，然后也笑开了。于是我就开始了抄写。当我把这些宝物一件一件地抄下来时，它们进入了我呆若木鸡的脑海中，这些宝物有100多件，但清单上只有美杜莎被画了出来，作为说明。

那我为什么不把我的发现告诉蒙特和维多利亚？为什么我要神秘地把清单塞进这本日记里？甚至为了防止这本书发生什么意外，我还把这些宝藏记在了脑海里？因为我害怕被嘲笑为一个轻信的傻瓜、一个沉溺于空想的女人、一个荒诞故事的受害者？因为我想在我准备好将它公之于众之前，让它只是我一个人的秘密？

这就是霍雷亚·休利特为德·沃斯謇写的全部内容。她在信的结尾说，她的母亲一定已经决定把她的发现永远掩盖起来，如果日记没有放在阁楼的盒子里，它可能永远不会被公开。辛西娅没有在卡帕多西亚修道院拍过莎草纸的照片。她所拥有的只是这份英文抄本,而她一定是觉得,它无法作为强有力的证据,经不起学者们的怀疑甚至嘲笑。但他——菲利克斯·德·沃斯,是怎么看待这个问题的呢?这会有什么意义吗?阿莫坦可能从海难中幸存了下来吗?他的宝藏会不会就在海浪下的某个地方?

"我给休利特夫人回了封信,说我不知道该怎么想,但我相信,她的母亲辛西娅夫人写了一个美丽的故事,不管是真是假。

从那以后,我再也没有得到过她的回复。写给格洛斯特郡的信件们被退了回来,没有开封过。"她已经走了。"他叹了口气,又点了一支雪茄。"他们都走了。了不起的弗朗西斯夫人——再也不会有像她那样的人了;休利特夫人也是,我也会是,我想,要不了多久了,还有这里,这家古董店'Antiquariaat'。"他在烟雾中挥舞着一只肉乎乎的手。"没有人进来,没有人想要这些东西;如果他们想要,我甚至可以从家里给他们寄去好几卷用牛皮纸包着的书。这,这太过分了。"

几周后,当我回到波士顿时,一封来自菲利克斯·德·沃斯的信在我哈佛的办公室等着我。我兴奋地打开信,心想他或许还有更多关于休利特老夫人和她母亲日记的信息。但并不是,这只是一位买家的名字,那名买下了范·布塞伦关于牛黄的书的买家,以便我向他询问是否考虑出售这本书。但我对牛黄的追求已经消退了;就像辛西娅·菲茨杰拉德夫人一样,我也开始强烈地感受到这个故事的不可能性，它让我再也无法公开表达对于它的情感，哪怕只是作为一种梦幻般的娱乐、消遣。我把它搁置在记忆橱柜中，那靠内的、不易触及的抽屉里。

直到一年前——那时的我得知，几年前在东非海岸的渔民拖网中，捞出了一尊黄金猴像。这很可能是一件奢侈的古玩，曾属于某位在兴旺发达的哈帕塔（Rhapta）贸易港[49]发迹的商人，或许是他桌子上的好运符咒——这个沉没的港口离渔民的捕捞点不远。但这件物品的某些东西刺痛了我的记忆，我突然想起，在那份货物清单中，那份由辛西娅夫人翻译的抄本里，有这样一只金丝猴，就在阿波罗之脚和赫马佛洛狄忒斯之后。所以，当我听说一个探险队已经启动，对捕捞点周围的海床进行勘探，然后，令人难以想象地从水中拖出了惊人宝藏时：巨大的雕塑，来自深海的怪物，咆哮的巨蛇，宝石般的蝎子，来自古代世界的完整物件——我毫不怀疑，这一定是前奴隶阿莫坦那包罗万象的收藏，几个世纪以来被视为纯粹幻想的东西，实际上是一个狂人已经实现了的艺术激情。

我怀疑阿莫坦是第一个，当然不是最后一个，会渴望拥有这样一个记忆剧场，一个伟大的舞台，来容纳从人类神话思想中诞生的幻象。从非洲到中亚，许多国家的领主们，比如法老和波斯国王，肯定已经开始了类似的对奇迹帝国的征服，把玛瑙、碧玉、大理石、孔雀石和黄金的战利品拖回他们的王宫，一排排的宝石、堆积如山的青铜造物。有些宝物一定是被封存在他们的墓穴里。阿莫坦的反常之处,仅仅在于他最初所受的奴役,以及成为自由人后对获得宇宙魔法的欲望。现在被揭露出来的是,他那膨胀的过度行径,他对收集的过激狂热,他对巨蛇的蠕动和凡人的受难所表现出的、近乎色情的狂喜——这一切似乎都与我们这个时代的口味相当合拍,不是吗?就这一点而言,所有的时代皆是如此——只要人们沉溺于痴迷的谵妄之中,而不惧怕使自己变得可笑。

现在,我在想,如果我在码头上,当一箱又一箱奴隶的财宝被装上船时,如果我大胆地给自己顺走一件东西,那会是什么?我猜,应该是个小物件。因为英雄和怪兽的庞大身躯会是我难以承受之重。我会选择被缩小的东西,而不是被放大的东西;我也许会拿走来自中国古代的小金象[50],它带着记忆的重负,而从那突然上扬的躯干,以及阴郁无奈的表情来看,它也带着对艺术的某种理解——就像生活一样,它位于静待发生的事故和尚未爆发的笑话之间。

译注

1. 达米安·赫斯特（Damien Hirst），是英国当代艺术家，以其前卫和挑衅性的艺术作品闻名于世。他是"年轻英国艺术家"（YBAs）运动的领军人物之一，常以探索生命和死亡主题的作品著称。他的作品包括用福尔马林保存的动物尸体以及装饰华丽的药柜等。
2. 这是达米安·赫斯特在 2017 年威尼斯双年展上展出的一个艺术项目。这个展览是一个虚构的考古发现，展示了一个传说中的古代沉船的宝藏。赫斯特以精美的雕塑和装置艺术作品再现了这些"宝藏"，并编织了一个复杂的虚构故事，质疑真实性、艺术价值和历史的概念。
3. 安提阿（Antioch），一座古老的城市，位于叙利亚阿马努斯山脉附近的奥伦提斯河上。曾是塞琉古王国的中心，直到公元前 64 年，它被罗马吞并，并成为罗马叙利亚省的首都。它在规模和重要性上成为罗马帝国的第三大城市（仅次于罗马和亚历山大），拥有宏伟的寺庙、剧院、沟渠和浴室等。
4. 奥卢斯·克劳迪亚斯·阿莫坦（Aulus Calidius Amotan），是公元 1 世纪的自由人。他出生在地中海东部一个富裕家庭的奴隶家庭，据说在他被释放后，将名字改为 Cif Amotan II（据后来分析，这是个变位词，原词意为"我是虚构的"）。他在安提阿度过了一生的大部分时间，积累了巨大的个人财富，可能是通过参与前主人的海事事务。在后来的人生中，他租了一艘大商船，买卖兴都库什的青金石和菲利克斯阿拉伯的肉桂。人们认为他死于一次海难。
5. 帕萨尼亚斯（Pausanias），公元 2 世纪的希腊旅行家和地理学家。
6. 海牙（Hague），是荷兰的第三大城市，位于荷兰西南部。它是荷兰政府的所在地，也是国际法院和其他国际组织的总部。海牙以其优雅的建筑、广阔的绿地和丰富的历史文化遗产而著称。
7. 霍夫维杰沃（Hofvijver），是海牙市中心的一个湖泊，紧邻荷兰议会大楼。湖泊周围有许多历史建筑和景点，是游客和市民喜爱的休闲场所。
8. 荷兰议会（Dutch Parliament），包括参议院和众议院，位于海牙的 Binnenhof 建筑群内。这里是荷兰的政治中心，议会在此讨论和制定国家的法律和政策。

9 图尔诺伊维德（Tournooiveld），是海牙市中心的一个绿树成荫的广场，周围有许多历史建筑和景点。广场附近有许多咖啡馆和餐厅，是市民和游客休闲的好去处。

10 荷兰国家档案馆（Nationaal Archief）和皇家图书馆（Koninklijke Bibliotheek）都位于海牙。这两个机构收藏了大量珍贵的历史文献、书籍和档案，是研究荷兰历史和文化的重要资源。

11 皮尔森啤酒（Pilsner），下层发酵的拉格啤酒的一个分支，麦芽味和啤酒花苦味较重，味道相对平庸。

12 油炸奶油肉丸（bitterballen），荷兰传统美食。用油面糊、牛肉汤和大量的肉炖成非常浓的炖肉，冷藏变硬后把黏稠的混合物揉成球，裹上面包屑并油炸。炖菜的调味料通常包括洋葱、盐、胡椒、欧芹和肉豆蔻，也有使用咖喱粉或加入切碎的蔬菜。通常搭配芥末酱一起食用。

13 牛黄（bezoars），是存在于某些动物胃中的硬质物质，常用于传统医学，尤其在文艺复兴时期，被认为是解毒剂。牛黄的形态各异，有时非常美丽，吸引了解剖学家和炼金术士的兴趣。

14 马丁努斯·范·布塞伦（Martinus van Busselen），是一位游历甚广的医生，他曾在荷兰期间为俄罗斯沙皇彼得大帝提供医疗服务。彼得大帝在欧洲旅行期间，尤其是在荷兰，广泛接触了西方的科学和医学知识，而范·布塞伦的医学知识对沙皇的健康起到了重要作用。

15 彼得大帝（Peter the Great），是俄罗斯的伟大改革者，他在位期间致力于将俄罗斯现代化，特别是在科学、技术和医学领域。他在访问欧洲期间，吸收了许多西方先进的知识和技术，并将这些带回了俄罗斯，以推动国内的改革和现代化建设。范·布塞伦作为他的医生，见证并参与了这一重要的历史时期。

16 弗雷德里克·鲁伊斯（Frederik Ruysch），是荷兰著名的解剖学家和病理学家，他的好奇柜以其独特的收藏闻名，包括用丝绸覆盖的死胎和保存在福尔马林中的标本。他的收藏品后来成为彼得大帝个人好奇柜的重要部分，展示了当时对人体解剖和医学研究的兴趣。

17 尤尔根·拜尔楚赛提斯（Jurgen Baltrusaitis），是一位著名的历史学家，以研究奇特事物和古代幻想著称。他的著作和书目展示了他对古代和中世纪奇异物品的深厚兴趣，包括珍奇收藏和自然界中的奇特现象。他提到范·布塞伦关于牛黄的著作，并建议该书可以在海牙的皇家图书馆找到。

18 关于妇女生兔子的报告可能源自著名的"玛丽·托夫特事件"。1726年，玛丽·托夫特（Mary Toft）声称自己生下了兔子，这一事件引起了广泛的关注和争议。起初，一些医生和学者对她的说法表示相信，并进行了详细的检查和记录。然而，最终证实这是一场骗局，玛丽·托夫特承认自己是将兔子等动物部分插入体内以欺骗医生。虽然这发生在18世纪初，但类似的奇异报告在17世纪也有可能存在，反映了当时医学知识的局限性和人们对奇异现象的好奇心。

19 苦面团（bitterballen），是一种传统的荷兰小吃，通常由牛肉或小牛肉制成。肉馅经过炖煮和调味，形成浓稠的肉糜，然后将其制成小球，裹上面包屑后油炸至金黄酥脆。苦面团通常配以芥末酱一起食用，口感外酥里嫩，是荷兰酒吧和咖啡馆的经典美食。

20 弗朗西丝·耶茨教授（Professor Frances Yates），是英国著名的历史学家，专注于文艺复兴时期的思想史，特别是神秘学、炼金术和隐秘传统。她在瓦尔堡研究院（Warburg Institute）任教，该研究院以其跨学科的研究方法和对文艺复兴时期文化、艺术和思想的深入研究而著称。耶茨教授的著作包括《乔尔丹诺·布鲁诺与赫尔墨斯传统》（*Giordano Bruno and the Hermetic Tradition*）和《玫瑰十字会的启示》（*The Rosicrucian Enlightenment*），她对文艺复兴时期神秘学的研究对该领域产生了深远的影响。

21 乔尔丹诺·布鲁诺（Giordano Bruno），意大利多明尼加修士、哲学家、数学家、诗人、宇宙学理论家和赫尔墨斯神秘学家。他以宇宙学理论而闻名，该理论在概念上扩展了当时还很新颖的哥白尼模型。他提出了后来被称为宇宙多元论的观点，他还坚持认为宇宙是无限的，没有"中心"。

22 菲利克斯·德·沃斯（Felix de Vos），是一位古籍书商，他的店铺名为Antiquariaat，位于海牙的一个狭窄街道上，在莫瑞泰斯皇家美术馆（Mauritshuis）旁边。莫瑞泰斯皇家美术馆位于海牙，是荷兰最重要的艺术博物馆之一。美术馆收藏了大量的荷兰黄金时代的绘画作品，包括约翰内斯·维米尔和伦勃朗·范·莱因的杰作。

23 罗曼·德·胡格（Romeyn de Hooghe，1645—1708），是荷兰黄金时代的一位著名版画家和插画家，以其讽刺和政治性的版画作品闻名。他的作品以细腻的细节和丰富的表现力著称，常常包含对当时政治和社会事件的辛辣评论和批判。德·胡格最著名的作品之一是对法国国王路易十四的讽刺性漫画，通过这些作品，他揭示了路易十四统治时期的奢华和专制。他的版画不仅在艺术上具有很高的价值，还在历史上提供了丰富的视觉资料，帮助后人理解 17 世纪欧洲的政治和社会动态。

24 月桂焦糖饼干指的是荷兰人所称的"小杯咖啡"（kopje koffie），这是一种传统的荷兰咖啡文化，通常是小杯浓咖啡，带有强烈的香味。配以 Speculaas 饼干，这是一种在荷兰和比利时广受欢迎的传统香料饼干，通常含有肉桂、肉豆蔻和丁香等香料。

25 阿方索·德·埃斯特（Alfonso d'Este，1476—1534），是意大利费拉拉的公爵，以其对艺术和文化的赞助闻名。他是文艺复兴时期的重要人物，资助了许多艺术家和学者。

科西莫·德·美第奇（Cosimo de'Medici，1519—1574），是佛罗伦萨的统治者和美第奇家族的成员，因其对艺术和人文科学的支持而闻名。他们都以其广泛的文化兴趣和收藏著称，反映了文艺复兴时期对知识和美的追求。

26 多米尼加传教士是指属于多米尼加修道会的基督教传教士，他们在中世纪和文艺复兴时期常常被派往世界各地传播基督教信仰。

犹太香料商则指那些在香料贸易中扮演重要角色的犹太商人，他们通过与远东地区如印度和埃塞俄比亚的贸易，将各种珍贵的香料和商品带回欧洲。

27 科罗曼德海岸（Coromandel Coast），是指印度东南部沿海地区，位于孟加拉湾的西岸。这个地区历史上以其重要的贸易港口和丰富的香料、丝绸等商品而著称。欧洲的探险家和商人常常前往这个地区进行贸易，寻求珍贵的商品。

28 格洛斯特郡（Gloucestershire），位于英格兰西南部，是一个充满乡村风情和历史遗产的地区。这里有许多美丽的花园和历史悠久的建筑。

29 大蜀葵（hollyhocks），飞燕草（delphiniums）：大蜀葵和飞燕草是英国花园中常见的植物。大蜀葵以其高大、色彩鲜艳的花朵著称，而飞燕草则以其细长的花茎和蓝色、紫色或白色的花朵闻名。这些植物常常被种植在英国的传统花园中，成为花园中的一道亮丽风景。

30 格特鲁德·贝尔（Gertrude Bell），被称为"沙漠女王"，是英国的探险家、考古学家和政治顾问。她在 20 世纪初的中东地区进行过广泛的探险和研究，对该地区的地理和文化有深刻的了解。贝尔在英国政府的外交事务中也发挥了重要作用，特别是在第一次世界大战期间及之后，她参与了中东地区的重划和治理。

31. 丽贝卡·韦斯特（Rebecca West），是英国著名的作家和评论家。她的文学作品涵盖小说、传记和社会评论，特别关注女性权益和社会正义。韦斯特在 20 世纪初的文坛上有着重要地位，并以其锐利的文风和独特的视角而闻名。

32. 兴都库什山（Hindu Kush），是位于中亚的一条重要山脉，横跨阿富汗和巴基斯坦。该地区以其险峻的地形和高海拔著称，是探险家和地理学家常去的地方。

33. 卡帕多西亚（Cappadocia），是土耳其中部的一个历史地区，以其独特的地质景观、洞穴住宅和岩石教堂而闻名。这里的火山岩形成了奇特的"仙人烟囱"地貌，被联合国教科文组织列为世界遗产。卡帕多西亚的历史可追溯到古代，其地下城市和早期基督教教堂吸引了大量游客和考古学家。

34. 美杜莎（Medusa），是希腊神话中的蛇发女妖之一，被珀耳修斯斩首。她的头发由毒蛇组成，任何直视她的人都会变成石头。美杜莎的形象在艺术和文学中广泛出现，是神话中具有象征意义的角色。

35. 安德洛美达（Andromeda），是希腊神话中的人物，她因母亲的虚荣和冒犯海神波塞冬而被绑在礁石上，成为海怪的祭品。英雄珀尔修斯最终拯救了她，并与她结婚。

36. 斯芬克斯（Sphinx），是希腊和埃及神话中的神秘生物，通常有狮子的身体和人的头部。希腊神话中的斯芬克斯以其谜语闻名，解不开谜语的人会被她杀死。埃及斯芬克斯则更多作为守护者的形象出现。

37. 赫马佛洛狄忒斯（Hermaphrodite），是希腊神话中的双性人，具有男性和女性的特征。这个名字源自赫耳墨斯和阿佛洛狄忒，他们是赫马佛洛狄忒斯的父母。这个形象象征着两性结合的完美。

38. 阿波罗之脚（Foot of Apollo），阿波罗是希腊神话中的太阳神、音乐和艺术的守护神。他的脚被作为古代艺术品的一部分，经常在雕塑中出现，象征着力量和美丽。

39. 九头蛇和女战士（Hydra and woman warrior），九头蛇（Hydra）是希腊

神话中的多头蛇怪,被赫拉克勒斯杀死。女战士在神话和传说中象征着勇敢和力量,她们通常在战斗中表现出色。

40 "阿皮斯托斯号"(Apistos),是传说中阿莫坦尼乌斯(Amotanias)船只的名字,载有他的珍贵收藏。阿皮斯托斯在希腊语中的意思是"不可信的"或"不可思议的",与其船载宝藏的神秘性相符。

41 圣巴西尔的马赛克,是指在土耳其卡帕多西亚地区的圣巴西尔教堂内的马赛克装饰。这些马赛克装饰以其精美和历史价值而著称,描绘了早期基督教艺术的辉煌。圣巴西尔教堂是卡帕多西亚岩石教堂群的一部分,这些教堂大多建于拜占庭时期。

42 理查德·伯顿(Richard Burton,1821—1890),是英国著名的探险家、东方学家和作家,以其对中东和非洲的探索闻名。他不仅以其广泛的语言能力(会说29种语言)而著称,还以其深入了解并描述异域文化的作品而广受赞誉。他的冒险经历和文学作品对维多利亚时代的英国公众产生了深远影响。

43 圣玛克利纳修道院,是指以圣玛克利纳(Saint Macrina)命名的修道院。圣玛克利纳是早期基督教的圣徒,以她的虔诚和慈善工作而闻名。修道院通常是僧侣生活、祈祷和工作的地方,建筑内可能包含教堂、宿舍和其他附属建筑。

44 写过《红海航行记》(Periplus of the Erythrean Sea)的作者是一位不知名的古希腊航海者或商人,作品大约成书于公元1世纪,详细描述了从红海到印度洋的航海路线和沿途各地的贸易情况,是研究古代海上丝绸之路的重要文献。

45 克劳迪亚斯·托勒密(Claudius Ptolemy),是古希腊著名的天文学家、地理学家和数学家,生活在公元2世纪。他编写了《天文学大成》和《地理学指南》,对后世影响深远。托勒密在他的著作中,详细描述了古代世界的地理和天文知识。

46 鲁道夫二世(Rudolf II),是哈布斯堡王朝的神圣罗马皇帝,统治时期为1576年至1612年。他以对艺术和科学的热爱著称,特别是对炼金术、占星术和神秘主义的兴趣。他在布拉格建立了一个宏伟的宫廷,汇集了大量的艺术品和奇珍异宝,成为欧洲文艺复兴时期的重要文化中心之一。

47 曼德拉草(Mandrake),是一种神秘的植物,因其根部形状类似人形而在古代传说和民间信仰中广受关注。据说其根具有强大的药效和魔法特性，常被用于各种神秘仪式和药物配方。曼德拉草在中世纪的欧洲尤为著名，成为炼金术和魔法的象征之一。

48 1648 年，瑞典军队在三十年战争的最后阶段占领了布拉格，并掠夺了包括鲁道夫二世皇帝的珍贵收藏在内的大量艺术品和宝物。这一事件标志着欧洲历史上一段动荡时期的结束，同时也使瑞典获得了许多重要的文化遗产。

49 哈帕塔（Rhapta）贸易港，哈帕塔是一个古代东非沿海的重要贸易港，据考古学家推测，位于现在的坦桑尼亚海岸附近。它在古代是一个繁忙的商业中心，与其他地区进行贸易，包括象牙、犀角和金属制品等。这个港口后来因各种原因被遗弃，其遗址现已沉入海底。

50 小金象在中国历史和文化中有着重要的象征意义。象在中国文化中通常象征力量、智慧、和平和长寿。金象作为珍贵物品，很可能源于中国古代的艺术作品。古代中国的工匠常常用黄金、青铜等材料制作精美的小雕像，这些作品不仅展示了高超的工艺水平，还寄托了丰富的文化内涵。象的形象在中国佛教艺术中也非常常见，被认为是吉祥和神圣的象征。例如，在佛教传说中，白象是佛陀降生时的预兆之一，象征纯洁和神圣。因此，这个小金象可能不仅仅是一件艺术品，更承载了深厚的历史和文化记忆。

鸣谢
Acknowledgements

首先,我要感谢《金融时报》热情的编辑和同事们,这是我过去十年间从事新闻工作的地方,特别是我在《周刊》的同事们:简·达利、卡罗琳·丹尼尔、爱丽丝·菲什伯恩、洛里安·凯特、丽贝卡·罗斯、亚历克·拉塞尔和弗雷德·斯图德曼,以及该报社的伟大编辑——莱昂内尔·巴伯,谢谢你一开始就给我找了一个舒适的位置。其他愿意给我提供工作的编辑有:《纽约客》的大卫·雷姆尼克和艾米莉·斯托克斯;《智族》(GQ)的迪伦·琼斯;《时尚芭莎》的露西·约曼斯。把这些文章收集成一个系列,比你(或我)想象的要令人兴奋得多,如果没有玛尔塔·恩瑞尔·汉密尔顿、劳里·罗伯逊和我那才华横溢的经纪人卡罗琳·米歇尔的投入和奉献,这一切都不会发生。我还要对西蒙与舒斯特出版社(Simon & Schuster)的伊恩·麦格雷戈和梅丽莎·邦德表示感谢——他们出版了《文明的碎片》(Wordy)一书——这或许是分内事,但绝非无需言谢之事。

出处说明
Credits

文章

Matzo Ball Memories: *Financial Times*, 17 February 2012

Otto Dov Kulka in Auschwitz: *Financial Times*, 25 January 2013

The Emperor of Lies: Financial Times, 15 July 2011

The Remains of That Day: *Financial Times*, 2 September 2011

Neil MacGregor: German Memories:*Financial Times*, 19 September 2014

Orhan Pamuk: The Museum of Innocence: *Financial Times*, 16 August 2013

The Palace of Colour: This essay first appeared in the *New Yorker*,3 September 2018

Gold: *Financial Times*, 2018

Blue: *Financial Times*, 2017

Hercules Segers: *Financial Times*, 17 February 2017

Hokusai: *Financial Times*, 26 May 2017

Mondrian and De Stijl: *Financial Times*, 17 December 2010

Robert Hughes: originally published on the *Daily Beast*, 8 october 2012

Sally Mann: Photo Traces of Cy Twombly: *Sally Mann Remembered Light*, Cy Twombly in Lexington (New york, Abrams and Gagosian, 2016)

The New Whitney: *Financial Times*, 8 May 2015

Prints USA: *Financial Times*, 3 March 2017

Cindy Sherman: *Financial Times*, 3 February 2012

Tacita Dean: *Financial Times*, 30 September 2011

Rachel Whiteread: *Financial Times*, 1 September 2017

Beasts: *Financial Times*, 15 october 2010

Quentin Blake: *Financial Times*, 13 June 2014

Whitney McVeigh: Courtesy Eykyn Maclean; exhibition info: New york, Eykyn Maclean, *Whitney McVeigh: Elegy to Nature*, March–April 2018;Simon's essay within the catalogue: S. Schama, 'The Happenstance of Illumination' in *Whitney McVeigh: Elegy to Nature* (exhib. cat.), Eykyn Maclean:New York, 2018, pp. 5–9

Cai Guo-Qiang: First published in 'FloraCommedia: Cai Guo-Qiang at the Uffizi', Florence, Giunti, 2018

Rijksmuseum Reborn: *Financial Times*, 29 March 2013

Civilisations: What Were We Thinking?:*Financial Times*, 26 January 2018

Patti Smith: *Financial Times*,24 January 2014

Leonard Cohen: *The Guardian*, 28 June 2008

Tom Waits: *The Guardian*,9 December 2006

Debbie Harry: *Harper's Bazaar* (UK), 1 March 2011

Helen Mirren: *The Tempest: Financial Times*, 25 February 2011

Falstaff: *Financial Times*, 16 July 2010

Shakespeare and History: *Financial Times*,9 June 2012

Bonded to Britain: *News Week*, 29 october 2012

Bonded Again: *Financial Times*, 28 August 2015

Paul Beatty: *Financial Times*, 17 June 2016

War and Peace: Print and Screen: *Financial Times*, 8 January 2016

Liberalism, Populism and the Fate of the World: The 2018 LeslieStephen Lecture at the University of Cambridge, delivered in the Senate- House, 15 october 2018

Mid-Term Trump: *Financial Times*, 2 November 2018

Royal Weddings: *Financial Times*, 18 May 2018

Bill Clinton: *Financial Times*, 14 october 2011

Arianna Huffington: *Financial Times*, 10 December 2010

Henry Kissinger: *Financial Times*, 20 May 2011

The Balfour Declaration: 100 years on:*Financial Times*, 2 November 2017

Tzipi Livni: *Financial Times*, 15 April 2011

Lunch with Michael Pollan: *FinancialTimes*, 11 June 2010

Lamb with Pomegranates: *GQ*, 29 March 2012

Bison in Wiltshire: *GQ*, october 2010

Rhubarb: *GQ*, May 2011

Ultimate Chili: *GQ*, December 2011 Two Big Eaters: *Financial Times*,28 october 2011

Inventory: *Treasures from the Wreck of the Unbelievable* at Punta della Dogana and Palazzo Grassi, Venice (Italy, other Criteria Books/Marsilio, 9 April–3 December 2017)

访谈

The Remains of That Day: Visualization by Squared

The Palace of Colour: Copyright Jason Fulford/*New Yorker*

Gold: National Archaeological Museum, Athens (Greece) / Photo © Luisa Ricciarini / Bridgeman Images

Blue: Rijksmuseum, Amsterdam (Netherlands) / Bridgeman Images

Hercules Segers: Courtesy of Rijksmuseum, Amsterdam

Hokusai: © The Trustees of the British Museum

Sally Mann: Photo Traces of Cy Twombly:© Sally Mann /

Courtesy of Gagosian

Cindy Sherman: Courtesy of the artist and Metro Pictures, New York

Tacita Dean: Courtesy of the artist, Frith Street Gallery, London, and Marian Goodman Gallery, New York and Paris

Rachel Whiteread: © Rachel Whiteread Beasts: National Gallery, London (UK) /Bridgeman Images

Quentin Blake: © Quentin Blake, 2011, www.foliosociety.com

Whitney McVeigh: Photos by oman Rotem / © Whitney McVeigh

Cai Guo-Qiang: Photo by yvonne Zhao / Courtesy of Cai Studio

Civilisations: What Were We Thinking?: Courtesy of Jewish Museum, Prague

Patti Smith: © Brigitte Lacombe

Tom Waits: Aaron Rapoport / Getty Images

Helen Mirren: © Jake Walters

Bill Clinton: © Stefan Ruiz

Two Big Eaters: © Erica McDonald